Best Time

白马时光

墨小芭 著

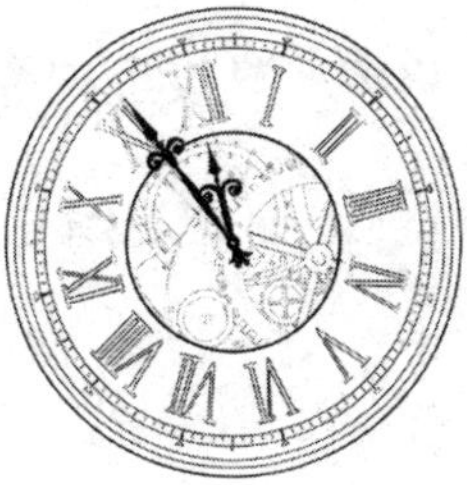

想你在时光之外

百花洲文艺出版社
BAIHUAZHOU LITERATURE AND ART PRESS

图书在版编目（CIP）数据

想你在时光之外 / 墨小芭著 . —南昌 : 百花洲文艺出版社 , 2018.6
ISBN 978-7-5500-2780-0

Ⅰ . ①想… Ⅱ . ①墨… Ⅲ . ①长篇小说–中国–当代
Ⅳ . ① I247.5

中国版本图书馆 CIP 数据核字（2018）第 063354 号

想你在时光之外

XIANG NI ZAI SHIGUANG ZHI WAI

墨小芭 著

出 版 人	姚雪雪
出 品 人	李国靖
特约监制	王　瑜
责任编辑	游灵通　程　玥
特约策划	王　婷
特约编辑	方　淇
封面设计	小　贾
版式设计	王雨晨　赵梦菲
封面绘图	starry 阿星
出版发行	百花洲文艺出版社
社　　址	南昌市红谷滩世贸路 898 号博能中心 Ⅰ 期 A 座 20 楼
邮　　编	330038
经　　销	全国新华书店
印　　刷	河北鹏润印刷有限公司
开　　本	880mm × 1230mm　　1/32
印　　张	9
字　　数	230 千字
版　　次	2018 年 6 月第 1 版第 1 次印刷
书　　号	ISBN 978-7-5500-2780-0
定　　价	38.00 元

赣版权登字：05-2018-166

发行电话　0791-86895108
网　址　http://www.bhzwy.com

哭有时，笑有时。
哀恸有时，跳舞有时。

——《旧约·传道书》

献给所有在岁月的长河中逆流飞奔的你。

目录

contents

目录 contents

第一章

逆风的星星

初冬的薄雪无知无觉地落下来，一点预兆都没有，
一片接着一片地在风里打着旋儿。
我从没觉得北方的雪可以凄美到这个地步。

体温计显示为 39.3℃的时候，我给夏微打了个电话。

她在三月的午夜匆匆赶来把我带去医院，二十分钟后，我躺在流动病房的硬板床上，被来势汹汹的流感折磨得闭不上眼睛。

前两天下午我爸爸请我看电影，在缪斯影城。我到得有点早，捧着一杯热奶茶等我爸来。

那一天的阳光格外慷慨，浩浩荡荡地铺洒在晏城的每一个角落。胡莱莱的号码显示在手机屏幕上的时候，正好有一片光闪闪发亮地蒙住了我的眼睛。

她说："云喜，有件事我觉得应该和你说一声。"

我忽然有点怕，一个平日里用惯了林志玲口吻的人突然换上了《新闻联播》的腔调，实在是让人心里没底。

上一次听她用这种语气和我说话，还是在夏微出事的那一天。

总之，不祥的预感让我陷入了沉默。

她马上说："你别紧张，也不是什么大事。"顿了顿，又说，"是顾轻决回来了，我和夏微在晏城机场看见他在取行李。这么多年了，他竟然一点都没变，我一眼就看到人群里最帅的那一个……哎哎哎，你掐我干吗呀夏微？！”

我拿着电话发了一会儿呆，直到听见我爸喊我：“云喜，你怎么了，脸色这么差？”

我摇摇头，甜蜜地挽住他的胳膊，说：“爸，你怎么总是迟到啊，咱们得摸黑进去了。”

后来我爸说了些什么我已经记不大清楚，那天看了什么电影、主演是谁，也都在记忆里空白一片。只记得影片放到高潮的时候，周围传来窸窸窣窣的哭声，坐在我旁边的小女生嚼着口香糖嘟囔了一句：“简直矫情得令人作呕！”

荧幕的光朦胧地照着我苍白紧绷的脸孔，等回过神来的时候，滚烫的眼泪早已经糊了满脸，量多得我都有点不好意思了。

于是我也小声地嘟囔了一句：“简直矫情得令人作呕！”

然后就被我爸狠狠地打了一下后脑勺。

顾轻决。

我在黑暗中一遍遍咀嚼着这三个字，每一个字我都认得，连在一起却让我头脑发钝。

万万没想到，我这辈子竟还能再次听到这个名字，更没想到的是，五年了，这个名字竟还如同诅咒，轻易在我心里砸出一个血淋淋的洞，我看见有什么东西从那儿涌出来，像潘多拉的盒子被开启的一瞬间，怨恨、憎恶、切齿的疼痛和藏得深深的期盼都一股脑地涌出来。

眼前的一切都变得那样模糊而遥远，那些在时间的抚慰下渐渐愈合的伤口又被毫不留情地撕开了一角，有一双手顺着这一角用力一扯，轻松地扯出一个完整的、新鲜的伤口。

一切与伤寒有关的症状全部袭来。头晕，四肢麻痹，胸闷，眼眶刺痛，幻听，五脏俱焚，瞳孔里像是灌满海盐，咸涩难忍。

很久很久以前的某个夜晚，也是这样暗淡的光线。整个世界忽然安静下来，头顶的那一片耀眼星空，也在那一刻忽然散尽。

顾轻决就站在类似的黑暗里看着我，什么话也没有说。

初冬的薄雪无知无觉地落下来，一点预兆都没有，一片接着一片地在风里打着旋儿。我从没觉得北方的雪可以凄美到这个地步。

我就站在那样的风雪里，屏住呼吸，目眦欲裂地瞪着他，就像瞪着一个残忍的刽子手。

而他始终不肯开口，沉默得让人心寒。

我终于绝望，用尽全身的力气忍下翻腾的泪水，自嘲地笑了一下，“顾轻决，在这之前我从没想过要去怨恨谁，特别是在遇见你以后……我以为你来了，就是上天对我额外开恩，我的人生从此有了保障，我可以用一生的时间去感受爱，感受那些……美好的……温暖的东西了……”

我的声音很轻，透着难以抑制的悲愤，“但是顾轻决，你是好老师，教会了我爱，又附赠了一门关于恨的学问，真得谢谢你教会我，原来恨一个人是这种滋味。”

雪花还在无知无觉地下坠，一片片、一丛丛地落在顾轻决哀伤的脸上，他的眉毛、鼻梁、嘴唇，都一点点、一点点地被纷飞的雪花刮得面目全非。

这么多年了，我再也没遇见过那样的雪，还有那些逆着风暗淡散尽的星星。

电影散场后，爸爸在附近的药店给我买了板蓝根和利巴韦林，嘱咐我回去即刻吃上，再好好地睡上一觉，以防感冒。随后接到李阿姨的电话便匆匆地赶回家去。

说起“家”，我还真是没什么可说，当然也没什么不可说。

几年前我爸和我妈离了婚，一个人去了美国，回来的时候已经组建了自己的新家庭——第二任妻子李阿姨，以及他们的一对双胞胎女儿——阮陶和阮瓷。

我喜欢那对双胞胎姐妹，姐姐阮陶虽然患有轻度智障，却是一副清秀安静惹人怜爱的模样；妹妹阮瓷生得一双精灵似的大眼睛，倔强懂事得像个小大人一样，难能可贵的是十分爱护姐姐，让人放心。

回到家后我便开启了持续高烧模式，从 37℃一路飙升到 38.9℃，接连两天吃不下饭，睡不着觉，脑子里不断循环着胡莱莱说过的那句“顾轻决回来了”。

夏微曾说，女人的烧，往往是伴着骚一起来的，一旦生病，就一定会衍生出空虚寂寞冷的并发症状，随着体温的升高，自怨自艾的数值也会不断加强，接下来，很可能，原本不会发生的情感事故就会发生。

我被这种毫无逻辑又狗屁不通的观点击中了天灵盖，浑身无力地躺在床上默默地想，如果我就这样死在家里，虽然是被高烧活活烧死的，但是坊间一定会有谣传——我是因为听到了顾轻决回来的消息活活把自己骚死了。

为了不在我死后造成不必要的误会，一阵天昏地暗的咳嗽过后，我给夏微打了个求救电话。

而此刻，医院的窗外亮着点点灯火，走廊里消毒水的味道悠悠地浸润着我的肺腑，洁净而清爽，终于，我裹着夏微的大衣恍恍惚惚地陷入了梦境。

梦里是一望无垠的麦田，凉风习习，一阵一阵的麦香涌进鼻息。小小的我甩动着小小的手足飞快地奔跑在麦浪之间，猛一转身，看见远远站着的阮云贺，白衫影影绰绰地模糊了容颜。

我怔怔地看着他，忽然一阵心慌，像是知道他要一个人走掉似的，恍惚间泪如雨下。

果然，麦田尽头的少年缓缓转过身去，任我拼命地尖叫呼喊也不再回头。

我跌入无尽的创痛中抱紧自己不停颤抖的肩膀，直到麦田溶化成一望无垠的黑色浓浆，而我像一粒核仁，在无声起伏的黑暗中沉溺下去。

醒来的时候早已是一身冷汗，抬手擦了擦额上豆大的汗珠，听见夏微问我：“又梦见你哥了？”

我轻轻地点了点头。

窗外天已微亮，那些针扎似的疼痛已经被药物渐渐抚平，夏微递过来一杯热水，隔着模糊的蒸汽，我仿佛看见十七岁那年的自己，消瘦单薄的背影，渐渐消失在一片化不开的浓雾里。

而我的眼前光影斑驳，仿佛一切都失去了焦距，变得扭曲而模糊。

流感痊愈的第二天，裴兴向我提出了一起赏月的要求，并建议彼此应在赏月之前各自在家解决好晚饭的问题。

裴兴是我的男朋友，这位自认为是考古系“裴勇俊”的忧郁文艺男青年，他的勤俭节约简直到了令人发指的地步。如今我也记不大清楚当初自己是怎么稀里糊涂地跟他走到了一起。如果非要我用有限的记忆回忆概括，事情大概是这个样子的：

在我刚升大三那年，由于学校修建新的宿舍楼，我被分配到了新的寝室。这个寝室有一个不成文的规定，那就是寝室暖瓶里的水要由没有男朋友的女室友全权负责。

说来不巧，时值我才跟前一任男友和谐分手，于是就不可避免地沦为了免费劳动力，与另外三个单身女性一起，肩负起了全寝六个人的热水问题。半个月后，担此重任的免费劳动力缩减为两个人，又过了一个半月，事情就演变成了一个倒霉蛋每天早晚各打六瓶热水的悲惨境地。

那个倒霉蛋就是我。

整整一个冬天，我每天都过着生不如死的打水生活。渐渐地，我的腰不酸了，腿不痛了，手臂上的肌肉群也越来越充满男性魅力了，整个人都精神饱满得跟刚从戒网中心里放出来似的。

就在我一边捂着干瘪的钱包，一边不切实际地谋划着搬出寝室的时候，裴兴如一道惊雷，出现在了我哀愁的生命里。

那是一个呵气成霜、冰冻三尺的清晨，当我双手各拎着三个热水瓶埋头穿过操场的时候，一个戴着藏蓝色套袖的胳膊拦住了我的去路。

我茫然地抬起头，看着藏蓝色套袖的主人站在那稀薄的阳光下对我说：“学妹就是中文系的阮云喜吧，我观察你很久了，当然，你不用感到受宠若惊，毕竟我们有理由相信，女孩子的一生总要有点惊喜才算完美。”

我那颗被六点钟的闹钟深深刺痛的心，在他微微上扬四十五度角的鼻孔下，再次狠狠地抽痛了一下。

不容我开口，他继续说道：“我想你一定听说过我，是的，我就是大家口中所说的那位考古系‘裴勇俊’，女生总忍不住私下议论的那个裴兴。

我来找你是要告诉你，我知道你没有男朋友，如果不介意的话，我愿意做你的男朋友。”

很显然这不是一个疑问句，而是一个陈述句。

我又茫然了一会儿，尽可能拿捏出一副受宠若惊但又担当不起的表情，严肃地说：“可是同学……我其实是有些介意的……”

话音未落，他整个人就像是被劈中了天灵盖一般，猛地抓住我的肩膀，像筛面一样把我抖得风中凌乱，那六个暖水瓶就在我手中哐啷哐啷地响。

“你说介意？哈哈哈，这可真是非常的 amazing，十分的 interesting！”

我说：“这位同学，你冷静点。”

他配合地冷静了片刻，随即又苦口婆心地质问我：“你不是还没有男朋友吗？你不是还在被每天十二瓶的热水折磨着身心健康吗？难道你不想摆脱现状、脱离苦海吗？”

这个类似虚假传销的广告词，在某一个莫名其妙的瞬间，像一缕光芒万丈的阳光，莫名其妙地照亮了我的身心。

裴兴见我面露动摇之色，满意地笑了笑，继续说：“我知道学妹是在担心我们身份的悬殊，你很有自知之明，这点我喜欢。但是没关系，相信自己，我既然和寝室里的兄弟打了这个赌，就一定要完胜才可以，而你，就是那个唯一可以让我赢取胜利的女孩。”

我一脸迷茫，“打赌？”

裴兴点了点头，脸上浮现出“不然哪儿轮得到你这姿色平平的灰姑娘这么好运”几个大字，“我们全寝每人押了五十块钱，五比一押注，若我在毕业之前找到女朋友，则我赢，也就是说，会有二百五十元人民币进入我的口袋。我看你也因为单身被全寝室的人来回使唤，同是天涯沦落人，我们何不就交往一下，岂非互惠互利？”

我犹豫了一秒钟，用一种捍卫尊严的神情对他说：“行，但是……二百五得分我五十！”

裴兴用欣赏的语气表扬我：“我就知道以你的智商绝对不会错过这么好的机会。来，作为恋爱的开张，我决定帮你提三个暖水瓶。”

当时的画面就是这么和谐，我们迎着万丈朝阳，每人拎着三个暖水瓶，扬眉吐气地走在通往女寝的道路上。

回到寝室后，我立即抬头挺胸，翻身农奴把歌唱：“都给我爬起来！速度爬起来！从今往后，我们是平等的，一人一壶热水！”

可喜可贺，在那之后的三天里，我终于过上了一天只打一个暖瓶水的幸福生活。

只可惜三天后我爸从美国回来，火速为我办理了退寝，并在学校附近给我租了一个小公寓，表达他如山的父爱。于是我那短暂而又美好的幸福生活就在三天后以迅雷不及掩耳之势结束了。

即便如此，我和裴兴之间的互利关系却并没有因此夭折。他依旧会三不五时地拉着我出去吃个面、看个电影、踏踏青什么的。当然，这一切和谐美景的根本前提是在 AA 制度的严格管控之下进行的。他对于我恪守本分、严格遵守 AA 制准则进行约会的态度十分满意，经常语重心长地夸奖我将来必成大器。我则虚心回应“哪里哪里”。

好，回忆和略显啰嗦的概括到此结束。此刻，我正在厨房里做着一项艰难的抉择——晚餐究竟吃什么？

毕竟这一天的晚餐选项实在是有些丰富，红烧牛肉、排骨浓汤、小鸡炖蘑菇、海鲜鸡汤、老坛酸菜……在一番风起云涌的脑力大战过后，我选择了红烧牛肉味的方便面丢进了滚烫的沸水里，晚餐问题得到圆满解决。

抵达赏月地点的时候正值华灯初上，城市像一只巨大的灰色的虫，坚硬的外壳里涌出大片大片斑斓的灯光。

裴兴递给我一瓶热奶茶，他说这是从学校附近新开的奶茶店里买的，五块钱一杯，买一赠一，然后他再自然不过地朝我伸出手心，拿走了我的三块钱，又找给我一个五毛钱硬币。

我们喝着奶茶沿着初春的河岸慢悠悠地散步，裴兴说：“云喜，这样大好的时光，不如我们来吟诗作对吧。”

然后他微微地扬起头颅，把鼻孔用标准的四十五度角对准我，含情脉脉地念道：“天上一轮明月照。”

我想了想，说："地上两个屌丝走。"

他疑惑道："啊？"

我愣了一下，连忙解释："不是我们两个，这里的'两个'不是量词，是一种借代，可以代表任何两个。"

裴兴放下心来，继续说："冬雪甘愿为冷月飘。"

我说："男人都爱去青楼走。"

他的嘴角抽了抽，估计是失了雅兴，不再跟我吟诗作对了，他说："我向来以为你是小有才情的，今日看来实在是难登大雅之堂，我要回去好好考虑一下今后我们之间的发展方向，短时间内就不要再无谓地见面了吧。"

我表示赞成，于是两人决定去附近的便利店买点东西后就各回各家。

刚进便利店胡莱莱就打来了电话，她在电话那头有气无力地嚷："你家怎么连个'七度空间'都没有啊？你快点回来，我在你家血流成河了！"

挂了电话，我一个人默默地移动到女性生理期用品的那一排拿了两包"七度空间"。

结账时收款小哥把"七度空间"和裴兴买的夜宵一并打在一张小票上，方才我的粗鄙已让裴兴很是郁闷，此刻涉及金钱问题更是让他黑云压顶，于是他立即严肃指出这种做法的错误性，要求退出付款模式重新打印购物小票各自结账。

一股难以言喻的尴尬以我和裴兴为圆心，匀速蔓延在无辜的便利店里。我抱歉地干笑了一声，说："那麻烦你就重打一次吧。"

收款小哥不耐烦地翻了个白眼，特地提高了嗓门对我说："两包'七度空间'，请付十九块六毛！"

在等待结账的人群的强势围观下，我掏出钱包开始翻找十九块六毛，可是翻了半天也只翻出十块五毛，那个五毛还是刚才裴兴找给我的。

我咬咬牙，再次朝收款小哥微微一笑，说："不然你再重打一张，我只要一包……"

在收款小哥即将发飙的扭曲表情下，我默默地诅咒胡莱莱一辈子都不来大姨妈。

“不用麻烦了，和我的一起结就好。”

随着一个沉稳好听的声音，有人从后面递过来一张钞票。

我感激涕零地转过头去，白炽灯光下，那个熟悉到近乎陌生的身影，仿佛在梦里一样高高瘦瘦地立在那里，久违地冲我微笑了一下。那样的笑容，就像午夜里兜头吹来的一阵凉风，遥远、冷清，没什么人情味似的。

顾轻決。

我整个人僵在那里，大脑一片空白。

是顾轻決，怎么会是他呢？对的，想起来了，胡莱莱说过顾轻決回来了啊……

冤家路窄，狭路相逢，只一眼，已经是致命一击。

我佯装镇定，双脚还踏踏实实地踩在地面上，可心里早已是天翻地覆山崩海啸，一双手极力握紧冰凉的手心，生怕一个松懈整个人都要瘫倒在地上。

真是没出息啊，阮云喜。我泄气地想着。

更令人泄气的是，那么长的时间唰地一下碾过去，怎么他的脸还是好端端的跟从前没有什么太大的区别？

在我们分开之后的日子里，我不是没有想象过我们再次重逢的场面。那应该是一个狂风暴雨过后的白昼，我画着全套的精致裸妆，拎着最新款限量版包包，脚踩十二厘米高的高跟鞋，昂首阔步地走在被雨水冲刷得闪闪发亮的道路上，这时候迎面走来一个秃顶发胖的中年油腻老男人，他肥腻的胳膊正被一个满脸疙瘩的女人紧紧地环绕着，我一边数着他脑袋上所剩无几的那几根头发，一边皱眉回忆着，在一声悠长的“哦——”之后，恍然大悟地一拍手，“原来是顾轻決啊，真是好久不见了。”

最好该是这样，再不济，再不济……总之，最起码不该是如今这般，在一家拥挤的便利店里，他依旧眉清目秀、美好如初，明亮的面孔神采依旧，就连那凉津津的、像极了豹子的眼神，也还如从前藏着隐隐的骄傲。而我，穿着宽大邋遢的运动服，面前摆着两包卫生巾，尴尬地埋头寻找着几毛钱的硬币……

干脆炸了这家店好了，我傻傻地谋划着，干脆炸了它，一个活口都不留，白茫茫一片大地真干净！

直到收款小哥把购物袋递给我时我才回过神来，而顾轻决早已经拿着他的袋子推门走了出去。

我颓然地站在原地，怔看着缓缓合上的自动门，突然心中一痛，飞快地冲出便利店追上去，可是追到一半便顿住了脚步。

是谁说过，如果我们今后不幸相遇，千万记得不要厚着脸皮多看对方一眼，最好是默默地滚开，滚得越远越好，全当他死了，死得干干净净灰飞烟灭。

是我说的，每一个字，每一处停顿，我都还清楚地记得。

我狠狠拍了拍自己的脸，将刚才那种拼了命也要追上他的荒谬想法从脑海里打散，也把心里那股剧烈的不平静狠狠地压下去。

天色暗下来，月亮清冷的光芒慢慢地移到我的脸上。到底还只是三月，风里还掺着刺骨的寒意，我扫了扫胳膊上的鸡皮疙瘩，一头扎进夜色中向家跑去。

一进家门就撞见胡莱莱死鱼一样挺在我的床上，看到我，虚弱地两眼一翻，嘟囔道："让你去买'七度空间'，又不是让你去买'杜蕾斯'，你喘成这样是什么意思？"

我摇了摇头，重重地跌坐在椅子上。过了很长时间之后，才尽可能风平浪静地告诉她："刚才在便利店，我遇到了顾轻决。"

胡莱莱"哦"了一声，留下长长的空白让我把便利店里发生的事情重播一遍。听完之后，她无限怜悯地摇了摇头，总结发言："也就是说，阮云喜，你现在在顾轻决的眼里，就是一个来了大姨妈却买不起卫生巾的穷女人，更可怕的是，你旁边还站着一个又丑又小气的极品男朋友，这种人生设定也太惨了吧？"

我舔了舔干燥的嘴唇，有气无力地说："这不是重点……"

胡莱莱重重点头，"你说得对，这当然不是重点，重点是，五年没见，他竟然送了两包'七度空间'给你当见面礼！从今往后，每个月你来大姨妈的时候都会睹物思情，这实在是太血色浪漫了。”

我竟然“扑哧”一声笑出来，就像胡莱莱讲了一个超级搞笑的笑话那样，笑得整个人蜷缩成一团，泪花四溅。等到胡莱莱也跟着大笑的时候，我突然收敛了笑容，特别冷静地说：“你别笑了，小心胸部的硅胶掉出来！”

胡莱莱尖叫着扑过来，掐着我的脖子怒吼：“你这个恶毒的死女人，我说过我只是整容，并没有隆胸！我的胸是真的！我还只是个黄花大闺女呢，我怎么可能有假胸！”

我整个人被她掐住脖子来回地晃，晃得有点眩晕，有点胸闷。

顾轻决那张熟悉又陌生的脸就伴随着这种眩晕和胸闷不停地在我的眼前晃过来晃过去……

我是没有翻身之日了，我早该看透这一点，我这只猴子自始至终就被顾轻决攥在掌心里，自以为逃了十万八千里，最后还不是尿在他的手指根上。时间过去得再久，他还是可以翻手为云覆手为雨，想让我撕心裂肺我就撕心裂肺，想让我泪流满面我就泪流满面，世界上再没有比他更厉害的了。

差不多就是在看见他的那个瞬间，我突然惊奇地发现，原来我竟然一直在思念他，紧接着，无数个疑问句涌进我糨糊一样的大脑里：你过得好吗？这么多年去了哪里？还是那么悲伤地活着吗？还在玩儿魔方吗？你有没有……有没有哪怕一瞬间，想过我？

令人沮丧的是，他似乎早已经忘记了，干净从容地把我从记忆里删除得干干净净，就像清空电脑里的回收站一样，那么简单，那么轻易。

所以看向我的目光才会那么平静，没有丈量我什么，也没有丝毫的错愕或是激动。

是时间过得太久了吗？还是对于他来说，阮云喜这个人原本就只是一个微不足道的存在？

头痛欲裂，我用胡莱莱用来丰胸的按摩手法使劲地揉了揉我的太阳穴。

临睡前我问胡莱莱：“你还没说来找我干什么呢，该不会是专程来我家宣泄大姨妈吧？”

话音刚落，她猛地从床上弹起来，义愤填膺地说：“还算你有良心，我失恋了。你知道吗云喜，我最近喜欢的那个男生，就是那个体校的流川枫，他竟然有男朋友了……简直不堪入目、匪夷所思、道德沦丧！”

我说：“胡莱莱，请你不要乱用成语……”

“这不是重点！”她仰天哀号，“重点是我失恋了！”

接下来的一个小时里，我瘫软在床上，一脸茫然听着胡莱莱在我耳边喋喋不休，控诉着全天下所有不爱她的蠢男人。

也多亏了她，我得以把自己放空，不必理会心中时不时就企图掀起的海啸。

也许这就是我喜欢和胡莱莱腻在一处的原因，她言语玲珑，开朗逗趣，可以声情并茂地把一件小事讲述得绘声绘色，一连串豪爽无比的爆笑让人忍不住跟着弯起嘴角。

这是三年前毅然决然地跑去整容的胡莱莱，是脱胎换骨的胡莱莱。她再也不是那个因为遭受拒绝而躲在书桌底下抱头痛哭的傻姑娘了，她变得随意自信，像一缕被乌云遮蔽了太久后在拨云见日的那一刻异常耀眼的光。

她躺在我身边紧紧地搂着我的胳膊，栗色的卷发弥漫着洗发水的甜味。我们两个就像学生时代一样，挤在一张床上胡乱地聊着天，漫谈着那些无关紧要的琐事，直到天光熹微的时候才渐渐入睡。

这之后的很长一段时间，胡莱莱就如此这般地赖在我家，没有半点要走的意思。半个月后，她干脆雇用搬家公司把自己的全部家当塞进了我那不足六十平方米的小公寓里。

当她得寸进尺地企图往我的书房里添置一套家庭影院和一台跑步机的时候，我终于忍无可忍，掏出手机试图报警。

号码还没摁下，电话铃声却抢先响了起来，我爸在电话那头用陈述句提醒我，下周务必要去高伯伯单位的图书部做实习编辑，他已经提前打好了招呼。

然后在我还没有来得及接话的时候就果决地挂断了电话。

我知道他还在为房子的事情和我怄气。

几天前，我爸心血来潮，硬要带我到市中心新开的影城看《喜羊羊和灰太狼》，看完顺便拉我走进旁边的售楼处，决定顺便给我买一套房子。

“爸，你这是不是也太顺便了……”

“我就顺便买买，你就顺便挑挑嘛。”

“爸，这种对话很容易引起误会……人家会以为我是个富二代。”

“你就是富二代啊，富东小区出来的第二代，简称‘富二代’。”

在被我强制性拖出售楼处之后，我爸伤感地问我：“为什么不买？这个楼盘离家很近，只有十几分钟的路程，我可以常去看看你，你也可以常和家里走动走动。”

我只好笑着打哈哈，“爸，你不知道，现在的年轻人都喜欢租房子住，不喜欢就换，又快捷又方便。”

他拉下脸，神色暗下去，“你当我不知道你是怎么想的？年轻人又不是烧坏了脑子，怎么会买得起房子偏要用租的，你是不是还在怪爸爸和你妈……”

“爸你不要胡思乱想了。”我打断他，像小时候一样牢牢地牵住他的手，宽慰他，“我才毕业几年啊，如果你早早地就把房子给我买好了，那我还奋斗个什么劲儿呢？你就不要剥夺社会新鲜人的乐趣了好不好？”

“我说不过你这个学中文的。”老爸叹一口气，不甘心地说，“那至少要去你高伯伯的单位实习，这总可以吧？有高伯伯帮衬你我还放心些，你不知道现在的实习生要遭多少白眼和排挤。”

“好了好了，你说什么我都听就是了，一定去高伯伯那里报到。”

我知道即使我这样说还是伤了爸爸的心，我这个不孝女，总是在不停地、不停地伤害父亲的一片苦心。

爸妈离婚后没多久，爸爸原本是要带我一起出国的，我却在机场一声不吭地提着行李溜掉了，一个人留在晏城，面不改色地继续上学放学。

后来爸爸回国，要我搬过去一家人住在一起，我又以离学校太远为借口坚持在外面一个人住。

事实上我也不知道自己究竟在逃避些什么。我总觉得自己会永远在这座城市里生活下去，可是却一直以一个随时都要离开的姿态生活着，生怕太温暖的感情会把我牢牢地钉在此地，就像有两双手，一个拼命地把我往这一头拽，另一个也不甘示弱地把我往那一头扯，我夹在中间忽左忽右痛不欲生。

挂断电话后，我冷眼看着脸上涂满绿泥面膜、像个观世音一样盘腿坐在床上打坐的胡莱莱，“说吧，你赖在我家这么久到底想干什么？”

胡莱莱抬头望了一会儿节能灯管，叹了一口气，慢悠悠地回答我：“云喜，我爸让我嫁人。”

“你爸跟谁结下的深仇大恨？”我吃惊地问。

胡莱莱白了我一眼，气若游丝地说：“对方是家里的独子，某跨国集团未来的继承人，标准含着金汤匙出生的公子哥。”

我难以理解，“那你还叹什么气？人家造了什么孽啊？”

胡莱莱说：“你以为是个富家子弟就一定是F4吗？言情剧真是害死人。我看了一眼他那张由上往下拍的非主流嘟嘴照，差点把一个月前吃的意大利面连洋葱一起吐出来。而且你知道吗？他竟然还PS，柔光效果，把旁边的瓷砖都P歪了，简直可怕……”

整整两个小时零四十五分钟，胡莱莱用尽了《现代汉语词典》里能够搜刮出来的最恶毒、最下流、最无耻的形容词，把那个素未谋面的富家子弟拼凑成一个惨不忍睹的幻影，塞进了我极富想象力的脑子里。

然后，喝光了三杯大麦茶的胡莱莱对这件事情做出了总结发言：“总之，我要在你家住一段时间，直到我爸意识到自己的错误和错误的严重性，我才会考虑和他父女重逢！”

我缓了缓，又想了想，总觉得她大概是回不去了，于是含着被剥削的热泪冲了个澡睡觉。

而当我真正理解了“剥削”这两字的深层含义时，我已经可以面无表情地顶着一对比文身还深的黑眼圈，一边给自己猛灌三倍特浓的浓缩咖啡一边对着电脑心平气和地催稿了。

实习第一天，我和高伯伯打过招呼，没多久就有人力资源部的同事带我在公司走马观花了一番，最后我被领到一个大口吃着泡面的女生旁边站定，他指着一张被厚厚一摞图书占满的桌子对泡面姑娘说："可可，你把桌子收拾出来，这是新来的实习生阮云喜，今后好好相处，多教教她。"

可可来不及咽下嘴里的泡面，匆忙用手指比画出一个"OK"的手势，等人力资源部的同事离开后，麻利地把桌子上的书抱到脚下，冲我露出一个友善的笑容。

"谁这么缺德把你推进这个火坑里啊？"她终于把泡面咽下去，递给我一袋速溶咖啡笑着问我。

我说："啊？"

可可说："做编辑，操的是卖白粉的心，赚的是卖白菜的钱。一进编辑部深似海，穷三代，饿三代，休想翻身还房贷，这你都没听过？"

我说："啊？没听过……"

可可露出亮晶晶的小牙哈哈大笑，"云喜你的表情可真逗，看把你吓得，我逗你玩儿呢！"

紧接着，她递给我一沓印满宋体五号字的A4纸和一台银色的苹果笔记本电脑，依旧是笑眯眯的表情对我说："这里面是公司的一些规定和注意事项，你象征性地翻一翻就好，基本上就是不要杀人越货、不要迟到早退什么的，具体的工作内容等你融入工作进度中自然就会摸索出来。电脑可以拿回家用，随你方便，不过要是下载让人羞羞的影片，可要注意不要被老板发现哦。"

我恍惚地点了点头，认真地听她把公司从上到下的职务介绍了一遍，又针对公司签下的几位畅销书作者进行了扫盲。剩下的时间，则听她把公司近年来的绯闻八卦和江湖谣传全都绘声绘色地讲了一遍，比如新来的主任助理的前男友是前主任助理的现任男朋友之类，总之，直到中午我才抽空喝了一口已经凉掉的咖啡。

午休时间，可可执意要带我去参观公司的全貌，我委婉地表达了拒绝：

“真的不用麻烦了，我想休……”

没等我说完，可可就把我从椅子上揪起来，用十三岁孩子的语法对我嚷：“不麻烦不麻烦，一点都不麻烦，作为你的好搭档，未来的好朋友，我一定要带你去参观的，一定一定一定！”

我被公司同事的热情和温暖深深地打动了……任由她扯着我，从一楼大厅的便利店开始参观，一层一层地靠着大腿肌肉往上爬。我很想问问她为什么我们不乘电梯，却在经过总监办公室的时候，被她突如其来的尖叫给打断了念头。只见她鬼鬼祟祟地捂住嘴巴，脚尖兴奋地来回直跺，按捺不住的低吼冲破手指缝传出来：“是宫屿啊！云喜云喜！是宫屿！啊啊啊，我的男神，我的偶像，活的！”

我不明所以，“谁？新出的偶像团体吗？”

“嘘！”

她将我拖进墙角，只允许我偷偷探出半颗脑袋，从办公室的玻璃墙朝里面看。由于这之间有些距离，加上眼镜还丢在编辑部里，我只能模模糊糊看见一个瘦高的轮廓，可即便如此，那个人影也依旧是难掩气宇轩昂。

可可始终处在一种极度亢奋的状态中，却还不忘替我扫盲，“那就是宫屿，天才画家宫屿啊！你一定听说过吧？如果总监可以顺利把他签下来，那我们公司可就发达了！远藤文化和我们公司一直以来都是实力不相上下的死对头，我们倾城文化能不能成为本年度的销量冠军，就看这一次能不能把宫屿抢到手了！”

“画家？”我疑惑道，“我们公司不是做图书出版的吗？”

可可耐心解释道：“绘本也是图书的一种啊。宫屿的绘画天赋，加上公司王牌作家的文笔，如果可以联合打造出一部绘本作品，绝对是一加一大于二的效果！”

一听到“天才”这种形容我就没有了继续窥探的兴趣，从小到大的经验告诉我，凡是被人称为天才的不是怪咖就是大怪咖。

当然，阮云贺除外。

我陪着可可瞻仰了她的偶像好一会儿，回去的时候忽然感觉有一道目光在盯着我看，回头四顾，又觉好笑，才来公司哪儿来的熟人可看？摇摇头走了没多久，肩上却突然一紧，紧接着有个好听的男声开朗地说：“是你啊，爱哭鬼。”

我回头的同一瞬间，旁边的可可兴奋地尖叫起来：“啊！宫、宫、宫屿？！你认识我们家云喜啊！”

“原来你叫云喜啊。”他放开我的肩膀笑吟吟地看着我。

正午的阳光从窗外慷慨地投掷进来，细密蚕丝般萦绕在他的周身，他穿一件灰色的兔毛毛衣，毛茸茸的质地使他看上去多了一份温暖平静的气质。

宫屿看见我带着满头问号打量他，笑得更加开朗一些，提醒我说：“你忘了？下雨天，苏总办公室门外。”

我困惑地盯着他，眼前这张脸，仔细一看还真是好看到不行。两道剑眉如墨染，一双大而清澈的眼睛却如白马毫无戾气，身材修长匀称，像是常年生活在健身房，笑起来却很可爱乖巧，一排亮晶晶的牙齿闪闪发亮。

就像……就像一只金毛犬！

我被自己的比喻逗笑，过了好一会儿，才迟迟地“啊——”了一声：“想起来了，原来是你啊。”

那一天下着大雨，灰黑的浓云席卷了整个天空，空气阴冷潮湿，让人心情压抑。

那一天是我的生日。

我一个人搭乘十六个小时的长途客车去 C 市看我妈妈。我知道她并不想见到我，就躲在办公室门外偷偷地往里面张望，亮堂的灯光里，她正端坐在办公桌前埋头处理工作。

也许是淋了冷雨，我在门外站了一会儿便有些发抖，时至今日，我早该习惯了没有妈妈在身边嘘寒问暖的感觉，可是却在那一刻忽然间觉得很委屈，竟还簌簌地掉下泪来。我不敢发出声音，紧紧咬着嘴唇，像一个在外受了欺负的孩子，手足无措地立在那里，满心只想要立刻扑进妈妈怀里痛哭一场。

可我也清楚地明白，若我真把这可笑的想法付诸行动，就只会惹来更多的嫌弃和厌恶。

耳边又响起隔着苍白的时光远远传来的那一句："你别叫我妈！你这个扫把星！没有你我的儿子不会死的。我的云贺，是你害死了我的云贺，为什么你不去死？该死的是你！"

为什么你不去死？

该死的是你！

该死的是你啊……为什么你不去死？

是啊，为什么啊？

我也常常这样问自己，为什么不干脆死掉算了呢？

如此平凡懦弱的我，真的有必须要继续活下去的理由吗？是不是只要继续活下去，厚着脸皮一直一直活下去，就会像阮云贺说的那样，总会在现实生活的泥淖里抓到点什么发亮的东西？

妈妈始终在埋头工作，没有发现门外的我。

她的办公桌上摆着一个木质相框，透过身后玻璃柜的反射，我知道了那是阮云贺的单人照片，照片里，少年穿着一身剪裁妥帖的西装，手捧一束染色的满天星望着镜头微笑……

看清照片的那一瞬间，我只觉得自己像是吞了锋利无比的刀片，疼痛从喉咙一点点地蔓延下去。我几乎是用尽了吃奶的力气，才没让哭声冲破喉咙。

那个充满善意的手掌就在这时候忽然落到我的肩膀上，随即是一个好听的男声在耳边轻轻地问："来找苏总的？怎么不进去？你……在哭吗？"

慌乱间，我撞开身后的人落荒而逃。

原来那个人就是宫屿。

那日只是匆忙打个照面，我认不出他也在情理之中，倒是此刻他身上淡淡的檀木香气，很淡，让人觉得熟悉，像一株柔软的植物在大雨中舒展开来的味道。

后来我才知道宫屿曾经为妈妈的公司绘制过宣传广告，遇见我的那一天他就是过去取资料的。

可可不无兴奋地猜测，宫屿这一次肯大驾光临倾城文化，很有可能是为了洽谈合约的问题，如果能够与公司达成一致，那么以后我们就有希望成为同事。当然这也仅仅只是一个希望而已。

实习的第一天，就在这不切实际的希望和平凡的忙碌中圆满地结束了。

下班后，当我赶到“有家酒馆”的时候，夏微和胡莱莱正坐在靠窗的位置上埋头点餐，窗外即是落日淋漓的长河，正是秋水共长天一色时，望出去着实令人心情舒畅。

在听我汇报完第一天的上班经历后，胡莱莱对“宫屿”这两个字表现出了极大的兴趣。

她从包里翻出一本崭新的精装杂志，翻到其中的某一页指给我和夏微看，“你说的那个宫屿就是这个被日本的画画老头称赞为天才画家的宫屿吗？”

我仔细看了下杂志里肃穆静立的男人，他看上去极静，阳光下淡金色的面容沉静固执。

“不过，‘画画老头’这样的称呼也太随便了吧……”我指着杂志下角标注的“日本漫画家某某先生称赞其为‘拥有令人惊叹的天才绘画天赋’”看向胡莱莱。

夏微也颇感兴趣地看了看杂志上的照片，用一种极富职业操守的专业口吻评价：“身材倒是不错，脱光了应该有可拍之处，只可惜长了一张纯洁无辜的娃娃脸，如果气质上再邪魅一点或是再风骚一点就好了。”

胡莱莱立即捂住胸口埋怨道：“我说你不要这么色情好不好，小心玷污了我纯洁的耳朵！”

作为一名专业裸模，夏微被这句话给彻底惹毛了，“色情？这世上还有比你那试图突破天际的胸部更色情的东西吗！”

胡莱莱抱住脑袋尖叫：“快住嘴！我最怕听到粗俗不堪的句子了，不要再玷污我了拜托你！”

我发现从刚才开始，隔壁桌的几个男生就一直有意无意地盯着我们，脸上挂着试探的笑意。我推了推差点扭打在一起的夏微和胡莱莱，“别掐了，看看那一桌的你们认不认识？”

两人看了隔壁桌一眼，夏微说：“不认识。”

胡莱莱兴奋地整理了一下额发，底气十足地说：“别担心，我想过不了多久我们就会认识了。”

果然不出三分钟，其中一个男生笑意盈盈地走过来，在夏微面前站定，讨好地说：“嗨，可以交换一下电话号码吗？”

我听见胡莱莱气沉丹田差点捏碎了手里的陶瓷杯子。

在胡莱莱的世界里，男人永远只分两种：一种是被她迷倒的好男人，另一种就是被夏微迷倒的烂男人。至于裴兴，她一直称呼他为“那个娘们儿”。

而在夏微的世界里，男人也可以分为两种：一种是陆小虎，另一种就是除了陆小虎以外的人。

那个从学生时代起就一直跟在夏微身后大声嚷着“我喜欢你”的陆小虎。

那个为了夏微被赶出学校，临走还要站上主席台向全校师生宣誓“我是真的真的很喜欢夏微”的陆小虎。

那个小小年纪就一脸认真地用“除了夏微，别的女人在我眼里就只是没有性别的人类”来拒绝女生告白的陆小虎。

也是那个站在冰天雪地里眼眶通红地对夏微大喊“你怎么那么脏！那么不要脸！”的陆小虎……

我还清楚地记得，第一次拍完人体艺术作品的夏微，她的手里捏着薄薄的几张人民币，笑得比白雪更耀目。

惨淡的日光下，她指着自己红肿的左脸对我说：“云喜，你不知道吧？陆小虎那个白痴……他连女人都打啊……你也没想到是吧……连女人都打……哈哈，真是吓了我一跳……”

女孩单薄的身影牢牢地扎在雪地里，在飞扬的大雪中始终微笑着，过了很久很久，她才一点点，一点点，终于挨上我的肩膀，笑容褪去的同时，滚烫的眼泪落了满脸。

第二章

世界的事

穿堂风吹过，校服的裙摆轻柔地打在她白皙笔直的双腿上，
那是十五岁那年的夏微，美好得就像寒冬的第一缕薄雪。

十岁之前我一直住在乡下，小学四年级那年，才被十年来一共见过不足五次的妈妈接回了晏城。在那之前，我一直和奶奶生活在一起。听说我还没有断奶，就被我妈送到了乡下。

记得小时候我会时常问奶奶："为什么我不能和爸爸妈妈住在一起？别人都有爸爸妈妈，为什么我只有奶奶？"

奶奶疼惜地抱着我，用她温暖的脸颊蹭了蹭我的小脸蛋，告诉我："因为奶奶最喜欢云喜，奶奶离不开你。"

同样的问题我也问过我妈妈，她告诉我："是你自己来得不是时候。生你的时候我的事业才刚起步，照顾你哥哥一个我都已经是晕头转向的，根本没有多余的精力再来照顾你。你明白了吗？"

我怔怔地点了点头，说："明白了。"

其实那时候我并不是很明白，不过没关系，随着岁月的流逝，我的困惑和不解都被理解和体谅替代了。妈妈很辛苦，爸爸又是一个标准的文人，吟诗作对不在话下，但柴米油盐是半点也碰不得的，这样不食人间烟火的爸爸，自然是没办法帮衬妈妈照顾我。

再说，我的到来原本就是一个意外。

是因为奶奶和爸爸的坚持，妈妈才允许我来到这个世界上。

要知足，要体谅，要感恩，我一遍遍地对自己说。

关于回到晏城的那一天，有很多细节早已经在我的记忆里发黄发脆，一层层剥落在我平凡而又冗长的生活里。只依稀记得奶奶粗糙温暖的手掌一直推着我，带着浓浓的不舍，一直一直，把我推向妈妈的身边。

记得她几乎是哽咽着嘱咐我："到了家里要听妈妈的话，要讲卫生，不要调皮把家里弄乱了，被妈妈批评了也不要哭，不要总想着奶奶……"

记得奶奶的眼泪，我的眼泪，一点点，大雨一样浸透着那个干燥闷热的夏天。

尽管新家宽敞得离谱——更离谱的是我竟然拥有了属于自己的房间——尽管这样，我仍是觉得自己像一个突然被丢进陌生牢笼里的小怪物，时刻露出装腔作势的獠牙，准备与这个崭新又陌生的环境抗争到底。

于是开学后没多久，我就成为学校家长会的会议主题。大会围绕着我"不合群""性格孤僻又不稳定""殴打男同学""觉得小兔子很好吃而不是很可爱""创立一些莫名其妙的组织并号召同学加入"等问题展开激烈的批评和规劝。

事实上我也不是没有试过去适应、去硬撑，也不是没有拼命地努力过，那股不服输的劲头也曾经带给我无数的动力和希望。可是，当我熬夜啃书，终于从及格线一路突破九十分的时候，当我拿着那张令我骄傲的卷子，满怀希望地以为自己会得到些许关注，哪怕仅仅是一个赞许的眼神的时候，妈妈却因为阮云贺只考了全校第二名而陷入焦虑。

她把我的卷子随手丢进垃圾篓里，不耐烦地推开我，"你这个孩子怎么这样烦，没看见我在为你哥哥担心吗？能不能让我省点心？"

大概就是在那个时候，我突然真真切切地确定了，妈妈喜欢哥哥远胜于我。从前只是捕风捉影的预感，这一次证据确凿，尘埃落定了。

没有用的，我对自己说，原本就不喜欢读书不是吗？就算再怎么努力，也永远无法投射出哥哥的影子，硬撑着也无非是一次又一次地证明，无论是变得更好还是变得更坏，我的存在原本就是无关紧要的……

放弃吧。

死心吧。

没有用的。

刚满十岁的我噙着眼泪转身跑进房间里。

新房子里的灯很暖，比起乡下的昏黄来得洁白，也来得刺目。

是了，就是在那样的灯光里，我看见心中那只蠢蠢欲动的小怪物，伸出冰冷的手，将自己根根直立的毛发捋顺了，拔去了坚硬锐利的指甲，然后，以一个逆来顺受的模样混迹在人群里，假装自己平凡却快乐。

直到现在，我理所当然地长成了一个波澜不惊的姑娘——清汤挂面的脸看上去一副好欺负的样子，是走在地铁站经常会被莫名其妙踩到脚的那一类型。即使邮箱里塞满了几百封的未读稿件，还是可以心安理得地喝着咖啡，点开其中一封加了三个感叹号的稿件慢悠悠地读下去。

可可曾说，每一个波澜不惊的女人身边，都注定会有一个波澜壮阔的女人，比如她。此刻，这个波澜壮阔的女人正朝我款款走来，把一沓文件放在我面前，随即迫不及待地压低嗓音小声地嚷："坦白从宽，抗拒从严——快说，你和宫屿究竟有什么奸情？"

我笑，"别乱想，只比陌生人多打过一次照面。"

"少来，你骗鬼鬼都不信！"可可白了我一眼，继续说，"那天他看你的眼神，就那个柔情似水的眼神，我掐指一算哪，绝不止打过一次照面那么简单。"

我忍不住吐槽："就他那双柔情似水的桃花眼，看谁都不会让人觉得简单吧？"

正说着，电话铃声大作，我按下接听键，一个温和有度的嗓音传进来："你好，云喜，我是宫屿。"

"宫屿？啊……你好，有什么事吗？"疑问句才刚问出口，可可就以母豹子的敏锐速度"嗖"地一下立起耳朵贴了过来。

电话那头传来爽朗一笑，"不知道午休时间可否邀你一起吃饭？旁边的可可也一起来，人多热闹些。”

我这才意识到他似乎在看得见我们的地方，四下环顾一圈，从巨大的玻璃窗望出去，果然就看见宫屿笔直地站在楼梯扶手旁朝我们挥手。

正犹豫着，可可已经露出极端亢奋的表情，一手抓起两个人的包包，一手扯着我往外狂奔，“算我信你没有奸情，不过现在奸情来了，你可要好好把握啊，快走快走，朝着奸情 GOGOGO！”

这一天的阳光很好，一圈一圈地闪耀在城市的上空。

吃饭的时候我才知道，原来宫屿已经和我们公司签订了出版合约，老总还特地空出三楼的位置给他做私人画室。

“所以，以后我们就是同事了。”宫屿坐在对面，慵懒地卷着面前的意大利面冲我们一笑。

可可倒抽了一口气，挥舞着叉子抗议，“喂喂喂，宫屿，你随随便便就笑成这样子是什么意思啊，小心我告你蓄意勾引哦！”

宫屿依旧笑容可掬，“荣幸之至。”

可可叹气道：“哎，我可真是生不逢时啊！我的男朋友要是有你一半的温柔可爱，我也算是死而无憾了！”

宫屿无辜地瞪大眼睛，三人面面相觑，爆发出一阵爽朗的笑声。虽然可可素来夸张，但是话又说回来，宫屿的脸庞和神情还真是很容易让人联想到小动物啊，就是那种毛茸茸的、眼神温良的小动物。

这顿饭吃得很饱，也很尽兴，人生在世吃一顿如意饭也是一件乐事，所以，和宫屿熟悉起来仿佛就成了一件理所当然的事。

打那之后，每到午休时间，宫屿就会慢条斯理地从三楼的楼梯一节一节地走下来，穿一件不是白色就是黑色的上衣——这导致很长一段时间我都以为他是一个色盲，而他的人生就是一个色盲变成大画家的励志故事——然后走到我的办公桌前，笑意盈盈地问我：“今天中午吃什么？可以带我一起吗？”

我一直把它当作一个疑问句而不是一种委婉的邀请来回答：“楼下的麻辣烫啊，又便宜又管饱，十块钱随便吃。”

“好啊，一起去。”

接连吃了一个星期的麻辣烫之后，宫屿的脸色彻底变绿了，是真的很绿的那种绿，深深地、深深地透着一种铁青……对此我挺不以为然：你不爱吃麻辣烫就直说啊，何必摆一张绿色的臭脸给我看？

直到有天下午，宫屿因为接连腹泻晕倒在画室里，搞得全公司都沸沸扬扬，我才终于明白了他脸绿的真正原因。

因为这件事我差点被可可戳穿了脑门，她一脸恨铁不成钢地教训我：“你说说你啊，阮、云、喜！人家虽不是声名显赫的富二代，可好歹也是一娇生惯养的富家子啊，那干净清爽的肠胃构造能和你这个大老粗的一样吗？你倒好，天天带人家吃麻辣烫，天天带人家吃麻辣烫，麻麻麻、烫烫烫！你这是蓄意谋杀你知道吗？”

我小声地辩解：“我既没有求他吃也没有强迫过他……”

可可用一种简直是把人当怪物看的眼神深深地看了我一眼，“你是没有强迫他，可你怎么就不想想他干吗非要和你一起去吃呢？”

我仔细分析了一番，得出结论：“可能因为他刚到公司，没什么朋友……”

可可终于忍无可忍地大吼：“他那是因为喜欢你啊阮云喜！傻子都看得出来，宫屿那可是为了你含笑饮砒霜了！”

“砒霜？你这么说有没有考虑过店老板的感受啊，再说，有那么严重吗……”

“你可真是气死宝宝了，重点不是砒霜，重点是宫屿他喜欢你啊！”

他喜欢你啊——

喜欢你啊——

你啊——

啊——

她这一吼，余音绕梁，气势恢宏。

下班时间还没到，宫屿喜欢我的事儿，就已经在全公司广为流传、家喻户晓了。

所以说，绯闻的力量是可怕的。

最终，作为差点用麻辣烫谋杀了公司头牌画手的头号嫌犯，我满怀着深深的自责和愧疚，接受了组织委派我去医院慰问一下宫屿的任务。

提着下班路上现买的果篮一路找到干部住院楼，医院的走廊静悄悄的，弥漫着消毒水特有的味道和清冽的质感。

小时候起我就特别喜欢闻消毒水的味道，淡淡的，凉凉的，庄重而严肃，是生命的降生和弥散开来特有的味道。

还记得五六年级的时候有一堂作文课，题目是“我最喜欢的味道”。大部分同学在老师的提点下很快地写出“母爱的味道”“家的味道”等煽情而又感人的内容。只有我一个人写的是“最喜欢医院里消毒水的味道”。

有好事的同学拿着我的作文本到处传阅，他们看着那些文字笑嘻嘻地谈论我——

“消毒水的味道很像死人的味道啊！”

“你有病吧阮云喜，怎么会有人喜欢消毒水的味道？”

“喂，我说，你该不会是吸血鬼吧？还是僵尸？哈哈哈……”

在整个班级并无恶意的嘲笑声里，我忽然发觉自己心里的那头小怪兽其实一直都没有真的被驯服，尽管我费尽力气将它打压在心房最黑暗最静谧的地方，但是没有用，它时常会冒出一对尖尖的耳朵，或者充满危险信号的尾巴。

它一直藏在我的心里，随时准备好张牙舞爪地冲出来——我扑过去，毫不犹豫地扯住她们的头发撕打起来。

只有阮云贺，也只有他，才会在我试图撕烂作文本的时候，一本正经地揉着我的头发告诉我：“很特别啊。消毒水的味道让你这么写出来好像还真的很好闻！”

——很特别啊。

当我被心里的那只小怪兽折磨得烦躁不堪的时候，这四个字险些催出我的眼泪。

那只张牙舞爪的小怪兽终于安静下来，我半信半疑地问他：“哥，你认真的吗？”

“当然是认真的！”阮云贺穿着高中部的白色校衫席地坐在我的身边，声音清朗自如地念道，“‘那种味道就像是无数缕魂魄，温柔地弥漫在各个角落’，云喜你还真能写，用词又漂亮，真不愧是爸爸的女儿啊，说不定，将来可以当一个和爸爸一样出色的作家。”

他说这些话的时候，漆黑的眼睛里闪烁着一种发自内心的喜悦，那种真情实意的感动汇聚成奇异的光芒，使他看上去格外温柔。

我忽然觉得，原来有一个哥哥是这么幸福的一件事。

他驯服了我内心的小怪物，就像一轮巨大而又宁静的月亮，在寒风四起的夜里缓缓旋转出令人安心的清辉。

我正陷在温柔的回忆当中无法自拔，忽然就有人在我的肩膀上拍了一下。

“云喜？在这里发什么呆呢？”

回过头去，看见穿着病号服的宫屿，正微微俯身看着我笑，饱满的嘴唇弯出一道猫咪似的弧线，“来看我的？正好，帮个忙。”

我疑惑地看着他，只见他把一盒还没拆封的香烟仔仔细细地塞进果篮里，再用一颗甜橙轻轻地压好。

我笑问他：“你好点了没有？怎么会腹泻到住院的地步？”

“看你来了我的病就好全了。”他亮晶晶的眼睛冲我眨了眨，说，“本来也没什么大事，我哥非要大惊小怪地给我办了住院手续，做齐了一套全面检查。不过医生也说了，真没事，想走随时可以走。”说完，指着果篮嘱咐我，“这个进去以后别露馅了。”

我点点头，被他像个孩子一样在后面推着肩膀往前走。

到了病房门口我才回过神来问：“病房里有你家人？不方便的话，我可以先回去。”话音刚落，病房的门霍地一下从里面打开，随即一个浑厚的声音劈头盖脸地砸下来：“臭小子，年纪轻轻就肾亏啊，撒个尿要这么久！别是偷偷跑去抽烟了吧？我告诉你……”

训斥就像炮仗噼啪炸响了好一会儿，声音的主人才发现门外除了一脸笑吟吟的宫屿之外，还站着一个瞠目结舌的我。他有些困窘地细细端详我片刻，随即一愣，大笑道：“怎么是你啊，小云喜！”

我也笑，仰起头看他，“三子，竟然是你！”

几年不见，三子已经是个十足的大人了——我说的不是那些油腔滑调又城府极深的大人，我是说，他看起来沉稳了许多。

没变的是那张标准的北方人的脸，虽然比起从前更加黝黑了一些，轮廓也更硬朗分明了一些，但骨子里透出的大方落拓的气质，仍是清楚地标注着眼前的这个人就是那个“拼命三郎三子哥”。

原来他以前时常挂在嘴边的弟弟就是宫屿。

我已经有好些年的时间没有再见过三子了，高考结束后我曾去他的店里找过他，新接手的店主告诉我他已经搬走了，好像是去了外地。

那时候我还很是失落了一阵子。

三子比我们都要年长，我们认识他的时候他就已经有了青涩的胡楂——“我们”指的是夏微、顾轻泱、陆小虎，还有我。

那一年我们刚升初二，三子则刚满二十一岁，算起来该是我们的大哥，可我们都爱没大没小地喊他三子。

二十一岁的三子在复宁中学的附近开了一家租书店，兼职给人算卦，后来学校里流行算塔罗牌，他又在店门口竖起了算塔罗牌的招牌。门口的空位也没空闲过，夏天卖雪糕，冬天就卖糖葫芦，半夜还要去夜市摆摊卖烤羊肉串……他的青春岁月就是如此简单粗暴，没有迷茫、没有叛逆、没有为赋新词强说愁，有的只是一张张小面额的人民币，几块的、几毛的，一张一张地摩挲、抚平，整整齐齐地存放起来。

可是他看上去却那么快活，那种快活就像在晨曦中翻腾的大海，一层层地冲撞着岸上的礁石。我总觉得他和别人不一样，和任何一个租书店老板、任何一个卖烤羊肉串的都不一样，他的眼睛里燃烧着旺盛的希望。

那时候的三子还会常常跟我们说起他的弟弟，谁都知道三子有个弟弟，他把自己知道的褒义词尽可能完全地用在了弟弟身上：善良懂事、见经识经、体贴热忱、英俊潇洒……哪个要是胆敢说一句他弟弟的不是，他定不会轻易饶了对方，保不齐就会举起砖头照那个人的脑袋瓜狠狠砸下去。

顺着他弟弟的话题，我们对三子的家事也略知了一二。他们的父母去世得早，三子便中途辍学一心一意地供他弟弟读书，十几岁的年纪就开始东奔西忙，好不容易凑钱开了这么一家多功能的小书店。

他说："我可以干苦力，什么苦都吃得，但我不干下作事儿，不给我弟弟抹黑。"

就是这样一个人，整日忙得像个陀螺，倒把自己的弟弟养得活脱脱似一个公子少爷，半点苦难也没让尝过。这也成了三子一生最值得骄傲的大事："我弟弟虽然没爹没妈，但他有我，他和你们这些读书的孩子没区别，都一样幸福快乐！一样娇生惯养！"

那时候我还在想，如果哪天遇到了他的弟弟，我们之间一定会有很多共鸣——我们都有一个天底下最好的哥哥。

话说回来，我们能认识三子，其实全都是夏微的功劳。读初中那会儿，夏微就常常拉着我们一起去三子的店里租书看。

其实她爱看的那些书我全都看不懂，什么加缪、博尔赫斯、卡尔维诺、茨威格……总之全是一些我翻上两页就会被困倦侵袭的怪书。

在看书这件事上，我和陆小虎就臭味相投了，我们都更愿意站在漫画书架那一栏，我翻《天是红河岸》《魔卡少女樱》之类的少女漫画，而陆小虎则看《海贼王》那种热血漫画。但大多数时候，陆小虎连漫画都看不进去，他喜欢隔着一排排散发着油墨味的书架子看夏微。

夏微真的很美。那样小的年纪，已是一副明艳动人的皮相，又有傲骨撑着，远远一望，让人心里微微地发颤。

这份美丽又不掺杂一丝一毫轻薄和骄傲，仿佛对她来说"漂亮"只是一件理所当然的事情，就像人要吃饭，树要饮雨，原就不需要过多地思索和赞叹。

有时候我也会顺着陆小虎近乎痴迷的目光看过去，那是十五岁的夏微，扎一个清爽的马尾，露出光洁的额头。她穿一件干净的、隐隐透出茉莉花香的白色 T 恤，衣摆扎在藏蓝色的校服百褶裙里，穿堂风吹过，校服的裙摆如海浪，轻柔地抚过她白皙笔直的小腿。就连脚上那双再普通不过的帆布鞋，也永远是纤尘不染的样子。

那样的夏微，美好得就像寒冬的第一缕薄雪，轻盈、洁白，晶莹无瑕。

那是十五岁那年的夏微，也只是十五岁那年的夏微。

她的美丽吸引了无数个正处于青春期的男孩子，他们远远地望着她，喜欢她、爱慕她，恨不得掏出自己年轻的心送给她。

比如陆小虎，比如陈北诺，还比如三子。

我想，三子喜欢夏微的事儿，可能自始至终就只有我一个人知道。整个复宁的学生，只有夏微租书可以晚还几天；整个晏城的小书店，也只有三子，会为了夏微的特殊癖好，去进一堆没人看得懂也压根就不会有人租的书回来。

那时候的三子，那时候的夏微，那时候的陆小虎，还有我，如今已经遥远得就像一个不切实际的梦了。

此刻，三子在病房里泡了一壶好茶，绵长茶香里，我们三个气氛融洽地开起了座谈会。大多数时候都是我和三子在回忆往事，宫屿就安安静静地坐在一旁仔细聆听。

言谈中我才得知，在我们高考那一年，宫屿患了急性胃炎陷入昏迷，三子接到校方电话，即刻就关了书店去给宫屿看病，后来就在那里安顿下来，拿书店兑出去的钱做起了各种小生意。

加上 2009 年流感，他又靠着卖口罩和温度计赚得一笔，那之后便凑钱开了家搬家公司。他为人踏实肯干，又肯吃苦耐劳，生意开始便顺风顺水，如今已是个货真价实的大老板了。

这些年不曾见过，他身上那些“不一样”的气质都还被他保存得完好无损，没有腐烂，没有衰败，我真替他高兴。

我低头饮一口茶，茶汤温润。意料之中听见三子不经意地问起了夏微，我笑道：“她很好，如果知道你回来了一定很高兴。”

三子也笑，笑容里竟夹带着一丝少年的青涩，他说：“那就好，她很好，那就好。云喜，过几日我们几个一定要一起聚一聚。”

再添茶时，护士推门而入，叫宫屿出去做一些常规检查。我便不再多坐，和三子互留了电话号码就起身告辞。宫屿忙拦住我，“怎么能让你自己走，等我一下，检查完送你回去。”

三子赶他，“这等美差哪里就轮得到你？老老实实做你的检查，我会送她回去，放心吧。”

宫屿听话地“嗯”了一声，扭头冲我眨眨眼睛，“明天公司再见，小云喜。”

他竟学着三子的语气嘲笑起我来，这个假病号。

回去的路上三子把车开得很慢，他看出我晕车，体贴地为我开了窗。风在耳边缓缓掠过，让我不至于太过憋闷。舒适的进口车在黄昏的车流里匀速前行，车里不合时宜地放着一首老歌。

“回忆里想起模糊的小时候，云朵飘浮在蓝蓝的天空，那时的你说，要和我手牵手，一起走到时间的尽头，从此以后我都不敢抬头看，仿佛我的天空失去了颜色……”

不知道为什么，车里的空气忽然间也随着歌曲的旋律变得无限哀伤。

我想起很久以前，和顾轻决分手的那一天，我也是这样安静地坐在三子的身边听音乐，书店里零星地进来几个学生，他们眼神古怪地看向我，又匆匆移开目光。

外面的天空灰成一片，有鸽群呼啦啦地飞过房檐。过了很久很久，我听见三子悲天悯人地对我说：“别哭了云喜，你哭得太久了。”

我这才恍恍惚惚地回过神，原来我一直在掉泪啊，难怪他们要看着我轻声耳语——一个女孩失魂落魄地坐在书店的角落里，滚烫的眼泪爬满她木讷的脸——是会引起侧目和好奇的。

于是我胡乱地擦了一下脸，转头对三子挤出一个凄惨的笑，“我没事，我只是……只是……”话未说完，泪又不可抑制地落下来。

我不知道自己怎么会突然想起这些事情，大概是有什么相似的东西不小心触碰了记忆的按钮，所以大脑才会疯狂检索那些几乎就要被我忘记的事情。

那天晚上我做了一个梦。

梦里的我和顾轻决有说有笑地走在放学后的黄昏里，他牵着我的手，掌心温暖而厚实。我们走了很久，很久，不知道什么时候，黄昏已在我们四周褪尽了颜色。第一盏路灯在我们身后亮起的时候，顾轻决放开了我的手。

他对我说：“阮云喜，我们到这里就要分开了。”

说完笑着冲我摆了摆手，踏上了一艘小小的蓝色的船。

那艘船太小了，容不下两个人，我只能傻傻地看着它划向深蓝的海中央。大海之上，他的白色衬衫就像风帆在风里高高地扬起。

我站在原地就那么远远地看着他，一直看着，直到他的笑容在星光里越来越模糊，直到再也看不清楚。

心脏一阵抽痛，我猛地睁开眼睛，看见窗外的灰蓝天空，它的尽头有一片虚张声势的朝阳正缓慢袭来。

也不知是我的表现太好，还是我爸的表现太好，忙得鸡飞狗跳的实习生活结束得比预期中的还要早。

正式入职的那一天，可可送了我一大罐黑咖啡，她拍着我的肩语重心长地教导我：“云喜，编辑可以三餐不吃米，却不可一日无咖啡，好好喝，好好干，倾城文化欢迎你，加油！”

我看着她那年轻的、写满了幸灾乐祸的脸，顿时一种天将降大任于小女子的悲怆感油然而生。

作为编辑，我的时间大部分用在审阅五花八门的稿件上。这是一个全民写作的年代，上至八十多岁的老大爷投稿诗词歌赋，下至七八岁的小朋友投稿童话儿歌。而我的工作就是要在一堆驴唇不对马嘴的稿件里发现一篇好的小说作品。除此之外，还要用尽全力对付错误的语法和错别字，偶尔还要安抚一些心灵脆弱的写作者，对他们你可不能用简单的“稿件未过终审，请另投”来搪塞。

要耐着性子告诉他们，那些剧情夸张到让人语塞的稿子其实还是存在很多闪光点的，不用这样的稿子完全是因为我自身的审美存在严重缺陷。

如果这都不行，那就只好乖乖地听他们抱怨，他们内心深处那满腔的文艺情怀是如何被我蔑视和抹杀的，我会遭到什么样的损失甚至报应云云。

很多时候，我必须敲打着酸胀难忍的太阳穴，给自己猛灌特浓咖啡才得以保持清醒，才不至于砸了电脑与它同归于尽。

可可递给我一碗泡面，“何必呢？”她说，“大概扫一眼就好了，是金子在第一句就会发光，你不用那么认真看到结尾，浪费时间又浪费精力。”

她说得没错，但我始终觉得，编辑是一个需要耐心的工作。那些对文字抱有一丝希望的人，他们把这或渺小或恢宏的希望交由我来审视，我得对得起这份信任。

何况我总是固执地认为，比起一个故事如何开始，是否善终才更重要。

于是我常常会一个人留在公司里加夜班。

我喜欢下班后空无一人的编辑部。走廊上的日光灯给我一种温暖的错觉，我就坐在那一片小小的、明亮的错觉里，有时工作，有时发呆。

有一天我审稿审得乏了，就顺势趴在堆满书籍的办公桌上打起了瞌睡。

半梦半醒之间，忽然听见有人喊我的名字。我困惑地抬起头，在模糊温润的光线里看见了阮云贺，他也看着我，那样的目光真实得就像月光，只是我不确定那是天上的月亮还是水里的倒影。

“哥……”我半信半疑地发出声音，“是你吗？”

“嗯？你怎么睡在这里，做梦了吗？”他端着热腾腾的奶茶走过来，微笑着递给我。白蒙蒙的雾气里我看清了，那不是阮云贺，是宫屿。

我接过香气四溢的奶茶，掌心里迅速扩散的温度让我重新回归了现实。

“也许吧。”我说，“做了个美梦。”

“什么美梦会让美人的肚子咕咕叫？”他狡黠一笑，“可是梦见我要带你出去吃夜宵？”

我不好意思地摸了摸饥肠辘辘的肚子，还真是有些饿了，干脆关了电脑，对他说：“梦是相反的，该我请你吃夜宵。”

宫屿大方道：“好啊，吃什么？”

我冲他眨眨眼睛，“放心吧，这次绝对不是麻辣烫。”

夜里的天气真的很好，微凉寂静，晚风丝绸般轻柔地裹着我疲惫不堪的身体。这个城市的夜市早早收场，大家注重清晨多过夜晚。我们只好钻进一家尚未打烊的小酒馆，点了几道小菜，两瓶清酒。

我心虚地说："如果三子知道我请你喝酒，一定会结实地修理我一顿。"

"我保证替你保密。"他笑一笑，喝了一大口清酒，搁下酒杯满足地感叹，"还真是很久没有喝过酒了，抱歉，介意我抽烟吗？"

我摇摇头，"不介意。倒是难为你在三子面前乖巧得像个戴着红领巾的小学生。"

他不介意我的讽刺，低头点燃一支烟。

我看着他，笑问道："可以分我抽一支吗？"

宫屿愣了一下，"你会抽烟？"

"自古烟酒不相离，我既会喝酒，又怎么会不会抽烟？"我点上他怔怔递过来的香烟，凑近点燃，吸了一口。

宫屿摇头叹息，"你们文艺女青年不是都走小清新路线吗，怎么到你这儿画风就变了？"

正说着，热腾腾的菜端上了桌。宫屿掐灭了烟，顺手把我手里的香烟也拿去捻灭。

"吸烟有害健康，以后少抽点。"他一本正经地对我说，声音温和得像是在规劝一个小孩子。

我撇撇嘴，"自己还不是一样。"

"你说得对。"他露出苦恼的、下定决心的神情，非常认真地对我说，"那这样吧，我以身作则，以后我们两个都不许抽烟。"

我不置可否，"反正我没烟瘾，无所谓。"

酒馆里没有空调，凳子又梆梆硬，我们两个像是饱受饥困的难民，不顾菜色单调味道古怪，只顾埋头一通乱吃起来。桌上的空酒瓶子渐渐越聚越多，酒精让我产生了一种很放松的状态，这种状态让我发觉自己突然间很想倾诉点什么。

于是我说："从前我有一位朋友，他抽起烟来格外好看，因为太好看了，后来我就模仿着他的样子抽起了烟。”

宫屿静静地看了我一眼，说：“我知道，你说的那个人叫顾轻决。”顿了顿，又说：“阮云喜，你有点残忍了啊，明知道我喜欢你，还这么明目张胆地在我面前缅怀旧情人。”

我有点慌了，就像一个窃贼，在夜深人静的时候偷偷地打开他珍藏的宝藏——他以为谁也不知道这个宝藏的出处，于是他鼓起勇气，小心翼翼地、充满敬畏地打开了他的包袱，可是就在这个时候，突然有人跳出来说，哈哈，我知道你的宝藏是从哪里偷来的！

宫屿见我慌张起来，温和地笑着对我说：“不过没关系，我既然喜欢你，就应该连带着你的过去一起喜欢。可是在我表明心意之后，你若还要再次说起那个人，可要小心接受惩罚了。”

我有些愣怔，一时无话。

宫屿说话向来就是这个样子，一句真一句假，正经的、不正经的都要笑着说，我实在辨不清他哪句是真的哪句是玩笑，索性也就不再去多想。

这之后又过了很久，一个月还是两个月，总之久到我早就忘了他说过的那些话，也不知道因为什么原因我喝醉了酒——大概是因为苏重，或者因为别的什么，总之是一些根本用不着伤筋动骨的理由——我喝醉了，借着酒劲儿又在宫屿面前说起了顾轻决。

结果惹得宫屿莫名其妙地发了火，他突然伸出一只手握住我的手腕，另一只手恶狠狠地扳过我的脸，吻就落下来。

等我回过神来，整个脑子彻底木掉的时候，就听见他咬着我的嘴唇含糊不清地说：“早说过下次再提起这个人会有惩罚，是你不好啊，阮云喜。”

然后他的鼻尖抵着我的鼻尖，就那样看着我天真无邪地笑了一下。

不过还好，两个月前的这一刻我们之间还什么事情都没有发生，我和宫屿还可以自在地挤在小酒馆里喝着酒，听着旧音箱里幽幽扩散的老情歌。

虽然不可避免地，我将在不久的将来再一次遇到苏重，再一次遇到顾轻决，但这一切对于两个月之前的我来说，简直微不足道得就像还未中奖的彩票一样。

所以说，可以无知无觉地活在当下，真是件幸福得不得了的事。

慢慢地，和宫屿相处久了，发现他这个人还真是挺有意思。时而细心周到，体贴绅士，和他共事的同事都说与他合作让人感到安心踏实。时而又疯疯癫癫，似假似真，一副爱开玩笑捉弄人的样子。把人闹急了，唇角猫咪似的微微上翘，一双黑亮的大眼睛眨啊眨的，又即刻让人没了半点脾气。

我一向不喜欢双眼皮男生，却也不得不承认他的眼睛实在是讨人喜欢，水汪汪的，像这世上最温顺的大狗。

有时候我去四楼送资料，透过巨大落地窗就看见他穿着白色T恤，安安静静地坐在位置上埋头画画，神情认真得有些陌生。正午的阳光打着旋儿一圈一圈地涌进来，仿佛他用了某种童话世界里才会出现的魔法，把阳光都聚集在了他的四周。这时候我会在心里默默地想着，私下可以幼稚逗趣，肆意妄为，工作起来又严谨认真，有模有样，这样自如的自制力也着实让人佩服。

这么想着，不由一笑，然后恍惚地怔住了，觉得这样的场景似曾相识。

很多年前，我也时常这样莫名其妙地傻笑出来，每一次的傻笑却都是因为顾轻决。用夏微的话说，那时候的我，喜欢顾轻决已经喜欢到有点神经兮兮的。

打住打住……有些回忆不能总去触碰，变成习惯可不好。

更何况，想念是这世上最没用的东西，麻烦、累赘，除了刺痛人心，什么也改变不了。是这样吧顾轻决，但凡思念有半点用处，我们之间也不会落到今天这个地步。

这些年我已经逐渐学会了关上与过去衔接的那道门，安全地躲在回忆门外，认真地谈几场恋爱，努力地埋头工作，无论那一道锈迹斑斑的大门里发出怎样的声音都死死抵住，绝不让回忆的海啸有机可乘。

无论如何，生活都要继续下去不是吗？

当这座城市的气温直线下降的时候，三子提出一个温暖人心的建议——邀请我们几个弟弟妹妹一起吃顿饭。

我们几个指的是，当年为他的书店创造了不少收益的夏微——那时候去他那儿租书的男同学只有百分之二十是去租武侠漫画的，剩下的百分之八十都是为了去看夏微——还有属于这百分之八十之一的陆小虎，当然还有我，以及虽然从来不看书，但是始终觉得三子和元彬一样帅的胡莱莱。

我们四个手拉着手，无比欢欣地抵达富锦酒楼的时候，三子和宫屿已经提前到了有好一会儿了。

富锦酒楼在本地被很多人戏称为“富人楼”，据说是晏城商业巨头陆老板专为有钱有势的富人们斥巨资打造而成。一楼到三楼是餐厅，四楼、五楼为洗浴中心，再往上就是酒吧和KTV，什么健身房、室内高尔夫、游戏大厅等等都是应有尽有。想要从下到上走上一圈儿，足够我们这些小老百姓转个口吐白沫。

毕竟是难得潇洒走一回，这顿饭把我们几个吃得是酣畅淋漓、满嘴流油。特别是我和陆小虎，典型的小市民心态，本着“既来之，则暴食”的质朴思想，公开在脑门贴上饿死鬼的标签，放开了肚皮吃得风生水起、欢天喜地。

酒足饭饱后，陆小虎开始一次次寻找机会企图与夏微沟通，都被她不着痕迹地敷衍了事。陆小虎也不气馁，只傻傻地赔着笑，他早习惯了这些年来夏微对他的不冷不热。他也清楚明白，曾经那一巴掌的心结夏微始终不能解开。

其实我特别同情陆小虎，他喜欢夏微喜欢得恨不得掏心挖肺以示忠贞不渝，就像赛马场上的马，眼里心里再容不得其他，可夏微就是不肯原谅他，一副这辈子都不会跟他在一起的决心。

也许她有自己的坚持和尊严。

记得毕业那年，我曾经问过夏微：“为什么就不肯原谅他一次？”

那时候的我们坐在学校的天台上，大风在我们周围缓慢地席卷着尘埃。夏微看着很远的地方对我说：“虽然我们会活很久很久，可是真正的爱情只有一次。每个人都只有一次机会谈一场最干净、最纯粹的恋爱。我把这唯一的一次给了陆小虎，他却嫌脏，从此以后，我就再也给不起了，即便那个人是陆小虎也一样。”

“没人规定过这个，你没活到最后，怎么知道更好的爱情不在以后呢？”

夏微笑，“碎过的瓷器你还敢拿去送给谁？即便是厚着脸皮送了出去，也注定是不会被人珍惜，没有人会珍视一件残缺的东西。”

我觉得她说得不对，即便全世界的人都不会珍惜，陆小虎也还是会拿她当宝贝，也还是会对她小心翼翼，百般娇宠。但我没敢把这句话说给夏微听，那段时间谁在她面前提起陆小虎她就跟谁翻脸。

也记得很多年前的陆小虎，站在纷纷扬扬的大雪里，雪花落在他毛茸茸的头发上，埋没了他微微发抖的肩，模糊了他哭得分不清鼻涕和眼泪的脸。我瞒着夏微逃掉晚自习去找他，找到他的时候他已经冻得像个雪人，直直地立在那里，只有一双眼眶通红。

我打着手电筒走过去，看见他的眼睛里那些玩世不恭，那些稚嫩，那些属于他的美好的东西都随着落雪寂静无声地散落一地。

他看见我，半天了，冻得酱紫的嘴唇才小声地吐出一句：“云喜，我……我和夏微……”

那声音小得近乎耳语，然后眼泪钝重地在少年年轻的脸上滚落下来。

我不知道那之后的陆小虎和夏微之间发生了一些什么，只是从那之后他们之间的关系就变得很客气，这种客气让我和胡莱莱特别不适应，就像每天和两个外交官相处一样。

比如此时此刻，陆小虎把一杯温水递到夏微面前，面无表情地说：“你胃不好，不要喝凉水。”

夏微则客客气气地答：“多谢关心。”

我几乎可以感受到一阵冷风悄无声息地在我们面前刮过去。

还好有冰雪聪明的胡莱莱打破了尴尬，嚷着要去七楼用全城最好的设备唱个歌，我们几个获救一般举手赞成。一行人便往楼上的包厢走，电梯上升的时候，我看见城市的上空飘起了雪花，细碎轻柔，被夜风蛮横地驱赶，很快就消失不见。

我觉得有点冷，不由得紧了紧外套的领子。

一旁的宫屿低头问我：“冷吗？”

我说：“嗯，有点。”

他就把自己的外套脱下来披在我肩上，说：“还冷吗？”

我完全按照逻辑惯性回答：“嗯……还行……”

他就把陆小虎的外套也扒下来披在了我肩上，忘了说，刚才在餐厅吃饭的时候，他和陆小虎就已经称兄道弟相见恨晚了。

当他又把目光瞄准三子的外套的时候，我披着两件外套不好意思地说：“现在不冷了，真的。”

宫屿满意地在包厢里找了个位置坐下来，我被胡莱莱拉着一起合唱，是杜德伟的《无心伤害》。

“我坐在这傻傻的发呆，我仍依赖你纯纯的爱，我心还在，爱你的人还在，苦苦等，想哭哭不出来，无心伤害，你应该明白……”

一曲终了，宫屿不知道从哪儿拿了一杯热可可给我喝。我接过来的时候指尖触到他的手指，很凉，昏暗的灯光里我看不清他的表情，只闻到他身上淡淡的酒精味道，不知道为什么突然心跳就乱了一拍。

此时陆小虎正深情款款地唱着《我爱的人》，我在沙发上坐好，听他沙哑的声音轻轻唱：“谁还能要我怎样呢，我爱的人不是我的爱人。”

我觉得这首歌被他唱出了悲愤的味道，就跟着他哼了两声，然后就听见宫屿的电话铃声响了起来。

他接起电话和对方说了一会儿，便起身去开包厢的门。

一个女孩儿的脑袋随即探进来，声音爽朗道：“学长还真是你啊，我刚才在外面看着眼熟，没想到真是你。”

五彩斑斓的灯光不停闪烁在我们之间，我看不清她的脸，只听见宫屿客气地问她：“和朋友来的？”

女生点点头，说：“那边闹死了，我带我男朋友过来上你们这儿唱吧，那群人喝得东倒西歪，我正愁怎么溜呢。”

说完就转身去隔壁包厢找男朋友去了。

宫屿回头跟我们说，一会儿会有个小学妹过来，小他三届，叫苏重。

这时候不知道是谁把包厢的大灯打开了，忽然的明亮让我觉得很不适应，下一秒，苏重就扯着她的男朋友满脸带笑地推门走进来，明亮灯光里，她看到我，也看到了夏微和胡莱莱。

她忽然怔住，笑容渐渐地从她那张精致漂亮的脸蛋上褪去。我看见她牵着男朋友的手不自然地紧了紧，仿佛这样的动作可以让她放轻松，可以让她用一种相对轻松的语气对我们说："真巧啊，阮云喜，你们也在。"

我看了看她，又看了看她身后的顾轻决，掐指一算，也许最近正赶上水逆，所以我的小日子过得是越来越热闹了。

"是啊，真巧，好久不见了。"没想到我的声音居然也可以伪装得这么淡定，一点颤抖都没有，比起播音员都不会逊色，我真棒。

"你们认识啊？"宫屿不知道什么时候站到我身边。

苏重冲他甜美一笑，"何止认识啊，我们是高中三年的老同学，阮云喜、夏微、胡莱莱，我们都是，还有他。"她指了指顾轻决，声音清脆地说，"我的男朋友顾熙，我们从前都是一个班的。"

顾熙，她说他叫顾熙。原来他又改了名字，不再是顾轻决了。

——*每次改名我都觉得自己好像死了一次，又被迫重新来过。*

不知何故，脑海里忽然闪现出顾轻决说这句话时的样子。

那种彻头彻尾的寒冷又来了，仿佛整个人呼呼地冒着寒气，从指尖到心尖都在颤抖。

苏重依旧面带微笑，只是那笑容并不自然，像一张打多了肉毒杆菌的脸。她直视着我的眼睛问道："你过得好吗，听说你留在本地读大学了？"

我也笑，用一张像是打多了玻尿酸的脸，"挺好的。"怕她不相信，又补了一句，"真挺好的，特别好。"不过我说完这句她好像更不相信了，我也懒得跟她列举这些年来我过得是多么滋润，所以我干脆逃了，"不好意思我去下洗手间，你们先唱着啊。"

出去的时候我还是忍不住看了一眼顾轻决，他的手还被苏重牢牢地握在掌心里，表情冷淡得像一尊冰雕。与他擦肩而过时，我好像又闻到了他身上淡淡的药草味，恍惚间我出现了幻听，听见他隔着久远的时光喊了一声我的名字，那声音很轻，轻得太不真实了。

我在马桶上呆坐片刻，才走出去洗了把脸，冷水打在脸上让我变得清醒了许多。

顾轻决，王八蛋，你终究还是和苏重在一起了。

我看着自己的脸在镜子里不受控制地皱成一团，真丑，于是手足无措地用凉水把眼泪一遍一遍冲下去，直到再也没有眼泪流出来，我才镇定地抽了几张纸巾把脸擦干。

从洗手间到包厢之间有个九十度的转角，我只顾低头疾走，完全没注意到宫屿正站在那里等着我，于是一个拐弯，整个人猛地撞进他怀里，差点把他撞倒。

他稳了稳，捧住我的脸左右看了看，低沉道："你哭了？"

我摇摇头，急切地辩解道："我只是喝多了，我一喝多了脸就红，眼眶也红，浑身都红，不信你看！"

"在这儿看不大好吧？"他斜嘴一笑，见我窘得翻白眼，乐得拍了拍我的头问我，"刚才怎么回事？"

"没怎么回事。"我说。想了想，又觉得反正三子早晚都会告诉他，与其这样，还不如自己坦白来得痛快。

我尽可能平静地告诉他："苏重的男朋友顾熙，他从前的名字叫顾轻决。"

"要走吗？"他问我。

我笑笑，"不用，我没事。"

宫屿拍拍我的脑袋，掌心轻柔地在我的头顶揉了揉。

大厅里传来林宥嘉慵懒好听的歌声——

"我没有说谎，我何必说谎，你知道的我缺点之一就是很健忘，我哪有说谎，是很感谢今晚的相伴，但我竟然有些不习惯……"

唱得真好，我险些要在这样的歌词里立地成佛了。

第三章

光的分割线

就是这个时候，发生了一件出乎意料的事情。
因为发生得太突然，太不可思议，
导致我在未来漫长而又平庸的生活中不停地将这个瞬间翻出来揣摩，
就像时光的泥沙一遍遍冲刷着贝壳里的珍珠。

初二那年，我们班转来一位新同学。才一节课的时间，大家就给他起好了外号，叫“木乃伊”。

木乃伊同学的胳膊上、脑袋上，都缠着很薄的两层医用纱布，血迹早已经不见了，只隐隐约约透出清凉的药草味。

因为这样，很长一段时间里，我们谁也不知道他的脸到底长什么样。只看见他一双眼睛狭长如豹，目光冰冷得不近人情。刚来那天，他站在讲台上做自我介绍，处于变声期的声音沙哑低沉——我叫顾轻决——便没了下文。然后，他就在一整个班级的寂静里走到最后一排坐了下去。

“这就完了？”一阵诡异的沉默过后，陆小虎带头起哄，其他同学也都跟着善意地嚷起来：“身高、体重、三围，都要上报啊同学！”

“有没有女朋友啊？”

“喜欢哪个偶像团体啊？”

有个女同学也趁乱喊了一句：“也太酷了吧，我说你吃什么长大的，个子这么高？”

吵嚷热烈的氛围里，顾轻决始终安静地坐在座位上低着头，薄薄的嘴唇连着消瘦的下巴，目光自始至终都没有移动过。

大家嚷着嚷着却始终得不到回应，理所当然地开始觉得无趣，那种微妙的隔阂就随着班级氛围的渐渐冷却，把他和这个班级不着痕迹地隔离开来。

那之后谁也没再试图和他讲过话，仿佛他身上有一种强大的防御气场，使每个人在面对他的时候都会不自觉地产生一种深深的退缩。“木乃伊”的外号也就这么传开来了——都说我们班里转来一个缠着绷带的木头人，不说话，不交流，像死了上千年的木乃伊。

不知道为什么，虽然看不到他的表情，我却总觉得他看上去非常、非常悲伤。

这种矫情的想法把我吓了一跳，随即又让我感到无地自容。尽管如此，这样的想法却从没有消失过，一直萦绕在我的脑海里。

无论是他趴在桌子上睡觉的样子，还是低着头在课桌下玩魔方的样子——有时候我转过头去，正好看见他修长的手指拧着魔方，看着看着，就会无端地悲伤起来。

很多年以后我才模糊地想着，原来我早就在他的身上预见了未来的我，那个奋不顾身也没能抵达终点的我，以及那一段注定了会无疾而终的爱情，都徒然让人难过。

而那时候的我，却以为自己用一双悲伤的眼睛看见了爱情最初的模样。

我喜欢的作家曾经说过，有的人本身长得就像爱情，会开启懵懂的人对爱情的感觉。我想顾轻决就是这样的人。

大约是一个月的时间，顾轻决的纱布就全拆下了，我忍不住问夏微：“神仪明秀是不是说的就是顾轻决那样的？”

夏微撇撇嘴，“他那么孤僻，顶多配得上眉清目秀。”

我们相视一笑，校园里的广播站在放一首节奏舒缓的英文歌，我们就坐在操场边的阶梯上发着呆，看无边的蓝天，看游弋的白云，看操场上挥汗如雨来回奔跑的足球少年。

那时候的时光真实得仿佛每一件小事都饱含深意。发呆是件正经事，看蓝天也是件正经事，我们严肃认真地消磨着时光，漫谈着理想，在长大成人之前用尽气力感受那份即将消失的温柔岁月。

很多时候，我喜欢在上课的时候把头靠在座椅上，假装不经意地看向窗外漫天的阳光，目光收回的时候会短暂地在顾轻决身上停留片刻。他的嘴唇可真薄啊，刀削的一样，挺拔的鼻梁真好看，配上那清凉淡漠的眼神正合我意，他可真干净，仿佛一辈子都不会长青春痘似的，他那么高，呼吸的空气也更干净吧？

还有他手里的魔方，应该买了很久了，上面的颜色有些剥落下来。他时时把玩着，眼睛却根本不去看手里的魔方，目光转到窗外放空，手指却像是凭靠着某种记忆转动着那些彩色的小方块。

我发现他可以不用眼睛就将魔方迅速复原。

后来我听夏微说，这种玩法叫作盲拧，玩魔方的人只要记住第一眼看到魔方的样子，就可以闭上眼睛将秩序混乱的魔方复原。

就这样，顾轻决和他的魔方一起沉默地度过了一整个学期。直到寒假前夕，班长提出假期前的联欢会上，班里的每一位同学都要报节目参与演出，可以几个人一组，也可以自己单独表演。演出表的统计任务则交给了文艺委员。

一周的时间，每个人都提交了自己的表演项目，有小品、歌舞、萨克斯、魔术、街舞、小提琴……种类繁多、各具特色，足可见大家对这次联欢会的高涨热情，甚至有人打算把家里的钢琴搬过来表演个人钢琴独奏。

就连一向对这种事热情不高的夏微，都报名参加了诗朗诵小组，我和陆小虎则决定一起说一段天津快板。

周五放学后，我留在班里等着陆小虎一起练习，教室里只剩下寥寥几人，文艺委员在座位上认真地核对名单，然后转身问正在收拾书包的顾轻决：“你要表演什么？班里可就你一人没报表演节目了。”

顾轻决停下手里的动作，看了她一眼，说：“我什么都不会。”

文艺委员觉得他这种简短的回绝方式让她很下不来台，尽管此时班级里的旁观者就只剩下了我和陆小虎，但她依旧为了捍卫自尊心拔高了声调："你是不是咱们班集体的一员？大家都有节目表演，怎么就你一个人搞特殊？"

顾轻决沉默了片刻，说："我真的不会。"

他看起来有点为难，并不是有意在和文艺委员过不去，但是没办法啊顾轻决，你已经给人留下了孤僻耍酷的印象，这个标签就会在你面对每一件事情的时候都出现在你的脑门上，没有人会相信你的无辜。

文艺委员像模像样地把小本子往桌上一摔，言辞激烈道："你就是缠着绷带表演木乃伊复活也得给我站出去表演！不要因为你一个人影响了我们班的整体氛围！"

教室里静悄悄的，穿堂风一阵一阵涌进来，顾轻决站在原地一句话也没有说。我看见他身后的玻璃窗，看见窗外大片大片蓝得发白的天空，他离天空那么近，因此显得离我们非常的遥远。

半晌，我鬼使神差地开口说："不如……你就表演盲拧吧？"

顾轻决的眼睛看向我，这是他第一次如此郑重其事地看着我，那双平日里显得不近人情的眼睛里忽然闪过一种带有温度的光芒。

我似乎还看见他冲我笑了一下，虽然那个笑容非常短暂，但绝不会是我的杜撰，我发誓。

"可以吗，盲拧？"终于，他晃了晃手里的魔方，看着文艺委员真心诚意地问。

那之后半个多月的时间，每天晚上放学后，我和陆小虎都会留在班级里练习打快板，而顾轻决就安静地坐在自己的座位上写作业，有时候陆小虎会找他帮忙看我们背台词，他拿着小小的台词本认真地核对，告诉我们哪一句台词说错了，哪一句和哪一句的顺序应该颠倒。

几次下来，他已经不需要看台词本，一边写着作业，一边就能听出我们的台词错在什么地方。好几次，他解着方程，冷不丁抬起头对我说："阮云喜，是'零丁洋里叹零丁'，你读成汀了。"又或者，"陆小虎，这句说完是阮云喜的台词。"

这样的记忆力，时常让我们佩服得五体投地。

为了回报，我们就帮他掐时间，看他最快可以在几分钟之内把魔方还原。

就这样，寒假联欢会如期举行。

一个又一个的节目过后，终于轮到顾轻决上台表演。

他的眼睛上蒙着红色丝巾，衬得皮肤洁白如雪。我紧张地看着讲台上的顾轻决，他修长的手指快速转动着一格一格的彩色方块，像是在搭建一座与世隔绝的城池。不知道过了多久，我以为过了一个世纪那么漫长，温暖的彩色灯光下主持人声音洪亮地宣布了他的成绩："五十六秒七三，顾轻决，你用了不到一分钟的时间！"

短暂的寂静过后，教室里突然爆发出一阵热烈的掌声。

随着他扯下眼睛上的红色丝巾，我知道那个在他额头上贴着的标签也已经被他狠狠地扯了下去。

开始有女生在联欢会结束后围上去请他讲解盲拧的奥秘。

——顾轻决你真厉害，这要靠记忆力才行的吧？

——空间感也要很强才可以对不对？你是怎么做到的啊？

——不如去参加比赛啊，说不定可以创造世界纪录什么的，那我们班就厉害了。

——以前没看出来你原来深藏不露呢，对了，周末有时间吗，我们要去打球，一起去吧？

我站在人群之外，看着他被同学们团团围住，仿佛整个世界正在向他传输着宁馨的光芒，原来他的世界里可以容纳这么多的人。

就是这个时候，发生了一件出乎意料的事情。因为发生得太过突然，太过不可思议，导致我在未来漫长而又平庸的生活里，总会不厌其烦地将这个瞬间翻出来揣摩，就像时光的泥沙一遍遍冲刷着贝壳里的珍珠，它那么明亮，是我最珍贵的宝藏。

——乱哄哄的教室里，隔着喧闹快乐的人群，顾轻决的目光穿越了一排排东倒西歪的桌椅，穿越了一张张模糊的笑脸，穿越了很多很多无关紧要的东西，然后，寂静而又真挚地撞上了我的眼睛。

我们两个看着彼此，明亮的目光交织在一起，忽然愉快地大笑起来。

我想那一刻的我，瞳孔里一定闪耀着宝石般的光晕。

从那之后，我开始独享一个美好得如同假象的秘密——我喜欢顾轻决——这个天大的秘密让我变成了一个满怀心事的姑娘，时而多愁善感，时而又甜蜜快乐。不可否认的是，因为这个秘密，我的灵魂具备了真正意义上的光源，我开始闪闪发亮了，这简直让我受宠若惊。

在拥有这个秘密之前，我是无比孤独的。虽然孤独这个词语满含着为赋新词强说愁的意味，但那个时候的我的确就是这样一个人。

我有一个了不起的哥哥。他英俊风趣、性格宽厚，是永远的第一名，从小就把我狠狠地比了下去。他的世界是多么的丰盛啊，阳光啊、掌声啊、喝彩啊，所有美好的东西都发了疯一样涌进他的世界里去，我只能羡慕地看着、听着，然后继续过我平凡到有点丧心病狂的生活。

虽然我非常爱我的哥哥，他也非常疼爱我——在家里只有他愿意听我说话，愿意陪我玩耍——尽管这样，我还是常常感到无端的窒息，就像内心的那只小怪物被巨大的网捂住了口鼻，那种窒息是何其漫长，仿佛永世不可驱散。

可是随着顾轻决的出现，一切都变得不一样了。因为这个秘密的诞生，我晦暗的世界里开启了一扇窗，我可以明显地感觉到那些美好的东西正向我蜂拥而至。

喜欢一个人真是一件奇妙的事情。它让你产生一种张力，这种张力会把你引向温暖明媚的地方。

于是我把这个秘密细致地保存起来，即使是在陆小虎把他和夏微交往的事情告诉我的时候，我也没有拿这个秘密出来和他交换。直到一年后，我才肯把自己喜欢顾轻决的事情偷偷地告诉他。陆小虎听完只是简单地“哦”了一声，过了半晌，才突然转过来对我说：“我的天，那你也要参加那个‘顾夫人选拔大赛’吗？”

我大笑着跑开，“忘了告诉你，我已经用你的照片去报名了！”

“阮云喜！”陆小虎气急败坏地大吼，“我要被选上了你可别后悔啊你！”

毕业那年班级里渐渐有了许多早恋的同学，也许是离别在即，随着中考的来临，有越来越多的地下恋情在班级里曝光出来。

就连陆小虎这货也陆续收到了几封贴着粉色心形的告白情书，不过他一向没心没肺，在没拆封的情书背面写上“我是夏微的”五个大字又一一退回。如果还有不死心的，就会遭到他的粗鲁回应——“滚远点，夏微以外的女人在我眼里顶多算个人类”。

为此夏微没少遭女生的恨。

说到情书自然就不能不提到顾轻决。新学期开学没多久，他就在学校论坛被投票评选为本届的校草。甚至有人偷拍下他的照片，打印成卡片在校园内进行贩售。看着卡片上那张迷倒众生的脸，我也不是没有过要买一张收藏的冲动，怎奈那时候我的零花钱实在有限，还没存够，卡片就已经售罄。

也许是受到韩流的影响，偶像文化在校园里风靡一时，比起那些触不可及的韩流偶像，近在眼前的校园偶像顾轻决似乎更是让人为之疯狂。

我甚至还在学校论坛里看到一个号召“顾轻决粉丝团”集体向顾轻决告白的论坛帖。这个极富创新意识和共享精神的帖子，正在全校范围内招募想要和顾轻决告白的女生，大家欢聚一堂，像古时候皇宫里选妃那样将照片集成册子上呈给顾轻决，被他留下照片的那个人就可以自称“顾夫人”，剩下的粉丝不许怨恨，只能祝福。

不好意思地说，为了参加这个活动，我站在镜子面前很是搔首弄姿了一番，还企图去拜托阮云贺帮我拍照。不过最终迫于夏微的打击放弃了这个念头，她说：“你最好是也去参加，好让顾轻决通过相册看清楚，学校里潜伏的脑残都长什么样。”

其实我也知道，这原本就是一个充满玩笑意味的帖子，没有人会真的傻到组团去和喜欢的男孩子告白。这个帖子存在的意义也就只是为了证明，顾轻决在女生群体里非常受欢迎，仅此而已。

可是，就是这样一个单纯到近乎幼稚的论坛帖，谁也不曾想到，它会在未来的某一天突然变成一个潘多拉的魔盒，把如此简单无聊的一件事冷酷地引向另一个黑暗冰冷的深渊。

2004年6月，距离这一年的毕业考试还有十七天。这座城市的夏天突然转瞬而至，我们在毫无防备的时候迎来了全年温度最高的一天。

晏城的夏天向来温和舒适，这一年却是出乎意料地燥热。整座城市就像一个煮沸的大型罐头，散发出阳光最毒辣残酷的气息。家长和老师纷纷抱怨，这样热的天，怕这一届的考生会热出病来。

星期五的早晨，我和陆小虎仍像往常一样结伴上学，到学校门口的时候，正看见班长扯着文艺委员的胳膊激烈地争论着什么。陆小虎看了我一眼，鄙夷地说："没看出来吧，咱们班班长就是个禽兽，别看他平日里装得人模狗样的，骨子里烂透了。"

我斜乜他，笑道："至于吗，你又不知道他们在说什么。"

陆小虎把双手枕在脑后，不屑地撇撇嘴："你啊，就是太傻了。"

我没答话，抬头看了一眼热气沸腾的天空，早晨的阳光穿透了稀薄的云层，利剑般割出一道道模糊不清的暗红。那个时候的我们谁也没有意识到，有一场阴谋就在这个酷热的高温里静静地酝酿着，不着痕迹，冷静又缜密。

熬过了一天中最酷热难熬的时段，傍晚时分，凝滞的空气里似乎混进了一丝凉风的踪迹。老师们都去会议室开会了，只留下黑板上写着的"自习"两个大字。教室里静悄悄的，大家都自觉地埋头在写仿佛永远也做不完的卷子，头顶的吊扇如往常一样呼呼地转动着，在闷热的教室里旋出一阵阵虚弱的风。

班长就是在这个时候从容不迫地走上了讲台。

他用眼镜后面一双精明的双眼得意地审视了教室一周，接着装腔作势地清了清嗓子，像平日里布置作业那样无波无澜地说："同学们，有一件事情，我想在座的每个人都很好奇。你们知道咱们学校的校内论坛里，那个号召大家一起给顾轻決同学献身选妃子的烂货是谁吗？"

原本就安静的教室里，瞬时间就连翻动卷子的声音也消失了，所有人都停下手里的动作把目光集中到讲台上。

班长满意地看着大家，不紧不慢地说："她就是暗恋顾轻决同学很久的——我们班最清高最高傲的文艺委员——徐清清同学！"

班级里一时间炸开了锅，女孩子们不可置信地交头接耳："真的假的啊？她不是一向看不惯顾轻决吗？原来是装的啊！"

男同学则调笑着回应："你们懂个屁，这就叫打是亲，骂是爱，不打不骂不相爱啊！"

徐清清一定也没有想到班长会突然说出这样的话，她愣了，身体剧烈地抖动着，终于，她霍地推开桌子，从座位上站起来，指着班长的鼻子破口大骂："复城你还是不是个男人？被我拒绝了就耍这种阴招！你这种人渣就活该一辈子单身！下贱！无耻！"

几个男生带头在下面爆发出一阵哄堂大笑，他们学着徐清清的语气娇嗔道："就是啊复城，你还是不是个男人啊？"

剩下的也都乐得看热闹，纷纷学着徐清清的语气跟着起哄起来。

短短的几分钟里，复城的愤怒和羞耻已然抵达了顶峰。他是个没受过伤的大男孩，从小被捧在手心里惯着宠着，没被拒绝过，也没被伤过心，所以他受不了这样的打击。

他咬着牙，一副豁出去的样子站在讲台上，我可以看到他剧烈起伏的胸腔，像隐藏着一股巨大的黑暗的力量。

"我下贱？我他妈再修炼一百年也比不上你下贱！"他开始口无遮拦起来，"你不是喜欢顾轻决吗？不是脸都不要就想往他身上扑吗？可笑！你知道他的底细吗？不是我吓唬你徐清清，等你知道了他家的那点破事儿，一定早吓得连滚带爬了！"

徐清清用力把英语词典掷过去，恶狠狠地反唇相讥道："我可没你那么窝囊！少在那儿放狗屁了，顾轻决能有什么底细，再大的底细也没有你是个人渣这个底细更让人恶心！"

复城把身子往后一缩，脸上浮现出一抹隐晦的笑意。

不知道为什么，那样的笑容让我心里一冷，目光不由自主地转向了顾轻决。

他静静地坐在靠窗的位置上，眉目间竟然有一种清凉的感觉。

紧接着，复城的声音就像冰雹一样无情而又钝重地砸在无声的教室里："你们还不知道吧，顾轻决以前的名字叫顾天蓝，转来我们学校之后才改了名字，本来嘛，转学是很正常的事情，可是他为什么要改名呢？你们知道吗？"

"为什么啊？"

大家窸窸窣窣地议论着，一脸天真地等待着答案。

"这是因为——"

复城一字一顿地宣布。

像是在宣判一个人的死刑。

他笑着，他知道自己胜券在握，于是慢悠悠的声音也突然勇敢地拔高了音调："这是因为——顾天蓝的爸爸死于A——I——D——S，也就是，艾、滋、病。"

砰——

世界突然安静了，他赢了。

顾轻决依旧面无表情地坐在座位上一动也不动。我看着他，耳蜗因为突如其来的死寂产生了轻微的耳鸣，他的目光像极了夏日的云，被风吹乱了，正一点一点绝望无助地消散着。

我不由得捏紧了手心，我的手是凉的，还有我的心，正被一种前所未有的悲伤啃噬着，几乎要逼出了我的眼泪。

一点声音也没有。

整个世界就像突然消失不见了一样，一点声音都没有。

集体的沉默仿佛毒蛇分泌着致命的毒液。

不知道过了多久，教室里响起了第一声尖叫，一只铅笔盒掉落在地上发出刺耳的脆响，接着是桌椅无秩序地在地上拖动，尖叫声、脚步声，书本掉在地上，教室的门被猛地推开，穿堂风吹进来，吹乱了夸张的干呕的声音。大家乱作一团纷纷涌向教室的外面，好像班级里突然被丢进一颗有毒的炸弹，每个人都随时有可能粉身碎骨——复城的父亲是学校教导处主任，因此谁也不会去怀疑复城的话。

混乱中，顾轻决从容地从座位上站起来，拎起书包斜挎在单肩上，面无表情地走了出去。

原本挤在门口的几个同学立即散开，为他让出了一条道路。顾轻决的脚步顿了一下，就在各种各样的声音和目光里一步一步地走出了班级。

我一直看着他。

他在人群里孤单地走过去，背影消瘦笔直，步伐镇定自若。那些惊慌的避让仿佛也因此变得更像是充满畏惧的拥簇。走廊上静悄悄的，从天空的一角倾泻而出的夕阳飞溅在他的周身，直到他的背影消失在走廊的拐角。

为什么会这样?

有一个声音在我的脑海里炸开，为什么会是这样的?

身边的陆小虎推了推我的肩膀，惊讶地说："阮云喜你怎么哭了？被吓傻了吗？"

"为什么会这样啊陆小虎？"

我胡乱地抹了一把眼泪，试图得到一个回答："我全都听清楚了，顾轻决没有做错任何事，可是为什么，没有做错过任何事的人要受到这样的欺辱？大家之前还都把他当作朋友不是吗，可是……"

悲伤的情绪在喉头滚烫地翻滚着，我再也说不出一句话来。

那是我第一次真切地感到这个世界陌生残酷的一面。它竟然可以如此可笑，甚至可恨、可憎、可怜……这个世界的某个角落原来存在着一种让人心寒的力量。

这种力量是可以互相传染的，只需一眨眼的工夫，像病毒，莫名而迅速地相互传染扩散着。

那一天的晚自习没有上成，老师回来的时候，班级里的学生都已经擅自回家去了。

我和陆小虎他们走出校园的时候，外面的气温渐渐转凉，学校里零星地亮着几盏灯，整个校园都很安静，像一只巨大而又沉默的虫，卧在晏城最为安静的地段。

夏微看出我情绪低落，拍了拍我的肩膀安慰我：“不用担心，离中考没剩几天了，明天一大早大家还不都是乖乖地背着书包来上课。”

她微笑着，耐心地向我解释：“大家都没有恶意，刚才那种情况就只是一种条件反射，一种……怎么说呢，就像人群里有人突然尖叫了一下，因为太突然了，所以你也会下意识地跟着尖叫一样，就只是这样，大家都自然地那么做了而已，等回到家，冷静过后，总会想明白的。”

我一向相信夏微的话，也不得不去相信。如果不是这样的话顾轻决就太可怜了。

过了难熬的周末，我怀着无比忐忑的心情回到学校。庆幸的是，那之后的几天里教室果然又恢复了以往的平静。虽有传闻说起，周一升旗仪式的时候曾有家长集合起来向校长提出抗议，希望学校将顾轻决赶出校园，但均被校长以“马上毕业”为由平息了事。

随着中考的临近，晏城的气温也在持续升高，越来越闷热的教室里依旧只剩下笔与纸之间摩擦出来的沙沙声，以及翻动卷子时细不可闻的叹息。

顾轻决也依旧安静地坐在靠窗的位置上埋头做题，仿佛什么事情都没有发生过。如果一定要找出一些蛛丝马迹，那就是顾轻决的座位附近变成了禁地，原本一下课就围着一圈人的地方如今再也没有人胆敢靠近。

教室后面倒计时板上的数字不断地缩小，猛地回头去看，不知何时已从三个月前的“100”变成了“002”。

距离中考还有两天，学校决定放两天考试假，放学生回去为中考各自充电。

最后一堂自习课上，班长将本学期的最后一张英语试卷发下来，要求同学们做完题目后互相交换着检查对错。

窗外蝉鸣悠长，像是要下起雨来，空气沉闷得让人心烦意乱。

复城拿着卷子在班级里一排一排地走过，然后将手里剩下的最后一张卷子放在了讲台上，再次装腔作势地清了清嗓子，说："顾轻决同学，请你自己到讲台上把卷子拿走，我不想在中考这个关键时期被染上什么可怕的传染病。"

他的声音简直做作得令人作呕。

我捏了捏手里的钢笔，尽力压着满胸口的恶气，可脑海里总是传来一个微弱的声音质问我——为什么要这样？

我不知道这个声音来自哪里，也许是来自我心里的那只小怪物，它又开始张牙舞爪了。

去死吧，复城，你这个人渣。

我这样想着，在顾轻决站起来之前先一步走上讲台，拿起那张分数颇高的考卷，然后在一室异样的目光里穿过一排排的桌椅走到了顾轻决面前，把卷子轻轻地放在他的桌子上。

"你英语真好，这次试卷很难的，你才错了两道小题。"

对我笑一下吧顾轻决，就像联欢会的那天一样，那样我心里会好过一些。

可是他没有，只是把目光从我的脸上移开，静静地看着试卷对我说："谢谢。"

我尽可能开朗地冲他笑了笑："不客气。"

耳边又响起复城那令人作呕的声音："阮云喜，你这一出又是在装什么呢？别告诉我你不怕被他染上传染病！"

我转过去看着他，一边打量着那张过于早熟的道貌岸然的嘴脸，一边不断地给自己洗脑：别理他，还有一个多小时就要放学了，放学后就是考前假期，两天后就是中考，很快，这一切就都会结束了。忍忍吧阮云喜，你已经把卷子还给了顾轻决，这就好了，事情闹大了只会让顾轻决为难，不要冲动……

可是复城没完，他像一个急需关注的小丑，极尽恶毒之能事。

"我说你不会也喜欢顾轻决吧？"他满脸恶意的讽刺，傻子似的摸了摸那地包天的下巴，"哎，别说，你俩还真挺配的，一个是班级里公认的傻妞，一个……”他顿了顿，露出一抹下作的笑容，“还真是绝配啊。”

我被他气得就快喘不过气来，正犹豫着要不要冲上去打他一耳光，陆小虎就已经拍着桌子腾地一下站起来，“复城你他妈再说云喜一句试试，老子让你躺在医院里中考你信不信？”

话音刚落，顾轻决也把桌子推开站了出来。

他的脸上不带任何表情，一字一顿地说：“复城你再说一遍。”

复城怔了一下，慌乱地扯出一个滑稽的狂态，“再说十遍我也能说，怎么着，你还想打我？你打我一下试试，我让你们谁也参加不了中考，让你们都完蛋！”

只一刹那，顾轻决的拳头猛地挥在复城的脸上，打得他狠狠撞上椅子滚落在地。

“我让你再说一遍。”

顾轻决慢条斯理地走过去，一把提起复城的衣领，目光冰冷如剑，又是狠狠一拳照复城的脸颊挥下去。

他眼中某种类似于“杀意”的东西把我们都惊呆了。

复城回过神，伸手摸到嘴角的血，随即大声号叫起来：“你他妈敢打我？！我爸都没打过我，你这个婊子养的竟然敢打我？！”

吵嚷之间两人已扭成一团，看热闹的纷纷散开，眼看着他们从讲台一路打到后排。

混乱中有个女同学喊了一句：“别打了！你们别打了！那个病是可以通过血液传染的！”

这句话就像一颗炸弹，突然在人群中炸出一片空白。

复城也像是突然清醒了一样，整个人从战场连滚带爬地逃开，抱着脑袋大叫大嚷：“顾轻决你别过来，你这个艾滋病，你离我远点，离我远点！”

我终于忍无可忍，大喊一声：“别吵了！复城！你才有病！”

教室里一下子变得很安静，有一行眼泪从我的眼睛里莫名其妙地流下来。我不知道自己究竟是怎么了，可是那些眼泪就是不停地涌出来，像是要代替顾轻决把他的眼泪流干一样。

“你才真的是有病！”我指着复城，被悲伤和愤怒击溃了，几乎无法动弹，“就算你说的都是真的，这又能说明些什么？你又有什么资格把他家里的隐私拿出来叫卖，以为吸引了别人的好奇心自己就很了不起了？在我眼里你就是个跳梁小丑，简直变态！丧心病狂！”

“得了吧你。”复城擦了擦嘴角的血，“你敢说你不怕他有病？不怕被传染？遗传你懂不懂啊？就算不是遗传，谁知道他有没有被传染？”

“我不怕。”

“你说谎。”

“我说了我不怕！”

“谁相信啊，大话谁不会说，眼看就要放假中考了你当然……”

下一秒，复城的声音止住了。

所有的声音都止住了。

我吻了顾轻决。

这个吻就像世界的开关，“啪”的一声，将嘈杂的世界瞬时间关闭起来。

是的，在那个闷热的悲伤的傍晚，我揪住顾轻决洁白如雪的校衫吻住了他的嘴唇。

他好高啊，需要我费劲地踮起脚尖，双腿轻微地颤抖。

他的嘴唇是凉的，身上有淡淡的药草气息。他的眼睛惊讶地看着我，我也看着他，然后我冲他傻乎乎地笑了一下。

那个突如其来的莽撞的吻，让我不小心撞到了他的牙齿。

窗外的夜色从地平线上浮起来，夕阳残余的光芒挣扎洗涤着这座城市最后的酷热。

晚风裹挟着凉爽，慢悠悠地侵蚀了整个校园，远处的山雨欲来未来。

那样的黄昏太美，太过浑然，以至于太令人无法忘怀。直到今天我依然记得那个鸽群低飞的傍晚，少年洁白的白色校衫，以及我涨得通红的脸庞。

后来我想了又想，认真严肃地想了再想，还是不敢相信，我竟然会做出这种事来。

就这样，直到中考结束，我都还是虚虚浮浮恍恍惚惚的。更让我不敢相信的是，顾轻决竟然会来找我。

那天中午我正在家里睡午觉，迷迷糊糊间被我爸喊起来，他递给我五块钱，让我出门打一瓶酱油回来。事发突然，我随便套了双人字拖，顶着乱糟糟的头发就出了门。

在路过街边第二家面包店的时候，远远地看见对面站着一个熟悉的人影。

亮堂堂的天光，遥远处传来的蝉鸣，面包松软的香气和眉目低垂的少年，一切都像极了梦境。我不由得眯起了眼睛，仔细一看，竟然真的是顾轻决。

他穿着白色短袖 T 恤和棕色短裤站在那儿，站在那片青翠欲滴的杨柳枝下冲我招了招手。

我拎着酱油步伐欢快地走过去，开心地想着，这下好了，我还怕他一辈子不想见我这个女流氓。只是也不知道他来找我做什么，一想到那个鲁莽的吻，我就有点心虚。

那个夏天真是热得无法无天，我满头大汗地跟在顾轻决身后，跟着他的步伐跌跌撞撞地一路走到晏阳河边才停下。我们临河站着，河面波光粼粼，耀目得让人睁不开眼睛。

“阮云喜。”他转过身来，看着我的眼睛对我说，“如果你有时间，可不可以和我去一趟医院？”

“去医院做什么，是哪里不舒服吗？”我伸手探了探他的额头，“没发烧呀。”

“不是，我只是想让你和我一起去做血液检查。”

他轻轻地握着我的手从额上移开，然后把一个文件夹放到我手里。

我把目光从文件袋上移开，疑惑地问他：“这又是什么？”

顾轻决说：“是转学前做的血液检查报告。”

“血液检查报告？”

“对，如果你不放心，我和你一起去医院再做一遍。”

我这才明白过来，原来他给我的是 HIV 的血液化验报告。

我问他：“你担心我害怕？”

他说：“害怕是正常的。”

我又问他：“你抽烟吗？”

他一愣，不知道我没头没脑地在问什么，只是轻轻地点了点头。

我笑吟吟地朝他摊开手心，“那，打火机借我用一下可以吗？”

他带着疑惑，把随身携带的打火机放到我潮乎乎的掌心里。

那是个银质的打火机，可以弹开的盖子非常精致，没有多余的图案，仅在背面的右下角刻着一个字母 G。后来我才知道那是他父亲留下的唯一的遗物，是从一位俄罗斯商人那里花高价买来的，还特地找了当地的工匠在背面刻上了姓氏的英文缩写。

他生前常用它来点烟，顾轻决觉得吸烟有害健康，就偷偷地把它藏了起来。没多久，他的父亲就过世了，母亲把所有有关丈夫的东西全部烧毁，只落下这个打火机，顾轻决始终把它带在身上。

我用它点燃了手里的文件袋，火光的那一抹光亮在白昼里扩散出不可思议的温度。

顾轻决看着我认真等着纸张燃尽的表情，半晌，沉声问我：“阮云喜，你真不怕？”

火舌迅速蹿上我的手指，烫得我龇牙咧嘴地把尚未燃烧殆尽的火团丢进河水里。

没想到正赶上宣传队大妈在岸边休息，看到我点火的一幕，大老远就冲我们喊：“喂，那两个同学！你们在干什么！”

我这才意识到自己的行为也够得上是个“纵火罪”了，吓得膝盖瞬间就软下去，不知所措间，顾轻决牢牢地牵起我的手，扯着我沿着河岸飞奔起来。

白花花的阳光在我们的上方，不遗余力地扩散着，扩散着……直到我们目之所及，所有的景物全部被这片光芒遮住。一种奇怪的气流在我的胸腔里跌宕，撞击出新奇而滚烫的心跳。

起风了。

顾轻决清凉无汗的掌心紧紧地攥着我，我竭尽全力地追赶着他的脚步，酱油瓶在我的身侧敲击出美妙的音符。有风灌进我们的衣衫，洁白的衣角像白鸽振翅飞翔。

我几乎是愉悦地冲他嚷："顾轻决，你再问我一次好不好。"

"问什么？"

"问我怕不怕！"

"阮云喜，你怕不怕？"

"我不怕！"我的眼睛里忽然涌起一股热流，我闭上眼睛，发誓般地大喊，"我不怕，顾轻决，我这么喜欢你，怎么会怕你啊！"

太阳在我们头顶猛烈地跳动了一下，温热的风灌满了我的喉咙，我的声音因为快乐也因为激动变得沙哑发颤。顾轻决突然停下脚步转过来，我因为惯性结结实实地撞进他的怀里，鼻梁酸痛，差点飙出泪花。

他的额头上有清凉的汗珠，顺着好看的下巴一路下滑，不留痕迹地落在大地上，仿佛能把这座城市里呛人的尘埃味道安抚下来。

有笑容在他的脸上徐徐展开，风在我们之间慢慢地吹过，我看着他开心地笑着。我也一样，我们两个就像结伴从精神病院里逃出来的病人，傻乎乎地笑个没完。

然后，在一个不经意的瞬间，他忽然扯过我的胳膊将我扯进怀里，动作轻柔地抱了抱我。

耳边是"咚咚"作响的心跳声，像远古时期召唤风雨的鼓，我分不清那是从谁的胸腔里传出的声音，也许是他的，也许是我的。

但我清楚地知道，顾轻决的臂弯，他身上的草药味，他的白色 T 恤和刻意节制放轻的呼吸，都在那个阳光明媚的日子刻进了我的骨血。

那天的阳光是我此生所见最热烈的光，那天的风也因从此无迹可寻而显得无比珍贵，就像我们之间逝去的岁月，短暂得就像谎言。

我明白那时候的我们也许并不该触及爱情，我还那么年轻，还没来得及好好地看一看这个世界真实的模样，在白纸一样的年纪选择去爱，莽撞而不计后果，必定不会有什么好结果。

可是来不及了，当我意识到这一点的时候，我已经来不及收住我年轻而旺盛的爱情。

那时候我还小呢，在爱情的课堂上连一次小小的测验都没有经历过，没有一丁点经验和技巧，可以用来面对即将到来的巨大考验。我甚至天真地以为爱情就是如此简单。每天光是见到彼此就满足得不得了。一起吃饭、一起背单词、一起手牵手走在洒满夕阳的放学路上，这就是爱情的全部内容了，牵一次手就是永远，也只有永远。

可是我忘了，生活就像是心电图，想要一帆风顺没有起伏除非你死了。

于是，苏重出场了。

她的出现仿佛就是为了证明，世上的初恋都没有好下场。

要把哪一个画面当作线索开始说起呢?

也许是她细声细气地对顾轻決说："你好，我叫苏重，苏东坡的苏，重生的重。"又或许是别的什么我不知道的细节。

很多事情都是这样，让人后知后觉。等你发现的时候一切都已经无法挽回，就像一段洁白的蕾丝，起初平整有序，然后在你不注意的地方撕裂出散乱的纹路，从此一发不可收拾。

其实，当苏重拉着顾轻決的手，微笑着走进包厢的那一刻，我还以为自己会冲动之下做出什么法律上不允许的事情。但现实总是非常骨感，我尿得只是尽可能平静地去了一趟厕所，然后再尽可能平静地和宫屿一起回到了包厢。

按照以往的观影经验及小说的创作规律来说，接下来包厢里应该发生一场鸡飞狗跳的动乱，比如夏微泼了苏重一脸洋酒，胡莱莱适时地补上一句"小婊子"，接着顾轻決会露出心疼的神色和陆小虎扭打成一团，兴许三子还会丢出去一个空酒瓶，"砰"的一声碎在墙壁上，而我则应该倒在一个黑暗的小角落默默垂泪，缅怀我逝去的爱情……

遗憾的是，我的脑洞虽大，却大不过现实的大坑。生活毕竟不是小说，想要跌宕起伏一次并没有那么容易。

现实就是，胡莱莱继续引颈高歌，顾轻决和三子、陆小虎饮酒畅聊，剩下的几个人围在一起斗起了地主，整个现场气氛和乐融融、积极向上，也太温暖明媚了点。

自始至终，我没敢再往顾轻决那边多看一眼，我怕我会泄露眼中的懦弱和怀念。

倒是苏重有事没事总是要往顾轻决那边看一看，像一个老妈子盯着自己的孩子一样细声细语地提醒他："顾熙，你少喝点儿酒啊。"

我不知作何感想，继续低头摆弄手里的扑克牌。

苏重嘱咐完顾轻决，回过头来冲我不好意思地笑了笑："云喜，我和顾熙在一起，你不会不高兴吧？"

胡莱莱放下麦克风挤过来，打了个夸张的酒嗝，说："我的老天爷，你可真是虚伪虚伪真虚伪啊。"

苏重尴尬地抽了抽嘴角，勇敢地迎上胡莱莱鄙视的眼神，像是鼓足了勇气那样一本正经地说："我早料到你们会这样说我，还有夏微、陆小虎，上学的时候你们几个就是一伙儿的，其中一个受了委屈，剩下的几个就会冲出来帮他出气，说真的，那时候我特别羡慕你们。可是胡莱莱、云喜，在这件事上，你们没有资格责怪我。"

她深深地扫了我们一眼，丢出一副三带一，继续说："我和顾熙在一起的时候，阮云喜和他已经分手了。"

胡莱莱抽出我的牌往桌上一拍，"管上。"随即瞪圆了眼睛，大声说："苏重，你这么说话可就不要脸了啊，要不是因为你，他们俩能闹到分手吗？"

苏重垂下眼睛，轻轻地笑着说："如果没有我，他们两个就真的会在一起一辈子吗？"

我知道这样毫无意义的争论注定是要以胡莱莱的败阵做收尾的。苏重的口才是在一场场正规的辩论会里练出来的，她总能找到事情的核心，一剑封喉。

“没人管？”我继续出一排顺子，头也不抬地笑，“苏重，过去的事情没必要再说。你和顾轻决是否在一起我无权干涉，也没有资格发表任何言论，就像你说的，你们俩在一起的时候我和他已经分手了。”

她看着我，微微怔道：“我不是这个意思，云喜，不管怎么说，我不希望顾熙成为我们两个之间无法沟通的那个原因，我是说……既然大家毕业后又遇见了，我们可以像普通的高中同学那样，偶尔一起吃饭、逛街、打电话，像朋友那样，云喜，你觉得这样不好吗？”

“哎呀，我这一手烂牌。算了不玩了，真没意思。”夏微把牌全丢下去，拎起酒壶往苏重的杯子里倒了杯酒，说，“行了苏重，你看云喜刚开始上班，每天都挺忙的，如果你真想找高中同学叙旧的话，可以找我啊，我这个大闲人随时都可以陪你逛街打电话的，你看成吗？”

苏重气若游丝地笑了笑没再说话，举起桌上的酒杯一饮而尽。

我心中掠过一阵莫名的悲哀，举起跟前的杯子“咕咚咕咚”地喝了两口。说到底我就是个大俗人啊，无法企及苏重高尚的情操和天赋异禀的逻辑思维，一个人得清新脱俗成什么样，才会放下一切想要和男朋友的前女友手拉着手逛街、喝茶、做朋友？

我惭愧地放下杯子，正在发呆，眼角余光瞥见身边的宫屿把杯子里剩下的酒给喝了。我犹豫了一下，还是告诉他：“那是我的杯子。”

他又往杯子里倒了些酒，昏暗光线里一双亮晶晶的眼睛看着我笑，“是我的杯子。”

胡莱莱突然凑过来对我说：“是他的杯子，你的在这儿呢。不过我觉得你们的台词不太对，应该是宫屿拿着杯子说：‘嗨，你的杯子。’然后你说：‘不，是你的杯子。’”

我愣了一下，窘得脸上一阵阵发烫，“对不起啊，我没看清，要不我让服务生拿个新杯子给你吧？”

宫屿仪态悠然地摇摇头，“不用了。”然后若无其事地继续用那个杯子喝酒。

也不知是谁在撕心裂肺地唱，歌声飘进慢慢安静下来的包厢。

“有一天也许我能把自己治好

再一次想起来应该要怎么笑

第一次爱的人他的坏他的好

却像胸口刺青是永远的记号……”

我觉得疲惫极了，实在是坐不下去，就和夏微互递了个眼色，夏微明白，拉着我过去跟三子打了个招呼，几个人便先行离开。

走出包厢的时候，我仿佛看见顾轻决在黑暗中看过来的眼神，影影绰绰，清清冷冷，仿佛还是年少时。

第四章

未散之花

这座城市的风雪像是从地心涌出来的冷雾，人在前行时几乎看不清远处的风景。
所以在靠近隧道的时候，我以为顾轻决的身影是我看错的幻觉。
我迟疑地走向他，像在走近一段过期的美梦。

电影《美国往事》里有一句话：当我对所有的事情都厌倦的时候，我就会想到你，想到你在世界的某个地方生活着，存在着，我就愿意忍受一切。你的存在对我很重要。

二十四岁这一年，我在整理书柜的时候发现了这些句子，它们被珍重地记录在一张枫叶形的书签上，完好无损地夹在塞林格那本举世闻名的著作里。

这大概是少女时期的我怀抱着极其真挚的情感记下的。

那个时候的我因为初恋变得多愁善感，矫情地以为全天下所有温暖美好的字句都是在歌颂我和顾轻决的爱情。想想还真是可怕，幸运的是我已经二十四岁了，这期间的进化也比较符合地球生物的发展规律，至少，我已经安然度过了爱做白日梦的年纪。

日子就这么不紧不慢地被我消耗着。每天坐在办公室里看稿、改稿、退稿、约稿，如此周而复始。可可送我的那瓶咖啡就快喝完的时候，晏城的冬天也随着骤然下降的气温声势浩荡地来临了。

都说今年的冬天格外地寒冷。起初只是低温下不讲情面地旋着雨夹雪，进入二月以来，日日风雪不断，整座城市都快要被暴风雪淹没了。天气预报上说，这一年我们将面临近五年来最寒冷的一个冬天。

我一向不适应北方的冬天，入冬以来接连感冒，折腾了两个月，干脆和公司请了年假，整日和胡莱莱一起猫在夏微的店里烤火度日。这家名为“枫林晚”的服装店刚开没多久，小小的店面靠近这座城市市中心的繁华地带，房价颇高，好在夏微对时尚有些见地，又正逢年关，店里的生意也还算兴隆。

每天都有一群小姑娘叽叽喳喳地站在不足三十平方米的小屋子里东挑西拣，夏微就是有本事让她们钱包鼓鼓地来，购物袋满满地去。

有些女孩一进来就往夏微身上一指：“老板，照你身上穿的来一套！”这导致夏微为了平均一下店里的销售额，每天都要换好几次衣服。基本上我和胡莱莱是派不上什么用场的，所以我们就心安理得地搬个小凳子看电视。皇阿玛为了不让大家忘记当年大明湖畔的夏雨荷，花高价买通了电视台，年年循环播放，这直接造成我们一听到过年必看节目首先想到的不是春节联欢晚会而是《还珠格格》。

当我们看到容嬷嬷抽出万恶小银针的时候，陆小虎出现了。

他带着一个看起来非常清丽脱俗的小姑娘走进来，笑得嘴角几乎要挂在耳朵根上似的跟我们打招呼，然后看着正在整理衣服的夏微乐呵呵地说：“夏老板，生意兴隆啊。”

夏微客气地回：“谢谢了，借你吉言。”

胡莱莱看着他们客套的笑容，为了避免持续的尴尬强行救场，“陆小虎，这位妹妹是谁啊？”

陆小虎顺着台阶走下来，给我们彼此做了介绍，“来来来，大伙都认识一下。这是我女朋友肖百合，这是胡莱莱，这是我从小到大的哥们儿阮云喜，我们俩从农村到城里，从幼儿园到高中都是一起的。还有这位美女，她是……夏微。”

胡莱莱握着肖百合的手笑得眉飞色舞，“哎呀，你们听听这名字，小百合，多么清新脱俗，多么惹人怜爱啊，一听就是黄花大闺女！”

一时间我竟分不清是该说一句“对啊多像黄花大闺女”还是该接一句“哪里像黄花大闺女”，纠结了很久，不敢轻易决断，只能跟着胡莱莱一起花枝乱颤地傻笑。

五个人沉浸在我们的笑声里很是尴尬地站了一会儿，虽然看到陆小虎另有新欢让我有些意外，但既然夏微没有表态，我也不好一上来就拆他的台。思来想去，只好伪装成一个爱岗敬业的女店员，眨巴着一双利欲熏心的眼睛问他们：“那个……你们需要买点什么呀？”

陆小虎没心没肺地挥挥手，说：“嗐，这不过节吗，我陪她买几件衣服。”

我看了一眼肖百合，这姑娘长得也真是眉清目秀，一头乌黑的长发乖乖地垂在肩上，虽然戴着一副眼镜，但依然可以看出那双水灵灵的大眼睛满含羞怯，怎么看都是一只纯良的小白兔。

再看她的衣着打扮，整个走的都是仙女路线，纯白色荷叶领衬衫配一条藏蓝色百褶裙，外面套着一件米白色娃娃领呢子大衣，袖口缀着蕾丝，往陆小虎身边一站，一副出淤泥而不染的样子，这里的淤泥指的当然就是陆小虎了。最主要的是，面对着胡莱莱的胡言乱语，她尚能保持一张淡雅腼腆的笑脸，实在让我不得不敬佩有加。

只是她看向夏微时的眼睛里竟有着难以掩藏的优越感，我原以为是我多心，但显然，胡莱莱的想法和我如出一辙。

她像一辆胡乱走火的小坦克一样“突突突突”地开到肖百合身边。我怀疑她简直要从肖百合的脸上碾过去的时候，她却再次握住了肖百合的手，声线调整得无比厚道，“哎呀，买衣服嘛，到这里来就对了！高档次，低消费，绝对物美价廉！来来来，我这个当姐姐的一定要给你好好地介绍一下店里最适合你穿的衣服。”

接下来她就把每件衣服的价格都多加了一个零才塞进了肖百合的怀抱中。

肖百合被她牵着走了一圈儿，小脸涨得通红，怯怯地过去扯陆小虎的袖子，说：“我家里还有很多衣服呢，要不咱们下次再买吧。”

胡莱莱一听，猛地一拍桌子，圆溜溜的眼睛直冒寒光，“什么意思啊小百合，大过年的别扫兴啊，既然进来了哪有让陆小虎空着手回去的道理？”

肖百合的脸上一阵红一阵白，明知是被宰，还是硬着头皮在一堆四位数和五位数之间选了一件三位数的T恤。于是，那件印着凯蒂猫的T恤就成功荣登为本年度“枫林晚”最具创收价值的一件衣服——进价四十，卖价四百。

陆小虎付账的时候深深地看了夏微一眼，夏微则深深地在刷卡机上划了一下卡，然后抬起头对他说：“不好意思，你这是医保卡。”

“啊……抱歉抱歉，拿错了。”陆小虎慌忙埋头在钱夹里翻出信用卡，重新递给了夏微。

夏微接过去，仍是面无表情地深深一划。

一旁的肖百合适时地抿嘴一笑，一对粉拳轻轻地捶在陆小虎的臂膀上，嗔怪道：“讨厌，你总是这样。”

又抬眼看了看夏微，继续说：“我们第一次见面的时候，他硬是要把名片塞给我，结果呢，却不小心把身份证塞进了我手里，真是糊里糊涂的。”

夏微结完了账，微笑着把卡还回去，说：“没关系，我们店里允许上帝偶尔犯一次错误。欢迎再来。”

两人出去的时候，肖百合还特地给我们深深地鞠了一躬，说：“夏微姐，莱莱姐，云喜姐，那我们就走了，新年快乐啊，祝你们都能找到自己的幸福。”

“枫林晚”的大门轻轻合上，门上挂着的风铃叮咚作响。

“她什么意思啊？”胡莱莱郁结地问，“我们三个看上去特别不幸福吗？”

夏微说：“哪儿能啊，也许是人家有特殊的社交礼仪。”

我觉得肖百合很有可能是日本来的。但是胡莱莱不同意，她坚持自己的意见说小百合是北海道来的，并一再向我讲解坐落于韩国的北海道是多么的美丽。

我说：“少女你的地理学得太到位了，下次给我讲讲坐落于日本的济州岛吧。”

她说：“那有什么问题啊，我一向是上知天文下知地理的，尼泊尔水怪啊，英国圣母院啊，只要你想听，就没有我不知道的。”

我俩又贫了一会儿才发现店里突然变得非常安静，安静得只能听见夏微数人民币的声音。

胡莱莱冲我挤挤眼，嗖地一下挨到夏微身边，搂着她的胳膊明知故问：“亲爱的，你吃醋啦？”

夏微依旧埋头点钱，眼皮也没抬一下，“吃什么醋？吃谁的醋？”

“你就不要故作镇定了嘛。”胡莱莱整个揽住夏微的腰，颇有点幸灾乐祸的味道，“万万没想到啊，这个全天下最痴情的陆小虎竟然会移花接木，还找了个嫩出水的天仙小妹妹，亏他平日里装出一副痴情不改的样子，简直禽兽！”

“那叫移情别恋，不叫移花接木。”夏微把钱拢齐放好，脸上的表情依然维持着淡然，“还有就是，你的胸部脂肪已经严重压迫到我的脊椎神经，我快喘不过气来了。”

胡莱莱羞愤地用胸部狠狠地撞了夏微一下，差点儿把她从柜台里面弹出去。

还不解气，扔出一句：“你这样有意思吗夏微？过度控制自己的情感是会导致内分泌失调的！”

夏微笑，“想看我撕心裂肺？可以。”她朝胡莱莱摊开手，“交了钱，马上表演给你看。”

胡莱莱气急，“你可真是钱串子转世投胎！”

夏微嘴角微挑，不急不缓地说：“多谢夸奖，希望你永远不会明白，这世上能对你始终如一的就只有钱。”

胡莱莱一时无话。

等到店里打烊，夏微从柜台里拿出一瓶好酒，“今天入账颇丰，走，去云喜那儿好好喝一杯。”

到了我家，三个人炒了四样菜，夏微似乎兴致很高，还亲自下厨煲了玉米排骨汤。胡莱莱一直忙着埋头发短信，夏微则拉着我不停地碰杯，几杯下来我们都喝得有点高。

月亮的清辉和暗淡的灯光交映在一起，衬得夏微双颊绯红尽显醉态。

借着酒胆，我终于还是忍不住问她："你和陆小虎到底怎么了？你早就知道那个肖百合了是不是？陆小虎爱你爱得恨不能内裤里都要塞一张纸条标明'此人是夏微专属'，怎么会突然冒出来一个肖百合？"

夏微眨眨眼，"小傻瓜，这个问题你该去问陆小虎啊。"

"得了吧夏微，陆小虎早把我当成你的奸细了，要是他能告诉我，也不会让我到今天才知道。"

夏微就笑了，笑得很柔软，"这有什么奇怪的，没有哪条法律规定，人一定要去等一个不会回头的人啊。"

"根本不是这么回事。"我固执地说，"我们都觉得你会回头的啊，你也喜欢陆小虎不是吗？两个互相喜欢的人难道不应该在一起吗？"

夏微拍了拍我的肩膀，语气像在哄劝一个不懂事的小屁孩，"你啊，真好，还能像个初中生一样抱有那么多的幻想。可是云喜，我们不是上帝，不是什么事情都会因为你觉得'应该这样'就这样，'应该那样'就那样。这世上根本就没有什么东西是'应该'的，我们不能总是站在自己的世界里来规定这个世界的样子啊。"

我不甘地摇摇头，"你说的这些我听不懂，我只是希望你不要和自己过不去。"

胡莱莱终于放下手机，冲我一笑，"听不懂才是正常的，我也不懂，咱们不能跟一个读书破万卷的人一般见识。"

夜深了，月亮的轮廓慢慢变得清晰。胡莱莱不胜酒力，换上她的小熊睡衣倒在床上打起了呼噜，夏微则稍作休息，就开始在客厅里研究网店。

"又要熬夜吗？"我问她。

她点了点头。

我知道劝她早些休息、不要熬夜，都是无用功，便又问她："喝咖啡吗？"

她抬头冲我一笑，“你真好，不加奶，双份糖。”

烧好了水，我站在厨房出神地看着咖啡一滴一滴地落进壶里，忽然听见夏微的声音说：“后天你去看云贺哥的时候，替我带一束白色的马蹄莲。”

“嗯。”我轻声应道。

“这么久了……”她轻轻地叹一口气，“你还在怪顾轻决吗？”

我沉默，用力凝视着咖啡壶里越积越多的浓浆，一时间有些恍惚。

“云喜。”

我终于转过身去，迎上她担忧的目光。

“嗯？”

“有一件事我一直想找个机会告诉你。只是我不知道这件事该不该说，或者说，我不知道这件事是不是重要到需要我特地拿出来说给你听……”

我不禁一笑，“夏微，你今天是怎么了？说起话来绕来绕去的，有什么话你就直说吧，咱们之间说话没必要考虑那么多的。”

“是这样。”她顿了一下，像是回忆了一遍事情的始末才继续说，“云贺哥出事前的那天中午，我在学校附近的冷饮店看见了顾轻决。那天我有点急事，所以把单车蹬得很快，路过那家店的时候也只是在玻璃窗外瞟了一眼。”

“然后呢？”我有点冷，捧着咖啡杯呆呆地看着她。

“云喜，我之所以一直没告诉你，是因为我也不确定自己看见的到底是不是真的。”

“你到底看见了什么？”我问她。

“我看见顾轻决低眉顺眼地坐在那儿，很悲伤的样子，他的对面坐着一个人，如果我没有看错的话，那个人应该就是你妈妈。”

“这样啊……”我皱了皱眉头，“可是我妈怎么会认识顾轻决的？她连你和胡莱莱都常常搞混，又怎么可能知道顾轻决呢……”

夏微也犹豫道：“所以啊，也许是我看错了也不一定。”

我默然无言地把咖啡递给她，然后顶着一颗思维混乱的脑袋钻进被窝里。夏微敲击键盘的声音无比清晰地传进耳朵，和着我太阳穴跳动的鼓点，一下一下，我知道这将是一个无眠之夜。

两天后，阮云贺的生日。

我起了个大早，收拾妥当，出门前在毛躁的短发上别了一只白色的小花发卡。

下了一楼，保安室的小李笑吟吟地拦住我，“阮小姐，今天什么日子啊，一大早就有您两束花，麻烦您在这儿签收一下。”

是两束白色马蹄莲，我知道是夏微和胡莱莱，这些年，无论她们身在何处，每一年的这一天，都会订一束白色马蹄莲，她们说马蹄莲的花语是高雅圣洁，就像阮云贺在她们心中的样子。

“谢谢。”我笑笑，“今天是我哥哥的生日。”

捧着花束走出小区，一股冷风迎面吹来。这几日的天气是越来越冷，街上几乎看不到行人，每一辆车都像过期罐头一样几乎变形地塞满了人。

我站在街边冷得直发抖，正考虑要不要回家多穿一点再下楼，就看见一辆私家车在我面前缓缓停下。

“去哪儿啊？”宫屿毛茸茸的脑袋从车窗探出来。

“是你啊。”也许是太冷，我的声音有些发抖，“去老铁轨。”

“上来吧。”他说，“我载你过去。”

“不用了，很远的。”我摆摆手，“你忙你的，我打车过去就行。”

“这么冷的天哪有空车给你打。”他懒得跟我废话，下车替我打开车门，让我坐进去时体贴地伸手护在我的头上，然后才绕回驾驶座上关上车门。

“看把你冻的，还在那儿跟我客气什么？”他递过来一杯尚有余温的热饮，露出一排洁白的牙齿笑看着我。

“不是客气。”我连忙解释道，“老铁轨离这里很远，路上又要绕来绕去的很麻烦。”

“你打车就不嫌麻烦了？”

“计价器一路狂飙，谁会嫌麻烦？”

他故作委屈地叹口气，“我这也没说白送你去啊。这样吧，你办完事请我吃饭怎么样？”

“没问题。”我贪婪地享受着车里的暖气，厚着脸皮说，“现在啊，你就是想赶我下去也赶不走了。”

他乐得大笑，“我倒是希望你永远就这么坐在我身边。”

我有些局促，只顾低头猛喝热饮。车子无声地行驶在落满薄雪的地面上，宫屿见我不语，扭头看我一眼，说：“你怎么突然又不理我？”

那孩子气的模样让我啼笑皆非，干脆一股脑地摊了牌，“你说话总是这样半真半假的，谁也闹不清是玩笑还是更大的玩笑，我若当真了，不是显得很傻？干脆不理，起码看上去没那么笨拙。”

没想到他却忽然换了神色，少见的严肃认真，“那是对别人，我对你可没说过一句违心的话，从前没有，以后也不会。”

我一怔，瞬时有些后悔刚才振振有词的那番话。

倒是他顿了顿又说：“不过你这样倔头倔脑的也挺可爱的，以后除了我，别的男人说的话你都一概保持高度怀疑就对了，要是他还跟你贫，你就顺手两巴掌让他长长见识。”

我哭笑不得，“你这是有前车之鉴？”

他怔一下，说：“哪儿能啊，我这么耿直，就你老觉得我不正经。”

离老铁轨还要一个多小时的路程，宫屿把车开得很稳，加上车里空调又开得很足，弥漫着淡淡的甜橙味，我像只晒足了阳光的猫，不知什么时候竟眯着眼睛渐渐睡着了。

似乎是做了个梦，整个梦境都是黑魆魆的，我看见自己在空无一人的麦田徘徊，孤立无援的背影看上去满是哀伤。直到车窗外白花花的光斑落在我的眼睑上，像海底波光粼粼的倒影。我睁开眼睛，望见车窗外大雪纷飞的天空，阳光从云层里钻出来，泛着刺眼的光。

不远处已经能望见那个高高的隧道了，它建立在长长的铁轨上，像一个粗制滥造的城堡。

曾经这座城堡的上面有着全世界最清透的天空，碧空底下常有静静盘旋的飞鸟，每年秋天，它们都会成群结队地由北向南迁徙。

还记得第一次来这里，我和阮云贺并肩站在巨大的蓝色天幕下，面对着高高的隧道发出无限的赞叹。

那一年春天，我的奶奶去世了，从此这世上再也没有最疼爱我的人了，这让我感到无比的恐惧。

我想她，非常非常地想，无用的思念时常让我的胸腔隐隐地作痛。我多希望可以再一次被她当作宝贝一样地抱一抱，多希望再吃一次她亲手做的桂花糕。于是我偷了家里的钱离家出走，我想去宁星村看看奶奶，幼稚的我天真地以为，只要我去了，奶奶一定会像往常一样站在院子里慈祥地等着我，她还围着那件碎花的米色围裙，用葫芦做的小瓢给院子里跌跌撞撞的小鸭子撒秕谷。

结果可想而知，还没抵达宁星村的时候，我就被妈妈截回家，结结实实地挨了一顿骂。

我成了一个分不清生和死、辨不清幻想与现实的愚蠢小偷。

那段时间我跌入了人生中最深不见底的一个低谷，没有食欲也没有精神，时常在夜里做梦，又被自己大声呼喊奶奶的声音惊醒，然后在一室的黑暗中无助地掉眼泪。

是阮云贺把我从谷底拉了回来。

有一天他告诉我，晏城的郊区附近有一段长长的老铁轨，那里每天都会经过一班开往宁星村的火车。

“如果你有什么话想对奶奶说，就到隧道里大声地喊出来，这样开往宁星村的火车就会载着你的声音离开，一路上传给奶奶听。”

天知道他是动用了多少脑细胞才捏造出这么一个矫情的“传说”，但无论如何，用这样的传说说服一个十二岁的小女生也还算得上是高明，至少那时候的我对此深信不疑。

于是每隔一段时间，我就会央求阮云贺带我到隧道边玩耍。大热的天儿，隧道附近常有蜻蜓和蝴蝶飞舞，碧绿的青草无遮无拦地疯长在铁轨两旁。我站在漆黑的隧道里大声地喊：

“奶奶，我长高了哦——”

“奶奶，昨天是母亲节，我做了一朵康乃馨，但是我没有把它送给妈妈，我只想把它送给你——”

“奶奶，我很想你——”

我的声音撞击着隧道坚实的墙壁，回音一遍一遍传出来——

我很想——

很想你——

想你……

老铁轨成为我和阮云贺的秘密基地。

每当我难过了、开心了、孤独了、无聊了，我都会坐很长时间的公交车到这里发一会儿呆，而每一次家里找不到我了，阮云贺就会甩开爸爸妈妈在老铁轨附近找到我，他总会冲我笑一笑——什么都明白、什么都体谅的那种笑——然后带我回家去。

回家的路像是一场褪色的黑白电影，很多事情都在岁月里变得模糊了，只有我们嘹亮的笑声散落在记忆深处，以及我大惊小怪的尖叫声：“哥，小心踩到狗屎啊！”

想着这些，恍惚间似乎笑出声来。

一旁的宫屿轻轻地推了推我的肩膀，说：“大雪把小路堵住了，车子过不去，我把车停在这儿陪你一起过去吧？”

我摇了摇头，说：“我一个人过去就可以。”

宫屿点点头，突然凑近我，伸出拇指擦了下我的嘴角。我吓得猛地向后一退，后脑勺重重地磕在车窗上，发出“咚”的一声巨响。

他皱眉，紧张地扯过我，伸手替我揉了揉脑袋，“疼不疼啊？”

我恼羞成怒，“当然疼了，你干吗突然伸手过来，害我撞到头！”

“我只是想帮你擦一下口水。”他无辜地看着我，指着我的嘴角说，“那么长一条……”

我愣了一下，对“颜面尽失”这个词语有了更深刻的体会，于是干脆一言不发地拿起花束下车闪人。宫屿摇下车窗，笑吟吟地递给我一个购物袋，说：“把这个戴上，风大。”

话音刚落，一阵北风夹着雪花怒号着卷过，我被这扑面而来的北风降服，乖乖从购物袋里拿出帽子、围巾和手套一一戴好。

每隔几年，晏城总会有个这样的冬天，风雪像是从地心涌出来的冷雾，白茫茫地阻挡着一切，人在前行时几乎看不清远处的景物。

所以当我在大雪纷飞的视线里看见顾轻决的时候，还以为那只是一时间看错的幻觉。

我揉了揉眼睛，迟疑地走近那个熟悉的身影，而他站在那里一动也不动，雪花落在他的肩膀上，像无数个小小的、白色的羽翼。他的眼睛望着远方，似乎是在望着什么人渐行渐远的背影。

脚步在雪地中发出“嘎吱嘎吱”的声响。

他终于侧过身来，目光一顿，在风雪中向我走来。

“好久不见，云喜。”他的声音很轻，不大真实。

我没回答他，心里像是觉知到了什么，忽然间变得很烦乱。而且我也实在不知道我们之间还可以再说些什么。好久不见，这句话来得太迟了，原本有那么多的机会可以这样假装风轻云淡地打个招呼，无论是在便利店还是在富人楼，无论是哪一次，只要他像这样对我说一句“好久不见”，我都一定会用同样的表情同样的声调也对他说一句，“好久不见。”

可是不该是在这里，在此时。有些话错过了恰当的时机，再说出口，只能平添酸涩。

他静静看着我，有雪花落在他长长的睫毛上。我们还在一起的那几年，每到冬天下雪的时候，我都喜欢把大捧的雪花兜头撒在我们的头顶，然后一本正经地数一数，看看会有几片雪花落在他的睫毛上。那时候我觉得全天下的雪花唯独在他睫毛上的那几片分外晶莹。

我不知道自己怎么会突然想起一件如此微不足道的小事，为了不让自己继续胡思乱想，我慌乱地打断了自己的思路，随口问他：“你怎么也在这里？”

说完才发现隧道旁的雪地上放着一束洁白的马蹄莲，上面已经落了很厚的一层积雪，说明他已经在这里站了很久。难为他竟知道阮云贺的生日。

“谢谢你来看我的哥哥。”我勉强冲他一笑，“没事的话，再见。”

与他擦肩而过，我将手中的花束也放在隧道旁的雪地上。

遥远而又清冷的阳光在积雪上折射出灼目的光芒，令人产生微微的眩晕。我轻轻地眯起眼睛，由于看见顾轻决而激烈跳动的心，在佯装的不动声色中慢慢地平静下来。

“哥，你会恨我吗？”我在心底轻轻地问。

“如果不是因为我，现在的你一定已经在享受自己闪闪发光的人生了吧。你还是天底下最最温柔的那一个，最最聪明的那一个，还是妈妈全部的骄傲和希望，可是我却把这一切都给摧毁了……

“哥，如果你还在的话，还会把头发剪得很短吗？还会喜欢喝橙子味汽水吗？会不会已经有了和你旗鼓相当的女朋友？说不定还会有一个可爱的小宝宝，你会教他喊我姑姑吗？

“自从你走了之后，已经很久没有人说过我矮了，你还记得你常常抬起手臂温柔地按我脑袋吗？你常常会按着我的脑袋说，喂，云喜，你很矮呢，你吃那么多，怎么还是这么矮啊……

“你知道吗，我现在已经长得很高了，如果穿上高跟鞋会看起来更高一些，对了，你还没看过我穿高跟鞋的样子吧，其实……看起来会有些别扭，像一个踩着高跷的傻瓜……”

我强忍着眼泪缓缓地蹲下去，轻轻拍打掉花瓣上的落雪。

大风呼啸着钻进隧道里，撞击出“呜——呜——”的回声，像是来自遥远星球的叹息。

不知道过了多久，双腿麻到几乎快要失去知觉的时候我才跌跌撞撞地站起来。

“哥，我要回去了，对不起我只能来这里看你。现在妈妈一定在你的墓前和你说话吧，我总是惹她生气，就不去那里打扰你们了，下次我还会来这里看你，毕竟，这里是我们的秘密基地嘛……”

转过身去的瞬间，正迎上顾轻决哀愁的眼睛，原来他始终安安静静地站在原地，没有离开。

我怔了一下，避开他的视线，轻声说："这么冷，你怎么还没走啊……我以为你已经回去了。"

他说："我在等你。"

"等我？"我有些意外于他的坦诚，定一定神，问他，"有什么事吗？"

他想了一会儿，微微地扯了一下嘴角，"没有。"

然后我们谁都没再说话。

雪还在疯狂地下坠，大片大片的雪，像是要把我们长埋此地。远远看去，这本该是一个挺有意境的场面，无奈的是晏城的大风实在是太猖狂了，我们两个盯着彼此看了没多久，我的鼻涕就险些要被大风刮得糊了满脸。

我举起胳膊擦了一下脸，说："没什么事的话我要回去了。"

他点点头，说："一起走吧，我的车就停在前面，可以送你回去。"

我说："不用了，我是和朋友一起来的，他的车也停在前面。"

顾轻决"哦"了一声，我们就肩并着肩沉默地冒着大风往回走。

路上我突然来了灵感，盯着地面上那一层亮闪闪的白光问他："顾轻决，有件事一直想问问你，夏微说高三那年的某一天，她看见你和我妈在冷饮店里，我妈她……是不是对你说了些什么？"

他的脚步轻微地顿了一下，随即马上否认道："没有的事，也许是夏微看错了。"

我叹口气，无所谓的语气说："知道了，我也只是随口问问。"

我们继续沉默地并排走在雪地里，好像再也没什么话好说，就这样一直走到坡下，抬头就可以看见两辆车相距不远地停在道边。我指着其中一辆说："那个就是我朋友的车，我先走了，再见。"

他转过来，看着我的眼睛慢慢地说："真的可以再见吗？"

我傻乎乎地"啊？"了一声。

"云喜。"他艰难地开口，像是有很多很多的话要说一样，却最终只是轻轻地笑了一下，说，"没什么，再见。"

风雪中这样的笑容像子弹一样击穿了我的心脏。

我转过身，费力地迈开越来越麻木的双腿，才走两步，就被一股巨大的力量从身后牢牢扯住，猛地朝后撞进一个坚硬的胸膛。

顾轻决冰冷的脸深深地埋进我的颈窝，声音如同梦呓喊着我的名字。

云喜——

对不起——

这个拥抱像是要用尽他全部的力气，我几乎要听见自己骨骼碎裂的声音。

呼啸的北风刮过耳畔，我不敢回头，其实整个人已经被他吓住，身体里像是灌满了风一样动弹不得，只是任由他重复地喊我的名字，仿佛我已经离他远去了一样。

就这样很久很久，我听见他沙哑的声音艰难地说："如果那一次，死的是我……"

我心中剧痛难当，眼泪突然涌上灼热的眼眶。

顾轻决的声音带着哭腔——

"好几次，我都宁愿死的是我自己，或者，是我们……那该多好……"

我咬紧牙关不敢让眼泪掉下来，他依旧死死地抱着我，我知道他哭了，他的眼泪滚烫地滑进我的脖颈。

我说："顾轻决，你放开我。顾轻决，你弄痛我了，快点放开我。"

他不理我，我只好去咬他的手臂，使劲地咬，拼了命地咬，直到口腔里涌进一股血腥味我才回过神来，眼泪已经模糊了我的视线。

那种绝望的感觉再一次铺天盖地地淹没了我，就像一个人孤零零地漂浮在浩瀚无边的大海上，目之所及除了冰冷的海水之外什么都没有，没有尽头，也没有彼岸，什么都没有。

顾轻决的臂弯终于懈了力气，他放开我，声音恢复了平静。

"你走吧云喜，别回头，一直往前走。我最近工作有点累，情绪不稳定，你就当我发了酒疯，去你朋友的车里吧。"

我背对着他，看不到他的表情，我也不想回头，因为我哭得太难看了，风雪把我所有的眼泪和鼻涕胡乱地糊在我的脸上，简直惨不忍睹。

"累了就休息一会儿，工作嘛，没有做完的时候。"

我忍住胸腔里碾过的悲哀，一头扎进越来越大的落雪中朝宫屿的车子飞奔过去。

——顾轻决，我们会一直一直在一起吗？

从前的我总是喜欢这样没完没了地问他同一个问题。

——喂，顾轻决，你说话啊。我们会不会一直在一起？我们会一起变成老太太和老头子吗？我们会永远在一起，会有小孙女的手指头戳一戳我们脸上的皱纹吗？

——也许吧。他拍拍我的头笑一笑。

——什么叫也许吧？我生气地仰起脸瞪着他。

——顾轻决，我们必须永远在一起，我会一直一直爱着你，你也要一直一直爱着我，知道了吗？

天知道那时候的我怎么会矫情造作到这个地步。

——云喜。

他看着我，眼睛里倒映着操场上空蓝得发白的天空。

——我不知道我们会不会一直在一起，但是我会一直爱着你。

——你说话算话。

我从来没有笑得那样快活过。

——嗯，说话算话。

如今的我站在时光之外，看着很久很久以前的那个自己，黑色的短发在微风里轻轻地扫过稚嫩的面容，那是一张纯粹的笑脸，因着是在顾轻决的目光里而显得熠熠生辉。

回不去了阮云喜。

那样的时光，再也回不去了。

我打开车门，把自己重重地摔进去。

“外面好冷啊！”用力把帽子拉下来盖住自己脏兮兮的脸，我闷声闷气地对宫屿说。

他说：“那不如去吃火锅吧，暖和。”一边递给我一条一次性毛巾，“先擦一下脸。”

“谢谢。”我不好意思地挤出一个笑，把脸埋进毛巾里。

回去的路上天空放晴，风雪渐渐停了，车子在崭露头角的阳光里缓慢地前行，我把头靠在座椅上闭上眼睛。

不知道是不是在零下二十度的冰天雪地里站得太久，总觉得头脑昏昏沉沉得提不起精神。

没过多久，忽觉眼中微微濡湿，我晃晃脑袋，强迫自己清醒一点。

“对了，一会儿想去哪儿吃火锅？我请客，你选地儿吧。”

宫屿想了想，说：“要不去寒清殿吧，那儿的虾滑很不错。”

我一个鲤鱼打挺坐直了，瞬间恢复了清醒。寒清殿说白了就是给有钱人摆阔的地方，虽没去过，也听闻一盘羊肉都要六百六十六，我掐指一算，这一去，要想两个人都吃饱，少说也得个三五千的吧？

宫屿见我不语，狐疑地看了我一眼，问道：“还是你有更好的地方推荐？”

我挣扎了一下，泄气地说：“说好了我请你的，地方理当由你挑，就去寒清殿吧。”

宫屿微微一笑，眼神润润的像条心情大好的拉布拉多，“难得你这么听话，既然这样，我倒是有更好的提议。”

我看着他，内心悲痛地想着，应该没有比寒清殿更糟糕的提议了吧……

车子在我忐忑的心绪中拐了个弯儿，继续匀速向前行驶。

当我从寒清殿的打击中回过神来的时候，发现自己正站在一排火锅底料前发着呆。

宫屿左手拿着秦妈的底料右手拿着小肥羊的底料，亲切地问我：“云喜，你喜欢吃哪一种啊？”

我神色茫然地指着秦妈说：“啊？这个吧。”

宫屿把火锅底料放进购物车里，单手推购物车，另一只手牵起我的手，笑着说：“走吧，去买金针菇，吃火锅一定要有金针菇才行啊。”

“去寒清殿还要自带底料吗？”我恍惚地问。

宫屿斜眼看着我乐：“既然你说地方由我挑，那我的提议是回家去吃。

对了云喜，你们家有下火锅的锅吗？”

我茫然地摇摇头。

宫屿说：“那去我家吧，我家有。”

我又茫然地点了点头，所有的脑细胞都集中在不用去寒清殿的好消息上，完全没注意到宫屿已经拖着我的手走了很久。

直到结账的时候，宫屿晃了晃他的手，说：“乖，手放开一会儿，我要结账。”我这才猛地发现我们的手是牢牢地握在一起的，掌心的温暖让我习惯而不自知。

收款的小姑娘冲我们心知肚明地笑了笑，说：“你们这是新婚吧，看着可够甜蜜的。”

我抬头看着宫屿，他正在做一个让全世界的女人都为之倾倒的动作——从钱包里拿人民币。加上他长身挺拔，表情从容，对收款姑娘的笑谈报以风情万种的那么一笑，直接让小姑娘的手都抖了三抖。

我立即回过神来，递过自己的卡，说：“慢着，我来结账，说好了我请的。”

小姑娘笑吟吟地拿过宫屿手里的卡说：“你们小两口真有意思，什么你的我的，还不都是你们自己家的。”

我执意递过我的卡，艰难地解释说：“那个……你误会了……刷我的卡。”

小姑娘压根没打算理我，利索地刷完了卡找宫屿签字，宫屿一边签字一边腾出手揉了揉我的头顶，说：“别闹，我觉得小姑娘说得很有道理。”

我仔细回想了一下刚才她说过的那些话，并没有发现任何有道理的句子，所以我也不知道他说的她说得有道理到底是哪里有道理。

出去的时候我见宫屿一个人拎着全部的购物袋很不好意思，于是主动提出想帮他拎两袋以平均一下重量的要求。

宫屿说着好啊，然后把四个购物袋全部拎在一只手里，腾出另一只手伸到我面前，说：“把我给你拎。”

我盯着他宽大的掌心无力地看着他。

宫屿孩子气地一笑，鼻尖皱出一道细细的褶，“怎么了，是你自己说要帮忙拎的啊。”

我忽然觉得心里莫名一动，没理他，双手插进口袋里一溜烟地跑进停车场。尽管如此，心里仍有一个地方被他的笑容震得很不平静，怎么回事，我索性也懒得去想，闷闷地坐进车里去。

这顿火锅虽然名义上是我请客，但实际上真的跟我半点关系都没有。

当我舒舒服服地坐在宫屿家的客厅里喝着热可可的时候，宫屿则在厨房里有条不紊地洗菜烧水。虽然我一再提议想要分担一些工作，但是均遭到他态度坚决的拒绝，几次三番我也就懒得再去给他添乱，心安理得地看起电视来。

于是整顿饭无论是食材的选购还是制作，甚至连进餐地点的提供都是由宫屿全权负责，我唯一参与的过程就只有吃而已。

公寓里的暖气开得很足，加上热气腾腾的火锅，笼得整个人都是暖烘烘的。我无比享受地吃着食物，宫屿则在对面看着我傻笑。我猛灌一口啤酒，享受地“哈——”了一声，问他：“你怎么都不吃啊？是不是我吃得太不文雅，让你胃口尽失了？”

宫屿摇摇头，说：“不，你吃饭的样子很可爱，像只享用美食的小松鼠。”

我还是第一次听到这样的形容，一时间不知作何表态，只好无比尴尬地抽搐了一下嘴角。

没想到却惹得他哈哈大笑，“逗你呢，你说我像大狗，我说你像小松鼠，我们算是扯平了。”

我撇嘴，“真记仇。”

他笑，“可不是，所以以后可要对我好一点儿。”

火锅吃得差不多了，宫屿起身去冲杯大麦茶，白色系的厨房里洒满冬日的落霞，他高高瘦瘦的样子立在一室暖光里，单手往茶壶里冲沸水的样子看上去很安宁。我坐在案发现场一样的餐桌旁看着他，觉得这样的画面很像老电影里一个平铺直叙的黑白镜头。

喝完茶水我起身要求清洁碗筷，宫屿急急地把我赶进客厅，“打游戏看电影随便你，厨房禁地不要擅自闯入。”

半小时后他端着切好的水果走进来，脚上的白色兔毛拖鞋踩在地毯上悄无声息。我正目不转睛地盯着电视看，宫屿冰凉的手指戳了戳我的脸颊，“看什么这么用功？”

我被他的手指冰得一哆嗦，“你的手怎么这么凉？”

“厨房的热水器坏了，地下水凉得冒烟。”他把果盘放在茶几上坐下来，眼神看向电视里播放的《金婚》。

“所以你不让我进厨房？”我心下有些感动，嘴上却不讨好地说，“早知道不如去外面吃，干吗遭这个罪？冻坏了画不出画来，不知道又要害我被可可怎么数落。”

“除了骂我，就不能关心我一下吗？”他有点沮丧似的垂着头，兴许是方才喝了些酒，眼神里遮着酒意，朦朦胧胧的，他语气里带着委屈，“有半点心肝的女人就不会不被感动了，洗手为你做羹汤，又是刷碗又是切水果的，这样讨好你，却连一句夸奖都没有。”

我有点哭笑不得，这么大的人怎么还会像小孩儿一样讨人家的关心？

“服了你了，说吧，你想我怎么关心你？”毕竟吃人的嘴短，我忍住笑去哄他，“要不要现在马上拨打 120，帮你叫一台救护车赶去医院做全面检查？”

前一秒还拧在一起的眉头立即欢天喜地地舒展开了，他把一双冻得通红的手往我眼前一伸，撒娇似的说：“那倒不用，你给我暖一暖就行。”

他的眼睛酒精一样透彻，凝视着我，让我无从抗拒地乖乖伸出手去，把他修长的冰冷的手指温柔地握在掌心里。

“真暖和。”宫屿笑得酒窝浅浅。

我也笑，“不是我的手暖和，是你的手太凉了。”

说完不自觉地沉默了片刻，这样的对白好像很熟悉。

很久很久以前的冬天，是个寒假，我从补习班跷了课大老远地跑去看望顾轻决，那时候他也是这样温柔地捧着我的手为我取暖，我仰着冻得通红的脸冲他笑，“顾轻决，你的手可真暖和。”

他心疼地往我的掌心里呵气，说我傻，还说："不是我的手暖和，是你的手冻得太冰了。"

想及此，我轻轻地摇了摇头，不想再多想下去。

电视里正演到佟志气急败坏地对文丽解释："我连她的手都没有碰过！"文丽反问："你没碰过她的手，你碰她的心了吗？"

短暂的静默砸在两人之间——

我放开宫屿的手想去喝点水，却被他突然反手抓住我的手腕。我看见他的眼睛像刚睡醒的小动物，神色却很凝重，正在诧异中，他忽然俯身下来，滚烫的嘴唇贴在我耳边轻轻地说："刚才你在想他。"

"谁？顾轻决？我没有。"慌乱间我竟然傻乎乎地掉进他的陷阱，等我反应过来的时候形势已经相当混乱。

我说形势混乱是因为，刚才他突然俯下身来的时候，我因为某种龌龊的联想而即刻做出了相应的条件反射——迅速向后退——可是我忘了我是坐在沙发上，这一退，加上宫屿的重力相辅，直接导致我朝身后躺了下去。于是我和宫屿就构成了一个非常暧昧的姿势……

我下意识地偏过头去，结结巴巴地说："你、你要是醉了，就早点休息吧，我、我、我还要回家呢……"

宫屿淡淡地笑了，长长的睫毛上落满朦胧的灯光，他说："你现在知道怕了？晚了。"

然后他腾出一只手掰过我的下巴，嘴唇滚烫地吻下来。

他的吻像午夜的海浪，凶猛而激烈，冷静霸道地辗转吸吮着我几乎发麻的嘴唇，他把我抱得太紧，像是要把我捏碎一样。

我知道自己正在发抖，从没经历过这样充满侵略性的吻，因此脑子里空白一片，整个人像是被酒精点燃的火焰，滚烫炽热。

不知道过了多久，就在我以为自己会死于窒息的时候，宫屿放开了我。

"吓到了？"他温柔地咬咬我的嘴唇，柔声道："早说过下次再提起这个人会有惩罚，是你不好，阮云喜。"

也许是我的大脑回路比较迂回，久久都没有任何想法。只听见自己的心脏跳得跟跑了一万五千米似的，震得我脑子都在嗡嗡地响。

直到宫屿把我从沙发上扯起来，我才后知后觉地问：“宫屿，你在干什么？”

他收敛了笑意，很认真地盯着我，沉声说：“你不会不知道我在干什么。我在讨好你，在博取你的欢心，在追求你。我在吃你的醋，生你的气，你白长了一双大眼睛，这都看不出来吗？”

我有些迷茫地看着他，他毛茸茸的头发，剑眉星目，孩子气的脸，还有他执着固执的神情。我不知道自己是否在那一刻为他心动。

但是他再次俯身过来试图吻我的时候，我仍是下意识地偏过头去。他并不勉强，只是伸手揉了揉我的脑袋。

“对不起。”我说。

他的眼神黯淡了一下，声音听起来有些疲惫：“你是该觉得对不起我。我那么喜欢你，可是你一直装作不知道，你不能这样，这不公平。”

我不知道该说些什么，只好垂下头去。

宫屿起身帮我拿了外衣递给我，又找出一条烟灰色的围巾替我一圈一圈绕在脖子上，他说：“时间不早了，我送你回去。”

“对不起。”我接过衣服再次小声地道歉。

“别被我忽悠了，你有什么对不起我的呢。”宫屿笑了笑，又说，“不过，你要真觉得对不起我，就抱抱我吧。”

他是开玩笑的口吻，也许没想到我会真的真心实意地紧紧拥抱他。他的背挺得笔直，又慢慢放软，然后他也轻轻地抱了抱我。

“云喜，我可以等。”

他忽然放轻了语气对我说：“我知道那段岁月不是随随便便就可以一笔带过的，可是云喜你别让我等得太久，不然将来赶不上金婚，你可不要后悔。”

他可以给我一个世界上最值得信赖的拥抱，同样他也可以像个小孩一样语带不甘地威胁我。

“你可不要后悔。”他恨恨地说，声音却已哑在喉头。

第五章

影子与树

谁也说不清最初的爱情究竟算不算得上是爱情。
就像一粒种子早早地埋进丰沛的土壤，在经历漫长光阴之前，
它仅有的，也只是一粒种子的细小之力罢了。

除夕前夕爸爸执意接我回家过年。

他在厨房里围着一条女士围裙游刃有余地当起了主厨，笑意盈盈地接过李阿姨递过去的油盐酱醋。

这是一个充满人情味的家庭，爸爸终于过上了他想要的生活。

年幼的记忆里父亲就是一个多才多艺的男人，写一手苍劲有力的书法，读过很多的外国原版小说。听说妈妈之所以会嫁给他，很大一部分原因是他温文尔雅的气质和风趣幽默的谈吐。

只是哥哥出生后没多久，父亲便擅自往厂子里递了辞职信，回来后就一门心思窝在家里搞文学创作。

那时候的稿费不比现在，常常是几个月也收不到半毛钱，为此妈妈没少和他吵架。那段拮据的岁月里，妈妈一直咬牙做着一个女强人能够做的所有事情，在工厂和家庭之间奔波，每一天都忙得近乎虚脱。

爱情就在每一个疲惫不堪的日出与日落之间变得寡淡，滋生出更多的埋怨和争吵。

后来妈妈毅然辞职下海做起了生意，每天更是忙得连轴转，也是因为

这样，家里的生活才逐渐充裕起来。

那段时间妈妈一直在外面忙碌，爸爸便买来各种各样的菜谱，换着花样给我们煮饭做菜。他常说，看一个人的生活是否精致，要看他们家的卫生间是否干净以及饭桌上的食物是否美味。

妈妈对此嗤之以鼻。她认为一个人用在厨房里的时间越久，越是说明这个人没有出息。她看不惯爸爸的“慢生活”态度，常常当着我和哥哥的面数落他没用。在她看来，琴棋书画、养花种草，统统都是不务正业的把式。

每当这个时候，爸爸总是尽可能微笑着隐忍。他体谅妈妈的完美主义，但失落和沮丧也并不是没有。

直到后来父亲的作品开始大卖，“阮晟”这个名字成了畅销书的代名词。妈妈的奚落渐渐少了，可是爸爸的笑容也在逐渐消失，名誉和金钱似乎并不能成为让他开心的理由。

那时候我不明白爸爸的叹息来自哪里，直到现在我看着李阿姨小鸟依人的温柔笑脸，才似乎有些明白了其中的原委：在曾经的家中，他只是一个达不到妈妈完美要求的废人；而在这里，他被这个家庭需要着，依赖着，占据了一个重要的不可替代的地位。

我想着这些，继续在客厅里和阮陶、阮瓷玩纸牌游戏，茶几上的柠檬红茶冒着温暾的热气。

“云喜饿不饿？要不要先吃些点心垫垫肚子？”李阿姨从厨房探出头来问我。

“不用，我才吃了午饭过来，一点也不饿。”

她冲我笑笑，温言道：“你爸爸的拿手好菜出锅后就可以开饭了。”

“姐姐。”这时候阮陶用她的手指暖暖地碰了碰我的胳膊，说，“你带我去吃晃来晃去好吗？”

“晃来晃去？那是什么东西？”我看向妹妹阮瓷。

“是布丁坊卖的罐装布丁，捧在手里晃动的话就会晃来晃去的那一种。”阮瓷对我眨了眨眼睛，无奈地说：“姐姐就喜欢吃那种孩子气的东西。”

我被她小大人一样的神情逗笑，说：“那你介意我带你们一起去吃那孩子气的晃来晃去吗？”

“妈妈，可以吗？”她冲厨房大声地问。

“去吧，多穿件衣服早点回来。”李阿姨的声音从厨房传出来。

“遵命——！”阮瓷开心地欢呼着去拿外衣，奔跑的姿势就像展翅飞翔的小鸟。

春节期间大街上格外冷清，大多数店面贴出春节休假的告示，巨大的卷帘门严严实实地拉下来，像冰柜里摆满一排排的铁皮罐头。

庆幸的是阮陶说的那家布丁坊尚在营业，我们找了个靠近暖气的位置坐下，点了三份芒果布丁。

傍晚微凉的天光透过贴满雪花的窗户照进来，橙色的光影在两个小孩子的衬托下仿佛童话世界般浓墨重彩。

偶尔有客人推门进来的时候，门上的铜质铃铛就会“当啷当啷”地响上几声，每当这时候阮陶就会夸张地挥舞着手臂“咯咯咯”地笑起来。

“姐姐，妈妈说过在公共场合不可以大笑哦。”阮瓷伸出食指比在唇边要求她噤声。

阮陶愣了愣，露出一抹婴儿一样天真的笑容。

这个时候铃铛再次响起来，阮陶突然神情紧张地捂住嘴巴，小声地喃喃：“嘘——不可以大笑哦。”

苏重就是在这个时候走到我们这一桌，热情洋溢地同我打招呼：“云喜？真的是你！刚才在门外看我就觉得像你，你怎么在这儿？”

“带妹妹来吃布丁。”我说，“阮陶阮瓷，这是苏重姐姐。”

两个小朋友乖巧地打过招呼，苏重友善地笑一笑，说：“我来给顾熙买布丁，你说他那么大的人了还爱吃布丁，真是拿他没办法。”

看着她一脸娇嗔的笑，我低声说：“他好像对芒果过敏。”

“我当然知道。”她笑眯眯地看着我，说：“我会给他买蓝莓口味。很多家店今天都关门休假，只有这家是全年无休地在营业，害我要跑大半个城市来这里买，真是麻烦。”

“这样啊。”我保持着笑容，问她：“你们……在一起过春节吗？”

声音简直懦弱得该死。

苏重理所当然地点了点头，说：“是啊，他和阿姨两个人过节怪冷清的，我去陪陪他们，还能帮阿姨打打下手。她做的水煮鱼简直好吃死了，云喜，如果有机会你真该尝一尝那个味道。”

原来连家人都见过了。

我默不作声，心里却被一阵突如其来的难过搅乱了。

阮瓷看了我一眼，放下布丁勺子对我说：“姐姐，妈妈不是说要我们早点回去吗，我们快点回家吧。”

我如获大赦般迅速站起来帮阮陶穿好大衣，跟苏重道别：“不好意思，我要先回去了。”

苏重大方地看着我笑，“行，有时间给你打电话。再见了，两个可爱的小朋友。”

回去的路上阮瓷问我：“姐姐，她是你的情敌吗？”

我大惊道：“情敌这个词是谁教你的？”

阮瓷认真地说：“电视里看到的。你喜欢她的男朋友对吗？”

我摇摇头，“为什么这样问？”

阮瓷轻轻地叹了口气，说：“你们大人可真麻烦，刚刚你看起来明明就很难过。我不喜欢那个姐姐，她也明明知道你会难过，可是一直在不停地说一些奇怪的话，我们又没有问她来这里干吗。”

我简直不敢相信站在我身边的这个小不点儿只是一个四岁多点的孩子。

“所以你刚才是故意帮我解围的？”

阮瓷点点头，小心翼翼地看着我问：“姐姐我做错了吗？”

“没有。”我轻轻地摇了摇头，“谢谢你。”

“不客气。”她开朗地冲我露出一抹笑颜。

夜幕不动声色地降临，楼道里弥漫着年夜饭醉人的香气，楼下有人在放烟火，细细碎碎的火光炸得天际一闪一闪。

我忽然有点想念奶奶，眼睛在楼道灯熄灭的一瞬间灼痛难忍。

这一年就这样匆匆结束了，新的一年在爆竹声中热闹地登场。

假期总是结束得干脆利落，节后上班的第一天，公司照例召开各种会议，上午董事长总结过去，下午主编展望未来。从策划到栏目再到媒体运营、推广方案，每一项都要求职员踊跃发言，一整天的会议开下来整个人头昏脑涨，口干舌燥。我不止一次看见可可在桌子底下猛掐大腿，如果不是亲眼所见，走出会议室的时候我会以为那一片瘀青来自家庭暴力。

下午三点，主编突然通知大家会议延长，负责宫屿绘本的责任编辑无故提交辞呈，需要开会决定谁来接手工作。

办公室里顿时哀鸿遍野。我给可可冲了杯咖啡，跟着她一起恍恍惚惚地走进会议室，宫屿和作家鹿嘉也在。

才坐下没多久，主编就阴沉着一张脸走进来。可可附在我耳边小声说："南编辑这次辞职一定跟远藤文化大有关系，小道消息说那边一直在挖她的墙脚，公司最重视宫屿和鹿嘉的这次绘本合作，她这样半路撂挑子跟暗地里给我们一枪有什么区别。"

主编轻轻咳嗽了一声，会议室里一下子安静下来。

"南编辑辞职的事情大家应该都知道了。"主编不动声色继续道："现在有两个问题需要解决。首先是南编辑一手带出来的金牌写手程昔，她的合约只剩下不到两个月，南编辑一走，她有理由不再续约。小宋，这件事情交给你负责，无论程昔开出什么条件，只要她答应续约，尽量满足她。"

坐在窗边的宋编辑点了点头，应一声："明白。"

南编辑是业内赫赫有名的金牌编辑，她带出来的作者往往可以在图书市场创造出销量奇迹，就连前几年图书市场一再萎靡的情况下，她签下来的新人作家也创下了首印十五万册的惊人纪录。公司里至少有三分之一的作者是因为南编辑在业内的声望才与倾城文化签约，程昔就是其中之一。

她这一撒手，不仅让倾城少了一个王牌编辑，更会让我们丢失大部分实力作者，这对倾城文化来说无疑是一次重创。但好在宋编辑看起来很有把握，大家也都跟着稍稍地松了一口气。

"好，接下来，另外一个问题就是宫屿和鹿嘉合作的绘本谁来接手。"

主编看向宫屿和鹿嘉微笑着说："在座的编辑随便你们挑，小雪和果儿都有过出版绘本的经验，可可策划的图书销量向来有保障，南羽和冬甜都是公司的老招牌，云喜虽然刚进公司不久，但工作能力也受到许多前辈的认可，你们想让谁来负责带你们都没有问题。”

鹿嘉看了宫屿一眼，回主编：“谁都可以，我听公司的意见。”

宫屿也点点头，说：“听公司安排。”

可可递给我一张纸条，上面龙飞凤舞地写着：看着吧，一场恶战就要展开了。

我点点头表示同意。的确如此，南编辑的辞职虽然对公司是一次重创，但对于留下来的编辑来说却是百年难得一遇的天上掉馅饼——宫屿和鹿嘉就是那块肥嫩鲜美的大馅饼。

鹿嘉在进公司之前就已经拥有为数不少的忠实粉丝，宫屿更是早在此前就已经具有一定的影响力，两个人的名字就是最有力的号召，只要接手的编辑肯用心做，销量绝不是问题。

问题是，得到馅饼的机会只有一次，大家自然是虎视眈眈。

主编也早预料到会有这样的情况，于是决定由鹿嘉抽签选择，抽中了谁就由谁来负责这一次的绘本。

在大家的屏息等待中，鹿嘉随意地抽出一张纸条将它展开。她推了推巨大的黑框眼镜，看了一眼纸条，然后抬起头来看向我，微微一笑，说：“云喜，以后多多关照。”

会议室里顿时响起窸窸窣窣的议论声。

我有点乱了方寸，下意识地看向主编。他冲我点点头，示意我少安毋躁，然后面向大家沉着地说：“既然问题已经全部解决，那么散会，大家辛苦了。”

会议结束后主编让我留下，她问我：“云喜，你好像并不开心于这样的结果？”

我愣了愣，如实说：“我才到公司没多久，怕能力不够。”

“一个人的能力是在实战中积累起来的经验，只要你用心做，不会有什么问题。”

“可是……”

“还有什么问题吗？”他微笑着看向我。

我安静了一会儿，摇摇头：“不，没问题了，我会努力去做。”

主编满意地点了点头，说：“好，那你去忙吧。”

接手绘本工作以来，我和鹿嘉、宫屿之间的沟通就渐渐多了起来。

鹿嘉是一个心思缜密的女生，字字句句都要自己斟酌修改多次以后才会发给我，这让我的工作轻松了不少。而宫屿则恰恰相反，他总是随心所欲、任性妄为，让我头痛不已。高兴的时候他可以在公司的画室一天画出好几张作品，不高兴的时候手机一关家门一锁就开始玩起了失踪，好在他高兴的时候比不高兴的时候多，这也让我略微安心了不少。

一段时间的接触，我惊喜地发现鹿嘉和宫屿的搭档配合简直堪称完美。鹿嘉性情沉稳内敛，虽然没有太多惊喜的创意，但贵在字字句句都是花了许多心思认真创作，读者绝对能感受得到她对文字的热情和投注的心血。而宫屿虽缺乏耐性，却生就满脑子的艺术细胞，常常神来一笔让人眼前一亮。

我想起爸爸曾经说过，世界上两种人可以比别人有更大概率获得成功，一种是生来就被上帝偏爱的人，一种是可以压下浮躁愿意自我磨砺的人。如果被称为“天才”的宫屿是被上帝偏爱的那一个，那么鹿嘉就是那个愿意自我磨砺的人，我不得不佩服南编辑的慧眼识珠，在离开公司之前能把这两个人组合到一起，也算不上对不起老东家了。

日子就在这突如其来的忙乱中平静而又飞速地前行着，嚣张的冬日逐渐收敛了戾气，弥散出大片喜人的温度。

一年中最好的季节就要来临。

我在一个春日的黄昏接到陆小虎的电话。

彼时我正用聊天软件和鹿嘉讨论绘本名字的问题，两人正在纠结的时候手机适时地响起来。

“我们的阮主编几点下班啊？”陆小虎的语气闲散得让人嫉妒。

我看了一下工作表，说：“估计又要加班。”

“加班到几点？”

“八点之前差不多可以完事。”

“够忙的啊，有空的话一起吃个晚饭，‘逝水’怎么样？”

“我倒是乐意，就怕你不愿意等。”

“愿意愿意，我荣幸之至啊，那就这么定了，一会儿我去接你？”

“那倒不用，不过我得带着胡莱莱，我不敢放她一个人在我家，上次就差点儿把我们家厨房给烧了。”

“没问题，那晚上见。”

搁下电话，我继续和鹿嘉讨论书名，又联系了一下负责图书封面设计的工作室，希望他们可以提供一位有实力的设计师为我们的绘本设计封面。

窗外的天色昏昏暗暗，我歇口气，揉揉脸，看着满桌子的资料和一杯早已经凉掉的速溶咖啡，突然有一种不知身在何处的空虚感灌满胸腔，直到六点五十七分，回复完最后一份稿件，我关掉了电脑，给胡莱莱打了个电话。

她一听是陆小虎要请吃晚饭，整个人“砰”地一下从床上弹起来，火急火燎地嚷：“你等着我，我这就打车过去和你会合！”

我叹口气，“这么远的路打什么车啊，家门前就有直达的公交车。”

胡莱莱挣扎了一下，说：“去他奶奶的，金钱在我眼里就是粪土，打车！”

“知道了，化粪池女士，十五分钟后下楼等你。”我在她扬起尖叫前迅速地挂断了电话。

“逝水”是本地一家小有名气的私房菜馆，在靠近郊区的一个独栋小洋楼，上下两层，楼外圈出一个偌大的院子，院子里摆放着错落有致的山石，水流叮咚，还种着几株樱桃树，樱桃成熟时，店里会摘下装在小小的玻璃瓶子里送给客人尝鲜。

老板是从东北来的朝鲜族，说得一口流利韩语，为人好客豪爽，分外有趣。

从前陆小虎的爸爸常带着客户来这里吃饭，时间久了，他与陆小虎也混得很熟，虽然把汉语说得面目全非，却能与陆小虎兄弟相称，相谈甚欢，也着实让人佩服。

他引我们到陆小虎订的小隔间，竹制拉门缓缓拉开，只有小百合一个人端端正正地正襟危坐。她见我们进来马上站起来同我们打招呼："云喜姐，莱莱姐，你们快坐。小虎去洗手间了，马上就回来。"

我们找了个位置坐下，胡莱莱打眼看着小百合为我们沏茶，摆出一张老佛爷似的脸慢悠悠地说："你就不要总是姐啊姐啊的叫我们了，显得我们多老啊？再说，单看外表怎么也轮不到你叫我们姐姐是吧？"

小百合还是一张贤良淑德的脸，淡淡地回："可我觉得叫阿姨也不合适啊，你说对吧，莱莱姐？"

我差点一口茶水喷出来，胡莱莱瞪着眼睛，估计一时半会儿还没回味过来，幸好隔间的拉门适时地打开，陆小虎一脸傻笑地走进来，不然我真怕她会动手打小百合。

"我说你们怎么才来啊，饿死我了！"陆小虎坐下，看着我们嘿嘿地傻笑。

胡莱莱怪叫："才等了几分钟啊你就这么多怨言，我们可都忙着呢。"

"是是是，胡总说得对，那请问胡大忙人现在可否点餐啊？"

"点吧，不过先和你说，点的不好吃我可不吃啊。"

我觉得胡莱莱压根忘了自己是过来蹭饭的，一点蹭饭的自觉都没有。也难怪小百合面露不爽，换作是我心中也一定会小宇宙大爆发。不过好在小百合是大家闺秀，坐在那里始终是袅袅婷婷，面部表情控制得非常到位。

大家又随意地聊了片刻，饭菜上桌很快，我们便没再多话，只顾埋头吃饭。

这段时间着实把我累得筋疲力尽，工作开始渐渐地步入正轨，每天被各种细碎各种纠结折腾得心力交瘁。就连夏微都说，看看你那张脸，不用抽血化验都知道你肯定是内分泌失调。

正在我试图用美味的食物调节一下内分泌的时候，陆小虎唰地一下从包里拿出一沓 A4 纸递给我，讨好地冲我挤挤眼：“大编辑，帮我看看这个故事出版上市可以卖上多少本。”

我不甘心地放下筷子，接过来翻了翻，问道：“你写的？”

“我哪会写这些啊。”陆小虎笑得像一头大尾巴狼，说：“朋友写的，你快看看能不能给出成书。”

我又埋头略略地翻了翻，光是第一章就出现了八个“忧伤”、十二个“痛楚”、九个“流下了伤痛的泪水”。再看大纲，整个一二十年前的狗血韩剧，女主发现自己爱上了哥哥，于是整日肝肠寸断地痛哭流涕，哭了整整四章后发现哥哥原来是领养的，俩人便走到了一起，可是这个命运多舛的哥哥竟然又得了胃癌，从第五章开始不停地吐血，吐到第九章还没死，好不容易治好了又出了场车祸失去了记忆……

我看得一愣一愣的，还真有点头痛，“你什么时候认识了一位如此跌宕起伏的朋友啊？这个哥哥活得也太坚强了点……”

没想到陆小虎却把脸一沉，正儿八经地说：“怎么这么说话呢，你什么意思啊？”

他那一脸认真的样子激起了我心中的愤愤不平，顿时无遮拦地乱说一通：“我的意思就是，这种构造奇特、情节扭曲的狗血小说想要出版，除非你大手一挥把我们公司买下来，要不然，自费也未必出得了！”

其实我并不擅长说一些刻薄的话，但我就是见不得陆小虎为了一本烂小说跟我这儿一本正经的样子，更何况女人的直觉告诉我，这本旷世奇作很有可能就是出自小百合之手。

果然，我这边话音刚落，小百合那边眼泪就簌簌地流了满脸。

她几乎颤抖着双手从桌子上把那份稿件拿起来，一双通红的眼睛深深地看了我一眼，那眼神就像得了胃癌的是她一样，就差把一口鲜血喷到我脸上。

我懒得理她，她倒来劲，捂着胸口一字一顿地对我说：“云喜姐，这本来就是我写着玩儿的，小虎自作主张想让你帮忙看看可不可以出版，不行我也无所谓，可是你不能这么羞辱我！”

说完抓起包包如风中落叶般凌乱地飞奔了出去。

陆小虎作势要追，被胡莱莱死死地揪住："你别走啊你，这儿还没结账呢！"

陆小虎眼看自己跑不脱，扭头深深地看了我一眼，说出的话里颇有一种怪罪的味道："你怎么能这样啊阮云喜，肖百合就是一个不谙世事的小姑娘，人家哪儿得罪你了你就这么针对她，我认识的你可不是这样的！"

我有些傻眼，一来陆小虎从小到大没跟我较过真，现在却为了一个莫名其妙跑出来打酱油的小百合跟我这儿动真格地怄气；二来我看着他为小百合鸣不平的样子突然就想起了夏微，心里很不是滋味。

胡莱莱站在一边也愣住，松了手，不说话。

半晌，陆小虎又说："对不起啊云喜，我话说重了。其实我知道你是因为夏微，可是那是我和夏微之间的事，跟百合一点关系都没有，真的，她挺无辜的。"

又是一阵突如其来的安静，真是丧气。

我冷着脸，平静地说："陆小虎，小时候你就喜欢跟在夏微后面装孙子，成天信誓旦旦地说你会喜欢她一辈子。是，你为她做了那么多，又等她等了那么久，可是你不该在她就要走向你的时候突然转身跑去爱别人吧？早干吗去了？早怎么没有小百合小月季的？陆小虎，你可能觉得这都不是事儿，你追得累了，不想等了，转头离开当然没问题，可是你有没有想过，夏微她或许会认真，或许会难过？"

陆小虎就站在隔间温暖明亮的灯光下静静看着我，那眼神真让我难受。

我自顾自地说下去："你以为夏微开服装店是为了赚钱，为了好玩儿吗？谁都看得出她那是为了放弃继续做模特的工作。夏微那个人的脾气你是知道的，她认定的事，想让她放弃比让她死还难。那她为什么要放弃？"

陆小虎突然咧开嘴冲我笑了笑，他说："云喜，对不起，还有就是，谢谢你，真的。"

我转身去拿包，淡淡道："该吃的饭吃了，该办的事却帮不上忙，这顿饭我请。"

结了账，三个人默默无言地走出菜馆。

夜深了，月光洒满山石溪水，院子里挑起的大红灯笼高高挂在树梢，朦胧的光芒摇曳着照亮我们满怀心事的脸庞。

几个年幼的孩子相伴在院子中央尖叫着玩耍，笑声清脆响亮得让人惆怅。

应该是累了吧。我在心底微微地叹息，十多年了，他喜欢了夏微十多年，如今要放手，我又何苦说那样的话。

关于他们两个人，要从什么时候开始说起呢?

是在十二岁那一年吧，我模糊地想着。

是了，就是十二岁那一年。军训结束的那一天，班里的同学组织学生准备文艺节目给教官送别。由于时间紧迫只分了两组，男生组表演一段武术，女生组合唱一首歌，夏微就是女生组的领唱。

我还记得那一天我们唱的歌是《让我们荡起双桨》。

尘土飞扬的操场上，夏微站在三排女生的最前方，微微地昂着头颅，像天鹅一样的脖颈沾着一缕被汗水打湿的头发。

好漂亮的女生，笔直地站在阳光下，周身发着光一样。

就连同样生为女生的我都不由得暗暗赞叹，明明大家都穿着一样宽大的校服，却唯独她穿出清爽利落的风格。

那时候的夏微就像一株小小的白杨树，带领着我们轻轻地唱：“让我们荡起双桨，小船儿推开波浪，海面倒映着美丽的白塔，四周环绕着绿树红墙……”

她的声音清晰嘹亮得让人感动，男生组呆呆地看着，整个操场安静得就连尘土都显得聒噪。在唱到“迎面吹来了凉爽的风”的时候，她的声音抖出一个高亢的尾音，然后，全世界都在她坦然笃定的目光下安静下去。

那天放学回家的路上，夏微骑着她的红色单车从我们身边经过，我听到她友好的声音对我们说：“明天见。”

于是身边的陆小虎也恍恍惚惚地回了她一句：“明天见……”

直到夏微的身影消失在茫茫人群之中，陆小虎才把那双失了神的眼睛转移到我身上。

他说："阮云喜，我不舒服。"

我问他："怎么了？你哪儿不舒服啊？"

他默默地思索了一会儿，缓慢地抬起手指指向心脏的位置说："这里。"

我吓坏了，忙问他："那怎么办呀，我带你去医院吧？"

陆小虎呆呆地看着我，突然疯了一样大笑起来，笑了很久很久，才一脸神气活现地对我说："这你就不懂了吧，小屁孩儿。"

当时的我怎么也不会想到，陆小虎那张扑朔迷离的脸竟然意味着他奇迹般地发春了。

后来我和夏微成为好朋友，陆小虎就仗着近水楼台先得月也和夏微亲近起来。每天午休吃饭，陆小虎就把饭盒里的排骨挑出一块最好的丢进夏微的饭盒里，然后再挑出一块次等的丢进我的饭盒里，然后傻乎乎地笑着说："我吃肉过敏，夏微、云喜，你们多吃一点啊。"

他没发现，其实每当这个时候夏微就会露出一丝为难的表情。

大概陆小虎以为全天下的女人都跟我一样爱吃肉吧。他又怎么能明白女孩子会为了保持身材舍肉取义这回事。更何况夏微家境殷实，父亲是达官显贵，哪里会缺他饭盒里的一块肉？

可陆小虎想不到这些，他只知道要把自己最好的东西给夏微。

总之那时候的夏微美好得就像一场梦一样，家庭、智商、外貌、修养、人缘，哪一样拎出来都是那么的出类拔萃，好像上帝在创造她的时候心情格外地好，把所有好东西都一股脑地倒进她的人生里。即便是这样，上帝还要多给她一个傻头傻脑的陆小虎，让她比我们这一群十二三岁的小丫头片子更早地体会到爱情的滋味。

谁也说不清最初的爱情究竟能不能算得上是爱情。

就像一粒种子早早地埋进丰沛的土壤，在经历漫长光阴之前，它仅有的，也只是一粒种子的细小之力罢了。

它会顶破坚硬的土壤吗？会开出细小鲜艳的花朵吗？会结出甜蜜的果实吗？谁也说不清楚。

就连陆小虎自己也说不清楚。所以他一直缄口不言，没有人知道他暗恋了夏微整整一年。期间他总是不停地把自认为好的一切都塞给夏微，甚至有一次，夏微随口夸他一句新买的鞋子很好看，他就立马脱下来递给她，说："你喜欢就拿去吧。"

夏微吓得怔住了，面红耳赤地质问他："我要你的鞋子干吗呀？"

陆小虎振振有词："你可以……可以拿去种花呀！"

目睹了一切的我，差点笑死在马路上。

直到初二的某一天，放学后我和夏微一起去书店买教辅资料，当我们迎着猎猎寒风路过街区的观鸟园时，同班的陈北诺突然跳出来截住了我们的去路。

男生柔软的头发影影绰绰地遮住了大半张紧张的脸，声音里夹着极力掩藏的颤音："夏微你等等，我有话要和你说。"

夏微早已经习惯了这种状况，平静礼貌地问："什么事？"

陈北诺站在冬日的黄昏里结结巴巴地开口说："那个……送你回家行吗，我、我送你？"

夏微说："不麻烦了，我和云喜约好的一起去书店。"

男生怔了怔，失望地垂下头去，语气也变得软弱无力："那……那明天行吗……"

夏微笑，依旧是礼貌得体的样子，"我又不是读幼稚园的小孩子，不需要接送的。"

说完作势要拉着我走。

陈北诺突然来了脾气，噌一下蹿到我们面前，气得脸庞发紫。这是个受不得冷落的人，内心无比脆弱，就连呼吸的一起一伏间都吐纳着挫败带来的愤怒。他指着夏微的脸，整个人都在不受控制地哆嗦："你……你别给脸不要脸，我要送你回家是看得起你，臭婊子，你别后悔！"

我发现他除了心理状态不太稳定以外，精神状态似乎也不大好。看着他过度夸张的反应和极富戏剧性的表情，我和夏微都有点震惊。

下一秒我们就更震惊了，也不知道从哪里冒出来的陆小虎，竟然抬脚飞来“砰”的一声把陈北诺踹倒在地。

“你吃屎长大的啊？嘴巴这么臭！”他走过去把蜷缩在地上的陈北诺揪起来，揪到夏微面前，恶狠狠地说：“道歉。”

陈北诺咬着牙不说话。

陆小虎一巴掌拍在他后脑勺上，破口大骂：“妈的你聋了，小兔崽子，我让你道歉！”

我看不清陈北诺的眼神，过了半晌，才听见他瓮声瓮气地说了一声“对不起”。

陆小虎放开他，又说：“你听好，夏微是我陆小虎罩着的，再让我碰到一次你在她面前放肆，小心我踢爆你的肾！”

陈北诺回头狠狠瞪他一眼，便一言不发地向前走。

陆小虎突然大喊一声：“等会儿！你站住！”

说着跑过去把陈北诺抓小鸡一样拎到夏微面前，大声地质问他：“我问你，你刚才是不是想和夏微告白来着？咱们班作业留太少了是吧？闲着你了是吧？我告诉你陈北诺，想告白没门儿！要告白也是我先告白。我现在就告白。”

下一秒，他无比深情地看着陈北诺，清了清嗓子大声宣布：“我喜欢你。夏微，我喜欢你一辈子！”

我和夏微都愣住了。

陆小虎的脸还是面对着陈北诺，尴尬地沉默了一会儿，满脸通红地说：“好了，我告白完了，现在我送你回家。”

然后他就拎着陈北诺在大风中一溜烟地跑走了。

我无语了好一会儿，问夏微：“他刚才是和你告白，还是和陈北诺告白啊？”

夏微默默地望了一会儿天，说：“这个……我也不确定。”

我看着陆小虎傻乎乎的背影“扑哧”一声大笑起来：“陆小虎，你跑什么啊，胆小鬼，有你这么告白的吗？！”

他连头都不回，不一会儿就跑得无影无踪。

那之后没多久，陆小虎和夏微就步入了班级第一批早恋的队伍。

没想到陆小虎谈起恋爱来倒是有模有样的，平日里大大咧咧的浑小子竟也有温柔体贴的一面，他看向夏微的眼神简直就像在拍电影。他们和学校里大多数小情侣一样，在老师们强大的肉眼监控下勇敢地甜蜜着、争吵着、别扭着，再重归到甜蜜中去。

如果没有懵懂的初恋，校园里的钟声还会那样悦耳动听吗，放学路上的夕阳还会如记忆中沉远悠长吗？

如今想来，初恋还真是一件奇妙的事。

我还记得陆小虎三更半夜在夏微家附近为她铺平一条泥泞的羊肠小路。那是夏微上学的必经之路，有一次夏微随口抱怨了一句，每次下雨那条路就满满的都是泥水，溅得满鞋是泥不说，还差点摔倒。

没想到陆小虎却记在了心里，大晚上的拉着我要去给夏微把路铺平。

我原本是不想陪着他发疯的，但是他对我说了七个字：两条进口巧克力。听完我马上就改变主意了。

陆小虎的妈妈常年在做海外代购，时常拿些包装精致的巧克力回来给我们吃，当时我才十四五岁，毕竟还处于对美食的诱惑毫无抵抗力的阶段。

那个晚上倒是有极好的月光，薄光细碎地洒满河岸，我和陆小虎就像两个小孩儿，赤足在河水边挑选圆润的鹅卵石。

月光下，陆小虎背着巨大的竹筐，将石子一粒一粒丢进去，仿佛是将星辰一颗一颗地收集起来要去讨得公主欢心的小王子。

然后他背着大大一筐的鹅卵石，蹲在泥泞不堪的小路上，将它们一颗一颗地嵌在泥地里。

我想，这个十五岁的少年对待感情，可真执着啊。

没错，执着。

那要比奇迹还珍贵。

他说过会喜欢夏微一辈子，我们都信了。

可是如今，岁月的大河真的把那些纯真美好的爱情都给冲刷干净了吗？我疲惫地想着这些，伸手拦了一辆的士钻进去。

整个晚上我都翻来覆去地睡不着，阴雨连绵的夜晚，潮湿的空气凉飕飕地钻进被窝里，我打了个哆嗦无望地辗转反侧，直到被闹钟叫醒。

天亮了，阴雨中浸泡了一夜的城市在晨光中逐渐苏醒。

这一天也和往常的每一天一样，将有许多的人死去，许多的人降生，许多的人仰望天空，许多的人埋首祈祷，地球从不会为谁的伤春悲秋停止转动。

公司早会上决定宫屿和鹿嘉的最新绘本定名为《鲸世》，负责《鲸世》封面的设计师也已经确定，听说是设计组实力颇强的新人，姓苏，在国内外多次设计大赛中获过奖。

既然肯把这次的绘本设计交给一个新人负责，可见这个新人确有不凡之处。为了表示合作诚意，我约了对方在公司附近的餐厅共进午餐，商讨一下封面的大致风格。

我到得有点早，点了一杯柠檬水随意地翻着杂志。大约二十分钟后有人轻轻地敲了一下桌面，我抬起头，就看见苏重笑吟吟地看着我。

她朝我伸出手，微笑着说：“阮编辑你好，我是 OP 设计室的成员苏重，负责这次与你们合作绘本《鲸世》的封面设计，希望我们合作愉快。”

我虽然有点吃惊，但仍是握住她伸出的手友好地说：“没想到 OP 大名鼎鼎的新人设计新贵就是你。但以你高中时期的实力会有这样的成就也在情理之中，合作愉快。”

“说实话，没想到你会这么爽快。”她歪着头眨了眨眼睛，继续说，“我以为你并不想见到我，会当面拒绝这次的合作，在我的印象里这样的行事作风才像阮云喜。”

我懒得分辨她说的话是褒是贬，客气地说：“公私分明是最起码的职业道德。更何况于公于私我都没有不想见你的理由。”

“那就好，是我白白担心了。”苏重坐在对面的位置上开始点餐，自始至终她的脸上都挂着一丝浅浅的笑容。

我喝了一口柠檬水给自己压惊，原来我说起鬼话来也可以是通顺流利、逻辑清晰、处变不惊、清丽脱俗的。

事实上于公于私我都不想和苏重有半毛钱的关系，但事关公司重推的《鲸世》绘本，加上与销量挂钩的一大笔奖金，我也只好搬出最起码的职业道德来感化自己。

但我始终不是一个周到圆滑的人，客套话用尽了，只好抿了抿嘴角，安静下去。

这一顿饭吃得格外安静，我低着头，一口一口地咀嚼吞咽着食物，胃里渐渐满了，再也咽不下任何东西。

离开的时候苏重叫服务员打包了一份香芒咖喱甜虾，她笑着和我解释：“顾熙实习的建筑公司就在附近，我顺路去看看他。”

我傻傻地点了点头，窗外艳阳正浓。

“哦对了。”她晃了晃手里的打包袋，不经意地说：“你知道吗，原来顾熙是可以吃芒果的，真奇怪，你说就连过敏症状都可以改变，这世上还有什么是不能变的呀。”

“啊……这样啊。”我想了想，不知道还能说些什么，只是呆呆傻傻地看着她继续感慨。

“他生日那天我不小心在沙拉里拌入了芒果，正要倒掉，顾熙偏说辛苦做出来的倒掉了可惜，竟然就吃了。当时我整个人都呆掉了，没想到他吃完却跟没事人一样。我们这才发现他对芒果已经不过敏了。”

“哦……那很好……”我点头应承，和她一起走出餐厅，外面的阳光肆无忌惮地涌进我的眼睛里，有一瞬间让我觉得眩晕。

她拍了拍我的肩膀和我道别：“一周后我将封面初稿发给你，到时候联系。”

我亦与她不咸不淡地道别，然后怀着一种说不清楚的情绪低着头慢慢地走进人群里。

我想我是很没有骨气，不过是一道香芒咖喱甜虾而已，就足以让我落寞沮丧，仿佛失去了所有的勇气。

第六章

秘酿

空旷的路面被雨水激起蒙蒙的雨雾，青色屋檐下，避雨的我们青涩地亲吻。
而现在，他就站在我面前，一样的面容，一样的姿势，一样深邃沉远的目光，
我却再也想不起他嘴唇的温度。

星期六的早晨，我被执着的门铃声吵醒，忍着破口大骂的冲动下楼开门，是快递员送来了一个包裹。

拆开包裹，里面放着一盒精致的喜饼和一张大红的喜帖，上面写着同窗周凌的名字，并附有一张字条：

“云喜，恭喜我，我就要结婚了。十分怀念我们鲜衣怒马的高中生活，想借此机会与大家重聚一次，追忆我们的似水年华。希望你可以和顾轻决一起来，一定（如果可以联系到胡莱莱请代我邀请她一起来，也许是电话错误，发到她家里的快递已被退回）。”

周凌是我的高中同学，因整日里戴着一副黑框眼镜，我们都戏称他为“眼镜兄”。“眼镜兄”在高三开学没多久就转去了外地读特长班，所以不知道我和顾轻决已经分手也在情理之中。难为他这么多年竟还找得到我的联系方式。

我把睡梦中的胡莱莱踹醒，告诉她周凌要结婚了。

胡莱莱翻了个身，拿着请柬看了一会儿，突然伤心欲绝地咆哮了一声：“我日啊！”

我说："不要嘴上逞强，要用行动告诉他你能行！"

胡莱莱完全没打算理我，一边拍打着自己的胸口一边继续咆哮："我的老天爷，这对我来说也太残忍了吧，周凌竟然要结婚？竟然还让我去参加？他想干吗？让我在婚礼上泼他未婚妻一脸硫酸吗？天啊云喜，这实在是太伤害我了……"

胡莱莱扭曲的表情让我不得不把她和周凌之间那段短暂的恋爱史再回忆一遍。

在我的印象里周凌一直是一个很有品格的男生，气质温雅，为人直爽。不然他也不会在和胡莱莱交往一个半月后就毅然地对她提出了分手，并且分手的理由非常充分：每次和你在一起的时候我都会感到窒息，原本我以为这种窒息就是心动的感觉，直到我用一个半月的时间才发现，事实上这种窒息的感觉单纯是因为你实在是太胖了！

听完这番言论，胡莱莱整个人都窒息了，她哭了，像一根哈尔滨红肠一样艰难地蹲在地上泪流满面。

那之后的每一天，复宁的操场上都可以看见一个健硕的胖姑娘在拼命地奔跑，她尽情地挥洒着胖子的汗和泪，高声呐喊："胖子没前途，胖子没真爱，世界是属于瘦子的！"那情形就像非洲的犀牛欢快地奔跑在颤抖的大地上，身后扬起漫天的滚滚黄沙，情形十分悲壮。

也就在那段时间，夏微主动帮助胡莱莱进行瘦身锻炼，并将她拉入了我们的朋友圈。

胡莱莱在友谊的扶持下很快就从与周凌分手的悲痛中挣扎出来，再次回到一顿饭可以吃四碗的生活常态，减肥和流汗对她来说早已经和周凌一起成为过眼云烟。

这导致在之后的漫长岁月里，我都要被胡莱莱残酷地剥削着，无论是早饭、午饭还是晚饭……

直到高三开学后没多久，有一天周凌突然截住了走在放学路上的胡莱莱。

他伸手推了下黑色的镜框，无比真诚地对她说："虽然因为不可抗拒的因素，导致了我们不能继续在一起的结果，但是我还是希望我们可以成为好朋友。明天我就要转学离开复宁中学，这张银行卡你拿着，没事多去健身房跑一跑，希望我们再次相遇的时候，你可以成为更好的自己。”

说完把银行卡塞进胡莱莱的掌心里，自信洒脱地转身离开。

胡莱莱手握银行卡呆立在风中，过了很久很久，她才热泪盈眶地转身问我们：“他什么意思啊？好歹告诉我银行卡密码啊……”

我和夏微默默望了一会儿波光粼粼的江水，对她说：“可能他是想让你往卡里充钱……”

就这样，胡莱莱的初恋在一张没有密码的银行卡上画下了圆满的句号。

现在周凌要结婚了，这让至今依然单身的胡莱莱非常不平衡。但是如今的胡莱莱早已不同往日，在岁月与手术刀的共同改造下，她已经成功地化身为一个如杨柳般纤细的绝代妖姬，上面这段话来自胡莱莱的QQ动态。

只要一想到周凌见到她之后的各种惊艳反应，胡莱莱的心情就会莫名地变得非常欢愉，于是那段时间胡莱莱的面部表情常常变幻莫测风起云涌。

我想苏重也应该收到了周凌的请柬，就没有多此一举地特地联系顾轻决转告他的婚事。

《鲸世》的进度一直都在计划之中，由于绘本的整体风格偏向于梦幻唯美的童话故事，因此企宣部提前打出了六一儿童节全国上市的宣传广告。

可可感慨道：“宫屿可是出了名的拖稿大王，从前在《漫画斋》连载作品的时候经常开天窗，逼得编辑扬言要去他家楼下先上吊后自焚。没想到签了咱们公司后突然人品爆发，这下你可省心了。”

“这也太夸张了吧。”我瞪大眼睛。

可可摇头晃脑，自有一番见解：“你这叫身在福中不知福，这年头，想来靠谱的写手是件罕物，岂是人人能有的。你呀，就知足吧。”

于是，顺利结束了一天的工作，我决定去看望一下这位靠谱的罕物，顺便督促督促绘本的进度。

画室的大门敞开着，罕物正趴在电脑桌上打瞌睡，见我进来才起来伸了个懒腰。下午五点钟的阳光如金色的流沙薄薄地铺满一整间画室，映得宫屿的面容绯红。

我问他："怎么还不回去？"

"打算画完这一张就走的，没想到睡着了。"话音才落就打了一个大喷嚏。

我上前关上窗户，提醒他："这几天流感严重，你注意不要感冒了。"

宫屿"嗯"了一声，我才发觉他的声音特别沙哑，脸上的绯红好像也并不全是夕阳的关系。

"你不会已经感冒了吧？"我有些意外，伸手摸了摸他的额头，竟然是滚烫的。

宫屿怔了一下，慌忙别过头去，说："小感冒，吃片药就好了。"

"小感冒怎么会烧成这样？"我放心不下，把他的外套拿过来递给他，说："走吧，我也下班了，陪你去医院打一针。"

"我不去。"他突然脸色铁青地回答我，顿了顿，又说："真的只是小感冒，我回去睡一觉就好了。"

想来他一个大男人也没那么娇弱，我便没再强求，嘱咐他多喝热水记得吃药后就离开了画室。

才下楼就看到胡莱莱开着她的奥迪 Q7 眼巴巴地等着我，因为第二天就是周凌的结婚典礼，她打算连夜血拼加护理，把自己最清丽脱俗、妖娆魅惑的一面展现出来。虽然我一再强调一个正常人很难同时表现出这两种气质还能看起来像个正常人。

路上胡莱莱严肃地问我："你说，有没有什么方法可以在婚礼现场震惊全部来宾，同时能让新娘颜面扫地，而周凌又不会太生我的气？"

我努力思考了一下，说："你可以试试在婚宴开场的那一刻裸奔。你的 E 罩杯一定能让新娘颜面扫地到想死的地步，至于周凌，我想他应该不会因为你是 E 罩杯就跟你乱发脾气。"

胡莱莱不顾自己正在驾驶，用她的胸部狠狠撞了我一下，羞愤难当地嚷道："云喜你真讨厌！你一个文艺女青年怎么可以这么色情啊，简直比夏微还讨厌！"

我被她撞得肝胆俱裂，气若游丝地辩白："你又不是没裸奔过！"

就在我们高三那年的某一天，胡莱莱不知何故一个人喝干了两瓶二锅头，差点就酒精中毒。比这个更可怕的是，她竟然深夜翻出寝室绕着操场疯狂裸奔，一边跑一边唱，肥肉脱掉、脱掉，肥肉脱掉……那场面吓得我们瞠目结舌差点报警，好在最后全寝人员齐心协力才好不容易把她捆住，拖回了寝室。

胡莱莱眨眨眼，回忆了一下此情此景，激烈地反驳："阮云喜你不要血口喷人，那怎么能叫裸奔，当时我的脖子上明明系着一条豹纹丝巾的！"

我仔细回忆了一下，发现她说的是事实，如果没有那条豹纹丝巾，我们也没那么容易把她活捉回去……

至于那天究竟发生了一些什么才让她如此失态，已经成了一个不解之谜，胡莱莱对那件事始终缄口不语，我们也自然没再提起。

说话间车子已经驶进停车场，这个时候电话响起，是三子。

他问我："小云喜你忙不忙啊？"

我说："刚下班，正要陪胡莱莱逛街，什么事？"

三子犹豫了一下，说："是这样，我来G城谈一笔合作项目，要一个礼拜左右的时间。来之前宫屿那小子感冒了，有点发烧。今天下午打电话过去听见他声音哑得厉害，我有点担心，想让你帮我抓他去医院打一针。"

我忍不住笑他，"三子，你的宝贝弟弟已经是个快三十岁的大男人了。"

三子叹一口气，"你有所不知，那小子从小就怕打针，让他打退烧针跟要他命一样。你帮帮忙，说什么也要带他去医院把退烧针打了。"

我知道三子素来紧张宫屿，便二话没说答应下来："行，我这就过去看看他，你不用担心。"

胡莱莱气得直跳脚，"阮云喜，你这重色轻友的浑蛋！"

"抱歉抱歉，下个月的碗我来洗！"

匆忙赶到宫屿家，门铃摁响了很久才从里面打开。宫屿穿一件藏蓝色长袍睡衣，宽松的衣领处露出一大片微微发红的皮肤，疲惫的眼神透出一丝病态的虚弱。

“你怎么来了？”他侧身让我进屋，沙哑的声音几乎听不大清晰。

我说：“三子不放心你，让我来看看。”

“我哥就是这样，总把我当个小孩儿。”他无奈地笑一笑，把自己蜷缩在沙发里。

我伸手探他的额头，似乎比下午在公司的时候还要滚烫一些。

“家里有体温计吗？”我问。

他点点头，乖乖地从急救药箱里翻出体温计夹在腋下。

我把来时在路上买的退烧糖浆拧开盖子递给他，说：“不想打针就把药喝了。”

宫屿挣扎了一下，接过去，“咕咚咕咚”地按刻度把药水喝光。

五分钟后拿出体温计一看，39.2℃，已属高烧范围。

我气得忍不住吼他：“烧得这么严重你还在家里窝着！”

宫屿异常痛苦地咳了一阵，揉了揉发红的眼眶说：“我已经吃过药了……”

我简直懒得搭理他，到他的卧室随便拿了件外套丢给他，说：“穿衣服，去医院。”

他慢腾腾地把胳膊塞进袖子里，哭丧着脸说：“不去不行吗？我可以再多吃点药。”

“你是想现在乖乖地跟我走，还是想过会儿挨顿揍再跟我走？”我面无表情地把围巾递给他。

宫屿乖乖地把脑袋垂下来，委屈地说：“那你给我戴，不然我不去。”

我气得眼睛瞪得老大，忍下揍他一顿的冲动一圈一圈地把围巾给他围好，这才拉着他到楼下拦了辆车去医院。

进了医院宫屿又闹起了别扭，坚决不肯打肌肉注射，我看他那个样子，吓得像个马上要哭出来的小孩一样，最后只好和医生协商，换成了挂水。

折腾了一圈儿他也累了，水挂上没一会儿就倚在我的肩上沉沉入睡。

为了让他睡得舒服些，我轻手轻脚地朝外退了退，让他可以侧躺着枕在我的腿上休息。

宫屿睡着的样子很安稳，长而浓密的睫毛在灯光下投射出一圈扇形的影子，毛茸茸的头发也因为流汗柔软地垂在耳际。也许是高烧让他感到不舒服，他的浓眉纠结地皱成一个浅浅的“川”字。

我不由自主地伸出手指轻轻地揉开了他皱着的眉心，睡梦中的小孩舒展了眉头，呼吸也渐渐变得平稳。

不知道什么时候我也迷迷糊糊地睡着了。醒来的时候已是午夜，第三瓶点滴只剩下瓶口大的一圈儿。我摇了摇还在熟睡的宫屿，轻声说：“醒一醒，快打完了。”

宫屿睁开眼睛，却赖在我的腿上不肯起来，皱着眉头耍赖道：“别动，我浑身都疼呢，让我就这样躺一会儿。”

我被他明显的撒娇语气逗笑，告诉他发高烧本来就会出现浑身酸痛的症状。

他闭上眼，声音沙哑地说：“所以我要再躺一会儿。”

我啼笑皆非地任由他去，又过了一会儿，才再次唤他：“别耍赖了，快起来，我的腿被你枕了五个多小时已经快断掉了。”

宫屿这才昏昏沉沉地坐起来。

我伸手探了下他的额头，退烧针起了作用，额头已经不再滚烫。

验血结果是细菌性感冒，打过抗生素后医生又给开了退烧药，嘱咐我们回家后要留心观察，在炎症没有消退前还是会有再次发烧的可能性。

我只好留在宫屿家里照顾他，趁着他吃药的空当在厨房熬了一碗糖水米糊给他喝。

他捧着碗，听话地把米糊一口一口地咽下去，食物温暖了脾胃，额头上立即冒出一层薄薄的细汗。

“喝完乖乖地睡一觉，我就在客厅，有事叫我。”

宫屿蒙着被子点了点头，又摇摇头，说：“其实我不介意你和我一起睡。”

“真不巧，我介意！”我迅速地替他关上卧室的灯，不想让自己因为看见他无赖的表情而莫名地加速心跳。

黑夜里的灯光在城市中静静地亮着，像一丛一丛兀自盛放的花。

一夜无眠。每隔一段时间，我都要给宫屿换一下额头上的毛巾，在他的耳朵上打一下体温枪。高烧反复了好一阵子，他沉沉地睡着，在我用酒精棉为他擦拭手心的时候也没有醒来。

就这样折腾了好几个钟头，天边最后一丝墨色也褪尽了，我给自己煮了一杯咖啡，就着窗外一层一层涌上来的白昼把它喝完。

一直到早上六点半，体温终于保持在37℃以内，我终于松了一口气。

也许是太累，最后一次给宫屿拿掉冷毛巾后就那样趴在他的床边沉沉地睡着了。

这一觉睡得格外香甜，没有噩梦，没有回忆，没有蓝色小船和白色的衣衫，只有宁静的黑暗温柔地包裹着我。

不知道睡了多久，醒来的时候发现自己正舒服地躺在宫屿的床上，身上盖着毛毯，扭头望去，微弱的光芒铺满窗帘，而宫屿不知去向。

我揉了揉酸痛的太阳穴爬起来，闻到一阵饭菜的清淡香气，顺着味道一路找到厨房，看见宫屿正在厨房里忙着，袖口随意地卷至手肘处，露出手臂好看的线条。

“你醒了？”他转过身来看我，温暖地笑笑，说，“饭菜马上就好，你在那儿坐一会儿。”

我凝视了他一会儿，笑着问他：“感冒好了？”

他高举铲勺学起了健美先生，亮出臂膀的肌肉说：“报告云喜护士长，病患宫屿已在你彻夜不眠的辛勤照料下恢复健康，马上下楼跑上一百圈也没有问题！”

我看着他骆驼一样大而清澈的眼睛心下一暖，忍不住笑起来，难怪可可总说他卖萌，还真是没有冤枉他。

我帮他摆好碗筷，不过一盏茶的工夫，饭菜已经上了桌，四菜一汤，样样色泽鲜美引人口水。我看着坐在对面为我盛汤的宫屿，不住地赞叹：“厉害啊，这一桌的饭菜都是你做的？”

宫屿得意地眨了眨眼睛，说：“这就刮目相看了？哪天等你嫁给我，保证天天有惊喜。”

我瞪大眼睛，“想不到你会这么迫不及待地想做家庭煮夫！”

他伸手用力地揉了一下我的脑袋，大呼冤枉：“为别人我才不干，可如果是为你，别说是家庭煮夫，兼差贴身管家也完全没问题。”

“宫屿。”我认真地盯着他问，“你的前女友是不是特别差劲特别丑特别极品啊？”

“为什么这样问？”他笑得很开心，“难不成这是在吃醋？”

“不然你怎么会突然就喜欢上我呢？”我好奇道，“我实在是想不出一个像样的理由。”

“因为你足够幸运啊，电视里不都这么演的吗，优秀的美少年莫名其妙地爱上了傻白甜，只因为她恰巧是女主角，够幸运。”他笑吟吟地看着我，目光里是若隐若现的狡黠和捉弄。

我无可奈何地瞪他一眼，说：“你总是这样，谁也不知道你到底哪句是真哪句是假，还好我聪明，统统不放心里。”

宫屿收敛了笑容，认真地凝视着我的眼睛。他说：“我什么时候对你说过半句假话？你自己不自信却怪我真假难辨，那我今天就认认真真、正正经经地告诉你，我是真的喜欢你。

“每次和你一起吃饭，不管是吃什么，我都觉得特别香，和你在一个公司里工作，不管到几点，我都觉得特别轻松快乐，看见你笑了，我就觉得整个世界都亮堂堂的，你一皱起眉头，我一整天的好心情都跟着不翼而飞了。即使知道你不喜欢我，每次见到你的时候，心里那种幸福的感觉还是抑制不住地冒出来，总想离你近一些，想揉揉你的头发，捏捏你的脸，可又怕太近了惹你烦，犹犹豫豫得像个没谈过恋爱的毛头小子……”

我停下手里的筷子怔怔地看着他，心里微微一震，他的表情看上去那样认真赤诚，使我一时间掩藏不住眼中的慌乱。

“嗨，我是不是太肉麻了？”他体贴地眨了眨眼睛，冲我大方一笑，“快吃饭吧，已经是下午了，你可真能睡啊，还打呼噜。”

“那不可能！”我急忙抗议。

“早知道你不承认，就该拿个 DV 把你的睡相录下来。”

“现在没有证据你当然可以这样说。”我不服气道。

我知道我的语气听上去凶得很没有底气，因为毫无道理，所以装腔作势，因为此刻，我的整个胸腔里都弥漫着一股温热的暖流，像阳光炙烤过后的金沙，又像洒满鹿角的白色月光，它们温暖地覆盖着我，在我的身体里凝聚成让人沦陷的沙漠。

宫屿，请你原谅我，即使这样，我也没办法说服自己勇敢地走向你，至少现在不行，至少此刻不行，因为事到如今，“顾轻决”这三个字仍深深地刻在我的骨血里，我知道，在它消失之前，无论和谁走在一起，都会是一场自欺欺人的骗局……

我笑着看向他，在心底悄悄地说——

但是我不会忘记，在这一天的黄昏里，我们面对面地坐在一起，在我的身后，是一整片金砂色的天空，温暖的光线越过我僵直的肩膀落在你的眼睛里，你的眼神看上去那样笃定，好像有什么美好的事情就要发生了。

晚饭过后宫屿执意要送我回去，我把他强行关在房间里，凶巴巴地说：“饶了我吧，万一为了送我害得你病情加重，那今后我在公司的生活简直不堪设想。”宫屿只好妥协，可怜兮兮地趴在门缝里嘱咐我：“回家后一定要记得发短信给我。”

我答应他，走到电梯口，霍然回头，他站在门口静静地看着我，落寞的眼神一晃而过，随即露出一口白牙大笑，说：“我怕你害怕，等你进了电梯再关门。”

我轻轻地“嗯”了一声，低头走进电梯的一瞬间忽然有些委屈，原来一个人生活的这些年里，竟没有一个人担心过我会不会害怕，宫屿是第一个，也是唯一的一个。

外面夜色渐浓，我一个人踏着婆娑的树影慢慢地往家走，广场上有几只觅食的鸽子在咕咕地叫着，它们聚拢在一起，啄食着地上的面包屑。

到家后我才发现手机已经因为没电自动关机了。

为了给宫屿报个平安，急忙充了一会儿电，开机的同时胡莱莱的短信一条接着一条地涌进来。

“云喜我和你讲，你简直猜不到周凌找了个什么样的女人做老婆！”

“我敢打赌他缺少母爱并且十分向往家庭暴力！”

“礼金我已经帮你交了，我还告诉周凌，你要彻夜不眠地照顾生病的男朋友，所以不得已才缺席了婚礼。不过当时顾轻决就在旁边，你不知道他的脸色有多难看，跟犯了肠绞痛似的，真想拍下来给你看。”

“我简直要对苏重佩服得五体投地了，她怎么不干脆买条狗链把顾轻决拴在她的水桶腰上？不过你放心，我已经替你吐了她一身并且替你道过歉了，我的无辜演技简直可以去演喜羊羊，哦耶！”

“你怎么还不开机啊？是不是在做什么苟且的事？哎呀我有好多话要跟你说啊，我都快憋死了！”

……

翻了不下十五条短信，我痛苦地闭上眼睛，实在是难以想象周凌的婚礼被胡莱莱给糟蹋成了什么样子。只好匆忙给胡莱莱和宫屿各发了一条短信，告诉他们我已经安全到家。

紧接着是周凌打电话过来，先是埋怨我重色轻友没有参加他的婚礼，然后再郑重地通知我，明天晚上安排了一场高中同学的聚会，这次决不许再放他鸽子，最后才告诉我胡莱莱在酒店喝多了，吐得跟喷泉似的，还总往苏重的身上喷，已经被夏微带去了她的公寓，只是电话落在他那里，如果联系不到让我不要担心。

我一一应着，又是抱歉又是恭喜。周凌突然来了一句：“云喜，你该不会是因为顾轻决才不来的吧？我不知道你们已经分手，所以那个请柬才……对不起啊……是我疏忽了。”

我急忙解释：“你千万别这么想，我不去是因为……胡莱莱不是替我解释过吗？我不去真的是因为我男朋友生病了，照顾了一整天，这才刚到家，我保证，明天的聚会一定准时到场。”

挂掉电话后，突然觉得刚才自己说话的样子似乎有些欲盖弥彰的意味，自嘲地笑了一下，慢慢地垂下头，陷入无休无止的心事当中。

也不知过了多久，才艰难地爬起来冲了个热水澡，敷着一张冰镇过的面膜，再重新把自己直挺挺地摔在床上蒙头大睡起来。

第二天是难得不用加班的星期天，原本打算荒废一整个白天睡懒觉看碟片，下午却接到主编电话，说印刷厂那边出了些状况让我过去一趟，我只好放下手边的午饭直奔印刷厂。

事情有些棘手，一忙起来就是一整个下午，等到我前胸贴后背地从印刷厂出来的时候天色已暗，我一边拦车一边向上帝祈求，拜托让我可以赶上聚餐，吃顿饱饭。显然上帝和我不熟，懒得替我办事，周凌打电话来通知我聚餐已经结束，大家打算直接续摊去唱歌，让我不要找错地方。

我只好含泪坐进的士里，气若游丝地报上了地址。

远远地看到周凌站在门外等我，他比高中时期胖了一些，头发也短了很多，记得读书时他特别迷恋用刘海遮住眼睛的发型，如今干净利落了许多，我竟差一点没认出来。

多年不见，难得的是我们还和从前一样的亲近。我们寒暄了一会儿，他把胡莱莱的手机还给我，说："夏微和胡莱莱要去给服装店进货，今天不来了，咱们进去吧。"

我感激他没有追究我迟到的原因，一路跟着他走过灯火辉煌的走廊。

推开包厢的门，里面暗而嘈杂，有个女同学在角落里深情款款地唱着梁静茹的《亲亲》，其他人围在舞池里乱哄哄地笑着叫着，是在拱几对从班级走出来的恋人接吻。

我径直走进去，看见人群中吻得忘乎所以欲仙欲死的几对恋人，其中有一对就是苏重和顾轻决。我不知道他们这样亲吻了多久，苏重踮着红色高跟鞋的鞋跟，涂着蔻丹的双手紧紧地抓住顾轻决的衣领，她闭着眼睛亲吻顾轻决的嘴唇，朦胧光线里眉头轻颤。

我看不见顾轻决的脸，只一个熟悉的剪影笔直地立在那里，然后他不着痕迹地推开苏重，一言不发地走出人群。

我愣在喧闹的黑暗中，忽然失了心神，起哄声一阵一阵刺穿着我的耳膜，我却只遥遥地听见光年之外我的爽朗笑声，在浩瀚的大雨中欢快地扩散。

那么遥远，那么遥远的曾经。

云喜，别想，什么都不要想。我在心里慢慢地哄劝自己，不要在意，也不要逃避，谁都会有为前男友再伤一次心的时候，大家都一样，真的，没有什么伤疤是揭开就能愈合的，这是最后一次了，过了这一次一切都不再重要了。

可是脑子不听劝，记忆涌上来，声势浩荡地淹没了我。

十六岁，倾盆大雨自高远的天空笔直地坠落，五米之外的景物全部被雨帘密密匝匝地阻挡着。我们站在学校收发室的屋檐下紧紧地挨着彼此。

我伸手去接湍急的雨水，掌心被砸得又痒又痛，皱着眉头抱怨："下这么大，看起来一时半会儿是不会停了。"

顾轻决说："要不你在这里等我，我去买一把雨伞回来。"

"不用了。"我仰起被雨水打湿的面容，那是一张十六岁的面孔，是雨雾中青涩单纯的阮云喜。

"不如就这样跑回去吧，也挺浪漫的？"我提议道。

顾轻决无奈地点了点头，脱下自己的白衬衫罩在我的头上，然后，他牵起我的手冲出矮矮的房檐。

雨下得太大了，我们什么都看不清楚，只是牢牢地牵着彼此的手，专心地向前跑着，湿透的帆布鞋在路面上踩出"哒哒哒哒"的声音。我被大雨浇得晕头转向，却无比快乐地大笑起来。

后来雨势越来越大，终于把我们阻隔在一家文具店门前。

空旷的路面被雨水激起蒙蒙的雨雾，红砖色屋檐下，避雨的我们青涩地亲吻。

而现在，他就站在我面前，一样的面容，一样的姿势，一样深邃沉远的目光，我却再也想不起他嘴唇的温度。

也许多年以前和我亲吻的那个少年，不过是一场雨后的幻影。

又或许最苦涩的正是那些漫长岁月的秘酿，将回忆发酵成了假象，过滤掉那些心动的过往，最后，用残酷蒸馏出甘冽的佳酿，我们都得一饮而尽，又不许醉后失态。

黑暗中我小心翼翼地拍了拍脸颊，幸好没有泪水。

一首歌唱罢，大家伙也闹够了。周凌带头让我自罚三杯，上次没参加婚礼聚会这次又迟到，罪上加罪，不喝难解民愤。我自认理亏，爽快地干了三杯，落杯时目光沿着杯沿向前看，正撞上顾轻决的眼睛，冷冷地，陌路一般远远地看着我。

大概是一天没吃饭的缘故，胃里突然涌起一阵痉挛。

三杯喝完，又有几个同窗时关系较好的同学过来灌酒，陆小虎早就喝大了，不知道帮忙拦着，只会在旁边傻笑着起哄。就这样空着肚子灌酒，几圈下来我已经晕得七荤八素六亲不认了。

酒是好东西，越喝越自在，越喝越暖和，整个人稀里糊涂地跟着气氛变得热闹起来，心里的酸楚也淡了许多。多年没见，每个人都有了不少的变化，有了自己的爱情，有了自己的工作，甚至还有两个女同学已为人母。

于是我们为爱情干杯，为事业干杯，为人母干杯。每个人都兴致高昂，最后还要为特价啤酒干杯，为服务生长得不错干杯，为地毯很干净再干一杯。

冰凉的啤酒顺着我滚烫的喉咙一路灌下去，抚慰着我，喝得愈多，竟让我反而渐渐清醒起来。

我们各自沉浸在高中时期的记忆里，那时候的我们多傻啊，青葱岁月，傻并快乐着。

喧闹中，听见苏重的声音嗔怒道：“你们别灌顾轻决啊，就会欺负老实人，有种和我拼！”说罢抢过顾轻决手里的酒杯仰头喝下去，嘴唇一抹，开怀大笑。几个男生大赞女中豪杰，干脆扔下顾轻决真的和她拼起酒来。

顾轻决坐在一旁没有说话，我看向他，斑斓光线里，他的神情说不出的陌生，目光冷清，薄唇紧抿。胃里突然掀起一阵翻江倒海，我捂着嘴起身跑向洗手间，才打开隔间的门就把满肚子啤酒给吐出来了。胃里没有一点粮食，这一吐吐得我天昏地暗肝肠寸断，扶着马桶缓了半天也没缓过神来。

突然听见外面传来小豆子义愤填膺的声音："你说苏重在那儿穷显摆什么啊，整个复宁中学谁不知道顾轻決以前跟阮云喜是一对儿的。"

接着是另一个不屑的声音："防火防盗防前任，前女友虽然是过去式，但对小三的杀伤力不容小觑啊。她这是在演给云喜看呢，为了证明自己和顾轻決是无缝的蛋，别人别想趁缝叮。"

小豆子"切"了一声，压低了声音说："她和顾轻決要是没缝儿，那全天下的情侣就都算得上是如漆似胶了。我跟你说哦，要不是大三那年苏重跳河自杀，顾轻決才懒得理她呢。"

"真的假的啊？这么劲爆！"

"当然是真的！"小豆子绘声绘色地说："我大学和她一个学校的，那时候苏重成天没事就往建筑系跑，恨不得把自己种在建筑系生根发芽满树开花。后来不知道怎么了，大三那年苏重突然从桥上跳下去了，是顾轻決把她救上来的。再后来就听说他们俩在一起了。这年头，犯贱之心人皆有之，可是真敢把命搭上的可少见，你说是吧？"

"倒也是，阮云喜那么喜欢顾轻決，也没见她为他寻死觅活的，兴许人家苏重是真心的呢。改天啊，我要是遇见我们家力宏，也要豁出去跳河给他看，说不定我就是王太太了呢。"

"少花痴了你，我还是周杰伦的周太太呢。"

两个人说说笑笑地走远了，我趴在马桶上目瞪口呆，被自己这做贼心虚的姿态吓了一跳。又仔细思考了一下刚才小豆子她们的对话，刚思考出一点头绪就又趴下去翻江倒海地吐了起来。

从卫生间爬出来的时候我只觉得头很晕，像一只脑袋开花的鸭子一样摇摇摆摆地回到包厢。

才一进门，小豆子她们几个就以迅雷不及掩耳盗铃之势把我的手机抢过去。

我无可奈何地把自己扔进沙发里，这是我们高三那年无聊时常玩儿的一个游戏，内容就是随便抢一个同学的手机，按下一号键，不管拨通的是谁的电话，都要对接电话的那个人说："亲爱的，今晚我会打给你哦……"

我知道自己抢也抢不来，就任小豆子举着我的手机站在桌子上大声宣布："嘘——电话已经拨通了，让我们拭目以待，那个让云喜重色轻友彻夜服侍的男人到底是谁！"

整个包厢安静下来，我想你们就打吧，反正我的一号键是神木隆之介，号码是 10086。

没想到一旁的陆小虎突然把手机拿出来，悲痛欲绝地怪叫一声："我靠啊，怎么打到我手机上来了？云喜你怎么能这样，人家可是有家室的男人呢！"

"去死吧你！"小豆子冲他翻了个白眼，泄气地把手机还给我，"云喜你也太没有爆点了！这样重友轻色是不道德的，是会让你的男朋友伤心的！"

谁都知道我和陆小虎是从小玩儿到大的亲兄弟，自然不会有人拿我们开玩笑。大家又开始说说笑笑，计划着凌晨续摊去早市吃早点。

我谄笑着接过手机，心情却无法平静。

事实上小豆子她们刚才抢错了手机，她们拿走的是周凌给我的那个手机，也就是说，那个电话是胡莱莱的。

将手机一号键设定为陆小虎的人，其实是胡莱莱。

陆小虎刚才只是配合我演了一场戏。

我突然觉得胸闷，一个人走出包厢到外面去透口气。

凌晨的街道上空无一人，天边零星地闪烁着几颗白色的星子。我蹲在台阶上想抽支烟，摸了摸口袋才发现自己已经很久没有买烟，是了，我和宫屿约好了不抽烟的。

我站起来，一回身，正撞见站在我身后的顾轻泱。

他看着我，一双像极了孩童的眼睛，宽容又悲伤，然后他递过来一瓶解酒饮料，问我："出来透气吗？"

"嗯，对，出来透气。"我点点头，接过饮料"咕咚咕咚"地喝了两口，露出满足的表情，"真凉快啊，谢谢你。"

不知道为什么，我说话的时候有点紧张。

他冲我笑笑，没再说话。

我们两个就并排蹲在台阶上看着远方一点点亮起来的天空，实际上夜色还浓呢，只在最远的地方有一丝丝白光的痕迹，但我总觉得天很快就要亮了，这样想着，我心中那些微妙的尴尬和不自在就变得荡然无存了。想想也是，曾经的我们是那样的亲密无间，对于彼此的存在早已经习以为常，此刻再来说什么尴尬别扭反倒有些可笑。

偶尔一阵凉风吹过，空气里有一种独特的清凉弥漫在我们四周。

他突然毫无征兆地问我："你过得好吗？"

"啊？嗯……很好啊。"我结结巴巴地说，"你呢？过得怎么样？"

"和你一样。"他没有明确地告诉我是好还是不好，低头晃了晃手里的饮料瓶子，目光放得很远。

过了很久，他又对我说："云喜，我知道你恨我。"

我一怔，把瓶子里剩下的饮料喝尽，抹了抹嘴，说："我不恨你。"

他说："我知道你会说你不恨我，但其实你恨我，我知道。"

我被他绕得有点晕，就没再说话。

长久的寂静里，周凌跑出来大喊："顾轻决，快去看看苏重，她喝多了。"

"知道了。"顾轻决站起来，对我说："一起进去吧，外面风大。"

我摇摇头，笑了笑："不了，我想再待一会儿，你先去吧。"

"那好。"顾轻决转过身去，脚步顿了顿，径直走向灯火辉煌的长廊。

我站在原地看着他的背影愣了一会儿，忽然叫出他的名字："顾轻决。"

他停下来，站在原地，回过头来看我。

这样一来我反而慌了，阮云喜啊阮云喜，你这又是演的哪一出呢？是想看看顾轻决会不会为了你停下走向苏重的步伐吗？这很难看，即使他现在转过身来看向你，可是几秒钟后，最晚也就几分钟后，他势必还是要走向苏重的不是吗？

毕竟你们已经分手了。

他是苏重的男朋友，这个男人，他现在跟你一毛钱关系都没有。

可是，真的没有关系吗？

“顾轻决。”

我看着灯光中他那消瘦而坚强的轮廓，告诉他：“刚才我说的话里，有一句是真话，有一句是假话。”

“我知道。”他的眼睛里闪着湿润的光。

“我知道你知道。”我疲惫地笑了笑，说：“但我还是想亲口说给你听。好了，现在没事了。”

你简直无可救药。我对自己说。

一句真话，一句假话，我知道他一定明白。

真话是：我不恨你。

假话是：我过得很好。

顾轻决，事实上我过得一点也不好。

我害死了我的哥哥，我妈差点精神失常，没多久我爸就和她离婚了，我妈不认我，一个人去了外地，我爸也出国了，有了自己的新家和自己的新女儿。

那之后的我，几乎每天晚上都被噩梦吓醒，梦见阮云贺被呼啸而过的火车碾得面目全非，梦见你面无表情地甩开我的手一个人走得很远。

无数次，我暗暗地发誓一定要离开这里，每一分每一秒我都想远远地逃离晏城。可是我不敢，我怕我走了之后你就会回来，我怕我会错过你，因为我总是自以为是地想着，总有一天，你会对我解释些什么。

现在你终于回来了，却是和苏重一起。

我闭上眼睛，眼眶里一阵刺痛的灼热。

理智用光了，醉意涌上来，愈发觉得头痛欲裂。

过了很久很久，我慢慢地睁开眼睛，看见宫屿站在稀疏星光下静静看着我，凌晨模糊的雾气使他的面容呈现出一种妖娆的错觉。

我不知道他在那里站了多久，于是傻乎乎地问他：“你怎么在这儿啊？”

“陆小虎打给我，说有一个酗酒的小朋友需要我送她回家。”他展颜一笑，露出洁白的牙齿。

我也笑，“那你是陆小虎派来的黑骑士？”

“可以这么理解。”他走过来，把外套披在我的肩上。

我仰着仿佛被搅拌机搅过的脑袋看着他，心怀叵测：真可爱啊，清澈的眼睛，长长的睫毛，孩子般赤诚的神情。我干吗不去爱他呢？我可以爱他吗？

也许很快我就会为这一刻的自己感到羞愧。

不再纯粹的夜幕下，我的肚子里发出“咕噜噜”的声音。

这倒让我真的羞愧起来，干笑着说：“我保证这不是屁，我只是饿了，肚子在叫。”

宫屿笑得快乐极了，像刚听完世界上最搞笑的笑话，他说：“阮云喜你太搞笑了！走吧，带你去吃饭。”

我说：“我累了，走不动了。”

宫屿就蹲下去，无比自然地说：“快上来，背你去吃饭。”

“那我就恭敬不如从命了。”我站起来，“扑通”一声趴在他的背上，像一只无赖的八爪鱼。

宫屿背起我，慢慢走向远处晨曦来临的方向。他的背上有星星的味道，我是说，如果星星有味道的话应该就是这天夜里他身上的这种味道，凉凉的，像薄荷，又像烟草。

我在他的背上想了很多很多的事，都是些又平常又毫无意义的琐事，像一粒掉落的纽扣，一块童年时弄丢的波板糖，放学路上长长的火烧云……后来，浓浓的困意一阵阵地袭来，我皱着眉头大嚷：“什么破车啊，晃得我头疼！”

宫屿哭笑不得，对我说话的语气像在哄劝一个恼人的熊孩子：“这位乘客，你要知道我现在可是超重驾驶啊，再忍忍，我们马上就到站了。”

我在他好听的声音里安静下来，乖乖地把脸颊贴回到他的后背上。真暖。

“黑骑士……我要睡一觉，到站了告诉我……”我迷迷糊糊地嘟囔。

“好。”宫屿柔声应着：“你乖乖睡，到家了我再叫醒你吃早餐。”

也许是他的声音太温柔，也许是酒精已经成功地在我体内占领了高地，我像回归海洋的游鱼，疲惫而安然地闭上了眼睛。

梦里的我一直在不停地呕吐，吐出很多很多蓝色的海水，医生问我为什么喝了那么多的海水，我告诉他，我要把海水喝干，这样蓝色小船就没法开走了。

我觉得这个想法实在是太有创意了，于是更加卖力地吐起来。

吐着吐着我又开始哭了，因为我发现有人在打我，一下一下，拍着我的后背，一边打还一边假惺惺地安慰我，没事的云喜，都过去了，过去了。

这个人的声音非常耳熟，让我听了渐渐地安下心来。

我想，真的都过去了，一切，全部，都过去了。

或者，这从来就只是一场荒唐的噩梦。我在梦里受了伤，在梦里流过泪。不过很快就会梦醒了，到时候就会有阳光洒在我的眼睑上，暖暖的触感那样真实。我想我会在那样真实的温度里缓缓地睁开双眼，发现自己正坐在高中的教室里，讲台上讲化学公式的老头正瞪着我，我不好意思地冲他吐了吐舌头。

然后我回过头去，看见顾轻决正坐在靠窗的位置上拧着魔方，阳光温暖地笼罩着他的轮廓。

我看着他，他也看着我，我们相视而笑。

我想下课后我一定要告诉他我做了一个梦，梦里的我们散落天涯。

我要好好地问问他，顾轻决，你爱我吗？

会爱我一辈子，永远永远不和我分开吗？

我迫不及待地想知道他的回答。

第七章

小爱人

有人说，爱情就像电梯。有的人进来，有的人出去，有的人没有赶上，
有的人好不容易赶上了，电梯却已经超重。有的人到三楼就走了，
也有的人到顶楼才离开，偶尔也会有人出去后才发现自己下错了楼层。
而爱情本身就在这些过客的来来去去中，忽而上，忽而下，忽而故障需要维修。

把手机还给胡莱莱的时候，我告诉她自己不小心误拨了陆小虎的电话。

她接过手机，轻轻地“哦”了一声，继续坐在镜子前聚精会神地往脸蛋上涂抹可怕的泥状面膜。

尽管有无数个疑问像蚂蚁一样爬满喉咙，但我还是什么都没能问出口。人长大了，总会变得很能忍。

夜晚的风从虚掩着的窗外吹进来，把累积了一整天的疲惫慢慢吹散。我挨着盘腿打坐的胡莱莱躺下来，枕着她锻炼得非常紧实的腿，我觉得自己一点力气也没有，就让我什么都别去想，静静地躺一会儿。

就在我快要在夜风中睡着的时候，胡莱莱突然把她那张惨绿惨绿的脸垂下来，一本正经地问我：“阮云喜，你这两天是不是都睡在宫屿家？”

我迷迷糊糊地点了点头，听见胡莱莱幽怨地对我说：“难怪你今天走路的姿势有点怪。”

睡意就在这一刻彻底被她熄灭了，我从地板上弹起来，羞愤地吼：“胡莱莱！你这十八禁的脑子真的急需改造你知道吗？如果你也穿着高跟鞋在印刷厂里站上一整天，走路姿势也不会不奇怪！”

胡莱莱无限怜悯地看了我一眼，指着沙发上一双十二厘米高的高跟鞋对我说："别胡闹，我明天还要穿着它去爬山呢。"

我把自己重新摔在地板上闭上眼睛，眼不见为净。

胡莱莱推了推我，一副幸灾乐祸的样子问我："真的什么都没发生吗？"

我被迫坐起来，直视着她那张不知道什么时候换成了黑泥的脸，一字一顿地说："第一天他高烧，第二天我烂醉，你觉得会发生什么？"

胡莱莱迅速振奋了精神，在我耳边发出高亢的尖叫："我的齐天大圣老天爷啊！高烧和烂醉都没能让你们发生什么，这剧情也太悲惨了吧？！如果你的作者把这个写进小说里，一定会被读者给骂死的！"

我被她震撼得彻底丧失了语言功能。

她继续语重心长地教导我，说："云喜啊，不是我说你，女人要主动点才行的嘛，就像我。"

我突然来了兴致，斜睨她，"你是说你曾经主动献过身？"

胡莱莱捂住胸口鄙视地白了我一眼，说："你真是不纯洁，太龌龊了！不过……人家的初吻可是主动献出去的哦。"

我迅速发问："献给谁？人类吗？"

"阮云喜！"

"好吧……"我咽了下口水继续问她，"所以……对方还活着吗？"

"阮云喜！！！"

"好好好，我错了。"擦了擦眼角的泪花，我认真地问："那他什么反应？"

胡莱莱忽然垂下头去，玩了好一会儿手指才轻轻地说："就是……那个……你也知道那个时候我很丑的嘛……所以对方……就打了我一巴掌……"

我错愕地看了她一眼，又慌忙低下头，生怕眼睛里流露出的心疼会带来多余的伤感。

片刻的沉默过后，胡莱莱推了推我的肩膀，笑声洪亮，"干吗呀？我这是拿自己给你开涮呢，干吗一副要哭出来的样子？"

我摇了摇头，顺势躺在她的腿上抱住了她的腰。

“莱莱……”我小声地问她：“为什么呀……”

她的脊背慢慢地变得僵直，局促地笑了一下。她说：“适者生存，这就是人类可悲的地方呀。我们都要去适应这个世界才能更好地生存下去，高三那年我突然就明白了这个道理。所以我想要改变自己，不惜一切代价。我不指望这个简单粗暴、以貌取人的社会，会对我存有多大的宽容，我只好指望科技可以带领我步入不被耻笑着生活的队伍里，这不是很好吗。”

她的语气非常平静，可爱的脸庞却因为紧张而微微地泛红。

胡莱莱就是这样，认真的时候，伤心的时候，说心里话的时候，生气的时候，都会因为紧张而控制不住地脸颊绯红。

——“真的可以，和你们做朋友吗？”

我又想起十六岁那年的胡莱莱，她因为紧张而涨红的脸庞和额上细密的汗珠。

那时候的她可真胖啊，像一个相扑选手那么壮实，可是眼睛却小得像一只土拨鼠，紧张而羞怯地眨呀眨。

看着她一无所知的表情，我在心底悄悄地说，够了，阮云喜，什么都别去问，不要试探也不要深究。

你要做的就是相信她，必须相信她。

就这样，我把手机的事情在记忆的文档里选中，按下退格键删除干净。

遍地丝袜的五月姗姗来迟，放眼望去，不禁想起裴兴那句知名的总结：大街上十女九露，九露八丝，煞有风情。

午休时间，我和可可在公司的食堂里碰到宫屿，这段时间他不常来工作室，见他一面很有难度。他看见我们，端着饭盘子走过来，可可马上动用毕生所学的全部赞美词汇对他进行一番夸奖，比如：怎么还是这么帅啊，萌点每天都在增加耶，你是不是又长高了？哎呀你的肌肉好紧实哦，可不可以给我摸摸看？……

我足足等了她三分钟，才终于把话语权拿到手。

我问宫屿画稿进行得怎么样了，他含含糊糊地回答我快完成了，只剩下几页。

我小心翼翼地问他："那个……只剩下几页中的几页，是指几页啊？"

宫屿沉默了一会儿，一脸天真无邪地笑着说："大概三十页。"

我只觉得眼前一黑，很想就这样撒手人寰，手动和世界说再见，"你有没有搞错？！我告诉过你这个月十日之前必须把全部画稿给我搞定！公司已经打出六一儿童节全国上市的广告了好不好？！"

宫屿抬了下眉毛，温顺地说："我知道了，不要发火，十日前可以搞定的。"

我强迫自己平静下来，但仍是控制不住快要休克的窒息感，沙哑着嗓子提醒他："还剩下不到五天的时间……"

宫屿依旧淡定地表示："我知道，可以搞定。"

然后他按了按我的脑袋，笑着说："你着急的样子真的好可爱，骗你的，只剩下十五页。"说完冲我吐了吐舌头，端着盘子径直走出食堂。

我呆滞地坐在饭桌前，直到可可幸灾乐祸地笑道："哎哟哟，怎么调情的样子也那么萌啊……"

之后的几天，宫屿一直没有在公司出现过，这种状态一直持续到截稿的前一天，然后我绝望地发现，他甚至连电话都关机了。

我早该料到会这样的……当他站在公司食堂里笑得一脸灿烂天真的时候我就该知道的，可可说的换了家公司就人品爆发根本就是假的！

不过没关系，好在我们生活在同一座城，跑得了和尚跑不了庙，古人诚不欺我。

下午五点，公司难得准时放大家下班，我在附近的餐厅草草地解决了晚饭，一脸壮志未酬的样子，削尖了脑袋挤进开往宫屿家方向的公车里。

到了宫屿家门口，面对着白墙红门，摁了足足十五分钟的门铃，就在我耗光理性企图撬门的时候，门开了。

一个湿漉漉的宫屿站在我面前，波澜不惊地说："抱歉，刚才在冲凉。"

他随意地披着一件宽大的长袖连身浴袍，只松垮地遮住腹肌以下的身体，而我的身高导致我的视线正好落在一片无遮无拦的胸肌上，我还看见他湿漉漉的头发上有几颗晶莹的水珠，正顺着他结实的胸肌纹理无限妖娆地滚落下来……

这样的画面帮助我深刻地理解了“天使面孔魔鬼身材”的真正含义。

我满脸通红，移开如狼似虎的视线对他说：“没事没事，冲完就好了……我……”

话没说完，他的手掌唰地一下挡在门框上，湿漉漉的睫毛下一双澄净的眼珠紧盯着我，不紧不慢地问：“你怎么来了？”听语气似乎没有要让我进去的意思。

我调整了一下过于羞涩的面部表情，微笑着询问他：“那个……可以让我先进去吗？”

“进来后想做些什么？”他微笑着问我，语气里暗藏拒绝的前兆。

“想监视你直到顺利交稿！”说完，以迅雷不及掩耳之势钻过他的胳膊，成功挤进屋里。

“好了宫屿，不要挣扎了，在你交稿之前我是不会离开的。”我把包丢在沙发上，转身对他露出善意的笑容，“别用那种眼神看着我，没用的，现在在你面前死皮赖脸地站着的这个人不是阮云喜，而是世界上最残酷无情的催稿大魔王！”

宫屿顽劣地耸耸肩，说：“随便你，冰箱里有饮料自己拿。”说完转身走进书房关上了房门……

我一个人坐在客厅里突然一阵委屈，我到底哪里得罪了他，让他突然间这样对我？哪怕我的神经再大条，这些日子里也已经明显地感觉到，自从同学会之后他就对我刻意回避，公司也不来，电话也不接，现在竟然把我一个人晾在客厅里。

在接下来的三个小时里，他更是一次也没有从书房出来过，他都不撒尿的吗？我愤愤地想着，好吧，他的膀胱他做主。

又过了半个小时，我实在按捺不住，过去敲了敲他的房门。

门很快就开了，这说明他没有如我想象的那样在书房里蒙头大睡。

“进行得怎么样了？”我探头进去看了一眼他的画台，作画工具凌乱地放满桌面，桌角放着一杯见底的咖啡和几块拆封的三明治。

“嗯……还好。”他转身去拿水杯，随即闪身走进厨房。

“喂，宫屿。”我叫住他。

“嗯？”

“我……有什么地方得罪过你吗？”

他回头冲我笑笑，说：“当然没有，你怎么会这么想？”

然后他回到书房，抵在门框边对我说：“不要乱想了，我保证今晚一定画完。对了，你可以自己打车回去吧？”

既然已经下了逐客令，再留下去也是自讨没趣，我只好不甘地点点头，打道回府。

下楼的时候我又仔细回想了一下我们之间的事情，并没有想起什么惹恼他的细节，心烦意乱间，脚下猛地一滑，险些滚下楼梯。我抓住扶手呼出一口冷气，好险，差点死于工伤。早知道就搭电梯下楼。

拍拍胸口安慰自己怦怦乱跳的心，突然间电光石火，脑海里闪过一些断断续续的对话。

——你要带我进电梯我就报警了啊，幽闭恐惧症你听过吧？我病得很严重的！不要坐电梯！

——好好好，那我们就走楼梯，乘客至上。

脑子里一阵眩晕，仿佛有无数台挖掘机不停地挖掘着我混沌的脑浆，我像一个失去记忆的人一样站在楼梯间里，极力回想着同学会那天晚上发生的事情。

很多细节就像卷轴里的图画一样，用力一抖，灰尘扑簌簌地落下去，慢慢地呈现出来。

那天晚上宫屿来KTV接我，他背我回家，走在几颗零星的星子下面。路上我酒意渐浓，醉得一塌糊涂，吐了他满身……后来我们就到了他家楼下，他想去按电梯，却被我拽着头发抗议……我告诉他自己有幽闭恐惧症，这当然是假的，我喝醉了最爱往自己身上安各种稀奇古怪的病……

再后来宫屿就带我一起爬楼梯……爬到十几楼的时候，我的高跟鞋突然踏空，眼看就要跌下去，幸好宫屿及时拦住我。

寂静的楼道里响起一声细微的骨骼错位的声音。

对了。就是这样。

他的胳膊受伤了，为了拦住烂醉如泥差点摔下楼梯的我……

想到这儿，我不由得倒抽了一口冷气，僵直在楼梯间里无比彷徨，天啊，我到底干了些什么？

我匆忙跑上楼梯，哆嗦着再次摁响了宫屿家的门铃。

门开了。

宫屿错愕地看着我，“你怎么又来了？”

我吞了下口水，迅速扯过他的胳膊把袖子推了上去。

雪白的医用纱布下隐约透出又红又肿的皮肤，他的手腕正在我的注视下不自觉地颤抖着。

“不是说了会画完的吗，你怎么还不走啊！”宫屿慌乱地，甚至可以说是狼狈地收回了胳膊。

我垂下头，四周死一般的寂静。

“对不起……”

不知道过了多久，忍下心里一阵阵翻江倒海的疼，我终于鼓起勇气抬起头看向他，“对不起宫屿，都怪我，喝了点酒就装疯卖傻，把你害惨了！”

我用力地喘着气，想把我胸腔里支离破碎的呜咽掩藏起来，事到如今我有什么脸面在他面前掉眼泪呢？

“喂喂，你可千万别哭啊，我看不了这种场面，再说又不是什么大不了的事，医生都说没什么大碍了。”宫屿手忙脚乱地安慰我，又温柔地拍拍我的肩膀，说：“云喜，我没事的，真的，不信你进来看。”

他扯着我的手腕一路把我拖进工作室里，指着桌子上的图片骄傲地对我说：“你看，最后一张，很快就画得完。我知道你约了后天把出片文件发给印刷厂，和你保证，绝对来得及的，我很快就可以画完。”

就是在这个时候，我的眼泪再也忍不住大颗大颗地落下来。

我不想哭的，可是有一种奇异的温暖像岩浆一样灌满了我的胸腔，它灼伤了我，让自私贪婪的我感到束手无策。我垂着头，任眼泪模糊了我酸痛难忍的双眼，我知道自己简直丢人到家了，我知道。

宫屿温暖的怀抱慢慢地靠近我，将我踏踏实实地揽进怀里。

“乖，别哭了。”他的掌心温柔地抚摸着我毛躁的短发，帮助我渐渐地恢复冷静。他的声音在我耳边无奈地说：“傻小孩，就是怕你会这样才不敢告诉你的啊。”

我紧紧地抓着他的衣服，结结实实地哭了很久，哭得很伤心，仿佛那个强忍着手腕骨折的疼痛彻夜不眠地赶画的人是我一样。

直到宫屿把我的脸捧起来，下巴抵住我的额头威胁我说：“你故意的吧，再哭我可要吻你了。”我才渐渐止住泪水，泪眼婆娑地吸了吸鼻子。

宫屿笑了一下，佯装生气道：“你就那么不想我吻你吗？”说完迅速在我的脸颊上轻轻一啄。

“这是惩罚。”他的鼻尖笑出一道小小的褶。

我没心思和他开玩笑，心疼地看着他红肿的手腕。

“这样根本就不能再继续画下去了。”我说：“别画了，把手腕调理好再画也不迟。”

宫屿瞪大了眼睛，夸张地环顾四周，“世界上最残酷无情的催稿大魔王去哪儿了？快出来监督我画完这最后一张，可不能让我前功尽弃了！”

“可是……”我踌躇道。

“别可是可是的了，我肚子饿，你去厨房给我做夜宵。如果你不放心就陪我一起画完，明天我一定去医院乖乖接受治疗，好不好？”

看着他认真笃定的眼神，我只好妥协，去厨房下了一碗汤圆，端到他的桌边，静静地陪在一边等他画完。

五月的夜空星光璀璨，虚掩的窗外偶尔有一丝凉风吹来，吹散宫屿额上豆大的汗水。

“宫屿。”我轻轻叫他一声。

他没有抬头，依旧聚精会神地画着，问我：“怎么了？”

“告诉我，医生是怎么说的。要说实话，如果骗我我就辞职不干了，你爱找谁当你的责编就找谁去。”

他沉默了一会儿，回答我：“轻微的扭伤。休养一个月就好了。”

“有没有纸笔，我现在草拟一份辞职信，反正闲着也是闲着。”

他妥协，毫不在意的语气，说：“手腕韧带拉伤，医生说注意休息就好，是我自己没注意导致韧带发炎才变成这样，跟你没关系。”

韧带拉伤，我只觉得头皮发麻，那之后他是怎么拿起画笔继续画画的？那种疼痛跟在溃烂的皮肤上敷一层盐巴有什么区别……

我的头渐渐地低下去，摆弄着手里的水杯不再说话。

“怎么不说话？”一阵沉默后，宫屿回过头来看着我问。

“嗯，没事……”我拧着眉毛冲他扯出一个难看的笑，不知道为什么，总是有点想哭。

“好了云喜。”他走过来蹲在我面前，狠狠在我脸上捏了一把，柔声道，“这么小的伤我们就不要再计较了好不好？”

“什么叫小伤？！”我突然发火，也不知道是在冲谁，声音从胸腔里断续有力地跑出来。“你知不知道搞不好你的手腕有可能会废掉的啊？以前我哥在练球的时候也扭伤过手腕，也是韧带拉伤，我记得很清楚，医生说如果不好好休养很有可能会对肌腱造成永久的伤害……说不定你以后会再也没办法拿起画笔……如果是那样……如果真的变成那样……”

“如果真的变成那样，我就赖着你，让你养我一辈子。”他像一只得意的小狐狸，弯起饱满的嘴唇笑吟吟地看着我说。

我气急道：“你还有心情开玩笑！”

他用力地揉了揉我的脑袋，说：“乖，别瞎想了，你要是真心疼我，就乖乖地去卧室里睡一觉，不然我一边画画一边还要分神注意你，恐怕明天早上也画不完。”

“不，我要在这儿陪着你！”我噙着眼泪执着地抗议。

“你真麻烦。”他无奈地说。

“你才知道！”我破涕为笑，“晚了！”

“那你以后不准麻烦别人，只准麻烦我。”

“什么？”

“好了，乖，我要去画画了，你要是累了就睡一觉。”

“宫屿……”

“还有什么事？”

“答应我两件事。”

“两百件也没问题。”

“就两件。”我板起脸认真地说：“第一，不要再隐瞒我任何事，特别是因为我受的伤；第二，不要再对自己那么苛刻，要对自己好一点。”

“没问题，我答应你。”他又捏了捏我的脸，才回到座位上继续工作。

天就快要亮起来了。晨曦像霜色的大海自遥远的星球滚滚而来，席卷着逐渐绽放出温度的阳光和朝露，一点一点吞噬掉覆盖在城市上空的那一片像是永远不会亮起来的夜幕。

我想我渐渐明白了宫屿深受读者喜爱的原因，他之所以会有今天的声名鹊起，与其说是“天才”的才能在作祟，还不如说是因为他比任何人都要努力，都要认真，都要善待他的创作灵感。

他和那些一边数着稿费一边嚷着真累的画家不一样，他在享受作画的乐趣，他与画中的世界是和平共处的，而不是相互利用。

二十天后，宫屿与鹿嘉首次合作的绘本《鲸世》在全国同步上市，并一举夺取了六月当月的销售冠军。紧接着，半年后又创下了本年度全国图书销量第一名的销售佳绩，以史上最受欢迎的绘本作品在出版界引起了不小的轰动。

不可否认，《鲸世》的面世创造的不仅仅是绘本销量的奇迹，更是大力拉动了整体的绘本图书市场。

为此，公司趁热打铁，立即着手为他们量身打造出一个独立运营的主题绘本工作室，取名为“鲸”。

短短八个月的时间，“鲸”工作室就陆续推出一系列主题绘本，以每两个月一辑的速度连续八个月占领了绘本销量的榜首位置，成为绘本出版界的又一个奇迹。而工作室的成员也由最初的宫屿、鹿嘉两个人快速扩展为十二人的完整团队。其中就包括我和可可，以及专业的封面设计师苏重。

一段时间相处下来，我发现和苏重共事这件事，并没有想象中那么让我排斥。

不可否认，苏重是个做事严谨且肯付出努力的人，在工作室里向来以典型的拼命三郎的形象示人，是个难得的工作伙伴。

其实仔细想想，我似乎也没有什么特别的理由要去讨厌苏重，当然，我也绝对没有什么特别的理由要和她成为朋友，我是说，如果没有裴兴的话。

说起裴兴，我大概有一年多的时间没有和他见过面了。所以，当他的手机号码显示在屏幕上的时候，我差点想不起自己曾经有过这样一个“男朋友”。

他在电话那头告诉我，有一件非常重要的事情要通知我。他说：“云喜，我想了想，最终还是决定，我们结婚吧。”

我拿着电话沉默了半晌，半天说不出一句话。

裴兴又说：“我知道你等这一天等了很久，但毕竟婚姻大事我需要慎重考虑，现在我们可以尘埃落定了，房子你付首付，你还贷，收的彩礼我们三七分……”

没等他说完，我淡定地挂断了电话。

可可问我：“谁啊？怎么不说话就挂了？”

我虚弱地摇了摇头，说：“是一位超现实主义幻想家。”

本以为这件事就此了结，没想到第二天早上裴兴竟然找到倾城文化的大门口来了，远远地就看见他在和保安面红耳赤地争执，不停地强调自己是来找老婆的。

我一路垂着脑袋过去，狠狠地把他拉到一旁，问：“你到底想干什么？”

他看到我，一脸的伤心欲绝，“云喜，我没想到我们这么多年的感情你竟然还跟我计较这么多，如果你觉得三七分不成，四六分也是可以商量的，我好歹也是穿得起阿迪王的男人，不会真的跟你计较那么多。”

我被他雷得外焦里嫩，啼笑皆非，吸气吐气了好长时间才镇定下来对他说：“学长，我不会跟你结婚的，我有男朋友了。”

裴兴“切”了一声，说：“这怎么可能？就你？你怎么会有男朋友那种配置？你让他出来见我我就信你。”

我懒得跟他继续胡搅蛮缠，正想溜呢，身后响起洪亮镇定的声音：“我就是她的男朋友，你要见我，有什么事？”

我和裴兴双双回过头去，看见苏重正抱着一沓资料站在我们身后，一脸自己媳妇被人调戏的愤怒相。

当时我就吓傻了，裴兴也傻了，他挣扎着稳了稳心神说：“开什么玩笑，你一个女的，怎么会是她的男朋友？你当我傻子？”

苏重踩着她的高跟鞋“噔噔噔”几步走到我面前，把我往怀里一搂，挑衅地看向裴兴，“女的怎么了，你没听说过 LES 啊？”

裴兴迷茫道：“蕾丝是什么东西？”

苏重在鼻腔里哼了一声，无限鄙视地说：“LES 你都没听过还敢跑来抢我的女朋友，多学几年英语再来吧你！”

说完带着我一溜烟地跑进公司里。

一进公司大堂苏重就笑得眼泪直飙，上气不接下气地说：“哈哈哈，太有趣了云喜，你看见他刚才那个眼神了没？五雷轰顶有没有？哈哈哈哈。”

我也忍不住捧腹大笑，“你信不信他现在正拿着手机查询蕾丝的英文翻译呢！”

苏重擦了擦眼角的泪花对我吐槽：“你看男人的眼光还真有伸缩性啊，这都什么货色！”

我笑得肚疼之余也不忘回敬她：“总比你吊死在一棵树上的好。”

苏重突然收敛了笑容，一本正经地对我说：“云喜，如果不是因为顾轻决，我想我们一定会成为好朋友的。”

虽然我怎么也想不明白她为什么会想到要和我做朋友，但是从这件事情之后，我们之间的关系有所好转是毋庸置疑的。

她会三不五时地请我一起在公司附近的餐馆吃午饭，聊聊公司的事，聊聊最新的服装款式，当然也会聊聊顾轻决。

随着我们相处的时日增多，顾轻决出现在我们谈话中的概率也在逐渐增多，直至现在已经发展成为每次进餐的必备话题，仿佛顾轻决就是斯达舒，饭桌上不来一粒就不舒服。

我觉得苏重会和我分享她和顾轻决之间的点点滴滴，很大一部分是因为，她发现我和顾轻决之间真的再也不会绽放出哪怕指甲盖儿那么点的火花来——高中同学聚会后，我们之间就再也没有联系过。

没有威胁，就可以卸下心房畅所欲言，虽然她从没征求一下我对这个话题的意见。

还有一个原因就是，她坚信我和宫屿早晚会成为一对，并且为了实现这个信念，开始坚持不懈地在我耳边念叨宫屿是多么完美的一个人。

“说真的，我觉得宫屿比顾轻决好多了，你看他多可爱呀，就像漫画里跑出来的小正太，笑起来让人心尖尖都融化了。哪像顾轻决，以为自己长得像玄彬了不起吗？整天板着一张臭脸，我简直怀疑他是不是面部神经坏死。”

她说这些话的时候，我强忍住把咖啡泼在她脸上的冲动，始终勉强地保持着微笑。

什么样的脑回路才能让一个女人脸不红心不跳地在男友前任的面前夸奖自己的男友长得像玄彬啊，这实在是太让我匪夷所思了。

总之，那段时间我的心态在苏重不遗余力的语言攻势下被迫调整得非常圆满，简直让我有了一种想要普度众生的念头。

起初，我只要一听见“顾轻决”三个字从她嘴里冒出来就会出现短暂的心脏停搏，并且不止一次地想过要扑过去拔光她的头发。但现在，我已经可以在她向我炫耀顾轻决又送了她一条围巾的时候，镇定自若地帮她分析面料和图案的色彩会不会对皮肤造成伤害。

我真的以为这样的自己代表着已经放下了过去。

是不是所有的爱情到了最后，都只是让人学会即使没有了对方也可以继续好好地活下去？

很多时候，当我站在马路中央，看着车流在我的眼前“唰唰”经过的时候，就会思考诸如此类永远也找不到确切答案的问题。

有人说，爱情就像电梯。有的人进来，有的人出去，有的人没有赶上，有的人好不容易赶上了，电梯却已经超重。有的人到三楼就走了，也有的人到顶楼才离开，偶尔也会有人出去后才发现自己下错了楼层。

而爱情本身就在这些过客的来来去去中，忽而上，忽而下，忽而故障需要维修。

黄碧云不是讲过，情爱不过是小恩小惠，这句话真应该划上重点。

我们要面对的远远比爱情多得多。

比如……

此刻正在我家楼下捧着一大把玫瑰花大唱情歌的释俊男。

我在他如魔似幻的歌声里揉了揉眼睛，以为自己看错了，但那肥硕的身材和绿豆大的眼睛确实是他没有错。

我在旁边继续听他唱了一会儿，还是没有听懂歌词的内容，就转身上楼了。

一进门就看见胡莱莱正趴在窗户上往楼下喊：“你再敢给我唱一句信不信我自焚给你看！”那声音，那气势，简直可以算是全人类的非物质文化遗产了。

楼下的歌声终于被文化遗产震慑住了，我问胡莱莱：“释俊男是来找你的？”

胡莱莱“砰”的一声关上窗户，转身对我说：“太讨厌了，上次同学聚会后他就一直在骚扰我，现在又跑到楼下吊嗓子欺负人，这简直就是恐吓呀！”

她闭上眼睛使劲地拿手指戳了戳太阳穴，疲惫不堪地继续说：“你知道的，看到不美好的事物会导致我的视力严重疲劳，现在我感觉自己就快要瞎掉了。”

“其实我觉得释俊男也没有你说的那么差劲吧，虽然他的确不是一个俊男，而且体重胖了一点，眼睛小了一点，性格胆怯了一点，穿衣品位独特了一点，示爱方式冒进了一点……”

我也闭上眼睛揉了揉太阳穴，算了，就当我什么都没有辩解过。

不过说真的，释俊男在我看来真的并没有那么糟糕，不管怎么说，在高三那年，他曾经救过夏微一次。

高中时代的释俊男和现在并没有太大区别，那时候的他也是一个沉默寡言的胖子，整天跟在陈北诺后面充当跟班的角色。

自从陈北诺被陆小虎揍了一顿之后，他就不止一次稚气愚蠢地放出狠话，说一定要让夏微后悔，只是我们谁也没把他的话当回事。

谁会想到一个十四岁少年的怨恨会一直持续四年那么长久？

久到等这漫长的怨恨爆发之时，已经滋生出太多我们所无法预料的恶意。

高三开学没多久，陈北诺就以介绍模特工作为由约了夏微在一间废弃的画室见面。毕竟时隔多年，夏微并没有对他不怀好意的建议设下心防。到了画室她才猛地惊觉，原来这一切不过是陈北诺的阴谋，屋子里根本就没有任何美术工具，只有一张散发着霉味的简易板床，以及三个不怀好意的地痞流氓。

夏微心有余悸地告诉我们，如果当时不是其中一个胖子突然倒戈，她早就完了。

那个倒戈的胖子就是释俊男。

他不知道陈北诺要干的是那么龌龊的勾当，因此当场翻脸，拼了命地跟他们打成一团。这才得以拖延时间让及时赶到的陆小虎救下了夏微。

“所以啊，”我对胡莱莱说，“虽然他是一个胖子，但是他是一个善良的胖子，这很重要。”

胡莱莱明亮的瞳仁暗淡下去，突然粲然一笑，说：“得了吧云喜，没有人会因为心灵美就可以获得爱情。他再善良，也只是一个胖子而已。”

我看着眼前刻薄而漂亮的胡莱莱，谨代表全天下所有无辜的胖子狠狠地白了她一眼，“本是同根生，相煎何太急！”

胡莱莱毫不犹豫地扯下一块脸上的面膜朝我摔了过来。

苏重的电话就是在这个时候打过来的，她的声音听上去十分萎靡，用求救似的哑声问我："可以出来喝一杯吗？拜托了……陪我聊聊天，就一会儿。"

我想了想，答应她："在哪儿见？"

那边顿了顿，回答我："来我家好吗，我现在蓬头垢面实在不想出门。你到楼下打给我，我去接你。"

三十分钟后，苏重带着我走进她那案发现场一样的家，并告诉我这是她和顾轻决的住所。我没作声，有一种突如其来的沮丧忽然间把我淹没。

"坐吧。"她看起来脸色不大好，把我安置在相对安全的沙发上，然后踮着脚尖一蹦一跳地避开地上散乱的障碍物，走进厨房拿了一大瓶洋酒出来，又一蹦一跳地走到我身边。

"我们吵了一架。"她递给我一杯酒朝我笑了笑，眼底的阴郁一览无余。

"所以找我过来做你的心灵疏导师？"

"我只能想到你，云喜，虽然我知道这样不好，但是我想不到别人了……"她的表情突然变得非常悲伤，眼底涌出一层就要夺眶而出的泪水。

我没说话，只是安静地坐在她身边。

过了很久她又问我："云喜，你能不能告诉我，顾熙和你在一起的时候是什么样子的？"

我咽下嗓子里的酒，冷笑道："他和我在一起的时候你不是也在吗？那时候你是怎么形容的来着？哦对了，幼稚之极地办家家酒。"

苏重听出我的讽刺凄惨地笑了一下，说："你真小心眼，我现在都难过死了你就不能安慰安慰我。"

"也没什么不能，但你至少得让我知道到底发生了什么事情吧。"我又咽下一口酒，不再看她悲痛欲绝的表情。

"我也不知道我们之间到底发生了什么。"她垂下头，蓬松的长卷发遮住大半张脸。苏重长得很好看，那种好看有着内敛精明的特质，一不小心就会让人产生工于心计的错觉。精致的脸，配上长发杏眼，皮肤白皙，笑起来七分熟稔三分礼让，看上去总是很有教养的样子。

但是这一天晚上她的形象全毁了，她抱着酒瓶披头散发，十足一个怨妇的模样。

“我也不知道我们之间到底发生了什么。”她似乎忘记了自己刚才已经说过这句话了，隔了好一会儿才继续说：“也许我们之间根本就什么都没有发生过，所以我才会觉得自己离他那么遥远。”

她沉浸在自己的悲痛中，完全把我当成了一个值得信赖的树洞。

“我从来不知道他到底在想些什么，一开始他做什么都由着自己的性子。原本我们说好毕业后一起去美国进修，可是他突然就反悔了，非要跑到晏城来。以他在建筑系的成绩，回到晏城这种小地方，跟自毁前程有什么分别？明明有更好更大的舞台等着他，他偏要回来，我怎么求他都没有用。那个时候我也想过会不会是因为你在这里，可是这个想法很快就被我给推翻了，我们都听说了你和你爸爸一起出国的事，你不可能在晏城的，那他干吗要回来？我怎么也想不明白……

“直到那天我们在KTV遇见你，云喜，你不知道那对我来说是多大的一个打击，我好不容易才让他看到我的存在，好不容易才和他走到一起，我不想因为你的出现让我拼尽全力建立起来的关系就那么毁于一旦。就在那一刻，我已经做好了和你鱼死网破的准备，只要你们多说哪怕一句话，只要一句话，我一定会让自己疯个痛快，可是他什么话都没跟你说，甚至连招呼都没和你打。

“我真搞不懂他到底在想些什么，你知道那种感觉吗云喜？那个人明明就和你在一起，可是你却觉得你们之间隔着一个巨大的透明结界，你怎么也过不去，做再多努力都没用。

“后来我就常常找碴儿和他吵架，因为除了吵架之外，我们之间似乎已经没有什么非说不可的话题了，是不是很可笑……有一次我真的吵累了，就哭着对他说，顾熙，我们分手吧。他没说好，也没说不好，你猜他说什么？他冷静地对我说，你想怎么样就怎么样吧……”

苏重猛地给自己灌了一口酒，狠狠地在脸上抹了一把眼泪。

“我能怎么样呢，他明知道我那么爱他，我除了继续犯贱留在他身边之外还有什么办法呢？”

我安静地听着她的哭诉，自始至终说不出一句话，只是沉默地喝光她倒给我的酒，一杯接着一杯，喝到想吐。

后来是苏重先吐了，毫无预兆地蹲在沙发旁吐得一塌糊涂。她醉了，悲伤地捶打着自己的脑袋，任那些怨恨交加的眼泪和鼻涕模糊了满脸。

她哭着对我说：“云喜，我快要疯了，再这样下去我就要疯掉了……你教教我怎么办好不好，你告诉我，我到底应该做些什么……”

“苏重，你喝太多了。”

“没有，云喜，我没喝多，我只是有点冷。”她搂着我，像个孩子一样呜呜地哭了好一会儿，才终于安静下去，整个人软绵绵地瘫在地上，再也没有力气去折磨自己了。

我把她扶到床上去躺好，又到卫生间找了一块毛巾沾湿，擦干了她满是泪水的脸和掌心，确认她已经睡着了，才找出拖布把她吐的收拾干净。

地板上散落着几张草纸，是一些建筑结构的图片，我把它们捡起来一一码齐，拿到靠近阳台的一张办公桌上放好。

简约的红木桌子上摆放着几本建筑杂志和一盏精致的台灯。我想象着顾轻决坐在这里埋头工作的样子，心里不禁一阵酸楚。他用的钢笔，他的台灯，他看的书籍，还有贴了满墙的设计图纸，这些在我看来都是极其陌生的。

这是他的后半生，是和我没有半点关系的岁月了。

我的手指轻轻地划过桌面，划过墙壁上黏着的图纸，不经意间，目光落在那套命名为“彩虹天堂”的设计方案上。

全身的血液在那一刻突然凝结。

我用力揉了揉眼睛，屏住呼吸，几乎是颤抖着手指掀开了“彩虹天堂”方案草图的内页，设计图纸非常模糊，像覆盖着一层薄薄的水蒸气，一眨眼，有液体蜿蜒在麻木的脸上，我这才发现自己的眼睛里满是泪水。

——“凹”字型的楼型设计像一只兔子的脸部轮廓，两耳之间凹下去的地方可做宽敞明亮的全玻璃封闭式天台，天台则用来打造出一个小型的游乐场，摆放几座秋千架，下雨天就可以一边荡秋千一边眺望远处绚丽的彩虹了。

顾轻决，你觉得这个想法怎么样？我啊，一想到自己将来会住在这样的房子里，就幸福得脑袋发晕了！

窗外星光暗淡，夜风习习，一场大雾忽然毫无征兆地落下。

我擦干眼泪，咬了咬嘴唇，伸手将“彩虹天堂”的设计方案草图撕下来装进了包里。

然后转身。

关灯，离开。

第八章

水仙的倒影

很久很久以后，我才明白，我爱着他时就仿佛走在浮沙之上，细沙柔软滚烫，而我永远也不知道下一步会不会踏入万丈深渊。

网络上一直流传着这样一个问题。

如果时光可以倒流，你最想回到哪一年？

只是一切不可重来，因而问题本身充满了遗憾。

2006 年年初，我十八岁，还有半年的时间就要参加高考。

但我并不像其他的高三学子那样痛苦紧张，相反的，那段时间是我和顾轻决最为甜蜜温馨的时候，高考的压力对我们来说只是一起考上同一所大学的动力而已。

顾轻决很聪明，学习对他来说从来算不上是一件难事，从中学开始，他的成绩就始终稳定在百名榜的前十位。和他相比，我简直可以用“愚蠢”二字来形容了。不过我倒是一点压力也没有，我们家已经有一个优秀的阮云贺了，爸妈对我从来也不抱任何希望。

如果能和顾轻决考上同一所大学固然是我梦寐以求的，但如果不能，只要能和他考到同一座城市也很好，无论是二本还是三本，对我来说只要有顾轻决，去哪里都是一样的。

每到午休的时候，我都会跑到超市去买两听罐装可乐，然后和顾轻决一起蹲在地上慢慢地喝。冰凉的气泡涌上我们的眼睛，我们看着彼此，打一个可乐味儿的嗝。还有半小时就要上课了，可是我们没有半点高考迫近的自觉，像两个废物一样蹲在道边晒太阳。

晏城的冬天，只有中午那一小段的阳光才真正算得上有点温度，脚下的水泥地也被太阳晒得暖烘烘的，散发出一种阳光特有的甜香，人踩在上面，莫名地产生一种微醺感。

我在这样的阳光下扭过头去看身边的顾轻决，他拎着可乐罐的手指真好看，像一双魔术师的手，修长洁白。他用这双手揉一揉我乱糟糟的头发，手指尖带着可乐冰凉的甜味，瞬间又消失不见。

这些微小的细节虽然毫无新意且平铺直叙，但却可以让我的内心感到无比的甜蜜，又时常为这种甜蜜感到怅然若失和模模糊糊的悲伤。很久很久以后，我才明白，我爱着他时仿佛走在浮沙之上，细沙柔软滚烫，而我永远也不知道下一步会不会踏入万丈深渊。

也许这一生，再也不会如此刻这般去爱任何人了。

在一节晚自习上课前，我拉住顾轻决对他说："一起逃课吧？去呼吸一下新鲜空气！"

就是在那一天，我决定带他去看看那条可以通往宁星村的老铁轨。

三月初，我们一起逃掉了晚自习，手牵着手搭上了一辆开往郊区的大客车。老旧的客车在肆无忌惮的寒风里摇摇晃晃，像是行驶在浩瀚无边的大海上。

"好冷啊。"我笑着钻进他的臂弯里，只露出两只眼睛充满好奇地盯着窗外呼啸而过的风景。

顾轻决的手臂环绕在我的背后，身上那种淡淡的清凉跃上我的鼻尖。我们像一对私奔的情侣那样听着彼此的心跳，胸腔里灌满奇迹般的温暖。

"顾轻决，"我抬起头轻轻地对他说，"你知道吗，和你在一起的时候，我会觉得自己非常非常的幸福，我真怕自己不配拥有这样的幸福啊。"

他低下头，温柔地凝视着我的眼睛，犹豫地，轻柔地，在我的嘴唇上吻了一下。

窗外是一望无垠的沉沉暮色，紫色的黄昏，一层连着一层，染上大地尘埃的色彩。

我们终于抵达了目的地。

郊区的空气新鲜得让人感动，我们喝空了在车站买来的热牛奶，挽着彼此的手臂走到铁轨附近。初春的冰河正在融化，寂静无声的世界里，远远地传来河面的冰层化裂的声音。

咚，咚……

细微的，坚强的，世界复苏的声音。

藏紫色的天空下，隧道看上去就像一座沉稳地屹立在铁轨之上的城堡，郊区的夜晚来得要比市区更早一些，已经有点点的星光密密匝匝地自远处涌来了，一开始只零星地看得到几颗，到后来越来越多，越来越多，数着数着就再也数不清楚，这样的景色让我的心情变得无比的宽阔。

我们站在城堡边上，两只手牢牢地牵在一起。

我对他说："这个地方最开始是我的哥哥带我过来的。那时候我刚到晏城没多久，奶奶去世了，我非常思念她，所以我哥就带我来这里，他告诉我有什么想说的话就在这里说出来，开往宁星村的火车就会把我的话带给奶奶听。"

他用另一只手温柔地揉了揉我的脑袋，说："你哥哥对你很好。"

"是这样。"我说，"我妈妈是个完美主义者，她不喜欢我，总是说我和爸爸一样注定了是个废物。你看我妈说话就是这么带劲儿，比她喝的那些洋酒还呛人。我爸爸呢，他虽然爱我们这个家，可是总也没办法投入到生活中去，你知道吗，他只想当一只闲云野鹤，可是他怎么不想想，野鹤也是要吃饭的啊。"

我不好意思地冲他笑了笑，"我是不是太啰嗦了？"

"不会，没那回事。"顾轻决微笑着看向我，认真地说："我喜欢听你说话，说什么都行，然后呢？是不是该说说你哥哥了？"

"嗯，我的哥哥啊。"我无比骄傲地继续说，"他和你很像，是个又聪明又温柔的人。整个家里只有他肯问问我，云喜，你累不累啊，云喜，你饿不饿，云喜，你是不是不开心了？或者问我，什么事情让你这么开心啊？只有他，只有我哥哥，在乎我的喜怒哀乐，愿意来理解我的世界。所以啊，哥哥是我在这个世界上最最喜欢的人。”

顾轻决露出为难的神色，他说：“这可就难办了，我一直以为我才是你在这个世界上最最喜欢的人。”

“你？”我斜睨他一眼，大笑着说：“你当然不是！”

看着他不满的表情我突然很高兴又很得意，忍不住踮起脚尖狠狠地吻了他一下，然后，我放开他的手，一个人跑进隧道里扯开嗓子大叫：“顾——轻——决——”

我知道我的声音结实地撞击在墙壁上发出一遍一遍的回音。

顾轻决就站在隧道的入口处，他的身后就是一片浩瀚的让人眩晕的星海。

我忍不住继续大声地喊：“顾——轻——决——”

然后，当回音一遍一遍传进耳朵里的时候，我闭上眼睛，对着站在隧道口微笑的顾轻决大声地说：“我——爱——你——”

“顾——轻——决——是——阮——云——喜——在——这——个——世——界——上——最——爱——的——人——”

回音替我重复了很多遍，最爱的人。

最——爱——的——人——

然后我深深地吸了一口气，睁开眼睛，看见我最爱的人近在咫尺。

幽暗的隧道里，空气中弥漫着星光的清甜。

我们接吻，像《罗马假日》里那样。

直到更深的夜晚来临，我们坐在回程的车里，像两条拥有过一整片海洋的游鱼，穿行在城市的霓虹之中。大雨欲来未来，空气清凉潮湿。

我想我这辈子都不可能再去做同样的事，说同样的话了，哪怕那个人是你。

我在心底悄悄地对他说，这样用尽全力的爱情，这样纯粹莽撞甚至有些傻乎乎的爱情，一个人的一生当中只会有这么一次，我毫不犹豫地把它倾注于你，此后再也不会有了，它不可再生，亦不可复制。

然后，四月来临。整座城市的温度开始升高，距离高考就只剩下两个多月的时间。

具体的日子我已经记不清楚了。只记得好像是一个星期三的下午，我和顾轻决吃完了午饭一起往教室里走。

苏重走过来，拦住了我们的去路，她用那双乌黑的眼睛笔直地盯着顾轻决，对他说："你好顾轻决，我叫苏重，苏东坡的苏，重生的重。"

顾轻决不动声色地回答她："我知道。"

"原来你知道啊。"苏重的脸上绽放出一个天真的笑容，然后说："可是，我们同学三年，你从来都没有和我说过一句话，我还以为你根本就不知道我的名字。"

顾轻决沉默了一会儿，说："对不起，我没有注意。"

"没关系。"她快乐地眨了眨眼睛，"那，你可以把你的笔记本借给我吗？老师说你的笔记最工整清晰，我想誊抄一份。"

大概就是从这一秒开始，有些什么我无法明确表达出来的东西正在无知无觉地改变着。

——"顾轻决，我们会一直在一起吗？"

——"嗯……也许吧。"

那之后我常常看到苏重出现在我视线范围之内，主要是因为我的视线范围通常都是以顾轻决为圆心展开，而苏重就常常围绕着我的圆心以各种方式高频率地出现。

胡莱莱拍拍我的肩膀，摇头晃脑地说："真的是快毕业了，班级里充满了躁动不安的气息，你说大伙儿是不是都忘了，高考过后还有美好的大学在等待着我们呢，怎么一个个都急得跟过了这个村就没有这个店一样。"

"特别是苏重。"她重点强调，"云喜，就算你们家顾轻决双耳不闻窗外事，一心只为阮云喜。可你也不能真的就这样被蒙在鼓里吧？现在咱们班还有谁不知道苏重喜欢顾轻决啊？”

——现在咱们班还有谁不知道苏重喜欢顾轻决啊？

我把这句话在心里重重地重复了一遍。是这样吗？

时间不知不觉地流逝，而我却始终后知后觉。

又或许并非如此，我是说，也许我早就有所察觉，只是我不允许自己知道，我在逃避，在感情面临考验的时候，捂着耳朵一味地东躲西藏。

我真的非常懦弱，懦弱到连自己都难以置信的地步。

那段时间，在无数个夜晚，我曾经一个人悄悄地想象过没有顾轻决的生活。

一个人走在偌大的校园里，一个人吃午饭，一个人喝可乐，一个人读书，一个人放学，一个人看路过的鸽群和夕阳。

差不多就是这样吧，世界显得无边无际的大，而我看上去那么孤独而渺小。

光是想一想，心就已经疼成了一片。

但是该来的总是要来，好戏还没有登场，太早投降的下场并不会好过迎难而上。

就在高考的前四天，苏重对我说："阮云喜，告诉你一件事，我喜欢顾轻决。"

她坐在桌子上，小腿在半空中晃来晃去。教室里的人都已经走光了，顾轻决因为家里有事也提前回去了。

整个班级就只剩下我们俩，像一场剑拔弩张的对峙。

我呆呆地站着，像个傻瓜，过了很久，才故作镇定地对她说："你喜欢顾轻决，应该去说给他听，而不是我。"

她笑了，笑得胜券在握一般，"你怎么知道我没有告诉过他？"

"所以呢？"我勇敢地迎上她的眼睛，"你是要告诉我，他的答案是否让你满意吗？"

苏重答非所问，眉眼间明显带着一丝嘲讽，她说："你怕了？不过你放心，喜欢顾轻决是我的事情，告不告诉他也是我的事，至于他的回答，那是我们之间的事，和你一点关系也没有。

“我只是想告诉你，别以为全天下的人都和你一样痴情地谈着恋爱，那种……类似于办家家酒的痴情，其实并不值钱。”

一口气说完了这些，她从桌子上跳下去，拿起放在一旁的浅蓝色书包转身离开了教室。

整个班级里就只剩下了我一个人，太安静了，安静得有些压抑。

我慢慢地坐在座位上，用手拍了拍滚烫的脸颊。脑海里一直有一个声音控制不住地在响：顾轻决为什么没有告诉过我这些？他为什么不告诉我？为什么？他隐瞒了我，那么隐瞒是不是就等于欺骗？

带着无数的疑问，我呆滞地望着窗外的天空，在那个黄昏，天空看上去那么虚幻，一点也不真实。

不知道过了多久，我站起来，忍着一阵眩晕慢慢地穿过一排排的桌椅走出班级，操场上残阳如血，大风刮过，一阵突如其来的寒意让我打了个寒战。

那天晚上我给顾轻决打了一个电话，电话接通后我却发现自己发不出一点声音。

他在电话那头喂了半天，才犹疑地轻问：“是云喜吗？云喜，你怎么了？你在吗？”

我忍着喉咙里快要溢出的哽咽应了一声：“在。”

“怎么这么晚了还不睡？你在做什么？”

“在做卷子，马上就要高考了，想在考前多做一些题目。”

“真乖。”他的声音听起来很平静，“做了几张了？不要熬夜，还是要注意休息才能在考场上发挥好。”

“嗯，我知道。”

我握着话筒的手加重了力道。

“顾轻决。”

“怎么了？”

“我爱你。”我说。

“我知道，乖，早点休息吧。”

“你呢？你爱我吗？”我急忙抛出这个问题。

“你怎么了云喜？声音听起来怪怪的，你在哭吗？”

“没……没有。快告诉我，你爱我吗？像我爱你一样爱我吗？”

那边沉默了一会儿，温柔的声音回答我：“我爱你，云喜。”

可是你永远不会像我爱你一样地爱我。

这句话我没有说出口。

窗外的星光在黑夜中逃窜，就快要下起雨来，我透过小小的窗户看着天上渐渐隐匿在云层之后的月亮，突然有一种悲伤的预感。

这个预感很快就得到了验证——考前假期的第一天，顾轻决失踪了。

与其说是失踪，倒不如说是我和他失去了联系。

我打过无数遍电话给他，可是手机始终显示无人接听。就这样过了三天，一直到高考来临。

2006年6月7日，高考前的一小时二十分钟，我的手机忽然震动起来。

是一条来自陌生号码的短信息。

“这几天没能联系你，实在抱歉，让你担心了。我已安全抵达考场，你也不要紧张，发挥出平时模拟考试的实力就可以。加油。——顾轻决。”

我急忙把电话回拨过去，但那边提示已经关机。

眼前的操场在灼人的艳阳下显得无比的沉静，我忍住纷杂的心事安慰自己，即使是只收到短信也好，至少证明他是安全的，这样很好。

我合上手机，把它交给老师，低头走向考场。

之后又是漫长的了无音信，直到高考结束，顾轻决再也没有和我联系过。

时间就那样一天接着一天地流逝，每一天，从早到晚，我除了吃饭睡觉就是不停地拨打他的手机号码，后来那个号码被我打到关机，我就不停地给他发送短信。

“顾轻决，至少告诉我你在哪里啊。”

“发生了什么事情吗？我去你家找过你，可是邻居说你和你妈妈好多天没有回家了。”

“是去毕业旅行了吗？”

“哪怕是分手也好，和我说一句话吧？”

“你究竟在哪里？”

“我很害怕，顾轻决。”

“……”

无数的疑问、担忧、不安、恐惧，密密麻麻地填满在心里，就快要压得我喘不过气来。

幸好那段时间阮云贺放了暑假回来，他一直陪着我，有空就骑着单车带我到顾轻决家附近胡乱地转悠，邻居们都说已经很久没有见到他们母子俩了。

我固执地趴在他家的大门上朝里望，里面是一片沉默的幽暗，灼热的阳光被厚重的大门阻隔着，只丝丝缕缕地照亮门前一角湿漉漉的青苔。

就这样一直到 2006 年 7 月。小暑，空气闷热，无风，是暴雨来临的前兆。

草草地吃过晚饭，我趴在桌子上继续执着地给顾轻决发短信。发到第三条的时候，腹部突然传来一阵剧痛，妈妈不知道去了哪里，爸爸也不在家，猝不及防的疼痛让我瞬间跌入黑暗的深渊。我像一只基围虾那样蜷缩着身体，慢慢地倒下去，在地板上无助地发着抖。

“哥……你在吗……”

我勉强地发出断断续续的声音：“哥……我肚子好痛……”

幸好阮云贺在书房查资料的时候听到了我的声音，冲进来拧开了房间的灯，他被我的样子吓坏了，不停地喊我的名字。我紧闭着眼睛，在令人眩晕的昏暗中渐渐失去了意识，只隐约地感觉到被人从地上抱起来冲到室外闷热的气流里。

自始至终，我都紧紧地抓着手里的电话，像是抓住唯一的一根救命稻草那样不肯放手。

片刻之后，雷声滚滚，瞬时间已有倾盆大雨磅礴而下。

急诊室里，医院将我诊断为急性阑尾炎，需要立即手术切除阑尾。阮云贺通知了爸爸，爸爸冒雨赶来签下了手术协议。

2006年7月，小暑，晏城遭遇了一场近二十年来最强的暴雨袭击。

整座城市都被笼罩在厚重的雨幕之中，像一座屏蔽在玻璃围墙之内的海底城市。

难得地安稳睡了一觉，手术进行得非常顺利，我在病床上昏睡了三个多小时，体内残留的麻药渐渐失去了药效。

睁开眼睛的时候，腹部的刀口传来一阵阵切肤之痛。

"别乱动。"阮云贺俯身摸了摸我的额头，小声地对我说："你刚手术完，麻药过后伤口会疼的，现在需要好好休息。爸爸回家给你煲汤去了，妈妈可能在忙，手机一直关机，等她开机后我们再联系她。"

我舔了舔干燥的嘴唇，轻轻地点了点头。

窗外的雨水如透明的利刃一排一排地砍在玻璃窗上，发出持续而闷重的声响。阮云贺把我的被子往上拉了拉，犹豫着告诉我："云喜，在我们来医院的路上，顾轻决给你发过一条短信。"

"真的？！什么短信？"我挣扎着要去拿手机，被阮云贺轻柔地阻止，他让我不要动，自己把手机拿给我看。

幽蓝的手机屏幕上显示着又一个陌生号码。

"今晚十点，老铁轨见。顾轻决。"

我慌乱地把电话回拨过去，阮云贺说："没用的，我试着给这个号码打过电话，那边一直关机。"

"哥，现在几点了？"

"九点四十。"

"我得去找他。"我带着哭腔看着阮云贺，疼痛和担心让我变得语无伦次，像一片枯落的叶子在病房里悲伤地飘浮，"他一定是发生了什么不好的事情，不停地变换电话号码，没办法和我联络，好久没回家……这些都太奇怪了，哥，他现在在找我，一定是想让我帮帮他，我必须得去……”

我抽噎着，生怕顾轻决会因为我的迟到出现什么差池。

“云喜，你不要慌。”阮云贺语气轻柔，像是在安抚一只失去理智的小动物，“也许事情并没有你想的那么糟糕，你看外面下这么大的雨，也许他不会去了，你说对不对？”

“不会的！”我斩钉截铁地打断他，“顾轻决说要我等他，他就一定会来的！”

“好好好。”阮云贺妥协，“可是你现在才做完手术，下地都困难，要怎么去找他？”

他想了想，提议道：“这样吧，我替你去一趟。如果他是找你帮忙，我就替你帮他的忙。如果他只是想见你一面，我就带他来这里见你一面，好吗？”

“可是……”我扭头看向窗外，大雨像雾一样笼罩着一切目之所及的景物。

“别担心。”阮云贺对我温柔地笑了，轻轻地刮了一下我的鼻尖，说，“我们的云喜长大了，学会为爱奋不顾身了，作为哥哥还真是有点伤感啊。不过，既然是云喜喜欢的人，一定是个不错的家伙。你放心，我一定会找到那个臭小子，带他来见你。”

我看着哥哥胸有成竹的笑脸，终于点了点头。

那时候的我并没有意识到，那是阮云贺在人间最后的笑容了。

那么温柔，像阳光一般绽放在寒冷黑暗的雨夜里。

他推开病房的大门，背影顿了顿，回头冲我眨了眨眼睛，“那我先走咯。”

白色的木门在他的身后缓缓闭合。

2006 年 7 月，小暑。暴雨中，我的哥哥阮云贺离开了人世。

警方从老铁轨的隧道里抬出了他血肉模糊的尸体。

“可能是因为风雨太大，想要在隧道中避雨，火车驶来的时候没能及时避开……”

后来他们得出了结论，这是一场不幸的意外事故。

只是，真的是这样吗？

我的脸上泛起一丝古怪而绝望的怪笑。

不是的，那才不是一场意外啊，那是谋杀，是我催着阮云贺跳进了那个可怕的隧道，是我杀了他。

如果不是我拜托他冒着暴雨去了那个地方……

如果不是我执意要去见顾轻決……

如果不是我……

这一切都是我害的。

自私的我，甚至都忘了提醒他要带一把雨伞。

我躺在黑暗里想着这些，有什么东西在我的胸腔里轰然碎裂了，那些尖锐的碎片试图在我心里撕扯出一些血肉模糊的伤口，可是没用的，我紧紧地咬着嘴唇，比起死去的阮云贺，再多的痛苦又算得了什么呢？

阮云喜你怎么不去死啊。

如果死的是你就好了。

黑暗中，我艰难地翻了个身，突然抑制不住地呕吐起来。

即使这样，胸口的玻璃碎片也只是越聚越多，越聚越多，沉默而尖锐地膨胀着，像是要把我炸成碎片。

房门外传出瓷器打碎的声音，紧接着是妈妈歇斯底里的尖叫。

又要开始了。

我闭上眼睛，等着妈妈冲进来怨恨交加地质问我，为什么死掉的那个人不是你？

她问了我无数遍了，愤怒地、认真地、脆弱地、疑惑地、悲伤地、一遍一遍，像一个得不到答案就誓不罢休的孩童。

我推开房门走出去，想找一块抹布清理一下自己吐的，才到客厅，妈妈就尖叫着冲过来，她抓着我的头发将我猛地往墙上撞过去，虽然爸爸冲过来大力拦住，但我仍是因为惯性狠狠地摔了出去。脑袋磕在茶几上，撞翻了一壶滚烫的浓茶，茶水泼在胳膊上，是一阵麻木的痛。

“你这是在做什么！这是你的亲生女儿！”爸爸红着眼眶，冲过来把我从地上扶起来。

“她不是我女儿！是我的冤家！”妈妈狠狠地抹了一把眼泪，厌恶地看着我，“我当初就不应该把你生下来，是你爸，是你奶奶，他们非要我把你生下来，我生你做什么？啊？生你就是为了害死我自己的儿子啊！”

“够了！”爸爸忍无可忍地打断她。

我呆怔了片刻，一个人沉默地穿过一地狼藉的客厅走进卫生间，将门反锁。

眼泪争先恐后地涌出来，落在迅速泛红的手臂上。我拧开水龙头，用冰水冲打灼痛的皮肤，哗哗的水流伴随着妈妈撕心裂肺的哭号蹿进我的五脏六腑。

直到手臂冰凉麻木，再也没有痛觉。

直到眼泪凝聚在腮边，再也流不出来。

顾轻决，你也许永远也想象不到，即使在那样难熬的时间里，我依旧在思念你。

我甚至残酷地想着，我愿意接受所有的惩罚，愿意忍耐所有的痛苦和悲伤，但是我不能选择去死，我还得活着见你一面。只要可以见到你，给我一个可以在你怀里放声大哭的机会，我就什么都可以忍耐，什么都可以，包括阮云贺的死。

无数个下着暴雨的黑夜里，我睁着眼睛看着窗外的一点微光，在心底小声地安慰自己，没关系的，只要见到顾轻决，一切都会好起来了，我心里的痛也会慢慢消失，到时候我又可以正常地呼吸，正常地生活了。

我总觉得，总有一天，至少在你的臂弯里，我可以享受片刻的安静。

至少。

可是那时候的我并不知道，真正残酷的现实还远远不止这些，真正的好戏还在后头呢。

哥哥的离世带给妈妈的打击远远比我们想象中的要多得多。

她开始无法正常地工作，无法正常地进食，也无法安安静静地在家休息。那之后的每一个夜晚，妈妈都会在噩梦中突然惊醒，然后把熟睡中的爸爸拽起来，惨笑着告诉他，哥哥回来了。

她慌慌张张地絮叨着："我梦见云贺满身是血地在外面敲门，你快去开门让他进来啊。"

如果爸爸不去，她就一个人穿着睡衣冲出去。夜风从门外吹进来的一瞬间，屋子里闷热的空气凉下去。

有时候她就呆呆地站在门外，目光看着遥远的地方，一站就是几个小时。

也有时候她会气急败坏地冲进我的房间里，把睡梦中的我从床上扯起来狠狠地扇我几个耳光，有一次她甚至卡住我的脖子想要杀了我。

窗外稀疏的星光洒进来，在黑暗中投射出一小片朦胧的光晕。

我在这片模模糊糊的光影里看见妈妈在哭，她用尽全力扼住我的脖子，哭得浑身发抖。

我想叫她，可是我发不出声音。妈妈淌满泪水的脸在我的视线里渐渐模糊，很多支离破碎的光斑在她身后凌乱地飞舞着，而我的脖子越来越紧，终于再也没办法呼吸。

其实，就这样死掉也没什么吧……

如果可以就这样死掉，似乎也不赖啊……

可是，没能再见顾轻決一面，还真是遗憾啊……

我用尽自己濒死前的最后一丝呼吸这样想着。

是爸爸冲进来把妈妈从我身上拽下去，狠狠地推倒在门边。

当妈妈披头散发从地上爬起来的时候，我听见爸爸斩钉截铁地对她说："我们离婚吧，太累了。"

我坐起来，忍受着喉咙里传来的火辣疼痛，茫然地看向爸爸。

他说："就这样吧。所有的东西都归你所有。我不会起诉你对云喜的家暴，同样，也请你看在夫妻一场的情分上，让我带走云喜吧。"

2006年7月，高考结束。

顾轻决失踪。

阮云贺离世。

我的家，散了。

就在爸妈签订离婚协议后的第三天，顾轻决给我打来了电话，约在学校附近的冷饮店见面。

放下电话的那一刻，我终于露出了这一个多月以来唯一的一次笑容。

我想起自己曾经在一本书中读到的这样一段话：每个人的青春期都是这样的吧，以为一件事，一个人，就是那根彻底救你于浑浊庸常生活流中的稻草。

那时候的我就是这样，把顾轻决当作了这根救命的稻草，天真地以为只有他可以彻彻底底地带我走出这些让我无法承受的生命之重。

七月末，晏城热浪滚滚，灼热得仿佛不像在人间。

推开冷饮店的门，一阵凉爽的冷气扑面而来。我看见顾轻决坐在靠窗的位置上，正在低头看着腕上的手表。

“顾轻决！”

我几乎是雀跃着冲向他。天啊，我有多久没有好好看一看他了，他的头发长了一点，整个人却看起来清凉无汗。

他露出一丝疲惫的笑容，轻声说：“云喜，你来了。”

我还没有来得及坐下，他又对我说：“对不起云喜，时间不多了。我来就是想对你说，我们分手吧。”

我木然地瞪着他，来不及展开的笑容僵在脸上。

“为什么？”我听见自己的声音没出息地发问。

他不看我，只匆匆说：“要说的话我已经说完了，对不起云喜，我赶时间。”

然后他转身走出冷饮店，消瘦的背影走得很急。

我像个傻子一样呆呆地站了很久，才突然发了疯一样冲出去。

“顾轻决，你先别走！”终于追上他的步伐，我从身后紧紧地抱住他，绝望的姿势仿佛是要和他同归于尽。

“顾轻决……你不能这样对我。”

他沉默的脊背挺得笔直。

我红着眼眶懦弱地追问：“我到底做错了什么？”

“没有，云喜。”他的声音听上去很陌生，“不是你的错。”

“那是因为你不喜欢我了？”

“不是。”

“是因为高考成绩吗？我们读不了同一所大学了？这个没关系啊，不管你去哪里读书，我都会跟着去的，无论是本科还是大专，哪怕是什么都念不了，我……我还可以工作的！”

“不是这样，云喜。”

“那……是因为苏重吗？”

热得虚幻的大街上，他沉默地站在那里。

我的鼻子突然一酸，胸口处猛烈撞击的疼痛让我怔怔地松开了紧抱着他的手臂。

“真的……是因为苏重？”我不可置信地重复了一遍。

顾轻决的声音残忍而轻微，他背对着我，慢慢地说：“如果你一定需要一个理由，那就当成是因为苏重吧。”

我看着他，像一个电池用尽的玩偶，呆滞愚蠢地沉默着。

他没有回头看我，而是笔直地，一步一步地离我远去。

“等等！”我不知道自己哪里来的气力又叫住他。

“让我再问你最后一个问题。”我艰难地开口道，“小暑那天，你发来短信让我去老铁轨，是为了什么事？”

四周静悄悄的，没有风，也没有迷途的飞鸟。

阳光像流水一样缓缓地流经我肌肤的脉络。

他沉默片刻，再自然不过地说：“那天，因为雨下得太大，所以我失约了。其实也没有什么特别重要的事情，只是想告诉你，我和苏重的事，我们，在一起了。”

我的肩膀开始控制不住地战栗起来，瞳孔睁得老大，一瞬间，眼泪戛然而止。

血液也在那一瞬间凝固成尖锐的冰碴，再也无法流经心脏。

我已经，再也没有力气流出眼泪了。

原来那一天他根本就没有赴约。

因为下起了大雨，所以随随便便就单方面取消了约定。

但是代替我赴约的阮云贺，却因为这个愚蠢的约定丧了命。

我似乎看见他在滂沱大雨中一脸平静地耐心等待着，大雨毫不留情地砸在他的脸上、身上，他也许还在傻乎乎地想着，云喜喜欢的男生，一定是个不错的家伙吧。

多傻啊。

就这样死掉了。

莫名其妙地……毫无意义地……在无望的等待中孤独地死掉了。

我机械地迈动着双腿走到顾轻决的面前，突然冲他古怪地笑了一下。

我说："你知道吗顾轻决，那一天我得了急性阑尾炎需要手术，所以我的哥哥代替我去那里等你。雨下得那么大，他一直傻乎乎地在等你，后来，他想到隧道里去避一避，却发生了意外，被火车撞死了……我不知道他一个人在雨中等了你多久，也不知道他在隧道里究竟发生了什么意外，是滑倒了吗，还是扭伤了脚踝，火车呼啸着冲向他的时候，他有没有来得及呼救，有没有害怕，有没有绝望，有没有一瞬间恨过我……"

"云喜……"顾轻决张皇失措地向我走了一步。

"别过来！"

"云喜……"他停在离我不远的地方，悲伤地看着我。

我从口袋里把他送给我的打火机拿出来，那是他爸爸从俄罗斯商人那里花高价买来的，是他的遗物。

我把它扔到顾轻决的脚下，微笑着说："你会下地狱的。"

"是，我会下地狱的。"他的声音支离破碎。

"你应该和苏重那个婊子一起下地狱。"我眼眶血红，咄咄逼人，"顾轻决，你让我觉得恶心。你们一定不得好死，一定。”

苏重说过的话回荡在耳边：别以为全天下的人都和你一样痴情地谈着恋爱，那种……类似于办家家酒的痴情，其实并不值钱。

她早就提醒过我，我真是天底下最蠢的大傻瓜。

最后，我抬起头，面无表情地对他说：“活该你是艾滋病患者的儿子，这是报应。”

在爱情的战场上，伤痕累累的、溃不成军的我，终于狠下心，举起匕首刺穿了他的胸膛。

于是，一切都结束了。

大街上空荡荡的，一个人影都没有，周遭是可怖的寂静。城市在这一刻看起来就像一座烈日照耀下的坟场。我似乎闻到了一丝淡淡的消毒水的味道。

而顾轻决已经离开。

只有我一个人站在刺目的天光里瑟瑟发抖。

我知道有一个世界在这一刻正在我的身后逐渐倒塌，寸草不生。

那是六年前的夏天。

十八岁的阮云喜像一根连根拔起的木桩久久傻立，然后风驰电掣般地长大了。

事到如今，我想要的仅仅是继续生活下去而已，将过去遗忘，痛快地一笔勾销。我想融化体内结冰的血液，我想在没有顾轻决的岁月里逐渐变成一个温柔善良的人，就像十八岁之前的我一样。

她或许孤独，但是柔软；她或许迷茫，可是善良。

一个永远沉溺在过去的人是没办法拥有未来的。

这是我从苏重的公寓里出来时脑海里浮现的念头。

当我回过神来的时候，才发现自己已经拿着“彩虹天堂”的设计草纸发了一夜的呆。

天亮了。我胡乱地洗了一把脸，换了一身干净的衣服。

去公司上班的路上我给苏重打了一个电话，像任何一个关心宿醉好友的朋友那样对她表示深切的关怀。

“你们毕竟有六年的感情，不是说散就散的。”我诚恳地安慰她，心脏却已经紧张地提到嗓子眼。

“什么六年啊。”她的声音听上去非常疲倦，“大二那年到现在也才不过四年多一点而已。”

我擎着手机立在人潮汹涌的大街上停下了脚步。

原来我的猜测是对的，高考那一年他们并没有在一起，是顾轻决骗了我。

“四年也不短暂，我们又有多少个四年啊。”我的声音在一片嘈杂中听上去十分冷静，“好了苏重，打起精神，我的车来了，一会儿公司见。”

我合上手机，去公司和宫屿申请了休假。

“几天？”

宫屿从一堆图纸中抬起头来问我，看样子他又是一夜没睡。自从“鲸”系列绘本大卖后他就已经很久没有好好地休息过一次了。

“两天。”我想了想，又说，“不，三天。”

“理由？”

“想去看看妈妈。”

“要我送你过去吗？”

“不，不用。”我不假思索地摇摇头。

“好。去吧。路上注意安全。”

刚一转身，又被他叫住：“等等。”

他用手里的画笔指了指自己的脸颊，笑吟吟地说：“你忘了临别之吻。”

我冲他笑笑，送他一对临别的白眼径直走了出去。他在身后抱怨：“女人，你可真无情！”

这一天的大巴并没有太多的乘客，我走到最后一排找了个空位坐下。一夜没睡，我戴上耳机，调出几首催眠曲闭上了眼睛，很快地，就在一路颠簸中沉沉地睡去。

到站时已近黄昏，身边的乘客拍了拍我的肩膀告诉我已经到站了。

睁开眼睛，窗外暮色四合，我活动了一下四肢，由于睡得太死，起来时整个脑子都昏昏沉沉的，像在海面漂浮。

沿着一条繁华拥挤的街，一直往前走，走上大约一个半小时的时间就能走到妈妈的公司楼下。

正值下班时段，办公楼里的上班族一批接着一批地从里面走出来，拖着疲惫的身体走向各自停车的地方。年轻一点的职场新人则一边打着电话一边忙着给自己补妆，热闹地商量着晚上要去哪里放松解压。

我蹲在办公楼对面的一个小花坛前，固执地望着对面大楼的旋转大门。

又过了将近一个小时的时间，人群渐渐消失不见。我站起来活动了一下麻木的双腿，到附近的报亭买了一包香烟，想了想，放进包里没有拆开。

然后我随便找了家可以看见公司大门的餐厅走进去，点了一份盖浇饭和一杯无限续杯的咖啡消磨时间。

直到霓虹灯逐个亮起，十七楼的灯光才忽地熄灭。

几分钟后，妈妈穿着一丝不苟的职业套装从办公楼里走出来。

我结了账走出去，穿过车来车往的马路，等了一盏红绿灯，才走到她的跟前。

“妈。”

我的喉咙微微收缩了一下，“我想找你谈一谈。”

她看了我一眼，夕阳的余晖稀薄地映在她消瘦的脸上，不带任何感情，她说：“你应该提前和我说，我还很忙。”

“就一会儿。”我固执地看着她，再次强调，“我不会耽误你多长时间。”

她沉默了。

这座城市的夜色静谧地蔓延伸展。

五分钟后，我们面对面地坐在一间咖啡馆里，她点了一杯蓝山，我点了一杯柠檬汁。柠檬汁的颜色让我忽然想起十岁那一年亮在头顶的灯光。

那是我第一次拥有一个自己的房间，是妈妈为了迎接我回家特地收拾出来的。小小的，温暖的，亮着一盏柠檬色的灯。

“说吧，有什么事。”她低头抿一口咖啡，冷淡地看着我。

为什么你总是这样排斥我？你究竟在不满我些什么，讨厌我些什么，厌恶我些什么呢？即使是阮云贺还在世的日子里，你也总是看我不顺眼，仅仅是因为我从小就脑子不灵光，没办法像哥哥那样遥遥领先吗？就因为这样，你始终都在讨厌我、轻视我，甚至厌恶我吗？

我的脑子里不停地盘旋着这些近似于牢骚的问题，当然，我并没有真的说出口。

很久以前我就明白，自己已经没有勇气在妈妈面前敞开心扉了。

所以我也试着冷静地、开门见山地开口：“你不是一直想知道，哥哥去世的那天，我为什么要让他去那个老铁轨吗？”

妈妈没有说话，但是她的眼神终于准确地落在了我的脸上。

我望一眼远处晦暗的夜色，继续说：“只要你告诉我，你曾经对顾轻决说过些什么，我就告诉你。”

又冷又静的夜晚。

又冷又静的咖啡馆里，一对剑拔弩张的母女。

我屏住呼吸，冷静地等待着，等待她告诉我所有的真相。

第九章

云胡不喜

让我在这座城市里好好地呼吸一下新鲜空气，
让我沿着大街小巷好好地走一走，闻一闻冬日来临之前最后的花香。

我一个人坐在咖啡馆里，无力而固执地咬着嘴唇，耐心地等待着眼睛里的灼热渐渐消退。

吧台的方向坐着一个栗色头发的女孩儿，因为没什么客人，她拿出一把吉他随意地摆弄着琴弦。

太安静了。

这种安静让我感到浑身都不自在，仿佛自己就要被这诡异的安静腐蚀掉了。

我对那个栗色头发的女孩儿说："嗨，可以唱一首歌吗？"

她笑着对我比出一个 OK 的手势，低头调好了吉他弦，轻轻地唱起了一首歌。

女孩儿的声音很柔和，像春日清晨里一阵带着露珠味的风，我扭头看着窗外人烟稀少的街道，很诧异自己真的没落下一滴眼泪。

"我只是让他离开你。"几分钟前，妈妈平静地对我说，"你也知道，他的父母并不怎么样。"

"是，我知道。"我说，"他的爸爸死于不好的病，可是那不是他愿意的，谁会愿意让自己染上那样的病？别的病就该得到同情，得到救助，艾滋病就该死全家吗？”

“如果你的情绪非要这么激动，我想我没办法和你继续谈下去。”她看向我的眼神里多了一份厌弃。

“好、好。”我让自己平静下来，坐直了脊背，耐心地问，“可是你怎么知道顾轻决和我在一起的？你从来就没有关心过我。”

“再不关心自己女儿的母亲也会知道她有没有按时上课。”

“亏你说得出口！”我扯出一个嘲讽的笑容，继续问道，“所以你早就知道我们在一起了，我们翘课的时候就知道了，是吗？”

“还有什么要说的吗？”

“有！”我脱口而出，“你到底对他说了些什么！像电视剧里演的那样给了他很多的钱吗？用你惯常羞辱我的语气羞辱他了吗？还是以一个可怜母亲的形象求他离开我？”

“他的母亲是一个赌鬼，这个你应该不知道吧。”妈妈拿起桌上的咖啡喝了一口，接着说，“他们家需要钱。我也的确给了他们一大笔钱让他们离开，但是——”她顿了顿，对我淡淡地笑了一下，“是顾轻决自己找上门来伸手跟我要钱的。”

“你说谎。”

“你当然可以这么想。”她的手指在杯沿慢慢游移，冷笑着说，“起初他倒是一副刚烈的样子，口口声声地说什么绝对不会和你分开之类的废话，我还当他是个多有骨气的男孩子。可是骨气能当饭吃吗？高考前还不是跑来找我，希望我可以借他一笔钱。虽然说是借，但是你也应该知道，那不过是在和我谈条件。只要我给他钱，他就离开你，就是这样。阮云喜，是他把你卖了。”

“你说谎。”我的声音轻得如同呓语，“你在胡说八道些什么啊……”

“我没有胡说，就是小贺出事的那一天。”妈妈斩钉截铁地打断我，她的眼睛里浮起一层森冷凄惨的雾。“顾轻决打电话给我，说急需用钱，只要我给他这个数字，他就马上离开你，一辈子都不会出现在你面前。”

她叹了一口气，继续说："我多傻啊，小贺出事的时候，我这个做妈妈的竟然在为了一个毫不相干的人瞎忙活。那天的雨下得那么大，我开车取钱给他，回去的路上就接到你爸的电话，说你住院了，还说小贺……小贺他……"

我心里重重地一震，一股寒意慢慢蹿上脊椎。

妈妈用力按了下眼角，低头在包里翻找钱包打算结账，手一抖，包掉在地上，掉出一支口红和几份文件。

我蹲下去帮她把文件捡起来，却看见一份厚厚的病历报告，写着妈妈的名字。

她迅速从我手中抽走病历，找到了钱包。

"你生病了？"我问她。

她说："只是普通的身体检查。"

"哦……"我沉默了片刻，问道，"你不问问我为什么让哥哥去了老铁轨吗？"

她没说话，把钱放在桌子上便头也不回地推门走了出去。

我一个人呆呆地坐在座位上，强大的悲凉像海浪一样席卷而来。

为什么事情会变成这样？

那时候究竟发生了什么事情？

顾轻决为什么会去找妈妈要钱，又为什么要躲起来？

为什么过了这么多年，他还要回来，回来设计建造一座彩虹天堂？

头痛欲裂。

弹吉他的女孩儿轻声哼唱："我拥有的都是侥幸啊，我失去的都是人生，当你不遗忘也不想曾经，我爱你……"

我推开门，走进眼前穿不透也望不尽的夜色中，深深地吐了一口气。

这一刻我迫切地需要热闹，需要人群，我想让嘈杂和繁华淹没我，让人群把我包围起来，只要别让我在安静的世界里发疯就行。

我想是时候该让一切都结束了。可以了，真的，已经够久了。就让我回到晏城把一切好好地做个了结。

在那之前，让我好好地放松一下。

让我在这座城市里好好地呼吸一下新鲜空气，让我沿着大街小巷好好地走一走，闻一闻冬日来临之前最后的花香。

两天后的清晨，我坐上开往晏城的大巴，途中一场毫无预兆的太阳雨突然降下，柔软的雨珠打在车窗上，像一道道蜿蜒的泪水。

我没想到宫屿会来车站接我。

他坐在车站前的木质长椅上喝着咖啡，见我从车里走下来，冲我微微一笑，深深的酒窝里洒满雨后无限温柔的光芒。

“好慢啊，整整迟了半小时。”他把另一杯咖啡晃了晃，遗憾地说：“你的已经凉掉了。”

“你怎么来了？”我拿过凉掉的咖啡喝了一口，好苦。

“当然是来接你啊。”他拍拍我的脑袋，“三天不见，你变得更漂亮了。”

“我又不是吃了小孩心脏的巫婆，三天就可以返老还童。”

“如果你真是吃心脏的巫婆，我不介意把我的心脏挖出来给你吃。”他笑着拎起我的包。

我停下脚步，认真地问他：“你什么时候学得这么油嘴滑舌了？”

他无辜地说：“你不在的这三天，可可教我的。”

“不学好。”我瞪了他一眼。

到了停车场，宫屿问我：“是回家还是去公司？”

我说：“如果不麻烦，我想去一趟天宇建设公司。”

宫屿没有多问，安静地发动了引擎。这真是让我松了一口气，要真让我解释起来实在是有够麻烦的，作为一个文字编辑，我真该反省一下自己极差的语言表达能力。

大约三十分钟后，我们抵达了天宇建设公司。

前台告诉我顾总监不在。我问她是否可以告诉我顾熙去了哪里，我有非常重要的事情要告诉他。

前台低头翻了一下记录本，告诉我："刚才施工现场那边打电话过来找过顾总监，他现在应该是去了那边。"

我又问了下工地的具体位置，道过谢后又麻烦宫屿把车开去"彩虹天堂"的施工现场。

路上我一直在心里小声地问自己，阮云喜你这是在做什么啊？你这样贸然地过去找他究竟是想得到什么答案？

我拿不准自己这样做会得到什么，但我知道我必须往前走，把这个坎儿跨过去，结果是什么都不重要，但事情总得有个了结。

到了工地后我让宫屿留在车里等我。从管理员那里借了一顶安全帽，做好登记后我走进钢筋水泥的施工现场。有个正在喝水的大叔把顾轻决所在的方向指给我看，我一路找过去，看见他正在拿着图纸和施工人员吵得面红耳赤。

"顾轻决。"我叫了他一声。

他回过头看见是我，眼里闪过一瞬间的诧异，也许是吵架的怒火还没有消退，他不悦地对我说："你来做什么？施工现场很危险，你一个外行人走来走去很容易引起事故！"

我说："我有话要对你说。"

"有什么话非要在施工现场说！"他扯着我的胳膊把我一路往下拉，我就稀里糊涂地跟着他走，一直走到楼下。

到了相对安全的地方，我们面对面地沉默了一会儿。

顾轻决说："对不起，我刚刚不是在冲你发火。"

我说："我知道，你认真起来就是那个样子，我不会多想。"

顾轻决绷着的脸缓和了许多，他看了我一眼，平静地说："你刚才说有话要对我说。"

"嗯。"我点点头，轻声道，"我妈妈已经把事情全都告诉我了，是她让你和我分手的对吗？"

他怔了怔，眼睛里有一闪而过的异样，但没有说话。

"可是后来你又去找过她，就在我哥哥出事的那天，我想知道那天晚上到底发生了些什么事。你为什么没有去老铁轨？别告诉我是因为下雨所以没去，别对我说谎。”

“云喜，现在来说这些还有什么意义？”他悲伤地看着我。

“有意义，对你来说也许已经毫无意义，但对我来说不是这样。”我深深地盯着他的眼睛，一字一顿地说，“我有知道真相的权利。”

“真相就是我失约了，没有去老铁轨，我害死了你的哥哥，这就是真相。”

“这不是全部的真相！顾轻决，请你告诉我，究竟发生了什么事，算我求你行不行？！”

“苏重为我打掉了一个孩子。”他说话的声音轻得仿佛幻听。

“你想要真相，可是真相有什么用？真相根本就不是重点……重点是，因为我的失约阮云贺死了，重点是苏重为我打掉了一个孩子，重点是，无论真相如何，我们都不可能再回到从前。这就够了，云喜，这就够了不是吗？”

“孩子？”我的声音突然间变得有点儿沙哑，我皱了皱眉，艰难地开口，“你胡说，你们哪儿来的孩子？”

“云喜……”

“你说谎，顾轻决。为什么你总是编谎话骗我？六年前是这样，六年后又是这样，在你眼里我到底是什么？一个没有思想没有智商的白痴吗？”

“云喜。”他试图走过来牵我的手，担忧地说，“你冷静一点，我没有骗你，害死你哥哥是我不好，你恨我吧，让我下地狱也好，让我怎么样都好，可是你……”

“不好不好不好！”我胡乱地嚷着，“凭什么你可以轻易地把我变成一个十足的蠢货！凭什么让我去恨！凭什么夺走我爱你的权利！凭什么，凭什么啊！”

“云喜你别这样。”他抓住我的肩膀，语气近似祈求，“冷静一点，好，我告诉你，如果你那么想知道，我就告诉你。那时候我的确非常需要钱，我妈妈欠了一屁股的债，地下钱庄的人扬言要杀了我们，他们也的确付诸行动，我们只有躲起来，到处躲，白天根本就不敢出门，可是又能躲到什么时候？”

我激烈地打断他：“所以你就把我卖了，从我妈妈那里换了钱去还债吗？”

“对。”他答应得非常痛快。仿佛早就在等待这一刻的到来，如果不是语气里难以掩饰的痛楚，我甚至要怀疑他早已蓄谋已久。

“那你为什么又要回到晏城？”我低头把那张整整齐齐地折叠在口袋里的设计图拿出来，滚烫的泪水聚集在眼眶里，“是为了完成这个我随口说说的梦想吗？”

他呆呆地凝视着我手里的图纸，一句话也没有说。

我咬了咬嘴唇，狠狠逼退就要夺眶而出的泪水，声音清冽地问他：“你爱我吗？”

——顾轻决，你爱我吗？

眼前的世界毫无征兆地开始晃动起来，顾轻决悲伤的神情就在这晃动的世界里渐渐地变得模糊，只是很快地，我就意识到这并不是我的心理作用，整个施工现场都在剧烈地摇晃着。

是地震。

我的脑海里立即闪现出这个词语。

紧接着，几个施工工人迅速地从各自的工作岗位上撤离，聚集到离楼盘不远的空地上。

顾轻决紧紧地护住我的肩膀，在我耳边沉声道：“别害怕，靠墙快走。”

我跟着他不知所措地移动了几下脚步，就听见有人在远处惊恐地大喊：“顾总监，小心！”

这突如其来的叫喊让我整个人跌进一种不可抵抗的眩晕之中，抬起头，在我模糊的视野里，一块巨大的水泥板正在我们头顶倾斜着往下坠。

那一瞬间我的心跳突然停止，短短的一秒钟被无限制地延伸，延伸至足足一个世纪那么漫长。

在这漫长的世纪里，有一束阳光猛烈地投射进我的眼睛，细细碎碎的光芒后面，是顾轻决模糊的容颜。

不知道为什么，我突然变得很勇敢，仿佛回到十五岁那一年，我仍是那个傻乎乎的阮云喜，可以为爱不顾一切的阮云喜。

不需要多想，我用尽全部的力气，将顾轻决狠狠地撞开。

——顾轻决，我们会一直一直在一起吗？

——我不知道会不会一直在一起，但是我会一直爱你。

——真的吗？

——嗯……真的。

随着腿上传来的剧痛，一切都归于平静。

沉寂的黑暗中，我隐隐约约地意识到自己正被压在水泥板下面，整条腿都像被活生生撕裂一样地疼痛，疼得那么不真实，像一场无边无际的噩梦。

然后我听见有人在喊我的名字，声音如裂帛撕开："云喜——！"

我想睁开眼睛，可是眼皮很重很重，重到我实在没有力气睁眼。有一双结实的手不停地摇晃着我的肩膀。

"云喜，云喜！"

我听不清那究竟是谁的声音，像顾轻决，像宫屿，也像哥哥。

很快，双腿在一阵刺骨的疼痛中失去了知觉。这种短暂平息的痛苦让我产生一种退却的心理，我模模糊糊地安慰自己，别怕，别怕，睡一觉就好了。

于是我重重地合上双眼。

云喜——

云喜——

梦里依旧有人在喊我的名字，但那声音却是欢愉的。

四周都是模糊一片的水雾，晏城的早春就是这样的，像人间的仙境。

后来雾气渐散，我看清了喊我那人的脸庞，是阮云贺。

他说："云喜，你快过来啊，就等你了。"

他坐在一棵巨大的榕树下，面前是一张又圆又大的石桌，天光从葳蕤树冠间细密地洒下，照得石桌上的茶具闪闪发亮。

我踌躇着，慢慢地走近他，生怕踏碎了这个幻境。

春风正好，榕树正茂。

我低头看见自己小小的足，趿着一双嫩黄色塑料凉鞋，裙摆也是童装的款式，再迟疑着伸手摸摸自己的脸，恍然大悟，原来我还是一个幼童，大约……七八岁时的模样。

我开心地奔向榕树下冲我招手的阮云贺，声音甜甜地朝他呼喊："哥——"一边扑进他展开的臂弯里。

他抱我坐在小小的石凳上，温柔地捏捏我圆滚滚的脸颊。不一会儿，奶奶端来了茶果和点心，是我最喜欢的冰镇汽水和雪白的奶油蛋糕。她的皱纹似乎淡了，格子布做的围裙围在肚子前干干净净。

天空高远，暖风阵阵。

漏光的大树下，有我，有奶奶，有哥哥。

日子似乎还很漫长，有好多的时间可以浪费似的。太阳迟迟不肯落山，夏天离我们还很遥远。

一切都太过美好，太过完满。

谈笑间仿佛听见很遥远很遥远的地方，有个声音轻轻地问我："你啊，是在做什么悲伤的梦呢？"

醒来的时候我正躺在医院的病房里，有个背影背对着我站在窗边。我想说话，可是连呼吸的力气都不够用，只好静静地看着那个无限落寞的背影，是宫屿的背影。

他望着窗外，这一天的天气似乎并不怎么太好，阴沉沉的，分不清是清晨还是傍晚。

他的背影就在这忽明忽暗的光线中微微地颤抖，是在哭吗？这样想着，我的心就毫无预兆地痛了。

怎么搞的，我总是让他不开心。

“宫屿。”我沙哑的声音在寂静的病房里响起。

他的背影顿了顿，方转过身来看我。

“你醒了。”他的声音很轻，听不出悲喜。

他走到我的病床边坐下，目光担忧地看着我，说：“怎么样？有没有哪里不舒服？你昨天下午进的手术室，现在已经是第二天下午的两点三十分了。”

我抿了一下干燥的嘴唇，宫屿立即伸手拿了一块洁白的纱布，沾了些水，动作轻柔地敷在我干燥的嘴唇上。然后他继续喋喋不休地说：“你的右腿骨折了，不过你放心，没到截肢的地步，但是想要正常走路还需要花些时间做复健才行。腿上十三厘米长的撕裂伤导致你失血过多，医生说，如果救护车晚到一会儿都有生命危险。”

他把纱布拿走，低下头，沉默了很长时间。

“还有你最想知道的，顾轻決，放心吧，他没事，他被你救了，如你所愿。至于你爸，他带着夏微她们几个出去吃饭了，大家都为你提心吊胆了一整天。这次地震大家都没事，就你最倒霉。”他冲我笑笑，笑得很惨，轻声说：“顾轻決在另外一家医院陪苏重，地震的时候苏重和可可正好被困在电梯里，本来没什么事，苏重担心顾轻決，拼命用手抠电梯的门，把指甲都抠断了。”

我淡淡一笑，嘲讽苏重：“那个……神经病……”

宫屿忽然正色道：“那你呢？苏重是神经病，那你呢？你是疯子还是白痴？你知不知道自己差一点点就被砍去一条腿？你腿上的大动脉被水泥板上的钢钉划出那么大的一个口子，我上去找你的时候就看见一地的血，一地的血，我吓死了！我以为自己就要这样失去你了你知不知道？！”

他转过身去，不再看我。

我知道他哭了，窗外下起雨来，白森森的闪电在某个猝然的瞬间照亮了少年脸上悲伤的泪水。

过了一会儿，我伸手拽了拽宫屿的衣角，小声地说：“对不起，宫屿，我让你担心了。”

他转过来看着我的眼睛，用那双布满血丝的眼睛，语气不甘得让人心疼，他说：“你就为了顾轻决，就为了他……那你有想过我吗？”

我愣了片刻，避开他的目光小声地说：“不是那样的宫屿……”

其实我不需要过多地解释，但我不想看到那个笑颜灿烂的宫屿因为我的一举一动变得沉默和忧虑。

“那是一次谁也没有预料到的灾难，你知道灾难发生的时候，人的智商很难在第一时间派上用场，不管那个时候站在我面前的是顾轻决还是别人，我都不可能站在那里眼看着他被砸死，你说是不是？换作是你，你也会本能地把对方推开。”

宫屿冷冷地看着我，随口就反驳道：“我不会，我可没你那么大方，随随便便就能舍生取义，除非我爱那个人胜过爱我自己，不然绝不会像你那样不珍惜自己的生命。”

我看着他气鼓鼓的脸庞忽然笑起来，我知道他这样说便是原谅我了。

宫屿瞥了我一眼，赌气般地低吼道：“你还笑，你竟然还笑得出来？”

我伸手擦了下眼角笑出的泪花，才发现自己整个人都是肿的，整张脸肿得像块发面馒头，手指头也是又红又肿。

我问宫屿：“天啊，现在的我是不是肿得像个猪头？”

宫屿点点头，认真道：“简直没法看，丑得创意十足，我真怀疑自己是不是有受虐倾向，怎么会喜欢上你啊。”

我笑容可掬地看着他，“说来也怪啊，我们第一次见面的时候我哭得七荤八素的，还撞了你一下，连句道歉都没有就逃跑了，你怎么会喜欢我呢？喂，宫屿，说实话你对我是不是一见钟情啊？”

他瞪了我一眼，脸上的阴郁终于褪去了大半，他说：“一见钟情是真的没错，不过我们第一次见面的时候你可没哭，地点也不是在苏总办公室。”

我诧异地问："那是在哪儿啊，我们从前也见过面啊？"

他神秘地笑笑，说："将来有机会再告诉你。"

外面的雨还在哗哗地下着，偶尔打几个震天响的雷。腿上的伤口开始疼得让我坐立不安，吃了止痛药也似乎不见药效。为了分散注意力，我要求坐起来和宫屿聊天，他怕坐姿会压迫到我的腿部神经，所以只把床头摇上来一点。

我问他："你怎么没和他们一起去吃饭？"

他说："因为我把顾轻决给揍了，所以我哥罚我留下来做看护。"

"三子也来了？"

"嗯。你怎么不大惊小怪地问我把顾轻决打成什么样了？"

"你不是说他去了医院吗，医生会帮他包扎吧。"

他哼了一声，起身去给我倒一杯热水，我接过水杯，双手捧着，白蒙蒙的水蒸气笼罩着我的脸，带来短暂而眩晕的温暖错觉。

"我和顾轻决分手了。"

喝一口热水，胃里舒服了许多。

宫屿没有说话。

我笑笑，继续说："其实六年前我们就分手了，他在学校门口的冷饮店对我说，云喜，我们分手吧，后来他就离开了。那之后有人说他去了C城，也有人说他出国了，总之说他在哪儿的人都有，有一次胡莱莱去国外玩儿，还说在那儿看见一个落魄的男生看起来特别像顾轻决。可是无论他在哪里，离我多么遥远，我都没办法真正地打心眼儿里相信我们已经分手的事实。

"你能明白那种心情吗？就是……很不甘心，很害怕，不敢轻易去想……

"六年的时间，我过得很好，也交过几个男朋友，只是心里一直有一个执念，我总想问问他，我们之间究竟怎么了。我们明明就说好了，要永远在一起的，怎么能说变卦就变卦呢？

"可是昨天，他对我说，现在说这些还有什么意义？

“宫屿你知道吗，在这之前我一直以为那是有意义的，我一直以为，六年的时间啊，我不过是放了一个长假，可是当他真的把所有的事情都告诉我的时候，当一切都终于水落石出的时候，我才突然发现，那些根本就毫无意义，一点儿都没有。

“事实就是我们分手了，而且时间一眨眼就已经过去了六年，再也回不去了。原来根本不是放假，而是被辞退了。”

宫屿坐在我的床边轻轻地揉了揉我的头发。

他说：“所以现在都过去了，云喜。”

我用力地点点头，看见他的眼睛在昏暗的光线下起了雾。

“从现在开始，换我来爱你吧。”他静静地说：“不管你是真的对我有好感也好，还是干脆利用我也好，让我陪在你身边照顾你，关心你，呵护你。听你说话也好，陪你散步也好，你想怎么样都可以，可是就是别把我推开，云喜，我这么爱你，不管怎么样你都没有权利再把我推开。不然到时候我就消失，永远地消失，你会后悔的。”

他的眼眶有些红，长长的睫毛覆下来，像是怕泄露眼底的脆弱，年轻的眸子避开了我的目光。

雨声渐渐小了。

我们沉默了很久很久，然后他慢慢俯下身来，轻柔地吻住我的嘴唇。

原来他的吻是凉的，像初冬的雪花，就要融化在我微微发抖的嘴唇上。

——还是干脆利用我也好。

他的话让我的心狠狠地揪起来。

我知道我不会卑劣地利用他的感情，可是我爱他吗？我不知道。昏昏沉沉间，我握着他温暖的手掌重新入睡，并且睡得十分香甜。

由于失血过多，足足有一个星期的时间我都在这种半梦半醒之间艰难地度过。

有时候醒来看见窗外苍穹高渺，就把目光放远，发很长时间的呆。

有时候爸爸送李阿姨亲手煲的排骨汤来喂我喝，阮陶、阮瓷偶尔也会跟着一起来，阮陶拧着眉毛看我打着石膏的腿，小心翼翼地唤我：“姐姐，姐姐，阮陶吹吹，不痛。”

李阿姨厨艺绝佳，两姐妹愈发可爱精灵，爸爸好福气。

工作室给我放了半年的长假，因此所有文字编辑工作全部落在可可一个人身上。她好不容易得空来看我，一见到我就眼眶通红，扑进我怀里大叫：“你搞什么嘛！真是把我们都吓死了！”

她有许多笑料要对我说，又怕打扰我休息，不断地催促我快点好起来。

临走前也不忘抱怨：“你真的要早早地康复，快来公司救我于水深火热之中！”

也许是接受了太多人的关心和细心的照料，腿伤恢复的速度比预期的还要快一些。

只是难为爸爸在医院住了十天，足足瘦了一圈儿，李阿姨又要独自照顾两个孩子，又要一日三餐往医院送饭也着实劳累。我实在看不下去，让爸爸回家去住，隔一日来看我一次足够，李阿姨也不要天天奔波，我嘴馋了自然会打电话过去。劝了又劝，爸爸才终于肯打包回家。

事实上在医院里有护工陪着，吃的用的也都有讲究，光是营养食谱就一天一个花样，根本就不用为我担心。而这一切都由顾轻决办妥，他说我是为了救他才受伤，虽然没办法承担我的痛苦，但至少希望由他来承担一切相关的医疗费用。

我没有推托，如果这样能让他心里好过些。

又过了几日，苏重来探望我，拎着大包小包的补品和一束鲜艳明丽的大波斯菊。

她坐下来，第一句话是对我说：“谢谢你，云喜。”

我意兴阑珊，“我怎么不记得帮过你什么忙。”

“你不知道，你帮了我一个天大的忙。”她不动声色，用缠着一圈儿医用纱布的手指拿起一个橘子慢慢地剥皮。

“云喜，其实有时候我也搞不清楚究竟是你爱顾熙多一些，还是我爱他多一些。”她把剥好的橘子递给我，淡笑着说。

我早就说过我没办法理解苏重的脑部结构线路，她常常一开口就能把我雷得一点想法都没有，不，那应该是胡莱莱，苏重不仅让我没想法，还让我闹心。

她那张精致的脸蛋上很快就浮现出了一丝怅然若失的忧愁，然后用一种非常富有感染力的音调对我说："你知道的，地震前几天我们才刚刚大吵一架，我对顾熙说了很过分的话。我说，你如果还要活在回忆里，不如去死好了，你死了一切都皆大欢喜，我也不用再纠缠你，我们之间总算是有了结果。那之后我们就一直冷战，谁也没理过谁。

"三天后就地震了，当时我和可可在电梯里，我想是时候该联系一下顾熙了，两个人总要有一个先低头不是吗？于是我给顾熙他们公司的前台打过电话，前台说他去了工地。紧接着电梯就突然停在半空中不停地晃动，然后我看见公司楼下迅速聚集了一群人。当时我就蒙了，脑子里迅速闪过一个对于我来说非常陌生的词语，地震。

"那一刻我最担心的人竟然是顾熙，我甚至都忘了自己还在电梯里。直到那一刻我才发现，这辈子我都不可能离开顾熙了，我爱他，我可以不爱自己，可我不能控制自己去爱他。"

说完唰地流下两行眼泪。

我怎么也不会想到她会跑到我的病房来和我说这些。

"所以你就用手去抠电梯的门，直到把指甲都抠翻了？"我一想到那个血淋淋的场面就浑身发冷。

她泪眼婆娑地看着我，斩钉截铁地说："对。那个时候我就在想，就算死，我也要和顾熙死在一起。"

我看着她倔强的脸，又是一阵无语的沉默。

过了一会儿她忽然垂下头，像一个犯了错的孩子那样，既悲伤又羞怯地对我说："那天我在医院里包扎手上的伤，顾熙就站在我身后陪着我，我对他说，我们结婚吧，好不好？顾熙说，好。然后我说，婚后出国好不好？他说，好。我又说，婚礼在国内举行，云喜做我的伴娘，好不好？……云喜，你别这么看我，我知道你看不起我，我自私、卑鄙、恶毒，这我知道。但是我已经没有勇气再去问他是否爱我了，我只能用这个方式让他向我证明，他已经放弃你。”

“所以呢？”我咬了咬嘴唇，问她，“顾轻决怎么说？”

她笑颜惨淡，语气里带着一丝祈求，她说：“顾熙回答我，不要随便替云喜做决定。我就问他，那如果云喜同意就可以吗？他没说话，我知道他是默认了。”

我发现自己真是太低估苏重了，她说想用这个方式让顾熙证明他已经放弃我，实际上却是一箭双雕，用我的祝福让顾轻决死心，也用他们的婚礼让我死心。

胡莱莱说什么来着？最毒妇人心，特别是像苏重这种类型的，一个比一个狠。我真想把我腿上的石膏扯下来甩到她脸上泄愤。

但最终，我却笑着说：“没问题啊。记得帮我选一件漂亮的伴娘装，我的手臂比较精壮，千万别给我选那种露肩的。”

苏重破涕为笑，“谢谢你，云喜。”

说完，就像一位领导感谢他的下属那样，真诚地握住了我的双手。

一个半月后，我已经可以不借助任何外力短暂地慢走，虽然右腿始终不敢轻易落地，但慢腾腾地走上几步已经没有太大问题。只是腿上的伤疤却始终狰狞地盘踞在那里，很是惊悚，怕是以后都再难穿上漂亮的裙子。

宫屿再来看我的时候带来了一支质地清凉的药膏，说是可以有效地淡化疤痕。

我一边贪婪地涂着药膏一边遗憾地唠叨：“如果可以让伤疤完全消失就好了。”

“贪心的小可怜。”他帮我盖上药膏的盖子，在我的额头上吻了一下，他说：“可以消失得干干净净自然很好，可是如果没办法，淡化一点也是好的。云喜，有些伤痕如果你没有办法抚平，那就应该试着接受它的存在。就像你腿上的这块疤痕，它表示你痛过，也表示你勇敢过。”

我胡乱地点了点头，慌乱地避开他温暖善良的目光。

他捏捏我的脸颊，扯出一个眉眼弯弯的笑，“云喜，你害羞的样子很容易让人误以为你是在闹别扭呢。”

“我可没有害羞！”我急忙无力地辩解。

“我知道我知道。”他依旧是一脸得意的笑，“现在你是在真的闹别扭了，因为刚才被我看穿了你在害羞。”

“才怪！”

“现在这个是在害羞。”

“喂！”我作势要扑过去掐他，却被他温柔地反握住手腕。他可怜兮兮地冲我撒娇，“好了好了别打了，我画了一天的画现在累得快要散掉了。”

我白他一眼，“那还不回去休息？工作室那么忙，你还成天跑到医院来偷懒，小心引起民愤！”

他盯着我的眼睛眯成一条缝，闪烁着狡黠的光，“可是我已经没有回家的力气了，就让我留在这儿休息吧。”

“在这儿怎么休息啊？”我想抽回自己的手腕，被他借力顺势一推，整个人躺在床上，惊慌间，他的手掌抓着我的手腕，身体轻松地一转，稳稳地躺在了我身边。

“乖，别乱动。”他在我耳边轻轻地说，“就这么躺一会儿，我累了，想在你身边睡一会儿。”

小小的病床需要两个人紧挨在一起才躺得下，他把胳膊绕到我的脖子下面抱紧我的肩膀，下巴轻轻抵着我的脑袋，全然不顾我满脸通红的窘境，不一会儿就发出均匀舒缓的呼吸声。

他竟然真的睡着了。

我在他的臂弯里，耳边是他结实的心跳声，——咚咚，咚咚，像春天的湖面冰雪融化的声音。

不知不觉间睡意悄然来袭，我们就这样心无杂念地躺在一起，拥抱着彼此睡着了。

睡梦中依稀感觉病房的门开了片刻，静了静，又悄悄地合上。我想大约是护士查房，就没在意，抵挡不住浓浓的睡意沉沉睡去。

第二天醒来的时候宫屿已经去上班了，发来短信提醒我努力复健，按时吃药。

我微笑，打开他放在床头边上的糖果盒子，浓郁的巧克力香气让人精神为之一振。

出院那天爸爸来接我回家，那天正好是阮陶和阮瓷的生日。李阿姨在家做好了饭菜，让爸爸一定接我回去一起为两姐妹庆祝。

一路上爸爸的心情极好，哼着一首年代久远的曲子，时不时和我聊几句家常。他乐呵呵地提醒我："你李阿姨啊，嘴上说是给小丫头们庆生，做的饭菜可都是你爱吃的东西。一大早就跑去菜市场买了好些食材回来，特地托老家的亲戚传授她花旗参炖老鸽汤的秘方，说是要给你好好补一补。她还记得你夸她煲的咖喱鱼头味道鲜美，又给你煲了一份好让你带回去吃。"

我说："爸，我知道李阿姨待我是真心的好。"

他笑笑，"何止是你李阿姨，每次你来了吃顿饭就走，小瓷都要念叨好几天，问我，爸爸，姐姐为什么不来和我们一起住啊？我就问她，你喜欢姐姐吗？她说，喜欢呀，姐姐对我最好，和妈妈差不多的好。"

我叹口气，知道爸爸接下来又要旧话重提。

果然，他扭过头期待地看了我一眼，说："云喜，不如你回家来住可好？医生也说你的腿一年半载是跑不了的，让李阿姨照顾你我还放心些。也有助于你腿伤的康复，你说呢？"

也许是那一天的爸爸看起来太愉快了，愉快得让我不忍心驳了他的兴致。

我只好答应他："爸，让我好好考虑考虑，我一定认真想想再做决定。"

爸爸开心地点点头，整个人看起来都是意气风发的样子。

他看上去似乎比起六年前，甚至十年前还要年轻许多，鲜活许多。

那天晚上李阿姨果然做了满满一桌的美味佳肴，这个善良安静的女人，她身上有种独特的气质是事事争强好胜的妈妈一辈子也不会拥有的。而爸爸需要的，却正是这份自柴米油盐中发酵而出的琐碎且甘之如饴的温柔。

第十章
番外·苏重

真可怕。你为什么要这样做？
我问自己。
那好，我来告诉你。
因为我爱着他。
我对自己说。

第一次听到顾轻决的名字是在高一那年，我十六岁。

十六岁的我很忙碌，忙碌得有点荒谬。

如果不是因为我们被分在同一个班，也许此后的一见钟情抑或日久生情就都不会有机会在我忙碌的世界里萌芽生根了。

只是人生没有如果。

不过在说起顾轻决之前，还是让我先来说说我自己，我总不能凡事都把他放在第一位，至少让我在自己的故事里，奢侈地把自己放在一个比较重要的位置上。

我出生的时候晏城正逢雨季，大雨像瀑布一样砸在人间，劈出一重重模糊的烟雾。

苍穹之下，尘埃滚滚。

生产的过程并不顺利，在我还没向这个世界探出头来的时候，妈妈就因失血过多死在了产床上。

爸爸一个人把我抱回家，给我取了个名字，叫苏重。

爸爸的姓，重生的重。我想我知道它的含义。

虽说没有妈妈这件事听上去有点可怜兮兮的感觉，但事实并非如此，我的童年过得非常富足，好过大院里大多数人家的孩子。

在我还很小的时候我就已经意识到了一件事——我的爸爸非常有钱。

正因为这样，我拥有很多在那时候看来还非常新奇罕见的新玩具，和永远也花不完的高额度零用钱。我把它们拿去和学校里的小朋友们分享，而他们则围绕在我身边心甘情愿地陪我玩耍。

我总是被人群簇拥着，羡慕着，每当这个时候，我就知道自己过得并不赖。

我想我是快乐的，真的很快乐，除了每天放学的那个时段。

说真的，我真的很讨厌放学，也讨厌放学后密密匝匝地挤在校门口来接孩子的大人们，那些神神道道的中老年人，总是毫不客气地把围绕在我身边的同学一个一个地领走，还要牢牢地牵着他们的手，生怕谁会抢走似的。

每当这个时候就会有人问我："苏重，你的家长不来接你回家吗？"

"当然会来啊！"我扯出一个天真赤诚的笑容，甜甜地说："只是我要在这里多等一会儿，因为爸爸要在路上给我打包好吃的点心。"

"哇——你爸爸可真好！"

赞叹过后，最后一位同学也跟着她的妈妈离开了，一大一小的背影像是要融化在漫天的夕阳里。

我远远地看着他们，直到他们的影子消失在空旷的大街上，然后低下头，继续一个人蹲在空无一人的操场上画棋盘。我喜欢这个游戏，用一根竹签画一个巨大的棋盘，自己跟自己下一把五子棋，如果第一个自己赢了就走小路，如果第二个自己赢了就走大桥。

选好路线后我就背上大大的书包一路向前奔跑，大家都以为我的爸爸会开着他的进口车来接我，带着美味松软的点心。

他们怎么想我，我就是怎么样的人，因此没有人来接我，也就变得无所谓了。

是的，没有人来接我，我的爸爸除了非常有钱之外，他还非常忙碌。

尽管如此我的童年仍是过得非常富足，对，就是富足，虽然它与幸福没有太大的关系。

可是人生不就是这样吗，有些事情你不能区分得太过清楚，不然就没意思了，人一旦没了意思，就会徒增伤感。很小的时候我就想明白了这些，我对自己说，苏重，什么都不要去想，你过得非常富足，这就够了。

后来我考上了晏城最好的高中，爸爸高兴极了，顾不上正在开会就驱车跑来接我，他把我抱起来在原地转了好几个圈，然后带我去吃了一顿高级大餐。

我在精致的餐桌前看着我的爸爸，他整张脸看起来都是喜气洋洋的，不知道为什么我忽然觉得有点心酸。

那之后我就成为一个，怎么说呢……成了一个优等生。

说实话，当一个优等生是非常累人的一件事，你必须事事都要让自己挤进一些莫名其妙的排行榜里，比如考试成绩榜、优秀学生榜、奥数班排名、学生会、奖学金，总之就是让自己成为被大多数学生讨厌的小部分人中的一员。

如果这样就可以换来爸爸的关注，那些恼人的忙碌又不见得有多累了。

苏重，一个单亲但富足的优等生。就是这样，看来也没什么好讲的，早知道这样乏味就不如乖乖地把顾轻决放在前面写好了。

那么，现在再来说说顾轻决。

他是我的高中同学，这样的关系听起来稀疏平常，但实际上可根本不是那么回事。

你想想，全世界有那么多的人，偏偏这六十个分在了同一个班，不是奇迹也算得上是奇遇了。再加上这些人里要除去一半的女生，再除去一半长满青春痘的男生，再除去几个过度活跃的，几个过分嚣张的，几个死读书的，几个娘娘腔的，似乎全世界也就只剩下一个顾轻决了。

更绝的是，这天底下独一无二的顾轻决，他就坐在靠窗的位置上，也就是我的左前方，只要我不小心滚动一下眼珠子，想不注意他都难。

他看上去很安静，垂首坐在浩瀚的阳光里，狭长的眼睛含着一丝星光，面容沉静如世界尽头的大海。

我看着他，小心翼翼地，像看着爱情。

遗憾的是，即使同在一个教室里，我们之间也从没有过什么像样的话题。

那时候我还不知道他和阮云喜在一起，也许是因为班主任管早恋管得很严，所以他们的保密工作一直都做得很好。

直到有一天我看见他们接吻，在学校附近的书店里，那天我原本是要替同桌还一本漫画，却在一只脚踏进店门的时候看见了顾轻决。

他站在暗处，格子窗外的阳光打着旋儿照进来，光阴尘埃里，他合上双眼，与阮云喜之间隔着一个旧书架，上面的书拿下来了一些，正好够他们探出脑袋彼此亲吻。他对面的阮云喜像一枚新鲜剔透的浆果，短俏的头发一根根抖动着甜蜜，那样的吻，虔诚似在许愿。

我愣在那里，身后有一群不知名的野鸟振翅远去，丰腴的翅膀嗡嗡作响。那是我第一次为爱情红了眼眶，虽然这爱情与被爱的人毫不相干，但心脏处传来的尖锐疼痛仍是让我忍不住热泪盈眶。

那种汹涌澎湃又无比虚空的疼。

就像不小心弄丢了一个绝世宝藏。

我仓皇地退后几步，狼狈地逃出他们的世界。

就这样，我的初恋还没来得及拉开帷幕就要提前洛幕了。而第二天早晨，我由于忘记还书，自然是被同桌狠狠地抱怨了一通。

只是……爱情是可以受理智控制的吗？我小声地问自己，是说不要去喜欢顾轻决就可以停止这样的喜欢的吗？

很显然，答案是否定的。

我可以控制的仅仅是理智，但是我无法控制自己的心。

为了不给他们造成困扰，我把我旺盛的爱情调节成振动模式，只敢在星光璀璨的夜晚发出轻微的、持久的嗡鸣。

不知道是不是正应了那句“得不到的才最美好”，我对这份感情的专注不仅没有在岁月中消退，反而愈加茂盛，待我发觉的时候，那个曾经只开出一片叶子的幼苗已经成为一片温暖潮湿的森林。

因为喜欢上顾轻决，我变成了一个忙碌中还带着一点忧愁的姑娘。我注视着他，观察着他，时间越久，越是不能放弃喜欢这个沉默而干净的少年。

他喜欢喝某个固定牌子的矿泉水，迷恋魔方，可以把白衬衫穿出性感利落的感觉。他没有太多的朋友，喜欢阮云喜，因此爱屋及乌地对陆小虎和夏微也很友善，还有那个叫胡莱莱的胖妞，说起胡莱莱我不得不恶毒地感慨一番，世界上怎么会有像她那么丑的姑娘？丑得惊天动地，胖得让人窒息，就这样，顾轻决竟然也可以对她报以温柔一笑。

我真是发疯了。

一个人在暗地里发着疯，一直疯到高考前两个月。

那段时间学校里一直流传着一个传闻，虽然校方极力封锁消息，但是大家都知道，隔壁班的一个女同学因为高考压力导致心脏病突发，在凌晨猝死在自己家里。

凌晨三点，那是这个城市熟睡的时刻，她的父母也都睡着了，他们怕打扰自己的女儿，把门都牢牢地关上。在她死去的那一刻，没有人知道这个原本鲜活的生命一下子就消失在了人间。

得知这个消息后的那一天夜里，我发现自己这样下去不行，当我拉过被子蒙住自己脑袋的时候，当黑暗严严实实地将我包围的时候，我想，如果我就这样睡去，再也醒不来了，那我的生命还有意义吗？

我猛地从黑暗中爬起来拧开台灯，黄色的暖光温柔地笼罩着瑟瑟发抖的我，我觉得很害怕，究竟是在怕些什么我也搞不清楚，但眼泪一直落下来，滚烫地砸在握紧的手背上，我知道这样下去不行。

我不想就那样一声不响地死去，而当我死后，这个世界上却没有一个人知道我曾经爱过，这样不行。

于是在经历了一夜处心积虑的谋划之后，我拦住了顾轻决的去路。

我还记得那个午后的阳光，混沌地隐匿在乌云之后，只有少许的光芒飞扑进来，照亮我额上细密的汗珠。

我说："你好顾轻决，我叫苏重，苏东坡的苏，重生的重。"

他露出疑惑的神色，回答我："我知道。"

"可是……"我挤出一丝微笑，"可是，我们同学三年，你从来都没有和我说过一句话，我以为你根本就不知道我叫什么名字。"

他礼貌地回答："对不起，我没有注意。"

"没关系。"我自以为妩媚地冲他笑了一下，说："那，你可以把你的笔记借给我吗？"

大概就是从这一秒开始，有些什么我无法明确表达出来的东西正在不知不觉地改变着。像一张巨大的网，缓缓移至我们的头顶，然后在某个措手不及的瞬间笼罩下来。

这个瞬间很快来临。

是一个星期天，我捧着一沓卷子到学校附近的冷饮店找了个安静的角落做习题。才做了不到半张，就有幸目睹一场难得一见的好戏。

一个穿着得体的中年妇女扮演着慈母的角色，一个低眉顺眼的沉静少年演示着对爱的执着。这场好戏的两位主角我都认识，一个是阮云喜的妈妈，一个是阮云喜的男朋友顾轻决。

我叼着笔杆眯起眼睛看过去，冷笑着想，这样的戏码会不会也太精彩了一点儿？

女人面带微笑，语气不急不慢却透着让人压抑的气场，她说："云喜那个孩子从小就同情心泛滥，在大街上看见什么阿猫阿狗都要吵着抱回家来陪伴她，顾同学，我希望你明白，云喜对你的感情也是一样的。因为你的家世背景实在引人同情，她一时间误以为这就是对你的喜欢，这种错误的观念让她偏离了父母为她精心安排的轨道。

"只要你离开云喜，我想一切就都会回到正常的轨道上。"

顾轻决微微低垂着脑袋，像是沉浸在什么不好的梦境里，眉宇间却透露出一种坚定。他说："伯母，我想我可以分清楚云喜对我的感情。更何况我们即将面临高考，彼此间的感情不仅没有为我们造成不好的影响，反而成为我们一起考去 C 城的动力。如果现在要我按照您的希望和她分开，我想我要让您失望了。"

他顿了顿，又说："对不起伯母，我还要回去温习功课，如果没有什么重要的事情我就先走了。"

真是干脆漂亮的反击。我托着腮，替他欣赏慈母大口喝下冰水的盛怒表情，她的脸色越难看越是让我觉得解恨。

然后我跑出去，在热浪滚滚的街头寻找着顾轻决的背影。

他正蹲在巨大的榕树下喝一听罐装可乐，因为阳光太强所以垂下眼睛，看不清泪水被风干的痕迹。

我就站在他对面，远远地望着他。

过了很久，在我站在大太阳底下就要彻底中暑的时候，他抬头看见我，抿紧嘴唇冲我生硬地笑了一下。

"嗨，真巧，我来附近买饮料。"我大步走过去，不知道为什么要如此急于掩饰刚才自己也在冷饮店的事实。

他没说话。

我在他面前站成一片阴影，低头问他："喂，顾轻决，你有想过换一个女朋友吗？"

他抬头看了我一眼，冷冷回答："从来没有。"然后他站起身径直从我身边擦肩而过。

我笑笑，他认真生气的样子真可爱，阮云喜那个傻妞还真是让人嫉妒啊。

"喂——"我冲他的背影大喊大叫："顾轻决——！你可以慢慢考虑啊，至少我爸爸可不会找你的麻烦！"

他的背影顿了顿，再次毫不犹豫地走向小路的尽头。

我在太阳底下喊得嗓子冒烟，痛快极了，然后我蹲在马路边学着他刚才的样子半眯着眼睛看向远方。

从那个角度看过去，这个世界看起来还真是一副让人悲伤的样子。

那之后我再看到阮云喜就从心底升起一股难以置信的厌恶。她还什么都不知道吧，当顾轻决独自承受着一切的时候，她除了傻乎乎地带着他一起到校门外喝可乐之外还能替他分担点什么？

这个蠢货，真是让人看不顺眼。

我打算给她一个小小的教训。

高考前四天，在空无一人的教室里，我告诉阮云喜："我喜欢顾轻决。"

她的眼睛里闪过一丝不易察觉的警惕，然后她说："你喜欢顾轻决应该去告诉他，而不是告诉我。"

我笑了，"你怎么知道我没有告诉过他？"

我知道她慌了，说不定在我离开后还会躲在什么地方难过地哭上一会儿，一想到这些我就不由自主地浅浅地笑起来，笑的同时喉咙微微收缩了一下。

真可怕，你为什么要这样做？我问自己。

那好，我来告诉你。因为我爱着他。我对自己说。

无论如何，我爱着他。比任何人都还要爱他。

没多久我就被胡莱莱和夏微拦住了去路。

胡莱莱阴阳怪气地对我说："苏重，你可要自重啊！别人家的东西看着再眼馋，看看就得了，真的伸手去拿，那就叫偷。"

这个奇丑无比的死胖子，还有站在她旁边靠着脱衣服赚钱的臭婊子夏微，她们为自己的好姐妹阮云喜捍卫爱情来了，阮云喜这个缩头乌龟真让我失望。

不过这样一来我就知道，我说的话还是给阮云喜带来了不小的冲击，我在心底痛快地大笑起来，忍不住要为自己喝彩。

"好的，谢谢，谨遵教诲。"我语气轻快地冲她们眨了眨眼睛，在她们莫名其妙的眼神里转身离开。

三个月后，我如愿以偿地考进C大。

此后的生活依旧忙碌，因为生命里缺少了顾轻决的存在，因此忙碌起来可以更加不近人情。那时候我并不知道顾轻决也在C大，只听说他和阮云喜分手了，阮云喜父母离异，她跟着父亲去了国外。

所以我猜测顾轻决大概也不在国内了吧。

直到大一那一年的冬天，C城大雪，我没有回家，而是在学校附近找了一家便利店做临时工打发时间。

深夜，大约是十一点的模样，顾轻决带着一束月光和肩上薄薄的落雪推门而入。

他没有看我，径直自货架上拿了一罐可乐，想了想，又多拿了一罐，然后走到吧台来结账。

“嗨，好久不见。”我一边打开收银机一边故作镇定地同他打招呼。

他抬起头看我一眼，慢慢说出我的名字：“苏重。”

我笑道：“你还好吗，顾轻决？可乐我请。”

他也笑，“还好。”过了一会儿才礼貌性地回问我：“你呢，还好吗？”

那天店里没什么客人，我拜托一起值夜班的同事帮我盯一会儿柜台，然后离岗走出去，和顾轻决一起蹲在店门口喝可乐。

我们的眼前是簌簌的落雪，大片大片地砸下来，像一团团厚实的棉花在路灯暖黄的灯光下下坠。

他突然笑出了声，说：“从前也常和云喜这样蹲在地上喝可乐。”

我扭过头，看见他眼睛里一点思念一点疲倦，在星光暗淡的夜晚像个迷路的小孩子。

我们随意地聊了些什么，我才知道原来我们考上了同一所大学，只不过他改了名字，叫顾熙。

名字是他改的，顾熙，云喜，都有一个“XI”的发音，再简单不过的心思。

我不知道他们之间发生过什么，但我知道他们已经分手了，回不去了，这对我来说已经足够。更何况，就连上帝都站在我这一边，我们遇见了，在同一座城，同一所学校，再也没有任何理由可以阻止我去勇敢地爱他。

可乐喝完，罐子捏扁，“哐啷”一声丢进垃圾桶。

看着他离开的背影，我的心口灌满空荡荡的欢喜，顾熙，这样算下来，我已暗恋你整整三年。三年了，给我一次机会，就这一次，让我光明正大地去爱你，再也不需要躲在一个阴暗的角落，似一片无人问津的青苔苦涩成一片。

我开始不断地以各种方式出现在顾熙面前。学校里，学校外，大晴天，暴风雪，只要他有一点风吹草动，我就立即全副武装准备出动。然后无数次地用同一张欢天喜地的笑脸对他说：“嗨，真巧啊，又遇到了！”

可是他却永远是一副无动于衷的样子，像对待任何一个路人甲那样疏离客气地对待我。

那段时间我简直愁得直冒白发，到底要做些什么，他才能接受我这满怀的沉甸甸的爱啊？！

他在寻找钟点收费的工作，我便让爸爸聘请他加入他们公司的设计团队。

他没时间吃饭，我便自己亲自下厨变着花样包便当，然后趁热端到他们系的楼下耐心地等他下楼来取。

他感冒了，我守着他和体温计一整夜不敢闭上眼睛。

他的妈妈欠了一屁股外债，我便一个人背着满满一书包的人民币到处找债主还钱，可是她欠得太多了，我以为债主们可以组一桌麻将，没想到他们其实可以组成一个班级。

就这样，时间在我步步紧逼的追逐中波澜不惊地又过了一年。

尽管顾熙对我是一如既往的冷淡，但不要紧，我知道他对我的漠视并不是出于本意，他想和我保持距离，无非是因为他还爱着阮云喜，他不想我白白地把感情浪费在他身上，他哪儿知道，这份善良只会让我加倍地为他着迷。

大二那年的寒假，我提着两大袋饺子去找顾熙。

那段时间他的妈妈被追债的追得很紧，两人搬到了郊外的开发区。那段路程由于太过泥泞崎岖，还会经过一大片田地，因此根本无法通车，只能步行。

我在黑漆漆的田地间，借着头顶繁茂的星光小心翼翼地往前走。这一年的冬天并不很冷，夜晚极静，远远地可以看见几处矮小的砖瓦房，其中一间亮着暖黄色灯光的就是顾熙的家。

那么多的小房子，那么多的灯，我却偏偏能一眼就看见属于顾熙的那一个。

这样想着，我忍不住甜蜜地笑起来，脚步也变得极轻极快，就连敲门的声音也多了几分愉悦。

阿姨接过我手中的购物袋热络地拉着我走进房间，她对我非常关心，嘘寒问暖了一番之后，照旧压低了声音问我手里有没有闲钱。我把早先准备好的一千块钱递给她，她开心而又迅速地点了点，冲我笑了笑，然后放我进了顾熙的房间。

他正埋头在书桌上写着些什么，屋子里有一种寒凋的药草味。

见到我，他难掩愠怒，“你又给她钱了？”

我拼命地摇摇头说：“这次是真的没有，爸爸最近管得严，不会多给我零用钱。”

“那就是你在便利店赚的工资吧。”他的嘴角有一丝笑意，像是在嘲笑自己，然后他问我：“你把钱全给她了？那你这个月吃什么？”

低沉而温和的声音，让我有一瞬间感到莫名其妙的感动。

我抿了下嘴唇，眼睛直直地看向他问：“你在担心我？”

他侧过身来看着我，眼神严肃得让我有点怕，他说：“苏重你这样有什么意思？你不欠她的，也不欠我的，重要的是，我根本不想欠你的。”

我“扑哧”一声笑出来，“顾熙你说快板呢，什么你的我的她的，我不是说了吗，这次真的没给，不信你去问问阿姨。”

灯光把简陋的屋子镀上一层虚冷的金色。

他的目光仔细地捕捉着我的面部表情，近乎残忍地说：“苏重，你怎么能这么下贱？”

他还说：“你拿钱收买的那个人是我妈，你他妈以为我是卖的？！”

我打断他，自暴自弃地嘲讽：“如果你真是卖的就好了，至少我比阮云喜有钱！”

“不要扯到云喜身上。”他的双眸突然一冷。

“好，不扯她。”我低下头，语气平缓，像是在绝望中投降的战士，我说：“顾熙，其实我也不想这样。哪个女生不希望自己会被喜欢的男生捧在手心里疼着、哄着呢，可是你不肯喜欢我，我有什么办法，除了用卑贱的姿态死乞白赖地留在你身边，我还能怎么办呢？

“我没办法逼迫你喜欢我，可笑的是，我也没办法逼迫自己不去喜欢你。”

“你这是在浪费时间。”他木然地看着我，声音很轻。

我说：“我不怕，反正我还年轻，还消耗得起。我会一直一直喜欢你，一直到有一天我老了，喜欢不起了，到时候不用你赶我，我自然会找个有钱的老男人把自己嫁掉。

“所以顾熙，你不用说那些难听的话刺激我。你这样我反而会更喜欢你。你看你多傻啊，有个傻妞愿意成天为你跑腿，愿意把大把的钞票往你家送，你就应该好好地利用她啊，干吗总想着法子把她赶走呢？你说对吧？”

很长一段时间里，他呆坐在原地，什么话也没有说。他的肩膀在灯光的笼罩下看上去那么孤独，让我很想走过去抱一抱。

回去的路上起了大雾，在经过一大片废弃的平房时，我听见远处有一伙人气势汹汹地走来的声音。

他们大声地骂着些什么，等到走近时又突然降低了音量。

其中一个说：“这回绝对不能让那个娘们儿溜了，要是敢不还钱，别说是她的肾，就是他儿子的肾也一个都别想留！”

我突然心里一紧，条件反射地让自己藏进一片灰黑色的废瓦后面。

另一个声音阴阳怪气地接茬儿道：“那婊子不是说他儿子傍了个大款的女儿嘛，不怕她不还钱，先断了她一条腿，看她还给老子往哪儿跑。”

我一听心就凉了半截，铁棍敲击在红砖上的声音在那个寂静的夜里听起来格外阴森恐怖，头顶的天空那么黑，似乎要下起雪来。

在他们越来越近的脚步声里，我哆嗦着从口袋里摸出手机，迅速拨通了顾熙的电话号码。

在一个世纪那么漫长的等待中，电话终于接通了。当我听见顾熙声音的那一刻，恐惧的眼泪不争气地滚落下来，我尽可能地压低了声音对他说：“快跑顾熙，带着阿姨快点跑……讨债的人正往你们家去……你们快跑……”

下一秒，手电筒的灯光就像一柄利剑毫不留情地投射在我瑟瑟发抖的身体上。

我呆滞地抬起头看着眼前的一伙人，心脏惶惶下坠。有人向前一步猛地扯住我的头发，把我从废瓦堆里拽了出来。

“哟，小妹妹，这是在给谁通风报信呢？”

一束束散乱的灯光里，我看见他们狰狞的脸孔仿佛故事里那些让人战栗的魔鬼，猩红的眼睛，以及可怖的、不怀好意的笑容拼命地压向我的视网膜。

紧接着有一双手伸进了我的衣领。

我拼命地尖叫、咒骂，胡乱地挥舞着手臂，盲目地四处踢打。我凄凉地想着，不管是谁都行，来帮帮我。可是没有人，一个人都没有，我的叫声回荡在寂静的夜空里，充满恐惧，充满绝望，慢慢地，愤怒的哭号渐渐转变成了求饶：“放了我吧，求你们了，我给你们钱，我爸爸很有钱，他什么都可以答应你们，你们要多少都可以……”

没有人理会我。

直到我的嗓子里再也发不出任何声音，黑暗中，我听见了天空撕裂的声音。

像一把斧头劈向整个胸腔，干脆利落，先劈出一个巨大的白骨森森的伤口。过了很久很久，直到脚步声匆忙走远，直到周遭又恢复了死一般的寂静，直到落雪一片一片地飘落下来，那些聚集在胸口处的，猩红而散发着恶臭的血液才喷涌而出。

弄脏了雪地。

弄脏了暗淡下去的星空。

我静静地躺在冰冷的大地上，呼吸很浅，睁开的眼睛木讷地看着离我非常遥远的天空。

没有星星也没有月光。

我的眼窝灼热，却流不出眼泪。过了很久，我从地上爬起来，伸手将散乱在地上的衣服一一穿好，咬住头绳，用手指梳理了一下乱糟糟的头发，将它们温柔地绑好。

黑暗中，掉落在身后的手机在一片黑漆漆的废瓦间发出明亮的光，光像涟漪，在夜幕中静静地荡开。

我站起来，没有理会手机屏幕上最让我揪心的那两个字，就那样一瘸一拐地走回家里。

偌大的房子里一个人影也没有，路过客厅的时候我看见镜子里的自己，脏兮兮的头发，被撕坏了一大块的衣服，沾满泥泞的双手和破掉的嘴唇，像个可怖的孤魂野鬼。

我漠然地将目光从镜子上移开，拿了一套干净的衣服走进浴室。

浴缸里灌满滚烫的热水和各种各样的沐浴乳，混乱的香气让我感到一阵阵的恶心，我把自己沉浸在热水里，强忍着呕吐拼命地搓洗泛红的皮肤。

脏死了，脏死了，脏死了……

我的身上是脏的，内脏也是脏的，浑身上下都散发出男人身上腐败的酒精和口臭的味道。

我想把自己洗干净，可是越洗越脏，红色的滚烫的皮肤看起来就像一块块肮脏的烙印，永远也洗不干净似的停留在我的身上。就在这个时候，眼泪终于羞耻绝望地滚落下来，像源源不断排出污水的水龙头。我开始不停地发抖，牙齿间摩擦出刺耳的敲击声，我渴望谁可以来救救我。

救救我吧。

或者干脆杀了我。

半个月后，我在学校找到顾熙。

我们站在桥上，眼前就是一片汹涌浑浊的河水，承载着化冻的冰碴和C城终年不散的雾气声势浩大地向远方涌去。

他看着我，用那双好看的深黑色的眼睛。

我也看着他，看着他笔直的鼻梁、干净的短发、憔悴的肩膀、紧抿的嘴唇，他穿的衣服和系鞋带的方式，他刀削似的下巴和看似绝情的神态。

我忍不住给他一个笑容，“顾熙，什么都不要问我，我是来同你道别的。”

“道别？你要去哪儿？”

我看着他，答非所问地说：“那天，回家的路上，我被那伙人给弄脏了，我给你打完电话就被他们抓住了。我求过他们放了我，我可以给他们钱，可是他们根本就不听我的……这几天我不是因为和你赌气才不接你的电话，我是不敢接，我怕我让你恶心……不过现在没事了，真的，现在没事了……原本我打算把他们一个一个地找出来亲手杀死，可是我发现我一点力气都没有，没力气去找他们算账，也没力气去找你，更没力气报警，然后去医院检查，我怕大家都知道，全世界都知道我脏死了……如果真是那样，我宁愿不要活着。”

顾熙的脸色突然变得很凝重，眼睛血红得骇人，他紧张地问我：“你说什么，那天晚上……”

他的话还没说完，我已经从桥上跳了下去。

刺骨的河水瞬间吞没了我。我感觉自己在冰水中一瞬间缩得很小，像生命最初的模样，蜷缩着失去了知觉的手脚，身体不停地向下坠。

顾熙，让你亲眼看着我死去虽然残忍，但是请你一定要原谅我，哪怕是用这种方式，我也希望，自己临死前最后一眼看到的人间，是有你的。

我希望自己记得，你是我最后的人间。

猛然间，一阵刺骨的寒意使我在水中睁开双眼，浑浊的河水里倒映着高一那年的某一天，少年顾熙静坐在窗边，波光粼粼里，窗外的微风吹乱他柔软的头发，他在发着呆，然后不知为何，忽然转过头来撞上了我的眼睛。

他悲伤地看着我，轻轻地唤了我一声，苏重。

一眼万年。

一眼万年。

幽暗浑浊的河水模糊了他的容颜，也模糊了我的思绪。

如果我死了，别笑我傻，这个世界上有很多的事情不是用傻和聪明来区分的。就像有很多的感情也不能用爱或不爱来划清界限。你看我，口口声声地说我爱着顾熙，可是却不愿为了再多见他一面而苟且地活着。

但我终究还是活了下来，是顾熙跳进河里救了我。

在我醒来的那一刻，他红着眼眶对我说："苏重，我们在一起吧。"

我惊愕地抬起眼睛，在他的眼神里看到一种说不清也道不明的痛楚。

"医生说你……怀孕了……"他垂下头不敢直视我的眼睛，轻轻地说，"不过现在……已经没有了……"

很久很久以后，胡莱莱在一次女孩子之间的聚会里讽刺我，她说："苏重要是真的想死，早就默默地卧轨了，何必跑到顾轻决面前演一出好戏，明知道他不会见死不救，真虚伪。"

向来能言善辩的我，在那一刻却一句话也反驳不了。也许胡莱莱说得对，我的骨子里藏着一种卑贱的奢望，哪怕是用最卑鄙的手段和最劣质的演技，也想要让我和顾熙之间出现一丝微茫的希望。

那个孩子终究是要打掉的，他不是一个生命，而是一次耻辱带来的罪恶种子。

既然这样，我为什么不能利用这个种子让顾熙留在我身边?

自始至终我没有伤害过任何人，我伤害的、利用的，从来都是我自己。所以无论如何，没有谁可以因此指责我，包括我自己。

出院那天，我早早地收拾好了东西，一个人站在医院门口等着顾熙来接我。

远远地，我看见他向我走来，修长笔直的双腿踏着早春凉凉的雾，笃定地走向我，来牵我的手。

他对我说："对不起，我来晚了。"

"不，你来得刚刚好。"我晃了晃我们牵在一起的手，无比甜蜜地笑起来。

那一刻我就在想，这是我用生命换来的美梦，可不能打碎了。

那之后的每一天，顾熙都对我照顾有加。因为太过体贴周到，反倒显得生疏客套。

我们客气地相爱，客气地牵手，客气地一起看电影，客气地亲吻彼此的嘴唇。

我总是在想，即使这样也好，就这样客客气气地和他共处一世也好，再没有比现在更好的方式了，至少我们是在一起的不是吗？

这样疏离而又亲密的日子一直持续到毕业典礼那一天。

我和顾熙穿着博士服站在校门口拍合照，帮忙拍照的同学冲我们大喊："你们笑一笑啊。"

于是我就搂着顾熙的胳膊开心地笑了，就是这个时候，我听见顾熙非常平静地对我说："我们回晏城吧。"

"咔嚓"一声。

凝固在嘴角的笑容永远定格在我们的第一张合影里。

我们开始争吵，那是我们交往以来第一次真正意义上的吵架，吵得很凶，彼此不留情面。我坚持出国谋职，而他坚持回到晏城。我开始尖叫、摔东西，扑过去打他、咬他，哭得丧心病狂，然后低声下气地哀求。

但顾熙坚持己见，最后我只能选择妥协。

作为回到晏城的条件，顾熙同意在爸爸的天宇建设公司担任建筑设计师一职。即便是这样，我仍时常感到隐隐的不安。

可是有些人、有些事，并不是你一再逃避就可以躲得掉的，比如阮云喜。

我们终究还是遇见了，在一家 KTV 的包厢里，可笑的是，是我牵着顾熙的手一头扎进了她所在的那个包厢。

那一天我牵着顾熙的手，站在突然间亮起灯光的包厢里，脑海中突然闪现出一个极其悲伤的预感——总有一天，顾熙会选择放开我的手。

我这样想着，心里就忽然空了一块。

短暂的惊喜过后，巨大的失落就要登场了，伴随而来的将是永世不得翻身的绝望。

仿佛就是在那一面之间，我和顾熙之间的关系就发生了翻天覆地的变化。这样的场景多么熟悉，我想起很久很久以前的自己，微笑着站在顾轻决的面前对他说："你好，我叫苏重。"

那天晚上从KTV出来的时候，顾熙显得异常的平静。晚风吹乱了本就纷乱的夜色，星星随着风的方向缓慢地迁徙。我抬起头看着顾熙的脸，不知道为什么，怔怔地流下眼泪，像一种本能。

从此以后我开始失眠，漫长而持久地失眠。无论如何也无法入睡，或许是我根本就不敢让自己入睡，我怕自己一旦闭上眼睛，再醒来时顾熙就已经不在身边。

哪怕后来我和阮云喜的关系从同事跃升为朋友，这样的恐慌和担忧也不曾减弱过一丝一毫。

我知道自己正沉浸在一种病态的绝望里。

晏城对我来说就像一个随时有可能埋葬我全部幸福和幻想的坟场，只要我留在这里一天，就始终无法摆脱惶恐不安的焦虑。

渐渐地，我变得越来越神经质，在那些彻夜不眠的夜晚，我开始幻想着自己和顾熙同归于尽的画面。我甚至恶毒地企盼，如果阮云喜可以从这个世界上消失就好了。

我被这样的自己吓了一跳，冲进浴室疯狂地用凉水冲洗自己。熟睡中的顾熙被我惊醒，推开浴室的门将我从冰冷的地砖上拽起来。

"苏重，苏重，你别这样。"

他温柔地喊着我的名字，而我终于忍不住在他的怀里号啕大哭起来。

"顾熙我们分手吧，求求你了，我们分手吧，在我杀了你之前，在我杀了阮云喜之前……我们还是分手吧……"

我的眼泪源源不断地滚落下来，心脏处传来的疼痛让我发了疯一样地捶打着顾熙，盲目地撕咬着他的手臂。

顾熙一言不发地忍受着这疯狂的一切，像是在等待一个发狂的怪兽平息下来。

然后他说："如果你想，那就随便你。"

那天晚上顾熙没有回来，我不知道他一个人去了哪里。但是我知道这个城市里一定有一个地方是属于他一个人的，或者说，晏城一定有一个我不知道的地方，有着顾熙和云喜共有的回忆。

我一个人在空荡荡的房间里胡思乱想着，失眠搅得我心烦意乱。

也许我的爱和依赖就像一座灌满毒液的城池，而我和顾熙都在这座城池中无望地挣扎着，以拥抱的姿势，痛苦万分地挣扎。

既然这样，不如就把一切都了结了，至少这样可以让我踏踏实实地睡上一觉。

一想及此，我飞快地冲到客厅里开始翻出剩余的安眠药，然后毫不犹豫地把那些小小的圆形的片剂大把大把地吞下去，我平静地想着，这下终于可以睡个好觉了。

可是我没能如愿安稳地睡一觉，很多人企图把我叫醒。她们胡乱地拉扯着我的身体，往我的喉咙里塞一根冰冷的管子，然后我感觉到我的胃整个燃烧起来，几乎要把我整个人都烧化了似的。我拼命地流着眼泪，挣扎着哀求："放了我吧，我只是想睡一觉，求求你们放了我……"

不知道在这种火辣辣的痛楚里沉睡了多久，当我疲惫地睁开眼睛的时候，我看见顾熙正站在窗户旁边拉开厚重的窗帘。房间里细小的灰尘像一只只透明的水鸟在阳光下不停地盘旋。我闻到一丝淡淡的消毒水的味道，这种味道让我觉得恶心，觉得紧张。

出院后顾熙带我去了一家特殊的医院，他带我看病，那个医生和我聊了很久，让我觉得心烦意乱。顾熙带我出去的时候我看到他的手里拿着一瓶药，是百忧解。

他以一种平静而温和的声音对我说："医生说，你的抑郁症伴有轻度的自杀倾向，药物只是辅助作用，还需要常常到这家医院来做心理辅导，解开你的心结。"

"没用的。"我笑着对顾熙说，"我所有的心结都是你对阮云喜的留恋，所以吃药和看心理医生都是没用的。"

顾熙愣在原地，闷声不响。

我看着他悲伤的样子突然笑了起来，控制不住地大笑，笑得歇斯底里。顾熙被我吓坏了，他冲上来抱住我，抱得非常非常用力，几乎要把我揉碎。

然后他说："对不起苏重，对不起。"

我终于安静下来，因为我感觉到有滚烫的眼泪落在我的脖子上，那是顾熙的眼泪。

他在我耳边声音沙哑，一遍一遍地重复："对不起，苏重，对不起……"

"你有什么对不起我的呢？"我像个泄了气的皮球似的倚在他的怀里，"顾熙，你对不起的永远只有阮云喜一个人，你在乎的也只有她，即使你死了，到了奈何桥，在喝孟婆汤之前最不想忘记的也只有她阮云喜一个人，这些我都知道。

"可是即使这样，我还是不能让自己不去爱你。

"所以顾熙，别和我分手，求你了……"

过了很久很久，他在我耳边轻轻地说："再给我一点时间，我答应你，等'彩虹天堂'开盘之后，我们就一起离开这里。"

第十一章

云的呼吸

我认输，轻轻地伸手抓住他的袖口，
在昏暗的长街缓缓闭上双眼，温柔顺受地承受着他的温度。

三月，细雨如纱的季节，我回到“鲸”工作室开始工作。

腿伤似乎恢复得很好，只是偶尔会觉得隐隐的酸痒，医生说这是正常现象，不必过于担忧。

原来有些伤，即使痊愈也还是会有漫长的余痛，不强烈，就像雨季里一场微不足道的雨，雨丝氤氲了衣角，不会带来疼痛，却引人无端地怅然若失。

休息了那么久，第一天上班时难免有些力不从心，才下午两点就已经是头昏脑涨昏昏欲睡。

打开抽屉想给自己冲一杯咖啡，却发现之前剩下的大半桶咖啡早已不翼而飞，倒是多了一罐包装精致的茶叶。上面端端正正地贴着一张便利贴：常喝咖啡对身体不好，试试这个，提神效果没什么不同。

是宫屿的笔迹。

我忍不住低头浅笑，伸手拧开茶叶罐子，淡淡茶香在鼻间悠悠地弥漫开来，让人一时间心绪安宁。

一旁的可可拍拍我，“你一脸甜蜜地在傻笑个什么劲呢？”

我不好意思地吐一下舌头，“这是在为田螺姑娘的良苦用心感动呢。”

“什么田螺姑娘啊？”可可一脸疑惑，继续说，“对了云喜，跟你说件正经事。我已经通知大家晚上谁也不许走，一起庆祝你归队，你要是有什么安排可得给我快点取消啊。”

我点点头，“遵命！”

下班后一伙人直奔“逝水”喝酒，闹闹哄哄地占了一个大包厢。时值初春，菜色均新鲜爽口，每个人都很尽兴，仿佛置身于一个小小的热闹的江湖。

苏重自告奋勇地坐在我身边像个老妈子一样照顾我，替我夹菜，为我挡酒，殷勤得我有点不适应，总觉得她又会丢出一个什么炸弹把我炸得血肉模糊。

果然，没过多久她就告诉我，她和顾轻决的婚期已经定下来了，就在今年的国庆。

她搂着我的胳膊热络地说：“我知道鹿嘉有一个新的作品正在整理大纲，我想帮工作室做完她的新书再走，也算是对这份工作有始有终了。你可以在十一之前找到新的设计师跟我交接工作，如果你没有好的人选，我可以推荐一位前辈介绍你认识。”

我说：“离十一还早，交接的问题不用这么着急。”

苏重不好意思地笑一下，说：“我知道，我就是跟你说一声。到时候可要麻烦你了，我的伴娘。”

我也不知道自己是用什么样的表情对她说了一句不客气，说完我就开始胸闷，干脆趁着没人注意的时候偷偷地溜到包厢外面喘口气。

走到大厅的时候看见夏微和胡莱莱坐在沙发上冲我招手，我有些意外，顺从地走过去。

胡莱莱说：“你怎么来了？不会是跟哪个臭男人在这里幽会吧？”

“公司同事聚餐。”我说，“你们来这儿干吗？就你们俩？”

夏微说：“这家店要转手，我手里正好有些闲钱，就想着把它盘下来，今天过来看看具体情况。”

“这店的生意一直很好，怎么会突然就要转手了？”我不解。

夏微说：“这里的老板，大家都叫他‘拉风爹’。听说前段时间他找到了自己失散多年的亲儿子，那孩子才十岁不到，一直是他同母异父的姐姐带大的。父子重逢，‘拉风爹’就想洗手不干了，要带着两个孩子移民去瑞士。”

“这倒是够传奇的。”我若有所思，“那应该有不少人想要盘下这家店吧？”

夏微点点头：“本来应该是这样，但是老板说，想盘这家店必须遵守一个条件，就是让那个叫青猫的驻唱留下来。听说那女孩儿早前受了不少苦，恋人死了，孩子也掉了，之后就一直疯疯癫癫的，心情好的时候在台上唱首歌，不好的时候会疯了一样地砸东西，吓跑过不少客人。”

“那你为什么还想接手？她又不认识你，说不定什么时候就犯病了，这好好的一个店不是一转手就要让她给搅黄了？”

“因为……我总觉得那个女孩儿像极了一个人。”夏微的嘴角扬起一抹温柔的笑容。

“像谁啊？”

“像我。”她轻轻道。

我深知夏微这人向来如此，一旦做了决定，就没人可以左右她的想法，动摇她的决心。

于是我说：“这样也好。也可以让我们的无业游民胡莱莱同学帮你坐坐吧台，卖卖酒水什么的，让她发挥一下余热也好嘛。”

一直安静地坐在一边的胡莱莱突然尖叫着反抗：“讨厌死了你！我长得这么乖巧可爱，你让我在酒吧坐吧台合适吗？人家看到我这么天真烂漫纯洁无瑕，会以为自己不小心进了书店呢！”

我发现其实待在这里和待在包厢里，胸闷的感觉都是不相上下的。幸好我看见鹿嘉也从包厢里走出来，就丢下胡莱莱和夏微追上她一起走出店里。

鹿嘉看见我，微笑着递给我一瓶解酒饮料，说：“总不见你回来，以为你胃不舒服，就拿着这个出来看看你。”

原来她是出来找我的，我心里充满暖暖的感动，接过饮料大口喝完。

“谢谢你。”我晃了晃空瓶子对她笑，“托你的福，现在舒服多了。”

鹿嘉笑得很腼腆，“不客气。”

春天的夜晚风有点凉，街上鲜少有行人经过，路灯的灯光静静地在地上投掷出一片温暖的光影。

我们在街边席地而坐，像古时候不拘小节的侠客，身后的觥筹交错和刀光剑影都不与我们相干。这种感觉让人很放松，很自在，就像鹿嘉给我的感觉。

一起共事这么久，我也大致了解了她的性情品格。不爱说话，或者说，是不大会说话。她与任何人都保持着一定的距离，彬彬有礼，冷冷清清。但内心却是十分敏感温暖，就像今天，她默默地拎着一瓶饮料出来寻我，怕我喝多了不舒服。

我们随意地聊了些工作室里的事情，我问她：“新的作品构思得怎么样了？”

她开心地说：“我觉得是个很有趣的故事，程昔也这么想，过段时间我会整理出大纲交给你。”

“你给程昔讲过了？”

“嗯。”鹿嘉微笑着点点头，笑容充满体谅，“虽然程昔跟着南编辑去了远藤那边，但她绝对是值得信任的朋友，当初也是她说，鹿嘉，不如把你给我讲过的故事写成小说吧？我才会尝试着写作。”

“你们那么要好，那当初为什么不和她一起去远藤文化？”我问得有些唐突。

鹿嘉并不介意，脸上露出一丝羞赧的神色，她说：“友谊归友谊，道义归道义。如果那时候我走了，对宫屿、对倾城都是一种背叛，我不喜欢那样。而且我留下来并不影响我和程昔的友谊。所以我没有非走不可的理由。”

小心驶得万年船。

这句话我没有说出口，因为我忽然发现原来鹿嘉也是个有趣的人，虽然大多数时候沉闷得像块大石头，总给人一种言语笨拙的错觉，但实际上，只要你给她一个表达内心的机会，她就会说出很多让你意想不到的话。

至少这一晚，她让我看到了一个有情有义的女侠，我不想让自己无端的猜测破坏了气氛。

“非常期待你的新作品。”我拍拍她的肩膀站起来，“回去吧，一会儿可可又要借题发挥罚咱们喝酒了。”

她点点头，站起来和我一起往包厢走，走到一半时忽然出声叫住我：“云喜。”

我转过身去看她，灯光暗淡的走廊里，鹿嘉的笑容温和清晰，她安安静静地站在那里对我说：“我们——算是朋友吗？”

“当然。”我不假思索地回答，“一起吃过饭、喝过酒、说过心里话，当然是朋友。”

我们都对彼此体谅地笑一笑，然后一起推开门走进包厢。

没有浪费太多的时间，工作渐渐步入正轨，生活似乎又在一个个熟悉的日出日落间归于平静。

也不知道这样的日子是该定义为平凡还是糊涂。

很久以前我就明白自己是一个普通到甚至可以用无趣之极来形容的人，没有夏微目标明确的坚韧，也没有胡莱莱胡作非为的勇气，甚至没有苏重对爱情默默守望的执着。

有一次我对夏微说起这些的时候，她一脸鄙夷地对我说：“得了云喜，不带这么贬低自己的。”

我正要感动，就听见她继续说：“毕竟不是每个普通人都有勇气给自己的前男友和小三当伴娘。”

我被她气着了，“你这是夸我呢还是骂我呢？”

夏微笑笑，推开“逝水”的大门带我走进去。

我坐在沙发上看她和一个长得凶神恶煞的男人气定神闲地商讨着盘店

手续。午后的阳光温温柔柔地笼罩在她瘦小的肩膀上，我仿佛看见多年以前的那个小女孩儿正在离去的样子。

那是十六岁那年的夏微，长长的头发，素净的脸孔，悲伤地站在我的面前咧嘴一笑，“云喜，我该怎么办。”

那时候我们才知道，夏微的父亲因为贪污判了死缓，房子和财产都被没收，母亲因为受不起打击发病住院，光是每天的住院费对她来说都是一笔可怕的天文数字。

而她对我们说起这些的时候，已经是事情发生后的第三个月。

那天晚上我和她一起去医院看她的妈妈，病房的条件很差，四张木板床，她妈妈睡在靠窗的那一张。夏妈妈很瘦，眼窝深深地凹陷，我们进去的时候她正在睡觉，呼吸轻轻浅浅，偶尔发出一丝痛苦的呻吟。夏微指着地上铺着的一张凉席，说：“晚上我就睡在这儿。”

她说这些的时候竟然很平静。

后来从医院出来，我对夏微说：“不需要陪护的时候就来我家住吧，我们一起住，一起上学，行吗？”

“不了。”夏微轻轻地说，“不用陪护的时候还得打工呢。”

我仍然满怀希望地看着她，“这家医院的院长是陆小虎的爷爷，我们去找他求求情，兴许医药费可以慢慢地还，我还有一些压岁钱，还有哥哥的，爸爸也一定会帮忙。胡莱莱和陆小虎，我们都可以帮忙的啊。”

夏微的脸色黯淡了一下，随即淡淡地说：“没用的，我爸爸犯了法，这种时候谁站出来帮忙都有可能会被连累，没有人愿意冒这个险。”

难道帮助一个可怜的母亲也是犯罪吗？！这句话几乎要脱口而出，但夏微那双幽静的眼睛却让我住了口。

“这个世界就是这样，总是居心叵测地布满了陷阱等着你跳。”顿了顿，她冲我一笑，“幸好还有你这样的傻瓜。”

我知道夏微有自己的坚持，有自己的尊严，但我仍是不顾她和我翻脸的危险去找了陆小虎。我哭着对他说：“陆小虎，你一定要帮帮夏微，我怕她再这样下去会撑不住的。你看她妈妈，一个大人都受不了这个打击，更何况是夏微呢？”

“这种事儿你怎么才告诉我！”陆小虎激动地说，“我这就去找我爷爷去，他要敢收夏微家一毛钱，我就不是他孙子！”

那时候的我们都天真地以为，我们善意的理由，是完全可以说服这个残酷社会的。

但事实却不允许我们白日做梦，一个世界有一个世界的规矩。陆爷爷一口回绝了陆小虎的提议，气哄哄地把他赶出了院长办公室。

陆小虎一气之下，一把火点燃了医院里的小卖部。

大火烧了没多久就被熄灭，陆小虎却被警察带走了。他被警车拉走的时候还不停地冲我喊：“放心吧，准没事！别告诉夏微！”

事情收梢，是陆爷爷亲自开车去局里把陆小虎捞出来的。混乱的场面总算是收拾妥当。陆小虎前脚才走出警察局，老爷子后脚就一个大嘴巴子狠狠扇下去，陆小虎整个人颓然倒在地上，怔怔地去看平日里对他宠溺疼爱的爷爷。

“胡闹！”

老爷子气得站不稳，扶着墙壁缓了半晌。

陆小虎从地上爬起来，伸手抹干了嘴角的血丝，急火攻心地大喊：“你别后悔放我出来，一天不给夏微家办妥了事，我就一天不会停止放火，直到烧没了你那家冷酷无情的破医院！”

毕竟年少轻狂，不知轻重，那之后陆小虎真的又因为重施故伎两次被抓进了警察局。老爷子气得高血压一阵一阵地往上飙，差点撒手人寰。

闹来闹去终归是自己的亲孙子，后来陆老爷子熬不住，算是妥协了，答应免除夏微妈妈住院期间的一切费用。

只是没过多久，夏妈妈还是离开了人世。

她在临走前曾经偷偷地塞给夏微一个存折，那个存折原本是缝在一件棉衣的衣领子里，她在弥留之际让夏微把衣服拿出来，哆嗦着双手拆开了衣领。

存折里面有两万块钱。

她用最后一点力气把存折塞进女儿的手心里："只有这些了微微，妈妈对不起你，再没有……再没有更多能给你的了……"

夏微从容地把存折藏进书包里，反握住妈妈的手，笑得眼眶通红，"妈，这些已经够我好好地活下去了，你不用担心我，我机灵着呢，不会让自己吃半点亏，受半点委屈，你放心好了，有你和爸爸在天上守着我，我不会学坏，也不会害怕。"

夏妈妈长长地舒一口气，放下心似的慢慢合上了双眼。

第二天下午，我让爸爸替我和学校请了假，陪着夏微一起去了火葬场。

火葬场的负责人问夏微："骨灰盒需要什么档次的？我们这儿八百到一万的都有。"

夏微说："我不要骨灰盒。"

负责人的语气明显变得冷淡了许多，眼皮也不抬一下地说："收骨灰四百，租火盆三十，寿衣……"

夏微打断她："我不收骨灰，也不需要火盆和寿衣。"

我拽了一下夏微的衣角，她茫然地看了我一眼，轻声说："这些钱我妈活着的时候都没舍得用，何况是现在。"

然后她抬起头对负责人说："我就是来火化的，其他的一律不用，您算算这要多少钱。"

整个火化的过程只用了不到两个小时。这两个小时里，夏微一直很冷静，很沉着。

该多怕，该多痛啊。我悲伤地想，要多悲痛，才能忍住不让眼泪落下来。

回去的路上我小心翼翼地对夏微提议："到我家来住吧，陪陪我，算我求你了好不好？"

夏微不说话，只是轻轻地摇头。沉默了很久很久，她才开口说："云喜，求你，别可怜我。"

我只觉得有一种漫无边际的悲伤，从夏微的心里丝丝缕缕地涌出来，又到我的心里淹没了我。

空荡荡的客车在黄昏时分一路颠簸，太阳已经被尽头的夜色咀嚼干净，只余下一丝残骸似的光影。我扭过头去看着窗外，窗影上模糊地浮现着夏微的脸，微弱的光芒里，她垂下头去，终于，再也忍不住，小声地抽泣起来。

我噙着眼泪不敢看她，只能紧紧地咬住嘴唇，在那漫无边际的心痛中装作什么都没看到的样子。

而如今，我们似乎离那个悲伤而遥远的冬天已经很远很远了。

从“逝水”出来的时候我才知道，夏微把服装店转手出去，加上全部的积蓄一并投在了“逝水”。

“你疯了？”我非常吃惊，“现在经济这么不景气，股市一直在跌，你怎么偏偏挑这种时候下血本啊？”

“不怕的。”夏微淡淡地说，“高二那一年我都扛过去了，再也不会遇到比那时候还困难的问题。”

“可是这个赌注也太大了。那些钱都是你一步一个脚印踏踏实实赚来的，一下子全投进去，你想过后果没有？”

“你放心，晏城是个乐观的城市，股市再怎么跌，也跌不走他们善于享受的本性。‘逝水’是个安静的地方，也是个快乐的地方，我相信自己不会看走眼，就算不赚，也绝对赔不了。”

我白她一眼，“什么晏城人乐观，我看最乐观的就是你。”

她笑看着我，手机铃声适时地打断了我们的对话。

夏微接起电话，匆匆说了几句，挂断后对我说：“我和三子要一起去一趟装修公司，我先送你回去吧。”

“你忙你的。”我说，“这里坐车很方便，我自己回去就行。”过了一会儿才反应过来，急忙叫住夏微，“等等，你和谁？和三子？”

“对啊。”夏微愣一愣，问我，“怎么了？”

我有一种大事不好的感觉涌上心头。

“你和三子，你们，私底下经常联系吗？”我小心翼翼地问她。

“对啊。”夏微想也不想地点了点头，“如今大家都在晏城，没有联系才奇怪吧？”

“可是你和陆小虎就不经常联系啊！”我脱口而出。

夏微歪着头，看白痴一样的表情看着我，说：“阮云喜，我若是和陆小虎经常联系，你让肖百合情何以堪？”

谁说不是呢，我失望地摇了摇头，一种不甘的情绪突然间泛上来。

我抓住她的手认真地问：“夏微，你真的对陆小虎再没感情了吗？真的不喜欢他？”

夏微端详着我，忽然狡黠一笑，不紧不慢地说：“你猜。”

我气急，要怎么形容当下的心情呢？就像在追一部韩剧，追了多少年了，男女主角的感情戏却没有丝毫进展，看得观众一个个筋疲力尽抓心挠肺，就差给主角寄一箱刀片以示抗议。

回去的路上起了凉风，我紧了紧衣领，看见不远处一对恋人甜蜜地分享着同一个甜筒，女孩子费力地踮着脚，男生温柔地垂下头，夕阳温柔地笼罩着他们，笼罩着他们哈密瓜味道的甜蜜世界。

路过的行人善意地看向他们，我也忍不住驻足多看了一眼，熙熙攘攘的人群里，男孩振臂高呼：“亲爱的，我爱你！”女生垂下头羞赧一笑，白色的呢子外套在初春的凉风里显得有些笨拙。

看着这温馨浪漫的一幕，我只觉得突然一道闪电劈在我的天灵盖上，整个人僵在那里——那个女生竟然是小百合。

更让我震撼的是，那个男生竟然不是陆小虎。

我从没如此刻般同情过陆小虎，他爱过的女生正和别的男人逛着装修公司，同一时间，他爱着的女人正和别的男人分享着同一个甜筒。

我实在不忍继续目睹眼前的情景，默默地绕路打了个车回家。

刚进小区，远远看见释俊男仍像一个亘古不变的木乃伊站在楼下一动不动，一双豆大的眼睛时不时地望一望头顶寂静无声的天空。

看见我，他冲我朴实地一笑，说：“云喜回来了啊。”

我悲天悯人地看了他一眼，说：“回来了，你还没走啊？”

释俊男点了点头，眼睛里泛起一丝悲苦的笑意，说："刚才莱莱冲我喊，让我有本事站在这儿别走，我想那我就站着不走了，万一我真走了她怪失落的。"

我心里叹了口气，也不知道是胡莱莱的表达能力有问题还是释俊男的理解能力有偏差，但是他那张笼罩着爱情圣光的脸不知为何却忽然触动了我的心弦，我把手里还没拆封的饮料递给他，说："那行，你加油吧。"

释俊男感激涕零地接过饮料，宣誓般地说："谢谢你云喜，我会的！"

我转身上了楼。

胡莱莱正颓然地斜倚在沙发上发呆，神色忧郁，见我进来便把放空的目光转向我，幽幽地感慨道："我知道这都怪我绝代风华，引得无数男子竞折腰，唉……"

我看着眼前绝代风华的女子，艰难地深吸一口气，这才忍住把她从楼上丢下去的冲动。

夜里我躺在床上心情复杂得睡不着，窗外亮澄澄的月光透过窗帘涌进来，我烦躁地翻来覆去，终于被这漫长的夜晚打败，起身拧开灯，换下睡衣想出门走走。

敲了敲胡莱莱的房门，她并不在房内。毕竟是深更半夜，我正犹豫着要不要出去时，电话铃骤然响起。

宫屿的声音从手机里慵懒地传过来："小可怜，是不是失眠了？"

我有些吃惊，"你怎么知道？"

他在电话那头温柔地笑道："下楼吧，正好我也失眠，带你到处转转。"

"现在？"我拿着手机走到阳台边向下望去，凌晨的长街，宫屿斜倚在车边仰脸朝这边看过来。车灯照亮他半个侧面，看起来很暖。

我洗了把脸，急急忙忙地冲下楼，又忽然慢下脚步，不紧不慢地走向他。

宫屿站在一片砂糖般的月光里，仿佛永远不会丢下谁离开似的。他看到我，冲我自然地笑了一下，我也笑，交错的目光里，一种突如其来的笃定和温暖让我变得有些伤感，但是我知道，我是快乐的。

他问我："肚子饿不饿啊？"

我摇了摇头。

他说："那就随便走走吧。"说完上前一步来牵住我的手，一言不发地带着我向前走。

大街上空荡荡的，凌晨的空气惨淡中夹着一丝清新，有微凉的风徐徐地跟在我们身后。

我轻声地问他："什么时候来的？"

"十点半左右。"他说。

我又问他："来做什么？"

他说："睡不着，想来看看你。"

"那为什么不打电话给我？"

"看你房间关着灯，不想吵醒你。"

"所以就一直在楼下等着吗？"

"对啊。"

"打算什么时候走的？"

"困了就走。"

"现在困了吗？"

"困了。"他仍是牵着我的手，一步一步地向前走。我们谁也没有看着谁，只是微微地弯起嘴角看着远方。

"可是你的房间亮了灯，困意一下子不翼而飞了。"

我忍不住打破了默契，抬头看着他的眼睛，问："是我打扰了你的睡意？"

他的个子很高，要微微垂下头才能看着我的眼睛，我发现他的眼神清亮，就像身后的月光。

他说："世界都亮了，谁还睡得着觉呢？"

也许是这一天的夜色太美，肉麻的情话倒也显得没那么突兀，他讲得神态自若，我听着也不觉得有什么不妥。两个人说着胡言乱语，漫无目的地走了很久很久，手拉着手，踩着水银一样的薄光，像两个半夜出逃的小朋友。

走得累了，我问宫屿："肚子饿了，现在还吃得到夜宵吗？"

宫屿低头看一下手表，两点四十分，他说："正好来得及带你去吃晏城最好的温面。"

我瞠目结舌地问："这个时间还真有夜宵可以吃？"

"现在跑过去应该还来得及，再晚点可就吃不到了。"说完牵着呆滞的我一路飞奔。

七拐八拐了不知几条小巷，我已饿得饥肠辘辘时，才终于在一条羊肠小路的尽头瞥到一抹昏黄的灯光。

"幸好赶上了。"宫屿粗喘着气，指着那片光芒慢下脚步。

借着朦胧的光线我才发现这地方竟然只离复宁高中百米之遥，再过两个路口就是我读了三年的学校。多少年了，我离这条原本熟悉的街道隔了多少年的时光了？

"大叔！"思绪间，宫屿已带我在简易的食品车前面站定，他热络地同老板打起了招呼。老板见到他也分外高兴的样子，操着浓重的外地口音笑看着我们，"不得了啊，你都有媳妇啦！"

宫屿笑得眉眼都舒展开来，"怎么样，漂亮吧？"

"漂亮得很啊，配你这臭小子可惜了哇！"

宫屿冲我眨了眨眼睛，"实在是委屈你了啊！"

我被他逗得发笑，也没有多做解释，乖乖地坐在老板搬出的两把小椅子上。

"还是老样子？"

宫屿说："嗯，老样子，两碗面！"

"好嘞！稍等！"老板站回到车后忙活开了。

三个轮子的推车上撑着一口大锅，几个塑料桶里放着面和青菜，一个小小的煤气罐支在地上，再加一盏瓦数不高的灯。这就是这家店的全部装潢。

不一会儿的工夫，两碗热气腾腾的温面摆上桌，荞麦面做的面条在灯光下闪烁着劲道的光泽，分量充足的酱料上撒了一把翠绿的香菜叶，光是看着都让人垂涎欲滴。

宫屿为我掰好了筷子，磨去上面的毛刺递过来，催促我："快尝尝看，保证你没吃过比这还好吃的温面了。"

我将酱料与面汤和匀，端起海碗喝了一口浓汤，汤汁淳厚鲜辣，让我顿时胃口大开，再尝一口面条，劲道Q弹却不黏牙，就着爽口浓郁的汤汁一起，实在是妙不可言。不消片刻，一大碗温面就被我消灭得干干净净。

老板不无赞赏地看着我大笑，"小姑娘有口福哇，就要这样吃得香，日子才过得顺哦！"

我一抹嘴，不好意思地扯出一个大大的笑容，"那……我可不可以再来一碗？"

宫屿看着我"扑哧"一笑，"还真没带你来错地方。"

我满足地拍拍鼓胀的肚子，认真道："从前就在这附近读书，可从来不知道晏城最好吃的温面竟然藏在这里。"

老板听着我们的对话爽朗大笑，"不敢当，不敢当，到我这里吃面，不保证别的，但绝对让你吃饱，吃够！"

宫屿说："听见了吧，当初我哥就是听了老板这句话，才每天都来这里吃面。"

"原来是三子带你来的？"

宫屿摇摇头，说："是我跟踪他来的。"

这倒勾起了我的好奇心，忙问他："这话怎么说？"

"那一年我读大二……"

宫屿陷入回忆中的表情温暖又平静，"每到周末，我都会给哥哥打一个电话，他总是笑呵呵地告诉我，自己过得很好，让我不用担心。每个月的月初，我的银行卡里都会收到哥哥给我打过来的生活费，从来也不比哪个同学的少，甚至比普通家庭给得还要多一些。即使这样我还是放心不下我哥，他说自己在正规单位上班，可是那时候哪个正规单位会给他开这么多的工资？所以那一年暑假我就偷偷回到晏城，想看看我哥到底在干什么。"

我微微一笑，“你看见的，是一个每天只睡三个小时的超人，对吗？”

宫屿愣了一下，神情变得很伤感，他说：“是啊。我看见他一会儿要忙着出租图书，一会儿又要忙着给人算卦，中午的时候连口饭都来不及吃，又推着车到校门口去卖冷饮。我忍不住拨通了他的手机，问他在做什么，远远地就看见我哥捂着话筒小声地骗我，他说，我还能做什么啊，在公司吹着空调等外卖呢。那一刻我才发现自己根本就没有办法揭穿他。

“那一天，我一直站在离我哥很远的地方默默地陪着他，看着他扯着嗓子叫卖冷饮，直到一点多，学生们都回去上课了，他才推着车回到小书店。到了晚上他又去体育馆门口卖荧光棒和矿泉水，一直到下半夜两点，我才看见他走到这里叫了一碗温面。因为这里的温面管吃饱，是可以免费加面的。

“他为了省下钱让我无忧无虑地花，一整个白天都舍不得给自己买口饭吃，到了晚上，就来这里吃一碗可以免费加面的温面，拼命地吃，把一天的饭全部补回来。

“那天晚上等我哥吃完温面离开，我也坐下来要了一碗。可是心里难受，一口也吃不下去，就放下面碗匆匆地逃了。直到后来回到晏城，我做的第一件事就是来找这家温面，没想到还真让我找到了。”

我静静地听着，忽然笑了，“你们兄弟两个真是有趣，互相骗着，互相瞒着，是彼此的亲兄弟，又像极了彼此的父母。”

他怔了一下，没有作声，只看着我淡淡地笑了。

凌晨三点半，温面大叔准时收摊，我和宫屿心满意足地往回走。

天的边缘起了一层朦胧的白光，就要亮起来似的，可头顶浩瀚的天宇仍浮着大片的星子，浓重的暗，璀璨的光。

我打了个哈欠，宫屿问我：“是不是听我的故事听得困了？”

我轻轻地摇摇头，“你说了一个温暖的故事，让人心里难受，可是又为你感到自豪，你有个世上再好不过的哥哥，三子也一样，有个再好不过的弟弟。”

宫屿微笑着捏了捏我的脸颊，轻声说：“这故事可不是白说给你听的。

云喜，你要明白，我对你说的每一句话都是为了让你更加熟悉我生活的世界。而我也希望可以走进你生活的世界，我想了解你的想法，想知道你喜欢什么，讨厌什么，下楼的时候会先迈出哪只脚，睡觉的时候会不会打呼噜，看电影的时候更喜欢吃话梅还是爆米花，你的每一件事，只要是关于你的事，我都想知道，想记住，想参与。”

我想了想，说：“既然如此，那我就勉为其难地当一回你的小白鼠，让你好好地研究一番吧。”

他又不加掩饰地笑起来，黑色的眼睛看着我，月光从他长长的睫毛上清凉地划过。但这笑容渐渐地有点迟疑，他想吻我，却又怕冒犯使我闪躲，于是那样的笑容就在咫尺间静止，而他的眼睛就像沙漠尽头的泉水般纯净，温柔地凝视着我。

我认输，轻轻地伸手抓住他的袖口，在昏暗的长街缓缓闭上双眼，温顺地承受着他的温度。

深夜的吻，就像孩子枕边的童话书，是甜蜜的梦。

回去的路上困意渐渐来袭，我又开始耍赖不肯再走。

“我有严重的食困症。”

宫屿习惯了我的胡言乱语，无奈地笑：“那我背你吧。”

我说：“这么老套的情节会不会显得我们特别落后特别老土啊？”

宫屿认真地想了想，说：“要不，你骑在我的肩上吧。”

我问：“这个情节没人用吗？”

宫屿说：“相对来说用的人少一些，因为这事实施起来有一定的难度系数，首先女的要够瘦，其次男的要够高。我们正好都挺符合要求的。”

我觉得他说的有道理，就允了。

他的双手举过头顶牢牢地牵着我，在即将来临的晨曦中飞快平稳地行走，而我坐在他的肩膀上，像个回归到童年的孩童，肆无忌惮地尖叫，张扬地大笑，任清晨的第一缕光芒洒满一整张笑容满溢的脸。

宫屿一直把我送到楼上，亲了亲我的额头和我道别。

“今天是周末，你可以在家好好睡一觉。”

我点点头，“下次再一起去吃晏城最好吃的温面吧。”

他揉揉我的头发，说：“傻小孩儿，早点睡吧。”

“晚安。”

“晚安。”

我冲了个澡，在渐渐明亮起来的世界里酣然入梦。自从治疗腿伤以来，我第一次睡得这么踏实。

在这深沉的宁静的睡眠里，我梦见阮云贺来看望我。在一片空无一人的麦田里，我的鞋带开了，他蹲下来帮我系好，系着蝴蝶结的手指修长干净，像是带着灵魂的温度。

“好了。”他看着我绑紧的鞋带，满足地站起来对我说：“云喜，现在你又可以继续向前跑了。”

“哥。”我紧张地叫住他，“你要去哪儿？”

他宽容地笑笑，手指指向很远的地方，我听见孩子们清脆的笑声由远及近地传来，有一个女人牵着两个孩子的手逆着光朝我们挥手。

“我要走了云喜。”他温柔地端详着我，微笑着说：“你遇见了一个好人，以后再也不会做不好的梦了。”

我抱紧他，眼泪源源不断地流下来。像是隐约知道了他的意思，他不会再来看我了，再也不会来守着我的梦境，替我驱赶那些可怕的梦魇了。

“云喜，你快乐吗？”他问我。

我哭着点了点头，“可是哥，我可以快乐吗？”

“当然了。”他心疼地拍了拍我的后背，轻声说：“傻孩子，你没有做错任何事。”

然后他放开我，朝着那些愈来愈清晰可闻的笑声走过去。

紧接着我在一阵刺耳的电话铃声里猛地睁开双眼，强烈的阳光几乎就要刺穿我的瞳孔。

我费力地从床上爬起来拿起电话，上面显示着十几个未接来电的提醒，而这一次是可可的号码打来的。

按下接听键，我有气无力地抱怨：“拜托了可可，今天是星期天，你大发慈悲，饶了我吧。”

“出事了云喜。”可可的声音一改往日的俏皮，显得严肃而焦虑。

我一时间没能反应过来，恍惚地听她继续说：“你现在马上打开电脑，搜索关键词鹿嘉，这是第一件事；第二件事是，刚才我看到远藤文化最新上市的期刊上连载着程昔的全新作品《冬城》，前三万字的内容几乎与鹿嘉的新作品《霜尘》完全一样。”

她顿了顿，语气颓然地问我：“鹿嘉的《霜尘》才传给你不到一周的时间，我们连定稿都没来得及，《冬城》却已经在做连载，这究竟是怎么回事？”

我心里一震，举着手机愣了很久很久。等我回过神来的时候才看见电脑屏幕上那几个刺目的标题：

“畅销作家鹿嘉不为人知的一面”；

“作家鹿嘉行为开放，借堕胎为由两次向好友伸手借钱”；

“深入开扒拜金女作家鹿嘉的小三史”。

我揪心地移动着鼠标，又打开论坛和微博，铺天盖地的都是鹿嘉的负面新闻。

论坛里的书迷也对这次的爆料展开了激烈的讨论，“鹿嘉”两个字迅速成为热门搜索，甚至连续数小时登上微博话题榜。

远藤文化的签约作家虽然都没有对此事发表什么言论，但却都在默默转发有关鹿嘉被爆料的微博，这种做法无疑是煽动不明真相的粉丝继续扩大夸张事实甚至诋毁谩骂鹿嘉。

而第一个转发这条微博的人，竟是程昔。

紧接着，她又在自己的微博上写下这样一段含糊其辞的内容：年少轻狂时我们以为，一味地包容和理解就是最好的陪伴，但有些错误无法原谅，有些人注定无法和我们走到最后。

我合上电脑，只觉得喉咙里发出隐隐的痛。

“可可，鹿嘉现在在哪儿？”我费了很大的力气才稳住心神对可可问道。

可可说："找不到人，电话关机，公司里登记的是她搬家前的住址，云喜，你是不是也和我想的一样？我……我很担心鹿嘉……根据爆料人的说法，鹿嘉打胎才是前几天的事，现在又闹出这样的事情，以她的性格，我真怕她……"

我全身的血都冷下来，咬着牙问可可："你可不可以陪我去一趟远藤文化？"

"好，我马上去接你。"可可挂了电话，我一个人坐在冰冷的地板上突然间觉得心里也空空荡荡的。

"友谊归友谊，道义归道义。"鹿嘉腼腆地笑着，曾经这样对我说过，"程昔啊，是我为数不多的好朋友，我信得过她。"

鹿嘉啊，傻女孩。此刻的你是否已经发现，这些悲愤和羞辱，谩骂和冤屈，都是你的好朋友双手为你奉上的？

我摇了摇头，起身换了身衣服到楼下等着可可。

让人压抑的阳光笼罩着我，混淆了我眼前一派春意盎然的景象。

第十二章

霜尘

像是有一阵奇异的风将往事一幕幕从我们身边掠过，
那些被我们压抑在角落中的情节，和被我们刻意遗忘的过去，
就在这静悄悄的夜色里匆匆经过相顾无言的我们。

我坐在窗台上，令人眩晕的阳光在我手中的咖啡杯上镀了一层模糊不清的金色。

杯子里的茶叶在那些细碎的光线里就像一座浸泡在水中的森林，湿漉漉的清香让我想起鹿嘉那腼腆的、转瞬即逝的笑容。

在鹿嘉离开工作室以后的那段日子，我经常在某个特别安静或者特别嘈杂的时刻问自己——真的存在吗？

那些让人温暖而绝望的词语，真的存在于我们的生活中吗？

比如爱，比如友情，比如宽恕，比如守望，比如不顾一切，比如善良，比如拥有……

如果这些都真的存在，那它们会在什么时候突然降临，又是在什么时候被我们慢慢遗忘的呢？

每一次想到这里，我都会被一种浩大的空虚完整地淹没。

一个月前，在我和可可驱车赶往远藤文化的路上，鹿嘉打来了电话。

她的声音听上去虽有些疲惫，但却很平静。

“云喜。”她说：“对不起，给公司添麻烦了。”

堵在胸口的巨石终于落下，我问鹿嘉："你现在在哪里？"

鹿嘉说："在去机场的大巴上。"

"机场？你要去哪儿？"

"甘肃。"

"甘肃？"我沉默了一会儿，问道，"是之前说过要去支教的地方吗？"

"对。"鹿嘉轻轻地说："很久以前就打算去的，可是被好多事情给耽误了。云喜，很抱歉，论坛上说的那些都是真的。今年年初，我和他提出想要一起去甘肃支教的想法，那时候我才知道，他已经结婚了，还有一个正在读幼儿园的女儿。我没有告诉他我也有了我们的孩子，所以分手的过程并没有太多纠缠和痛苦，把孩子拿掉虽然有些残忍，但我别无选择……原本我是打算等《霜尘》上市之后再动身，但是现在……恐怕《霜尘》永远也不会上市了吧……"

我斩钉截铁地打断她："你错了，《霜尘》会上市的，我一定会让它出版！"

鹿嘉在电话里温柔地笑道："云喜，千万不要做会给公司抹黑的傻事。《冬城》连载在先，无论如何，读者都会认定是我抄袭了程昔。"

"这不是你，鹿嘉，你这是在逃避！"我不由得赌气道："为什么不把真相说出来，为什么要让她们的诡计得逞，为什么你要懦弱地选择离开？"

鹿嘉笑着说："难怪宫屿常说你是个冒失的小孩子，云喜，你有敢于和错误的世界对抗的勇气，这是好事。但是你知道吗，很多时候，对的也许会被错认为是错的，错的也许会被追捧为真相。网络上的那些攻击和议论都会随着时间的流逝而被大家遗忘。这就说明我现在经历的，不过是一些会随着岁月被大家淡忘的琐事罢了。既然这样，我又为什么要被这些微不足道的事情给困住呢？"

我没好气地说："你倒是想得开。真是应了那句，皇上不急急死太监！"

"别这样云喜。"鹿嘉的声音带着浓浓的歉意，"我知道你被我吓着了，在担心我，如果我没猜错你兴许正在往远藤文化去的路上呢。所以我才给你打了这个电话，云喜，你能原谅我吗？"

我眼眶一热，沉默了一会儿，瓮声瓮气地说：“那你到了甘肃要照顾好自己。”

“我会的。”鹿嘉认真地说。

“还有。”我急忙说：“写作的事情可以暂时休息，但不能放弃，你和我这边还签着约呢，如果敢就这么放弃写作的话小心我告你毁约！”

她在电话那头爽朗大笑，“谨遵领导教诲。”

收起电话，可可紧张地问我：“怎么了？鹿嘉没想不开吧？”

我无奈地叹一口气：“咱们太小看了鹿嘉，她比谁都还坚强开朗呢。”

可可也松了口气，笑着说：“我也太高估了你，你比谁都还惊慌失措呢。鹿嘉啊，没有跟错编辑，不过云喜，在社会这个奇怪的染缸里你的道行还是太浅。”

是这样吗？我看着窗外，也许吧。也许。

鹿嘉离开后的第二天，一大早我就拿着《霜尘》的底稿敲开了主编室的门。

我信誓旦旦地说：“这本书一定要出，一定。”

主编从她的镜片后面平静地看了我一眼，说：“云喜，作为一个编辑，如果你不能为工作室的长远利益着想，而是要像现在这样意气用事的话，我想你是选错了职业。”

我被她说得哑口无言，因为我亦心知肚明，出版《霜尘》无论是对鹿嘉还是对公司的形象都没有好处。

但有些事情我们不能用理智说服自己的话，就只能听听心的意见。

于是我就哭了，站在主编的办公桌面前哭得像个中了邪的疯子，我语无伦次地哭诉：“这是一本好书，虽然情节与《冬城》相似，但是情感绝对比《冬城》真挚！作为一个编辑，我们要做的就是让这个作品面向读者，评判和审阅都是读者的事，为什么你不肯给这本书一个机会？！”

最后，我还像个泼妇一样无用地威胁她：“如果你不肯让我出版《霜尘》的话，我……我就辞职不干了，真的不干了！”

那一天的我简直丢脸透了，气馁透了。

原来从十五岁开始到现在，我始终都没有成长过，也没有进步过。我还是那个遇到不公平的事情就只会不甘地掉眼泪，只会无助地傻问“为什么”的蠢姑娘。

我对这样的自己失望透顶又无可奈何。

主编看着这样的我，半晌，摇摇头，忽然微笑着叹了一口气。

她说：“既然这样，那就去吧。”

顿了顿，又说：“就按你说的，给这本书一个机会。也给我们彼此一个机会，看看是现实说服了你，还是奇迹说服了我。”

我吸了吸鼻涕，终于傻乎乎地笑了，一个巨大的鼻涕泡泡冒出来，主编纵容地看着我，朝我挥了挥手。

我想那个时候的主编也许是在我身上看到了当年的自己吧，哪一个职场新人没有流过几次不甘的泪水，做过几件莽撞的傻事呢？

后来可可时常翻出这件事来嘲笑我，每次宫屿让我们留下来加班，她都会学着我的语气夸张地说：“再让我加班，我……我就辞职不干了，真的不干了！”

工作室里的员工顺势笑倒一片，里面就包括笑得最开心的宫屿。

我知道大家都原谅了我，原谅了我的任性，就像一个大人原谅了一个不认死理的小孩。

从小到大，除了好好地去爱顾轻决之外，我就再没做过一件像样的正经事。出版《霜尘》是我这么久以来第一次想要认真对待的事，这件事让我的生活有了新的意义。

就在《霜尘》上市的前半个月，程昔约我在公司楼下的咖啡厅见面。

我走进咖啡厅的时候她很有礼貌地上前来迎我，微笑着对我说：“冒昧地把你叫出来实在抱歉，我没有打扰到你吧？”

她穿着一条颜色素雅的长裙，衬衫外面套了一件宽宽大大的针织衫，眉眼间颇有几分沉静的性感。

我们点了两杯蓝山面对面地坐下。

程昔，我对她的印象还停留在我刚进公司实习的那几天，她和鹿嘉挽着彼此的胳膊站在走廊里细声细语地谈论着什么。

我经过的时候，正好看到两个年纪相仿的女孩子看着对方开心地大笑起来。

不知道为什么，我突然想起《昨日书》里的一句话：世界还是世界，而我们却不再是我们。

程昔见我发愣，轻声地说："这家的蓝山特别浓郁，每天中午来喝一杯，一整个下午都会有好心情。"

我收回神思，客气地问她："你常来这里？"

程昔点点头，慵懒地笑了一下，"从前常和鹿嘉一起来，不过她喝不惯蓝山的酸味，只喝加了很多牛奶的拿铁。"

我虽料到她叫我出来多半是因为鹿嘉，但还是有些意外她会先提起这事，所以我没有说话，只是沉默地看着她。

"你是不是非常瞧不起我？"她拿起勺子轻轻地在咖啡杯里转动了几下，抬起眉眼认真地问我。

天，怎么总是有人在问我是不是瞧不起她们？苏重是，程昔也是，她们到底做了什么事让我瞧不起了，我又有什么资格瞧不起她们？

我笑了笑，尽可能不带任何感情色彩地说："你既然选择抄袭，选择爆料，就说明你并没有拿鹿嘉当过朋友。我只瞧不起出卖朋友的人，而你，并不值得我瞧不起些什么。"

窗外下着丝丝缕缕的细雨，雨丝温柔地敲打在透明的落地窗上，像是划下一道道清晰的伤痕。

程昔就是在一道道雨丝的背景下冲我嫣然一笑，说："不管你怎么说，鹿嘉都是我最好的朋友。"

我不由脱口而出："原来朋友的职责就是在她最绝望最悲伤的时候到处宣扬她的隐私，落井下石，顺便把她的东西抢过来变成自己的。呵，程昔，你真是给我上了生动的一课。"

程昔不怒反笑，长发轻柔地垂下遮住了她大半张脸。

她淡淡地说："就是因为是朋友，所以才更加无法忍受对方比你优秀的现实吧。"

"什么意思？"我觉得她话中有话。

"因为是朋友，是最亲近的人，所以才更容易产生对比啊。"程昔的声音听上去很低，像是在和自己对话，而不是对我这个外人辩解。她费力地说："像鹿嘉那样有才能的人，只要轻轻松松地随便写一写就好。随随便便就会得到南编辑的重视，随随便便就能得到和宫屿合作的机会，甚至不用讨好任何人就会有成千上万的读者追捧。

"云喜，你不觉得这对于像我这样即使拼命努力也未必会有多大成就的人很不公平吗？我啊，可是认认真真地回复着每一个读者的留言，一丝也不敢怠慢的啊。可是为什么，当我在为写不出东西而苦恼痛哭甚至想过放弃生命的时候，鹿嘉却可以随随便便就想出一个有趣的故事？当我想到一个不错的情节生怕被别人抢先而通宵写作的时候，凭什么她却可以云淡风轻地把那么好的故事说给我听？"

"程昔。"我打断她，静静地看着她悲伤的脸孔说，"那是因为你放大了自己的努力，而藐视了鹿嘉的付出。作为鹿嘉的编辑，我可以很负责任地告诉你，她不是'天才'型的作者。但是她对写作的态度却要比任何人都还要认真。在你眼里看上去'随随便便'就写出的优秀的作品，很可能是她反复修改了十多遍甚至上百遍才得以面向读者。至于她为什么要把《霜尘》的内容说给你听，我想作为她好友的你应该比我更能体会到她对友谊的信任才对。"

程昔默不作声。

"咖啡算你请。"我将一张写有鹿嘉最新联系方式的小纸条放在桌子上起身离开。这是我的回礼。

"云喜！"程昔在身后叫住我，"听说你执意要出版《霜尘》，难道你就不怕鹿嘉背上抄袭的骂名吗？"

我在心里轻轻一笑，没有转身去看程昔的表情。

是抄袭还是超越，让读者自己去评判就好，那是读者的事。作为编辑，我也只是能做到让它与读者见面而已。

半个月后，《霜尘》在全国各大书店陆续上市。而我像个濒死的犯人静静等待着读者的审判。

星期五的傍晚，我在回家的路上给鹿嘉邮了一本《霜尘》的样书。藏蓝色的封面像极了她沉稳乐观的表情。

从邮局出来时接到夏微的电话，她嘱咐我别忘了订蛋糕，我这才想起第二天是胡莱莱的二十五岁生日。

夏微特别选在胡莱莱生日当天举行新店开业庆典，她把“逝水”的店名改为“五月”，她说五月是一个死灰复燃的季节。

巧合的是，“拉风爹”的大女儿就叫五月。我想有些事情就是这样，仅仅凭借着缘分就可以尘埃落定。

胡莱莱的生日被夏微安排得热闹非凡，凡在当天到“五月”消费的客人，无论金额多少，均打对折，持消费券还可以免费参加胡莱莱的生日派对。

开业当天我一直在楼下帮夏微招呼客人，店里一共才六个服务生，有点忙不过来，那个叫青猫的女孩儿也帮不上什么忙，一直抱着一把吉他在那儿轻轻地唱着歌。吉他是胡莱莱送的开业贺礼，青猫好像对它一见钟情。

一直忙到楼上的人都到齐了，夏微才把楼下交给服务生照顾，和我一起到二楼给胡莱莱庆生。

这一天双喜临门，夏微开业、胡莱莱庆生，因此一整个包厢都坐满了人，复宁的高中同学就占了一大半，当然还有苏重和顾轻决，陆小虎也早早地到了，一直在楼下帮忙做服务生，只是从头到尾我都没看见小百合的人影。

蛋糕推进来之前，胡莱莱拉着一个看上去特别斯文的男生兴冲冲地给我们介绍：“来来来，大家认识一下，这是我的男朋友陆河。”

我和夏微都有点惊讶，之前从来也没听她提起过。胡莱莱得意地说：“我就是要在自己生日这一天给你们一个惊喜！”

陆河揉了揉胡莱莱栗色的卷发温柔地笑了，礼貌地和我们打招呼：

“你们好，我是陆河，谢谢你们来给莱莱过生日。”

他很高，很挺拔，眉宇间有一丝让女人着迷的邪气。

夏微说，这种男生一看就不简单。

说实话我也不大喜欢陆河，虽然长相修养看上去无可挑剔，但我总觉得太过聪明得体的人都有点自私，他们最爱自己，鲜少去爱别人。

这时候服务生把蛋糕推进来，我发现并不是我订的那一个，便问夏微：“你把蛋糕换掉了？”

夏微懵懂地摇了摇头，“不是你订的吗？”

我也摇摇头，“可能是蛋糕店不小心送错了吧。”

“别管那些，反正不是咱们的错，先点蜡烛吧。”胡莱莱的男朋友冲我们眨眨眼睛，去关上了包厢的灯，又将蜡烛一一点燃。

温暖的烛光里，一群人围在一起等着胡莱莱发表生日感言，她清了清嗓子，微笑着说：“谢谢大家愿意和我聚在这里，今天，本来是我二十五岁的生日，但实际上我不过真正地活了五年。二十岁以前的胡莱莱已经死了。”

她意味深长地看了一眼陆小虎，然后把目光甜蜜地转向身边的陆河，快乐地说：“所以，大家就祝我五岁生日快乐吧！”

就在胡莱莱闭上眼睛许愿的时候，包房的门被轻轻地推开，释俊男捧着一大捧灼灼艳艳的红玫瑰走进来。

胡莱莱睁开双眼，一愣，不耐烦地质问：“你来这里干什么啊？”

释俊男不好意思地挠了挠头，解释道：“夏微说，只要凭着消费券就可以来参加你的生日会。”

我看见胡莱莱狠狠地瞪了夏微一眼，夏微则淡定地把目光转向天花板。

释俊男把玫瑰花递给胡莱莱，笑得有点傻，也有点羞涩，他真诚地说：“其实我今天是来和你告白的。胡莱莱，我喜欢你，从读高中的时候就开始喜欢，可是我一直不敢和你说，我怕你瞧不起我，事实证明，你也确实瞧不上我。所以今天，是我最后一次鼓起勇气对你说，胡莱莱，我喜欢你，希望你可以做我的女朋友。”

朦胧摇曳的烛光里，他期待地看着胡莱莱越来越不爽的脸，尴尬地笑着等待。

胡莱莱走过去，从他手里接过花束，然后，在释俊男就要荡开的笑容里将它冷冷地丢在地上，一脚一脚地踩碎。

释俊男愣愣地看着胡莱莱，又愣愣地看着一地踩烂的花瓣。

胡莱莱看着他，一字一顿地说："释俊男，这也是我最后一次告诉你，即使全天下的男人都死光了，我胡莱莱也不会爱上你这个丑八怪，绝对不会，绝对！"

释俊男的眼睛在黑暗中格外明亮，像是包着一层透明的眼泪，他抿着嘴艰难地笑了笑，说："对不起，打扰你们了。"

他转身离开时替我们轻轻地关上了包厢的门。

在一片不知如何是好的安静里，胡莱莱低头吹灭了蜡烛，她的脸刚好沉浸在一片转瞬即逝的光芒里。然后不知道是谁带头喊了一声"生日快乐"，我们一群人又都在开灯之前活跃了起来。

这天晚上胡莱莱喝了很多酒，谁都拦不住，索性大家也都放开了吃喝。

我看见顾轻决一直在角落里不怎么说话，他还是老样子，不习惯闹哄哄的场所，人越多就越不习惯，也就越安静。

但是我没能像从前一样落落大方地走到他身边陪他说说话。我想，从今往后再也不会有这样的画面出现在我们的生活里了。

直到半夜两点，庆祝的人们走了一批，醉倒了一批，只剩下我和夏微还有些清醒。

胡莱莱早已经接近疯癫边缘，陆河也不知道去了哪里，也许是醉得不省人事，胡莱莱只好抓着吐得气若游丝的陆小虎继续灌酒。

夏微一边把胡莱莱从陆小虎身上挖下来，一边问我："他女朋友小百合怎么没来？"

我含糊地说我不知道。

胡莱莱就在这个时候哧哧地笑起来，笑得张牙舞爪的，看上去很吓人的样子。

她说："夏微你这个智障，还真以为陆小虎撇下你去找了别的妞啊？哈哈哈，你真傻，天底下没有比你更智障的了，那个小百合……那个小百合，根本就是我找来演戏的！是我花钱找来的你知道吗……"还没说完就弯下腰来吐了陆小虎一身。

我在旁边看得心惊肉跳的，幸好陆小虎整个醉死了，无知无觉地继续打着鼾。等胡莱莱吐舒服了之后，我忍着酸馊味把陆小虎的外套扒下来丢在一边，然后就看见了那个掉在地毯上的打火机。

夏微冷冷地问："你什么意思？胡莱莱你最好是现在给我说清楚，小百合是你找来演戏的这句话是什么意思？"

胡莱莱像个小鸡崽一样被夏微拎住，软绵绵的身体一半瘫在沙发上，一半悬在夏微和沙发之间。她看了夏微一眼，又看了我一眼，傻乎乎地一笑，彻底地醉晕了过去。

我紧张地看着夏微，说："她都这样了，还是明天早晨再逼供吧。"

她抬头看了我一眼，冷冷地问我："阮云喜，你也知道这事儿是不是？"

我疯狂地摇头否认："相信我夏微，我要是知道就咒我胸围缩水十厘米！"

这个恶毒的诅咒让夏微暂时放下了对我的怀疑。

我松了口气，虚弱地说："等我一下，我把这个给顾轻决送去，回来再带胡莱莱回家。至于陆小虎，我想他可能要和这几个人一起留在这儿过夜了，我可搬不动他们。"

夏微沉默地点了点头。

此时已接近凌晨三点。夜已经没有那么浓。

我拨通了顾轻决的手机号码，过了一会儿那边传来他沙哑的声音。

我说："我是阮云喜。"

他说："我知道你的号码。"

沉默了一会儿，问我："找我有什么事吗？"

我这才回过神来，说："你的打火机掉在店里了，如果没走远可以回来取一下……要不，我放在店里你明天来拿也可以，我……就是告诉你一声，怕你找不到了会着急……”

“等我一下，我现在马上过去。”他说完便挂断了电话。

我一个人站在茫茫夜色中等了片刻，就看见顾轻决的车远远地朝这边驶来。

凌晨的大街静悄悄的，他从副驾驶下了车走向我，眼睛里是酒精发酵的模糊和恍惚。

“幸好被捡到了，下次不要再弄丢了。”我把打火机递给他。

他伸手接过的时候微凉的手指无知无觉地划过我的掌心，他迅速收回手，对我说了一句“谢谢”。

我摇摇头，“碰巧而已，不用客气。”

然后我们就突然安静下来，互相看着彼此的眼睛，谁也不再说话。像是有一阵奇异的风将往事一幕幕从我们身边掠过，那些被我们压抑在角落中的情节，和被我们刻意遗忘的过去，就在这静悄悄的夜色里匆匆经过相顾无言的我们。

心脏最柔软的地方再次出现那种空荡荡的痛楚，有一双冰冷的手紧紧地攥住心脏一角，不时地提醒着我，我们曾经那么相爱，如今却只能如此地置身事外了。

很久以后，他对我说：“云喜，你知道吗，有时候我宁愿你恨我也不想你忘了我。”

他的声音略微沙哑，说完这些，忽然俯身下来吻住了我。

那是一种绝望的、具有某种毁灭性的吻。他的胸口紧紧地和我的贴在一起，仿佛是要把我揉进他的身体里去。这像极了很久很久以前我们每一次吵架过后的吻，他温热的嘴唇带着残余的酒精的清香，吻过我的脸颊、嘴唇，以及微微颤抖的颈。

我整个人凝固在他怀里，任他的手指温柔地抚摸我的脸庞，拇指悲伤地划过我的眉骨，带着一丝淡淡的草药的气味。有一股强大的力量让我在那一刻无法动弹，就连思维都没办法转动，直到他的舌头霸道地探进来的时候，我才不由自主地喊出了他的名字。

“顾轻决……”

短促的声音听上去就像疼痛的呼吸。

他放开我，黑亮的瞳孔里恢复了一丝理智。

“对不起云喜，我一定是疯了！别原谅我这个自私的疯子！”

下一秒，他大步走进车里，让司机发动了引擎，车子飞快地向前冲了出去，冲进无边无际的夜色褪去的方向。

我轻轻地咬了咬麻木的嘴唇，转身走进“五月”灯火通明的前厅。

夏微正在那儿悲天悯人地看着我，我走过去，把额头搁在她的肩膀上艰难地哭了起来。

我要放开顾轻决，即使他抓住我也要咬牙把他推开，然后一个人忍受着这种心脏被抓在手心里狠狠揉捏的痛苦。只要这样就会有人幸福了吧？为什么我要承受这些？是因为苏重还是因为阮云贺？都不是，都不是……是因为我们自己已经失去了彼此相守的勇气。

当我看着顾轻决落荒而逃的背影时，脑海中忽然想起宫屿曾经对我说过的话。

他说，我知道你一直在等着一个人，即使明知道那个人再也不会回到你身边，你依然在等。云喜，你知道你这种行为叫什么吗？这不是傻也不是固执，这是放弃。你在放弃你自己，更是在放弃我给你幸福的机会你懂不懂？！

“我该怎么办啊，夏微？”

我像一只被大雨打湿了翅膀的飞鸟，疲惫地倚在夏微的肩膀上哭得发抖。

有些事会被泪水冲淡，有些事会被岁月原谅。我知道这样的时刻何其难熬，我也知道将来的我会对今天的一切一笑而过。

可是现在不行，此刻不行……我控制不住那些源源不断的悲伤和痛楚。

夏微紧紧地抱着我，她说：“你们已经回不去了，云喜，你可别被短暂的假象迷住了。”

后来我哭得累了，和胡莱莱一起在夏微的店里睡了一整天，醒来的时候已近黄昏，宿醉让我们两个头痛欲裂，神情憔悴。

当胡莱莱挣扎着爬起来试图恢复理智的时候，夏微端着两盘吐司推开门走了进来。

她微笑着看向胡莱莱问道："饿吗？"

胡莱莱懵懂地点了点头。

夏微把餐盘递给她温柔地说："吃吧。"

胡莱莱虚弱地拿起吐司咬了一口，听见夏微平静地说："吃饱了好有力气和我说说小百合是怎么回事。"

然后我就看见胡莱莱脸色凝重地疯狂捶打自己的胸口，脸色通红。

我惊恐地闪到一边问夏微："不至于吧……你往吐司里下毒了？"

夏微一边帮胡莱莱捶打着后背一边面色祥和地问："所以说，是你和陆小虎串通好，找来了小百合演戏给我看的是吗？"

胡莱莱脸色铁青地摇了摇头，又点了点头，终于吐出一团卡住她喉咙的吐司。

我转身倒了杯水给她，用眼神向她表示了同情和哀悼。

接下来的三十分钟里胡莱莱认真严谨地叙述了小百合这个人物的来龙去脉和事情的起因经过——

在一个夜黑风高的夜晚，胡莱莱在街头遇见了喝得酩酊大醉的陆小虎，在陆小虎声泪俱下的述说中，胡莱莱了解到他对夏微的感情实在是感天动地常人难比，于是她当下便拍着胸部表示，一定要让夏微重新回到陆小虎的身边。

《爱情圣经》里写道，想要挽回一个女人的心，就要让她意识到，你比她不爱你更不爱她。因为女人的爱情永远与嫉妒心并存。

为了勾起夏微的妒意，胡莱莱就在《回家的诱惑》粉丝群里找到了一心想当明星的学生妹——上官碗儿，艺名小百合。碗儿是表演系一年级的新生，一听到胡莱莱的召唤就热情地答应帮忙，一来可以展示一下自己炉火纯青的演技，二来也可以让一对苦命鸳鸯重修于好，真是一箭双雕一举两得的美事。

这之后，在盗版爱情合集《梦里红杏出墙来》的指导下，三个人又一起设计了接下来的一系列事件，其中就包括买衣服事件和找我出书事件。

胡莱莱抬起头，看着夏微一脸平静地喝咖啡的样子，紧张地把目光转向我。

我看着夏微，深深地吸了一口气，挣扎着说："其实上官碗儿塑造的小百合这个形象还是很成功的，比真的还真，这说明胡莱莱找演员是用了心的，而且……她也是好意嘛，所以……"

夏微把目光转向我，淡淡地说："你们两个先吃饭吧。"

我立即闭上嘴，和胡莱莱一起默默地把吐司吃光。

期间夏微一直沉默着，什么话也没有说。直到我和胡莱莱准备回家的时候，她才出声叫住了胡莱莱。

胡莱莱回过头去急忙辩解："我发誓我说的都是真的！陆小虎真的特别喜欢你，小百合也有自己的男朋友，我真的是为了让你们重新走到一起才骗你的！"

"是吗？"夏微静静地看着她，眼神清冷，"你真的希望我们重新走到一起吗？"

胡莱莱面色凝重，问她："夏微你什么意思？"

夏微控制着自己的情绪，云淡风轻地说："你也喜欢陆小虎不是吗？从高一那年开始，一直。"

胡莱莱站在我前面背对着我，因此我看不见她的表情。但是她僵硬的背影让我觉得胃里突然一阵难受。

我看了夏微一眼，她的视线避开我直直地看着胡莱莱。

我已经很久没这样无助过了，胡莱莱的手机一号键是陆小虎这件事我还没有忘记。

夏微就那样静静地看了胡莱莱两分钟，期间胡莱莱一句话也没有说，只有搭在门把上的手指非常用力。

终于，我受不了房间里这种压抑得像火葬场一样的气压，推开门拉着胡莱莱一起走了出去。

我不知道自己为什么要这样做，也许是怕她们会打起来，也许骨子里我就是一个孬种，遇到不想面对的事就只会逃避，这一次竟然还拉着胡莱莱一起逃了。

外面夕阳渐渐隐退，天边是一片汹涌的暗蓝。一轮白色的月牙远远地悬在那里，一丝温暖的光芒都没有。

我拉着胡莱莱打车回家。路上她一直没有说话，只是呆呆地望着车窗外不断倒退的风景。

进屋后我清了清喉咙，装作什么事也没发生一样地问她："莱莱，要吃泡面吗？刚才在夏微那儿我没吃饱。"

她回过头来，冲我笑笑："还是等我说完再吃吧。云喜，其实你也早就知道了吧，同学聚会的第二天，你把手机还给我的时候我就知道，你已经什么都知道了。你愿意相信我，不拆穿我，我真的很高兴，但其实……"

她顿了顿，声音里掺杂着一丝哽咽，"其实，我也希望有个人可以尽快地拆穿我，因为……只有我一个人守着这个秘密……实在是太辛苦了……"

傍晚的风从窗户吹进来，把室内闷热的空气慢慢卷走。我一声不吭地走过去，安静地坐在胡莱莱身边。

她垂下头，想了很久才镇定了情绪，继续说："你知道吗？陆小虎是咱们班唯一一个叫我莱莱的男同学。别人都喊我胖妞、肥婆、死肥猫，只有陆小虎……只有他和别人不一样，他从没取笑过我，一次也没有。"

她深吸了一口气，转过脸来笑着问我："那时候的我，实在是没有理由不去喜欢上那样的陆小虎吧？可是我只能对自己说，胡莱莱，你清醒一点吧，那个人是夏微的男朋友，是你的好姐妹夏微的男朋友。

"云喜，你知道我有多羡慕夏微吗？如果她离我远远的还好，可是她就在我的身边，在离我最近的地方，那么清晰地美好着，那么真实地被陆小虎喜欢着，而我只是她身边一个微不足道的影子而已。

"我喜欢夏微，非常非常喜欢，她给我带来这一生最最珍贵的友谊，我想即使我再怎么喜欢陆小虎也不会和她抢。可是我没想到自己竟然是这么烂的一个人，夏微在画室出事那天，我看见她跟着那个人渣一起去了那个地方，我明知道那个地方很危险，根本就不是什么画室，可是我却没有阻止她……当时我就在想，像她这样完美的人，即使被……即使被弄脏了……也还是比我强许多的吧……”

胡莱莱闭上眼睛，滚烫的眼泪一颗一颗落在她紧紧地抱着膝盖的手臂上。

我轻轻地搂住她的肩膀，好像有很多复杂的感情呼啦啦地涌上心头不能平息。

“可是最终你还是找来了陆小虎不是吗？是因为你打电话给陆小虎，夏微才得救了啊。我知道你一定早就后悔了，后悔了很久很久，所以别再这样说自己……算我拜托你，别这么想……”

胡莱莱望着天花板，眼睛红红的。过了一会儿，才接着说：“有一次体育课我摔伤了，陆小虎抱着我飞奔向医务室，当时……”

听到这儿我实在没忍住打断她：“等等……陆小虎抱着你飞奔向医务室？别开玩笑了，你那时候的体重连你自己的双腿都承受不了！”

胡莱莱白了我一眼，继续说：“总之……我受不了他对我的好，我怕再这样下去，迟早有一天我会疯掉的。所以就在高考前，趁着大家都喝醉了，我就跑去告诉陆小虎，我和他说自己喜欢他很久了。你知道陆小虎对我说了什么吗？”

我摇了摇头。

胡莱莱说，他说：“除了夏微之外别的女人在我眼里都算不上女人。”

我说：“那是他的口头禅，他不是针对你。”

“我知道。”胡莱莱说，“可是我还是很难过，那段时间我常偷偷溜出去喝酒，你还记得有一天晚上我喝得烂醉，在操场上一边跑一边哭的事儿吗？”

我点点头：“我还记得你没裸奔，围了个围巾呢。”

胡莱莱破涕为笑，推了我一把。

“那天晚上我一边哭一边就下定决心，我一定不能再这样活下去了。

我要变漂亮、变瘦，变成一个像夏微那样值得被爱的人。我不在乎整容后有人因为我的外表才喜欢上我，之前的我又胖又丑，连我自己照镜子都觉得恶心，我又怎么能指望别人来爱我是不是？”

我抱了抱她，不知道该说些什么。

“后来我在大街上看见喝得烂醉的陆小虎，就决定无论如何都要帮他和夏微和好。因为那天他哭着对我说：‘对不起，莱莱，小时候是我说错了话才会让你伤心。可是我真的只喜欢夏微一个人，除了她谁都不行，真的，谁都不行啊。’”

我怔住，小声地问胡莱莱：“那你呢？你怎么办？”

胡莱莱惨然一笑，说：“这世上好男人多得是，可是再没有你和夏微这样的朋友了。”

我的眼中微微有些灼热，侧头去看窗外的夜色，冷月清明，像一面巨大的镜子照着我们的哭与笑。

那天以后，夏微和胡莱莱都选择性遗忘了那天下午发生的不愉快。

我曾经问过夏微，为什么就是不能原谅陆小虎，是因为还在恨他吗？

夏微点点头，若有所思地回答我：“我不是恨他打了我，我只是恨他不能体会那令人毛骨悚然的贫穷，因为不能体会，不能感同身受，所以他没办法平息和分担我当时承受的痛苦。”

我看着至今也无法释怀的夏微，心里像是撒了一把滚烫的盐。

两个相爱的人难道不应该在一起吗，这样折磨彼此就真的有意义吗？

我望着她安静消瘦的侧脸，很想走过去抱一抱她。

这段时间以来我一直心绪不宁，《霜尘》的出版在网络上迅速成为热门话题。有人大肆谩骂鹿嘉抄袭，也有人坚决拥护鹿嘉的文字，向程昔提出质疑，至少形势并非一面倒戈，这也算是一种欣慰。

我曾经一度后悔把鹿嘉推上了风口浪尖，以她向来低调的为人处世，是最不想站到作品前面被人指指点点，甚至被人挖掘出身世评头论足。

但是后来，当《霜尘》几度销售一空，当这之后的几年里鹿嘉的作品一直稳定挤进畅销榜前三名，当程昔已不复当年，而鹿嘉却开始全国巡回签售的时候，我才明白，有些人只有在荆棘丛中才能够完美绽放。

周六的早上，写了一夜策划方案的我刚敷上面膜准备睡觉，突然听到门铃声急促地响起。

晕头转向地出去开门，看见李阿姨正一脸惊讶地看着我发愣。我稳了稳心神，这才开门让她进屋里来。

“阿姨你随便坐。”我一边从脸上撕下面膜一边把胡莱莱丢在沙发上的内裤丢进垃圾桶，“我和莱莱两个人都随便惯了，家里有点乱。”

“孩子嘛，又要工作，乱一点的家才显得活泼有朝气呢。”李阿姨大方地坐下来，显然已经从刚才的震惊中缓了过来。

她把一个保温桶递给我，说：“这是你爱吃的咖喱里脊，莱莱呢，出去了吗？我特地给你带了两人份的。”

“谢谢阿姨。”我接过保温桶，一边走进厨房一边回答：“莱莱去健身房了，要吃过营养午餐才回来，您有什么事尽管和我说就行。”

“这孩子。”李阿姨笑笑，“没事还不能来看看你吗，你爸爸总念叨你还不回家住，这不，派我来当说客的。”

“爸爸答应让我好好考虑一段时间，您准不是为这事来的。”我倒了杯饮料递给她，乖巧地在她身边坐下来。刚才我那副样子一定把她吓得不轻，我得装出乖乖女的样子好好安抚安抚才行。

她低头喝着饮料，像是在斟酌要怎么和我开口才好。我等了好久，才见她放下杯子看向我，笑容里掺着一丝脆弱，她说：“云喜，我这次来呢，是想告诉你一件事。”

终于入正题了，我洗耳恭听。

她把我的手拿在手里温暖地握了握，才说：“上个礼拜医院给你爸爸来了电话，说你妈妈生病住院了。你爸呢，本来不打算告诉你，说去看看，治好了就好了，免得让你担心。”

我沉默着，慢慢觉得胸口很闷。

李阿姨继续说："但是现在，我们都觉得应该告诉你，你也大了，懂事了，有些事情大人不应该一味地瞒着你。"

"她得了什么病？"我平静地问，脑海里忽然闪过很久以前我们在咖啡馆见面时她的病历掉在地上的那一幕。

"乳腺癌晚期。医生说，恐怕是熬不过今年夏天了。"

"什么意思？"我瞪大眼睛，"什么叫熬不过今年夏天了？不就是生病了吗，她那么有本事，就把自己治好啊！她不是很有本事的吗？得了个癌症而已，怎么会熬不过今年夏天……"

这个消息来得太突然，对我来说无疑是晴天霹雳当头一棒。因为太突然，连悲伤的情绪都没办法好好酝酿，脑子里乱糟糟的一团，根本就没办法消化理解这件事情，所以我彻底地慌了，乱了。

李阿姨看着我，悲伤地说："你爸爸现在受了很大的打击，他觉得……觉得是自己当初放弃了你妈妈才让她现在这么不好过，所以他根本就没有心思顾虑到你了，云喜，对不起……看来我不该这么唐突地来跟你说这件事，可是……我觉得你该和你爸一起来面对这个问题，因为你妈妈她现在非常非常需要你们的支持，我想，生病的时候，只要有家人陪在身边，痛苦就会减轻很多……你原谅阿姨的自作主张好不好……"

我勉强地点了点头，声音干涩，"阿姨，谢谢你告诉我，我会去看她的，虽然我不知道她是不是愿意见到我。"

李阿姨拍拍我的肩膀，温柔地说："傻孩子，哪个做母亲的不希望看到自己的孩子呢？"

我仍是点了点头，没再说话。

李阿姨临走前嘱咐我不要太难过，去医院的时候回家一趟，她会给我煲点汤水，自己家熬的总比外面买的要卫生健康。

我感激地冲她笑笑，始终发不出一点声音。

李阿姨离开以后，我把自己狠狠地摔在床上，强迫自己快点入睡，可是翻来覆去却再也感觉不到一丝倦意。

又是一夜未睡，大脑像个坟岗被挖掘机粗鲁地挖掘。

我想起十四岁那年的冬天，晏城下着十年难遇的暴风雪。路面过膝的积雪导致交通瘫痪，车辆无法前行，学校紧急取消了晚自习，让学生可以在天黑以前尽快地安全到家。

那天是阮云贺来学校接我放学，因为打不到车，两个人牢牢地挽着彼此的胳膊在大雪中低头前行。晏城的冬天天黑得特别早，没走多久四周已是黑压压的一片。

快到家的时候，我看见远处闪着一束橙色的光，渐渐走近时才看见是妈妈打着电筒来迎我们。

“妈——”

我们齐齐地喊了她一声，就是在这个时候，阮云贺脚下一滑，重重地跌倒在雪地里。

“小贺——”

妈妈在远处焦急地喊了一声哥哥的名字，明显地加快了脚步朝我们跑过来。就在这同一个瞬间里，不知道出于什么样的理由，我也下意识地让自己重重地摔在雪地上。

我被自己的行为吓了一跳，耳边灌满了从喉咙里传出的不可思议的呼吸声。

然后妈妈跑过来，紧张地把阮云贺从地上扶起。她关切地询问他有没有摔坏，顺便看着一动不动地趴在雪地中的我，不耐烦地说了一句：“云喜，快起来。”

雪无声地落下，我的胸腔被某种奇异的空虚填满，类似于委屈、羞耻，以及对自己深深的厌恶。这样的空虚像两团火焰，在大雪纷飞的夜晚灼伤了我的眼眶。

我想着这些微不足道的往事，不知不觉间，眼泪已经落了满脸。

不知道过了多久，也许我已经睡了一觉醒来，也许我没有，总之当我疲惫地睁开肿胀的双眼时，周围的夜是寂静的。窗外一点声音都没有。

客厅里亮着的灯光朦胧地聚在门缝周围，像暗夜里濒死的萤火虫。

我拖着沉重的身体推开房门，看见宫屿正坐在客厅里翻阅一本杂志。

他来找我似乎是和李阿姨同样的理由，所以他只是看了我一眼浮肿的眼睛就什么都明白了似的。

“什么时候来的？”我走过去，在他身边抱着膝盖坐下来。

“下午，胡莱莱开的门，后来她有事就出去了。”

“哦……”

我沉默了一会儿，眼睛死死地盯着地板上一道细小的裂痕。

“宫屿，连你都知道了，可是我却什么都不知道。”

“我也是听苏总的同事说起才知道的。”他温柔地向我解释，仿佛是为了证明我没有自己想的那么不孝。

我轻轻地笑了一下，无助地喃喃：“怎么办啊……现在……”

“乖，别怕。”宫屿轻轻地抱了抱我，语气里有一种让人踏实的沉着。

我把脸紧紧地贴在他的怀里，闻着他身上特有的檀香皂的气味，轻声说：“宫屿，带我去看看她吧。我怕再不去，会来不及……”

“好，我陪你去。”他宽大的手掌握紧我，掌心微凉。

当我们走进病房时妈妈还在熟睡，平日里一丝不苟地盘在脑后的头发柔软地垂散在枕头上。她看起来很瘦，瘦得几近刻薄，皮肤在昏暗的夜灯里呈现出一种病态的苍白和松弛。

宫屿把我一个人留在病房里，出去的时候轻轻地关上了门。

病房里一直弥漫着很淡很淡的消毒水的味道。

我坐在病床边的小椅子上静静地看着熟睡中的女人，这是我的妈妈，是我在这个世界上本应该最亲近最熟悉的人，可是在这一刻，我看着她的脸，却只觉得陌生得让人心酸。

从前我从没发现，原来妈妈的额头这样漂亮，几乎找不到一条多余的皱纹，她的嘴角有一颗赤色的痣，很小很小的一颗。

还有她的手，看起来就像每一个妈妈的手一样干净温暖。

我忍不住伸出手指轻轻地触碰了一下她的手背，然后慢慢地，近乎贪恋地握住了她的手。

原来真的很温暖，很温暖。

就在这个时候妈妈忽然睁开了眼睛，用一种难以置信的表情看着我。我慌忙收回自己的手，愣在这不够明亮的光线里看着她。

过了很久，她不紧不慢地对我说："听说你执意出版了《霜尘》，这个脾气，倒是和我有些像。"

我不知道她为什么突然说起这个，也不知道该和她说些什么，我只是皱了皱眉，露出一个非常难看的笑容。

她也笑了，自顾自地说："顾轻决不适合你。"

我脱口而出："适不适合是我的事。"

她若有所思地点点头，接着对我说："你从小就是个奇怪的孩子。似乎总是在怪我对你不够好，可是当我真的在为你着想的时候你又总是抗拒。"

我眨了眨眼睛，狠狠逼退聚集在眼眶的眼泪，"你不是在关心我，你只是想摆布我，因为我不是哥哥，不可能做到像他那么完美地听从你的指挥。我总是在走弯路，不受你的控制，就像爸爸一样，所以你不喜欢我，讨厌我，甚至厌恶我。"

她瞪大了眼睛，不可思议地说："你怎么可以这样想？再怎么说我还是生下你的母亲！"

"生下我之后呢？"我激动地站起来，俯身看着她，咄咄逼人地嚷道："把我丢给奶奶照看了不是吗？为什么不能把哥哥送到奶奶那里？为什么是刚出生没多久的我？"

"原来你是在怪我这个。"她疲惫地摇摇头，不再说话。

我顽固地睁大的眼睛，生怕"伤心"这个词语会让我的眼泪冲破防线，所以我几乎是咬牙切齿地对她说："我不会再来看你了。"

她点点头："随便，我也不见得有多想见到你，活着的时候未必多想，现在要死了，也没什么想不想的。"

我闭上眼睛，深深地吸了一口气。

"你是不是后悔生了我？"

"没有。"她的语气快速而冷漠。

我笑笑，面色平静地说：“都是你不好。如果不是你生下我却不喜欢我，我也不会变成你厌恶的样子，哪怕是给我一个鼓励的眼神也好，我也不会想要变成一个一无是处的人。你不是一个好妈妈，也不是一个好妻子。所以爸爸才会和你离婚的不是吗？还有……你一定以为是我害死了哥哥，所以才导致我们家被拆散得七零八落的对不对？其实不是的，哥哥不是我害死的，是你害死的。

“是你用金钱留住了顾轻决去老铁轨的脚步，所以哥哥才会在那儿一直傻等。如果那天顾轻决按照约定的时间去了老铁轨，哥哥就不会死。爸爸也不会跟你离婚。

“所以你看，都是你一个人的错。可是你却把错误全部都推到我头上。

“是你生下了我，却怪我在不合时宜的时候来到这个世界上，是你害死了哥哥，却把责任全部算在我喜欢顾轻决这件事上。妈，你有没有想过，我也是你的孩子，我和哥哥一样，都是你生下来的孩子？！”

我的声音在空荡荡的病房里听上去格外凄清，一股脑地说完，我揉了揉眼睛，发现并没有眼泪。

妈妈的身体陷在被子里，她一直闭着眼睛，看上去像是睡着了一样。就在我以为她是真的睡着了的时候，她突然睁开眼睛严肃地对我说：“我对你还不够好吗？”

她的眼神在朦胧的光芒里显得格外遥远。

然后她突然伸出手抓住我的手腕，几乎是用一种带着恨意又莫名温柔的口吻对我说：“我对你多好！

“宁愿让你在奶奶那儿享福也不愿意让你跟着我们在城里受罪，我对你还不够好吗？你还记不记得有一年冬天，下着好大……好大的雪，你和云贺一起手牵着手冒着大雪往家走……我远远地就看见你们走过来，我就想啊，真好，这就是我的一对子女，多好啊。紧接着云贺就摔了一跤，我急坏了，忙跑过去想要扶他，可是你呢，我看见你远远地看着我，然后也一声不吭地把自己摔在雪地上。你看看你……你才多大啊……你才多大……竟然就这么有心眼。可是我没有拆穿你，放着云贺不管，先把你抱起来问问你摔坏了没有……”

“你骗人！”我打断她，“你只问哥摔坏了没有，根本就没有理过我！”

“怎么可能！”她怔了怔，拼命摇头，“胡说八道，不可能的，是你记错了。男孩子摔摔打打有什么关系，我看你趴在雪地里好像很委屈似的，就急忙先把你抱起来了，一定是你记错了。”

她语气坚定，一个劲儿地对我说，一定是你记错了。

那天晚上我在病房里待到很晚，直到妈妈忍不住困倦沉沉睡去。

她的呼吸像大海的起伏，带着一个母亲特有的频率缓缓地传到我的耳朵里来。

来时的路上宫屿对我说过，世界上不会有不疼爱自己小孩的母亲。你的母亲也一样，她爱你，也爱你的父亲，只是她或许不大会用你们喜欢的方式去表达爱。

也许他是对的。

只是事到如今，已经没有再去追究的必要了。

走出病房的时候，我忍不住回头看了一眼，柠檬黄的灯光温暖地笼罩着妈妈的脸，这样的灯光让我想起很久很久以前的某个黄昏。妈妈牵着我的手，也是站在差不多这么大的一间屋子里，屋子里也亮着一盏差不多的柠檬黄的灯。

“你看，云喜，这里以后就是你的家了。”

妈妈温柔地对我说。

第十三章

午夜森林

这个世界上，总有一些我们不认识的人，
正以我们所不知道的理由或相遇重逢，
或散落天涯。也许，这就是所谓的命运。

九月来临的时候，我们这一群人一起搭上了飞往 K 市的航班，去帮顾轻决和苏重筹备婚礼。

他们两个已在我们之前先行抵达 K 市，并为我们订好了金石湾的客房。

所以“我们这一群人”指的是：担当伴娘的我、担当伴郎的宫屿，同窗夏微、陆小虎、胡莱莱，以及……作为同窗家属的……释俊男。

大约在三个月以前，当我和夏微坐在“五月”新进的皮质沙发上夸赞着彼此新买的鞋子时，胡莱莱像一个索命冤魂一样披头散发地飘了进来，然后在我们毫无防备的情况下给我们下了一剂猛料。

她屏住呼吸，浑身颤抖地站在我和夏微面前，直截了当地告诉我们，她怀了陆河的孩子。

趁着我们瞠目结舌的空当又继续说：“我把这件事告诉陆河，原以为他会和我一样高兴，没想到他却往我手里塞了一千块钱，让我别太当真，然后就失踪了……”

我和夏微放下手里的鞋子，严肃地看向她，像是在确认她是不是在和我们开玩笑。

胡莱莱也抬起头看着我们，“五月”迷离的灯光里，只看见一双无助的眼睛就像失控的水龙头那样源源不断地滚下眼泪。

我和夏微错愕地对看了彼此一眼，我知道那一刻的夏微一定和我一样，心脏都被那个叫陆河的狗娘养的狠狠地掐了一把。

一股凉飕飕的风从门缝里苟延残喘地爬进来，在我们周围悄无声息地吹来吹去。

是释俊男打破了这死寂一般的沉默（他在“五月”做服务生已有一段时间，那天晚上正值他当夜班）。

他走过来抓住胡莱莱的胳膊，一张脸气得发红，他说：“走，我带你找那个畜生算账去！”

胡莱莱固执地甩开他的手，哭着嚷：“你去哪儿找一个存心躲着你的人！”

释俊男一怔，肥胖的身体一下子松懈下来，语气也柔和了许多，他像哄劝自己的女儿一样心疼地对胡莱莱说：“我错了莱莱，是我没长脑子，你别哭了，我一定把那个畜生给你找出来，给你讨个公道！”

一直沉默着的夏微这时候也回过神来，面色冷静地说：“找他有什么用，彼此都是大人，各自为自己负责，要怪就怪莱莱信错了人，不懂得保护自己！”虽然她装得多冷静似的，但是我知道她的心里一定比谁都烦乱。

胡莱莱才刚要止住的泪水又一股脑地流下来，她抽出一只手狠狠地擦了一下眼睛，一边哭一边喊：“你到底还算不算朋友，不给我撑腰就算了，还怪我活该犯贱！”

夏微被她气得火冒三丈，“现在给你说好听的有什么用！怀都怀上了，这个孩子到底要怎么办？！”

一时间大家都被这个最现实也最迫在眉睫的问题难住了。

整个大厅里都是静悄悄的，外面嘈杂的世界仿佛因为夏微的这个问题瞬间和我们一分为二。

一片错愕的死寂里，又是释俊男率先打破了沉默。

他结巴的声音和坚定的眼神在这个让人窒息的夜晚形成了鲜明的对比。

释俊男看着胡莱莱，就像罗密欧看着朱丽叶那样，以一种宣誓的口吻轻轻地说：“莱莱你别怕啊。我跟你说，你做什么样的决定都不要有后顾之忧，因为，无论你的决定是什么，我都会陪着你负责到底的。如果你想生下来，我愿意帮你养着，虽然我也没什么经验，但是我们小区好多小孩儿都特别喜欢我，我、我觉得，胖一点的人，会很好地和孩子玩在一起……如果你不想……那、那我就陪你去，我陪着你，去最好的医院，我会照顾你，给你煲有营养的汤……”

这种毫无逻辑的安慰似乎对胡莱莱起了点安抚作用，她渐渐止住了泪水，郑重其事地对释俊男说：“闭嘴！要生要死是我的孩子，跟你有什么关系？！”

释俊男是这么跟她解释的，他说：“你觉得和我没关系，是因为你不喜欢我。但是我觉得和我有关系，因为我喜欢你。所以我必须把你照顾得好好的，只有你高兴了我才能高兴。”

那一瞬间我觉得释俊男的形象突然就升华了一个高度，这年头只见过抛弃妻子的负心汉，还真没见过赶着给人当爹的老好人。

尽管这样，一直坐在沙发上一声不吭的我，还是在释俊男和胡莱莱温柔交错的眼神里提出了一个至关重要的问题。

“胡莱莱，”我尽可能以一种不歧视不鄙视的口吻对她说：“虽然你们现在的氛围挺好的，又感人又浪漫，可是你能不能和我解释一下，你裙子后面那一片从刚才开始就不断扩散的红色究竟是怎么回事？我想如果那玩意儿不是你的孩子的话，应该是你的大姨妈吧？”

夏微也绕到胡莱莱身后看了一眼，气急败坏地吼：“胡莱莱你这个智障！下次再怀孕之前能不能请你先问问大姨妈的意见！”

胡莱莱大惊，泪珠儿还挂在脸上，却用欣喜的口吻不可思议地尖叫：“不对呀，明明推迟了二十多天啊！吓死人了！大姨妈怎么可以这样对我？！”

我和夏微一副生无可恋的表情看着释俊男，发自肺腑地问：“这样一个脑残，你到底喜欢她什么啊？”

虽然事情发展的结果是皆大欢喜的，但我和夏微还是气得三个月没再搭理她。

就是在这三个月里，胡莱莱和释俊男之间，那场因一场迟来的大姨妈而引发的爱情有了突飞猛进的进展，很快，两人于九月初登记闪婚。

至于陆河给的那一千块钱，已经被胡莱莱用于安抚我和夏微受到惊吓的心灵，也算是用得其所。

而现在，我看着坐在头等舱里打情骂俏的胡莱莱，忽然有一种时光飞逝的错觉。

“什么样的钻石能配得上我的美丽？”胡莱莱拧眉捶打着释俊男肉乎乎的胸膛。

“没有这样的钻石。”释俊男眉眼舒展，温柔回答：“不过……我可以先用这枚钻石按揭你百分之三十的美丽吗？”

我感觉自己就要在机舱里窒息了。

航班抵达K市的时候已是黄昏，灼人的阳光渐渐褪去，但空气里依旧回荡着一阵一阵温热的风。

我们在金石湾的前台领取房卡后便各自回了自己的房间。

三间客房，我与夏微一间，宫屿和陆小虎一间，已婚夫妻胡莱莱和释俊男一间。

房间宽敞明亮，离海滩仅几步之遥。远远地可以看见海边拾贝壳的妇女和小孩，戴着一顶巨大的金色的草帽，在傍晚的海边走走停停。

与本地人的悠闲和装扮不同的便是和我们一样的异地游客，男男女女成群结队地在沙滩上踩出深深浅浅的脚印，他们身后常常跟着一些兜售贝壳的孩子，被阳光晒得红通通的脸颊认真地对着你：“买一串手链吧，纯天然的，只要三块钱。”

如果你买下其中一个的，就会有更多的孩子聚拢过来，纷纷亮出自己手上挂着的彩贝。

曾经的顾轻决也是这一群孩子中的一分子，光着脚丫在海滩上来来回回地跑，洁白的牙齿，闪烁的眼睛，手腕上挂满七彩斑斓的彩贝。

这里是顾轻决的故乡，他父亲的骨灰埋在这里，他的童年也葬在这里。

是苏重不顾父亲的反对执意要在K市举行婚礼，她凡事为顾轻决着想，将来会是个好妻子。

干净宽敞的客房里，我和夏微放好行李，呈“大”字形躺在舒服的大床上休息片刻，又轮流冲了个热水澡。等我们换好衣服准备到大厅和大家集合的时候，K市的夜晚已经来临。

陆小虎提议晚餐就到沙滩上办烧烤派对，于是大家便租了烧烤用具集体向海边出发。

九月末的海边已有了凉意，才短短几个小时的时间，先前的那股闷热气流已经散得干干净净，入夜的凉风渗进皮肤。

三个男生架好烧烤架的时候，苏重和顾轻决也买好了肉和蔬菜匆匆赶来。

他们十指相扣，拎着大包的食材朝我们微笑，我从不知道苏重的笑容可以这样美好，表情天真幸福得让我不敢多看一眼。有一阵海风猛烈地灌进我的喉咙，我慌乱地转过身，告诉自己此刻的我很豁达，很平静。

夜晚的海滩显得有些冷清，海水深黑如墨在远处寂静地翻滚。我穿着人字拖蹲在地上负责烤土豆。宫屿拿了一件外套递给我，也穿着一双人字拖在我身边蹲下来。

我看着他气定神闲的样子忍不住差遣他：“去，去，帮我拿一罐饮料过来。”

他一张无辜的脸孔凑近我，无赖地笑：“让我亲亲你我就去。”

我皱眉，佯装愠怒，“那你帮我烤土豆吧，我自己去拿。”

宫屿笑得更无赖了，“那得你亲亲我才行。”

看着他脸上无遮无拦的笑容我心里就乱了，举着土豆跑到夏微身边去。

离我们不远处的烧烤架上是熊熊燃烧的火焰，大块的肉排架在上面吱吱地冒着烟火香，一阵风袭来，呛得陆小虎和释俊男都捂着眼睛拔腿往海里跑。苏重和胡莱莱为大家分配盘子和酒杯，顾轻决带来了一整箱的啤酒等着被我们消灭。每个人都在雀跃着忙碌着，只有夏微一个人在一旁沉默地烤着半只羊。

我们都知道她还在生陆小虎的气，而且这一次后果真的很严重，因为在半个多月前，陆小虎曾经把三子给打了。

那天是星期天，我和陆小虎约好一起去打桌球，回去的路上远远地就看见人群里两个熟悉的身影。

我和陆小虎站在人行道的这头看着他们，当红灯闪烁了几下，转换成绿灯的时候，三子的手自然地搭在夏微的肩上与她一起朝我们这边走来，气氛慢慢变得很不自然。

“夏微！”陆小虎叫住她：“夏微！”

风吹过来，谁也还没来得及说些什么的时候，三子就挑衅似的吻了夏微的嘴角一下。

他说：“陆小虎，我这可不叫横刀夺爱啊。”

然后陆小虎的拳头就挥了出去。三子沉默地擦了一下嘴角，眼神骤然变冷，下一秒，两人便扭成一团当街打了起来。

我吓坏了，冲上去拽着陆小虎的胳膊想要分开他们，但是被他一把推开。我看见三子毫不客气地将陆小虎打倒在地，然后骑在他的身上一拳一拳地打下去。而陆小虎也不甘示弱地挥舞着拳头很快翻身占了上风。

“你们有病啊，别打了！”我几乎带着哭腔想要靠近他们。围观的路人越来越多。可我势单力薄，怎么也没办法把他们拉开。

就是在这个时候，夏微非常冷静地走过去把陆小虎从三子的身上拽了下来。她挡在两人中间，冷冷地看着陆小虎说：“你这是干什么？你知不知道现在的自己很蠢，很幼稚？”

我看见陆小虎的眼眶通红，嘴角和下巴上都有零星的血丝，他气喘吁吁地说：“我爱你夏微。”

夏微说：“给三子道歉。”

陆小虎说：“你他妈聋了！我说我爱你！从前我打了你是我不对，可是打完我就后悔了，我爱你！”

夏微说：“那跟你打了三子这件事并不是因果关系。而且，我也不需要你爱我。”

然后陆小虎就哭了，沙哑的声音就像是从喉咙里爆裂出来的那样，他哭着冲夏微喊：“我他妈就是爱你怎么了！我爱你我爱你我爱你！我就是蠢，就是幼稚，就是要让别的男人都爱不成你！夏微，这么多年了，该用的办法我都用过了，我不就是打了你一巴掌吗，你他妈至于折磨我一辈子吗，你至于吗！”

夏微僵硬地抿了一下嘴角，一双澄净的眼睛静静的，定定的。她一句话也没有说，走过去扶起三子，扯着他受伤的胳膊慢慢离开。

那天的陆小虎哭得很凄惨，像个小孩儿一样蹲在路边哇哇大哭，仿佛要把天都哭得塌陷了。他抓住我的衣角泪流满面地问我：“云喜，云喜啊，你说夏微她怎么能这样，我把打过她的手砍了还不行吗？她到底要我怎么做才能原谅我……”

其实我也很想问问夏微，只是那一刻的我却只能悲伤地蹲在陆小虎身边安静地陪着他。

究竟是胡莱莱太草率太单纯太干脆，还是夏微太严谨太执着太残忍，是不是越简单就越能够轻易接近幸福？我不懂，有些事现在想不明白，将来也未必会弄懂。

后来我问三子，那天为什么要故意挑衅陆小虎，以他成熟的行事作风万万不会做出这么明显的幼稚举动。

三子愉快地笑了笑，说：“云喜，我一直以为你和陆小虎是一路人，天真得冒傻气。但是我今天才发现，你比他要嘴甜懂事得多。那天我是跟自己打了个必赢的赌，如果陆小虎没什么反应，那算我赌赢，我会不遗余力地追求夏微，你也知道我喜欢夏微。如果他们两个中任何一个被我激怒，也算我赢，当我给这两个闷葫芦一样的小朋友帮了个忙。我是喜欢夏微，可我知道陆小虎比我还喜欢。”

我叹了一口气，“可是有什么用呢，你推了陆小虎一把，可夏微还站在原地跟没事人一样呢。”

三子点燃一根烟，饶有兴致地说：“那就要看我这一把把陆小虎推得有多远了，他们之间剩下的距离应该难不倒他那个傻小子。更何况……”他顿了顿，微笑着说：“夏微也不全是站在原地。至少那天，她曾不经意地责备我，不该对陆小虎下那么重的手。”

我对三子的话记忆犹新，因此看向夏微的眼神也是饶有兴致的。火光照亮着她大半张脸，细致坚定的五官里似乎还透露着一丝不易察觉的妥协和希望。

那天晚上我们一直玩到很晚，每个人看起来都很快乐，彼此间的嬉笑也是心无城府的模样。直到胡莱莱醉得不省人事的时候，我们才用海水熄灭了炭火打道回府。

夏微疲惫地早早躺下，不一会儿便已熟睡。与她一床之隔的我却躺在床上不见一丝睡意，月光如泉水清凉地泻进来，窗外夜幕深深，星光点点。

还有两天就是顾轻决的婚礼。两天后的清晨，顾轻决会按照这里的习俗牵着苏重的手去走 K 市闻名的九百九十九层石梯，石梯的尽头就是教堂，他们将在那里接受上帝的祝福。

听说我们最终只会和与自己有缘分的人走到一起，也许这是真的，上帝早就安排好了一切。

没多久，身边的夏微发出均匀的呼吸，我翻了个身，索性爬起来蹑手蹑脚地披上一件针织衫走出房间。

凌晨三点的海滩空旷而庄严，有种不容侵犯的坚持。不是墨色的黑，亦不是惨淡的白，离蔚蓝还很遥远，正是此刻头顶天空的颜色。

我沿着海滩一路向上，想去寻找离这里不算遥远的那座教堂。

远处有几对想要等待日出的情侣紧紧地依偎着彼此，点着一束点点火光的烟火。我在他们那里买了一支，想要点燃的时候才发觉身上没有打火机。已经很久很久，没有随身携带火机的习惯了。

我只好拎着那支无法点燃的烟火继续前行，海水退得很远，出了海滩便是一条石子铺就的路。

大约半个小时后，我顺着一排红墙绿瓦向左转弯，巨大的石阶便映入眼帘。

黑暗中，像是会抵达到某个深不可测的地方。

我踏上石阶向上攀登，没几步，就听见身后有人轻轻地咳嗽了一声，想必是怕待会追上我的步伐时会吓到我。我很感激地顺着声音回头，只朦胧地看见一个身影在抽着烟，手指间一枚红色的火光若隐若现。

那人似乎怔了一下，犹豫地开口问我："是云喜吗？"

我听见他的声音也有些错愕："顾轻泱？这个时间你怎么会在这里？"

他加紧脚步走过来，清凉的气息离我那样近。

"还真是你，我睡不着，想去教堂坐一坐。"他语气轻快地对我说。

我心下莫名怅然，脸上却狡黠一笑，笑吟吟地问道："这就是传说中的婚前恐慌期？"

他只是笑，并没有回答我。

我们默契而沉默地一起踩着石阶向上走，一层一层，沉默而执着的样子。不需要任何语言，就这样寂静地虔诚地走下去就好，比什么都好。

顾轻泱，你知道吗？和你分开的这些年，我哭过，也恨过，不是恨你，是恨我们分开了的事实，那种恨是何其刺骨，何其无奈，又是何其漫长。

可是慢慢地我才发现，这个世界上，总有一些我们不认识的人，正以我们所不知道的理由或相遇重逢，或散落天涯。

也许，这就是所谓的命运。

虽然从前的我宁愿在自己身上发生更多不好的事情也绝不愿意和你分开，但是我们好像就注定了不得不离开彼此似的，抵死挣扎也没有用，彻夜不眠也没有用，痛到痉挛的心脏也根本一点忙都帮不上。

你大概永远也不会知道那时候的我会有多绝望。

我甚至因为这样的绝望，刻意伤害过你的尊严——下地狱吧，和那个婊子一起。

可是我希望你明白，虽然表面上是我用一把利剑毫不犹豫地刺进你的心脏，但实际上，说出那句话的我，也同样是痛不欲生的。

但是现在，那些原本看上去像是永世也无法磨灭的痛楚，却都在之后漫长的岁月里渐渐缓和了。

我似乎已经有足够的勇气从你的世界里完整地走出来。

我知道此刻的你也和我一样，顾轻决。

你会像一个丈夫爱着妻子一样去呵护苏重。而我，也不会继续卑劣地逃避宫屿对我的好，是我太懦弱，给了他希望，又让他不停地等，是我不好。

我相信即使最终我们没能在一起，但这并不妨碍我们各自继续幸福下去，不是吗？

只不过，听上去有些遗憾罢了。

最重要的是，我们之间没有谁背叛了谁，没有谁放弃了谁，只是大家都遇到了比对方更有缘分的人而已。

是这样吧，顾轻决？

想到这里，眼睛里一阵潮热的灼痛，脚下不停交替的双腿不由自主地停了下来。

顾轻决把手里的矿泉水递给我说："喝点水缓一缓，爬完全程还要一个多小时的时间。"

我苦恼地笑道："K 市的新婚夫妇可真辛苦，要接受这么大的考验才被准许步入礼堂。"

顾轻决也笑，"休息一会儿吧。"

我点点头倚在扶手边，把手里的烟花递给顾轻决，说："刚才在下面买的，忘了带火，就在这里点燃吧。"

他应了一声，从口袋里拿出银色打火机凑过来帮我点燃。有风吹过，我们的手聚拢在一起护住火苗，火光亮起的那一瞬间，我看见打火机的一角被摔得有些凹陷，而顾轻决的双眼清凉如雪。

然后烟花就燃烧起来，吱吱地冒着火星。

我抬起头，在忽明忽暗的火星里甜蜜地冲顾轻决笑起来。余下几百个阶梯突然间变得无限遥远，永远也无法走到尽头似的，而此刻清风拂面，微微发白的天空下顾轻决的面容也变得非常遥远。

就像初二那年离天空非常近而离我非常远的顾轻决。

"我可能，没办法和你一起走到教堂了。"我盯着散乱的火光轻轻地对他说。

“双腿走倦了，我已经走不动了，顾轻决。”

我抬起头冲他抱歉地一笑。看见他夜空般深黑的眼睛里倒映着我手中燃烧的烟火。

那一瞬间我的眼前闪过许多我和顾轻决走在校园时的画面，蓝得清透的天，用尽温柔的我们，每一个笑容都让人天旋地转，每一滴泪水都仿佛沧海桑田。

顾轻决冲我僵硬地微笑着，语气温和地说：“累了就早点回去休息吧。”

“嗯。”我点了点头，“谢谢你和我一起走到这里。”

我们看着彼此沉默了一会儿。然后顾轻决突然对我说：“你已经不是那个对世界不断发问的阮云喜了。”

他的表情里有一种我无法理解的失落，他说：“现在的你已经学会了自己寻找答案。”

我看着他沉远的目光忍不住笑起来，我知道这样的笑容里一定还夹杂着我十四岁那年的影子，眼睛里一定还倒映着那年夏天的温柔。

我说：“说起发问，我倒有一个问题一直很想问一问你。”

“什么问题？”

“如果可以回到过去，你最想改变些什么？”

“至少……不会再让你为我掉眼泪了吧。”他悲伤地笑了笑，问我，“那你呢？”

我说：“收回那些伤害过你的话。”

——顾轻决，你爱我吗？

——我爱你。

——我们会永远在一起吗？

——回答我呀，顾轻决，我们会不会永永远远地在一起？

似乎一切都一笔勾销了，在烟花燃尽的那一瞬间。

而天空正在我们头顶慢慢地苏醒，映着我们年轻而固执的脸。

再见了顾轻决，不，顾熙，再见，顾熙。

明天过后，苏重将和你肩并肩走完这段我未曾走完的阶梯。

如果你肯在旧时光里回首张望，一定会看见十六岁那年的阮云喜，她柔软的头发上带着你喜欢的花木香，明亮的笑容里有一丝幸福的狡黠和开朗，她的手认真谨慎地牵着你，生怕与你在这个世界不小心走散。

你在茫茫夜色中看见她在流泪，而转瞬之间，是苏重站在她一贯喜欢站着的位置看着你微笑，笑容甜美如浆果。

你便知道这已是那些时光之外的世界了。

我转过身，顺着上来的阶梯一步一步走下去。而顾熙也转过身，朝着教堂的方向与我背道而驰。

星光在我们身后渐渐地走散了，月光也慢慢地淡了。

我不会忘记你，因为太难忘记。也不要俗套地让彼此成为陌生人，因为你比谁都曾与我亲近。

只是后来，我仍是忍不住停下脚步向后望去。

我看见微白的光芒笼罩在顾轻决的后背上，他的脸隐没在这声势浩荡的光芒里，我再也看不清他。

远处有早起的妇女在海滩边哼着一首歌，她弯腰捡起沙滩上潮湿的贝壳，悠长的歌声飘浮在我们之间微凉的寂静里。

一定有一些什么我不能忘记的消失在这个世界上，而我却并不悲伤。

当我走到金石湾的时候，宫屿正站在那里耐心地等着我。

他的头发被海风吹得乱糟糟的，像个刚睡醒的小孩子。单薄的衬衫却衬得他又高又瘦，我走过去，他便露出洁白的牙齿对我一笑。

“已经好好地道别过了吗？”他问。

我也冲他露出白晃晃的牙齿，笑着点了点头。

“真勇敢啊，我们云喜，真勇敢。”他像树袋熊抱着树干那样结实地抱了抱我，温柔地对我说。

“对不起，让你担心了。”我煞风景地打了个呵欠，“现在好困。”

宫屿拿出两张机票狡黠一笑，“坚持一会儿，上了飞机再睡。”

我张大了嘴巴看着他，“飞机？去哪儿啊？明天才是苏重的婚礼。”

宫屿大笑，“带你去看晏城的海，比这里广博干净。”

“那婚礼怎么办？”我拼命摇头，“你和我可是担当着重要角色的！”

“不是还有夏微和陆小虎吗，我们这也算是成全了他们。”宫屿冲我眨了眨无辜的大眼睛，“你想想，他们总不会找已婚妇女胡莱莱吧？”

说完这些，他不由分说地牵起我的手，扯着晕乎乎的我迈开脚步直奔机场。

这怎么可能！太不靠谱了！

……

三个小时后，当宫屿牵着我的手走出晏城机场的时候，我才意识到自己竟然就真的这么跑掉了。

丢下苏重和顾熙的婚礼，趁着夏微她们还在熟睡的时候，和宫屿一起逃跑了。

不知是什么缘故，我居然觉得非常快活，长这么大我还是第一次有一种与世隔绝的快活和镇定，傻乎乎的，牵着宫屿的手，无知无觉地傻笑着。

我们一起拔掉了手机卡去吃大餐，也不知道怎么会那么开胃，不停地吃喝，很满足、很满足。

然后我们随便找了间客房呼呼大睡，也不需要拉上窗帘，就大剌剌地躺在一室阳光里睡得昏天黑地。

醒来的时候已是下午，阳光还很充足，整个世界都在闪闪发着光，暖烘烘的让人微醺。

宫屿比我醒得更早，单手撑着脑袋侧躺向我这边看着我，毛茸茸的睫毛上全是从身后照进来的光。

我被他看得有些窘，翻身下床穿上了鞋子。

“不是说好要带我去看海的？”

他也从床上一跃而起，“这就带你去。”

晏城的大海离市区非常遥远，驱车要两个多小时才能抵达。我们像参加学生时代的春游，买了很多的零食和饮料装在车里才开始出发。

风的温度刚刚好，太阳快要落下去，这是一天当中最惬意的时刻。

海边的游客并不太多，有几个孩子追逐着彼此的脚步大呼小叫地跑来跑去。

我想要放肆地狂欢一把，来不及脱下鞋子就踩进海水里去，和那些嬉戏着的孩子一样在冰冷的海水中踩啊踩啊，发出快乐的尖叫声。

青灰色的天，偶尔有几只海鸥疲惫地掠过水面，低低地盘旋。

我不知道自己为什么会流下眼泪，夕阳像雨水一样溅落在大海中，用一种温暖的光芒笼罩着我沾满泪水的脸。

然后我整个人扑进大海里，兴冲冲地朝宫屿招手。

“快来把我带出去，我要被大海吃掉了！”

上岸的时候那几个孩子冲我做鬼脸，宫屿拉住想要冲过去扮魔鬼吓唬他们的我，一路把我拉到车里让我换好衣服才可以出去。

我乖乖地换上干净的 T 恤，打开车门，看见宫屿正背对着我倚在车窗上看着远方。

我们拿着一包薯片在海边坐下来，我的头发湿漉漉的，满是海水的咸味。有一只同样湿漉漉的大狗温顺地经过我们的时候，我对宫屿说：“很久以前我来过这片海，是高考后的夏天。那时候还遇见一个大男孩儿，他以为我要自杀，扑腾进海里把我扛了出来。”

我倚在宫屿的肩膀上笑得发抖，“那个男孩儿可真傻啊。”

其实那时候的我根本就没打算自杀，我只是想知道自己是不是还想要活在这个世界上。

海水一点一点漫过脚踝，膝盖，拍打着胳膊，一直到涌上胸口。每往前多走一步，对死亡的恐惧也就多出一分，于是我知道自己根本就不想死，虽然谈不上多想活着，但至少不想就这样死掉。

“后来呢？”宫屿饶有兴致地问我。

“后来那个大男孩儿就一直陪着我，我们两个都被海水淹得浑身湿淋淋的，像两只搁浅在海边的海藻。直到夜幕降临的时候，我说我要回去了。他跟我挥手说再见，好像还对我说了一句什么话，可是当时我沉浸在自己的悲伤里根本就没听见。到现在我还好奇那个大男孩到底对我说了些什么。”

宫屿说：“记得回家的路吗？忘记的话，我可以送你回去。”

“什么？”

“记得回家的路吗？忘记的话，我可以送你回去。当时我对你说的就是这句话。”宫屿温柔地对我说，“那个以为你要跳海自杀的大男孩就是我。”

他的声音像是被谁施了什么神秘的魔法，这个声音带动着周围微凉的空气，在我的周身形成一个巨大而温暖的屏障。

我们静默地对望着彼此，天上最后的那些光芒在我们身上缓缓地流动着，然后宫屿突然绽放了一个孩子般透明的笑颜。

冬天来临的时候，在爸爸的一再要求下我终于还是搬到了他家。

“女儿出嫁前当然要在家里过一过懒散放纵的生活才行啊。”爸爸时常这样对我说。

搬家的那一天晏城下起了初雪，天地间昏昏暗暗分不清昼夜。

李阿姨早早地把我的房间收拾妥当，我只需要带几件衣服就可以住进去。房间在二楼，是家里最宽敞的一间，朝阳，淡粉色的墙，像个巨大的儿童房，很幼稚，但很温馨。

不用上班的时候我会带着阮陶和阮瓷一起下楼玩雪，阮陶对雪有一种痴迷的喜欢，她站在雪白明亮的天地里咯咯地笑着，吐字不清地喊：“雪——雪——”

每个周末的清晨，李阿姨都会陪着爸爸一起到附近的河边钓鱼，将厚厚的冰层砸开一个洞，两个人紧紧地挨着彼此坐在那里等鱼儿上钩。

有一次她陪爸爸钓鱼回来的时候染了风寒，不停地咳嗽。爸爸自责地坐在沙发上像个犯了错的孩子。

这时候阮陶和阮瓷的尖叫声就从二楼愉悦地传进我们的耳朵。

几乎是下意识地，我冲她们小声地喊：“嘘——妈妈不舒服要睡觉，你们不要吵。”

然后整个屋子就都安静下来。

爸爸也安静了。

还有李阿姨，她安静地站在那儿，眼泪一颗一颗地落下来。

过了很久很久，久到我都有些不好意思的时候，她问爸爸：“阮晟，你听见了吗，云喜刚刚叫我妈妈。”

阮瓷站在楼梯口冲我微笑。我对她做了一个鬼脸，你看大人就是喜欢小题大做。

紧接着圣诞节就要来临。公司在放假前通知了我们两个好消息。首先是鹿嘉的最新作品《凝眸》已成功打入畅销榜榜首，并将登陆台湾书市，而《霜尘》也将第三次下厂加印。

第二个好消息则是宫屿凭借极具中国古典风格的最新作品《鹤》再次轰动日本，收到了日方出版社的盛情邀请，将于新年过后赴日举办读者见面会。

为此我们一群人决定在圣诞节那天团聚在“五月”为宫屿庆祝。

圣诞节这天，宫屿到家里来接我。

出门的时候听见爸爸小声地埋怨：“还没娶回家就不放小喜跟我过节，还想不想让我把女儿嫁给他？！”

妈妈捂住他的嘴压低了声音数落：“行了行了，不够你忙的，我和两个小的陪你赖在家里还不够！我看小屿这个孩子好得很，像画报上跑出来的一样好看。”

路上宫屿问我笑什么。我意味深长地看着他说：“原来爸爸会吃女儿醋的传言都是真的，你将来不会也像我爸这样吧？”

宫屿故作委屈状，“你才知道？上次他拿着白酒把我灌倒的时候我可一句话都没敢告诉你，其实你爸耍赖，他杯子里全是矿泉水。”

“这么点牺牲就怕了？”我看着他，撇撇嘴，“那你可惨了，更大的牺牲或许还在后头呢，现在及时收手还来得及。”

宫屿趁着红灯在我的额上印下一吻，递给我一个小小的盒子对我说：“我不但不会收手，还会奋战到底。阿姨都被我迷人的外表收服了，我就不信叔叔不被我真诚的内心感动。”

“这是什么？”我微笑着打开盒子，是一把钥匙。

宫屿说：“是彩虹天堂 11-14 房的钥匙。十一月十四日是你的生日，我希望明年的这一天，会是我们两个一起在这间房子里为你庆生。”

我怔住了，扭头看向他，微微一笑：“宫先生可是在求婚吗？”

他的一只手紧紧地握了我的手一下，掌心里全是细密的汗水。

车窗外的街上热闹极了，周围都是闪闪发光的彩灯，金灿灿，亮堂堂，让人觉得喜庆。

宫屿牵着我的手走进“五月”的时候，大家都已经到了，正在其乐融融地装扮着巨大的圣诞树。

夏微和陆小虎穿着笨拙的情侣装冲我招手，“快来帮忙，什么都指不上胡莱莱那个国宝级孕妇！”

胡莱莱瞪了他们一眼，一脸甜蜜地挽着释俊男的胳膊站在树下，七彩的灯光映得她的脸庞格外神圣。

我们聚在一个被上帝宽恕的时间里，分享着彼此的喜悦和快乐，当然，也曾分享过彼此的悲伤和痛苦。庆幸的是岁月还很漫长，接下来的我们还要走很远的路，很辛苦，很幸福。

而这些幸福都是真的。

尾声

再见，海市

儿童节之前我带着女儿珊珊回国旅行。

我们打算用三个半月的时间穷游全国，小家伙对这次的旅行充满好奇，一路上牢牢地牵着我的手，乌黑明亮的大眼睛出神地凝视着这个世界的每一个角落。

珊珊是我和苏重领养的第一个孩子，今年七岁。她的父母死于一场交通事故，她也因此失去了许多的记忆。

我和苏重第一次去看她的时候，她正坐在明亮的大窗边垂首把玩着一把折扇，小小的手“哗”地一下拉开扇子，再“啪”一声合起来。她玩得很专心，很投入，然后她转过头来看了我们一眼，眼神干净得就像她身后的天空。

没多久珊珊便和我们一起到英国定居。她叫我“爸爸”，叫苏重“妈妈”。

大二那年的流产导致苏重很难再怀上自己的孩子，因此她对珊珊这个女儿格外宠溺，像每一个传统母亲一样，极尽可能地把一切美好的东西带进她的生命里。

我们一家人过得很平静，很幸福，上帝偏爱我们。

一年后，苏重告诉我，我们即将迎接第二个小生命的到来。是的，她怀孕了，我们有了第二个孩子。

我第一次陪着苏重去做产检的时候，她哭得很厉害，小心翼翼地询问我："顾熙，你会喜欢这个孩子的，对吗？"

我忽然强烈地感受到一种说不清道不明的残酷，于是我对她说："对不起，苏重。"

这么久以来我究竟对她做了些什么，究竟有多残酷，多冷漠，才会让这个女人在最幸福的时刻还要提心吊胆地猜测着我的感受？

她是我的妻子，是我孩子的母亲，是我的家庭里不可或缺的一部分。

我却从未给过她哪怕一丝的安全感。

眼泪从她的眼角大颗大颗地落下来，她就像一个无助的孩子那样看着我，怯怯的，温柔的。

一阵深深的愧疚像海浪一样淹没了我，我走过去将她轻轻地拥在怀里。

"当然。"我说，"这是我们的孩子。"

然后我就看见苏重的笑容像艳阳一样从她含着泪的瞳孔里绽放，仿佛很久很久以前的某个黄昏，十七岁的苏重拦住我的去路，她也是这样灿烂地笑着对我说："你好，我叫苏重，苏东坡的苏，重生的重。"

为了迎接第二个孩子的到来，苏重让我带着珊珊回国旅行几个月，算是给就要担负起姐姐重任的珊珊一次奖励。

我带着珊珊回到国内，从南方出发，一路向北。

珊珊很喜欢看海，三亚的海、青岛的海、厦门的海、大连的海，每一次到了海边，珊珊都会近乎痴迷地望着远处的海平线。

两个月后我们途经晏城，路上，我对珊珊说："这里是我的故乡。"

珊珊歪着小脑袋不解地问我："爸爸的故乡不是K市吗？"

我的心突然尖锐地疼了一下，这导致我沉默了很久，才勉强笑道："对不起啊珊珊，是爸爸搞错了。"

晏城的六月，空气有些湿漉漉的。阳光一阵一阵地从潮湿的云缝里透出来，天气总是阴晴不定。

我们在一家靠近河边的旅舍住下，旅舍的老板娘虽然已是六十岁的高龄，但神清气爽的模样看上去却比许多年轻人还要硬朗活泼。

听说她年轻的时候在社区的宣传队工作，老板娘健谈，和我们说起许多往事。她说话的语速很快，字正腔圆，惹得听众不得不投入在她的故事里。

有一次她说起自己从前在河边巡逻，远远地看见一个女孩子正用打火机点燃了一些什么，旁边还站着一个男生看着她发愣。

老板娘说："当时给我吓得啊，以为那两个孩子是在纵火，赶忙出声喝住，没想到两个人跑得倒快，我在后面追，还摔了一跤。幸亏那时候我还结实着呢，如果换成现在，恐怕要去掉我大半条命了。"

当时的我，因为听了这句话，心里突然就觉得很空落。

"对不起。"

我用手指无知无觉地摩挲着茶碗的边缘小声地说。

老板娘爽朗大笑，"又不是你害我摔跤，怎么替那两个小浑蛋道起歉来啦！"

我笑笑，埋头喝了一口苦涩的茶水，让我的脸可以隐藏在那淡淡茶香里，不把回忆中一张哀愁的脸孔泄露出去。

在渐渐来袭的暮色之中，我突然想起很多年前的一个下午，阮云喜从一片钢筋水泥的灰色森林里走出来，走近我。短碎的头发包裹着一张干净纯粹的脸。

我们站在河边，她点燃了手里的血液检查报告，那团火焰照亮她的眉眼，也曾照亮了我的世界。

云喜，即使是你，也一定无法体会我当时的心情。我遇见你，仿佛捡到一个宝，我失去你，却是失去了一段再重要不过的人生。

在我们分开以后，我曾经无数次地想过要对自己妥协，想过要回去找到你，可是我无法原谅自己犯下的过错。

有些路，走错一步，就注定了无法回头，无论前方是荆棘抑或湖泊，我都要沉默不语地走下去。

你是我这一生最残酷也最温暖的缺口。

我的女儿珊珊，她在我们决定返程的那个夜晚问了我一个问题。

那一天的绵绵细雨细致柔软地扑落满窗。

黑暗中，她静静地躺在旅舍的木板床上小声地问我：“爸爸，如果有一天我去了很远的地方，我们还是一家人对吗？是不是我的个子长到一米六的时候，我们也还是一家人？就算我不喜欢吃胡萝卜和西兰花，我们也是一家人？即使家里有了弟弟妹妹，爸爸也还是我的爸爸，妈妈也还是我的妈妈，我们还会是一家人，对吗？”

夜晚的凉风就在这个时候无遮无拦地吹乱我的思绪。

一家人的定义究竟是什么，这个问题我从没有仔细地思考过。是同甘共苦吗？是血脉相连吗？是住在同一个房子使用同一个马桶吗？

从前的我一直都不太明白。

但是这一天，当珊珊拧着她可爱的眉头忧伤地问我这个问题的时候，我似乎有些明白了。

一家人，就是当他们聚在一起的时候，快乐和幸福就会被无限地放大，悲伤和痛苦就会被神奇地削弱。

就是无论走多远的道路，看多少的风景，在某一个时刻还是会忍不住惦念的人。

就是一想起来，心里就会感到踏实的人。

就像我的女儿珊珊，就像我还未出世的孩子，就像苏重，就像你——云喜。

你就像我荒无人烟的世界里最美好也最真实的海市蜃楼。

在我荒无人烟的世界里闪闪发亮着，提醒着我那些透明的温暖，和平静的快乐。

但是我却永远也够不到你，虽然遗憾，但就是永远也够不到。

现在的你正在日本陪伴宫屿参加一场签售活动吧，我来得不巧，没能顺路见一见你。这大抵也是我们的命运，我们总是这样，不停地错过，不停地错过……

明天我就要带着珊珊返回英国。

让我在这个星光璀璨的夜晚好好地同这座城市道个别，也好好地对你说一声“再见”。

细雨止，天微亮。

就此作别。

我知道我能做的，也只有这些罢了。

番外

小世界

❤ 婚后“第一次”之——第一次改变称呼

从前宫屿唤阮云喜为“云喜”，而阮云喜则连名带姓地叫他“宫屿”。婚后，宫屿提出要求：“想要一种更亲密也更恩爱的昵称”。

于是，早饭过后，两个人齐齐坐在饭桌前，手托着腮，严肃认真地陷入了思考。

半小时后，宫屿首先打破了沉默：“决定了，我就叫你小黄豆吧！”

云喜：“为什么？”

宫屿：“你一吃黄豆就会因为胀气而不停地排气，噗噗噗的，可爱极了！”

云喜（绝望脸）：“……你高兴就好。”

宫屿：“那小黄豆，你想叫我什么？”

云喜想了想，白皙的脸庞泛起一丝红晕，小声说：“我就叫你老公吧，全世界只有我可以这样称呼你，我要珍惜这个绝无仅有的名额。”

宫屿微微一怔，脸上堆满了藏不住的笑意和得意：“这个称呼我喜欢，全世界只有我可以是你的老公，我也要珍惜这绝无仅有的名额。”

就这样，在婚姻的法术下，云喜变成了“小黄豆”，宫屿成为了“老公”。

三天后，云喜正在“鲸工作室”埋头工作，忽然听到李主编大喊一声：“小阮，去问一下老宫的插画到底要磨蹭到什么时候。”

紧接着隔壁的可可探出头来：“顺便问问老宫我发过去的文件签过字没有。”

云喜一脸黑线：“老……公？”

可可眨眨眼：“对啊，宫屿姓宫，又是个已婚男士，可不就成老宫了。再叫他小屿可是有装嫩的嫌疑哦。”

“那怎么不叫老屿？”

“老宫更好笑啊，哈哈哈。”

当晚，云喜气呼呼地宣布“老公”这个称呼正式作废。

于是，“老公”又被打回原形，变回了连名带姓的“宫屿”。

♥ 婚后“第一次”之——第一次庆祝节日

结婚第一年，宫屿和云喜因为工作太忙，没能一起去蜜月旅行。

三月中旬完婚，不到三月末宫屿就动身前往日本举办签售活动，接着还有国内八座城市的粉丝分享会紧随其后。云喜也不得闲，紧锣密鼓地忙着公司上半年的图书出版计划。

四月的一天，云喜下班后饿着肚子往家走，远远看到楼下站着一个翘首以盼的身影。

“宫屿？”她加紧脚步跑过去，竟真的是他！

他站在一株开得正旺的桃树下，枝头粉白的花瓣有几片落在他毛茸茸的头发上，像点点雪花。

温暖的春风里，他看见她，笑容顿时盈在脸上，孩子气地展开手臂迎接回家的妻子：“快来，抱一下。”

云喜撞进他的胸膛，仰起脸问："怎么回事？我记得你明天还有一场粉丝分享会。"

宫屿搂紧她，贴在她耳边轻声说："赶回来陪你过节，订了晚上的机票，带你吃饱晚饭就走。"

"过节？"云喜疑惑，"什么节？"

他低头在她额上亲一下，又亲一下，眼里闪烁着狡黠和宠溺："4 月 8 日，国际珍稀动物保护日，你就是我的珍稀动物，所以我赶来保护你。"

♥ 婚后"第一次"之——第一次惊喜

夜里，宫屿和云喜蜷在沙发上，裹着一张毯子懒懒地看电视。

电视里，男主人公在洒满玫瑰花瓣的长街停下跑车，佯装有东西放在后备厢让女主人公帮忙去拿，接下来的剧情就和云喜猜想的一样，无数的气球从后备厢升起，接着镜头移到那堆令人眼花缭乱的礼物上，一枚鸽子蛋闪闪发亮……

宫屿："现在的编剧都不知道老套两个字怎么写吗？"

云喜（一脸花痴状）："老套有什么关系，我们女生就是喜欢这一套啊。"

宫屿扭头搂住云喜的细腰，"原来我们家的小黄豆也喜欢这个？"

云喜笑："说不上喜欢，但遇到了就像中彩票，总会高兴的嘛。"

几天后的傍晚，主编突然下达了新任务，原本已经下班的云喜只好重新坐回办公桌前，绾起头发，冲好咖啡，做好了通宵达旦的准备。

下午六点，宫屿打来电话："小黄豆，怎么还不回家？"

云喜："留下来加班，可能要很晚，不要等我，你先休息。"

宫屿："我去陪你会打扰到你吗？"

云喜笑，"当然会，你在身边我就只想撒娇偷懒。"

宫屿（有点失望又有点期待）："那我等你？"

云喜："乖，吃了饭就去睡觉，我还不知道要忙到几点呢。"

挂了电话，云喜变身女超人，全心投入到工作中。

到家时已是凌晨三点，云喜怕吵到宫屿，蹑手蹑脚地打开门，没想到他猫儿一样蹿出来搂住她，轻轻地亲一下她的额头，"这么晚？要不要吃点夜宵？"

云喜累得睁不开眼睛，靠在他肩上喃喃："累死了，只想昏天暗地地睡一觉。"

宫屿便温柔地将她横抱回卧室，像照顾孩子一样替她盖好被子，在她细微的鼾声中用热毛巾替她擦干净脸和掌心，这才轻手轻脚地躺在她身边安心睡下。

天还未大亮，云喜从梦中惊醒，去厨房喝水时，借着淡淡熹光看见客厅里满地的玫瑰花瓣和还未点亮的蜡烛。花路的尽头是一对巨大的泰迪熊，一只手捧着钻石项链，另一只手则拿着一对钻石耳环。把目光移到餐桌上，是满满一桌的家常美味，都是她平日爱吃的那些，餐桌中央是一大束波斯菊，点缀着洁白小巧的满天星……

这傻瓜，真的是依样画葫芦。

花器下压着一张粉色的卡片，云喜拿起来，借着越来越明亮的光线在心中默念：

小黄豆，只要你喜欢，我就会努力让你在我们的"婚姻刮刮乐"中，不断地刮出让你高兴的小惊喜。

她用手指捏起一块鱼丁放进嘴里，因为凉透了，有淡淡的腥味，可她只觉得暖，只觉得甜。

宫屿醒来的时候，她佯装生气地质问他："你为我准备了这么多，为什么不催我早点回家？或者为什么不让我晚点再睡？至少让我吃一口你准备的饭菜啊！"

"看到你回家那么累，就只想给你片刻的休息和安宁。"他刚睡醒，声音哑哑的，习惯性地伸手去揉她乱糟糟的头发，"无论是惊喜还是休息，都是我送你的礼物，你更喜欢哪一个？"

"你。"云喜吻他一下，轻声说："宫屿，我最最喜欢的，是你。"

♥ 婚后"第一次"之——第一次孕吐

迟到的蜜月旅行，两个人一起去了圣托里尼。

回来没多久云喜就有了身孕。

从拿到化验单的那一刻起，云喜就被冠名为"重点保护对象"，被爸妈强制性带回家照顾。

宫屿举双手赞成，迅速打包行李，跟着搬到岳父岳母家照顾老婆。

三子则三天两头往云喜家"进贡"各种补品，鱼翅燕窝走地鸡，鸽子鲍鱼高丽参，宫廷秘制阿胶膏，有机蔬菜和水果，只有她想不到，没有三子买不到。

胡莱莱和夏微更是左搀右扶，生怕她磕了碰了。

就连阮陶和阮瓷两个小家伙也都时刻保持警惕，严密监视云喜方圆一百米之内有无可疑事物出现。

云喜几次三番劝阻他们不要小题大做，却被他们泪汪汪盯着直问"是不是我们哪里做得不好让你不高兴了"，后来也就由他们折腾。而云喜自己则该上班上班，该加班加班，一切一如往常，甚至连孕吐反应都没有过一次。

几天前云喜还和可可吐槽，"如果不是还有孕检这回事，我简直要怀疑自己是个假孕妇，整日在家里骗吃骗喝。"

同样处于孕期的可可气得直翻白眼，"你要像我这样，整日像个喷泉一样见什么都想吐，就知道自己现在说的话有多可恶！"

没想到真的是好的不灵坏的灵，没过几天，小两口就迎来了一波声势浩大的孕吐反应。

医生办公室里，妇产科主任一边看着孕检报告单，一边例行询问："最近身体或者饮食方面有没有什么特殊反应？"

云喜点头如捣蒜，“有的！恶心、呕吐、不思饮食，面黄肌瘦！”

医生仔细看了看云喜的面色，疑惑道：“你气色看上去很好啊。”

“我一直很好，有反应的是他。”云喜指了一下身边神情萎靡的宫屿，“医生您看看他，都憔悴成什么样子了！”

医生：“……”

云喜：“医生，您相信我，我们不是脑子有问题。在这之前我已经带他去看过消化内科了，各种检查也做过，没有任何问题，实在没办法才带到您这来了。”

医生：“……”

云喜：“……”

宫屿（虚弱地看一眼医生）：“……呕……”

在产科主任的建议下，两人又来到心理医生办公室。

听了他们的叙述，医生笑着安慰他们：“你们已经不是第一对因为拟娩综合征前来咨询的夫妻了。”

“拟娩综合征？”

医生点点头，“通常过度关心妻子的丈夫，会更容易出现这种模拟妻子孕期反应的症状，激素原因是一部分，心理原因也是很重要的一部分。根据你们的情况来看，妻子明明没出现任何反应，丈夫却出现了，应该是因为他内心非常担心健康的妻子早晚会出现和其他孕妇一样的孕期反应，这种焦虑和心疼让他‘抢先’一步，替你把该遭的罪遭一遍。”

云喜看着身边神情憔悴的宫屿，轻轻地抓住他的手。

傻瓜，已经可以了哦——

剩下的，就交给我吧。

❤ 婚后“第一次”之——第一次做选择题

洒满阳光的厨房里，宫屿围着围裙，不停地搅动着锅里的草莓果酱。

昨天夜里，云喜随口说了一句想吃涂满草莓果酱的烤土司，宫屿便一大早去早市买来了新鲜草莓，在厨房里忙活开了。

这几天他的孕吐好了些，虽然还是时不时地想要呕一下，但毕竟云喜已经是孕中期，他的早孕反应也该消停了些。

这一天是阮陶和阮瓷的校园亲子会，云喜醒来的时候爸妈已经陪着他们出门去了。

家里就只有宫屿和云喜。

云喜揉揉睡眼，看到厨房里站在温柔光线中为她准备早餐的宫屿，忍不住走过去从背后紧紧地抱住他，脸蛋在他的后背上轻轻地蹭啊蹭。

“对不起，让你跟着搬进爸妈家，一定有很多不方便的地方。”

宫屿关了火，转过身来抱紧她，“说的什么傻话，是我该说对不起，别人家的媳妇都有四个家长围着团团转，我的媳妇儿却没有公公婆婆来宠。对不起，老婆。”

云喜在草莓味的温暖怀抱里红了眼眶，声音却充满力量，“可是我有天底下最好的老公，还有个比谁都疼爱我的三子哥，你们两个，就是爸妈送给我最好的祝福和礼物。”

宫屿捏起她尖尖的下巴深情地吻下去，他刚才尝过果酱的味道，唇齿间全是酸酸甜甜的滋味。

云喜贪婪地享受着这个甜蜜的早晨，肚子里的小家伙却不识相地打破了这份原打算无限延长的腻歪。

“他踢我。”云喜抚摸着肚子哭笑不得。

宫屿蹲下身，贴近云喜鼓起的肚子轻声说：“宝宝乖，不可以欺负妈妈。”

云喜说：“你说他这么调皮，该不会是个男孩吧？你希望他是女孩还是男孩？”

宫屿认真想了想，说：“男孩。”

“为什么？女孩不好吗？”云喜说：“其实我更想要个女儿呢，你看阮陶和阮瓷多可爱。”

“其实不管男孩女孩，都是我们的宝贝。”宫屿站起来捏了捏云喜的脸颊：“如果是儿子，我也许会成为一个好父亲，教他做个绅士，和我一起爱你、宠你，直到他有一天娶了自己的老婆。可是如果是个女孩，我一定会变成一个胡搅蛮缠的爸爸，见不得她受丁点儿的委屈，更不许有一天她要嫁人。因为我一定会自以为是地以为，这世上不会有人比我更爱她、更宠她、更疼她。我不许任何人打我宝贝女儿的鬼主意！”说着说着，竟然委屈上了，红了眼眶。

云喜连忙安慰他，“好好好，如果是女孩儿，咱们不让她嫁人，永远陪着你，直到你变成糟老头子，我变成糟老太太好不好？”

唉……他这孕吐的毛病才刚好，又来个情绪敏感，云喜可真怕他几个月后再来个产后抑郁。

♥ 婚后“第一次”之——第一次与小豆芽见面

生小豆芽那天，云喜终于明白了什么叫“痛得失去理智”。

由于体质特殊，医生不建议她无痛分娩，因此整个产程的每一丝疼痛她都细细地尝了个遍。从惨叫到哀号，从哀号到呻吟，再从呻吟到大哭，整整三个小时，妈妈陪在产房里安抚暴哭的她，爸爸陪在产房外安抚暴哭的宫屿，胡莱莱他们则负责安抚被暴哭的宫屿吓哭的阮陶和阮瓷，场面一度十分混乱……

产房里——

“我不行了……我不生了，妈，我不生了，我要回家！”

“乖孩子，乖啊。”妈妈不停地摩挲着她冰冷的手，急得眼眶通红，“再坚持一下，你想想马上就要和漂亮的小宝贝见面了，对不对？”

助产士也急得不行，“宝妈再坚持一下，不要再哭了，你要留着力气生宝宝啊，来，呼吸——”

直到听到小豆芽那一声响亮的啼哭，云喜最后一丝力气都用尽了，没来得及看一眼孩子，就闭上眼睛昏睡过去。

醒来的时候已是晌午，云喜缓缓地睁开眼睛，病房里极静，只看到趴在她床边的宫屿。

“小豆芽呢？”她轻声问。

宫屿惊醒，立即拉住她的手急急地问：“小黄豆，你醒了，有没有哪里不舒服？还痛不痛？”

“我没事。”云喜笑着说，“小豆芽呢？他去哪儿了？”

“我怕他打扰你休息，让他们把他送到婴儿房去了，爸妈和哥哥都在那边陪着呢。”

“长得好不好看？”

“我还没看……”宫屿眼眶一热，“护士说是个清秀的男孩儿，有爸妈他们在，我只想着先看看你好不好，就一直陪在你这边。”

“我也还没看呢，”云喜不好意思地皱皱鼻子，“他一出来我就睡过去了。”

“我抱过来给你看看好不好？”

“好啊。”

云喜美滋滋地想着，宫屿生得浓眉大眼，而自己虽算不上美女，但至少皮肤白皙五官端正，生出来的孩子应该不会差到哪里去。加上连护士都说他“清秀”，应该是个白净乖巧的小男孩没错了。

十分钟后，宫屿抱来了小豆芽，小小的病房陷入了巨大的沉默中——

云喜：“呃……”

宫屿：“呃……”

小豆芽：“？？？”

云喜小声说：“老公，你是不是抱错了？这只皱巴巴的小猴子，真的是我们的小豆芽吗？”

宫屿点点头，也压低了声音说：“小声一点，不要伤害婴儿的自尊心。不过他……还真的是……有点丑啊……”

云喜（继续小声讲）：“是非常丑吧……说他清秀的护士也太善良

了……”

宫屿安慰她：“做父母的不可以貌取人……”

云喜点点头：“即使他黑得像炭，丑得像猴，我们也要爱他。”

小豆芽（内心OS）：“……你们两个给我适可而止！”

♥ 婚后“第一次”之——第一次开家长会

小豆芽三岁半时，幼儿园草莓班召开了一次家长会。

说是家长会，其实是让小朋友们上台演讲，把自己的爸爸妈妈介绍给同班的小朋友们。

一大早，云喜就倒腾出从夏微那儿借来的“美艳小红裙”和“女神高跟鞋”，又对着镜子给自己画了个无懈可击的“心机妆”。

宫屿笑她，“哪怕是去会见天才画家展烨先生，也没见你如此紧张过。”

云喜深吸一口气，屏息道：“爸爸们怎么会懂，对妈妈们来说，家长会就是一场无声的战争！”

宫屿系好领带，踱过去俯身吻住云喜，把她的红唇吻得淡一些：“没想到儿子才三岁半，我就要开始吃他的醋，以后的日子实在堪忧。”

云喜脸色绯红，没想到儿子都三岁半了，她还会为了这个男人的一举一动脸红心跳，这被吃定的日子才真是堪忧！

早晨七点的阳光里，一家三口手牵着手来到了幼儿园。

妈妈们果然都是一副浴血奋战的模样，个个儿身披战衣，脚踏战靴。爸爸们则是一脸“老婆还真是有远见”的敬佩脸低调地混在人群中。

很快，家长会开始了。

小朋友们抽签决定顺序，开始上台演讲。

爸爸妈妈们则乖乖地坐在台下，目不转睛地沉浸在孩子们制造的粉红色梦幻泡泡中。

一个穿着鹅黄色蓬蓬裙的小女孩站在讲台上——

“我的妈妈是伟大的老师，教学生读书学习，将来成为好厉害好厉害的人。我的爸爸是建筑设计师，他可帅了……”

听到这儿，宫屿附在云喜耳边小声说：“这职业哪里帅了？根本就一点都不帅……”

云喜：“……”

宫屿：“你觉得画家更帅还是建筑师更帅？”

云喜：“嘘——！拜托你认真听好不好！”

宫屿（委屈地）：“我最讨厌建筑师这个职业了，世界第一讨厌。”

云喜：“……”

接着是一个穿着海军服的小男孩，蹦蹦跳跳地跑上来——

“大家好，我叫豆豆，我爸爸是警察，谁犯了错误谁就怕我爸爸，但是我妈妈不怕我爸爸，因为爸爸说，妈妈是不会犯错误的人。”

台下的家长发出一阵会心的笑。

下一个就是小豆芽。

宫屿正襟危坐，想象着儿子会用什么样的词语来夸奖自己，脸上不禁浮现出骄傲的神色。

“我叫小豆芽，今年三岁半了，我的妈妈是世界上最最漂亮的公主，我要永远永远保护她。我妈妈的工作很忙，书店的那些书，就是我妈妈做出来的。我爸爸不忙，他每天的工作就是……嗯……是给妈妈揉肩膀，洗脚脚，还有……做饭……”

婴儿时期的小豆芽又黑又皱，宫屿和云喜一度担心他将来讨不到老婆。

幼儿时期的小豆芽却活脱脱一个小号宫屿的模样，柔软的头发像小动物温暖的绒毛，白皙的圆脸上一双乌黑的眼睛又大又明亮。

云喜看着台上小小的身影，在四周此起彼伏的笑声中慢慢地红了眼眶。那个小小的肉团儿，只会哇哇大哭的小婴儿，什么时候学会了走路、讲话和歌唱呢？他稚嫩的声音还在耳边回响——

“我爱我的爸爸妈妈，其实爸爸也很厉害的，他会修好冰箱，还会每年给我们画全家福。我们家的全家福有很多人。”小豆芽伸出胖乎乎的小手一一数着，“爸爸、妈妈、姥姥、姥爷、双胞胎小姨妈、三子大爷，还有我。我们永远在一起。”

小小的身影朝台下鞠躬致意，然后手捧着老师发给他的两朵康乃馨摇摇晃晃地跑到宫屿和云喜的身边，把花儿贴在爸妈的胸前。

“爸爸妈妈辛苦了，我爱你们。”

“小豆芽，我们也爱你。非常非常地爱你。”

回家的路上，宫屿泪流满面——

云喜：“那么感动吗？”

宫屿：“是啊，现在整个幼儿园的人都以为我是个无业游民，整天在家里给老婆洗脚做饭。”

云喜笑道：“怎么？委屈你了？”

宫屿牢牢地牵住云喜的手：“不委屈，比起做一个有名的画家，我更想做一个爱老婆的好爸爸。”

♥ 婚后“第一次”之——第一次收到手写信

爸爸、妈妈：

你们好！

我是小豆芽。

小梅老师让我们给自己最爱的人写信，所以我给你们写了这封信。

小梅老师说，在信里，可以写出平时不好意思说出的话。可是我没有不好意思说出的话。

小梅老师说，那你可以在信里告诉爸爸妈妈你很爱他们。可是我们家每天都会说好几次“我爱你”啊。爸爸爱妈妈，妈妈爱爸爸，我爱你们，你们也爱我。

小梅老师说，那你们家好棒哦，每个人都会说我爱你。

小梅老师说，她们家的人很少说我爱你，因为会害羞。

我问小梅老师，什么是害羞。

小梅老师说，害羞就是不好意思，有一点点害怕，有一点点紧张，还有一点点期待。

我说，我知道了，害羞就是玩躲猫猫，我藏起来的时候，就是有一点点害怕，有一点点紧张，还有一点点期待。

小梅老师问我，那你希望被找到，还是希望不要被找到呢？

我想，如果是别人，我就希望不要被找到，因为那样我就胜利了。

可是如果是小年糕，我就会希望被找到，因为那样她就会很开心，如果小年糕找不到我，我就自己偷偷跑出来，她就会很开心了。

小梅老师悄悄问我，小豆芽，你是不是喜欢小年糕呀？

我给她做了个鬼脸跑掉了。

爸爸妈妈，为什么这一次我没有玩躲猫猫，可是还是觉得有一点点害羞呢？

好奇怪啊。

第二天。

小年糕：“妈妈，有两个奇怪的人一直在看我。”

小年糕妈妈（警惕地）：“在哪里？”

草丛里，蒙着面纱的宫屿和云喜落荒而逃。

当时若爱韩公子

DANG SHI
RUO AI
HAN GONG ZI

路小佳 著

LU
XIAO JIA
WORKS

作家出版社

图书在版编目（CIP）数据

当时若爱韩公子 / 路小佳著. -- 北京：作家出版社，2016.6

ISBN 978-7-5063-8723-1

Ⅰ. ①当… Ⅱ. ①路… Ⅲ. ①中篇小说 – 小说集 – 中国 – 当代②短篇小说 – 小说集 – 中国 – 当代 Ⅳ. ①I247.7

中国版本图书馆CIP数据核字（2016）第027899号

当时若爱韩公子

作　　者： 路小佳
责任编辑： 周　茹
装帧设计： 粉粉猫
出版发行： 作家出版社
社　　址： 北京农展馆南里10号　　**邮　　编：** 100125
电话传真： 86－10－65930756（出版发行部）
86－10－65004079（总编室）
86－10－65015116（邮购部）
E-mail：zuojia@zuojia.net.cn
http://www.haozuojia.com（作家在线）
印　　刷： 北京凯达印务有限公司
成品尺寸： 143×208
字　　数： 177千
印　　张： 8
版　　次： 2016年6月第1版
印　　次： 2016年6月第1次印刷
ISBN 978-7-5063-8723-1
定　　价： 35.00元

目录

前言

直到现在，我还记得 2003 年那个秋天。我刚进初中，上的第一堂语文课是《在山的那边》。

“小时候，我常伏在窗口痴想——山那边是什么呢？”

彼时的语文老师，也是我们班的班主任。她带着我们念完这篇课文后，和这帮毛头小孩做了这样的约定：“大家拿出一张纸，在纸上写好自己的三个愿望，交到我这里。等到十年、二十年后，我们再聚到一起，把当年所写的字条打开看看。看我们当中都有谁能够实现自己的梦想？”

这是一个饱含诗意的约定，所有的人都立刻掏出笔在纸上奋力书写，整个教室里都弥漫着青春又激动的味道。窗外那棵大银杏树正在掉叶子，如金黄的蝴蝶飞得到处都是。宝珠香结出了一串又一串红彤彤的小果子，很是可爱。桂花开得正好，甜腻的香气钻进鼻孔。伴着秋日暖阳的余温，有暖意的浅金色成为那段回忆的底色。

如果我没有记错的话，坐倒数第三排穿白色毛衣的女孩理想是要上麻省理工学院，而班长是要当一个萌萌的煮饭娘，还有另外一个是

想当作家，这个梦想曾经遭到过女孩家长无情的嘲笑。但那一刻，她依然在纸上一笔一画地写下“要当个作家！出版属于自己的作品集”……

最后的那个女孩就是我。

十年已经过去，当时励志当学霸的女孩没有成为学霸——在初二那年因为早恋，遭受非议，被迫转学。想做煮饭娘的班长也没有成为煮饭娘，而是在深圳一家大型企业做着女强人。我自然也没有成为作家，我每天坐在电脑前修改合同，整理案卷资料，最大的期盼就是周末能舒舒服服睡个懒觉。好像大家都偏离了自己理想的轨迹，朝着另一个方向头也不回地疾驰而去。

“有一天，我终于爬上了那个山顶。可是，我却几乎是哭着回来了——在山的那边，依然是山。山那边的山啊，铁青着脸，给我的幻想打了一个零分！”

工作后的我，时常熬夜。我和我的大学室友们互相吐槽复杂的案卷、繁重的业务，还有庞大的生活压力。社会里的各种规则与我们曾经的想法总是相隔千山万水，我们强迫自己去适应，去努力。你看，汤汤在遥远的美国熬夜写着论文，飞飞在北京瞪着疲惫的眼睛审阅文稿法条，毛毛在偏僻的郊区忙着建筑工程管理，再怎么难熬，我们都会撑过去的。身边有人陪伴，就是最好的安慰。

也是从这时开始，我又重新拾起了那支笔。在闲暇时间，记录下曾经历过的点点滴滴。我想，我不能把工作变成生活，那我就撒下几粒种子，让它点缀我们千篇一律的生命。

VE 是我大学时认识的一个诗人。每当我写完一篇小说，他就会不厌其烦地阅读，然后给出中肯的点评。他常说：“千万不要放弃。既然

有过写作的梦想，就坚持下去吧，不管别人怎么说，也不要去想什么结果。坚持本身很美好了。”

当我终于有机会让这些故事出版，他也印刷了自己的第一本诗集。他说：“有人互相鼓励，互相支持，总是好的。”

是啊，有人陪伴是多么幸福的一件事。遇到挫折，朋友陪你度过。想要实现不切实际的梦想，爱人陪你度过。觉得实在撑不下去了，还有家人站在身边。在爱的包围中，我们总能穿越千军万马的战场，骑着白马，意气风发地走过这段曾以为不可能继续的路途。

某个夏天的夜晚，我和朋友柴郡猫一起窝在路边摊上吃烧烤。我们喝着啤酒，撸着烤串，然后看到了一个穿着白色旗袍的少女从身旁翩然路过。

我一眼就认出，她就是当年想考麻省理工学院的女孩。当所有的同学都认为她的未来会被小混混毁掉，当她和过去的全部朋友断了联系，当十年过去，我们统统走上了可能违背初心但绝不后悔的那条路，偶尔想起她，也不过是一声叹息，而现在她从我们身旁翩然走过，带着一丝香水气息，留下一个倔强高雅的背影。我相信，她的日子过得并不差，甚至还很绚烂很美好。而我们的女强人班长，也已经和初恋男友领证结婚，成了一个安静美丽微笑着的新娘。没法做大厨，却成了一个人的萌萌的煮饭娘。她们在各自的生命里撒下了不同的种子，度过了不同的十年，最后都看到了一片同样绚丽的花海。

至于我，在这里将所有或遗憾或美满的故事一一讲给你听。想告诉你的只是，你看，哪怕曾经灰头土脸地走过一段平凡岁月，但总有钻石的碎片在生命里熠熠闪光，总有人愿意拿余生与你奉陪。我们离

不开爱，也一直都能从这个世界里得到爱。不论是甜蜜是杀戮，一步一步地走下去，未来总不会辜负自己——

“在一次次地战胜失望之后，你终会攀上这样一座山顶。而在这座山的那边，就是海呀！是一个全新的世界，在一瞬间照亮你的眼睛。”

十年过去，二十年过去，愿你能越过一重又一重山丘，找到那个愿意陪你度过漫漫余生的爱人，然后发现属于自己的那片大海。

那片海，是一个全新的世界，在一瞬间，照亮你的眼睛。

当时若爱韩公子

1

橙子和大鹏在一起的时候十个人有九个人反对，就连橙子自己也觉得这是件不可思议的事。

大鹏是个红得发紫的网络歌手，微博大V。各种制作公司抢着和他签约，专辑发了一张又一张，在音乐圈混得风生水起。

那时候的橙子，却只是个名不见经传的草根艺人，想要实现内心的小小梦想，拖着行李箱来到北京租房闯荡。箱子里塞着她的衣服均购自荷花池批发市场。

橙子一直都是大鹏的粉丝，只要大鹏在YY直播间做节目，橙子就会马上打开电脑蹲守，然后买大堆虚拟鲜花虔诚奉上。

这是橙子追星的方式。橙子想，大鹏会注意到自己吗？可是大鹏有三百万粉丝，他一定不稀罕这些虚拟鲜花。自己于他而言也不过是个可能感觉眼熟的ID罢了。

橙子从没想过有一天会和大鹏在北京偶遇，还跟大鹏互粉了微博

账号。

橙子给大鹏发的第一条私信是：大鹏，我喜欢你。

橙子给大鹏发的第二条私信是：大鹏，你做我男朋友吧。

橙子发出这两条私信时，态度半真半假。

然而大鹏很快就回复了：哦。

面对如此淡定的大鹏，橙子终于按捺不住好奇心，问：你知道我是谁吗？

大鹏：橙子。

橙子握着手机乐，心里有个小人儿转起了圈圈。然后手一抖，硕大的三星“啪”的一声拍到了脸上。

2

之后一个月，橙子拉着大鹏的手走在北京的街道上，从中关村走到清华园，从苏州街走到双榆树。

橙子跟大鹏一块儿走路，觉得眼睛看到哪儿，哪儿都是风景。

大鹏很把橙子当自家人。有朋友聚餐，带着橙子。有同事约酒，带着橙子。有乐队排练，带着橙子。

橙子特别开心，买起单来也特别爽快。

因为橙子已经不再是那个初来帝都寒酸窘迫的小姑娘了。橙子参加了一档选秀节目，人气飙升。好多商演找上橙子，橙子就收拾行李做小飞侠。有机会在全国飞来飞去也不错，飞一回就能小赚一笔。

工作大跃进兼情场正得意，橙子每天春风满面。

直到某次小飞橙出差后突袭大鹏住处，本想给大鹏一个惊喜，最

终却成了给自己的惊吓。

大鹏出轨了。大鹏趁着橙子不在北京就和小裙子腻在一起。

小裙子是橙子的好闺密。发生了这样的事，小裙子总该说点什么。

小裙子："对不起。其实我跟大鹏没什么。"

橙子："哦。"

小裙子："我们没有上床。你要相信我。"

橙子："哦。"

小裙子看橙子冷冰冰的一张脸没反应，也就知趣地收拾了手袋出门了。

留下大鹏和橙子两人独处。

大鹏："橙子，我不想辩解。"

橙子："哦。"

大鹏："小裙子是个好女孩儿。她很温柔体贴。"

橙子："哦。"

大鹏："所以我才没有办法拒绝她。我是个男人，有时候需要一些安慰。"

橙子："哦。"

一向聒噪的橙子在那时候根本无话可说，于是只好失语。

3

橙子是个好妹子，不哭不闹不吵架。

她默默地打包了几件贴身衣物，飞来我这里度假疗伤。

我带着她从陆家咀逛到龙之梦，一路吃吃喝喝买买买。当时正值

季末清仓，橙子买了大包小包的打折衣服。我们提着战果吭哧吭哧地挤地铁。好容易杀出重围抵达住处，我累得跟狗似的只想往床上一躺，余光却瞄到了一个特别的袋子。

那是一个男装品牌，并且价格不便宜。

我 :“橙子，你干吗买男装？”

橙子 :“觉得这件好看。”

我 :“给你哥的还是给你爸的？”

橙子 :“呃……”

我 :“又是大鹏那蠢货？”

橙子 :“呃。”

我 :“橙子你真自觉！好样的！”

橙子 :“他喜欢嘛，我就顺便给他买了。”

橙子说完这话，就把头埋在被子里不吱声。我叹口气，想抱抱她，她的身体却那么僵硬，那么抗拒。

我知道，橙子一定很难过。在距离大鹏上千公里的地方，一个普普通通和朋友逛完街回到住处的夜里，明明应该带着满足和愉悦，却让不应该属于自己的那个人牵挂着自己所有情绪。哪怕那个人让自己失望、伤心，却依然在看到他喜欢的东西时想要马上给他买下，带着条件反射一样的执拗和傻气。

橙子早在下飞机的那一刻就被大鹏的甜言蜜语和假意悔过给骗了。

4

回到北京的橙子再次投入大鹏的怀抱。再次被大鹏带着出去和朋

友喝喝酒，唱唱歌，买买单。

小裙子呢？已经没再联系了。

为了不重蹈覆辙，橙子推掉了许多演出机会。她想多花点时间陪陪大鹏，给大鹏做做饭，洗洗衣服，当当小保姆。

橙子觉得，为心爱的人付出，也是一种享受。可惜大鹏不这么觉得。

最近大鹏和湾湾勾搭在一起了，每天晚上通过微信电邮互传情愫。

湾湾远在台湾，是大鹏的超级粉丝。她家很有钱，给大鹏买的礼物不上五位数都不好意思拿出手。

大鹏收湾湾的礼物收到手软。相较之下，橙子送的所有东西在一瞬间就下降了好几个档次，土气又山炮。

湾湾给大鹏打来的长途电话越来越频繁了。好几次，大鹏为了接湾湾的电话而刻意避开橙子。橙子心里不服气，某天下午趁着大鹏出去跟朋友泡吧，拴上围裙给家里来了个彻彻底底大扫除，将所有不眼熟的物品统统塞进了垃圾桶。

大鹏怒了。

大鹏："橙子你干啥呢！"

橙子："大扫除。"

大鹏："为啥把我的东西扔了，你有跟我打过招呼吗？！"

橙子："都是湾湾送的，我看着不开心。"

大鹏："湾湾是我的好朋友，是我的知己。我和她说到底只是打打电话聊聊天而已，这也值得你生气？"

橙子："对。我生气。"

大鹏嘴角抽动着，想说话，却又没蹦出半个字来。两人面对着面

剑拔弩张之际，橙子领养的小猫软软却不合时宜地从睡梦中醒来，走到橙子脚边“喵”了一声，开始舔身上的毛。

接下来大鹏的举动简直像是疯了。

他抓起软软，大步走到洗手间，放开水槽的水。他把软软的头用力地往下摁，软软奋力挣扎着，却因为溺水，只能从咽喉处发出极其微弱的声音。

橙子尖叫着撕打大鹏的背，可大鹏无动于衷。

软软的挣扎越来越轻，它的嘴角开始渗出粉红色的液体。绝望的橙子在慌乱中抓住大鹏的手臂，恶狠狠地咬了下去。

5

橙子再来找我，眼角贴着厚厚的纱布。

我：“这次真分手了？”

橙子：“再和他在一起我就是傻×。”

我：“说话要算数。”

橙子：“想起软软那天晚上差点儿被他弄死，我就会想到自己。我觉得我迟早也会被大鹏弄死。大鹏会毁了我的生活。”

我：“大鹏已经毁了你的生活啊。”

由于长期拒绝商演，橙子的收入已然陷入困窘期。没法儿再给大鹏买买买的橙子，于大鹏而言或许只是个可以随时使唤的煮饭娘吧。橙子其实明白这一点，所以她想把自己灌醉。她双腿交叉坐在我的床边，面前是一打啤酒。每说一句话，橙子就喝掉一听。

橙子：“大鹏就是人渣。”

我："是啊。我早就这么觉得了。"

橙子："可是我爱他。"

这三个字一出口，橙子的鼻子就酸了。她仰头喝酒努力控制情绪，一罐啤酒就见了底。

橙子："还记得韩星吗？"

我："记得。"

橙子："他要结婚了。"

橙子眼圈红红的，又喝掉一罐酒。

橙子就这么絮絮叨叨地说，我就那么安安静静地听。不过她提到韩星，倒是勾起了一串好多年前的往事。

6

韩星是橙子的初恋。

那年橙子还在高中上学。某天偶然看到校草韩星从窗外走过，心里就立马"咯噔"了一声。

那年女生喜欢男生的标准还不是家境、权力，或者金钱。那年颜值爆表的韩星是许多妹子景仰的对象。那年的橙子是个普普通通的少女，看到长得帅的男孩子就脸红心跳，可是那年的橙子和现在的橙子一样，从来不缺少倒追男神的勇气。

橙子给韩星写信："我是橙子。我喜欢你。"

韩星回："你在哪个班？我放学去找你。"

橙子拿到韩星的回信开心得不得了。当天下课立马跑到韩星班级门口，大声喊："韩星韩星，我就是橙子啊！"

橙子和韩星在一起了。谁也没有想到颜值爆表的韩星完完全全没有一点儿校草的架子。

橙子："我想吃枫糖鸡柳。"

韩星："疯狂鸡柳？"

橙子："枫糖啊！不是疯狂啊！"

韩星还是没有听清，但他立刻就翻墙翘课出校门去给橙子买。

最后韩星带回来两份鸡柳：一份是枫糖，一份是"疯狂"。

橙子抓过枫糖鸡柳，把疯狂鸡柳塞给了我。我吃着疯狂鸡柳，心里想，虽然疯狂鸡柳没有枫糖鸡柳好吃，但校草同学真是好脾气啊！沾橙子的光，有疯狂鸡柳吃也是不错的。

日子一天天过去，高考一天天逼近。好脾气的韩星成绩不好，坏脾气的橙子却人品大爆发考进了实验班。

橙子找韩星谈话："要不我们分手吧？"

韩星："为什么？"

橙子："我要好好学习，天天向上。可是你不能好好学习，所以只能和你分道扬镳。"

韩星："……"

郁郁寡欢的韩星找我谈话。

韩星："怎么办，橙子不要我了。"

我："橙子不要你还有别的水果要你，上次你打球给你送运动饮料的桃子姑娘就不错。"

韩星："滚，我只爱橙子。"

我："看在吃了你疯狂鸡柳的分上，我大发慈悲地跟你说真话：你

只爱橙子，可是橙子好像不爱你。”

韩星:“我知道。可是我还是想守护她。我可能上不了很好的大学，等橙子上了大学我就可去她大学附近找份工作。橙子嘴巴那么刁，进大学了吃不好会瘦的。如果有我在，我就可以给橙子每周煲汤喝，橙子就不会瘦了。你说，这样的想法棒不棒？”

我毫不留情地碾碎韩星的梦想:“你傻 × 啊。”

韩星愣住了。那晚月亮很圆很亮，我看到韩星的眼睛也很亮，好像有一片镜子碎在了韩星的眼睛里一样。

7

韩星果然没考上橙子的学校。尽管被我骂成傻 ×，他仍然坚持在橙子学校旁边的小区里租了房驻扎下来。

橙子不怎么爱搭理韩星。一开始喜欢韩星的原因只是肤浅地觉得他帅，可现在橙子爱上了音乐，有了自己小小的音乐梦想的橙子成了个有内涵有追求的少女。

橙子爱上音乐的同时也爱上了音乐人大鹏。说不清是为了追梦还是追大鹏这只鸟，橙子义无反顾地去了北京。

橙子的梦想一个接一个地实现了。先是如愿以偿地出了单曲，后是做了大鹏不知道第几任女朋友，或者是大鹏现任的女朋友之一。

这几年里，韩星勤恳工作，工作完下班就在出租屋里煮好饭煲好汤等橙子回来。等来等去没等到橙子，却等到了别的水果。

别的水果就是高中时给韩星送饮料送毛巾的不起眼儿的桃子。

韩星心疼桃子，一如心疼那时候的橙子。那时候的橙子，平凡无奇，

却有一种执拗的力量，让他仿佛被温柔的闪电击穿一般。

于是，韩星拖着桃子姑娘的手，给她戴上戒指，许下要和她白头到老的誓言。

8

那天晚上，橙子喝了好多好多酒。

喝多了酒的橙子越来越清醒，话题也逐渐从大鹏转移到新婚的韩星。我没那么旺盛的精力继续陪她扯淡，一边打哈欠一边扯过被子要睡觉。橙子扁着个嘴："不是说跟我好好聊聊吗，这就困了？"

我："明天得加班……"

橙子："我睡不着。不然你给我找本小说看吧？"

我随手一指："书架第二层左边第三本。"

橙子滚下床，去了。

我睡得很不安稳。后半夜，被身边细微的响动惊醒了。

支起身来一瞧，橙子哭了。

被大鹏嫌弃不漂亮的时候橙子没有哭，屁颠屁颠跟在大鹏后面做一个买单王的时候橙子没有哭，当场抓奸看到大鹏和闺密小裙子抱在一起的时候橙子没有哭，亲眼看见大鹏跟湾湾的撩骚短信的时候橙子也没有哭。跟大鹏大吵一架，鼻青脸肿地买最早一班飞机飞来千里之外找我喝酒的时候，橙子还是没有哭。

可橙子喝完酒缩在被窝儿里看小说的时候居然哭了。

橙子一开始是呜咽，然后是啜泣，最后号啕大哭。她小小的身体在被窝儿里蜷缩成一只虾米，止不住地颤抖，好像要把这些年来跟着

大鹏受的所有委屈都发泄出来。

而我所能做的只是轻轻地拍拍她的背，以示安慰。

9

次日清晨，我轻手轻脚地起床，又轻手轻脚地收拾了床头柜以及地板上啤酒罐的尸体。

橙子还在睡梦中，眉角的青肿没消，脸上还留着泪痕。

那两道泪痕，就像是两条银河。

我从橙子枕头下小心翼翼地抽出那本书，好奇到底是什么样的故事让向来坚强的橙子情绪在一瞬间溃堤。原来却是一本旧版《笑傲江湖》。

小师妹去世后，令狐冲和任盈盈同上华山，来到小师妹闺房。见小师妹房中四壁萧然，令狐冲自是感慨万分。随手拉开抽屉，只见抽屉中尽数放着布玩偶、小木马等玩物，每一样不是令狐冲当年给她做的，便是两人一起玩过的。又见墙上挂着的一幅字，却是李商隐的一首诗：

星使追还不自由，双童捧上绿琼辀。
九枝灯下朝金殿，三素雪中待玉楼。
凤女颠狂成久别，月娥孀独好同游。
当时若爱韩公子，埋骨成灰恨未休。

我在一瞬间恍然大悟，读懂了橙子所有的心情。

在漫漫长路上，比起爱你的人，不爱你的人才是至高无上不可动

摇的存在。

你需要去讨好他们的不屑和轻蔑，赤裸裸地把自己摊在他们面前，任由他们一刀刺穿你的心，还要微笑着解释：你不爱我，没关系。你留我身边就已经很欣慰了。

然而当你遇上一个睡不着的晚上，你在没有光的地方待着，你会不由自主地想起那些爱你的人。

像是岳灵珊想起了令狐冲，林仙儿想起了阿飞，周芷若想起了宋青书。你会不由自主地想，如果当时没有错过他，那会怎么样？

可惜你不能怎么样，你做不出当年若爱韩公子的假设。你无法不爱另一个人，哪怕那个人总是折磨你。你对那个人的爱已经写在了血液里。你理直气壮，你无所畏惧，你随时准备着付出一切，你以为所有的坎坷都会成为过去。

你比那个人勇敢太多，这毋庸置疑。可你不明白，比疼痛更可怕的是麻木，比仇恨更可怕的是原谅，比黑夜更可怕的是幻觉，比一无所有更可怕的，是爱的奴役。

牺牲

1

高中分班,我和十三被班主任安排在教室后方。十三是个小混混儿,抽烟要抽“黄鹤楼”,喝酒要喝“二锅头”,打起架丝毫不含糊。用现下流行的词来形容,就是一枚铁铮铮的女汉子。

陆洲是学校教导主任的儿子,性格温暾。在教导主任的一手安排下,陆洲和十三做了同桌。因为我们的十三姑娘尽管混,成绩却是一级棒。留着齐刘海儿,穿着白衬衫,一眼看上去人畜无害。

陆洲并不知道十三课后混江湖的一面,他只当是个无趣的好学生,成天读死书那种。每天上课时,十三安安静静听讲记笔记,陆洲就用手机看小说。两个人,两张桌子,一条三八线,井水不犯河水。

通常,陆洲都会在桌面上堆几本厚厚的参考书,用以遮挡老师的视线。然而这一回,遇上个无比尽责的地理老师。

“同学们,把地理书翻到下一页。洋流又称海流,海洋中除了由引潮力引起的潮汐运动外,海水沿一定途径的大规模流动叫作洋流。引

起海流运动的因素可以是风……‘他拿出一颗蜡丸。这蜡丸剧毒无比，吞下去脸色变了几变……’呃。”

正当一帮学生低头在课本苦觅蜡丸究竟是哪个地点时，地理老师绕到教室后方，抓住了陆洲和他的宝贝手机并把屏幕上的文字原原本本念了出来。

现在是陆洲脸色变了几变。他郁闷得不敢吱声。

在这电光火石之际，没想到人畜无害的十三姑娘举手了。

十三："手机是我的。"

老师："为什么要借给他？这就是帮他吗？"

十三："是我跟他推荐这部小说的。"

老师："一个女孩子年纪轻轻的看什么不好要看《素女经》……"

地理老师一边摇头，一边把手机递给十三。十三接过去一看，上面一大段满满地写着裸体相对用功逼毒的色情场面。

十三脸色也变了。

2

从那以后，十三在陆洲心目中的形象整整提升了好几个档次，直接晋升为女神级别。

十三真是爆炸美丽，爆炸智慧，爆炸善良啊!

陆洲开始讨好十三。首先，是自觉上缴每日早餐——

一袋牛奶，一个草莓蛋糕，一只苹果。

十三啃着蛋糕，削着苹果皮，手上还不忘指使陆洲干活儿。

十三："去给我倒杯热水，你这牛奶都凉了，得热一热。"

陆洲："好……"

十三："老是吃草莓蛋糕，容易审美疲劳，最好来点别的甜食。"

陆洲："好……"

第二天，陆洲提着一口袋冰糖来上学了。

十三恨铁不成钢，但好歹冰糖也是糖，班主任在讲台讲课，十三就鼓动陆洲一起把冰糖塞进嘴里咬得咯吱咯吱响。

首次模考成绩公布，十三下降三个名次。十三感觉受到了侮辱，从书包深处摸出两根"黄鹤楼"就跑去了顶楼。

陆洲目睹了十三眼红红的可怜样儿，以为十三要想不开，立马跟着冲出去，那速度比运动会参加五十米决赛还快。

然后陆洲看着手指间夹着香烟吞云吐雾的十三目瞪口呆。

四目相对老半天，陆洲吞吞吐吐："你……你……你别这样。我……我……我会心疼的……"

十三："陆洲你说什么呢？"

陆洲："我没说什么……"

十三："我有听到哦！"

陆洲带着大红脸落荒而逃。

十三眼睛忽然就亮了。

十三跟我说起这件事，我发现我好像明白了点什么。

我："你是不是喜欢陆洲？"

十三："哪有。"

我："那你上次干吗帮他要回手机？无事献殷勤，非奸即盗。"

十三："我是为了早餐……"

我："滚蛋，早餐哪儿不能买，非要人陆洲给你带。别装了，你快承认吧。"

十三："谁叫他长得帅。"

3

十三再也没有抽过烟，至少是再也没有在学校里当着陆洲抽过烟。

十三："我要改邪归正了。"

我："你？"

十三："还要先富带动后富，抓着陆洲一起奔小康。"

我没想到陆洲还真答应了十三和她一起奔小康。

在十三的鼓动下，陆洲参加早读课，拒绝迟到，开始做英语试卷。

当整个班学生都在操场上跑步打球汗流浃背参加体育课响应锻炼好身体的号召时，十三在教导主任办公室享受清爽的冷气。

陆洲愁眉苦脸坐在她身旁。

陆洲："这个题不会做。"

十三："不是才讲了吗？三角函数啊！"

陆洲："哦。"

……

陆洲："这个题不会做。"

十三："自己去翻书，还是刚才那道题的变体。"

陆洲："我不要翻书，我要你给我讲。"

十三："那你要请我喝奶茶。"

十三就这样变成了陆洲的御用辅导老师，给陆洲讲了无数道题，

喝了陆洲无数杯奶茶。

教导主任一天比一天喜笑颜开，学校里的人都误以为他是有了第二春。

十三："快考试了，我们填同一所大学吧！"

陆洲："可是我觉得我这个分数太低了……"

十三："还好啦！我来给你算一算，语文，80 分。数学，80 分……基本还是就能上个二本了！"

陆洲："我哪里考得到那么多。"

十三："再说个不行试试？！"

十三的眼睛又变成了兔子，比上次模考失利还红。

陆洲幽幽地叹了口气。

4

陆洲开始找我谈话，脸色凝重。

陆洲："我的成绩还是太差了。"

我："是的。"

陆洲："我已经很努力在学了，可是真的学不进去。"

我："我知道。"

陆洲："十三那么棒，可以去很好的大学念书。她一直说，要和我在同一个地方。我觉得我会拘束她。"

我："是啊。"

陆洲苦笑："你就不能说点安慰我的话吗！"

班主任也开始找我谈话，脸色同样凝重。

班主任："你和十三关系好，你可知道十三和陆洲到底是怎么一回

事？他俩是不是在谈恋爱？”

我：“没有啊。”

班主任：“我怎么听其他同学举报说十三和陆洲经常翘掉体育课不知道去了哪里。”

我：“他们在一起学习数学知识。”

班主任：“嗯，那就好。不是在一起进行体育活动就好。”

我把班主任的话讲给十三听，十三当时正在啃鸡蛋，听到“体育活动”四个字立马笑得前俯后仰，喷了我一脸蛋黄酱。

我无比抑郁地找了张纸擦脸，一回头看见陆洲从教室后门偷偷地溜走了。

5

陆洲不再听课做题缠着十三了，他的新欢是游戏 LOL。

不止一次，我看到十三阴沉着脸，旁边陆洲的座位空着。

不止一次，十三在下晚自习后一个网吧一个网吧地找他。推开一张又一张沉重的玻璃门，走过一把又一把带烟味的红椅子，偷偷端详过一张又一张少年的脸。她从来没有找到过陆洲。

那个抽烟要抽“黄鹤楼”，喝酒要喝“二锅头”的女汉子，成了夜夜提心吊胆寻找自己逃跑恋人的小姑娘。

我说：“十三你还是算了，他学不学习打不打游戏关你什么事。”

十三：“因为他长得帅，所以必须好好学习，戒掉网游，和我一起考大学。”

我：“你连他喜欢去哪里打游戏都不知道。”

十三:“所以要一家一家找。路小佳你别劝我了,因为我今晚很固执,明晚很固执。我永远都会那么固执，直到我找到他。”

终于有一天，十三找到了陆洲。那时候的陆洲几天没刮胡子，盯着电脑屏幕激战正酣。

十三看到陆洲的第一眼就哭成了泪人。

十三一边哭一边拉着陆洲的袖口。

十三：“陆洲我们回去吧，我给你讲数学题。”

陆洲：“不要妨碍我打游戏。”

十三：“你再也不用请我喝奶茶了。”

陆洲：“大姐你快走吧，被哥们儿看到我会很丢脸。”

十三守着陆洲哭了一阵，看陆洲表情僵硬地没有任何反应，只好邋遢地用袖子擦擦眼泪，默默地走掉。

那是初夏的某个夜晚，清凉的晚风吹过，有蝴蝶绕着昏黄的路灯打转。从小混混儿变成学霸的十三终究没有把陆洲从网吧里拉出来。

十三说：“我觉得陆洲一点儿也不帅了。”

6

十三去北京念大学跟谁也没有打招呼，一个人拖着整箱子衣服书本摇摇晃晃地就上了火车。

陆洲给她打电话：“有时间出来一起吃个饭？”

十三：“我已经在去北京的火车上了。”

陆洲：“为什么你都没有跟我说过？”

陆洲的语气里有那么一丝丝的哀怨。

给在北京的十三打电话全是跨省长途，陆洲的零花钱几乎都用来交了话费。

十三："干吗又给我打电话。"

陆洲："想跟你聊天。"

十三："不要脸。"

陆洲："可是你不是说我帅吗？"

十三："……"

在陆洲穷得没钱交话费的时候，出现了阿沁。

阿沁是个好看的妹子，在重庆念书。她几乎每个月都会买动车票去看陆洲，一旦陆洲欠费停机，立马开淘宝给他充值。

我们都说陆洲踩到狗屎，走狗屎运了。

陆洲依然孜孜不倦地给十三打电话，可是十三能陪他扯淡的时间越来越少。

在北京的十三谈恋爱了，对象是个比陆洲更高更帅还富的国防生。

国防生带十三出入各种高档餐厅，买昂贵的手表和水晶送给十三做礼物。

还是国防生男朋友土豪啊，十三想。可是国防生送的礼物十三从来不收。

十三常常想起那时的陆洲，请她吃草莓蛋糕喝奶茶，送她千纸鹤。真寒酸，且娘炮。

想着想着，十三就把自己捂在被子里偷偷地笑。

7

国防生十分高富帅，于是他不能免俗地有了所有高富帅都会有的

烦恼。身边的妹子太多，偶尔也会犯个错。

国防生的劈腿行为哪里能逃出十三这种爆炸美丽爆炸聪慧的学霸眼睛？十三和国防生分手的时候痛哭流涕，比高中找陆洲的那个晚上嚎得更加撕心裂肺。十三买了两箱啤酒，开了个 KTV 包间，一边唱苦情歌一边喝酒，喝多了给我打电话。我听她连话都说得不连贯了，立马叫上陆洲去陪她。

万一十三酒精中毒，没个青壮年劳动力，怎么拖得动？

我俩推开 KTV 包间门时十三刚好喝光第十个罐子，空空的啤酒罐在桌子上排成一排，力拔山兮气盖世。

十三："他不爱我了。"

陆洲："哦。"

十三："他不爱我了他不爱我了他不爱我了……"

陆洲："没关系，反正他的颜值没我高。"

十三："可是你也不……"

十三话没说完，陆洲就堵住了她的嘴，把"爱我"两个字吞下肚去。

我和刚刚闻讯赶来的阿沁看得眼珠子都快掉地上了。

8

十三又去北京了。她即将毕业，找工作租房子都是让人头痛的事。

这时候的陆洲，生意有了很大起色，房子、车子都买了。

陆洲再也不用担心跨省话费了。

他继续给十三打电话："要不回家发展吧？"

十三："为啥？"

陆洲："因为我现在有房有车，又很帅啊。"

十三："阿沁是个好女孩儿。"

陆洲："不如我们去旅游吧，你想去哪儿？平遥怎么样？"

十三："明天还有面试。"

陆洲："然后你上下班，我都可以去接你。"

十三："没钱给你付油费。"

陆洲："我有啊，我已经奋斗成高富帅了。"

十三："可是我不喜欢高富帅了。"

9

十三毕业旅行去了平遥。

很早以前，陆洲在《国家地理》杂志上看到平遥古城，指着照片对十三说，这地方好，不如我们什么时候去玩吧。

十三在平遥古城上走了一圈又一圈，脑子里闹哄哄的。傍晚，平遥下了几颗小雨。十三回到民宿，裹上被子，泡了杯咖啡。高中时，磕磕绊绊把烟酒两大嗜好都戒掉的她在心情不好的时候只好对咖啡因上瘾。

民宿的窗子没有关好，从那里飘进来夹着细雨的凉风，雨小心翼翼洒了几滴在十三的脸上。

就在那一刻，十三突然懂了四年前陆洲在网吧拉长着脸凶她的心情。

接到十三电话时，我正在跟陆洲阿沁这对小情侣吃烤串儿喝夜啤酒。

十三："我可能以后都不会回去了。"

我："那你要去哪儿？"

十三："留在北京吧，如果北京没有好的工作，就去上海。"

我："成都不也很好吗？"

十三："一点儿也不好。我眼界太高，脾气太差，肯定待不下去。"

我："你对自己的定位还蛮准的。"

陆洲等得有些不耐烦："谁啊？讲这么久电话。"

我："十三。"

陆洲眼疾手快抢过去，却只听到"嘟嘟嘟"的忙音。

阿沁在桌子下方握了握陆洲的手，陆洲能感觉到上面都是汗。

他转过头看着阿沁努力保持平静的脸，心生歉疚。

10

后来啊，后来陆洲再也没有给十三打过电话，十三真的没有再回成都。

她也没再谈恋爱，一直单身。

距离高中毕业已经六年过去，这一天她接到陆洲的短信。

简简单单的几个字："我要结婚了。"

她拨通那个很久没再联系的号码，对方很快接听。两个人在电话里沉默了好长时间，还好现在联通取消了漫游资费，这沉默也不再昂贵。

十三："祝贺你。"

陆洲："回来喝喜酒。我和阿沁很希望你来。"

十三："我当然会来。你可是我……"

你可是我爱了这么多年的人。

这半句话，十三差点儿就没忍住。

电话那头的陆洲看不到十三略带失落的表情。他只是默默地想，

自己在原地等了这么些年，最后却还是走得比十三快了一点儿。

陆洲结婚那天，我们都以为十三会来参加。没想到那天十三终究是缺席了。

我们不知道的是，十三在山西平遥的民宿里喝着廉价咖啡给陆洲写明信片。

然后咖啡洒了，十三的字在卡片上一点儿一点儿氤氲开来。

被泼咖啡的明信片是不能寄给陆洲的。

于是十三把它放在钱夹里。

只有十三才知道卡片里写了什么样的内容，她想，陆洲也应该是明白的。

11

那年十月，十三出差，赶来看我。

我俩不约而同地失眠。

睡不着的时候我总想喝点什么，于是挣扎着爬下床从冰箱里拎了两瓶冻啤酒。

我喝啤酒，十三喝水。十三喝着喝着好像就醉了。

喝醉的十三脸涨得通红。她问我："你能为你爱的人做出最大的牺牲是什么？"

我："不知道。"

十三："你看，我在平遥的那个晚上就想明白了。我能为我爱的人做出的最大牺牲是不爱他，用尽全力不爱他，并且让他相信我不爱他。这样，他才能过自己喜欢的生活，拥有适合自己的爱情。"

我 :“十三你真是个情圣。这些话你应该对陆洲讲，你应该把明信片寄给他的。”

十三:“不用了。高三那年他也这么做过。他能做到,我就能做到。”

十三话音刚落，我的眼泪就涌出眼眶。

这世间所有最荒唐的事，都有一个插着美好初衷的出发点。两点确定一条直线，两点之间也能画出无数种可能的曲线。牺牲自己成全对方，让彼此的爱枯萎在莫名其妙的未来上面。

本来应该正正经经说一句我喜欢你，却无论如何也讲不出口，所以只能以再见为圆心画一个圆。把不相干的人、不相干的事、不相干的话都框了进来，最后却拼成一张分辨不出是否真诚的脸。

如同踩着三月的薄冰，只顾着去害怕脚下随时可能出现的深渊，渐渐就忘了头顶还有春天。

我爱你是胖子

1

肥胖是女人的天敌。

一旦体重上升，就比世界末日还可怕。

就鬼哭狼嚎，就节食，就拼命跳操。

我认识的妹子里，几乎没有谁能逃脱长胖——减肥——长胖——减肥的死循环。

除了陈璨璨。

陈璨璨，我们叫她陈璨擦。璨擦长着一张大饼脸，还特别好吃。每次同学聚会，璨擦都是扫盘子的那个。吃到最后，大家酒足饭饱，璨擦还冲着服务员嚷嚷：再给我加碗饭！

然后对我们一笑：不要浪费嘛，菜汤里也是有很多营养的。

常年吃着菜汤拌饭的璨擦越来越珠圆玉润。但璨擦不在乎。

有一次搭公交，璨擦身旁坐着个中年大妈。大妈盯着璨擦看，看到璨擦浑身不自在的时候，开口了：幺妹儿，你长得好像洋娃娃！可爱！

璨擦毛骨悚然：阿姨你别这样，阿姨我脸大。阿姨我不像洋娃娃。

大妈摇头：不不不，你就是洋娃娃。脸大的人我才夸她像洋娃娃。

璨擦默默地在心头挥了一把辛酸泪：那脸小的呢？

大妈若有所思：脸小的？脸小的我一般说她像芭比娃娃。

璨擦捂住气闷的胸口：哈哈哈阿姨你真逗！

大妈继续补刀：脸大福气好啊，幺妹儿你一定旺夫。

璨擦吐血：谢谢阿姨夸奖。阿姨我到站了，先下车。

下车后的璨擦足足步行半个小时，才走到我们约好的地点。听她讲完这段公交奇遇，所有人都笑得上气不接下气：很好很好，人身攻击新技能 get！

璨擦强忍悲痛：算了算了。看在她说我旺夫的分上，我原谅她。

接着叫来服务员：来两块蛋糕，一杯热巧。

2

之所以璨擦如此不看重身材，是因为璨擦早就交了男朋友。

有了男朋友，炫死单身狗。有了男朋友，未来不用愁。

璨擦的男朋友，大家都认识。高才生，学霸男，念核物理专业。非常洋气，非常高大上。

还在高中时，学校出了很多变态的规定。

比如男生必须平头，女生必须齐耳短发；比如体育课全部取消，改成考试课；比如不准在外面吃饭，只准吃食堂。

其他姑且不论，光是最后一条，就要了二雷的命。

二雷嘴巴刁。不吃香菜不吃葱，不吃鸡也不吃鸭。肥肉？不吃。

芹菜？不吃。苤蓝？不吃。如果把二雷不吃的东西一项一项全部列下，清单的长度也许会超过两条长江。

挑食的二雷第一回拎着饭盒去食堂排队时就惊呆了。食物禁忌表中所有的大杀器，都静静地在食堂橱窗里盯着他。二雷头皮发麻，饭盒掉在地板上发出“哐当”的巨响。

那天二雷在饥饿中度过了一个漫长的下午，直到一阵香味传到他鼻孔。

是璨擦，正在剥糖炒栗子的璨擦。那热腾腾的甜香夹杂着秋天特有的桂花味道，钻进二雷的鼻孔。二雷口水都要掉下来了。

璨擦吃了一颗，又吃了一颗。当璨擦准备剥第三颗时，二雷终于忍不住了。

很少跟女生讲话的二雷蹭到璨擦面前，红着脸说：璨璨同学，能把你的栗子送我吗？

璨擦很坚决：不行。

二雷伤心地缩了回去。

璨擦继续剥栗子。剥到不知道第几颗，突然想到了什么。她转过头看着二雷：想吃吗？

二雷拼命点头。

璨擦说：如果你肯给我补课，我就把栗子送给你。

二雷说：好！

二雷被璨擦骗了，纸袋里只剩下一堆壳儿。但男子汉一言既出，八匹马都难追啊。二雷成了璨擦的补课老师。

璨擦其实也没那么无良。自从二雷开始给她补课，她就给二雷带各种各样好吃的：烤玉米，草莓蛋糕，山东杂粮饼。虽说全是路边摊

儿产品，但每一样都比食堂饭好吃千倍万倍。二雷终于摆脱了饿肚子的命运。

正所谓经济基础决定上层建筑，二雷在吃饱喝足后突然开始思考起人生大事了。

二雷思考的人生大事是：璨擦是如何在学校的高压政策下弄到来自外界的食物的。

想来想去，二雷也想不明白。于是跑去虔诚地请教璨擦。

璨擦拿着尺子画坐标轴，连头也不抬：翻墙啊。

二雷肃然起敬。

二雷是个好学生，除了挑食外几乎没有其他缺点。平时看看书做做题做做题看看书，不爱跟人说话。尤其是女生。学校里的女生，个个小心眼儿，难伺候。

跑个八百米就跑吐了，做个肩肘倒立就瘫倒了，说起逛街买衣服却能从早上八点一路走到下午八点，踩着厚底鞋也雄赳赳气昂昂。

翻墙这种难度系数如此高的运动，一个普通女生如何做到？显然，璨擦是非凡的物种。

二雷对璨擦瞬间产生了浓厚的研究兴趣。

二雷说：璨擦，中午放学不如我们一起出去吃吧。

3

站在围栏前，二雷就傻了。

他眼睁睁看着璨擦同学手脚并用迅速上墙，然后骑在墙上冲着他叫：二雷！你手脚快点！你太慢啦！一会儿保安该来抓人啦！

二雷说：呃……我好像爬不上去。

璨擦一脸鄙夷：你踩左边第三排往右第五块砖，然后是右上第七块，找准这两个点，就能爬上来了。

二雷努力，未遂：璨擦你拉我一把啊！

璨擦拉住二雷的手用力，结果重心不稳，四仰八叉地摔倒在地上。

二雷笑：璨擦你好像乌龟。

璨擦爬起来，黑着一张脸：你才是乌龟。你太没用，我不等你了，我走了。

二雷着急：别别别，再等我两分钟！不！一分钟！我好像看到保安员了。

然后二雷也终于姿势难看地爬了上来，可惜在往下跳的那个瞬间，他的鞋头被铁钩钩住，脚朝上头朝下地摔在了围栏上。

璨擦在被保安员抓获的同时也恐慌地看到一股血从二雷的头上冒了出来。

二雷走出医务室，疼得龇牙咧嘴。

璨擦：没事吧？

二雷：轻微脑震荡。

璨擦：那怎么办！你别吓我！

二雷：医生说会影响智商。

璨擦：对不住对不住，我不该怂恿你和我一起翻墙。可是二雷啊，这事情你也不能全怪我。

二雷：为什么？我就怪你，就怪你。

璨擦一张脸煞白：说吧，你要多少赔偿金，回头我叫我爹把我卖了。

二雷：这倒也不用。不过我搞成这样，间接也是你的原因。

璨擦：不用赔钱那就好。

二雷：我碰到头，智商下降，以后一定很难找对象。那么我只好要你负责了。

璨擦眼珠子都快掉地上了。

就这样，璨擦成了二雷的女朋友。由于两个人都对吃抱有极大的追求，相处起来特别融洽。

在璨擦的指导下，二雷苦练翻墙技术，终于也成了一把好手。每天中午和璨擦一起逃避保安员的抓捕，四处搜罗美食，成为校园里颇具传奇色彩的神雕侠侣。

只可惜，二雷给璨擦补再多的数学课，璨擦的数学依然烂得像狗屎。

璨擦郁闷：完蛋了，高考考不好了。

二雷：没事的，我能考好就行了。

璨擦不解：你考好关我什么事？

二雷深情款款：我考好了，就能上好学校。我上了好学校，就能找到好工作。我找到好工作，就能挣很多钱。我挣了很多钱，就能养你了。

璨擦一巴掌扇过去：才不要你养。

二雷很委屈：就要养！

璨擦又是一巴掌：我又不是你宠物，少来这一套。

二雷捂着脸，想：眼光果然没错。璨擦同学和别的女生就是不一样。

4

高考结束，璨擦留在本地学俄语，二雷去了北京学核物理。

核物理是一项很费脑的学科。学霸二雷偶尔也有点儿压力山大。

压力山大的二雷给璨擦打电话，第二天就收到顺丰送来的零食大礼包。

每一样都是挚爱啊！牛板筋！鱿鱼丝！海苔片！璨擦棒棒哒！

然后二雷也开始给璨擦寄吃的。

只可惜北京这个地方好吃的确实不多，二雷寄给璨擦的茯苓饼和驴打滚难吃得璨擦眼泪花都冒出来了。

璨擦愤怒：二雷！你品位怎么下降了这么多！

二雷：没办法，学习任务重，你不在，都丧失觅食动力了。

太牵挂成都的美食和璨擦的二雷，时不时就翘课往成都跑。一到成都，两个吃货聚首，眼睛都放光。

冷吃兔，甜水面，芋儿鸡，老码头。三天下来，双双长胖。

我满怀担忧地说：璨擦啊，你看你都快肥成冬瓜了。

她却不以为然：没事，反正都有男朋友了。

我：但如果你们俩分手怎么办？

她跳起来就要撕我的嘴：你能不能讲点好听的。

我：你仔细想想，你现在在成都，他现在在北京，大学四年过后都不知道谁会在哪里工作。到时候要怎么办？继续四年异地恋吗？

璨擦胸有成竹：其实我知道二雷毕业要去哪里工作。

我：你怎么知道？

璨擦：因为他是定向培养的学生啊。他去哪儿，我去哪儿。

定向培养的学生，毕业后都要去分配的单位工作。一工作，至少五年。否则，支付高额违约金。

二雷被分到的地方，是连云港。

从成都到北京再到连云港,兜了好大一个圈。璨擦不想跟二雷分开，于是提着行李箱也飞去了连云港。

只可惜，在连云港根本就找不到专业对口的工作。最后，学俄语的璨擦去了一家私企做秘书,月薪两千块。拿着两千块的工资,交房租，开生活。璨擦很吃力。

而这时候的二雷，比起读书那阵，轻松自在多了。

说起核物理，大部分人都一无所知。可是，连云港有个核物理研究所啊！所里有很多同事啊！同事们个个都是学霸啊！学霸见学霸，惺惺相惜啊!

当璨擦去菜市场买菜的时候，二雷在搞研究。当璨擦下厨房炒菜的时候，二雷在搞研究。当璨擦收拾碗筷去洗碗的时候，二雷还在搞研究。

璨擦摸摸自己书架上落灰的俄语书籍，轻轻叹了口气。

在北京生活四年，在连云港生活一年，二雷的嘴好像没有以前那么刁了。

璨擦问：今天吃什么?

二雷说：随便。

璨擦问：明天吃什么?

二雷说：随便。

璨擦问：那周末又吃什么?

二雷说：不是讲过了吗？！随便啊。

璨擦说：二雷啊，既然你已经不再挑食，那我还是回成都吧。外

交办需要一个工作人员，俄语方向的，我觉得我可以去试试。

二雷有点儿没回过神来：你说什么？你要走？在连云港工作生活不是好好的吗？

璨擦点头，很郑重：我现在就收拾东西，你帮我订一下机票吧。

5

璨擦提着行李箱赶到机场，然后拿着身份证去换登机牌。

工作人员看着璨擦的身份证，又看着电脑：请问你是陈璨璨？

璨擦点头。

工作人员很疑惑：为什么录入名是陈璨擦？

璨擦惊呆：不会吧！璨擦是我小名。

工作人员说：对不起，乘客信息不一致，我们不能让你登机。

璨擦：凭什么！为什么！

工作人员还是很温柔：这是我们的规定。陈小姐不要让我们难做。

璨擦：我一定要打瘸二雷的腿。

工作人员：二雷是谁？

璨擦：我男朋友。

工作人员惊愕：你男朋友？你男朋友居然不知道你叫什么名字？天哪，还不分手？

璨擦：好，我这就把他变成前男友。

璨擦自己掏钱重新买了张机票，头也不回地上飞机。然后，坐在位子上偷偷地掉眼泪。

另一边，二雷正唉声叹气：固执，勇敢，又独立。璨擦同学还是

当年的那个璨擦同学啊。

比起窝在连云港当煮饭娘，回成都做外交官显然霸气多了。

璨擦的精气神都有了很大提升，唯一不变的是照旧对吃抱着强烈的欲望。

也许吃啊吃啊，那些烦恼和忧愁都会不见了？

每天一下班，璨擦就给我们打电话约饭。火锅。麻辣烫。串串香。棒棒鸡。酒肉穿肠过，忧愁心中留。

成日胡吃海喝的璨擦越来越胖，脸也越来越大。

就在这个时候，她刷朋友圈刷到一条状态。

是二雷发的。在连云港的二雷，居然，跟一女同事，谈恋爱了。

璨擦悲愤地砸掉了装着意大利面的盘子。

6

从那以后，璨擦不再跟我们约饭了。她突然间对美食丧失了所有兴趣。

对美食丧失兴趣的璨擦开始重拾曾经最爱的运动——翻墙。

考虑到人在这个年纪，翻墙确实很不雅。璨擦就曲线救国，买了张攀岩运动馆的会员卡，成天在腰里系着个绳子荡来荡去。

我在地面看得心惊：璨擦，你不是恐高吗。

璨擦回：早在高中那阵帮二雷代购午饭的时候，我就不恐高了。

我：璨擦要不你下来吧，我这么仰视着你感觉头晕。

璨擦：我仰视了二雷那么久，我也头晕。

我：你怎么说话还句句不忘二雷呢。

璨擦：因为我爱他。

我：可是你们已经分手了。

璨擦：那也不妨碍我继续爱他。

璨擦继续爱着二雷，但是以瘦子的方式爱着他。

她健身，节食，很快成了一根竹竿。

在一起六年的时光，现在看来好像一个笑话。曾经放下理想，愿意为一个人洗手做羹汤。曾经不顾形象，把自己吃成个胖子。可惜对方好像一点儿也不在意，就连自己的名字，居然都记不清。璨擦心里还是有那么些恨意的。

瘦下来的璨擦果然像芭比娃娃。脸尖尖的，眼睛大大的，很漂亮。漂亮的姑娘谁不爱？很快地，璨擦身边就聚集了一大堆男生。

万花丛中过，片叶不留身。璨擦谁也不爱，谁也不要。

爸妈开始着急她的婚姻，安排她去参加一次又一次的相亲。璨擦不反抗，不拒绝。她不想拂了老人的心意。只是每一次，见到相亲对象，璨擦就会掏出手机把自己还胖着的照片拿给对方看：这妹子怎么样，像不像洋娃娃？我闺密，我代她来相亲。

对方摇头：这女真胖。你没搞错吧？

璨擦立马跳起来把对方轰出去，然后看着对方一脸迷惑的样子，在心头冷笑。

直到有一天，璨擦遇到一个优质男。

优质男温柔，体贴，大方。落座的时候知道帮璨擦拉开凳子，点菜的时候知道先问璨擦有没有忌口，叫服务员的时候不会不耐烦地摆谱儿。

哪怕璨擦嬉皮笑脸祭出终极武器，优质男也没有骂璨擦神经。

优质男说:这个女孩儿，是你以前的模样吗？可爱，好像个洋娃娃。

璨擦的眼泪一下子就掉了下来。

优质男不知道璨擦为什么会哭，手忙脚乱地递纸巾。

然后璨擦一边哭，一边扑过去抱住了他。

7

对于璨擦和优质男的结合，朋友们都表示没有意见。

远在连云港的二雷，自然也没有表达意见。

璨擦结婚的时候，二雷没来。二雷托我给璨擦带了个红包：替我祝她幸福。

我：二雷你真没种。明明喜欢璨擦，干吗还放她走。

二雷：我故意买错了机票，我以为她登不了机就会回来。但是她没有。

我：那你为啥不找她说清楚。

二雷:后来我一想，璨擦留在这里，没有任何意义。她学的是俄语，她有她的志向有她的规划，我不能阻止她。

我：哦。

二雷:她是个独立的女孩儿，不喜欢倚仗任何人，哪怕那个人是我。

我：所以你就让她走？

二雷：这些年，我和她不在同一个地方，对彼此来说都是折磨。

我：异地恋的那么多，也不缺你们两个。

二雷：但我不要她受折磨。如果在一起，会让她丢掉理想。她会

很痛苦。如果不在一起，会让她丢掉爱情。她也会很痛苦。

我：结果你让她丢掉了爱情。

二雷：因为爱情丢了，还能再找。理想丢了，就很难找。

我：二雷你不仅是核物理家，你还是哲学家。

二雷:你看，现在璨擦找到了另一个优质男。快快乐乐，和和美美，多好。

我:别光感慨璨擦了。说说看,你计划什么时候和你那女同事摆酒?

二雷：我根本就没有跟女同事在一起。我是骗她的。

我：我擦。

二雷：不这样做的话她也许不会死心。她对我不死心，就没法儿爱上别人。

我：你不仅是哲学家，你还是情圣。

二雷：而现在的我，更爱璨擦了。可是璨擦身上，只有一点儿是不好的。

我：哪一点?

二雷：她太瘦了，太瘦不好，营养会跟不上。我爱她是个胖子。圆滚滚的，健康，活泼，又漂亮。

赶不上的花期

1

喝多酒的时候从十一楼往下望，总会在恍惚中见到无挂。

无挂扛着三脚架，背着相机，一步一步走过来，然后徘徊，伫立。

而六月滚烫的晚风吹过，他的T恤马上渗出一片汗水的影子。

却始终不愿走。他要等汤汤出现。汤汤不出现，他就会站到海枯石烂，站到天昏地暗，站到整个青春的终结。

无挂在大雪地话剧表演中认识了汤汤。

那时的汤汤留着短发，穿着青花瓷的中式上衣，坐在台阶上晃动双腿。她没有穿鞋，黑暗中一对脚似乎在发光。白莹莹的，很温和，又刺痛了无挂的眼睛。

当汤汤跟我讲无挂爱上她的开端时，我笑得上气不接下气：恋脚癖！

汤汤无奈：反正他表白的时候是这么说的。

我根本就止不住我那惊天动地的笑声：哎哟，你别逗我。我第一次听到男生喜欢女生是因为脚！他一定没发现你有脚气。

汤汤就愤怒地把袜子甩到我脸上了。

静默两秒钟，我捂住嘴，跑到水房，开始呕吐。

毕竟一个有脚气还爱穿运动鞋动不动就绕操场一口气跑十四圈作为热身锻炼的女生，她的袜子绝对是女生宿舍里最可怕的大杀器。

2

虽然无挂的表白比起喊楼、送花，或者更老土的用蜡烛摆心形要有创意多了，但我还是对他没有好印象。

我实在无法相信这个世界上居然还有一见钟情这种爱情故事存在。

向汤汤表白后，见对方没反应，无挂开始了努力的勾搭：汤汤啊，我要拍片子，需要拍摄一个广播台的场景，你能带我去拍吗？

汤汤说：哦。

然后把无挂带去广播台迅速拍摄完毕，请他去留学生食堂吃难吃的沙茶牛肉饭。

无挂说：汤汤啊，我刚刚帮话剧团干完活，路过你们学校。出来见个面吧？

汤汤说：哦。

然后两个人在留学生食堂碰头，去吃难吃的沙茶牛肉饭。

无挂说：汤汤啊，你是不是要去西藏旅行？我有样礼物送给你。你下楼来拿吧。

汤汤说：哦。

然后穿着双拖鞋就下楼，拿过礼物，面无表情地带着无挂走向留学生食堂。

无挂送礼物的那天我在场。我听到无挂动情地说：汤汤啊，我们今天能不能不吃沙茶牛肉饭？

汤汤说：不能，因为沙茶牛肉饭是专门给你点的。

我偷偷地在心里嘀咕：无挂你真笨。其实，沙茶不是沙茶，是傻 ×。

吃过饭送走无挂，我拿着礼物，说：拆咯？

汤汤头也不回：拆拆拆。

我三下两下打开包装，发现里面放着一个太阳能充电器。还有一张卡片，上面是无挂深情款款的字：去西藏你带上它吧，就像带着我在你身边一样。

静默两秒钟，我捂住嘴，跑到水房，开始呕吐。

我说：汤汤，你要对我负责。

汤汤说：凭啥？

我说：上一次是你的袜子，这一次是他的贺卡。不管是你，还是无挂，总能成功地把我给弄吐了。你俩真配。

汤汤瞪起眼睛：你是不是还想试试大杀器的滋味？！

我举手投降。

3

汤汤去西藏的时候是七八月，天气酷热。

从踏上旅途的那一刻，无挂就开始一路追问汤汤的出行感受。

无挂说：汤汤啊，你在那边要注意安全，藏民很剽悍的。

汤汤说：还好吧，我遇到的人都挺友善的。

无挂说：汤汤啊，保重自己的身体，不要洗澡洗头。万一重感冒，

那边空气稀薄，高反了可不得了。

汤汤说:昨天刚用河水洗了头,好像还没死。不洗澡洗头,这个天气,会馊掉吧。

无挂说：汤汤啊，你有带上我送你的太阳能充电器吗?

汤汤说：带上了。

无挂就很高兴：那好，那你也要给我带纪念品哦。

汤汤说：知道了。

汤汤啪的一声摁下挂机按钮，接着找我诉苦：我烦死无挂了。

我一边用太阳能充电器给自己的手机充电，一边说：算了算了，好歹人家给你送了太阳能充电器。

汤汤炸毛：还不是给你用了！被骚扰的可是我！

汤汤对无挂不耐烦，无挂应该也是知道的。

可无挂就是爱黏着汤汤，不论是冷嘲热讽，还是视而不见，都不能阻止无挂对汤汤的感情。

汤汤背着一口袋纪念品从西藏坐车回来了。挂历，天珠，转经筒……汤汤在宿舍分发手信。这时候，她的电话响了起来。果然还是无挂。

无挂说：我在你宿舍楼下，出来一起散步吧?

汤汤说：哦。

转过头问我：怎么办，我忘记给无挂买手信了。

我说：那你把这根晾衣绳剪下来，拴几张尼泊尔纸币给他吧。

汤汤就真的剪掉了晾衣绳，拴着纸币穿着拖鞋下楼了。

楼下，无挂捧着纸币感动不已。

楼上，我不间断地咒骂出了馊主意的自己。

没有晾衣绳，T 恤短裤都晒哪儿？

蹲下身来收拾落在地上的衣物，结果不慎捡到了汤汤的袜子。

静默两秒钟，我捂住嘴，跑到水房，开始呕吐。

大杀器，真不是浪得虚名啊。

4

汤汤的袜子是宿舍的大杀器，无挂就是汤汤的大杀器。

越挫越勇的无挂依然不肯放过汤汤，成天在学校里转悠，一逮着机会就要约汤汤吃饭。

汤汤依旧带着他去留学生食堂吃沙茶牛肉饭，吃过饭后，盯着盘子，说：无挂，你到底明不明白我的意思？

无挂抬头，一脸无辜：哈？

汤汤说：我真的不喜欢你，也对你没感觉。你可不可以不要再缠着我？

无挂脸色唰的一下就白了：汤汤，你是说真的？

汤汤郑重地点头：不然我为啥老带你来吃沙茶牛肉饭。

无挂颤抖着声音问：为……为什么？

汤汤说：因为谐音。沙茶，就是傻 × 啊。

汤汤话音刚落，无挂就红了眼睛。

这种时候，说出过分话的那个应该好好地安慰一下眼前的男生然后再道个歉的。可汤汤觉得并无道歉的必要。

她跳下椅子，抓起书包就跑了。

当我了解到整件事的来龙去脉，不禁感慨：你说无挂怎么就这么痴情呢？

汤汤真的很郁闷：再痴情也没用。不喜欢，就是不喜欢。

我说：那你打算怎么办？

汤汤说：我打算把他拉入黑名单。

于是当天晚上，我就接到了一条陌生短信：hi，路小佳，可以认识一下吗？

我回：你谁啊？

陌生短信：无挂。

无挂的语气充满了小心翼翼的情绪：小佳，你能不能劝劝汤汤？

我：劝她干啥？

无挂：汤汤把我拉黑了。从 QQ，到微信，到手机号码。

我：她要这么做，我也没办法。

无挂：我明白她觉得我黏着她很烦、很没礼貌，但我无法阻止想要了解她的冲动。如果你不能帮我劝劝她，那你能不能告诉我她最近都在做些什么事？你能不能，偷偷地把她的照片动态都发一份给我？

我仿佛看见无挂可怜兮兮的样子，不由自主点了头。

5

夏天过去，冬天到来。

临近毕业的大家，都开始焦急地规划自己的未来。

帮无挂拷贝汤汤状态的这档子事，早就被我抛到脑后。日子过得太忙太充实，就完全不记得曾经对谁做过什么样的承诺了。

直到拍毕业照的那一天，我竟然在人群中发现了无挂的身影。

他扛着三脚架，背着相机，一步一步，朝我们这边走来：hi。

汤汤却没那么自然：hi。

为了打破尴尬的气氛，我也只好挥手：hi。

无挂在汤汤面前站定，郑重地说：汤汤，一年没见，你还好吗？

汤汤说：还好。

无挂说：能一起合个影吗？

汤汤说：不能。

无挂很委屈：这个要求也不能答应我？

汤汤说：嗯。

然后汤汤就跑了，跑得比兔子还快。

我长叹一口气，知道接下来无挂又得跟我喋喋不休，索性把话一次讲完：对不起我忘了以前答应过帮你拷贝她的动态不过你一年不见她好像也没有特别想念所以你别怪我以及汤汤毕业后要去美国念书你肯定没有机会啦就这样我先走了！

我说完这番话，上气不接下气，最终被口水呛到，发出一阵剧烈的咳嗽。

无挂递过来一瓶饮料：喝点水吧。

我点头，接过那瓶饮料。看着无挂的脸，突然觉得这个人好像也没有那么讨厌。

我说：无挂，有的事情该结束就让它结束吧。你会有好的未来。

无挂沉静地说：我尝试过了。可惜我做不到。

6

汤汤出国后，无挂去了一家影视公司做全职导演，每天都很忙碌。

他认识了一个小胖妞，人很活泼开朗。

在很长一段时间里，无挂都把小胖妞当作普通朋友看待。再加上工作任务重，除了吃饭睡觉外的所有时间几乎都在拍戏。他们只是每晚睡觉前，在微信上聊上一小会儿。

有一天，小胖妞突然说：无挂，我要出国了。

无挂很诧异：去哪里？

小胖妞说：美国。

无挂说：你到美国去干吗？准备一直待下去拿绿卡吗？

小胖妞摇头：不会的。我出去留学，等几年毕业后就回中国。

无挂的情绪突然激动起来：我等你回来！

小胖妞一时没反应过来：无挂你说什么？

无挂说：我喜欢你很久了，我想和你在一起。

小胖妞扭捏：是吗？

无挂说：我不在乎异地恋，我可以等。你忙你的学业，我忙我的事业。我多多挣钱，用这几年打好物质基础。等你回来，我们就结婚。

小胖妞很感动。一边哭，一边接受了无挂的表白。

无挂说到做到。他拼命干活儿，工作之余还接私单。在燕郊按揭了一套房子，想做以后的婚房。

当签好购房合同，小胖妞也放寒假回国。两个人约出来见面，无挂却发现有些不妥。

是哪里不妥？无挂不敢说。

无挂不敢说的，小胖妞敢说。

小胖妞说：无挂，你其实不爱我。

无挂没有作声。

小胖妞知道自己猜对了。

小胖妞和无挂分手后，无挂好像突然对所有的事情都丧失了兴致。

不想吃饭，不想睡觉，不想喝水，不想工作。

唯一能够吸引无挂的依然是关于汤汤的讯息。

汤汤已经有了男朋友，男朋友也在美国。

无挂的天一下子就黑掉了。

7

失恋的无挂辞掉工作，开始了一段又一段旅途。

我说：无挂你真潇洒，作为工作狗，我表示非常羡慕。

无挂笑：在北京待得太久，偶尔出去走走也是好的。

这一走，就是大半年。今天在白河，明天在阿里。绝对地千山万水走遍。

每一次，无挂出去旅游，都会给我写明信片。

每当我收到他的明信片，脑门上都会挂三条黑线。

无挂的措辞在面对我的时候好像变得十分匮乏，除了“开开心心”就是“祝君幸福”。

到后来，无挂要出门，我忍不住告诉他：你别再给我写明信片了。

无挂说：那我给汤汤写，你替我转交给她？

我机械地点点头。一个礼拜后，我收到来自尼泊尔的明信片，上面写了一大堆酸话，直接导致前台小妹把明信片交给我的时候一直捂着嘴偷笑。

很快地，办公室里四处都在传说我有了一个尼泊尔男朋友。尼泊尔男朋友是摄影师，是诗人，在进行灵修，准备追随佛陀的脚步。

前台小妹说：小佳，你还是劝劝男朋友吧，生活多美好，干吗去做和尚。

我说：那不是我男朋友。

前台小妹一脸鄙夷：你不能这样，人家都说了，要把生命交给你，交给上天，交给三世诸佛。就算他有点儿神经，你也别说放弃就放弃。这样做对人家的打击该有多大！

我说：可是……

前台小妹拍拍我的肩膀：没关系，我不会瞧不起他的。他好歹也是个性情中人，有勇气坚持一段异地恋情，也是不容易啊！

我说不过前台小妹，也没法儿扭转前台小妹对“路小佳有个尼泊尔男朋友”这一乌龙事件的刻板印象，只好开始后悔，咬牙切齿给汤汤打越洋电话：你说我该怎么办！

汤汤说：告诉他你换了工作地点，收不到东西，然后直接不理他。

我说：可是一看到无挂，我就觉得不忍心。

汤汤说：那你继续做他的知心姐姐吧。

我说：你能不能劝他和小胖妞和好？也许他跟小胖妞再谈些时候恋爱，就不会纠结了。

汤汤说：不能。

我问：为什么？

汤汤说：因为我发现，无挂去的地方都是我念大学的时候去过的地方。

我震惊：我去！

汤汤说：再厚脸皮一点儿，就这么讲吧：无挂明显心里还有我。让这样一个男生和别的女生在一起，对那个姑娘也是伤害啊。

我拼命点头称是，突然想起我和汤汤在讲电话，她是看不到我点头的。

8

无挂依然扛着那部单反在全国各地转悠，直到这一年结束，新一年开始。

阳春三月，处处惠风和畅。无挂的头像又在对话框里跳动起来。

深吸一口气，双击打开。

他又出去旅游了，不过这一次，是他的终点站。

无挂的终点站是汤汤的家乡，一个叫东汤村的地方。

先坐火车到宣城，再坐大巴下乡。没有了其他交通工具，于是只好徒步。

东汤村小到没有被百度地图收录。无挂只能一路走，一路问。

郊外的油菜花已经开了，满目都是好风光。蜜蜂嗡嗡地在花田飞进飞出，阳光暖热地照着他的脸颊。

走到肚子饿得咕咕叫的时候，无挂去路边的小卖部买吃的。

小卖部的大叔是个和善的人，拿自家的热水瓶给无挂的泡面碗注入开水。

泡面特有的味道就在空气中迅速地弥漫开来。

大叔是本地人，没有上过学。一个说普通话，一个说方言，谁也

不知道对方在讲些什么。

大叔说：小伙子，是不是累坏了？这一天赶了不少路吧？

无挂说：您知道东汤村在哪里吗？

大叔说：你是来这边看望亲戚，还是来旅游？

无挂说：您认识一个叫汤汤的小女孩儿不？

大叔说：这里可以玩的地方不多，还好这两天天气好，油菜花都开了，你可以看看花田。其实花田也是很美的。

无挂说：我很爱她，可是她一直躲着我。我想来找寻她的足迹，我想来体会她曾生活过的痕迹。

大叔说：等再过些日子，养蜂人到了，还会有很多的蜜蜂在花田飞进飞出。

无挂说：我也试着爱过别人。我以为我很喜欢小胖妞，小胖妞会成为我的小太阳。可是我错了，错得离谱儿。

大叔说：不知道你能不能等到养蜂人来？

无挂说:就因为小胖妞也要出国,去的是和汤汤一样的地方。我想，找一个和汤汤经历很像的姑娘来恋爱，大概可以了我的心愿吧。

大叔说：养蜂人很辛苦。说是养蜂人，其实是赶花人。哪里有花，就往哪里走。

无挂说：我每天和小胖妞聊微信，聊视频。其实我在意淫对方是汤汤。我写了一个异地恋的剧本，以为能感动很多人。我请汤汤来做女主角，她不愿意。于是我退而求其次，我选了小胖妞。但是小胖妞没办法完美地演绎那个角色，最终这个剧本还是只感动了我自己。

然后无挂在陌生的大叔面前，努力地不让自己哭出声音。

9

无挂到最后还是没有找到东汤村在哪里。

他在小路上走过来，走过去。走坏了一双匡威，弄丢了一段心情。

从宣城回北京，他明显地改头换面，整个人变得积极、阳光起来。

他不再絮絮叨叨地缠着我打听汤汤的日常，也不再从全国各地寄来酸溜溜的明信片。

我表示很欣慰，汤汤也很欣慰。

我说：下次无挂再来找我，我可以不用请他吃沙茶牛肉饭了。

汤汤说：是啊，我们应当恭喜他修行成功，摆脱执念。

我说：他追了你多少年了？两年？三年？五年？

汤汤说：六年。

我说：难怪他突然对你没有兴致，原来到了七年之痒。

汤汤说：你滚蛋。

我们都以为，无挂已经让自己跳脱出那个感情的泥淖，重获新生。直到有一天，我刷朋友圈，看到无挂发的一张高清大图。

那是他燕郊新房落成后的卧室装修图。一张大床，对面是照片墙。墙上密密麻麻挂满了照片，放大一看，竟然是汤汤。

照片里的汤汤，时而和面，时而低头，时而沉默。我不禁好奇为什么连知道她有脚气这个秘密的我都没见过这样的她，无挂竟然见过，还拍下来了。

我问无挂：装修得不错，但那些照片哪来的？

无挂：是不是很惊讶？

我老老实实：是。

无挂笑：其实你应该仔细看看。这些照片上的女孩儿，是我在工作和旅途中抓拍下来的。她们有的是旅店老板娘，有的是还在念高中的女学生，有的是摆路边摊儿的小贩。

我张大了嘴巴。

无挂继续平静地叙述：她们虽然来自不同的地方，不一样的年纪，不一样的生活方式。但是她们都有同一个特点。她们都很像汤汤。

我不知道该说点什么，一瞬间觉得口干舌燥。

无挂见我没反应，又补充道：可惜，她们虽然像她。但都不是她啊！她是唯一的一个，是独特的一个，也是我永远追不到的一个。

我去过了西安，去过了阿里，也去过了白河。我去过了宣城，走遍了所有小路，可是依然找不到你出生的村落。我一路跌跌撞撞，只想去你去过的每个地方。我觉得自己可以穿过时间看到你的身影，我觉得我可以在我的记忆中融入所有你经历过的场景。我固执地把这当作我们的共同记忆，哪怕我知道你会说——“可是我们并没有这些共同记忆吧”。

你是我老去前的疯狂，你是我充满阳光的阁楼，你是我爱的一切属性的合集，你是我拼命追逐的花期。你赶我走，没有关系。你讨厌我，没有关系。你说我傻，没有关系。

因为我只是个养蜂人，我的心里有一件事，和你也没有关系。

那件事非常小，非常细微。那件事像空气里的浮尘，像春天飘荡的柳絮。

那件事很简单，只有三个字。

那件事就叫作，我爱你。

那痴心不改的少女你我没再遇见

1

夜夜暗恋大灰，这在朋友圈里是个公开的秘密。

大灰不论发什么状态，夜夜都会在状态下认真地评论。哪怕大灰说：今天洒家拉了个屎，感觉不甚畅快。夜夜也会温柔地回复：多喝水多吃蔬菜，少抽烟少喝白酒。照顾好自己身体哦！么么哒。

明眼人一眼就能看出夜夜的小心思，但大灰却看不出。

或者是假装看不出。

因为大灰已经有了女朋友。

夜夜是个好女孩儿，知道大灰有女朋友，却还是温温恬恬地对他。天冷嘱咐加衣，天热嘱咐消暑，不冷不热的时候就提醒他要跑步锻炼身体。大灰的女朋友过生日，夜夜都不忘打电话："大灰，记得替我祝Coco生日快乐。"

大灰送了Coco一个iPad。Coco乐呵呵地PO上微博，夜夜就辛酸地在微博下方点赞。

时间长了，Coco 看夜夜越来越不顺眼。

凭什么老是给大灰点赞写长评？凭什么我过生日你要打电话给大灰送祝福？凭什么我跟你明明不熟你还得在我眼皮子底下晃来晃去？我是他女朋友还是你是他女朋友？大灰你也不注意点，删掉她不就一了百了吗！

话虽如此，大灰却拉不下脸来删掉夜夜。毕竟夜夜是个善良的姑娘，除了点赞回复打电话，也没做别的出格事。就因为这个把人家删了，未免有点儿小家子气。朋友圈那么多交集，让人看到面子上也挂不住啊。

于是 Coco 三天两头因为夜夜的事跟大灰争吵。一来二去次数多了，大灰也不耐烦哄她。最后两个人和平分手。

2

Coco 和大灰一分手，夜夜就像是捡了天大的便宜。别的朋友扼腕叹息一对眷侣劳燕分飞，夜夜却成大喜气洋洋。

夜夜更加肆无忌惮地向大灰献殷勤，大灰坦然接受。好像接受这殷勤，正是对夜夜莫大的赏赐。

大灰计划请朋友来家里吃饭，又不会做菜。原本打算去超市买些半成品，却被夜夜阻止了。夜夜跟经理请好假，坐足足两个小时公交车赶到大灰小区附近的农贸市场，买上新鲜的鸡鸭鱼肉拎到他家去。然后洗菜切菜下锅炒，所有活儿一概包干。

大灰呢？只需要站在一旁微笑着看着夜夜进进出出忙忙碌碌就好了。七八月酷暑天，夜夜的额头上都是细密的汗珠。大灰在冷气充足的客厅一边招待朋友喝冰镇啤酒一边看球。

朋友碰碰大灰的胳膊："新女友啊？"

大灰："普通交情。"

朋友："对你挺好的。"

大灰："嗯。"

朋友："叫她别忙了，来跟咱一起吃饭吧。"

大灰："她做完菜就来。喝酒喝酒。"

最后一道红烧鱼也端上了桌。大灰拿起筷子夹了一片放进嘴里。

大灰："哎呀，这菜没烧好。有点儿咸。"

夜夜："对不起，盐分没控制好。"

大灰："欸。鱼这么咸，谁能吃下口啊。"

夜夜："下次注意，下次一定注意。"

朋友很尴尬："没事的夜夜，我觉得味道挺好。"

夜夜从嘴角挤出一抹勉强的笑。

一帮人酒足饭饱，夜夜要赶回去加班。

大灰客套："我送下你？"

夜夜："不用啦，我自己出去坐公车就行。"

大灰："那你注意安全。"

夜夜沮丧的神情，并没有被大灰看在眼里。她顶着毒辣的太阳出门，T 恤背后是一大片汗水打湿的痕迹。

3

夜夜就是个滥好人。

她对大灰永远是掏心掏肺，永远要致以最诚挚的关心。

大灰订了票，去大理旅游。大理是个充满回忆的地方，Coco 和他就是在大理相知相爱然后成为情侣的。哪怕是分手了，作为风景名胜

的大理依旧值得再度一游。

夜夜给大灰打电话，弱弱地说 :“大灰，我也想去大理。”

大灰 :“想去就去吧。”

夜夜 :“我要和你一起去。”

大灰没拒绝。虽然 Coco 的身影还在心头挥之不去，但有别的姑娘主动送上门，他也不是不能考虑。

夜夜陪大灰去了大理，大灰把那些景点一一指给夜夜看。

大灰 :“那是我和 Coco 一起住过的旅店。”

夜夜 :“嗯。”

大灰 :“那是我和 Coco 一起吃过的饭馆。”

夜夜 :“嗯。”

大灰 :“那是我和 Coco 一起泡过的酒吧。”

夜夜 :“嗯。”

大灰 :“来，我站在这里，你帮我拍张照片。”

夜夜顺从地点头。

在大理古城，大灰把 Coco 的照片举到胸口。然后夜夜一次又一次地按下快门。

从来没有说过“不”的夜夜看着大灰笑得一脸灿烂,心底一片惨然。

4

大理之旅结束，两个人带着迥异的心境踏上归途。

在机场等待登机时，大灰给 Coco 打了个电话。

Coco :“谁啊？”

大灰 :“我。”

Coco："哦。"

大灰："最近还好吗？"

Coco："马马虎虎。"

大灰："你猜我现在在哪儿？"

Coco："你在哪儿关我毛事。"

大灰："回头我给你发条彩信，你就知道了。"

Coco："别给我发，我没兴趣关注你那点破事。我有新男友了，不方便和你再聊。就这样，挂了啊。"

大灰还想说点啥，Coco那边已经收线，干净利落一点儿不拖泥带水。

大灰："算你狠，你个死娘儿们。"

夜夜默默地倾听了大灰和Coco对话的全过程，正准备软言安慰几句，大灰又开口了。

大灰说，怎么办，Coco交了新男友，可我还是很想那个死娘儿们啊。

夜夜鼓了鼓嘴巴，那些准备了好久的安慰的话被她一一咽下。

她突然觉得，自己的力气仿佛在一瞬间就被抽光了。哪怕像块甩不掉的膏药似的成天站在大灰面前，大灰却始终心心念念着另一个姑娘。

5

夜夜郁闷了几天，又按捺不下内心的思念，跑去找大灰了。

大灰宅在家里，蓬头垢面，似乎还没有从Coco毫不留情的打击中恢复过来。

夜夜一看大灰这个样子就受不了，立马跟个小保姆似的行动起来。

第一步，打扫卫生。把大灰这些天抽的烟头都倒进垃圾桶，再倒点洗洁精，用拖布彻底清洁地面。

第二步，洗碗。大灰吃过的泡面锅子在水槽里堆了好高，她一只一只地搬下来擦洗，直到锅子光洁如新，几乎能映得出人脸。

第三步，洗衣服。大灰家里没有洗衣机，她把大灰换下的衣服泡在脸盆里，打上肥皂，开始逐件搓洗。

从天亮到天黑，大灰家的居住条件终于有了根本的改善。院子里，晾衣绳上,大灰穿过的T恤挂在上面随风摆动,飘散出一股好闻的味道。

夜夜去跟大灰告别时，大灰还在打游戏。

夜夜说："大灰，我要走了。"

激战中的大灰头也不回："哦。别忘了把门带上。"

夜夜说："哦。"

然而一局战毕，大灰还是没有听到铁门关上的声音。大灰疑惑地转过身，对上了夜夜那双满是泪水的眼睛。

夜夜鼓起勇气，怯生生地说："大灰，我喜欢你。"

大灰没有说话。其实他老早就知道一个女孩子为什么会对自己这么好，他只是不想挑明罢了。一天不挑明，一天就还能若无其事地和夜夜相处下去。毕竟夜夜不是自己的那棵菜，Coco才是。

可是Coco已经不爱他了。

大灰沉默了好长时间，点头，然后重重叹了口气。

夜夜搂住大灰的腰，把脸埋在大灰胸口。大灰能感觉到胸上那一块T恤布料迅速地被打湿了。

6

有一个好消息和一个坏消息同时发生。

好消息是，夜夜终于如愿以偿做了大灰的女朋友。

坏消息是，在大灰女友的头衔上，要加个“背后”的形容词。

大灰是这么跟哥们儿介绍夜夜的：“啊，夜夜是我好朋友。”

谁能相信世间有这样的好朋友？她给你洗内裤，洗袜子，洗盘子；她给你烧排骨，烧鱼汤，烧洗脚水。她和你住在一起，睡在一起，你的衣柜里有她的连衣裙，你的床下有她的高跟鞋，你的杯子里还插着她的牙刷。

绵绵就不相信。

绵绵是个还在念大学的水灵妹子，留着一头长发，眼睛大大，睫毛长长。她老爱来大灰家找大灰玩，大灰也希望她来找自己玩。

因为绵绵比夜夜漂亮，绵绵比夜夜年轻，绵绵也比夜夜有趣。

绵绵组过乐队，当过主唱；而夜夜不会。绵绵会弹吉他，会弹古筝；而夜夜不会。绵绵会化妆，会设计衣服，会把自己打扮得风姿绰约；而夜夜不会。

大灰几乎要忘记Coco，转而爱上绵绵了。

白天，夜夜不在。大灰就和绵绵关在房间里听收藏的摇滚乐，看电影。

到晚上，夜夜快下班，大灰就把绵绵送上回学校的出租车。

直到有一天，趁着夜夜上夜班，大灰扭捏着不愿意让绵绵走，提出绵绵可以留宿。他满以为绵绵不会拒绝，谁知道绵绵竟然爆粗了。

绵绵：“去你的。”

大灰：“我说真的。”

绵绵：“别以为我不知道你有女人。”

大灰：“哪有啊。”

绵绵：“自己去浴室看看，你牙杯里插着两把牙刷。”

大灰："那是我哥们儿上次来我这儿住，忘记带走的。"

绵绵："你哥们儿一大老爷们儿干吗要用粉色牙刷？不觉得恶心？"

大灰："因为我哥们儿很娘炮啊。"

绵绵："得了吧，我又不傻。你哥们儿就是你女人吧。"

绵绵跟大灰告别，嘴角带着一丝哂笑。大灰拙劣的谎言被一个小妹子一眼揭穿，脸涨红得跟猪肝一样。

这一次，绵绵没有让大灰送。她拎着包走到小区门口，迅速钻进一辆出租车，然后消失在大灰的视野里。大灰有点儿失落。

7

更加失落的是夜夜。

尽管大灰不说，夜夜也知道家里肯定有别人来过。

不然这空气里是谁的香水味儿？这茶杯边是谁的口红印？这写字台上是谁的头发？

绵绵的头发是酒红色的，亮丽耀眼。而夜夜的头发从未烫染过，是最质朴的黑色。

夜夜再包子，也不能忍受大灰往家带女人的事实。她第一次也是最后一次和大灰爆发了争吵。

夜夜："大灰，你跟我说实话吧。"

大灰："什么实话？"

夜夜："这些天我不在家的时候，你都和谁在一起？"

大灰："我一个人啊。"

夜夜："你撒谎！"

大灰："我怎么就撒谎了？"

夜夜毫不退让："没撒谎，没撒谎这红头发哪儿来的？没撒谎，没撒谎这香水味又从哪儿来的？我跟你说大灰，我受够了！"

大灰瞬间来劲："你受够了是吧？你受够了就不要再做我女朋友了。你凭什么说你爱我？你就是这么爱我的？拿着一点点小事情跑来质问我怀疑我，就敢说爱我？"

夜夜泪流满面，不知要如何接下去。

大灰看着夜夜哭，有点儿不耐烦："行了行了。我饿了，去帮我煮碗面吧，少加辣，不要香菜。"

面对着如此戏剧的转折，脸上还挂着鼻涕眼泪的夜夜有点儿反应不过来。

大灰等了几分钟，看夜夜还没动静："不想煮我就自己出去吃。"

夜夜擦擦眼泪去卫生间洗了把脸，还是下厨了。

8

夜夜打了两个鸡蛋，用筷子迅速搅拌成金黄的蛋浆。倒油下锅，烧烫。然后把蛋浆淋下去。

鸡蛋在锅里吱吱作响，冒出一个个小泡。夜夜握着菜铲，将蛋饼翻了个面。

夜夜看着在油锅里接受煎熬的鸡蛋，觉得自己好像也是在经历煎熬。

蛋饼煎好，夜夜往锅里加水，开始切番茄片。番茄加早了，会煮得稀烂；加晚了，就硬邦邦的，大灰都不喜欢。

夜夜一刀一刀下去，番茄喷出大量红色的汁液。夜夜想，番茄一定很痛苦。

切好后下番茄片，下面条。面条浮起时放少许盐，再滚个两三分钟。出锅后，撒一把葱花。一碗热气腾腾的番茄煎蛋面就做好了。

夜夜端着这碗面，小心翼翼走到大灰面前。

大灰皱着眉头："不是说了不要加葱花吗？"

夜夜："你说的是不要加香菜。"

大灰："哦。"

夜夜等大灰吃完面，洗好碗，又陪大灰看了半场球赛。

大灰终于想起来，问："你吃了没？"

夜夜："没。"

大灰有些内疚，站起身穿衣穿鞋，说："走，带你出去吃点消夜。"

夜夜："不用了。"

大灰没想到，在大灰吃面的时候，夜夜就把自己在这里所有能想得起来的生活用品都打包了。

夜夜镇定地看着大灰："大灰，我今晚去我朋友家住。"

夜夜在朋友家住了一天、一周、一个月。夜夜这一去就没再回来。她终于累了。

9

大灰原以为不过是摆脱了一个负担。可恢复单身生活后，自己却时不时地从家里的各个角落找到和夜夜有关的东西，然后就想起这个又单纯又傻得可爱的女孩儿。

西服兜里，放着一块手帕，是夜夜买给他的。

书架上，躺着两本小说，是夜夜喜欢看的。

写字台抽屉里，扔了一只机器猫公仔。是和夜夜一起逛街时，花

两个硬币从夹娃娃机里夹的。

浴室里，水槽上，牙杯中依旧插着两把牙刷，可是粉色的那一把再也没有人会用了。

整间屋子里突然只剩下大灰一个人，他感到有些寂寞。

大灰给朋友打电话，叫朋友出来喝酒。朋友说，不了，今晚老婆过生日，要陪老婆。

朋友还说，夜夜呢？觉得无聊的话就跟夜夜出去逛个街看个电影呗。

大灰说："算了算了，都这个点了。夜夜和我只是普通交情，叫她出来不合适。"

朋友说："还嘴硬呢，你俩不是谈挺久了吗。"

大灰："谁说的！我一颗芳心只恋 Coco。"

Coco 这个名字好像已经荒芜很久了。隔了大半年，大灰再说出口时竟然感到有些陌生。

朋友说："别装情圣了，你哪里还只恋 Coco。你早爱上了别的姑娘。"

别的姑娘是谁？是绵绵吗？大灰的脑子飞快地转动着。可是他和绵绵的事情从来没有讲给朋友听过呀。

朋友说："行了，电话我挂了啊，老婆催我了。有事再联系。"

"嘟嘟嘟"的忙音从电话那头传来，这头的大灰还一头雾水。他想不出到底谁才是朋友口中自己爱上的"别的姑娘"。

他跑进厨房，想从冰箱里拿瓶啤酒喝，结果被门槛绊了一跤。在这里住了这么长时间，大灰也不知道厨房的门槛高，要小心一点儿。大灰这一绊就又想起了夜夜。

他想起那年夏天失恋后，夜夜担心自己不好好吃饭，就每天来给

他烧菜。他想起夜夜围着围裙忙前忙后，端出一盘盘小炒，像个女主人的模样。他想起后来去大理，夜夜帮他订旅馆，收拾背包，好像他就是世界的中心。他想起了那个晚上，夜夜对他说“我喜欢你”，然后自己胸口湿掉的那一块布料。他甚至想起了夜夜明知他和绵绵曾在一块儿胡闹，却还是深夜下厨给自己煮了一碗面条。

再早一点儿的时候，他一在朋友圈发状态夜夜就连忙点赞回复。他记得某天走在路上摔了一跤碰破了眼角，一片点赞中只有夜夜着急地问“有没有事，要不要去看医生”。她给他带来的温暖无人可及。

“我还爱夜夜，我爱她！”他像是对着空气里的朋友说，又像是自言自语。

只恨懂得太迟。

10

在很久很久以前，有个人曾经携了满腔热爱，冲进人潮人海里只为拥抱你。给那个人打开锁来的是你，为那个人敞开心扉的是你，可把那个人拒之门外的也是你。

你仗着她的喜欢，上演一出又一出拙劣的戏。好像只有刺痛对方，才能确定她对你的心意。直到她终于心碎离去，屋内喧哗的空气突然安静，你才发现原来你最怕深夜独自清醒。可惜你再也没有机会与那个痴心不改的少女相遇。

如今，你发给她的微信会弹出“请先添加对方为好友”的对话框，拨她的手机号码无人接听，传给她的短信杳无回音。那个人早已渡过河去，却在你的生命里种下了抹不掉的痕迹。而你只能带着满满的回忆，在爱情这条单行道上继续独自走下去。

你在南方看不到我北往

1

这是在高考的数学考场。

阮阮握着那支掉了漆的2B铅笔，迅速地涂抹ABCD。

选择题，填空题，阮阮都完成得相当顺利。

环顾四周，所有的学生奋笔疾书，教室里满满地弥漫着一股子杀气。

拿过右手边的矿泉水，阮阮喝了两口。然后，就趴在桌上，开始了愉悦的梦游。

监考老师看着这个稚气未脱的小姑娘，轻轻摇了摇头。他不明白为什么这孩子明明答得那么快那么好，却偏偏在最后两道大题上卡壳。

阮阮仿佛并未感觉到监考老师疑惑的目光，只是自顾自地打瞌睡。

其实如果再走近一点儿，就可以看到有眼泪沿着阮阮眼角缓缓滴落，但谁也没有察觉。

毕竟这是高考，是战役，是过独木桥。高考两个字牵系着成千上万小年轻的前途命运，不论是监考老师还是参考学生，都有更重要的

任务等待完成。

直到考试结束的铃声如约响起，阮阮直起身，慢条斯理地收拾着文具，步出考场。

2

阮阮的卡壳是有预谋的，因为她爱上了一个男生。

男生叫南瓜。为了南瓜，她必须考到合肥去。因为南瓜在电话里深情款款地说，阮阮啊，要是你在我身边就好了。

阮阮没有见过南瓜，但南瓜已经牢牢地抓住了阮阮的心。

南瓜符合阮阮的所有审美标准，比如会弹电吉他，比如会写才华横溢的文章，比如南瓜生活在南方。

阮阮是在黄土高坡上长大的孩子，每一天都伴随着粗拉的风沙。自打懂事时起，她就无比向往南方。南方有花有草有树，南方山清水秀，南方人个个风流。

南方发生了好多好多动人的爱情故事。比如钱塘苏小小，比如金陵柳如是，比如姑苏李香君。

生在北方的阮阮也想充当一次南方故事的女主角。

阮阮和南瓜的结识纯属偶然。不过是看到一篇文章，触动了她细腻的神经。于是加了南瓜微博，在私信里东拉西扯地聊天，逐渐视对方为知己。后来又互相留下电话号码，有事没事打个电话发个短信，今天是什么天气，工作得顺不顺利，晚上要去跟朋友聚会喝酒……

这种无话不说的感觉实在是太好了，阮阮觉得南瓜真是人生难得一遇的知己。

南瓜原先是有女朋友的。因为性格不合，两人经常吵架。女友责怪南瓜交际太复杂，南瓜责怪女友管得太严。争执的次数一多，感情有了裂痕，终于忍无可忍分了手。

南瓜分手后的那段时间很是低迷了一阵子，阮阮就整夜整夜地陪南瓜聊天。

南瓜喝多了酒，坐在二十五楼的窗台上摇晃双腿。阮阮几乎吓哭，只恨相距太远，插翅难飞。怕南瓜难受了找不到人说话，想不开，阮阮开始二十四小时不关机，等待南瓜的电话。高考迫在眉睫，她也暂时不去想它。一颗心都扑在南瓜身上。

直到有一天，南瓜说出了开头的那句话。

南瓜的话像是给了阮阮莫大的肯定。她拿出参考资料，翻遍了所有南瓜居住的那个城市的大学编码。选好学校后又精心计算分数，第一志愿肯定得按照爸妈的意思报本地的学校，那么就得放弃两道大题。这样才能顺利服从第二志愿，让自己考过去，给南瓜一个惊喜。

但阮阮的计划和大部分悲剧的发生如出一辙，最初的惊喜变成了最后的惊吓。

3

阮阮拖着沉重的行李箱爬上开往合肥的火车，她的额头在阳光下沁出细密的汗珠子。

南瓜去车站接的她。两个人并未像其他网友见面的那样“见光死”，而像是认识多年的朋友那样熟稔自然。

有谁不喜欢阮阮这样的小姑娘？年轻，漂亮。会写文章，会弹古筝。

多才多艺又妙趣横生，每一分钟每一秒钟都是新鲜的。

哪怕南瓜已经有了新女友。

阮阮把行李放回宿舍，就跟着南瓜出门溜达。这个陌生又熟悉的城市，阮阮终究是来了。

从翡翠湖，到天鹅湖。从包公祠，到明教寺。从森林公园，到雪霁山庄。阮阮逛得兴高采烈，一张小脸上几乎开出了花。

结束一天的行程，南瓜带着阮阮回到自己的住处，居心叵测地说："这么晚了，要不别回学校了，住我这里吧？"

阮阮却眼神敏锐地发现，南瓜沙发上乱七八糟的一堆衣物中间，碎花裙子的一角。

她心里"咯噔"一声，知道自己来错了。踏着那双十三厘米的高跟鞋，推开门落荒而逃。

4

这不是阮阮第一次来合肥，也不是阮阮第一次恋爱失败。

早在她念高一那年，就已经尝到过爱情的苦涩。

那时候，阮阮还是个愣头青。不会打扮，不会化妆，和一帮不务正业的哥们儿一起搞了支小规模地下乐队，阮阮是主唱。

某次乐队接受采访，阮阮被那个来自南方的记者吸引了。

记者叫老杨，二十四岁。是个细心又有才华的大叔。在认识老杨之前，阮阮从来都不知道世界原来是可以这样的。

下班路上，看到草丛里的小雏菊，老杨会用手机拍下来，传给阮阮，说：每天都要笑得跟这花儿一样啊。

阮阮说：好。

冬天来临，陕西没有下雪。阮阮说：我特想请假去东北看雪！老杨就发给阮阮一个神神秘秘的压缩包，解压之后满屏幕就飘满了大大小小的雪花。老杨说：天气太冷了，别冻着。就在家里看看雪吧。

阮阮说：好。

愚人节那天，阮阮给老杨发短信：我喜欢你。

老杨说：别开玩笑了。

阮阮说：没开玩笑。

老杨没有回答。

老杨想了一晚上，第二天给阮阮打电话:要不，咱们还是在一起吧。

阮阮背着书包，在校园里就开心地转起了圈。得意的程度不次于抓到蓝精灵的格格巫，走路都是一蹦一跳的。

她忽略了那个残酷的事实。

老杨和她，不仅仅是八岁的年龄差。老杨在合肥，阮阮在咸阳。那是八百多公里的距离，是彼时的阮阮再怎么努力都无法跨越的江河湖海。

5

老杨报社休假时，去咸阳找过阮阮一次。

阮阮当机立断跟老师撒谎请了长假，说家里有事，背着书包就陪他出去逛。

但阮阮只是个十七岁的孩子。她不知道该怎么订旅馆，走哪条路才是最近的，也不知道在哪里能吃到正宗的陕西小吃。百度搜索并没

有帮助她少走一点儿弯路，而那些弯弯曲曲的路走多了就让老杨心里装上了埋怨。

四天后，阮阮送面有怨色的他上了火车，转身默默地流了眼泪。她怕老杨就此对自己失望，再也不会踏足这个漫天风沙的城市。

阮阮的担忧成了真。

阮阮的十七岁，是无数眼泪和火车票铺成的。既然老杨不肯来咸阳，那么就让自己去合肥。一次又一次，阮阮背着爸妈独自搭乘十几个小时的硬座火车，去往南方城市看望老杨。一次又一次，她在火车站附近被摩的师傅骗，绕了远路，却又不敢抱怨。一次又一次，在寻找爱人的旅途上，小小年纪的理科姑娘，拿着一张磨起了毛边的 16K 纸张，学会了怎么使用地图。

日子就这么在痛哭流涕和相思折磨中一点点过去，老杨没能兑现当初许下的承诺，提前离开了这场爱情长跑。

而阮阮，打了耳洞，文了文身。自杀过，抑郁过。在漫长的煎熬中等待老杨一个分手的理由。

阮阮终于等到了。

6

后来呢，后来老杨一直没再和阮阮联系，南瓜也没有。

阮阮摇摇头，点燃一支烟，站在宿舍阳台上眺望着南瓜第一次送她来学校站过的那一小块地面，咬牙切齿：男人没一个好东西。有一个算一个，都得死！

宿舍的小姐妹听得胆战心惊。

再度失恋的阮阮爱上了独处。她买了很多书，不上课的时候就抱着书坐到晴天咖啡馆，一坐就是一个下午。

失恋算什么？不如多读书。书中自有黄金屋，书中自有颜如玉。书中依然能找到童话般的爱情故事，男男女女，兜兜转转，有人黯然道别，也有人修成正果。

经常赖在晴天咖啡馆看书喝咖啡的阮阮几乎成了咖啡馆的招牌。长发披肩，巧笑倩兮，招引来了一帮子乌泱泱的雄性生物。

女神啊！文静优雅有气质，又处处透露出一股锋芒。

晴天咖啡馆只卖软饮料不卖酒，却让男生们个个跟吃醉了酒似的心旌荡漾。

不是没有人试图跟阮阮搭讪，只是试图跟阮阮搭讪的大多数都以碰壁告终。

阮阮觉得这帮小男生太幼稚，太无聊，根本不想浪费时间去搭理。

直到莫树的出现。

莫树是个有点儿年纪的大叔，长相普普通通，却弹得一手好古典吉他。晴天咖啡馆偶尔会邀请他去开个小型音乐会，参与的人不多，但都是知音，不论平日生活上熟悉不熟悉，都能玩得其乐融融。

一开始，阮阮对这种小型音乐会没什么兴致。直到某天被一个喋喋不休示爱的小年轻搞得烦透了，就顺手往舞台上一指：喏，看到没，那才是我喜欢的类型。我对你没兴趣。

小年轻自知不敌，唯唯诺诺地跟阮阮道别。阮阮长出一口气，再抬头，刚好对上了莫树那双饶有兴味的眼睛。

有多少感情开始在最初的那一秒？一见钟情或许真的不是小说家

写出来仅供参考的玩笑。

阮阮知道，只需要一瞥，一个电光火石间。这样的契机已足够让自己沦陷。

莫树不是不解风情。阮阮脑子里刮起的那场小型风暴，莫树自然也知道。

7

晴天咖啡馆成了阮阮和莫树的恋爱根据地。

阮阮把越来越多的时间花在这里，不上课来，上课也来。

遇上有莫树演出，阮阮就点一杯咖啡，安静地坐在台下看表演，装作若无其事地冲着莫树笑。杯子里的咖啡不断地见底，不断地满上。直到熬得几乎睡着，才匆忙地跑回宿舍。

但每当她的脑袋一挨到枕头，就立刻变得清醒。咖啡因总是在这个时候才发挥出强大的功效，刺激着阮阮脆弱的神经，只好开始又一次的失眠。

阮阮知道这样不好，尤其是自己曾经有过严重的抑郁症，喝那么多咖啡熬那么多夜说不定哪天就会旧疾重返。可阮阮没有办法控制，只有在晴天咖啡馆，才能看到心心念念的那张脸。只有在晴天咖啡馆，心里的潮湿才能被阳光烘干。

阮阮不能在其他地方和莫树约会，因为莫树其实已经结了婚，有了小孩儿。

爱情烧昏了阮阮的头。除了莫树，谁的感受都不想关心。除了自己，谁也不能代替她下决定。哪怕咖啡馆老板娘对这段隐秘恋情有所察觉，

找到阮阮旁敲侧击地试图劝说她放弃，阮阮却坚定得仿若一块顽石，柔柔弱弱的外表下有颗强悍的心。

就算没有合适的身份和莫树并肩而立，就算不可以像别的女孩儿那样肆无忌惮地对着男友撒娇，就算是莫树妻子也发现了阮阮的存在，她照样无动于衷。

她看着那个女人在微博上晒一桌色香味俱全的晚餐，晒小孩儿天真无邪的笑脸，晒卧室床头柜上精美的婚纱照，在心头哂笑。

精神上的柏拉图，比现实中的柴米油盐美好太多了。阮阮想。

可莫树不这么想。

当妻子叫住他背着琴准备出门的脚步，要求两个人坐下来心平气和地谈一谈时，莫树第一次在咖啡馆的演出中缺席了。

那晚的阮阮，和往常一样坐在台下啜饮着一杯又一杯的咖啡，直到老板娘起身提醒她快打烊了，也不愿意离开。她执拗地续杯，执拗地望着莫树常坐的位置，执拗得像一只被遗弃的小兽，徘徊在最后一次同伴侣相聚的地方。

终于还是得回去，不可能在这里留宿，在这里等一辈子。今天莫树没有来，那么以后他都不会来了吧？

阮阮拎起包走出咖啡馆大门，偷偷地擦了擦眼泪。

8

莫树也不和阮阮联系了。

阮阮心里难受，顺理成章地，失眠。

被失眠困扰的人是没有办法好好闭目养神的。于是，阮阮只好拿

出手机来刷微博，刷朋友圈，把深爱过的男孩儿们每一条心情每一条状态都从头到尾再翻一遍。不这么做，也不知道用什么来打发难熬的夜晚。

翻到莫树的微博，莫树说：今晚老婆做的菜好棒！我和儿子都吃得很开心！

阮阮颤抖着手指拖黑了他。

翻到南瓜的微博，南瓜说：带女朋友见家长了，明年买房。

阮阮颤抖着手指重复了上一个动作。

翻到老杨的微博，里面却是一片空白。

阮阮好奇，老杨现在在干什么，是什么样？于是给老杨传了条短信。

老杨竟然还没睡：丫头，咋了？

阮阮：睡不着。

老杨：睡不着就数羊咯。

阮阮：真老套。

老杨：是啊，毕竟马上要结婚了，算平稳过渡到中年。老套也难免的。

阮阮：哈？

老杨：突然吗？还好吧。

阮阮：无法想象。

老杨：你想象不到的事情还多着呢。

阮阮：是吗？有空出来吃个饭呗，让我好好见识一下还有啥是我想象不到的。

老杨很爽快：好啊。

阮阮站在合肥深秋的街头等老杨。等啊等啊，老杨还是没有出现。

阮阮伸长了脖子打量天桥上来来往往的人，在心里估摸着几年没见的那个少年现在会是什么模样。

阮阮看得脖子都酸了。

直到有人绕到她身后轻轻地拍了拍她的肩膀。

她完全没有认出那是老杨。

老杨没有刮胡须，嘴唇上方青青的一片。穿着有些起球的绒衫，一双球鞋。头发乱蓬蓬的，还长了一点儿啤酒肚。

在路边大排档，两个旧情人坐在一起，脸涨得通红。

从前有说不完的话，有聊不完的心事，到如今却相对无言，颇为尴尬。果然是太多的想象不到啊。时光匆匆白驹过隙原来不仅仅是两个成语。

阮阮看着老杨，他正在展示钱包里与未婚妻的合照。那个女人，短发，微胖，一点儿也不漂亮。阮阮问：她是做什么的？老杨答：开了间小超市，算个体工商户。

在那一瞬间，多年来的委屈忽然又涌上心头。那委屈有失落，有不甘，还有少许说不清道不明的恨意。

一餐久别重逢的饭不欢而散。

9

阮阮累了。她从来没有一刻像现在这么想家。

收拾好行李，跟辅导员请假，她买了火车票奔赴北方。

她深深地爱着南方。南方有花有草有树，南方山清水秀，南方人个个风流。可是，南方终究是别人的家。

那个曾经被自己厌弃过的北方，那个风刮起来像刀子一样锐利的地方，才是她的家。

很多很多年前，有一个笑起来帅帅痞痞的小青年叫老杨。

你全部的青春和热爱都倾注给了老杨。但老杨说不能和你在一起，因为你不是他爱的类型。于是你蓄起头发，解散乐队，逼着自己变得懂事又善良，美丽又大方。你已经忘却了那个懵懵懂懂，又灿烂又阳光的小姑娘。你历经艰难坎坷终于成了他爱的样子，却没有人愿意伸出手来拉你一把，没有人愿意为你停留为你疗伤。你在爱情的路上一个人跌跌撞撞，发现爱的所有人竟然都像极了老杨。

他们自私得可怕，他们撒了许多谎。他们都来自南方。

很多很多年后，那个笑起来眼角有皱纹，挺着啤酒肚，吃着大排档的发福中年男人叫老杨。

你不得不接受现实。最初的梦想，成了最后的绝望。可你被爱改变过，就再也变不回从前的模样。

而南方的爱人们，看不到你当初坚定南下，也看不到你黯然北往。

各自相思各不知

1

十二月去淮安出差，给李由打电话。

他很快就接听了。

我们去一家烧烤店撸烤串，点了熬啤酒。

红枣，枸杞，加酒酿。和金黄的啤酒倒在烧水壶里，放在烧煤球的炉子上咕咕作响。

要喝的时候，就把水壶提起来，直接往杯子里倒。

很有点儿英雄落魄的草莽味道。

天太冷，潮湿，还下着小雪。一开始，两个人都不怎么想说话，就光喝酒。

煮开了的啤酒没有什么酒味，像一种甜甜的饮料。喝着喝着身上就暖了，喝着喝着李由的脸也红了。

红着脸的李由连眼睛都红了。他说：这家店，我跟冬青以前常来。

我说：哦。

他说：那时候冬青最喜欢吃烤腰子。

我说：腰子好啊，补肾。

他恶狠狠地瞪我一眼：冬青是妹子，不需要补。

我说：那么其实冬青是给你点的，你不知道。以为是她喜欢吃，一个没碰。结果肾越来越不好，就被甩了。

他翻脸：我严肃的时候你也严肃一点儿好不好。

我说：不好。

但我很快就停止了对李由的挖苦。

因为李由居然哭了。

2

很多很多年前，李由是个摇滚青年。曾经在朋克重镇武汉混迹，曾经在上海天桥卖艺，曾经在北京树村扎营。他组了一支乐队叫“红孩子”，和鼓手大饼以及主唱小麦住在一起。

小麦是女朋友，大饼是好兄弟。三个人把生活过得跟乌托邦似的，每天聊音乐，聊演出，就是不聊怎么赚钱怎么工作。

不聊赚钱和工作的摇滚青年，总会有山穷水尽的时候。

口袋里连一毛钱都没有的时候，李由好不容易从衣柜深处扒拉出一件不带铆钉的衣服，穿着它坐地铁去市里一家公司面试。

面试结果当场就出来了：公司有部分业务是播放器。看在李由对音乐了解颇深的份儿上，把播放器内容编辑的工作机会给了他。

李由欢呼雀跃：终于不是无业游民了！

可是公司老板对李由的工作成果很不满意：这是什么东西？怎么全部都是动次大次的节奏？能不能给我来一点儿轻音乐？别整些噪音

出来让听众以为亲临车祸现场。

李由只好换个口味，开始听从前嗤之以鼻的港台流行。

渐渐地，李由觉得，港台流行其实也蛮好听啊。

可惜大饼和小麦不这么觉得。

当李由从滚青变成了白领，听的歌从 Radiohead 变成了张学友，他就被依然摇滚着的朋友们视为叛徒，从出租屋赶了出去。

李由可怜巴巴地敲门：大饼！小麦！你们干什么呢！给我开门！

大饼：我们已经绝交了。

李由：凭什么绝交？为什么绝交？我怎么不知道？

大饼：因为你堕落了！你居然听张学友！你不是真摇滚！

李由：张学友的歌好听，张学友……

李由话还没说完，小麦又出声了：张学友太 low！我俩在音乐欣赏水平上不能达成一致！我要嫁的人是我的灵魂伴侣！你走吧！我已经决定和大饼在一起啦！

李由呆若木鸡。在出租屋门前傻站了十分钟，他才慢慢地回过神来。

不搞地下音乐了的李由留在北京是因为有好朋友和女朋友，结果却被好朋友和女朋友无情抛弃。这个城市于己而言已无甚趣味，不如卷铺盖回老家。

于是朝着房门重重地踢了一脚：俩傻 ×！

然后行李都不要，潇洒地直奔北京西站。

3

回到淮安的李由一下子远离了树村，竟然有些不习惯。

他发现虽然回到了正常的生活轨迹，每天上班下班，吃饭睡觉，但还是特别特别想写歌唱歌。

好在淮安没有北京那么大，那么繁华，却还是有夜生活的。

有夜生活的地方就有酒吧，有酒吧的地方就需要歌手驻唱活跃气氛。

简单地谈好演出报酬和演出时间，李由拎着吉他袋子就去给酒吧活跃气氛了。

在酒吧里，李由认识了一个新来的女招待，叫冬青。

冬青是标准的川妹子，活泼大胆，敢说敢做。

漂亮可爱的冬青很快成了酒吧的招牌。来酒吧寻欢作乐的男屌丝们总爱找她说几句俏皮话，冬青应付惯了，也就相安无事。

可时间一长，总会遇到几个奇葩。

比如今天，就有个喝多了的死胖子，拖着冬青的手腕：小妹儿，晚上跟我回去可好？

冬青脸一横：给老娘放手。

胖子不依不饶：别装了，哥有钱，还有人不爱钱吗？

冬青阴沉着不说话。

李由看两人在吧台僵持，怕冬青吃亏，就跑来讲和。

可惜连“算了算了”还没说出口，李由就被暴躁的胖子一把推开，踩到一摊呕吐物上滑倒，摔了个狗啃屎。

李由艰难地试图从地板上爬起来，却看到冬青笑了。

冬青一边笑，一边从吧台上随手拎起个酒瓶子。

胖子在毫无准备的情况下被冬青砸倒，一股血从头顶汩汩地流淌下来。他用肥胖的手一摸，声嘶力竭地叫起来：小婊子！你敢打我！

冬青呢？拿着剩下的半个酒瓶子指着胖子的鼻子：你再说一遍？

胖子怒气冲天：你个小婊……

胖子话音未落，冬青往他头上砸了第二下。

然后冬青拖住李由的手，飞快地往外跑。

4

虽然冬青又凶，又恶，还爱吃气味重的韭菜和烤大腰。但李由就是莫名其妙爱上了眼前的这个姑娘。

酒吧是没法儿再去上班了，他俩怕经理要赔偿。

只好换了个根据地，在当地一家琴行。

做摇滚青年时，李由也算好好地学了几样乐器。当琴行老师，倒也算是个不错的选择。

李由在琴行驻扎下来。长得又高又帅的他很快吸引了一帮学生。

课程结束后，李由就爱跟学生们吹牛：想当年我在树村，还认识某某和某某！

学生一片哗然。

某某和某某就是大饼和小麦。

李由走后，这对抛弃朋友的狗男女继续坚持着他们的音乐梦想。不知道他俩交了什么好运，竟然有公司看上了“红孩子”，要签约做专辑。

经过包装的大饼和小麦频繁地在各大媒体上露面，一副天王巨星样。

经过包装的“红孩子”也不是那个“红孩子”了。大饼小麦开始写小清新，写口水歌，因为这样的歌才能在市场上卖得动。

李由想起当年说自己背叛了摇滚乐于是将他扫地出门的那个夜晚。

他看看电视上风光无量的狗男女，又看看眼前那群对“红孩子”无限崇拜的学生们，“呸”的一声朝地上吐了口痰。

这时候的冬青，就跑来安慰他：李由啊，没什么大不了的。虽然他俩能上电视，你也能上酒吧啊！虽然他们能出专辑，你也能刻光盘啊！虽然他们能搞音乐，你也能被音乐搞啊！

李由哭笑不得：你真是来安慰我的吗？

冬青认真地点点头。

李由：这事儿吧，还不是一两句话就能抚慰我的。

冬青：那么我们去喝啤酒撸烤串儿吧。

李由就笑了。

然后拉着冬青的手，跟刚谈恋爱的中学生一样，脸红红地去吃烤串。

5

在一起的时间长了，冬青渐渐地变得弱智起来。

变弱智的表现就是，冬青喜欢上问李由一些显而易见的问题。

冬青：李由，你爱我吗？

李由：爱。

冬青：那你能娶我吗？

李由：不能。

冬青问：为什么？

李由不作声。

其实冬青知道李由为什么不能娶自己，原因特简单。

李由已经结婚了。

从北京回到淮安那年，李由就接受家里的安排，跟一个中学老师相亲结婚。

中学老师的名字很文雅，叫桂菲。桂菲人如其名，一举一动都像个贵妃。大家干脆叫她娘娘。

娘娘不如冬青能喝酒，不如冬青能打架，不如冬青能陪着李由遵从自己的爱好，被音乐搞。

不论李由做什么事，娘娘都会对着他翻白眼：就知道整些没有用的，音乐能挣钱吗？音乐能换车吗？音乐能买房吗？

娘娘赚的钱，都存在自己的卡上。李由挣的钱，也存在娘娘卡上。

每次李由想跟朋友们一起吃个饭，喝个酒，都得跟娘娘打报告申请。

然后娘娘就万般不情愿地掏出一百块：败家玩意儿。

李由不喜欢娘娘，可是李由他妈喜欢。所以李由没办法和娘娘离婚。所以李由不能娶冬青了。

冬青得不到满意的回答，就只好给我打电话：小佳，你说我该怎么办啊。

我：他结过婚，你不早就知道吗。

冬青：是啊，可是我还是很爱他。

我：你爱他，他爱你，这不挺好的嘛。

冬青：我觉得还不够。

我：已经很够了。你想，李由几乎每天都在你那里吃喝拉撒睡，差不多算是结婚了。

冬青：可是我没有……

我：没有名分是吧？自己选了李由，就要承担后果啊。

冬青叹口气，挂断了电话。

我是挺心疼她。离家那么远，好死不死又找了个文青。

找了个文青就意味着穷。穷且不说，还是没离婚有老婆的。

但爱情里，谁能保持清醒？哪怕明知道是团火，还是会不由自主地扑上去。

冬青就是那只蠢蛾子。除了李由，谁也救不了她。

我没想到的是，李由竟然也开始给我打电话。

电话里，李由语气很悲痛：怎么办，我跟冬青的事，被娘娘发现了。

我：你表现得那么明显，娘娘现在才发现，已经算笨的了。

李由：娘娘找我谈话了。

我：她说什么？

李由：娘娘说，不想家散掉。她让我想想我妈，想想这两年的情分。

我：你们有啥情分？

李由：这倒还真没有。只是……只是作为一个男人，应该有责任心嘛。

我被李由恶心到，摔了电话。

6

娘娘果然不是盏省油的灯。娘娘把李由和冬青的事儿，捅给皇太后了。

李由他妈颤巍巍地拄着拐杖，跑到李由教学生的那间琴行。

当着一帮学生的面，指着李由的鼻子，破口大骂：李由你个不长进的！桂菲条件那么好，又是当老师的，你居然不珍惜！死活跟一个酒吧妹混在一起。我告诉你李由，你要是还坚持和酒吧妹在一起，别怪我不认你这个儿子！酒吧妹在那种地方做事，要是染上什么脏病，

我可不会掏钱给你医！

李由软言软语：妈，你先回去，这些事我们回去再说吧。

李由他妈声音提高一个八度：回去再说？你还有空回去？你说你都冷落桂菲多久了？还有脸跟我讲回去？咱今天就得在这儿，好好地把事情说清楚！

李由低着头，跟个犯错的小孩子似的。

冬青呢？躲在窗外看着这一切，心都快碎掉了。

老太太骂累了，拄着拐杖颤巍巍地离开了琴行。

冬青跑过去拉李由的手：李由别不开心啦，阿姨不理解我们，我们慢慢跟她说清楚好不好？

李由不耐烦地挣开：说不清楚的。跟皇太后有什么道理好讲。

冬青一愣，垂下眼帘：李由你别对我不耐烦啊。

李由察觉到自己语气不好，连忙道歉：对不住你，我对不住你。走，我们去吃烤串。我们去吃二十串烤大腰。

冬青摇摇头。

这事儿过去以后，冬青和李由间的关系就出现了裂缝。

原因依然很简单：娘娘开始跟李由示好。

娘娘一旦抛下娘娘的架子，还算是个标准的温柔善良可人儿。说话温温恬恬，待人客客气气。

娘娘说：李由啊，以前是我不对，老管着你看着你。现在我想明白啦，我不会再约束你了。

娘娘说：李由啊，夫妻间肯定会有矛盾。我们好好解决嘛，不要冷战，不要离开我。

娘娘说：李由啊，其实，其实我怀孕了。

这种时候，作为一个有责任心的男人，是不能说不的。

李由跟冬青约见面，在他们最初认识的那家酒吧。

李由说：冬青，不如，我们，分手？

冬青铁青着脸：为什么？

不等李由回答，冬青又向李由抛出了那个亘古不变的问题：你爱我吗？

李由无奈：爱啊。

冬青追问：那你为什么不可以娶我？

李由急了：你真的不明白？

冬青说：我不明白。

李由说：爱情，爱情。爱情很珍贵，可是爱情抵不过责任啊！

冬青转过身，左手从吧台上拖了个啤酒瓶。然后，眼都不眨地敲碎了。

李由一张脸煞白：冬青你要干什么？！你别激动！

冬青一笑，崩溃前的一秒。那种一触即碎的美丽，让李由看得呆住了。

下一秒，她抓起深绿色的酒瓶碎片，干净利落地朝着手腕划了下去。

殷红的血从伤口处迅速地涌了出来。

李由应该冲上前去，抱住她，然后紧紧捂住她的伤口，送她去医院的。

可是目睹了这一切的他，竟然选择了落荒而逃。

7

最后抱着冬青跑医院的人，谁也没有想到。

是曾经被冬青俩酒瓶子砸到脑袋开花的那个胖子。

胖子好像已经忘了和酒吧妹的恩恩怨怨，他挤开围观的人群，用

尽吃奶的力气，甩动着两条小短腿儿，跑到大街上拦的士。

冬青是在胖子怀里醒来的。醒来后的她看着胖子那张关切的脸，竟然觉得对方好像没那么恶心了。

胖子说：妹子啊，上次的事是我不对，我这人嘴巴没遮没拦，以为你在酒吧上班就一定会做那种生意。

冬青转过头去不理他。

胖子继续絮絮叨叨：妹子啊，后来我知道，你跟一个结过婚的穷小子在一起了。我就想，是我看错了你，我不该跟你说那些话。

冬青沉默。

胖子停了一会儿，见冬青不答话，又说：妹子啊，要不，要不你考虑下我怎么样？还是那句话。我有钱，我还有爱。你看看我这体型，多胖。胖的人都心地善良。

冬青扑哧一声笑了，笑的时候脸上还挂着泪珠儿。

冬青说：谁想搭理你了。你走开。

胖子也笑：你终于说话啦。

冬青在医院住了三天。等伤口好得差不多，她给胖子写了小字条：谢谢你，胖子。以后还是别乱跟妹子搭话，小心再被酒瓶爆头。

然后把小字条夹在床头柜上。

至于别人，她谁也没有告诉，一个人收拾好东西买了回四川的机票。

那一头，李由陪着娘娘去做产检。这一头，冬青的飞机轰隆隆地起飞了。

8

冬青就这么跟李由断了联系。

她不知道，李由原来被娘娘戴了绿帽子。

娘娘肚子里的孩子不是李由的，是学校教导主任的。

李由咬牙切齿：给我滚！

娘娘不慌不忙：走就走，谁怕谁。反正教导主任没结婚，我这就对他坦白，以后跟着他。

娘娘走得果断，李由气得心乱。

这一气，李由就又想找回冬青。可是冬青的淮安号码已经成了空号。

三年后，十二月的淮安。

我去出差，想起李由在，可以蹭个饭。

于是我们在一家酒气蒸腾的烧烤店里见面了。

一见面，李由就迫不及待地问我：小佳，你知道冬青去哪儿了吗？

我：知道。

李由：你能不能告诉我她在哪儿？这些年里，我一直都在找她。

我：不能。

李由：为什么？

我：因为冬青刚找了个高富帅男朋友，双方都很满意，就要订婚了。

李由：那天我看电视节目，"红孩子"组合在音乐比赛里拿了冠军。

我：哦？

李由：大饼和小麦竟然还在一起。他们秀恩爱，他们还主动跟媒体爆料。

我：爆了什么尿？

李由：原来小麦早就爱上了大饼。一开始，碍于我的面子，大饼不好意思追。后来两个人感情越来越深，大饼就按捺不住了。

我：哦。

李由：大饼说，当时也曾想过，小麦毕竟先和自己的好哥们儿在一起，不能这么不负责任。但日子一天一天过去，他发现，在爱情面前，责任根本不算什么。

我：真感人啊。

李由：大饼没有工作，没有钱。男朋友有工作，男朋友有钱。但是小麦还是愿意对大饼好。小麦为了大饼，甚至用一个拙劣的借口甩掉了当时的男朋友。和大饼吃糠咽菜好几年，终于，他们等来了出头的机会。他们的爱情，也坚定又甜蜜地走到了现在。

我：你不要告诉我小麦当时的男朋友就是你。

李由：那个倒霉男朋友就是我。

我：哇，好狗血。拍成电视剧一定很精彩。

李由：我倒没什么感觉。毕竟都是很早以前的事了，我早就忘了。

我：对啊，大家都要向前走啊，不回头啊。

李由：可是为什么这几年，我明明过得很好，很平淡，却始终忘不了冬青呢。

我：忘不了就算了。来，李由，今天你话有点儿多。你给我喝五杯啤酒再说话，不然我跟不上你的节奏。

然后李由捧着啤酒杯，嘴里还叼着烤大腰，呜呜呜地哭出声来，活像个小狗。

李由说：我真蠢啊。

9

真蠢啊。责任怎么能打败爱情呢？

爱情是强烈的化学反应，爱情是明明知道对方不完美却一意孤行。如果硬要给爱一个不那么抽象的场景，就是在午夜的大街上，她牵着他的手飞速奔跑；就是在人潮拥挤的电影院门口，扑到对方身上深情相拥；就是在路边脏乱差的烧烤店里，吃烤串儿吃得大汗淋漓，然后肩并着肩满足地带着孜然的香味慢慢地散着步走回去。

可岁月终究没能把你我带往最远处。你平静孤独，我一场虚无。那些甜蜜的笑，哭泣时的拥抱，最终在“责任”两个字面前，溃不成军。

从今以后，还是各自相思各不知吧。

葫蔓藤与甘草

1

外婆去世时，一切遵照她的遗愿从简安排。从火化，到设灵堂，亲戚朋友我们谁也没有通知。

可外婆走后第三天，饶伯提着一箱牛奶一篮水果来家里看她了。

他没想到迎接他的不再是说话中气十足的李家小三儿，而是一张黑白的遗像。

八十多岁的饶伯在遗像前泣不成声，像个孩子一样。

饶伯和外婆打小就认识。那时外婆家境殷实，有十几亩田。人手不够，便请工人帮着干农活。

饶伯是其中一名长工。

外婆在家排行第三，人们都叫她李小三。

李小三天真活泼，很受宠爱。李家上下把她呵护得无微不至，除了饶伯。

饶伯那时十几岁，爱整蛊小三儿。天气炎热的七八月，他把小三

儿叫到一边，貌似一本正经地告诉她：喂，小三儿，等个把钟头要下雪啦。你赶紧去穿厚点，别冻坏了。

小三儿信了。搬着个板凳踮着脚爬到衣柜上，打开那只旧木箱。

木箱里装着她过年时新做的棉袄。红彤彤，金丝绣，可好看了。

小三儿用尽了吃奶的劲儿把棉袄从一堆大衣里拖出来，然后穿到身上，整个人像一只胖乎乎的粽子。

饶伯躲在门后，捂住嘴偷偷地笑。

小三儿穿着新棉袄，摇晃着头上的两只羊角辫儿，兴冲冲地去找高祖。

高祖躺在榻上抽大烟，看着酷暑天裹着棉袄满脸油汗的小三儿，忍俊不禁：小三儿，你干吗穿棉袄？

小三儿回：饶哥哥说一会儿就变天，要下雪了。

高祖一边给小三儿脱衣服一边骂骂咧咧：饶老大，你居然敢骗我女儿，把我的女儿热坏了可怎么办！

小三儿知道上当了，就再也不愿意叫饶伯哥哥了。

和家里大人一样，小三儿开始使唤他。脆生生的“饶老大”一喊出口，饶伯就瞪起眼睛：李三儿，你怎么不讲礼貌？

小三儿恶狠狠地回他：我不跟骗子讲礼貌！

2

小三儿上私塾那年，李家已经开始中落。

家里的长工被辞退的被辞退，主动离开的主动离开，很快地不剩几个了。

只有饶伯还在李家勤勤恳恳地干活儿。每天早晨，饶伯赶着李家

的牛去吃草，顺便也送小三儿上学。

目送小三儿蹦蹦跳跳地进了学堂，饶伯就把牛悄悄地赶到学堂后门那棵泡桐树旁。用绳子把牛一拴，自己则支着耳朵偷听老师讲课。

讲《三字经》，老师在上面念一句，学生在下面跟着读一句。

老师念：人之初，性本善。性相近，习相远……

在整齐的读书声中，李三儿的声音像铃铛一样好听：人之初，性本善。我家老师爬牛圈！

老师气得白花花的胡子直抖，又碍于是女孩儿，严厉的话不好说出口。

于是又换一部书，开讲《百家姓》。照旧是老师念一句，学生读一句。

老师念：赵钱孙李。

李三儿念：狗偷生米！

老师念：周吴郑王。

李三儿念：狗偷黄糖！

学生哄堂大笑，李三儿挤眉弄眼。老师一个不顺气，就把李三儿赶出去罚站。

罚站的李三儿可一点儿也不安分。她知道饶伯就在屋后等着，一出学堂大门，就跟放开缰绳的野马似的，一边跑，一边叫：饶老大！我们去骑牛！

饶伯拉着她的手跑得飞快。学堂里的学生们嬉笑着看着两个调皮的孩子跑远了，老师呢？嘴歪眼斜，握着戒尺拍桌子：小三儿是坏学生，你们大家不要学她！

李三儿就这么在逃学和拌嘴中渐渐地长大了。

长大的李三儿开始拾回“饶哥哥”的称呼，也不再跟着饶伯的屁

股后面成天疯玩疯闹。

她明白男女有别的道理，明白要懂事，要帮家里分担烦恼。

有的事情，饶伯能帮家里做。可是有的事情，只能指望在自己身上。

3

只能指望小三儿的事情是什么呢？

那就是：嫁人。

由于长期抽大烟，高祖的身体一日日败坏下去。几亩田卖的卖当的当，一天过得不如一天好。

饶伯被辞退了，辞退他的正是小三儿。

小三儿拿着几张票子，站在厨房门口：饶大哥，家里这个情况，请不起帮工了。这里是你上个月的工钱，看看算清没有。如果没问题的话，明天就不用来啦。

饶伯点点头，接过票子，然后眼眶儿就红了。

发哥是城里人。以前做过保长，拉过壮丁，打过鬼子。又高、又帅、又有钱的发哥是万千少女的梦中情人。因为时局动荡，发哥一直没娶老婆。每日里媒人进进出出，就快踏破了发哥家那条门槛。

突然有一天，发哥的门上贴了一张字条，红底黑字，写着“谢绝说媒”。

他找到了心仪的对象，那个女孩子叫小三儿。

小三儿出嫁那天，发哥花大价钱雇了八抬大轿，一路上吹吹打打，迎娶进门。

整个镇的人几乎都去喝了喜酒，只有一个人没去。

那个人就是饶伯。他捏着小三儿给他的最后一个月工钱，去银行

开了存款单。然后一个人回到家，在床上睡了整天。

有朋友邀请他一起去小三儿的婚礼上吃酒碗，看热闹。饶伯只是不出声。问得急了,一句“工作都丢了,还看什么结婚”就给顶了回去。

饶伯想，小三儿到底是什么时候就长成大姑娘了呢。

4

要说小三儿的婚后生活有多幸福，确实不见得。

发哥一个人独来独往惯了，也风流惯了。发哥相过的亲不少，认识的姑娘不少。这个姑娘捎封信来,那个姑娘送些糕点,都是很常见的。

小三儿眼角一瞥，想想自家经济上好歹靠着发哥帮衬，也就算了。

发哥心思活络，要做生意。成天几个市来回跑，看货进货，忙得脚不沾地。有时候，大半个月才回来一次。

小三儿不出声，只是默默地干着家务，洗衣烧饭。时间长了她闷得慌，干脆报名去了镇上的副食店，当柜员，吃国家饭。

吃国家饭的小三儿不靠发哥养着，胆子慢慢地就壮了。

又一次，发哥晚归，到家发现小三儿居然没做饭。发哥凶巴巴地推开门：你干吗呢？饭也不烧。

小三儿没好气：我都不知道你啥时候回啥时候不回，我干啥非得天天做了饭等你吃？我又不傻。

发哥怒：女人不在家烧饭那女人都该干啥？

小三儿反唇相讥：男人不好好养家那男人都该干啥？

发哥火一下子就上来了：你行啊，你别指望我给你家补贴了！

小三儿毫不示弱：不给就不给！我现在自己能挣钱，不指着你那点银子塞牙缝。

“乓”的一声，发哥摔了个茶盅。然后发哥就走掉了。

李三儿冲着发哥的背影迅速翻了个白眼。

虽说常年跟发哥吵架，李三儿知道，发哥心里还是有自己的。要不，换个男人谁能忍受自己这臭脾气？

但这一次，事情好像大条了。

发哥觉得作为男人的威严受到了严重伤害，再回家时，居然带了个小老婆。

是发哥在路上捡的。那个女人沿路乞讨，发哥看着可怜，给了点钱。看女人身上单薄，天气又冷，就到布店扯了布给女人做了一身衣服。

女人感激发哥，说要对发哥以身相许来报恩。发哥看着女人，还有几分姿色。干脆就带回家来，给李三儿一个下马威。

李三儿气得牙齿直哆嗦：老发，你从哪里带回来的野女人？

发哥从鼻孔里哼一声：你管不着。

李三儿：你再说一遍试试看！

发哥：我说！你！管！不！着！

小三儿彻底发飙。她卷了铺盖带上行李就回了娘家。

5

回娘家的小三儿气呼呼地找饶伯诉苦，饶伯就去茶馆要一壶茶。又去街头小铺买两碗三合泥，拎到李家一边吃茶一边说话。

这时的饶伯，通过勤勤恳恳努力工作，存下一笔钱。他买了好儿块田，都种了烟草。跟小三儿说话时，手里还不停地卷着烟叶。

小三儿：饶哥，你说我该怎么办？

饶伯：什么怎么办？

小三儿：发哥找了个小老婆，还带回家，要我伺候她！

饶伯：老发是过分了。你是怎么打算的？

小三儿咆哮：我要离婚！

饶伯差点儿从条凳上弹起来。

在那个年代，男女一旦结婚，就算是绑定了终身。在重男轻女的小镇，离婚可是件丢人的事。如果谁要离婚，谁一定会被戳一世脊梁骨。尤其是女性，亲戚邻居面上不说，背地里的坏话是少不了的。

饶伯小心翼翼地问：你不怕吗？

小三儿斩钉截铁：我不怕！我有工作，还年轻。现在国家颁布了《婚姻法》，法律上明明确确写着男女过不下去可以离婚的！

饶伯叹气：你真的舍得发哥吗。

小三儿突然就有点儿扭捏：什么舍得不舍得的。

饶伯反问：你说呢？

小三儿头一扭：我才不理什么舍不舍得，总之他做错事，他就该承担代价！这个婚老娘离定了。

第一次听小三儿爆粗，饶伯目瞪口呆。

太阳西斜，饶伯告别了小三儿。他有些失落。

小三儿这样紧张发哥，细想之下，感情应该很深吧。

他觉得他俩一定不会离婚。

6

饶伯的预感很准，小三儿回去后，又跟发哥开始了磕磕绊绊的生活。

连吵架都嫌麻烦，离婚这档子事？早记不得了。

发哥把女人送走了，但仍然时常出差。小三儿非常不爽。

一旦小三儿不爽，发哥就和她赌气。就跑去茶馆找人打长牌，玩得不亦乐乎。

然后小三儿风速赶来，拎着发哥的耳朵把他拎回去。

发哥愈发觉得自己娶了个恶婆娘。在家成天不是打就是骂的，还是外面舒服。外面的世界真精彩，做纸货生意能认识很多姑娘，能搓麻将，能大口喝酒大口吃肉。发哥不爱回去。

于是，“发哥是个情场浪子，走到哪儿哪儿都是家”的谣言在小镇上就这么传开了。

小三儿生小孩儿的时候发哥正在外地，是饶伯带着媳妇儿替小三儿找的产婆。

发哥回家后，小三儿生闷气，死活不理他，不跟他说话。

发哥也急啊：小三儿，你到底要怎么样？

小三儿：能怎么样？不怎么样。

发哥：我都要被你气坏了！

小三儿把头一偏，看向窗外：你能吃能喝，哪里就气坏了。

发哥脸都憋红了，跟猪肝一模一样。

发哥真的病了。

得了肺病的发哥赖在床上，成天颐指气使。如果是不明内情的人看了，一定要以为发哥在报复李小三。

发哥：我要吐痰，你把痰盂给我拎过来。

小三儿拎过来。

发哥：给我捶捶背，你不给我捶背我怎么咳？

小三儿就给他捶背。

发哥：李小三儿啊，你这才像样嘛。你看别人家的女人都温温柔柔的，谁像你这样，粗鲁，每天讲话都没个好语气。

小三儿杏眼圆睁：滚蛋！

炉子上的药烧开了，咕噜咕噜冒着泡泡。小三儿跑过去倒了一碗药，“啪”的一声拍在床头柜上：快喝吧！死相。

发哥气：干什么嘴巴里成天都是死啊活的？！

小三儿不耐烦：爱喝不喝。

趁着小三儿转身出门，发哥把一碗药都泼出窗外。

然后发哥就听到了儿子撕心裂肺的号哭声。

7

发哥不知道儿子正在窗下趴着看蚂蚁搬家。

一碗滚烫的中药泼到儿子身上，瞬间长满了水泡。

一夜之间，小三儿好像老了几岁。又要照顾大人，又要照顾小孩儿，又要去百货店值班，整个人都忙成了一只陀螺。

有谁能帮她呢？饶伯能帮她。

饶伯让媳妇儿帮李三儿照顾小朋友，替她分担一些忧愁。

小三儿自然感激万分，从此对发哥结下了怨仇。

发哥脾气越来越大，也越来越多疑。他不喜欢饶伯时不时地去向小三儿献殷勤。

有一天，小三儿去他房里打扫卫生，他把小三儿叫住了：我说，李三儿，咱要不搬家吧？搬到市里去。

小三儿疑惑：好好地做什么要搬家？

发哥：去市里好做生意啊。

小三儿：在镇上也可以做生意的。

发哥：去市里发展好嘛，还能有个戏院，我们一起去看戏。

小三儿：不去。想去看戏，自己坐公交车去。

发哥：你干什么说话老这样冲？！你是不是挂念着那个饶大哥？！

小三儿龇牙咧嘴：老发你说什么鬼话！你要死赶紧死，别搁这儿讲些有的没的。老饶是我的老朋友，我们干干净净清清白白。不像你，人家都说周边几个镇上，你走到哪儿哪里就是你的家！

这一拌嘴，就拉开了两人冷战二十年的序幕。

发哥和小三儿开始分床睡了。白天，发哥去看货，小三儿去杂货店上班。晚上，发哥去打长牌，小三儿带儿子认字念书。

小三儿上私塾时虽说不认真，但好歹识得字，在杂货店的工作也帮着她学了点数学上的知识。发哥呢？是个绝对的文盲，连自己的名字都不会写。

小三儿嗤笑：说得有多了不起似的，最后连自己是谁都写不出。

发哥不甘示弱：不会写，会赚钱哪。你有我能赚？

小三儿又是一个白眼：我可是女人。我又要顾着上班，又要顾着儿子。你呢？喝个药都能把儿子烫伤，说你聪明你又蠢。换了我是男人，我才不像你这个样儿。

发哥只好咬着嘴唇气鼓鼓地走开。

小三儿嘴巴上厉害，心里还是惦记着发哥的。

发哥爱吃什么，不爱吃什么，她都知道。但发哥和她的脾气太相像，都是烈性子，一个不对眼就能掐起来。

发哥对她，其实也算不错。经常在外地带一些小礼物来试图哄她开心，却被她泼冷水。这个没买好，那个买贵了。小三儿絮絮叨叨说一场，发哥就发火，觉得劳心劳力结果白忙活。

总之，“掐”就是他俩生活的中心内容。

饶伯知道发哥对自己有芥蒂，也知道有时候他俩掐架就是因为自己。他是个识趣的人，渐渐地减少了来看望他俩的次数。

除非有外地戏班子来唱戏，饶伯才会带着一点儿小礼物，来邀请两夫妻去市里看戏。

8

看戏的时候，李三儿也会跟发哥吵。

李三儿说：王宝钏真可怜。

发哥说：有什么可怜的，唱戏嘛，都是假的，编的。

李三儿说：薛平贵不是东西。

发哥说：男人其实差不多。我理解！

李三儿说：老发你皮又痒了？

发哥面有愠色：干什么呢，看个戏，上纲上线的。

饶伯就在一旁看这对冤家吵架。

吵来吵去，大家年纪都大了。

李三儿和发哥的孩子们，个个长大成人，娶妻生子，成家立业。

孩子们搬到市里，就把他俩也接了过去。一套房子，两人各住一间避免吵架。除了吃饭，其他大多数时间互不打扰。

饶伯避嫌，依旧是一年来探望他们一次。唯独妻子病故那年，他缺席。

李三儿知道这个消息，买了两匹布，送到乡下做孝布。又从发哥的纸货里挑了一堆最贵的纸车纸马，让儿子开车一起拉过去。

发哥就有点儿不高兴：干吗送那么好的？

李三儿：我常常说要记恩，要图报。人家饶哥年年请咱们看戏，现在没了嫂子，送点东西都要怪我？

发哥不出声。

时间一天一天过去，发哥也生了病。发哥这次生病非常严重。医院的检查单上，写着“CA”。是癌症。胃癌晚期。

李三儿拿着检查单，手跟筛糠似的，一直抖，一直抖。

生病的发哥脾气越来越差，经常因为身体的疼痛而扔东西，发火。小孙女去探病，在病房里放了个气球，发哥看着也烦躁，大吼大叫让扔出去。小孙女“哇”的一声被吓哭了。

可是李三儿并没有跟往常那样骂回去。她握着死老头儿的手，想：老头儿平时身体那么棒，吃肉能吃一大碗，打麻将总是打到深夜也不累，第二天还能穿着秋裤就出去散步。怎么说不行，就不行了呢？！

9

发哥终究没能挨过那个冬天。

报丧的电话打来，李三儿脸上木木的，没有一点儿表情。

饶伯担心李三儿伤心过度，身体垮掉，就时常坐着车来市里看她。

一来，饶伯就坐一下午。陪李三儿说话，开解她内心的郁结。

等李三儿心情稍微有好转，饶伯就又约她去戏园子看戏。没想到，李三儿竟然拒绝了他。

饶伯不明白为什么。发哥在的时候，李三儿那么喜欢看，怎么说不爱去就不爱去了呢。

既然李三儿不去看戏，那么就两个人多说说话吧。

中午吃过饭就到，下午太阳落山才走。说一下午话，李三儿的笑容都会多一点儿。

李三儿说:饶哥啊,最近我常常想起以前在乡下的时候。阿爸抽大烟，你放牛。我去私塾读书，又不认真。现在阿爸走了，我也老了。我在阿爸的这个年纪,想多跟老朋友们聊聊天。可是老朋友们,有好多,也走了。

饶伯说：生老病死，人生规律。没办法的。

李三儿说：有时候真想回乡下。乡下还有些好多年没见的朋友，一起喝喝茶也是好的。

饶伯没说话。

这一天，饶伯早早地告辞回家。之后很长一段时间，都没有再来探望外婆。我有时候会好奇地问她：外婆，饶爷爷怎么还不来呀?

外婆拍拍我的头：饶爷爷家里也有事嘛。

我似懂非懂点点头，然后听到门铃响。

打开门一看，是好久不见的饶伯。

饶伯给外婆买了三合泥，还带来了一张请帖。饶伯扭扭捏捏地说：李三妹，我这年让儿子给盖了栋新房子，就在乡下。要么你来住吧?

外婆眼睛湿润了：恭喜你呀饶大哥，儿子争气，又孝顺，还给你盖房子。

饶伯说：就是房子太大了，一个人住不习惯。你要是想家里的老朋友了，你就回来。大家认识这么多年，不用客气。

外婆说：你才客气了。请帖你放下吧，到剪彩那天我来吃乔迁酒。

10

饶伯的弦外之音，外婆不是不明白。

可是外婆泼泼辣辣地活了一辈子，该看的都看了，该爱的都爱了。现在最需要自己的是小孙女，她干吗还跟个小姑娘似的跟人家单独看戏，还去人家的新房？

乔迁红包，外婆终究是让舅舅给饶伯捎过去了。

外婆的身体越来越差，常年喝药。我去看她的时候，她正戴着老花镜研究药方。

甘草，甘草，甘草。每一味药里，都有甘草。

我问她：外婆，为什么这么多地方都要用甘草？

外婆说：甘草对人体好呀。能治疗心气虚，能止咳化痰，还能调和一些药的烈性。你以后啊，找对象就要找甘草一样的。

我扭捏：外婆你说啥呢，我还没想找对象呢。

外婆就笑，她脸上的皱纹一条一条地荡漾开来，像一朵花儿似的。

我又问：那电视剧里的断肠草又是啥？一定很坏吧。

外婆慢慢地收起笑，认真地说：葫蔓藤啊，葫蔓藤就是断肠草。你别听名字很可怕，其实也是药啊。

我好奇：葫蔓藤这个名字倒挺好听的。

外婆说：葫蔓藤可以祛风毒，破症积，杀虫止痒。有什么跌打损伤，都能用它。

我：哦。那我能找葫蔓藤当老公吗？

外婆看着我，不说话。

11

外婆逐渐地衰老下去，逐渐地身上插满了管子。逐渐地，她的呼吸和脉搏都微弱下去。

不论是葫蔓藤还是甘草，都救不了她的命。

她陷入昏迷。然后，一直抓着床单的那只枯瘦的手，松开了。

我号啕大哭：外婆外婆，你还没给我讲完你的故事。你别走啊。

外婆不理我。我想，她一定是生我的气。我干吗要跟她开玩笑，说什么葫蔓藤，说什么甘草。

第二天，外婆的遗体火化。第三天，饶伯来看她。

饶伯在灵前老泪纵横，他喃喃地念着外婆的闺名：小三儿，小三儿……

从今以后，再也没有人叫小三儿，再也没有人喊他饶老大。再也没有人，大热天的被骗穿上冬天的棉袄；再也没有人，乱背《三字经》气得老师跳脚。再也没有人，跟你说最真的心事；再也没有人，让你去体会一次一生爱情的苦涩。

在这世上，你会遇到两种不同的人：一种像葫蔓藤，一种像甘草。

当你选择了前者，炽烈的药性会让你疼痛，让你苦不堪言。可是你没有办法不爱他，因为他已经种在了你的心里，和你成为一体。而当后者出现，他让你平和，让你舒服，让你如沐春风。甘草为你止痛，甘草为你降燥，但甘草却不能为你化开心头的瘀血。你感激甘草无声而长久的陪伴，如果有下辈子，你也许会选择甘草。

可是你这辈子，始终不能接受。因为感情的世界，被葫蔓藤占据，就再也容不下甘草。

蓝颜

1

李浩曾经对李苗苗说：我从来不相信男女间有纯洁的友情，但你和赫赫让我信了。

李浩说这话的时候，赫赫正在和他拼酒，桌子上大大小小摆满了啤酒瓶和易拉罐。苗苗坐在两个人中间，笑得脸都僵硬了。

苗苗和李浩是在旅途中相识的。秦淮河，一起游过。紫金山，一起攀过。有了湖光山色的映衬，一切都显得那么浪漫。苗苗迅速地坠入爱河。

如果把苗苗的这段经历放到电影或者小说里，也许会发展成一个美妙的情感故事。跨越千山万水与对方相遇，相知，相爱……想想都甜到哭。

可惜，男人始终是比女人更加现实的生物。

旅行结束后，两人各回各家，各找各妈。这一边，李浩再也没有与苗苗联系过。那一边，苗苗却焦灼地等待着对方并不存在的从远方

打来的电话。等来等去等得不耐烦了，苗苗做出了一个惊天动地的决定：去陕西，找李浩！

那一年的苗苗刚满二十岁。凭着李浩已经打不通的手机号码，和一个模糊的地名，就敢说敢做地收拾行李订机票准备往西边飞。

这个计划她谁也没有告诉，除了自己的男闺密赫赫。赫赫得知后，心急如焚：李苗苗你是不是疯了？！

李苗苗凶巴巴地回：你才疯了，你骂我干什么？

赫赫说：李浩摆明是不想再搭理你，你何必还觍着脸去自讨苦吃？

李苗苗嚣张的气焰一下子蔫儿掉：可是，可是我想他！

见李苗苗情绪不对，赫赫口气也软了：我不拦你，你想找他，就去吧。路上注意安全啊！

赫赫像个啰唆的老太婆似的，对她千叮咛，万嘱咐。终究还是不放心，于是当机立断买了次日的火车票，坐了二十几个小时的硬座赶去陕西堵截苗苗。

抵达目的地的赫赫感觉自己只剩半条命了。好在李苗苗拖着行李箱，耷拉着一张苦瓜脸，平平安安地出现在赫赫眼前。

可是，下一步该怎么办？毕竟两个人都是没怎么出过远门的孩子，在完全陌生的城市始终是有些手足无措。

面面相觑了好半天，赫赫唯唯诺诺地说：苗苗，要不……要不你给李浩打个电话吧？

李苗苗说：可是他早就拖黑我了。

赫赫说：你笨啊！你把他的号码给我，我来打。

李苗苗抓着赫赫的手机，终于听到了久违的那个声音，热泪盈眶。

李浩还算仗义，虽然薄情，却不无情。念着一个小姑娘千里迢迢地赶来只为了见自己一面，还是把车开到了苗苗预定的酒店楼下。

当电梯门打开，看到苗苗身旁竟然站着赫赫的那个瞬间，李浩有些吃惊。随后脸上浮现出一个意味深长的微笑。

2

苗苗和赫赫在李浩生活的城市待了三天。

这三天，于苗苗而言是了结一单心事。于赫赫而言，却是一场折磨。

不知为什么，李浩总爱拉着赫赫喝酒。每天从早喝到晚，喝得酒气熏天，几乎连路都走不稳了。赫赫也不懂拒绝，李浩说喝，他就喝。不管杯子里装着的是啤酒红酒还是老白干，统统一口闷。

玩色子输了，喝。唱K唱高兴了，喝。哪怕三个人去吃个早饭，也要拿两瓶啤酒搭配羊肉泡馍。

喝到数不清第几场，李浩趴在油腻腻的餐桌旁，醉眼蒙眬地说出了开头的那句话。

看苗苗没反应，李浩又补充了一句：其实，赫赫才是你生命中最重要的人啊。

李苗苗的脸立刻抻得好长：李浩，你不要跟我开玩笑。

李浩说：你现在不明白，总有一天会明白的。

然后赫赫一边打嗝儿，一边打圆场:好了好了，今晚喝得有点儿多。我们到此为止吧？李浩你先回去睡，我带苗苗回旅馆睡，明早回成都。就这样啊，你俩都别吵。

坐在旅馆的床上，李苗苗倾听着赫赫在隔壁发出震耳欲聋的呼噜

声，陷入了沉思。赫赫是不是自己生命中最重要的人？细细想来，好像有很多别的亲人朋友都可以排到赫赫的前面吧。不过赫赫一定是自己生命中重要的人，因为苗苗每次遇到不开心的事，第一个想到可以去找的人就是赫赫。

失恋了，找赫赫。丢了钱包，找赫赫。和父母吵架了，也找赫赫。

每当接到苗苗的诉苦电话，赫赫都是干干脆脆的一句：过来吧。

苗苗就收拾背包摇摇晃晃地坐着公交车去找他。

然后赫赫就去宾馆开个标间，再买一堆啤酒。

3

在正常人的刻板印象中，有很多见不得光的事都是在宾馆里完成的。

比如一夜情，比如出轨通奸。好像大部分和宾馆两个字扯上关系的活动都会给人带来不好的联想。

可苗苗和赫赫就不一样。他俩进门后，往各自的床上一躺：来来来，喝起来，不喝醉就不痛快。

苗苗酒量差劲，很快就如约醉了。

醉了的苗苗一秒变话痨。平时讲不出来的这时候就跟竹筒倒豆子那样，迅速往外蹦，眼泪也跟着流下来：所以李浩真的不爱我？

赫赫软言安慰：其实他不是不爱你。

苗苗不依不饶：你怎么知道他不是不爱我？要是他爱我，他干吗要甩下我？要是他爱我，他干吗不挽留我？

赫赫耐心解释：因为他是男人。你还小，想法不成熟，他也想对你负责。退一万步讲，就算他不爱你也有别人爱你啊。

苗苗继续提问：可是为什么我现在还没有等到别人出现？

赫赫说：不着急，慢慢等，总会等到的。

苗苗说：我不着急我爹妈着急啊！才毕业多久，就天天催着我相亲。真烦！

赫赫说：不去不就行了，烦什么。走，今晚陪你看电影。

苗苗的情绪一下子爆发了：看电影？得了吧。上次和你去看午夜场，回来就被批斗了，说我不该大晚上和男生去看电影，理由是影响不好。你想，我工作不顺利，他们要说我。我不想谈恋爱，他们也要说我。我和异性朋友出去玩，他们更加要说我。每天说啊说的，感觉我脑子都要炸掉了。我受不了了！我决定了！我要逃离爸妈的魔爪！我要到上海去！

赫赫：上海？那么远。你可以不去吗？

过了半晌，苗苗也没有应声。赫赫轻手轻脚走到苗苗床前，发现哭累的她已经睡着了。

黑暗中，赫赫看着李苗苗倔强的侧影，轻轻叹了口气。

4

第二天早晨，赫赫从头痛欲裂中醒来。苗苗已经坐起身，挣扎着准备去厕所洗漱。

赫赫的眼睛朝苗苗床上一瞟，跟着尖叫起来：苗苗你个蠢货！你是不是把大姨妈弄到床单上了！

苗苗睡眼惺忪：不会吧……哎哟我 ×。

有一坨深褐色的东西，凝固在雪白的床单上。

赫赫铁青着脸:旅馆叫我赔怎么办？要不咱们赶紧换衣服,先溜吧。

苗苗：溜去哪儿?

赫赫：带你吃小笼包。

苗苗头一回如此麻利地完成穿衣下床等一系列动作，一男一女速度逃离案发现场。

在汤包馆坐下后，苗苗托着腮，若有所思：我想起来了，那不是我的大姨妈。那是我不小心弄上去的巧克力。

赫赫瞪着她，不说话。李苗苗装作没看见，吸了口小笼包新鲜滚烫的汤汁，幽幽地说：麻烦你，再去叫一份鱼丸粗面。

好脾气的赫赫没有半分指责苗苗的意思，顺从地点鱼丸粗面去了。

可是好脾气的赫赫也有忧愁的时候。

赫赫忧愁的时候溢于言表，很容易被苗苗发现。苗苗就屁颠屁颠跑去陪他。

一开始，赫赫和苗苗不会说什么话，只是互相沉默。

两个人坐在楼梯上，看着天色在身旁一点儿一点儿暗下去。

赫赫拿出打火机，苗苗讨好地拿出“万宝路”给赫赫奉上。赫赫摇摇头：抽这个。一根“爱喜”就飞入苗苗手心。

接着他俩各自点上：人生啊，真是烦不完的神啊。

赫赫说：其实我一直不抽烟。后来我抽烟，都是你教会的。

苗苗感慨：往事不可追啊……

赫赫说:可是我越是抽烟，越是不想你抽烟。但我知道，你瘾太大，戒不掉。所以我就只买“爱喜”，这样至少你跟我在一块儿的时候，可以抽得淡一点儿，焦油量少一点儿，对身体好一点儿。

苗苗干笑两声。

赫赫说：苗苗，你不要笑。这次你有没有觉得真的有点儿冲动了？一个女孩子，没有任何打算就孤身去上海，太辛苦。

苗苗说：可是我没有办法再继续和爸妈相处。我和他们的世界观价值观相差太大，很容易摩擦。我受不了成天和他们吵架的日子了。

赫赫努了好几次力，终于说：你是个勇敢的姑娘。去陕西找李浩的时候就很勇敢，现在要去上海，依然那么勇敢。可是我呢？我只能留在这个地方。

苗苗看着自己的脚尖：说什么呢。你想去也能去啊。

赫赫想说什么，最后却选择放弃：算了，算了。我不如你有勇气，那么我就在成都等你回来吧。苗苗，靠过来一点儿，我给你捏捏背。下次为你服务不知道要等到什么时候了。

苗苗听话地就把头往后靠到赫赫的肩膀上。

赫赫的肩膀很宽厚，很舒服，很让人安心。

苗苗感觉到赫赫摸了摸自己浓密的头发：笨蛋啊，要对自己好一点儿。别再像以前那么傻！少抽烟，多喝水。实在想抽，买盒“爱喜”，不要再抽“万宝路”了。

苗苗：知道啦知道啦。你真啰唆。

赫赫不为所动，继续絮絮叨叨给李苗苗灌鸡汤：要相信处境不会一直这么糟糕的。如果有一天，不想在外面漂了，记得回家。

苗苗：知道啦知道啦。赫赫，我发现你的话比女人还多。至于所谓处境，根据我多年的经验得出结论：没有最糟，只有更糟。

赫赫一巴掌扇过去，作势要打：苗苗你滚犊子！我想给你点正能

量都不行，你还是赶紧地飞去上海吧！

苗苗笑嘻嘻地从地上跳起来，跑远了。

她没有看到赫赫眼睛深处弥漫上来的那层水雾。

5

其实李苗苗之所以会选择上海，是因为和赫赫一起来过这个地方。好歹不算陌生，不会有太强的疏离感。

那是某年八月，天气最热的时候。选错了旅游时节的两人晃了一圈外滩和城隍庙，就汗流浃背，再也不想出门，于是选择窝在酒店里吹冷气，顺便看看无聊的电视节目。

赫赫的欣赏水平比较高雅。他最喜欢看艺术节目，最最喜欢看花样滑冰。他觉得选手们在冰上自由旋转的样子真是太美了。

赫赫看花样滑冰时，苗苗就心不在焉地跟着背景音乐的旋律摇头晃脑，一边还附和道：嗯，确实很美。

赫赫激动：对吧！我也觉得很美！

苗苗说：就是表演服太透了，看得到内裤款式！

赫赫软弱无力地试图抗拒：你别这么粗俗……

话音刚落，却被苗苗抢过遥控器，“啪”的一声调转了台。

赫赫佯装愤怒：苗苗，你就不能让我好好地看一会儿电视节目吗？

苗苗说：哎呀，滑冰有啥好看的。看这个，这个才好看。

屏幕上，播放着古天乐版的《神雕侠侣》。白古英俊潇洒！姑姑颜值爆表！好一部经典啊！

作为吐槽星人的李苗苗，终于没再吐槽，和赫赫一块儿默默地看

到一集终了。一曲熟悉的《归去来》响起，苗苗轻叹：赫赫，你最喜欢哪个角色？是小龙女，还是郭襄？

赫赫想也不想地说：公孙绿萼。为了不爱自己的爱人，可以牺牲那么多。自古多情人少有啊！

苗苗说：不信人间有白头。赫赫，我发现我们终于难得地达成了一致意见！我爱你！你真是我的知己！么么哒！

赫赫对着苗苗翻了个白眼：别么么哒来，么么哒去的。我是喜欢公孙绿萼，可惜你是李莫愁。

苗苗气急败坏：赫赫你说话能不能别这么贱，你滚蛋。

赫赫对着苗苗嬉皮笑脸：我才不要，有本事你来打我啊。

于是凶悍的李苗苗抓起枕头就朝着赫赫的脸甩了过去。

不知不觉中，窗外的夜灯一盏盏依次点亮，吃晚饭的时间到了。两个人一合计叫了外卖，摊在床上坐等送货上门。然而这家旅馆门禁制度森严，外卖小哥根本没法儿上楼。

苗苗自然是不愿意下楼进入魔都这个大蒸笼备受煎熬，去拿外卖的依旧只能是赫赫。

赫赫开门进电梯，转过身向着苗苗的方向深深地看了一眼。

其实赫赫的心愿很简单，Don’t worry, Lee.

翻译过来就是：李苗苗，莫愁。

只是李苗苗，好像永远都不会知道。

6

赫赫从来都没有办法阻止苗苗做任何事。

一方面，苗苗是个执拗的女孩儿。另一方面，对苗苗的决定，赫赫向来只许拥护不许反对。

苗苗，就是赫赫心中的女王。

赫赫只是计算着时间，一天过去，两天过去。三天过去，四天过去。日子一天天地溜走，距离李苗苗去上海已经一个星期了。

他想，不知道苗苗现在怎么样了，应该找到住处，安顿下来了吧？

于是，赫赫给苗苗打了个电话：苗苗，你工作找到了吗？

苗苗很淡定：没有。

赫赫问：那缺不缺钱用？

苗苗看了一眼满屋子的泡面盒：暂时不缺。

赫赫有些着急：李苗苗你别骗我！要真缺钱一定跟我说！我手头还有几千块，当作给你的后备资金。

苗苗抹了抹眼角：我擦，赫赫你别打肿脸充胖子，你自己不也穷吗。

赫赫斩钉截铁：你别管，反正我砸锅卖铁也要撑你！不混好点你不要回来见我！

苗苗不说话。苗苗知道赫赫刚刚报了名参加补习班，要考证。他还在念大学，经济条件真的不宽裕，对苗苗许下的那些保证是带着些稚气的不自量力。

李苗苗为了让赫赫放心，蜗居在十个平方不到的小房间里，和合租的人一起抢热水，抢厕所，每天起早贪黑，辛苦工作。终于，拿到了在上海的第一份薪水。

兴高采烈的苗苗给爸妈打了电话，给大熊打了电话，可是就是忘了给赫赫打。

大熊是苗苗在上海认识的男孩儿，长相好，性格也好。苗苗很喜欢大熊，她觉得大熊在某些地方和赫赫好像有点儿像。

大熊对苗苗很好。在苗苗孤苦伶仃最困窘的时候，是他陪她一起度过的。

李苗苗生病，大熊带她上医院输液。李苗苗没钱吃饭，大熊就总是变着花样找理由请她下馆子。李苗苗住的地方太窄，生活条件太差，大熊就干脆说自己房租到期了，想找人合租，然后把主卧以很低的价格让给了她。

在上海，没有赫赫，有个大熊在，苗苗依旧过得又穷又开心。

李苗苗一开心起来，就什么诺言都能许，什么保证都敢下。

大熊说：你要保证你戒烟！

苗苗说：好。

于是她把烟戒了。

大熊说：你要保证你戒酒！

苗苗说：好。

于是她把酒也戒了。

大熊说：你要不就和我在一起吧？你觉得怎么样？

苗苗说：好。

于是，当李苗苗在上海终于站稳了脚跟，可以回去见赫赫了。赫赫却没想到，李苗苗身边会多出一个人来。

三个人一餐饭，大熊热情豪爽，赫赫也不能丢了份儿。两个大男人惺惺相惜，越说越投机，桌上的易拉罐堆了一摞又一摞，快赶上和李浩拼酒的时候了。

苗苗呢？滴酒不沾，连赫赫兜里专门为她准备的“爱喜”香烟也丧失了用武之地。

苗苗亲亲热热地挽着大熊的胳膊，说：都怪他，不让我喝酒不让我抽烟，我从此告别了人生两大乐趣。赫赫，你以后喝酒都别叫我了。

大熊宠溺地看着苗苗：什么乐趣不乐趣的，抽烟喝酒对身体不好嘛。

苗苗说：知道了知道了，大熊你真啰唆，像个娘儿们。

大熊和苗苗谁也没有注意到，赫赫正捏着一罐新开的啤酒低声自言自语：是啊，抽烟喝酒对身体不好。

多熟悉的话啊！赫赫想。为什么我说过那么多次抽烟不好喝酒不好你都不听，大熊一说，你偏偏就听了呢？

7

苗苗带着大熊拜见爸妈，一向挑剔的爸妈对大熊很满意：苗苗，你终于有点儿眼光了。我们终于可以对你的人生大事放心了。

李苗苗从鼻子里哼了一声：当时你俩怎么着？还非得安排我相亲。说说看，我到底需不需要相亲啊？

爸妈笑笑，看着大熊一双手紧紧地握着苗苗的，没说话。

爸妈对大熊很满意，对他俩的前途很满意，就是对上海不满意。

上海这个城市繁华是繁华，发达是发达。但作为一辈子生活的地方，就没有那么合适了。

房价贵，消费高，再加上考虑到父母年纪大了，需要照顾。苗苗和大熊决定回家发展。

由于长期在外，对搬家一事充满排斥心理。一个不爽，苗苗就愁

眉苦脸给赫赫打电话：赫赫，怎么办，我不想搬家。

赫赫说：有你家大熊在，你还怕什么。

苗苗说：在上海生活了一两年，东西那么多。就算搬回来，也没地方放啊。

赫赫说：你别废话了，我帮你解决。你快清理一下那边的东西，工作交接之类的弄弄好。其他的都不用担心。

苗苗说：真的吗？！

赫赫说：当然是真的。我什么时候骗过你！

挂掉电话后，赫赫在炎热的天气里跑遍整个市区。找了无数家中介，看了无数套房子，最后定下一套阳光充足装修精良的小区房。

米黄色的墙，淡咖色的家具，夏天有空调冬天有暖气。电脑桌旁，还细心地放着一盆仙人掌。有两排大书柜，足够放下这些年苗苗买的所有的脑残小说。

赫赫把房间的照片拍下来发给苗苗看，苗苗表示很羡慕：你租的？很漂亮啊。

赫赫说：不，是给你租的。

苗苗疑惑：我？

赫赫说：你不是担心回来找房子不方便吗？现在，你俩总可以放心回来了吧。

苗苗欢呼雀跃：赫赫你不要太给力！我和大熊正为了房子的问题发愁呢。

赫赫笑，唇边却隐约有一丝苦涩。

苗苗终究还是没有住进赫赫为她和大熊选定的小区房，因为她跟

大熊准备结婚了。

两家家长筹钱给这对小夫妻买了套新居，两个人甜甜蜜蜜地搬了进去，开始筹备婚礼。

男闺密赫赫，自然是大熊伴郎的不二人选。

婚礼那天，当赫赫穿上西装，站在迎宾台旁，看着一向咋咋呼呼的李苗苗穿着白色婚纱，安静微笑，是那么漂亮。有一瞬间，赫赫仿佛快产生错觉，以为今天的自己才是舞台的主角，才是李苗苗的新郎。

可是，司仪念出的名字，是大熊和苗苗永结同心。是大熊，给心爱的女孩儿戴上戒指，亲吻她的脸颊。

赫赫看着幸福的一对新人，想起了好多好多的过去。

他想起陪苗苗去陕西找李浩，李浩看苗苗去洗手间，偷偷地告诉他要大胆，要努力。想起苗苗每次遇到什么不开心，第一个想到的人就是自己。想起跟苗苗一起逛街，苗苗看中一条裙子，却被另一个顾客买走。

赫赫看到苗苗眼里的失望，于是趁着苗苗不注意，凑到那个顾客耳边说:拜托帮个忙,我未婚妻真的很喜欢这条裙子,你可以让给我吗?

最后那条连衣裙就被苗苗如愿穿到身上。李苗苗穿着裙子，在春熙路上，欢快地转了个圈，又转了一个圈。

赫赫看着苗苗开心的身影，觉得她比花样滑冰的演员还要漂亮，还要艺术，还要美。连走路走到脚痛的自己，也跟着苗苗为一条裙子而变得开心起来。

想起，唯一一次和李苗苗出门旅行，目的地就是上海。明明以为自己和她只是游客而已，苗苗却和那个地方产生了那样深刻的羁绊。

想起有一年生日，苗苗给他买了个很廉价的十块钱的小蛋糕。他点燃蜡烛，认真地许了三个愿望。第一个愿望是苗苗能戒烟，第二个愿望是苗苗能戒酒，第三个愿望是苗苗能幸福。

却原来，不是所有的愿望都能够亲手实现的。

想着想着，赫赫的眼角，就沁出了泪花。

赫赫一边暗骂自己丢人，一边手忙脚乱擦去眼角的痕迹。苗苗却发现他的情绪有所不妥，回过头朝他微微一笑，那笑容在鲜花婚纱的映衬下灿烂到几乎炫目：赫赫，Don't worry！我可是李莫愁啊!

赫赫又惊又喜：苗苗，原来你懂吗？！

苗苗说：笨蛋！我一直都懂啊!

8

在你的身边，是不是也有这样一个人。

他是你的朋友，是你的兄弟，但不是你的爱人。

他给你温暖，给你安慰，却只能做你的亲人。

他走过最远的路，不是从双流到大西北，也不是从成都春熙路到上海城隍庙。他走过最远的路，是从过去走到你的身边；是从你的眼睛走到你的心里面。

你给他的所有回馈，他都细细珍藏。你能记住他的好，他便欣喜若狂。可他的名字叫蓝颜，他只能为你雪中送炭，却不能为你锦上添花。你是他最重要的人，可他不是你最重要的人。他的命运早已注定，只能成为你爱情的手下败将。

崎路人

1

叶酩是个路痴。

和朋友约吃饭，在离家四百米的地方。喝多了执意要步行回家，结果朝着反方向走。

一路走，一路哼着歌，直到郊外废弃的火车站出现在眼前。

这才发现走错路，要往回掉头。夜深了，打不到车。手机没电，无法联系朋友。在原地转了几个圈圈，无所适从。

抬头看到一家洗脚房，推门走进去。

穿着暴露的洗脚妹迅速围上来：帅哥，想怎么玩？

叶酩：开个房玩。

洗脚妹脸上挂着笑：好好好，我就是喜欢你这种客人，够直接！

然后拿着毛巾热水瓶用钥匙打开房门。

叶酩一进去，立刻扑倒在床上。洗脚妹那对大胸凑在他眼前白晃晃的，叶酩看也不看一眼。

洗脚妹抓着叶酩的手往自己胸上放，叶酩瞪大一双醉眼，义正词严：请自重！

接着迅速入睡，人事不省。

第二天早上醒来，发现洗头妹表情僵硬地抱着双臂堵在门口。

一只手伸向他，化的妆已经有些花：交钱交钱！

叶酩从裤兜摸出钱包，掏了一张五十的。

洗头妹说：大哥，你不是在逗我吧？

叶酩生气：这么破的旅馆，五十还不够？

又递上一张五十。

洗头妹摇头：大哥，你看看墙上，明码标价，包夜八百。

叶酩震惊：我只是在床上睡了一晚！

洗头妹黑着一张脸：那又怎么样？你占用了我的工作地点，害得我没法儿做生意，不管你玩了还是没玩，都算包夜。

叶酩恐吓对方：小心我报警！

洗头妹戏谑地笑：你倒是报警啊？

接着门口出现一名彪形大汉，身高体重肌肉强韧度都能强势碾压常年坐着编程不爱锻炼身体的叶酩同学。

叶酩赔笑：不不不，说着玩的，说着玩的，我马上给！

洗头妹：说着玩也是玩，再加二百块。

叶酩掏空了整个钱包，把各种硬币都拿出来了也还是没能凑够一千块。

只好小心翼翼地问洗头妹：小妹，可以借你的手机一用吗？

洗头妹满脸鄙视：电话费再加一百。

叶酩给我打电话的时候，我正在睡懒觉。被电话吵醒，心里非常不爽。

我抓过电话，没好气：叶酩你闹什么呢，昨晚吃饭还没玩够吗？

叶酩说：你快来救救我，我被非法拘禁了。

我立马从床上跳起来：啥？要我报警不？

叶酩说：不能报警，不能报警。如果被卿卿知道，我就完蛋了！

我说：为什么不能被卿卿知道？

叶酩说：别问那么多了，先来给我交钱，把我赎回去，我再慢慢跟你道来。

我只好穿衣穿鞋，带好钱，打个车直奔火车站。

一看叶酩站在洗脚店门口那夙样，我就明了：叶酩你真行。你还敢来嫖，玩花式的。

叶酩说：哪有。

我说：还拖欠嫖资，被扣下了。真丢人。

叶酩说：我也不想的。

我说：爽的时候你就不管那么多了，爽完就要我们几个朋友给你擦屁股。下次我也要去洗脚，你来给我擦屁股。

叶酩说：其实我只睡了个觉。

我说：少废话，哪怕你真的只睡了个觉，被卿卿发现你还不得跪CPU？赶紧的，跟我回去，我帮你撒谎。

叶酩感激涕零：小佳你真好。

我毫不留情：今天替你还上的钱，下次双倍还我。

叶酩愤怒：不是吧！好朋友不要提钱！伤感情！

我说：卿卿跟你提钱的时候，不也伤感情吗。

2

卿卿是叶酩的女朋友，在一起已经七年了。吵吵闹闹分分合合地走到现在，也算不容易。

叶酩很爱卿卿，但他觉得卿卿好像并不爱自己。因为卿卿总爱拿他和别人比较。

念高中时，卿卿嫌弃叶酩不如校篮球队队员长得高，长得帅。

上大学时，卿卿嫌弃叶酩不如学生会长懂得讨人欢心，情商太低。

出来工作后，卿卿嫌弃叶酩加班多，又挣不到钱。看哪儿，哪儿都不顺眼。

叶酩听得心里难受，却又无可奈何。

起初，叶酩还会跟卿卿争辩几句。后来次数多了，也就习惯了，懒得再和她吵。

一旦卿卿又开始平白无故指责他这不好，那不好，他就带上钱包摔门出去找朋友喝酒。

每逢喝酒，叶酩必喝醉。每逢喝醉，叶酩必迷路。

只要叶酩出来搞酒局，当晚定然会接到陌生人的深夜电话，说叶酩在某条路某某号，喝大了，死活不愿意回去。

于是我们只好万般不情愿地从温暖的被窝儿里钻出来，披个外套，睡眼蒙眬地去捡叶酩。

最后每个朋友家里的客厅都被叶酩睡过，这让我们严重怀疑叶酩的迷路是蓄意的。

他自己呢？死活不承认：我是路痴，又喝多了，迷路不是很正常嘛？

我说：别狡辩，其实你就是不想回家。

叶酩：我为什么不想回家？你知道我不想回家？我回家睡得可舒服了，何必跑来睡你家客厅沙发？

我说：你是不想面对卿卿吧。

叶酩低下头，不说话了。

叶酩彻夜未归的后果十分严重。

卿卿不骂他，也不吵闹，将冷暴力政策贯彻到极致。

不论叶酩怎么道歉，怎么跪求原谅，卿卿就是不出声。衣服只洗自己的，煮饭只煮一个人的。

宿醉刚醒的叶酩可怜巴巴地跑到她跟前，说：卿卿，我饿了。

卿卿翻个白眼：饿了不知道叫外卖吗？

叶酩说：我想吃你煮的饭。

卿卿说：我不知道你要在外面睡多久，也不知道你到底回不回来，所以今天中午饭只煮了一人份，已经被我吃掉了。

叶酩说：哦。

卿卿说：用过的盘子放水槽了。我下午有点儿事，你洗一下吧。

叶酩说：好。

然后卿卿拎着包找小姐妹们欢乐地逛街，留下叶酩热泪盈眶地在厨房洗碗。肚子咕咕叫声和水流的哗哗声此起彼伏。

叶酩一边洗碗，一边在内心咒骂：臭娘儿们，真够狠！

我经常拍着叶酩的肩膀，怂恿他：私下里骂卿卿有什么意思？真够胆下次当着她面把这两句话甩出来！

叶酩立马打了个尿战：我不敢。

我说：叶酩你活该被卿卿吃得死死的。

叶酩说：我有什么办法。和卿卿在一起已经成了我的习惯，如果没有她，我不知道日子该怎么过下去。

我说：哦。

3

原以为这次把叶酩从洗脚房捞出来，即将面对的是卿卿变本加厉的冷暴力。

没曾想，卿卿的态度跟从前有了明显不同。

没有骂他，也没有对他采用冷暴力措施。踏进房门，第一件事就是给叶酩递上一块热毛巾：来，擦擦脸，我去给你做点醒酒汤。

我目送卿卿贤惠的背影进入厨房，系上围裙，开始忙碌。然后用食指捅了捅叶酩的胳膊：喂，事情是不是大条了？

叶酩疑惑：我也很奇怪。按常理来说，她的反应不该是这样的。

我说：卿卿是不是知道你去洗脚，所以要跟你断绝关系？

叶酩说：不会吧。真要和我断绝关系，何必给我做醒酒汤？

我说：你等着瞧，这顿醒酒汤一定是送你上路的汤。

叶酩说：路小佳你嘴巴不要这么毒！也有可能是卿卿突然发现原来我其实是个很不错的小伙子，以前那样对我太不厚道，现在决定，改过自新，重新做人。

我说：你别太乐观。太乐观不好。

叶酩把我往外推：去去去，路小佳，你可以回去了。好的不灵坏的灵。

我说：看吧，你自己都说了。好的不灵坏的灵。

叶酩说：呸！我说反了。是坏的不灵好的灵！

可惜叶酩纠正得太晚。卿卿已经端着醒酒汤杀气腾腾从厨房出来了：喝吧。等会儿我们商量一下买房的事。

我干笑：嫂子，你跟叶哥慢慢谈，我先走了。

然后飞奔出门，留下手足无措的叶酩。

叶酩小心翼翼地开口：卿卿，其实以前我们不是说好了吗？现在这个房价，要买房确实有点儿吃力。

卿卿说：昨天我跟我妈打电话也是这么讲的。但我妈态度很坚决，结婚前一定要把房子买了。

叶酩委屈：可是我哪儿来的钱？

卿卿不依不饶：这我不管。我和你在一起多久了？七年了！你就不想给我点安全感吗？

叶酩有点儿火大：安全感？！房子就是安全感？！你胡说！

卿卿朝着叶酩吼：哪个女人不想有个属于自己的家啊？！

叶酩坚定：没钱，除非你跟我回老家，咱都别在上海待了。

卿卿歇斯底里：你老家那么破，我死也不回去！

叶酩的耳朵嗡嗡作响。他捂住耳朵，沉默了一阵子。

去从来不敢违抗自己半点儿意思的叶酩，居然做出了反抗的行为？卿卿不可思议地打量着眼前的男人。

然后叶酩把捂着耳朵的双手放下，眼睛眨也不眨地盯着卿卿：卿卿，你真是个泼妇。

一向心高气傲跟叶酩挑刺的卿卿怎么能忍受得了叶酩反过来突如其来的指责？

所以下一秒，盛着热汤的碗就在叶酩跟前被砸掉了。

4

其实，叶酩也不算太差。在别的姑娘眼里，叶酩甚至是个优质男。

大方和善有原则，说话永远和和气气，工作勤奋踏实。

叶酩简直成了别的姑娘心中的男神。

别的姑娘姓余，叫余鱼。是叶酩的同事，工位和他面对面。

她知道叶酩经常和客户打交道，免不了要喝酒。又是路痴，喝酒就找不着道儿。

所以一旦偷听到领导安排叶酩去谈客户，她就会自告奋勇跟领导申请同去。一来可以和叶酩多一段独处时光，二来叶酩喝多了不怕没人照顾。

余鱼的心思逃不了领导犀利的眼睛：余鱼啊，今晚叶酩又要去见客户了。

余鱼说：我也去！

领导说：可是见客户不需要两个人啊。

余鱼说：叶酩是男人，我是女人。男女搭配，分别对异性客户下手。这样更有针对性，更容易骗到订单。

领导若有所思地点点头：说得有道理。你给我写个申请，要么你就调动到叶酩手下吧。

余鱼欢呼雀跃：好耶！

自从有了余鱼，叶酩觉得生活里多了一丝阳光。

朋友们接到的陌生电话越来越少，因为叶酩不再需要我们去捡。

只要在外面陪客户喝醉，就会有余鱼冲出来帮他挡酒。挡完酒还能步履坚定地送他出门打的士，连打车费都不用叶酩掏。

渐渐地，叶酩也知道了余鱼的心思，因为余鱼对他实在太好了。

每天早晨打开办公室门，桌面上总会有一杯热气腾腾的咖啡等着他。

午饭时间快到了，正在发愁今天该点什么外卖，余鱼已经笑眯眯地把便当递上。

随口说句腰疼，余鱼马上订购一台按摩器给他。

压力太大想抽烟，刚从裤兜里把烟盒掏出来，就有双大眼睛水灵灵地看着他转：哎呀，你少抽点烟，对身体不好。

平时卿卿也不许叶酩抽烟，可叶酩始终不听。抽烟是叶酩唯一一件勇于和卿卿抗争的事情，最后达成的协议是：如果卿卿不在家，叶酩抽烟就要去阳台；如果卿卿在家，叶酩抽烟就要去大门外。

慢慢地，消防通道里就摆了个水晶烟灰缸。里面随时随地都装着满满的烟头。

没办法。不抽烟的话，叶酩烦啊。

可是就连叶酩都没想到，自己不听卿卿的话，居然听了余鱼的话。

他朝着余鱼不由自主地点点头，把烟塞回烟盒子。

余鱼一蹦一跳跑过来，胆大包天地摸摸他的头：这才乖嘛。来，姐姐请你吃个口香糖。

叶酩说：哦。

然后拿过口香糖，机械咀嚼。

余鱼说：如果你想抽烟，你就吃一粒口香糖。你喜欢哪种口味？我去超市买。要不每种口味都来一样！

于是叶酩的抽屉里，各式各样的口香糖逐渐占领了香烟的位置。

叶酩很郁闷，给我打电话：路小佳，你说余鱼这是什么情况。

我说：那还不简单。根据她的种种行为，结合女性思维推断：她绝对喜欢你。

叶酩说：这个要你说吗？！我又不傻。

我说：哦。那你想问什么？

叶酩有点儿扭捏：我是想问，想问你我是不是也对她有感觉？

我说：这个问题你不要问我，你问问你自己。

叶酩说：我觉得是的。你看，我连烟都不抽了。

我说：那不就结了。

叶酩说：你别这样，你要骂醒我。我已经有了卿卿，我们快谈婚论嫁了。现在半途杀出个余鱼，我不想对卿卿始乱终弃啊！

我说：你看，你已经有对卿卿始乱终弃的想法了。

叶酩不承认：哪有？

我说：你说你不想，其实你很想。抛弃掉卿卿才是你真实的内心活动啊。

5

话虽这么说，叶酩却迟迟没有这么做。

因为叶酩很珍惜自己和卿卿七年来的感情。不论怎么吵，怎么闹，心中始终还是有份情。

他开始努力和余鱼保持距离。余鱼泡的咖啡，他不喝了。余鱼带的便当，直接扔进垃圾桶。

只剩下满抽屉的口香糖，没舍得丢。

工作压力大的时候，他一边嚼口香糖，一边喃喃自语：我到底是

为了什么啊？

再有客户要约谈，叶酩就不让余鱼陪了。他打算自己处理，尽量减少和余鱼独处的时间。

叶酩有稳定的女朋友，这事儿余鱼一开始就知道。可是她没办法控制自己，就是想对叶酩好。

所以叶酩突然对她冷淡，尽管不开心，却也表示理解。

毕竟一头是谈了七年的女朋友，一头是才认识不久的新同事。换成谁都会选择前者吧？

直到有一天，余鱼接到一个陌生电话。

叶酩陪客户喝了酒，又迷路了。醉倒在24小时便利店跟前，嘴里嚷嚷着说要让店员给他煮醒酒汤，一只手却抓着瓶伏特加不放。店员被缠得头痛，就打了通信录靠前的电话号码，要对方来把醉汉捡走。一回头，却发现叶酩已经把伏特加打开了，一面嘿嘿地笑，一面往肚子里灌。

余鱼赶到的时候，叶酩醉到了一个新高峰——说胡话。

余鱼说：叶酩，你把酒放下来，我带你回去。

叶酩努力地睁开醉眼：我现在不已经在家了吗。

余鱼说：你迷路了。这里是便利店，不是你家。再不回去嫂子会担心你的。

叶酩说：嫂子？什么嫂子？

余鱼说：你女朋友卿卿啊！

叶酩说：哦，那个死女人？成天嫌弃我这不好，那不好。我不好你去傍大款啊？！你也不见得傍得上！

余鱼说：叶酩，你别喝了，你今天喝太多了。

叶酩说：我不想回去……我去找洗脚妹我也不回去……

余鱼无奈：好好好，我们不回去，我带你去别的地方睡。

余鱼把叶酩带到了快捷酒店，开了个房。

安顿好叶酩，她准备自己打车回家。没想到，却被叶酩拉住了。

叶酩迷迷糊糊：余鱼？是余鱼吗。

余鱼说：是我。你好些了？

叶酩抓得余鱼手腕有些疼：别走，别走。其实我喜欢你。

余鱼一下子就愣住了。

叶酩说：其实，其实我喜欢你的……

不等叶酩话说完，一向又乖巧又文静的余鱼扑上去，大胆热情地吃掉了叶酩后半句话。

喝醉酒的叶酩，终究是没保留住为卿卿死守的贞操。

那个晚上，他和余鱼做了一切恋人该做的事，然后抱着对方沉沉睡去。和卿卿在一起后，这是他第一次睡得这么安稳踏实。

只可惜，喝得再醉的人，总是要醒的。做得再好的梦，总是要剧终的。迷路的人，总是要回家的。而叶酩睡醒后做的第一件事，就是对余鱼说：余鱼，对不起。昨晚是我喝多了，你别告诉别人。我不能让卿卿知道。

他没看到，余鱼眼里的幸福的光芒，一下子就熄灭了。

6

余鱼偷偷地给卿卿打了电话。

两个女人相约在一家咖啡店，谈了整个下午。

叶酩回家时，卿卿破天荒地主动为他烧了一桌子菜。

叶酩鼻子用力嗅了嗅：真香！今天是什么日子啊？我都好久没吃过你烧的菜了。

卿卿说：来点酒吗？

叶酩摆手：不喝不喝，平时在外和客户喝的酒还少吗？

卿卿微笑：那么你去洗洗手，准备吃饭啊。

叶酩突然有种不祥的预感：卿卿，你是不是有事情要跟我说？

卿卿说：叶酩，其实是你有事情要跟我说吧。

叶酩说：哪有？

卿卿说：我都知道了。余鱼是个好姑娘，比我温柔，比我漂亮。你对她动心，也很正常。

叶酩说：卿卿，你听我解释好不好？

卿卿竟然哭了：不好。

叶酩走到卿卿面前，试图抱住她，为她擦掉眼角的泪水。没想到，却被卿卿躲开了：叶酩，以前老是和你吵架，是我不对。但现在既然已经到了这一步，我们好聚好散成不？

和卿卿谈了这么久，这是叶酩第一次看到她哭，大概也是最后一次看到她哭。

卿卿费力地从房间里拖出行李箱，说：叶酩，以后不要再见了。

叶酩气急败坏地给余鱼打电话，叫她出来。对方很快地就赶到了。

叶酩说：你怎么就跟卿卿说了呢？

余鱼说：为什么不可以说？

叶酩说：我和她谈了那么多年恋爱，快要结婚了。你这样做是不

是有点儿过分啊？！

余鱼说：我过分？！说我过分的时候麻烦你想想你自己！事情是你做的，你还想要赖不成？

叶酩说：我那天喝多了酒，我承认我也有错。可是，你明知道我意识不清楚，还非得扑上来投怀送抱，你就该知道后果！

余鱼说:凭什么？我只是想和我喜欢的人在一起，难道这样也有错？

叶酩说：是，我是对你有感觉。但是，要和我共度一生的那个人不是你，是卿卿啊！你非得搞破坏，你还来劲儿了？！

余鱼说：我不管！总之你睡了我，你要对我负责！

叶酩深吸一口气：负责？为什么要负责？你要我怎么负责？

余鱼说：和我在一起，买套房，然后结婚！

叶酩用手指按了按涨痛的太阳穴：余鱼，以前觉得你是个通情达理的姑娘。现在怎么觉得你这么冥顽不化呢？

余鱼听叶酩居然这么说自己，抬手就是一个耳光。

叶酩捂着火辣辣的左边脸颊，竟然笑了：打得好。不过你再打我一巴掌，我也不会和你在一起。

余鱼果真又抽了叶酩一巴掌。

叶酩冷笑:看吧，什么温柔大方，善解人意。到头来不比洗脚妹强，人家好歹要了钱就算。你却是又要当婊子，又要树牌坊。

余鱼气急，把叶酩扔在原地，转身就走。

一边走，一边想：也许自己这么干真的过分了？不，不会的。大不了明天上班的时候跟叶酩道个歉。叶酩向来不是小气的人，再说已经跟他发生过亲密关系。他应该会原谅自己……的吧？

7

余鱼的算盘完完全全打错了。第二天，叶酩压根儿没去上班。

领导问起的时候，余鱼就撒谎：叶酩他生病发烧，在家养病呢。

领导说：那他怎么不自己来跟我请假？

余鱼说：我昨晚照顾了他一晚上，他叫我代他请假。

领导心领神会：那呆子被你拿下了？

余鱼心虚地点头。

第三天，叶酩依然没有去上班。

余鱼硬着头皮继续撒谎：叶酩还没好，咳嗽得厉害。怕见客户给客户造成不好的印象。

领导说：你让他赶紧吃药，公司这么多事情，他不来上班，手头的事情都让谁去处理？

余鱼说：领导，你交给我吧。

领导皱着眉毛：你？你一个小姑娘，到底行不行啊。

余鱼咬紧牙关说：行！

余鱼接了叶酩的活儿，盼着叶酩赶紧上班。盼啊盼啊，盼到叶酩的主管职位落到了自己头上，叶酩都没有回来。

余鱼给叶酩打电话，永远没人接。给叶酩写电子邮件，总是被系统自动退回。发微信消息，已被对方拉黑。万般无奈，只好给我们打电话，可是没有人知道叶酩在哪儿。

我安慰她：余鱼你别着急，叶酩可能是迷路了。

余鱼说：我怎么能不着急啊。这都快两个月了吧？

我说：会不会被拐卖到山区挖矿了？

余鱼说：你乌鸦嘴，我不和你说话了。

我听着电话那头传来的“嘟嘟”声，喃喃自语：余鱼，什么时候连你的脾气都变得这么急躁了？我没骗你，叶酩真的在迷路啊。

8

叶酩这一迷路，就是大半年。

偶尔地，我会接到陌生人的电话：喂，你是路小佳吗？你的朋友好像喝了酒又迷路了，非说我们店是他家。你能过来把他给捡回去吗？

我说：他在哪里？

对方说：在喀什。

我说：我擦，那么远。你们还是自己把他扔出去吧。

过几天，又接到陌生人电话：喂，路小佳？这里有个叫叶酩的，喝多了迷路了，又讲不清楚他住哪儿。你能来一趟吗？

我说：他在哪里？

对方说：在飞天东路。

我说：哇，飞天东路这个名字好霸气。可是飞天东路在哪儿？

对方说：你是不是敦煌人？飞天东路都不知道？

我说：我擦，更远了。你们把他放马路牙子上吧，没事，不会丢的。

我就是这样，从陌生人口中得知叶酩不断变化的坐标。今天在喀什，明天在敦煌，后天在西昌。

他好像一匹脱缰的野马，全国各地撒欢儿地跑。

我也想过要不问问他到底是怎么打算的，什么时候回来。可是他对我们，就像对余鱼一样冷酷无情。电话不接，短信不回。好像余鱼

一闹事儿，他就和全体朋友都分了手似的。

渐渐地，我习惯了叶酩的恶劣行径。

只要还能接到陌生人的电话，就能确定他还没挂，就能确定他还活着，就能确定他还活得很不错。

因为穷困潦倒的人是买不起酒喝的。

没关系,他只是迷路而已。我安慰余鱼,安慰叶酩的爸妈,也安慰自己。

但我没有安慰卿卿。

没有安慰她的原因很简单：不知道从哪一天开始，卿卿的电话也打不通了。

后来，我只好放弃给卿卿打电话。奇怪的是，我也没再接到过陌生人要我去捡叶酩的电话。

一到无聊的时候我就会陷入沉思：这两个人到底是怎么了？

越想越奇怪，越想越拧巴。直到有一天，我在午睡，枕边的手机突然震动起来。

正准备直接挂断，然后继续昏睡。忽然瞥见，是叶酩的号码。

叶酩居然主动联系我了。

我赶紧叫上一帮子朋友,往叶酩家赶。跑到一半,突然想起一个问题。

我说：叶酩出去这么久，那房子会不会早就租给别人了。

大家面面相觑。

我说：算了算了，先过去。要是那边没人，就叫他自己滚过来，请我们吃饭。

站到叶酩家门口，我们按捺住激动的心情，摁响了门铃。

谁知道出现在眼前的人是好久不见的卿卿。

我瞪大了眼睛：卿卿？！

卿卿脸上挂着幸福的笑，然后我的目光越过她的肩膀，看到了叶酩。

9

叶酩和卿卿复合了！炸裂！

这条新闻在朋友圈的传播速度堪比光速。

每个人都觉得很不可思议，除了余鱼。

事实上，余鱼很早就知道叶酩消失期间都去了哪儿。

也有过陌生人把电话打到余鱼的手机上，告诉她，叶酩在西昌。

可是余鱼想：反正叶酩在外面玩累了，就会回来的。迷路，总不会是他一生的状态吧。

于是她告诉对方：我现在不在西昌，要不……要不你找找别人？

然后挂断了电话。

另一边，卿卿也接到了陌生人的深夜来电。

向来凶巴巴的卿卿一听说叶酩一个人在人生地不熟的西昌喝酒还迷了路，就着急得不得了。

她谁都来不及告诉，立马当机立断订了机票飞往西昌，好在在叶酩准备离开西昌，动身赶往下一站之前赶到。

卿卿一边哭，一边扑到叶酩的怀里：你为什么说走就走，都不给我们打个招呼？

叶酩说：我对不起你，也对不起余鱼，我没脸再见你们。

卿卿说：你别说什么对得起对不起的。你平时工作那么辛苦，还总是陪客户喝酒。说实话，我也对你不住。我不该凶你的，不该逼着

你买房。我给了你太大压力，是我不好。

叶酩也哭了：卿卿，这些天我一直在想你。我想，如果以后再也不能和你在一起，我该怎么办？我一直不敢回去，因为我害怕面对你，我更害怕面对我自己。我知道，那件事我也做得不好。遇上矛盾，两个人应该好好商量。可惜，可惜我懂得太迟了！

卿卿说：其实不迟。

叶酩说：真的吗？

卿卿说：叶酩，我们住过的那套房子，房东后来有问过我还续不续租。我跟他说续。

叶酩说：哦？

卿卿说：所以让我带你回去吧，我们的家还是和以前一模一样。但是，我再也不会让你迷路了。

叶酩说：哦！

接着叶酩那久违的名字就开始在我的手机屏幕上跳跃了。

10

我们都是崎路人，在远离目标三万里的地方，在貌似亲密的人群里，用心过度。

我们都踏上过同一条路，这条路的名字就叫作迷路。

在路上，我们不断地相逢，又不断地错过。

在路上，我们不断地醉酒，酒醒后继续踯躅。

直到很久以后才发现，原来最熟悉的地方，就是我们最想去的远方。

原来最可怕的不是迷路，而是迷路太久，再无归途。

原来，最普通的那条道路，才能通往真正的幸福。

单恋，是一个人的兵荒马乱

1

念中学时，为了统一管理，防止早恋，政教处处长出了一项特别残忍特别变态的规定：每个男生都必须理成平头，每个女生都必须齐耳短发。

这是硬性要求，关系到各班班主任的月度奖金。于是，几乎整个学校的女生都顶着差不多的发型来上学。不论是升旗仪式，还是早操时，只要你站在校长讲话台朝下看，就能看到女生们像一排排蘑菇，在雨后阳光下充满勃勃生机地生长。再配上被吐槽过一千次一万次也没有做出改进的像口袋一样的姨妈色校服，真是丑到爆。

尽管上头出了这么严厉的政策，依然有女孩儿漂亮得很显眼。她就是公认的校花——南川同学。

很多漂亮的女孩子在女生群里其实是不太受欢迎的，总会有爱讲坏话的人捕风捉影编织一些谣言。这个定律放在南川身上就不适用了，因为南川实在是无懈可击。

她模样好，却从不骄傲。她跟每个人说话都是那么客气。她又瘦，又白，又高挑儿。毫无疑问地，她就是传说中鸡群里的凤凰。

大家都想和她交朋友，但她偏偏跟我好。

我和她坐前后桌，住的地方又只隔一条街。这是女生之间最容易培养出友情的一种情况。

我们一起上学放学，一起分享书包里的零食，一起吐槽班上那个爱当着学生面抠脚挖鼻屎的物理老师……很快就到了形影不离的地步。

然而，光是聊这些七七八八的事是不能算做闺密的。在南川看来，闺密一定是要能够和自己分享内心小秘密的那个人。

她迫切地想把我变成闺密。于是，在某个放学回家的中午，南川向我抛出了那个问题。

2

南川的问题在现在的年轻人看来其实很老套：喂，小佳，你喜欢的人是谁？

我扭扭捏捏：呃，那个何亮好像人不错哦。

南川一声惊叫：何亮？你说的何亮是那个何亮吗？

我：不是那个何亮还能是哪个何亮……

南川激动地拉着我的手拼命摇：小佳，我喜欢的人，也是何亮！

喏，这就是女生之间最容易培养出友情的第二种情况。

何亮在学校里也是很抓人眼球的一号人物。

一米八的个子，篮球打得很棒。长相干净帅气，属于那种对女生笑一笑，对方眼睛里就会冒粉红色泡泡的心动男生。

我想，十个女生里，大概有一半以上都喜欢何亮。

南川同学之所以没有把我当作情敌看待，是因为我和她相比，完全不具备竞争力。

我平胸，屁股大，腿粗，还戴着一副高度近视眼镜。如果把我扔在升旗仪式的队伍里，估计我爹都找不出哪个是我。

矬成这个样子的我，被南川同学拖着，去跟何亮表白。

南川说：我们是好姐妹，既然喜欢同一个男生，那么就公平竞争！

其实我知道南川心里打的是什么主意。我就是她的背景色，可以衬得她更加优雅美丽大方。我才不想去自取其辱呢。

可南川同学一用她那双水汪汪的大眼睛看着我，我就受不了了。我就觉得自己要是不答应南川，就是个混蛋，就是个罪人。

所以我特意两天没洗头，把我妈那件老气的高领羊毛衫穿在V领针织衫里面，又找了双丑陋的大棉鞋。整个人打扮得愈发土肥圆。

既然答应了南川，决定要蹚浑水，那我就得尽力去做。

哪怕是做南川的陪衬，我也要做到最好。

这么一想，就连我自己都被自己感动了。

3

可惜最终我也没有完成我那作为陪衬的伟大使命。

让南川和我都感到无比抑郁的是，她精心制订的表白计划并没有起作用。

不仅是我没戏，南川居然也没戏。因为何亮原来已经有了女朋友。

何亮的女朋友叫邹邹，跟我差不多。平胸，屁股大，腿粗。如果

把邹邹扔到升旗仪式的队伍里，估计邹邹她爹都找不着她。

可是何亮为了这样不起眼儿的邹邹，竟然拒绝了校花南川。

从表白失败那天开始，南川在放学途中与我谈话的主题就发生了奇妙的变化。

南川不再抱怨食堂的菜难吃，不再吐槽不讲卫生的老师，也不再分享何亮有多帅有多招人喜欢。

南川的脑子只抓住了一个重点，她每天都翻来覆去地想：凭什么是邹邹？！为什么是邹邹？！

假如何亮找了个比南川胸大、貌美、气质佳的妹子也就算了，邹邹算什么？！

我长叹一口气：南川，你这是何必呢。我觉得吧，何亮的审美有些异常。

南川咬牙切齿：我就是想不通。我一想不通就睡不好。我一睡不好就没法好好上学，我一不好好上学就没法在成绩上超越邹邹……我去，我为什么要超越邹邹，明明应该是邹邹要超越我啊！为啥角色都反转了！这是些都什么事啊！

我只好把头转到一边，假装没有听到南川的碎碎念。

虽然我也是女人，但我觉得，女人唠叨起来简直太可怕了。尤其是漂亮女人唠叨她的情敌，好像有一千只蜜蜂绕着我嗡嗡地叫。

所幸南川同学这种状态并没有持续太久。几个礼拜后，她就恋爱了。

南川的恋爱对象自然不差，对方是学校里比何亮更加风云的人物。何亮会打篮球，对方是市里篮球队的。何亮身高一米八，对方身高一米八三。照我看，南川就是按照何亮的标准找了个何亮加强版。

南川跟何亮加强版在学校里出双入对，赚足了眼球。

但何亮加强版和南川在一起后，眉目间总有点儿隐秘的忧愁。

我知道何亮加强版的忧愁是为了什么——他觉得南川并不爱自己。

不仅是加强版这么觉得，我也这么觉得。

作为一个热爱八卦、关注细节的女性，我发现南川确实有点儿不对劲。

比如南川开始高调地跑篮球场给加强版买水递纸巾，但眼神却时常在另一个男生身上打转。比如南川喜欢在晚自习前挽着加强版的胳膊在操场散步，散步的路线总会经过另一个男生的班级。比如南川总是掐准时间拖着加强版去食堂，然后装作不经意地和另一个男生偶遇。

另一个男生就是何亮。

次数多了,傻瓜都能看明白是怎么一回事,更别说是聪明的加强版了。

加强版再喜欢南川，也咽不下这口气。作为一名人气不低于何亮的风云人物，如何接受得了女朋友和自己在一起的目的是显摆给别的男生看的事实?

两个人最终和平分手。

4

又过了小半年，会考临近。

升学压力一上来，年级里那些秘密小情侣就有点儿坐不住了。

要恋爱还是要读书？大部分都选择了后者。

邹邹当然选择了后者。

谁都没想到，不漂亮也不起眼儿的邹邹，竟然狠得下心甩掉何亮。

何亮伤心欲绝，据传曾一口气在宿舍喝掉一打啤酒，然后往楼下扔易拉罐，结果砸中教导主任，几乎被开除。

当所有人还沉浸在八卦和震惊中时，南川趁着何亮失恋这个大好机会，又跑去跟对方告白了。只可惜，被何亮以忘不掉前任为由再次当场拒绝。

南川气得牙都快咬碎了。

会考成绩出来后，几家欢喜几家愁。

我去了当地一所重点高中，南川跟何亮留在本校。邹邹则被省重点看中，挖了过去。

高中生活开始后，这些人之间的关系逐渐地产生了奇妙的化学反应。

南川依旧跟我保持着每天至少一次的通话频率，话题依然围绕在何亮身上。

当年知道邹邹和何亮这段感情的同学们几乎都不在本校念书了，南川自然不再觉得尴尬。她加倍地费尽心机制造和何亮在校园相遇的机会，然后兴致勃勃地跟我分享她的感触。虽然这个时候的何亮，已经从崇拜对象变成了吐槽对象。

南川：上次在图书馆撞到何亮，他长痘痘了，感觉颜值有所下降。

我：是吗。

南川：不知道为什么，你说何亮都变丑了，怎么还那么多女生喜欢他。

我：是吗。

南川：我倒是要看看，跟邹邹分手后，何亮能找个什么样的女朋友。

我：反正不是你这样的。

南川：为啥！

我：因为邹邹和你实在太不一样了。

南川：一定是邹邹的缘故，让何亮品位下降。

我：是吗。

南川：路小佳你到底有没有听我说话？跟你打电话真没意思！你和我不在一个学校，果真就不是一路人了！

我很无奈：哪有……

也许是我的反应过于冷淡，也许是我给南川泼了冷水。几次下来，南川和我的话越来越少。

我倒也乐得清闲。毕竟高中不比初中，功课学业加重，不论是何亮还是何亮加强版都无法提起我的兴趣。

虽然也曾痴迷过何亮，虽然我还收集过跟何亮有关的一切杂物，诸如从篮球队海报栏偷偷撕下来的照片等。但一来不在同一个学校，二来自知人丑轮不上，一颗少女心渐渐地也就冷了下来。

邹邹呢？在重点高中继续着学霸生涯，据说又拿了几个加分奖项，混得那叫一个风生水起。

日子在南川的吐槽与我们的奋斗中一天天过去，时隔大半年后我再度接到了南川的电话。

电话那头的南川声音如沐春风：何亮是我的啦。

5

对于这个消息我并没有感到惊讶。

以南川的美貌，很少有男生能拒绝的。

就算拒绝一次，拒绝二次，大概没有人可以做到第三次回绝吧。

包括何亮。

如愿以偿后的南川跟何亮的感情生活却貌似并不平静。毕竟两个人都属于风流人物，自小到大不论是老师还是同龄人，都把他俩跟星星一样捧在手里。习惯了万众瞩目，于是心气自然就高了。

加上南川得到何亮的过程本身就不顺利，她的控制欲望也空前地强大。

何亮打比赛，有学妹去加油。何亮跟学妹打个招呼，南川就炸毛。

何亮上补习班，坐在旁边的是女生。何亮向女生借笔记抄，南川也炸毛。

何亮放学回家，遇上下雨。有同班女孩儿和他合打一把伞，南川更加炸毛。

如果有个漂亮的女朋友，还为自己频繁吃醋，原本应该是件让人高兴的事情。至少从反面来讲，证明了自己强大的魅力。

可何亮就是觉得很苦逼。

从前和邹邹在一起，好歹日子过得舒心。现在本来算是被动接受了南川，还要处处受到管制。偏偏双方都心高气傲，谁也不愿意向另一方低头。那么这段感情于何亮而言就成了鸡肋，可惜南川却不明白这个道理。

她继续在何亮的生活里扮演着管家婆的角色，这也不许，那也不许。

何亮终于忍不住爆发了。

南川跟何亮闹矛盾，闹得全校人尽皆知。

据传，南川在宿舍里捂着脸哭得梨花带雨，半夜三更从床上爬起来非要到操场去散步，何亮无动于衷。

南川室友看不下去，拿着手机给何亮打电话。一接起来听是和他说南川的，就马上挂了，还干脆关机。

第二天南川挂着一张哭丧脸去何亮教室找他，何亮也死活不出来。

不论南川在教室门口是软声软语，还是破口大骂，何亮只当没有听到。

然后南川也撂狠话了。

南川说：何亮，你就是个没品位的人渣。

何亮不反驳，不吱声。他学会了冷处理。

南川觉得没意思，也很丢脸，干脆选择放弃。

何亮的世界终于彻底安静了。

6

再后来，我们都经历了高考，念了大学，又步入社会。

长得漂亮的南川靠着漂亮的脸蛋儿拿到了同样漂亮的offer。她去了汇丰银行，实习期工资抵得上高学历毕业生一个半月薪水。

我呢，通过踏踏实实的努力，也算找到了心仪的工作。

这个时候的南川身旁的追求者不少，尤其不缺高帅富类型的金融才俊。

可是南川好像一个也看不上。

南川也试过和金融才俊拍拖，但要么就嫌弃对方身高不足一米八，要么就嫌弃对方体育差。我们都说她傻，现在嫁人，谁还在乎这些条件呀。有车有房长得帅对你好就够了，身高能当饭吃吗？体育好能当饭吃吗？

南川不以为然：身高不够怎么能改善我下一代的基因？体育差说明不够健康，不够健康以后生病了是不是还得我去照顾他？我才不傻。

是啊，南川才不傻。其实我也不傻。

我知道她心里一直都有个人的影子住在里面。这个人不出来，别人走不进去。

这个人就是何亮。

何亮现在在哪里？在做什么？和谁在一起？我们都不知道。

自从高中毕业后，好像就很少有人知道何亮的消息。

直到某天，校友群里有人嚷嚷着说想开同学会。

一万年都做潜水党的何亮冒了个泡泡。

何亮说：你们组织吧！真开同学会我一定来。

有人起哄：带女友不？要是带女友，我们就组织。

何亮说：必须的。

何亮这三个字一出来，群里就像是沸腾的油那样炸了锅。

炸了的还有我们的校花南川同学。

她约我出来见面，我去了。在咖啡馆里，南川愤愤地搅拌着咖啡，愤愤地说：我一定要让何亮看看，没有他我也活得很好！

我：是啊是啊，没有他你也活得很好！

南川：我要去报健身班！我要去跳操！我要去做光子嫩肤！我要变得美美的出现在他面前！

我：是啊是啊，不过你本来就很美啊。

南川：我要让何亮知道，错过我是他一辈子的遗憾！

我：是啊是啊，错过你是他一辈子的遗憾。

南川：你怎么不能给我一点儿建设性的意见？路小佳，你就知道附和，跟你做朋友真没劲。

我：你已经很优秀了。再说，作为土肥圆，我担心给你的意见不仅没有建设性，反而会起反作用。

南川喃喃自语：你这样说也有道理……

也有道理？！也有道理？！这叫什么话！这么多年没见，南川同学讲话还是一如既往地难听啊。

我差点儿没忍住把面前的咖啡对着她那张妆容精致的脸泼过去。

7

同学会那天，我去了，南川去了，何亮也去了。

跟何亮一起来的那个女生，我们都很熟悉。是校友，是学霸，是曾经很不起眼儿的邹邹同学。

邹邹和以前看起来没什么区别，依然平胸，大屁股，腿粗。

但邹邹有种气质。意气风发，自信潇洒。

一起吃饭的时候，经南川授意，我装作不经意地问起何亮是怎么跟邹邹复合的。

何亮脸上挂着羞涩的表情：其实当初喜欢邹邹，确实是真心实意。邹邹不像一般的漂亮女孩子，走几步路就喊累，成天脑子里除了逛街就是美容。

何亮说着说着，忍不住就开始微笑：邹邹考上大学后，去智利支教。碰巧自己也参加了一个那边的NGO项目，千山万水在异国他乡相逢。彼此都觉得，是缘分。

何亮还说：邹邹向来都是事业心比较重的女孩儿，目标很明确。那时的自己，不努力读书，不上进，不学习。邹邹觉得失望，于是提了分手。后来自己发愤图强，不停地充实自己。在智利相遇的时候，发现对方都比以前更优秀，更有人格魅力。相处起来和从前一样，又轻松又自在，复合也就是件再自然不过的事了。

我隔着一张桌子打量邹邹，再看看南川。竟然觉得，邹邹原来也是很漂亮的。那种漂亮，是和南川完全不一样的漂亮。

饭局结束，大家在听完一堆八卦后，心满意足地准备回家。

南川却硬要拽着我陪她再去酒吧喝一圈。

两杯酒下肚，南川就有些醉了。

南川一边哭一边说：为什么呢？为什么何亮会这样？我为了他，低三下四那么多次，求他和我在一起。我为了他，打扮自己，想变得更美，想变得更引人注意。我为了他，这些年来追我的男生一个也看不上。为了他做了这些事，最后他还是跟着邹邹走了。

南川还说，为什么我费尽心机想给他耳目一新的感觉，最终他却根本没有看我一眼。我想打败邹邹，告诉他我比邹邹优秀。没想到何亮一点儿也不在意。

我叹了一口气，我想我都懂吧。

8

你有没有在青春岁月里遇上这样一个男孩儿。他有型，阳光，满足你所有的少女幻想。

你用尽全力去爱他，低三下四去求他，然而他不爱你。

你可怜巴巴地站在他面前，他嫌你挡住了他的路。你伏在他胸口痛哭，他嫌你弄脏了他的衣服。

他跟你道一句晚安，转过身又对另一个人说他睡不着。他是你的负心郎，却是别人的痴情汉。

因为你给不了他想要的，所以你一切付出在他看来都是多余。

你加倍努力要变成 better woman，你计划用这个来报复他，也用来麻醉自己。你准备好了一切上战场，才发现你的对手根本就没有把你当作对手。你所有的计划在一瞬间溃不成军，这才明白，一直以来你都是一厢情愿。你的恋爱是单恋，是只属于一个人的兵荒马乱。

千言万语，唯有沉默

1

从若夏老家回来后，胡桃就和他爆发了旷日持久的争吵。

吵来吵去，中心思想还是围绕着那个不变的难题：买房。

若夏和胡桃在一起一年多，两个人在合肥租房住。

其实租房本不是什么大不了的事，综观全中国，成千上万的年轻人都住在别人的房子里，过着自己的小生活。

但胡桃受不了。

因为房东戴蕾蕾是个奇葩的人。

蕾蕾跟这对恋人签合同的时候，态度无比热情，又是拍胸脯说可以预留，又是讲接受押一付一。再加上房子条件本身不错，装修到位，在公交枢纽附近。他俩很快就拍板签约。

然而搬进去后的第一天，胡桃就和蕾蕾撕逼了。

事情的起因特别鸡毛蒜皮。胡桃买了菜回来做饭，饭菜出锅后正吃着呢，蕾蕾就铁青着一张脸站到胡桃面前：你们做完饭一定要记得

收拾啊！

胡桃：好的，我们吃完饭就收拾。

胡桃迅速地扒拉完碗里的米饭，跑到厨房。洗了碗，擦了桌子，再把锅碗瓢盆都摆到柜子里放整齐。接着胡桃就回房间和若夏一起看剧。

五分钟后，胡桃的房间门被敲响了。

蕾蕾用中年妇女特有的大嗓门儿说：你们做完饭一定要记得收拾啊！

胡桃很疑惑：我明明才收拾了呀。

蕾蕾：你自己出来看看！你长没长眼睛？！

胡桃很不忿：不是打扫了吗。

蕾蕾用手指着水槽旁边的一星油花：看到没？那里没擦干净。

胡桃拿着抹布去擦了，一边擦一边在心里嘀咕：我擦！我擦！

遇上戴蕾蕾这么个不省油的房东，胡桃自然心里烦闷。

一烦闷，买房这个念头就不时地涌上心头。

于是胡桃就找若夏谈：若夏，我们什么时候才能买房？

若夏：再等等吧，不着急啊。刚工作一年不到，还没稳定下来。现在这个房子住得不是挺好的吗。

胡桃：这个房子住得挺好？！你有没有搞错啊。你没听到戴蕾蕾怎么说我的？！

若夏：听到了。这种小事就不要和她计较了，以后打扫卫生仔细一点儿就行。

胡桃：仔细你妹啊！干活儿的又不是你，你说得轻松。换你试试？

若夏：老女人嘛，是这样的……

胡桃把抹布重重地甩到了若夏的脸上。

2

既然胡桃正式跟若夏提出了买房，若夏哪怕嘴上说不着急，心里却隐隐约约地有了些压力。

若夏老家在一个小镇上，属于最平常的那种家庭。父亲去世得早，全靠他留下的两栋楼房租金养家。还有个哥哥，也在合肥工作，快结婚了。

说实话，家里究竟能拿出多少钱来？哪怕只付首付，若夏也是没底的。

他能做的事情只是一次又一次地告诉胡桃：会买的，一定会买的。

胡桃觉得很郁闷。和房东戴蕾蕾住在同一个屋檐下，感觉空气里充满了硝烟味道，不知道哪一分哪一秒就会掐架。

她实在是太想拥有属于自己的房子了。

今年过年，胡桃跟着若夏回了他老家。

她去见了若夏的亲戚朋友，也见到了那两栋楼房。

胡桃从此就记住了这两栋楼房。她想得很简单：卖掉旧房，新房的钱不就出来了吗。

合租的生活实在太不省心。距离上一次争吵不到三个月，戴蕾蕾又开始挑刺了。

这一次，戴蕾蕾指着浴室的地板，说：不是讲过洗完澡要拖地吗！

胡桃：我拖过了。

戴蕾蕾：拖过了地板还这么湿？！

胡桃：你把拖布放洗手间，拖布沾水本来就是湿的啊。

戴蕾蕾：你给我再拖一遍！一个女孩子，这么不爱干净。

胡桃怒了：不爱干净？我去你大爷的！戴蕾蕾，别以为全世界就你最爱干净。你爱干净你的睡衣上全是小洞也不换？！你爱干净你的饭菜放冰箱里发霉了也不清理？！你爱干净，你的肉骨头在厨房摆到

发臭你也不扔？！我呵呵你一脸！傻 × 娘儿们！

戴蕾蕾也怒了：你出来！你出来！

胡桃还是不开门：就不出！你这么恶毒！怪不得三十好几了找不着对象！结不成婚！生不了小孩儿！

戴蕾蕾浑身发抖：再不出来我报警了！

胡桃不理她。戴蕾蕾就真的报警了。

警察赶到的时候表示很无语。因为戴蕾蕾在报警电话里说胡桃要打她。

结果戴蕾蕾出现在警察眼前时，依旧气势凌人，连头发丝都没有乱上一根。

反而是胡桃，穿着小兔子的睡衣缩在一边，可怜巴巴地看着警察叔叔。

警察好气又好笑：看来你们没有打架啊。

戴蕾蕾：没打架，但是胡桃不爱干净！

警察：怎么个不爱干净了？

戴蕾蕾：你去浴室看看，地板上都是水。

警察用余光一瞥：我看还好啊，也不脏。

戴蕾蕾几乎跳脚：警察同志，你帮我把她赶出去啊！她还骂我老姑婆。

警察：她又没欠你房租，你没权利赶人家出去。

戴蕾蕾开始教训警察：你们警察都是干什么吃的？不是说了为人民服务吗？

警察无奈地摇摇头。

3

警察走后好一会儿，若夏才下班回来。

看胡桃眼圈红红，知道又不开心了，于是问：怎么了？

胡桃说：这里没法儿住了。

若夏：再坚持一阵子吧。明年！明年一定买房。

胡桃：去年说了推今年。今年说了推明年。也不知道啥时候才能真的买房。

若夏：其实很多年轻人都是租房住的呀。实在住得不高兴，等租约到期，咱们去看个一居室的？

胡桃：得了吧你。按我说，要么贷款，要么把你老家房子卖了。我看你老家房子卖了也能有个十万块，再加上公积金，应该就差不多了。

若夏：我不同意。

胡桃：你难道不想跟我结婚吗？你不想和我住在自己的房子里？你不觉得只有自己的房子才有家的感觉？

若夏：家里的老房子是我爸爸盖的。我和我妈我哥在那里住了二十几年，承载着许多回忆。况且房子还有我哥的一半，如果卖掉，一是不舍得，二是对不住我哥。

胡桃：说来说去你就是抠儿！

若夏：不是抠儿。胡桃你看这样好不好？我去找几份兼职做，多赚钱，咱们先忍一忍，赚够首付就买房。

胡桃：要等你赚够首付，可能是猴年马月了吧！

若夏：胡桃你够了，说话老是这么没遮没拦。我现在也很辛苦，你不要给我这么大压力可好？

胡桃气急，一摔门，就往外跑。

若夏的胸腔激烈地起伏着：你走吧，走了就别回来了！

话音刚落，还是不舍得胡桃一个人在夜里走，跺跺脚，穿上鞋，咬牙切齿地去找她。

4

若夏和胡桃终究还是没搬家。

吵完架的两个人很快又和好了。毕竟每天吃在一起，住在一起，再怎么赌气也坚持不了多长时间。

谈了两年恋爱，若夏对胡桃的争吵模式，已经是非常熟悉了。

买房的事暂且搁置，去哪儿度假的事又被提上议程。

随着国庆脚步越来越近，胡桃那颗不安分的心又开始躁动了。

胡桃：若夏，国庆节怎么过啊？

若夏：就那么过呗。

胡桃：可是我想出去玩。

若夏：好啊。想去森林公园还是去万达购物？

胡桃：不要这种，不是这种。

若夏：那你要哪种？要不去黄山？之前你不是一直想去宏村吗？

胡桃不吭声。她的手指在手机屏幕上迅速滑动。

朋友圈里大大小小的土豪们已经开始晒机票，晒护照了。

有的去了马尔代夫，水清沙白微风树影。

有的去了新西兰，空气清新蓝天白云。

有的去了英国伦敦，大本钟，伦敦桥，隔着屏幕都能听到悠远的汽笛声。

最不济的也办理了港澳通行证。哪怕是逛街，也要跟万达之心城国购拉开距离。

胡桃看了半晌，眼睛里写满了羡慕。

最后慢悠悠地抬起头：算了，咱哪儿也别去。人家出国出境，我俩连省都出不了。没劲。

若夏被噎得说不出话。

晚上睡觉前，若夏还是选择低头服软：胡桃，别生气了，是我不好。

胡桃眼睛都不瞟若夏一眼：你哪里不好？

若夏：我没有钱，我不能让你过好生活。

胡桃：是啊。你看我朋友田甜，大学刚毕业，就嫁了个英国华侨。现在跟着人家出国了，现在车房齐全，又不用在外面拼死拼活地上班。最近刚怀孕，双胞胎。人生真是完满。

若夏：哪个田甜？是那个老是叫你跟她一起泡夜店钓凯子的田甜吗？

胡桃：你这是什么话！

若夏：反正我就是不喜欢她，不喜欢看到你俩来往！田甜这种三观不正的人，会把你带坏的。

胡桃轻蔑：是啊，人家三观不正。可人家比三观正派的人成功太多啦。

若夏气短。两人再次陷入冷战。

5

国庆节如期而至，若夏却连陪胡桃逛逛蜀山都做不到。

因为若夏为了挣外快，一口气揽了好几个活儿。每日里在公司加班加点绘图做设计，衬衫来不及换，胡子来不及刮。

虽说和胡桃在冷战，若夏还是关心她的。知道十月三号是胡桃生日，当天早早地收了工，去之心城给若夏买下了那只她之前一直很想要又

舍不得花钱买的包包；又去采蝶轩定做了蛋糕，预备给胡桃一个惊喜。

若夏提着包包和蛋糕站在马路上等公交车，等来等去公交车老不到。他掏出手机，在冷战的这些日子里第一次给胡桃打电话。

胡桃没接，挂掉了。

若夏听着耳边嘟嘟的忙音，心里很不是滋味。

没关系，胡桃平日里是这样的。一遇上两个人吵架，就爱冷战不理人。过了这段时间，胡桃消消气，就会好起来的。等回到住的地方，胡桃看到喜欢的包包，之前的阴霾一定会一扫而光。若夏自我安慰。

可惜事情没有若夏想得那么简单。

当他掏出钥匙打开三天没回的家门，发现房间空荡荡的。

戴蕾蕾趁着国庆回家了，胡桃竟然也不在。

胡桃去哪儿了？怎么都不跟他说一声？若夏满腹疑虑。

看到朋友圈胡桃发的照片，这才如梦初醒，胸口犹如雷霆万钧。

胡桃不在合肥，在上海。

在上海的胡桃晒出了一个 Gucci 的包包，价格是若夏买的十倍。

她半是快活半是炫耀地说：终于收到了生日礼物，太开心。谢谢祁师兄！

是个明眼人都能看出，Gucci 的背景是酒店的洗手台。

胡桃去跟别的男人开房了。

对所发生的一切浑然不知的若夏，在真相大白的一刻只觉得自己是傻 ×。

他想把包包和蛋糕都扔掉，可是太贵，舍不得。

于是一边吃蛋糕，一边哭。香甜的蛋糕吃到嘴里，却是酸苦的味道。

若夏不明白，为什么在大学的时候，胡桃面对祁师兄的追求不屑一顾，一心一意地要跟着自己。这一毕业，一年不到，就什么都变了呢？

6

胡桃从上海回来后，并没有像若夏想的那样提出分手。

若夏冷言冷语：不是和祁师兄在一起了吗？祁师兄高富帅啊，从前念大学就很受女生欢迎吧。

胡桃：什么在一起？怎么在一起？那个祁师兄，也不见得多吃香。虽说是上海人，家里却不算多有钱。要说包包嘛，是买得起。但要说买房，在那个寸金寸土的地方，还是不行的。

若夏挑起一条眉毛：哦？

胡桃：还是田甜识货，找的男人虽说老了一点儿，但身家雄厚啊！人人都说，女人的最好出路还是嫁人。看来这话是没错的。

若夏暴怒：那你还跟着我做什么！你也去找那些财大气粗金链子啤酒肚的老男人吧！

胡桃愣住了，记忆中若夏从来没敢这么粗声粗气地和自己讲过话。

哪怕胡桃嫌弃若夏买不起房，买不起车，要让自己跟着他挤在出租屋里受戴蕾蕾的闷气，胡桃也没说就抛弃掉若夏。

因为胡桃始终记得若夏的情分。

两个人都是学生时，若夏就竭尽所能地满足胡桃所有的愿望。

大冬天的，胡桃想吃草莓。若夏披着件薄外套就出门，走了几里地给她买来。

胡桃肠胃炎，若夏背着她去医院，陪着她打针输液吃药。医药费

不给报销的部分，都是若夏掏钱贴。后来胡桃才知道，若夏条件并不宽裕。为了让自己过得好一点儿，若夏相当拼。打工，代写论文，所有能赚钱的事情都有若夏的一份。还要挤出时间来，陪胡桃风花雪月，谈情说爱。

胡桃明白，若夏对她的感情有多可贵有多难得。

可是自己也说不清楚，为什么才毕业一年，曾以为坚不可摧的爱情就变得岌岌可危。

胡桃努力地维持着与若夏的关系。羡慕别人的奢侈品包包，也不问若夏要。看到别人出国旅游，也只是默默地点个赞。到上海去，不过是跟若夏赌气。祁师兄送了 Gucci，就当是捡了个便宜。

可若夏却受不了了。

一旦沉默的火山开始喷发，后果是很可怕的。

平日里勤勤恳恳不言不语的若夏，跟吃了枪子儿似的，恶毒的话一句接着一句从嘴里蹦出来：嫌贫爱富！始乱终弃！处处留情！

胡桃再度气紧，再度摔门，再度跑了出去。

胡桃以为若夏不过一时不忿。哪次不是这样呢？自己前脚走，若夏后脚就跟上来了。

可是这一回，胡桃从这个路口，走到下个路口；再从下个路口，走到下下个路口，依然不见若夏焦急的身影。

胡桃走啊走啊，一颗心也在深秋的晚风里渐渐地凉掉了。

7

若夏和胡桃分手的消息传遍了朋友圈。

大家都表示意想不到，向来欢欢喜喜的一对冤家就这么散了？真这么散了？

是真散了。两年多的感情，原来也没有那么重要。说不要，就真的可以不要了。

一个辛辛苦苦，兼职赚钱，只为了给对方更好的生活条件。哪怕买不起奢侈品，只能租房。在爱情中，重要的不就是爱和情吗？可是另一半好像并不这么想。

若夏接受不了胡桃的苛责、小气、公主病，更加接受不了胡桃把婚姻和钱相提并论。这在若夏看来是一种侮辱。

而另一个，羡慕着别人轻松富足的生活，承受着父母巨大的压力和穷小子走到一起。别人都在讨论房子的装修，胡桃却只能抱怨房东的无理取闹。别人都出国旅游，胡桃却只能在合肥周边转悠。别人都拎着昂贵的包包，胡桃却只能计算着下个礼拜的花销。

胡桃也苦，但胡桃从来没动过要换男友的心思。可男友没法儿了解自己的内心活动，终究让一段美好的恋情在柴米油盐中黯然收场。

这样也好，你走你的阳关道，我过我的独木桥。但愿你能找到温柔贤惠美娇娘，我能嫁得风风光光多金郎。

曾经有双手，在困窘中紧紧相握。曾经找到那个人，以为此生不用漂泊。曾经为了对方，在心头点燃了一盏长明的灯火。然而终究抵不过现实逼迫，岁月蹉跎。如果当初好好地落座，再谈一谈彼此的想法，是不是就有不一样的结果？可若夏和胡桃都没有这么做。开始时的轰轰烈烈，却铸就分开后的落寞。亲爱的你，已将我所有耐心与宽容磨没。我们都无法回头，于是千言万语，只余沉默。

你走之后，星光都陨落

1

我有一个很懒很懒的女同学叫 Betty。

Betty 懒到什么程度呢？她的早饭中饭晚饭都是炸酱面。

因为炸酱面好做，又不用洗锅。

Betty 在厨房里囤了一堆酱：老干妈牛肉酱、麻辣香菇酱，还有老北京炸酱。

饿了的时候烧水下面，五分钟就能搞定，方便快捷。

Betty 不仅自己爱吃炸酱面，还强迫我跟她一起吃炸酱面。Betty 说，要一起体会做炸酱面的快乐。

隔三岔五的，公司前台就会给我派包裹。包裹里装着 Betty 精心挑选的酱料。

这一天，又有来自 Betty 的小包送到桌上。

打开一看居然不是各式炸酱，是来自英国血统纯正的花生酱。

花生酱，涂面包。两面涂满后放到微波炉叮一下。然后整个房间

都弥漫着甜蜜的味道。

我一边啃面包片，一边给 Betty 发微信：好吃！全五分！棒棒哒！英国货就是不一样！

半分钟不到，就接到 Betty 气急败坏的电话：为什么是英国货？！怎么会是英国货？！

我舔着嘴唇慢条斯理：就那个蓝色商标，土黄包装的嘛。

Betty 的声音十分悲痛：完了！炸了！天塌了！

我很疑惑。

Betty 带上了哭腔：我给你寄错酱了。

那瓶花生酱是她和 Peter 最爱的酱，是分手时珍贵的纪念品。

我就这么稀里糊涂把她的爱情给吃了。

2

Betty 还在英国留学时，比现在还要懒。

她翘了无数的课，请了无数的假，用大把好时光在欧洲四处晃悠。

今天还在西班牙，明天就在葡萄牙。

玩累了宅着睡觉，睡到要考试，于是垂死病中惊坐起，开始给 Peter 发邮件。

Peter 是她的老师，和所有英国人一样刻板又严肃。

但 Betty 不在乎。Betty 在乎的只是邮件好不好看，漂不漂亮。

Peter 收到所有来自 Betty 的邮件都花里胡哨，字体红红绿绿，感觉像在夏天过圣诞一样。

邮件末尾，还附着个哭脸。哭脸画得歪歪扭扭，一看就是画图工

具操作不熟练的成果。

刻板又严肃的英国人 Peter 盯着电脑屏幕笑了。

在 Peter 的期末复习课上，Betty 抱着笔记本跟小蜜蜂似的围着他打转。

Betty 死皮赖脸：老师啊，你的课程很难懂欸。

Peter 说：哦？

Betty：我很后悔以前没有好好听课。

Peter 说：哦。

Betty 说：可是现在我有想要好好学习，不知道还来不来得及。

Peter 说：来得及。只要有心复习，通过考试应该没问题。

Betty 的眼睛一下子就亮了：那么老师，你看看这道题，这道题我背了三十遍都没有背下来，考试会考吗？

Peter 说：不会。

Betty 立马在那道题上画了个大叉：那这道呢？这道呢？还有这道呢？

一节课下来，狡猾的 Betty 已经把考试题目套了个七七八八。

Betty 抱着笔记本一蹦一跳地跑出教室，像只欢乐的松鼠消失在 Peter 视线里。Peter 望着 Betty 的背影，不自觉地牵动了嘴角。

3

考试结束后，要写学期论文。

学期论文是大头。可以说，论文好不好，决定了能不能顺利毕业。

既然是关乎毕业，Betty 平时再懒也得准备起来。约逛街？不去。约旅行？走开。煲美剧？滚。

图书馆成了火烧眉毛的 Betty 唯一的宠爱。

等到论文答辩那一天，Betty 还精心打扮了一下，化个淡妆。

当 Betty 自信又淡定地走到答辩老师 Peter 面前，Peter 就震惊了。

不爱学习的女学生瞬间逆袭成学霸。这期间的反差太大，Peter 有些不适应。

答辩结束后，Peter 冲着 Betty 竖起大拇指。

Betty 回过头粲然一笑。

Betty 是个很能记住别人好的人，可以说知恩必报。

暑假回国，Betty 在淘宝买了一批九块九包邮的窗花，开学后送给 Peter 做手信。

Peter 打开窗花，看得眼睛都直了：神奇！美丽！中国艺术博大精深！

Betty 说：这个艺术家的艺术作品都很贵，有可能把你的题全部卖了都不见得能换一张。

Peter 听完特感动：以后有不懂的学术问题你一定要再来问我！

Betty 说：你没机会了！下学期我没有选你的课！

Peter 很忧伤：那你一定要继续给我发邮件。你不给我发，我就要给你发。

Betty 点头，在心里呵呵了两声。

英国人总是这样假。前一秒留了联系方式，后一秒就把你删掉。下次见面再讲客套：哎呀好久不见，可以留个联系方式吗？

Peter 想必也是这样的吧。

4

告别 Peter 后，Betty 又回到了懒人的生活。在伦敦逛吃逛吃，在

德国逛吃逛吃，在荷兰逛吃逛吃。等到要考试，再来火烧眉毛。

Betty 不知道的是，见完她，Peter 就生了病。

什么病？相思病。

Peter 成天守在电脑前，一遍又一遍地刷新邮箱。

没有，没有，还是没有。

他看着邮箱里千篇一律的邮件，开始烦躁。

犹豫了半天点开写信，手指在键盘上敲打。写了删，删了写，反反复复几十遍。最后写出来的电邮却只有几个字：

Betty，一起吃饭吧。

英国的饭没有什么特别的，牛奶加吐司，煎蛋加吐司，果酱加吐司。Betty 看着盘子里的吐司，皱起了眉头。

Peter 察觉到 Betty 微妙的表情变化，谄媚地掏出一瓶花生酱：试试这个？

土黄色瓶子，天蓝色商标，看起来普普通通。这让 Betty 对花生酱的口味产生了怀疑。

但当她咬下一口沾满花生酱的土司后，眼泪都要上来了：太太太太太好吃了！我 ×！

正准备再跟 Peter 要一点儿，Peter 缩回了拿着瓶子的手：当我女朋友，我就给你吃。不仅今天能吃，明天也能吃，以后都能吃。

Betty 咽了口口水。心头想说：去你的。嘴上却说：好好好！

就这样，Betty 被一瓶花生酱勾引了，成了 Peter 的女朋友。

5

师生恋，不论放在哪个国家，都是需要遮遮掩掩的。

好在一个要念书，一个要教书，平时有空接触的时间本来就不多，地下工作做得相当好。

除开每个礼拜六上午的 coffee time。

礼拜六是难得可以休息的时候。通常情况下，Betty 会和几个朋友一起去中国城改善下伙食。但自从 Betty 恋爱后，中国菜就变得没有花生酱那么有滋味了。

朋友一来敲她房间门，她就说：我不去了！我要去图书馆看书写论文。

然后成功甩掉试图约她一起愉快玩耍的小伙伴们，飞奔在通往咖啡馆的林荫小道上。

Peter 呢？坐在橱窗处伸长脖子往外看，一看到那个欢快的身影，就不由自主地站起来跑到门口，等待着 Betty 扑到怀里，两个人拥抱亲吻。

偶尔，Betty 还会给 Peter 一个惊喜。

比如装作是他的学生，混进教室，坐到最后一排靠边的座位上。

Peter 在讲台讲课，她在台下画画。

画的小人儿，金黄头发，灰蓝眼睛，络腮胡子。越画越像他。

等到 Peter 下课，Betty 就在画纸上印个唇印，送给他。

Peter 说：嗯，还是花花绿绿的好看。比邮件里的黑白小人儿好看多了。

Betty 说：这也是中国艺术家的艺术作品，这个比窗花还贵。窗花的价值约等于一份考题，但这张画，你出十份考试答案也买不起。

Peter 说：太珍贵了。你对我真好。我要请你吃花生酱。

Betty 捧着 Peter 的花生酱，一张脸笑成了花儿。

Betty 想去蹦极，Peter 有恐高症。但为了讨 Betty 欢心，还是去了。

站在悬崖上方，Peter 一双腿直打哆嗦。工作人员给他扣上安全扣，催促他赶紧跳。

Betty 边笑边叫：胆小鬼！

Peter 牙一咬：上帝保佑！然后纵身一跃。

远远地，Betty 听到一句：“I love you！”

那个瞬间，她红了眼眶。

6

Betty 在国内有过一个男朋友。

男生高高大大，帅气阳光，对她特别特别好。

好到哪种程度？好到 Betty 爹妈想叫他立马把女儿娶走。

Betty 要考试，男生帮她看资料写复习要点。Betty 要旅游，男生帮她整理行李背包。Betty 要留学，男生也跟着报班考雅思，最后和 Betty 都申请到了英国的大学。

可惜世界上不是你对我好，我就一定要对你好。在和那个男生谈了好几年不温不火的“恋爱”后，Betty 终于想明白了这个道理。

喜欢就是喜欢，不喜欢就是不喜欢。感情也许是世界上唯一不能培养的奇妙东西。

能培养出来的，是习惯，是依赖，但是不是爱。

和 Peter 在一起后，她体会到了太多此前从未有过的感受。第一次尝试了 sex，第一次懂得了什么是 deadly kiss，第一次想通了什么是爱。

爱是奇妙的化学反应，爱是折磨人的东西。这一秒你跟他说明天见，下一秒又守候在他可能出现的地方。你会情不自禁，你会不顾一切，

你会为了他，去试图变成一个 better man。

在 Peter 的影响下，Betty 开始锻炼身体，钻研学术。以前讨厌的事情，现在却感受到无限趣味。Peter 呢？笑容越来越多，再也不是从前拉着苦瓜脸的刻板男教授。两个人都在与对方的相处中变成了更好的自己。

可是，爱也有欺骗和苦涩。

Peter 和 Betty 有十五岁的年龄差。

当朋友终于发现 Betty 的爽约都是为了和教授拍拖，大家都苦口婆心地劝她。

朋友 A 说：你知不知道，很多人都以为他给了你经济上的支持，说你是个拜金女？

Betty 说：我知道。但我不在乎。

朋友 B 说：你知不知道，你和他的年龄差距太大了。你们的想法和生活习惯上会有很多的矛盾，以后慢慢地就会凸显出来。你们不合适。

Betty 说：我知道。但我不在乎。

朋友 C 说：你知不知道，你能找到更好的男朋友？Peter 条件一点儿也不好。

Betty 说：我知道。但我不在乎。

朋友 D 说：你知不知道？其实你是第三者，Peter 一直都有女朋友，在一起很多年了。你和谁谈恋爱我不管，可是要记得不能伤害到无辜的人。

这一回，Betty 没法儿再说不在乎了。

Betty 讨厌这种感觉。她啊，在经历过美好和甜蜜后，也第一次体会到了什么叫心痛。

心痛，就是心脏真的会痛。

那一小团突突跳动的东西，在胸腔里无限膨胀。每一条血管每一块肌肉都在抽动，都在发抖。

7

跟 Peter 蹦完极回学校，Betty 就不再和他联系了。电话不接，邮件不回。

善良的 Betty 不想伤害到别人，所以只好伤害自己。

但学校始终是一个小地方，兜兜转转几圈下来，总会有相遇的时候。

在食堂偶然撞见 Betty，Peter 一下子就红了眼：为什么不理我了？

Betty 说：你有女朋友，并且你没告诉我。

Peter 说：我要怎么告诉你？我告诉你我就失去你了。

Betty 说：你不告诉我，现在也失去我了。你不要再找我。

Peter 突然变得很委屈：我都不知道你下一秒在哪里，我怎么给你承诺？如果你能留在英国，我一定会选你，而不是她！

Betty 没答话。

Betty 想，也许 Peter 不像朋友们说的那么渣。

Peter 父母双亡，也没有什么亲戚。孤单得太久，是需要一个人能够长久地陪伴着他。就算碰到爱的人，都不会失去想要保护自己的本能。这样的状况换了谁都会做相似的选择吧？

Betty 又想，留在英国大概也是个不错的选择？虽然英国找不到地道的中国菜，但只要有花生酱，每天吃吐司也是可以接受的。

这个想法在 Betty 的脑子里掀起了一场小型暴风雨。

然后 Betty 就忍不住跑去找 Peter 了。

Peter 听 Betty 一五一十讲完她的想法，摸摸她的头。

然后，他带着她去了一个地方。

是学校的天文馆。透过望远镜，可以看到漫天璀璨的星星。

Peter 说：Betty，你知道吗。不管你在哪里，我们都是有联系的，因为我们的头顶是同一片星空。

Betty 点头：我知道。

Peter 说：所以，你不要说因为我而留下。我不希望你留在英国是为了某一个人，包括我。我希望你是为了自己才做出这种选择。

Betty 不说话。

Peter 说：你现在二十四岁，我现在三十九岁。我比你成熟，我比你想得多。很多时候，我们都想着爱无私，爱伟大。可是，要成熟地去爱，首先要对自己负责啊。

Betty 还是不说话。

Peter 叹口气：相信我，世界上星星那么多，我也许是灿烂的一颗，但不是唯一的一颗。

8

Betty 最终还是没有选择留下。

她相信 Peter，所以她听 Peter 的话。

未来太漫长。她不知道如果 Peter 有一天突然不见了，自己会不会后悔做出留在英国的决定。

完全考虑自己，做成熟的决定的话，那么现在去继续申请读研，

甚至是在这个学校读研，根本就不明智啊。

日子一天天地过去，毕业一天天临近。

两个人继续相处着，快乐的时候很快乐，悲伤的时候很悲伤。

有一天，Betty 收到了一份心仪公司催促她回国工作的 deadline。

她告诉 Peter 她的决定，然后订了回国的机票。

回国后的 Betty，每天没日没夜地工作。

忙起来多好啊，一天下来只想在床上安安静静躺一会儿。

再也没有时间胡思乱想，再也没有时间自我怀疑。

像个陀螺一样，不停旋转。Betty 让自己忙到了爱偷懒的地步。

懒得做饭，懒得逛街，懒得去旅行。

懒到去超市买下所有品种的牛肉酱、香菇酱、杂果酱，做炸酱面，烤吐司，拌沙拉。把囤在厨房的酱一罐一罐吃下来，也许会发现比 Peter 的花生酱更好吃的酱。到那一天，或许就不会太过想念。

但 Betty 始终没有找到。

所以她依旧日日思念。

思念再苦，她也舍不得拿出那瓶珍藏的花生酱。

花生酱是 Betty 的爱情纪念品。

可是后来 Betty 不慎寄错酱，唯一的纪念品被我这个不解风情的混蛋给吃掉了。

故事听到这里，我充满歉疚：要不，我上海淘给你买去？

Betty 的语气忽然释怀：算了算了。既然花生酱被你吃了，所有的酱现在于我而言都没了可比性，那我也没必要再继续和炸酱面较劲了。明天开始！我就下厨房。

接着 Betty 给我讲了故事的尾声。

9

在候机大厅，Betty 最后一次亲吻了眼前这个深爱的人。

想到一起蹦极的那天，Peter 在高空失重中颤抖着喊出了“I love you”，但是自己好像还没说过。

于是看着 Peter 的眼睛，郑重地说：I love you。

然后在心里，接上了另一句：Farewell。

飞机降落在成都，Betty 接到一个越洋电话。

Peter 问：你到了吗？你在哪儿？

既然 Peter 曾经骗过自己，那么自己也要撒个谎。

Betty 看了一眼头顶密布的云层，说：我在有星星的地方。

也许跟一个年纪大的人谈恋爱始终不妥。对方活到一定岁数，十年不过弹指一挥。可对于年轻人而言，三年五载却意味着一生。如果我爱你，那么我就不会和你永远在一起。我有我的桥，你有你的路。你应当自己对自己负责。

而我的青春是刻骨铭心的崎岖，我的青春是诚恳的一错再错。青春的我最终做出了对自己负责的选择，我回到成都，你留在英国。那段故事里你我脸色都胜过江花胜似火，如今煮开的锅盛着断章纷纷静止在我案头。一起走过炎夏一起走过秋天只剩冬春在窗外凉薄，最想说的话永远留在心头欲说还休。

你不知道，自你走后，就连星光都陨落。

当女流氓变成小清新

1

老韩跟辛星分手，是在某个冬天的晚上。

那天风刮得呜呜响，辛星却不留情面地把老韩从温暖的被窝儿里拖了出来。

老韩表示非常不开心，因为老韩爱漂亮，哪怕现下是十二月冻死猪狗的天气，也只肯穿一条裤。

老韩："我好后悔跟你出门啊，我好冷，我感觉腿都快被吹断了。"

辛星："看你每天下班回来就在屋里死宅，都胖成啥样了。呼吸一下新鲜空气顺便锻炼身体不好吗？"

又是一阵风刮过，老韩打了一个尿战。

当两人散步散到距离小区门口一百米远的便利店时，老韩就死活都不愿意继续走路了。

老韩："走走走，进去买串关东煮，蘸满辣椒面。"

辛星："尽吃垃圾食品，对身体不好。"

老韩瞪起眼，盯着辛星看。

辛星丝毫不让步："我说不行就是不行。真饿了回头去粥店喝碗粥。"

老韩抱着便利店门口的柱子，一只脚踏上台阶，边嗅着关东煮的香气，边说："不让我吃关东煮？那我们就分手吧！"

说完迅速钻进店里拿了一串关东煮不忘蘸满辣椒面，然后脚底抹油一溜烟跑了。

辛星愣愣地站在原地，一时没反应过来，直到便利店员气急败坏追出来："哎，短头发那女的，你的关东煮没付钱啊！"

辛星从口袋里掏出几个硬币交给店员，想迅速追上老韩的脚步。没想到老韩跑得如此之快，完全不像刚才那个走几步就抱怨说走不动路的林妹妹。辛星转过头去已经看不到老韩矫健的背影了。

2

辛星再去找老韩时，老韩坚决不给他开门。

辛星结结巴巴："你……你怎么了？"

老韩："不是分手了吗？"

辛星还想接着问，老韩的大嗓门儿又响了起来，整个楼道都回荡着她中气十足的女高音："别问为什么！没有为什么！"

辛星想说的话被老韩结结实实堵了回去。过了好大一会儿，他才红着眼睛走开了。

辛星和老韩分手的消息迅速传遍了整个朋友圈。分手后的老韩照旧唱 K 搓麻玩桌游，丝毫不见伤心。

我去找老韩时，老韩正对着电脑鏖战。一对二！飞机！顺子！大

你！王炸！地主胜。

我知道这是老韩独特的失恋疗伤技能。不就是一个男朋友吗？有啥大不了。于老韩而言，失恋不过十圈血战到底！失恋不过半部穿越小说！失恋不过三场喜剧电影！

但我感觉这次和以前又有些微妙的区别，区别在哪儿？我说不上来。我在沙发上坐了半晌，老韩也没理我。这斯绝对不正常。

3

其实老韩是个情场浪子，因为她曾经被人深深地伤害过。

那个时候花儿乐队还唱着《嘻唰唰》，王心凌还没有转型失败，蔡依林和萧亚轩还斗得风生水起。

那个时候，老韩还清纯，暗恋别人又不敢出声。所有能做的事情不过是给对方买买早餐，抄抄作业，送送偶像 CD 罢了。

清纯的老韩执拗地安静地喜欢着自己心中的那个男神，直到有一天不小心偷听到男神和男神哥们儿的对话。

男神："拿去听，上次你说想买的新专辑。"

酱油男："这么快就到手了？又是老韩送的？"

男神："嗯。"

酱油男："你真行啊。"

男神："谁叫她傻，也不拿镜子看看自己长什么样儿。"

老韩那个小小的暗恋体系全面崩坏。受到刺激的老韩拼命打篮球减肥，存钱做头发，还不忘潜心钻研课本，终于慢慢地完成了从丑小鸭到白天鹅的艰辛蜕变。

蜕变后既漂亮又聪明的老韩视情爱如粪土，整个人都放荡不羁起来。

老韩的男朋友真是和流水线一样滔滔不绝地送到她跟前。

不论是酸溜溜的文青，还是阳光运动男，抑或是靠脸吃饭的花美男，老韩笑着一一收纳，然后在三个月内折旧甩卖。作为常年老光棍的我自然是羡慕至极。

只有这个辛星，算是老韩生命中的奇迹。

4

辛星平时傻乎乎的，送给老韩第一件礼物是一根数据线。

因为老韩用的手机是老人机诺基亚 5230，数据线丢了，就没法儿传照片。

没法儿传照片，对女生来讲是个莫大的打击。辛星及其数据线的及时出现，很是讨老韩欢心。

老韩笑着拍了拍辛星肩膀，露出一排整齐光洁的牙齿。辛星的脸就没出息地红了。

辛星送给老韩的第二件礼物是一床被子。

因为老韩在不经意间抱怨空调坏掉，房间太冷，铺盖太薄。

那会儿辛星还在外地出差，听老韩这么随口一说，就暗暗地记下了。然后一米八三的大男人独自去逛床品店，在各种销售大妈的窃窃私语中选购了最昂贵的那款羊绒被。接下来迅速跟领导打电话请假，当晚就上了回来的火车。

如果给辛星打分，他的基数一定低得出奇。

送的礼物千奇百怪，喜欢跟女生讲道理，还不爱打扮。光这几条

随便拎一条出来都会被直接判为负分。

可不知不觉地，辛星在我们心目中的地位渐渐地发生了奇妙的化学反应。

我们几个女生拉着老韩去逛街，辛星默默地提着所有女生的包跟在后面吭哧吭哧地走，没有抱怨。老韩坐火车大姨妈突袭，又因为是高铁没有小推车贩卖卫生巾，辛星就很自然地去问陌生的乘务员小姐借。我们拖老韩去搓麻将，辛星就坐在旁边玩手游，从来不絮絮叨叨。老韩诈和，底裤都快输没了，辛星自觉地把钱包掏出来上缴老韩打牌基金……辛星为老韩做的种种细微的小事加起来，完完全全征服了我们这帮狐朋狗友。他成了集体的男神。

但老韩还是和他分手了。

5

老韩怒斗三小时地主，赚入千万欢乐豆后颓然下线。

我问她 :“咋了？”

老韩 :“有点儿伤心。”

我 :“你甩了辛星，你还伤心？”

老韩 :“为啥我就不能伤心。这可是失恋啊！”

我 :“你失恋次数还少了吗，早就习惯了才对吧？不过话说回来，辛星那么好一个男生，我都要伤心了。”

老韩跟浇了水的鞭炮似的，半个字也没从嘴里炸出来。

我 :“你倒是说说看，你干吗非要飞了他。姐儿几个老光棍儿可是天天盼着有个辛星这样的男朋友呢。”

老韩："他太健康了。他对我太好了。他总是想让我也健康起来，但我健康不起来。"

我："你哪儿不健康了，没瞎没聋，嗓门儿又大。我只盼着哪天你被人毒哑。"

老韩："我感觉我是个女混子，过去那些年拈花惹草也不少。我的生活方式一塌糊涂，我也早习惯了。突然有个人跟我说，不行你要锻炼身体；不行你要戒烟戒酒；不行你不能吃垃圾食品，尤其是不能在冬天的晚上吃沾满辣椒面的关东煮。我受不了。"

我："老韩你好贱。"

老韩又噤声了。

6

其实我知道老韩有心结。从学霸变成漂亮学霸的老韩仍然是那个自卑的小女孩儿。

老韩在华丽逆袭后变本加厉地把男神曾经给过的侮辱送还给那些前赴后继的男朋友们。但是，老韩并不能从这种行为中得到快乐。

直到老韩遇上辛星。

辛星对老韩真好。好到无微不至。好到骨子里。

一向做惯了女王的老韩突然要做小姑娘，老韩不适应了。

于是慌乱的老韩随便找个烂透了的理由赶紧把辛星送走，她不知道自己到底应该是怎样的自己。

老韩和辛星分手后，辛星没有再主动找过她。

辛星想，老韩一定是因为自己唠唠叨叨受不了才离开的。

老韩在麻将和桌游中度过了一天，一个礼拜，一个月。

老韩觉得这次失恋比以前的各种花式失恋都来得平静。但平静下面却有种钝痛，像是伤口里的布捻，时不时地有些异样感。

我和辛星偶尔还会联系。辛星总爱跟我偷偷打探老韩的近况。

辛星：“小佳，最近工作怎么样？老韩还好吗？”

我：“……”

辛星：“小佳，最近有没有交男朋友？老韩呢？”

我：“……”

辛星：“小佳，你最近……”

我打断了他：“老韩最近还是在打麻将斗地主。行了你别假惺惺关心我了，我都明白你关心的究竟是谁。”

辛星：“小佳，不是啊。最近有个女孩儿跟我表白了，还约我去看电影。我不知道看什么电影，你有没有推荐的？”

我跳了起来：“辛！星！你！真！有！胆！”

7

我给老韩打电话，老韩懒洋洋接起来，电话那头还是斗地主悠扬的音乐。

“叫地主！”

“抢地主！”

“我抢！”

“三分！”

……

老韩：“有话快说有屁就放，别妨碍老娘打牌。”

我：“别打牌了，打什么牌！辛星有情况！”

老韩：“啥？！啥情况？！”

我：“辛星要和别的女孩儿约会了！”

老韩：“我去！辛星是不是脑子坏了欠扁了！”

我：“辛星还问我要约对方看啥片子比较好。”

老韩：“那你怎么说？！”

我：“当然是经典情色片《花与蛇》啊！”

老韩：“……算你狠。等老娘看到你非得撕了你那张不安分的嘴不可！”

我：“哦。”

老韩：“你赶紧麻利告诉我，辛星他人在哪儿？是电影院吗？”

我：“我哪知道。”

老韩彻底炸毛。

8

老韩抛下欢乐斗地主，飞速穿上鞋往电影院跑。她也说不清这到底是怎么一回事，为什么明明分手了还牵挂着辛星的一举一动，为了他和一个从来没见过的女人吃飞醋。

她只知道自己马上就得看到他，看到那个温温柔柔的好少年，然后把辛星按到墙上恶狠狠地强吻他。

如果辛星胆敢牵那个女人的手，老韩就要当着辛星的面哭成泪人儿，叫他尴尬，叫妹子当场气走，叫辛星把自己抱在怀里像给家里养的小猫顺毛那样给咱老韩顺毛。

老韩跑到电影院，上气不接下气。她四处打量，试图找到辛星高高瘦瘦的身影。

辛星就站在卖爆米花的柜台旁边。老韩一眼就精确无比地在熙熙攘攘的人群中找准了辛星的坐标。

老韩冲过去：“辛星你是不是疯了！”

老韩：“辛星你怎么能背着我找别的小姑娘呢！”

老韩：“我不依我不依我不依！”

然后辛星看着这个穿着睡衣拖鞋披散着乱七八糟短发莫名其妙出现在自己面前不像老韩的老韩，笑了。

辛星：“你激动个啥，给你介绍一下。这是我表妹，还有路小佳……欸，路小佳跑哪儿去了？”

我躲在洗手间门背后，生怕被老韩凶狠的目光千刀万剐。

是的，我骗了老韩，害得一向精致美丽风情万种的老韩造型凌乱地出现在公众场合并且在斗地主活动中输了巨额欢乐豆。我怕她真的会冲过来撕了我的嘴。

我紧张不安地在离他们几十米远的地方静观其变。突然老韩哇的一声就扑到辛星胸口哭了出来。

9

好些狐朋狗友都曾以为老韩按那个性格大概会一生不羁放纵爱自由，没想到她是最早订婚的一个。

老韩跟辛星订婚的时候也是在冬天。她一改平日里咋咋呼呼的风格，穿着棉毛裤，依偎着辛星甜蜜微笑。我亲眼看见辛星把戒指掏出来，

辛星握着老韩的手，辛星把那个小小的银色圈圈套到老韩指上。那一瞬间我激动得快要昏倒。

你看，每个嘲笑小清新的女流氓都有一段折翼的过去，每个号称不靠谱儿的青年都有一层正经的内里。当你受到伤害，你总会想把自己的心肝脾肺全部掏出来泡泡酒，然后晾成一副自己什么都不在乎的样子，拐个弯铁石心肠，走以后的路。可下一段路，你又会碰到另一个人，他会好好爱你，他会让你充满优越感，让你有恃无恐，让你不管明天。让你在一不小心弄丢他后又忍不住骑着白马，踏过千军万马去找他。

他给你温暖，给你晴朗，带来惠风和畅。

他给你安宁，让你健康，让你理直气壮。

他替你卸下伪装，他为你敞开心房，他给你缝好心脏，他要陪你到白发苍苍；他让你看到，美好的未来正在匆匆赶来的路上。

只爱未得到，只爱已失去

1

大炮是个情圣。

从男生女生见面掐架的小学开始，大炮就无师自通地开始了把妹这项人生大事。

大炮把妹的手段十分低级，无外乎围追堵截加送礼物。

那时候，大炮零花钱不多。每逢节假日，跑到商店偷贺卡。勤俭持家，吃肥肠粉只要粉不加冒节子，给一块找五毛。终于存够钱去买了个水钻发卡，躲在姑娘楼下，绽放笑容，以求彭秋栗欢心。

没想到彭秋栗看都不看大炮一眼，从他身旁飘过，直奔学校。

彭秋栗的反应实在是太正常了。根正苗红的少先队员，是不能和拿着水钻的小混混儿在一起的。

可是大炮想不通，大炮很郁闷。

一郁闷就不想上课，一不想上课就迟到，一迟到就被罚站。

站在教室门口的大炮，仰着头，给彭秋栗的班级行注目礼。被班

主任发现，一尺子敲到头上，咚大个包。

快毕业的时候，大炮问遍狐朋狗友，凑了几百块，独自一人爬上开往省城的大巴。

去省城干什么呢？去买石头记的水晶手链。那个年代“石头记”还很火，很流行，很贵。

大炮买到手链，连夜坐大巴又回来，继续在彭秋栗家楼下蹲守，被蚊子咬了满脸包。

彭秋栗终于被大炮感动。她动情地说：大炮，我们交往吧。

满脸长包的大炮却突然没了兴致：手链你拿去，但你不要再联系我了。

然后扔下在原地发呆的彭秋栗，转身离去，深藏功与名。

多年以后，大炮在春熙路遇见那个罚他站的班主任。

班主任关心学生：大炮啊，现在在哪儿发展？

大炮嬉皮笑脸：刚从监狱发展出来没多长时间，准备先稳一稳。

班主任冒汗：和你关系好的那几个呢？路小佳他们在做什么？

大炮回：关在牢里还没出来呢。

班主任黑着一张脸，连再见都没说，就匆匆走掉了。

我生气：大炮你别这样，你跟老师开这种玩笑，我的脸都被丢光了。

大炮说：别逗了，什么老师，还灵魂工程师呢？那时候，彭秋栗折磨我的心灵，班主任折磨我的肉体。她们都不是什么好女人！

2

虽然彭秋栗伤害了大炮的心灵，班主任伤害了大炮的肉体，但是

大炮还是没有对把妹丧失热情。

升入中学的大炮，颜值和感情生活都迎来了高峰期。很快地，他就有了新目标。

新目标叫郝幸，是年级上最漂亮的妹子。

针对新目标，大炮依然选择采取低级又实用的手段：围追堵截。

下晚自习，大炮把郝幸堵在操场上：郝幸，处对象吧。

郝幸望着大炮那双真诚的眼睛，说：好。

然后大炮把郝幸按在墙上亲嘴，亲完一溜烟就跑了。

第二天，郝幸把大炮拦在校门口：你是不是就是我男朋友了？

大炮说：我不知道我是不是你男朋友，但我知道你不是我女朋友。

说完后，大炮抱着篮球就去球场打比赛了。

郝幸咬着嘴唇哭，一路哭，一路走到校长办公室。

郝幸说：大炮侮辱了我，又不愿意负责。

校长震怒：还有这种事？

把大炮从球场拎过来，一话不说先扇两巴掌，然后劈头盖脸一顿骂。

郝幸看着大炮挨批斗，心里反倒特难受：校长，我骗你了。是我喜欢大炮，但是大炮不喜欢我。我想报复他，就来告状了。其实他没对我做什么。

校长气：侮辱这两个字是可以随便乱用的吗？！这种事情你最好不要再有下次！学校里可不能出什么丑闻！

郝幸哭了：对不起校长，对不起大炮。是我不好，我不该撒谎。

大炮的心，在一瞬间变得很柔软。

然后郝幸就成了大炮的女朋友。

3

在成都生活多年，小伙伴们从没见到过特殊天象。

流星雨。日全食。金星凌日。超级月亮。

它们都穿不破成都上空终年淤积的，暧昧的云层。

但当大炮看电视知道晚上有水瓶座流星雨，还是拖着郝幸傻不拉叽去学校天台蹲守了。

郝幸骗家里人说晚上去闺密那里写作业，不回来睡。抱着一床借来的被子抖抖索索爬上天台，鼻涕很快就掉下来：我去，这么冷！

大炮：我觉得挺暖和。

郝幸：你带了五床被子你当然暖和。话说，你哪里来的这么多被子？

大炮：我叫宿舍的都去网吧包夜了。

郝幸：你倒好，我可怎么办？

大炮：看在你是我女朋友的分上，我把被子给你盖。

盖了六床被子的郝幸很快就在男生特有的汗味和暖意中睡死过去，直到凌晨被一个梦惊醒。

梦里的大炮，因为没盖被子，给冻死了。

郝幸跳起来跑到大炮面前，捅捅他的胳膊。没反应。定睛一看，这厮头发上全是白花花的霜。

郝幸颤抖着伸出手，放到他鼻子下面。还好，还有呼吸，没死。

郝幸赶紧推醒他，他迷迷糊糊睁开眼睛：干什么？我还没睡够。

郝幸瞪起了眼睛：什么干什么，我以为你挂了！赶紧起来吧，我们去吃早饭。

坐在食堂里喝着粥，郝幸问：昨晚流星雨你看到了没？

大炮激动：看到了看到了！我数了几百上千颗！美丽！幸福！

郝幸问：你都许了什么愿？

大炮说：好几十个愿望，我自己都不知道许什么了。

郝幸嘟着嘴装不高兴，大炮捏捏她的脸：我只记得，第一个愿望是和你永远在一起，最后一个愿望是带你去吃油烫鹅。我们先把最后一个愿望实现了吧。

大炮牵起她的手，众人羡慕的眼光中扬长而去。

4

其实，大炮根本就没有看到流星。

所以，虽然大炮实现了最后一个愿望，但第一个愿望总归是挫败了。

早恋莫要太高调，秀幸福就死得早。这是个亘古不变的真理，但叛逆的大炮偏偏不听。

每天晚上下了晚自习，大炮陪郝幸回家。然后躲在路灯后面，看着她房间的灯亮起来。

郝幸会弹钢琴。从前，她弹的都是《献给爱丽丝》。现在，她只弹《爱的罗曼史》。

大炮分不清什么是爱丽丝什么是罗曼史，大炮只知道郝幸弹的曲子都是给自己听的。不论从楼上房间流出的音符是怎么样的，大炮都喜欢。

站在路灯下听钢琴曲的大炮，从里到外都暖洋洋的，像是在大冬天洗过热水澡，然后又盖了一床刚刚晒过太阳的被子。那种温暖叫人心碎。

大炮想，也许这就是爱吧。

可大炮和郝幸的事，最后还是被郝幸她爹郝大壮发现了。

起因是情人节那天，大炮想来点小甜蜜。于是买上两支烟花，想放给站在阳台上的郝幸看。

结果烟花质量太差，用打火机烧了老半天都没反应。

大炮着急，换了只打火机，继续烧。

接着烟花反向发射了。

反向发射的烟花威力特大，瞬间就扑到大炮身上，燃起了火。

大炮连忙用手拍打，试图弄熄明火。

目睹了一切的郝幸着急得不得了，立马冲下楼去看看大炮有没有烧到。

大炮没烧到脸，也没烧到鸡，整个人完好无损。可是大炮的新裤子被烧了三个大洞。

大炮觉得很没面子。

更没面子的是郝大壮。

看着女儿为了一个小混混儿不顾一切地跑下楼，郝大壮非常生气。

郝大壮是学校里的体育老师，对郝幸要求一向都十分严格。

小小年纪开始，郝幸就得在钢琴学校和补习班之间来回奔波。

自从念了中学，郝大壮变本加厉，每天催着郝幸学这个学那个。要是发现郝幸早恋，那还得了？

郝幸曾经跟大炮探讨过这件事：你说，我爸如果知道了，会怎么样？

大炮说：你爸肯定把我吊起来打。

郝幸说：不行，我舍不得。

大炮说：那有什么办法。你爸身体好，我打不过。他要是打我，我就只好打你了。

郝幸说：你敢？！

大炮说：你放心吧，你爸打我我肯定一动不动让他打。

郝幸说：你傻啊。你不知道跑啊。

大炮说：因为我爱你啊。

事实上，郝大壮发现了他俩奸情后，没有打大炮。郝大壮狠心把郝幸揍了一顿，然后警告她不要再和大炮来往。

郝幸躲在被窝儿里偷偷地给大炮打电话，一边说，一边哭：我爸手好重，我额头青了一大片。

大炮一颗心疼得揪了起来：怎么办？我现在好想你。可是又不能去见你。

郝幸说：我也好想你。

大炮说：我知道。我能感受得到。

实在忍受不了思念的煎熬，大炮半夜三更又跑到了郝幸家楼下。

大炮和郝幸对视了几分钟。头脑一发热，大炮就说：郝幸，我们私奔吧。

5

没有人知道这对亡命鸳鸯去了什么地方，除了我。

因为大炮给我打电话了：路小佳，送点钱来。

我很好奇：你们在哪儿呢？你可知道郝大壮这两天简直跟疯了一样。

大炮说：在小旅社呢，吃饭钱都快没了。

我：这么惨！我马上过来。

大炮说：记得买点油烫鹅。

我：啥？！油烫鹅？！

大炮说：郝幸想吃油烫鹅。

我：都没钱吃饭了，还吃油烫鹅。真奢侈。

大炮说：滚你的，你赶紧过来吧。

我捏着钱，拎着油烫鹅，骑着车，去了。

我不知道，郝大壮就跟在我后面，神不知鬼不觉。

站在小旅社房间门前，郝大壮一脚踹开。

他看着这对紧紧拥抱的恋人，没有说话，只是叹了一口气。

郝幸所有的勇气和决心被郝大壮这口气给瞬间瓦解，溃不成军。

从小失去母亲庇佑，和父亲相依为命，郝幸不想让父亲太过伤心。

郝幸说：大炮，不如我们暂时转入地下？

大炮表示理解。

然后大炮报了名，参军入部队。

我知道大炮是怎么想的。学习成绩不好，就考不上好学校。考不上好学校，就配不上郝幸。

但如果去当兵，拿个头衔，再回来的话一定会变成抢手货。成了抢手货的大炮就不会再被郝大壮鄙视了，郝大壮会把他当成自己的好女婿。

如果郝大壮再不同意，那么大炮就可以跟他约架。男人之间的事情，用打架来解决最为简单直接。现在的大炮打不过当体育老师的郝大壮，但当兵回来的大炮就未必。说不定，用武力让郝大壮妥协，也是个好办法呢？

大炮觉得这是个特别完美的计划。

可惜郝幸不觉得。

大炮去参军头一年，还时常给郝幸打电话，郝幸也曾偷偷地坐火车去看他。

慢慢地，两个人打电话的次数越来越少了，能说的话也越来越少了。

大炮问我：怎么办，我感觉我跟郝幸之间的距离正在拉长。

我说：废话。你当兵都跨省了，能不长吗。

大炮说：不是这个长，是那个长。

我：那个长是哪个长？

大炮急了：就是心里的距离！

我：你什么时候学得跟文青一样，酸溜溜的，能不能好好讲话。

大炮无奈：那我直白一点儿吧。在部队里过久了，每天拿着郝幸的照片亲来亲去，挺不是滋味的。以前打电话跟她总有话说，现在打电话，两边都在敷衍。我是不是已经不喜欢郝幸了？

我：要不你把郝幸甩掉吧。

大炮：我是这么想的。但是我总感觉我跟她这么多年感情了，不能说散就散。就算要散，也得庄重点吧，不然对不起她也对不起我。

我：得了，你别想那么多，好好改造。改造出来见个面再说，还喜欢就继续谈，不喜欢就各找各妈。现在你操啥心，有用吗？

大炮醍醐灌顶：多谢知心姐姐，等我出来，我就找她说分手。

我：呸，我比你小，你应该叫我小妹儿。

6

大炮在部队里度过了漫长的两年。

退伍后，大炮迫不及待约郝幸出来见面。

郝幸打扮得愈发漂亮，胳膊里还挽着个高富帅。

郝幸说：大炮，我给你介绍一下。这是我男朋友。

大炮说：奸夫。

郝幸说：大炮你怎么说话呢？

大炮说：荡妇。

郝幸脸都涨红了。高富帅见自家媳妇儿受到了侮辱，立马从座位站起来，准备教训大炮。

没想到当过兵的大炮身体健硕了不少。拎着对方的衣领手一挥，就把他从西餐厅给扔了出去。

然后大炮说：服务员，来只油烫鹅。

服务员愣了：先生，我们这里是西餐厅，不卖油烫鹅。

大炮从兜里掏出一沓粉红色的毛爷爷：我有钱，还买不到油烫鹅？

服务员眼睛都绿了。一把拿过大炮的钱，飞奔出门买鹅了。

有钱能使鬼推磨，这话说得真不错。在利益驱动下，油烫鹅五分钟内就摆上了大炮的餐桌。

大炮把油烫鹅往郝幸面前一推：给我吃了。

郝幸又惊又怒：你干什么呢？

大炮拍桌子：你不是爱吃吗？让你今天吃个够。

郝幸终于爆发了：大炮我跟你说！我们早就玩儿完了！你凭什么这样命令我？！你凭什么推我男朋友？！你脑子是不是坏掉了？！

郝幸砸掉一个盘子，拂袖而去。

剩下大炮在西餐厅餐桌旁，呆滞地望着郝幸和高富帅远去的身影。

等他俩的身影消失在视线里，大炮就疯了。

他开始拼命往嘴里塞油烫鹅，谁也拦不住。

一边塞，大炮一边喃喃自语：果然啊，女人都不是好东西。

7

原本想甩掉郝幸的大炮，竟然被郝幸甩掉了。

一怒之下，大炮开始相亲，发誓要找个比郝幸漂亮比郝幸身材棒不论在情商还是智商方面都能碾压郝幸的妹子做女朋友。

相来相去，还真的相中一个。

那个妹子我们都很熟悉，就是大炮曾经追过的彭秋栗。

多年不见，彭秋栗还是那么可爱，还是那么根正苗红。

她的手腕上戴着的，居然是那时候大炮送的“石头记”。因为时间过去太久，银链氧化，颜色已经有些黯淡了。

大炮感动不已：栗子，我没想到你还留着它。要不把它扔了吧，我去给你买新的。

彭秋栗摇摇头：不用啦。这条链子戴了这么久，也算有感情。如果换条新的，我反而会不习惯的。

大炮和彭秋栗在一起后，简直过上了太上皇的生活。

彭秋栗对大炮好到极点，好到没有底线。

内裤，彭秋栗洗的。袜子，彭秋栗搓的。球鞋，彭秋栗刷的。

早饭，彭秋栗买的。午饭，彭秋栗煮的。晚饭，彭秋栗烧的。

哪怕是叫外卖，门铃或者电话一响，彭秋栗就穿着拖鞋下楼拿外卖，舍不得让大炮跑。

我很好奇她是如何忍受大炮各种恶习的。

彭秋栗却一脸云淡风轻：大炮挺好的，我喜欢他。

我：他哪里好？

彭秋栗：他哪里不好？

我：他跟老师胡说八道，他造谣我说我去蹲牢子了。

彭秋栗莞尔一笑：他平时就这样，爱和人逗乐子。

我：他有时候脾气不好，容易暴躁。

彭秋栗依然微笑：我脾气很好，我和他刚好互补。

我：他爱喝酒！一喝酒就和懵子似的，不喝醉不罢休。

栗子渐渐地收起了嘴角的微笑：是啊，大炮就这点不好。

好脾气的栗子偶尔也会和大炮冷战。

大炮最讨厌冷战。以前和郝幸在一起时几乎没吵过架，后来分手吵架也是当面大家说清楚。在他有限的把妹经验里，就没见过女生不管男生劝什么保证什么许诺什么，一律不回复不说话，只是生闷气的。

大炮生性活跃，最怕冷战。于是主动找彭秋栗：栗子，你怎么了？

彭秋栗不吭声。

大炮着急：你说呀，你有什么问题，对我有什么不满，都可以说的。

彭秋栗说：你自己知道。

大炮抓耳挠腮：你不说我怎么知道？

彭秋栗说：你的事情当然只有你知道。

大炮那个愁啊，愁得脑子都快爆炸了。

8

大炮一直不知道为什么彭秋栗会不爽。

但凡自己出去喝酒，喝完了要回家，前一秒钟彭秋栗还高高兴兴开着车来接自己，后一秒钟就阴沉着脸，闷闷地不愿意开口说话。

次数一多,大炮也烦,栗子也不高兴。两个人的关系很快陷入了僵局。

大炮很苦恼：你说我该怎么办！

我：戒酒？

大炮不高兴：不喝酒不是真男儿。

我：别把酒和性别扯上关系。

大炮：那栗子干吗把酒和生闷气扯上关系？

我：我怎么知道。

大炮：真闹心。人都说事不过三，她这都多少次了？再跟我甩脸色我肯定得甩了这女人。

我：你倒是甩了看看呀？

这个念头在大炮心里盘旋了好几天，但他终究没能甩掉彭秋栗。

因为彭秋栗提前一步甩了他。

又一次，大炮在宿醉的头痛中醒来，发现那条“石头记”的手链居然被彭秋栗取下来放在了床头柜上。

他叫：栗子？

客厅里没有回音。厨房也没有。洗手间也没有。

他觉得有点儿不对劲，打栗子电话，结果对方关机。

他一直打，一直打，一直打。彭秋栗一直关机。

最后只好打给我：路小佳，栗子不见了。

我：郝幸不要你了，栗子也不要你了？

大炮：好像是。

我:看吧,中学时代勾搭了太多小姑娘,造下的孽现在总归是要还的。

大炮不服：没了彭秋栗算啥，我还能找不着妹子？

我：去去去，今晚就去泡酒吧，不找两个妹子不是真男儿！

大炮口气一下子软了，很委屈：我不想找别的妹子。我要是能把彭秋栗找回来就够了。

大炮真的没有再去相亲或者试图勾搭别的小姑娘。

可是彭秋栗也真的没有再回来。

每次出来吃饭。酒过三巡，大炮都会感慨万千：你说彭秋栗究竟是怎么回事呢？

那一次，我也喝得有点儿大：我知道为什么她不理你了。

大炮瞪起一双醉眼：嗯？

我口齿不清地说：因……因为你每次喝醉……醉酒，拨出去的都……都是郝……郝幸的电话……

听完这个秘密，大炮就哭了。

在半夜的小酒馆里，在无人前来接他回家的时候。大炮坐在饭桌旁，所有情绪刹那间崩溃：可是，可是我现在只爱她啊！

9

你爱着的她，是暖过你的酒，也是烫过你的火。

你爱着的她，是窗户上慢慢消散的哈气，也是想梦又梦不清楚的人影。

她是你诸多期望中的第一名，也是你维持生命饱满的气门芯。

她是你最想要的情人，也是你只能说再见的朋友。哪怕遇到别的女孩儿让你动心，那只叫回忆的怪兽却永远地夺走了你的爱情。

占据你心房的她只能是两个人，一个叫未得到，一个叫已失去。

不会说话的爱情

1

小榭和明宇还在念大学的时候就在一起了。

两个人爱得惊天动地，轰轰烈烈。

我时常听小榭一脸幸福地谈起她跟明宇的爱情故事，比如一起逃课，一起弹琴，一起看演出，一起组乐队，一起参加音乐比赛。

是的，你想得没错。小榭是个摇滚女青年，明宇是个摇滚男青年。热爱摇滚乐又生性活跃的情侣走到一块儿总是最惹眼的。穿着海魂衫，系着红领巾，在学校林荫道上一路走，一路大声唱歌。嘴里哼的，不是《一无所有》，就是《假行僧》。那股躁动劲儿好像要吸引全世界的目光。

小榭是个单纯的姑娘，我老想着要逗她玩儿。

于是，在某次接到小榭打来的电话，互相问候过对方近期情况后，我趁机说：小榭，你们日子过得好朋克啊。

小榭说：多谢夸奖。

我说：可是以前武汉那些真朋克，都是吃不起饭的。

小榭迷惑：是吗？

我拼命点头：是啊。你跟明宇每天不仅吃得起饭，还能吃麻辣香锅。生活条件太好，不算真朋克。

小榭眨巴着一双大眼睛，坚定地说：小佳，我懂了。我这就去体验生活。

小榭是个说一不二的人。放暑假的时候，她真的没有回家。和明宇去火车站排队买了两张车票，转身就上了去云南的火车。

在火车上苦苦站了一整天，终于抵达目的地丽江。然而一摸兜，发现钱包被偷了。

于是把身上所有的零钱钢镚儿都掏出来，数了二十块，找网吧包夜。

第二天，立马穷得吃不起饭。小榭也没告诉朋友，跟明宇背着吉他袋子一家酒吧一家酒吧地敲门。

可惜，没有酒吧愿意接受这对小情侣驻唱。

到晚上，明宇用最后的几块钱买了个鸡腿。

然后捧到小榭跟前：吃吧。

小榭眼泪汪汪地看着明宇，说：明宇你对我真好！

2

小榭的心，被明宇一个鸡腿收买，从此死心塌地。

她一边挽着明宇的手继续在大家面前秀恩爱，一边跟我说：我终于知道，真朋克是什么感觉了。

我偷笑，努力不让对方发现：你明白就好，你明白就好。

其实，小榭和明宇谈恋爱，我并不是很支持。

我曾经跟他见过几次，印象中的明宇，很少讲话。小榭说什么，他都说：好。

比如小榭说：明宇，我要考试了。可是我的书还没背完。

明宇说：好。

然后通宵达旦地在自习室复习，做小抄，给小榭替考。

比如小榭说：明宇，周末有演出，在小酒馆。可是我没买到票。

明宇说：好。

然后立马上微博，给晒票的博主一个接一个地私信高价求票。

再比如小榭说：明宇，我想去美国交流。

明宇也说：好。

然后明宇帮她查各种资料，帮她选学校，一直把她送上飞往美国的飞机。

我问小榭：你去美国交流，他怎么办？

小榭说：他留在成都啊。

我说：他留在成都，一个人多孤单。

小榭说：他在成都也算待了快三年了，怎么会孤单？

我说：你有没有发现，每次你带明宇出来吃饭出来唱K出来玩桌游，明宇都不怎么讲话的？

小榭说：他性格是比较文静吧……

我说：不是他性格文静，是他的生活里只有你。你就是他世界的中心，一旦你走了，他的架构也就崩塌了。

小榭说：路小佳你能不能说通俗点？

我说：通俗地讲，明宇在成都，好像根本没培养出几个朋友。

小榭若有所思：是吗？

我说：是啊。

小榭扑哧一声笑了：哎，你别老是说这些晦气话。那么多大学同学在呢，明宇不会出问题的。

我叹口气：你现在在干啥呢？

小榭说：在找零工。学校附近有个小酒吧，觉得我唱歌好听，留我驻唱呢。

我说：看来美国群众的欣赏水平，还比不上我国丽江。

小榭说：呸！接着重重地挂断了电话。

3

我知道我这么说，小榭一定会生气。

但我不能不这样说。

我有个坏习惯，就是喜欢跟恋爱中的人分析对方的一举一动，包括心理状态、行为模式。

本来好好的一对情侣，我总能看出点隐患。

但我更惹人厌的一点是，我眼中的隐患，最后往往能真的成了炸弹。

小榭在美国过得逍遥，明宇在成都过得煎熬。

一煎熬，明宇就也想出国。

想出国的明宇，在经历一番思考后，做出了一个惊天动地的决定：去泰国。

泰国作为一个旅游景点来说，确实很好。可如果要把自己下半辈子都放在那里，大概没几个人会接受吧。

第一，热。第二，毒品泛滥。第三，人生地不熟，交流有困难。

可是，明宇不在乎。

明宇心心念念地想追随小榭的脚步出国，也真的出了国。只可惜他和小榭，一个是南辕，一个在北辙。

我问小榭：什么感受？

小榭的声音有气无力：我还没反应过来。我还不能接受这个事实。

我继续叹气：你在那边交流还要多久？

小榭说：快了，再有几个月就回国。

我说：回国后，还去找明宇吗？或者现在就和他分手？

小榭说：当然去找他！

我说：这么执着？

小榭说：当年在丽江，我们两个人都吃不起饭了。我深深地记得，明宇把最后一个鸡腿给了我。他这么爱我，这么在乎我，我也不能扔下他。他去哪儿，我去哪儿！

我说：小榭，你果然变成了真朋克。

小榭谦虚：哪里哪里。

我说：就是真朋克太便宜，一个鸡腿就把你卖了。

小榭说：呸！然后重重地挂断了电话。

4

生气的小榭和从前一样，说到做到。

从美国回来后，她办了工作签证，跟着明宇去泰国。

在成都，是小榭的天下。她是本地人，明宇是湖南人。她带着明

宇吃吃喝喝玩玩乐乐，带着明宇去熟悉一切原本陌生的事物，她把自己的朋友介绍给明宇认识。可以说，没有小榭，明宇寸步难行。

在美国，也是小榭的天下。想去参加鸡尾酒会，就去参加鸡尾酒会。想去海边穿比基尼游泳，就去海边穿比基尼游泳。明宇隔着万水千山，根本管不着。平时明宇不太喜欢她去经历的事情，小榭一一地都去经历了。小榭觉得，世界真大，真美好。

可是在泰国，情况就起了微妙的变化。

明宇家里有个亲戚，常年在中泰边境做生意。由于两家关系近，时常走动，明宇在耳濡目染中也渐渐地学会了说泰语。但小榭呢？她学的是对外汉语，二外法语，对泰语基本一无所知。

凭着朋克少女的满腔热情，小榭飞奔到明宇身边，迅速找到一家培训机构，安顿下来。

明宇呢，进了一家大型制造厂做工程师，混得愈发风生水起。

日子一天一天过去，好像一切都很平静。小榭每天去培训机构给学生上课，上完课骑车回到住处开始做饭。等饭熟了明宇刚好下班，然后两个人捧着碗狼吞虎咽。等到晚上，再一起看电影或者弹琴，生活特别平实。

直到有一天，小榭感冒头疼。她不想再做饭了，躺在床上睡得天昏地暗。

明宇下班到家，皱皱眉头：小榭，今天没煮饭？

小榭从床上支起身，说：我头疼，不想做。

明宇的语气一下子变得严厉：不想做？我每天辛辛苦苦地上班赚钱，下班后却连一口热饭都吃不上？

小榭说：我不是说了我生病了吗？

明宇冷笑：哪里病了？我看你脑子有病了。

小榭说：明宇你怎么说话的？

明宇说：别以为我不知道，你和培训机构的Simmons最近走得很近。我警告你，最好不要再被看到。

小榭震惊：我和Simmons只是同事关系，偶尔说个话交流一下想法也很正常吧？再说你是怎么知道培训学校有Simmons这个人的？我好像从来没有跟你说过……

小榭的话还没说完，就被明宇粗暴地打断：你当然不会跟我说了。你和他之间的事情你自己把握。这里不比美国，也不比成都。我在这里认识的朋友很多，你要是敢做什么不好的事情，别想隐瞒我。

小榭盯着明宇，不说话。

明宇看小榭脸色不对，走到小榭跟前：怎么样？还是不准备起来弄点吃的？

小榭坐起来，翻个白眼：明宇你神经病犯了吧。

明宇铁青着脸，朝着小榭劈头盖脸就是一个响亮的耳光。

5

那一天，小榭哭了很久。一边哭，一边穿鞋下床，往门外跑。

因为挨打归挨打，吵架归吵架，饭还是要吃的。

跑到楼下一家7-11便利店，去冰柜挑了两盒饭，拿到柜台去结账，却刚好遇上经常为她结算商品的那个阳光善良总是戴着一顶棒球帽的柜台小哥。

小榭看到帽子小哥，连忙换了一个收银台。她不想让帽子小哥看到她红肿的眼眶。

可惜帽子小哥早在她邋里邋遢跑进店里的那一刻就发现了。

帽子小哥对旁边的收银员低头耳语了几句，然后跟对方交换了位置。

接下来，朝着小榭展现出 360° 无死角的超炫目笑颜，拿过她手里的便当，轻轻地放进微波炉，拧下旋钮。

在等待饭“叮”好的短短两分钟，小榭有些尴尬。举目无亲的泰国，每天相处时间长的除了明宇和培训学校的同事学生们，就要数 7-11 帽子小哥了。不知道从什么时候开始，她只要去便利店买东西，都会习惯性地到帽子小哥的柜台结账。或许是因为去 7-11 去得频繁，或许是因为小哥的笑容总是那么温暖，时间一长，小榭就产生出和小哥是多年好友的错觉。

小榭木着一张脸，肿着眼睛站在柜台前，直到小哥把热好的便当套上塑胶袋，递到她手中，这才回过神来，勉强点头笑了笑，然后拎着袋子就走。

回到住处，打开塑胶袋，才发现在袋子底部静静地躺着一包速成冰袋。

她把冰袋拉开，贴到自己热辣辣的半边脸上。转过头，见发过脾气的明宇已经躺在床上睡着。忍不住，就又红了眼眶。

小榭再给我打电话的时候，声音明显低沉了好多：小佳，我不快乐。

我说：为什么不快乐？

小榭说：我发现明宇变了。

我说：其实，不是明宇变了。我感觉他一直以来都是那种性格，平时看起来木木的不爱说话。说不定把仇恨都记在心里，等到自己变成强势的一方，就一次性都爆发出来。

小榭说：他隐藏得好深，我觉得有些害怕。

我说：要不你赶紧回成都吧，不要再待在泰国了。

小榭说：我再想一想吧。

接着小榭破天荒地没有用“呸”结尾，挂掉了电话。

6

小榭没有选择回国。

原因很简单，她还爱着明宇。

不论明宇现在对她的态度如何转变，她始终舍不得一个鸡腿的温情。哪怕明宇对她没人性地动了手，她也不会选择四处传播明宇的坏话。这个秘密只有我一人知道，可是我远在上海，只能干心疼，又不能为小榭做点什么。

打人事件结束后，小榭和明宇又恢复了以往的生活状态。从前爱弹琴、爱唱歌、爱演出的小榭，已经变成了一个煮饭娘。每天小心翼翼地伺候着明宇，尽量不让他情绪产生太大的起伏。聊天的时候，我还是没忍住调侃她：小榭，你怎么不朋克了。

小榭苦笑：现在的我，真的朋克不起来了。

小榭依旧爱去楼下的7-11便利店，有时自己去，有时候带着明宇去。

去的次数一多，她发现，帽子小哥的态度好像总会有些细微的变化耐人寻味。

如果是自己一个人去，小哥就春风满面，还会主动免掉零钱。如果是带着明宇去，小哥就不太高兴，收钱装袋都马马虎虎，敷衍得紧。

小榭说：怎么办，小佳。我发现楼下的7-11小哥好像对我有意思。

我说：那能怎么办？总不能不去买东西吧。

小榭说：你说得对，我不能不去买东西，但我能躲着他。

一腔真情只恋明宇的小榭，开始故意躲着帽子小哥。帽子小哥排班在晚上，她就故意提前到下午去买东西，错开相遇的时间。

然而过了几天，小榭又有点儿不自在了：下午的收银员，服务一点儿也没有帽子小哥好。

我说：因为帽子小哥对你有爱啊！

小榭说：去你的，我跟他都没讲过话。

我几乎晕倒：没讲过话？没讲过话他都能对你有意思？

小榭说：他是泰国本地人，只会说泰语，我听不懂。

我只好敷衍说：好吧。

7

小榭没有察觉到，自从自己躲着帽子小哥以后，那种不自在的深层原因。

她想，可能是因为人都有种惯性，习惯于某一种生活场景，于是当某天生活场景突然转换，就会产生类似水土不服的情绪吧。

可躲了帽子小哥快一个星期，小榭居然又在便利店撞上了他。

那天小榭来大姨妈，心不在焉地选购了一堆卫生棉条和纸巾，走到柜台前还在玩手机。直到柜员捅捅她的肩膀，提示她付款，她才抬起头来，正好对上那双熟悉的眼睛：hi！

小榭嘴角不自觉地上翘，向对方挥挥手：hi。

“hi”是帽子小哥能说出的为数不多的几个英文单词之一。小哥朝

她笑笑，把东西装在塑料袋，递给她。

接着小樹蹦蹦跳跳地回了家。

打开塑料袋，她惊呆了。

居然又多了东西！

上一次是冰袋，这一次是速溶姜汤。

她捏着速溶姜汤的包装袋，不知道该哭，还是该笑。

明宇推门进来的时候，小樹正抱着吉他在弹唱。

很久以前，小樹曾经想把自己和明宇的故事写成一首快乐的歌，但写到一半发现没有灵感，未遂。

现在，帽子小哥好像给了自己灵感。她觉得，今晚就能把这首歌完成。

一弹起琴来，小樹就忘了时间，也忘了给明宇煮饭。

直到听到门响，抬起头才发现明宇已经坐到了餐桌跟前。

小樹放下琴，跑过去，踮起脚在明宇脸颊上亲了一口：明宇，我来大姨妈，所以没做饭。要不我们出去吃？

明宇很不开心：哦？

小樹说：反正我们也很久没有出去吃过饭了。下楼左拐走五百米，再右拐。听 Simmons 说有家中餐馆，味道还不错。

明宇一字一句：又，是，Simmons？

小樹这才意识到自己再次触碰到了明宇的敏感地带，她连忙道歉：明宇，就是我们几个同事在一起聊各自国家的国菜，说到中国，Simmons 刚好知道附近有家这样的店。所以我才想要不咱俩一起去尝尝的。

明宇说：哦。

小樹说：还有啊，我们刚谈恋爱那阵子，我不是说要给你写首歌吗？

之前写了一半，后来就没灵感了。可是我刚刚感觉特好，我觉得这首歌马上就能完工了。

明宇说：我不需要你写歌。

小榭惊讶地抬头：念大学的时候，我们还一起组过乐队呢。你不是一直都很想跟我一块儿写歌吗?

明宇说：那是以前。现在是现在。现在，我不需要你写歌。

小榭来气:明宇,你干吗说话这么冲?多小的事情,搞得很严重一样。

明宇说：是吗?

然后突然跳起来，抓过小榭的吉他，就往地上摔。

一边摔，一边暴跳如雷：我不喜欢你玩乐队！我不喜欢你去酒吧驻唱！我不喜欢你做那些不三不四的玩意儿！我不喜欢！

小榭冲上去想要阻止明宇，却被明宇推倒了，还弄伤了脚踝。

8

我又接到了小榭的电话：你说明宇是不是有病?

我说：他是有病。真朋克都有病。

小榭不高兴:我在跟你很严肃地说话,你就别和我开玩笑。明宇他，他又打了我。

我震惊：我 ×！小榭我跟你说，你赶紧地回国来。这种人身边待不下的。

小榭说：可我还是想不通，为什么他的反差这么大。

我说：长期处于低位阶的人一旦有了发挥的空间，肯定要去欺负别人。明宇前些年受了气，又不好说。虽然我并不觉得你有什么不好，

只是谈恋爱的时候霸道了一点儿而已。可是在内向又敏感的人心里，你之前做的所有的事他不喜欢，却必须假意支持。现在到了他相对熟悉的陌生环境，你要依赖他，所以他会变本加厉地还回去。

小榭说：好深奥。

我说：总而言之一句话，明宇不适合你。

这一次，小榭没有反驳。

她只是默默地去了便利店，买下一大堆甜食，来安抚自己。

帽子小哥依然笑得那么好看，依然那么温柔。

小榭交钱的时候，帽子小哥把手摊开。她的手指和他的手掌在一瞬间有了短暂的接触，小榭的心，莫名其妙就漏跳了一拍。

小榭想，完蛋了，事情大条了。

明宇再一次下班回家，小榭依然没做饭。

小榭对着电脑看喜欢的乐队演唱会，一边看，一边摇头晃脑。嘴里还在嚼着零食，发出咔嚓咔嚓的声音。

明宇冲到小榭面前，正要说话，却被小榭直截了当的一句话给噎住了。

小榭说：明宇，我们分手吧！

明宇瞪大眼睛，好像不肯相信小榭居然敢在泰国这个陌生的环境下对自己讲分手。

小榭继续补刀：你就是一个混蛋。我真的想不明白，我当时怎么会看上你！

明宇张了张嘴，却没有发出声音。他的神色瞬间就软了下来。

小榭说：你没话说是吧？没话说正好。这房子租金我付了一半，我从今天起，就睡客厅。

9

小榭跟明宇分手后，生活过得越来越舒畅。

在泰国没有熟人有什么关系？反正天下之大，到哪儿不能有新朋友。

不管怎样，7-11还有帽子小哥在呢。只要有帽子小哥，小榭就不孤独。

小榭依然每天上班、下班，去7-11买东西。然后，跟帽子小哥交换一个微笑，噔噔噔跑上楼去。把吉他拿出来，弹琴。

被分手的明宇，也曾经弱弱地试图跟小榭重修旧好，却被小榭一个白眼翻回去：早干吗去了？

再跟小榭联系，小榭讲话的声调眉飞色舞：最近我过得很快活。我发现你说得对，明宇跟我根本就不合适。

我说：谢天谢地，你终于想通了。

小榭说：可是我觉得我好像越来越喜欢帽子小哥了。

我说：不是吧！你不要冲动。

小榭说：我不冲动。

我说：怎么能不冲动？

小榭叹口气：其实我也发现了，我还是有那么点冲动的。

小榭的冲动很小家子气，一点儿也不朋克。

比如有事没事非得去超市逛一圈，然后买点自己其实并不需要的东西回家。不久以后，那个小小的客厅就被塞得满满当当了。

比如每次付钱，一定要在小哥的柜台排队。如果那天小哥刚好调班，心情就低落得不行。

比如给帽子小哥交钱的时候，总是喜欢把钱放到小哥手心，感受对方那一点儿的温度。

那一点点温度，都能让小榭高兴好半天。

小榭说：我见到他，总会有初恋的感觉。

我说：你的初恋不是明宇吗？

小榭说：你能不能别提明宇？

我说：可以。但你以后怎么打算？现在跟教育机构签的合同快到期了，既然和明宇分手，不打算回国吗？

小榭不吭声。

我说：泰国显然不是你未来的发展方向。

小榭说：我知道的。

10

再一次走进 7-11，小榭在一排排货架间穿梭。假装挑选货物，眼神却不自觉地向着帽子小哥看。

帽子小哥好像知道小榭在，抬起头，微微一笑。

小榭立马感觉空气中有电流穿过一般，浑身都是暖洋洋的。

她选好货物，照常交钱。接过塑料袋，出门后，却又不自觉地趴在玻璃门上往回再看一眼。

帽子小哥在为另外一个姑娘买单。那个姑娘看样子应该是泰国人，小麦色皮肤，很漂亮。

他们好像在聊什么，聊着聊着帽子小哥就笑了起来，笑容和他平时对自己笑得一样好看。

小榭心里突然有点儿赌气。提着袋子往回走，横竖有点儿不舒服。

可是仔细想一想，又觉得实在没什么好赌气的。

小榭又找我做知心姐姐：要不，我计划一下回国的事情吧。

我说：想明白了？

小榭说：嗯。帽子小哥毕竟只能远远看着，他应该拥有适合他的生活。就像明宇不适合我，我也不适合他。

我说：妹子，你说得真好。

小榭说：你够了，别逗我。

我说：赶紧订机票，回来找你喝酒。

小榭说：好。

我和小榭坐在酒吧角落里，一边喝，一边瞎扯淡。

我说：抛弃小哥的感觉怎么样？

小榭说：很不开心。

我说：你们其实到底发展到什么地步了？

小榭说：没有发展。我不知道他叫什么名字，他也不知道我来自哪个国家。

我说：不会到现在也还没有说过话吧？

小榭摇头：说过话。他对我说过 hi，我也对他说过 hi。

我说：就一个词？

小榭说：是啊。其余的话，都在眼睛里说，在嘴边的笑容里说。

我说：小榭你要变小清新了。

小榭说：去你的。

我舔了一口杯子里的酒：所以在泰国待了快两年，什么收获也没有？

小榭说：哪有，我收获了一段不会说话的爱情。

我说：这也能叫爱情？

小榭说：那当然。我知道，我爱他，他也爱我。

我说：除此之外，是不是再也没有别的了。

小榭说：谁说的？我还写完了一首歌。

我说：朋克吗？

小榭说：那当然。

然后小榭从座位上站起来，三步两步爬到舞台上，抢过驻唱的吉他和话筒，充满激情和爆发力的声音几乎要刺破我的耳膜。

我也站起身，一边挥手，一边冲着她叫：小榭，好样的！

小榭朝着我比了个大拇指，笑了。

只有我才看得到，那笑容里，竟然有那么一丝丝的落寞。

好好先生和就不小姐

1

陈榕是个只会说“不”的姑娘。

大松周六加班，给陈榕打电话：“冰箱里有饭有菜，你放锅里热一下。”陈榕说：“不。”第二天大松打开冰箱，果然发现饭菜丝毫未动，散发着森森冷气。大松问：“陈榕，你吃的什么？”陈榕斜躺在沙发上看最新播出的电视连续剧，懒懒地回：“楼下快餐店。价廉物美。”大松叹息：“快餐店卫生条件差，最好少吃。”陈榕说：“不。”

大松想养猫，去找陈榕商量。陈榕说：“不。”大松问：“为什么？”陈榕说：“猫掉毛，有细菌，还有弓形虫。猫屎特别臭。”大松说：“没关系，我来打扫。”陈榕说：“不。你想想你养的金鱼，一大缸子全死完了，真是作孽。”大松涨红了脸反驳：“金鱼一向养得好好的，我只不过是往里面扔了几颗维生素想给它们补充营养，谁知道它们这么脆弱。”陈榕说：“不。大松你别给自己找借口，归根结底还是因为你不会养小动物。”

大松计划参加同学会，跟陈榕报备。陈榕说：“不。”大松几乎抓

狂："我已经很多年没和老同学见面了！"陈榕翻了个白眼："得了吧，周末还有一大堆脏衣服等着洗，哪里有时间参加同学会。"大松讪讪地说："你放我去吧，我晚上吃完饭就回来洗衣服。"陈榕说："不。除了洗衣服,还要打扫卫生。除了打扫卫生,还要烧好明天的菜。你说说看，你去参加同学会，这些活儿谁来干？"大松说:"要不就辛苦你一下？"陈榕的答复依旧雷打不动的残酷："不。"

不，不，不。陈榕永远这么无情。

连陈榕的朋友们都看不下去了，梅子就是其中的一个。

在饭局上，梅子义正词严地批评陈榕："陈榕啊，你可不能这样。你简直不像个女人！"

陈榕说："我不像个女人，那大松也不像个男人了。"

大松气得鼻子都歪了,却还是没有发作:"梅子你别说了，喝酒喝酒。"

梅子说："陈榕，你找到大松当老公，真是八辈子修来的福。"

陈榕嬉皮笑脸："对呀对呀，我修了八辈子的福，大松倒了八辈子的霉。我和大松真配。"

2

其实，陈榕并不总是这样蛮不讲理的。

有时候，她也会偷偷地跟我聊心事："小佳，你说大松他爱我吗？"

我："大松跟你一起过了这么多年，当然爱你了。"

陈榕说："呸！爱我？爱我他怎么从来没有送过我玫瑰花。"

我："他没送过你玫瑰花，但他会送你栀子花啊！你要想想，能够每天早起去花市给你买栀子花的男人有几个？"

陈榕说："他那是睡不着觉，闲的。"

我："……你要这样想我也没办法。"

陈榕忧心忡忡："那他会不会飞了我？"

我完全能够理解陈榕的担忧。

没有工作，赋闲在家。搓麻将看电视剧成了全部的生活内容。大松成天早出晚归，经常累得不想说话，还得包了所有家务活。既主外又主内，实在辛苦。两个人的日子过得几乎没半点儿交集，共同语言无限趋近为零。

还能爱吗？还会爱吗？陈榕着实没底。

况且陈榕知道，有另一个姑娘，在大松心里始终占据着一席之地。

那个姑娘叫姗姗，比陈榕好看，比陈榕努力，比陈榕温柔。

她就像是陈榕的反面，在陈榕孜孜不倦说"不"的时候，始终如一地说"好"。

大松认识姗姗在认识陈榕之前。那时的大松，是个比现在还要羞涩单纯的小青年。

姗姗和大松是同学，毕业后又分配到一家单位，成了同事，办公桌就在大松正对面。工作了一上午，大松起身来活动一下筋骨，又伸个懒腰："每天吃食堂真没劲。要不咱们出去吃吧？"姗姗说："好。"然后陪着大松去餐厅改善伙食。大松的皮鞋太久没打理，姗姗就问他要了来，用软布蘸水擦干净，还细心地涂上鞋油。大松说："姗姗，今晚有电影上映，不如一起去看电影？"姗姗说："好。"大松捏着电影票，紧张得浑身是汗。姗姗在黑暗中微笑，轻轻地抓过大松的手。

大松听到自己胸膛左边"咯噔"了一声，刹那间明白这下子出大

事儿了。

就这样，姗姗成了大松的女朋友。

3

姗姗生性活跃，爱说爱唱。大松却是个没嘴的葫芦，一天到晚嘴里蹦不出几句完整的话来。天知道他当初鼓足了多大的勇气，才把“一起去看电影”的邀请说出口的。姗姗喜欢大松的原因很简单：帅气，文艺，写得一手好毛笔字，还能在诗刊上发表文章。大松喜欢姗姗的原因也很简单：大方，直爽，具备自己向往已久却无法拥有的开朗个性。和姗姗谈恋爱以后，大松感觉四周充满了新鲜的空气。

大松读了太多文章，写了太多诗歌。在他的世界里爱情就是爱情，没有别的东西可以左右。可是大松不懂，爱情是要精心经营的。不掺杂任何利益的爱情，最是美好，也最是脆弱。

大松是农民的孩子，家境贫寒。而姗姗却是高干子弟，来这家公司工作不过是升职前的必备程序，下放基层一年，就肯定能去更大的城市、获得更好的机会。大松没有这样的机会，也时常为自身条件所限而觉得敏感。

姗姗想买一条好看的昂贵的裙子，大松却囊中羞涩。姗姗安慰他：“没事的大松，我自己买。”大松呢？硬着脖子说：“不。”姗姗满是诧异：“大松，你觉得这条裙子不适合我吗？”大松无理取闹：“反正我不同意你买。”姗姗摇摇头，拉着大松走开了。姗姗想到外省去旅游，拿着一本旅游杂志兴高采烈地指点计划着要到哪些景点去游玩，要去吃哪些当地名小吃，大松却说：“不。”姗姗很懊丧：“大松，平时工作这么累，

有休年假的机会为什么不出去玩玩？”大松说：“反正我不去。”他别过头，没看到姗姗的眼睛里写满了失望。

姗姗与大松关系的彻底崩坏发生在她升职前一个星期。姗姗说：“大松啊，我要去另一个城市工作了。”大松破天荒地没有说“不”。他只是呆呆地望着姗姗，再度成了个没嘴的葫芦。姗姗说：“大松，你要不要和我一起去？”大松沉默了半晌，依旧吐出了那个字：“不。”姗姗擦了擦眼角的泪痕，第一次对大松说了语气重的话：“大松你真不争气。”大松说：“哦。”姗姗说：“我们分手吧，我不需要你这样的男人。”大松痛苦地说：“好。”然后，两个人陷入了可怕的沉默。

姗姗离开的那天，大松请了假没去上班。他没有办法面对姗姗，一颗心随着初恋的破灭碎得一塌糊涂。

4

那时的陈榕，刚刚告别一段失败的恋情。是一出老套的戏，高帅富男同学，对女孩儿始乱终弃。

也许是因为寂寞，也许是因为想要疗伤，陈榕和大松见面后不到半个月，就确定了彼此的关系。

那年冬天格外冷。陈榕是家里娇生惯养的小女儿，从来不会做家务的她，却也开始学着织毛衣。缘由很简单：和大松约会，两个人坐在公园的条凳上。陈榕摸了摸对方的手，发现他的手掌冰凉。

陈榕说：“你冷不冷？”大松嘴犟，一边打哆嗦，一边逞英雄：“不冷。”陈榕笑：“陪我去逛逛街吧？”然后就买来了毛线和钩针，一针一线地织了起来。

大松看着陈榕笨拙的样子，竟也莫名其妙有了暖意。

陈榕手生，一件毛衣织织改改，整个冬天都过去了。

到开春的时候，大松都没能穿上毛衣。再跟陈榕逛街时，陈榕看上了一条漂亮的连衣裙。

陈榕拿着裙子在身上比了又比，问:“好看吗？”大松说:“好看。”陈榕叹了口气:“可惜太贵了。”大松说:“哪有。我来给你买。”陈榕说:“不，不能买。你没什么钱。”她死拖硬拽着大松离开了那家服装店。

可是陈榕没想到的是,第二天,大松就带着那条漂亮的裙子来找她了。

大松为了买下它，将手头的国库券全部卖掉，用几乎等于自己整个月的工资，换来了陈榕嘴角灿烂的微笑。

五一劳动节快要到了，陈榕说：“大松啊，难得有假期，咱们要不出去玩玩？”大松说：“好。”陈榕说：“你想去哪儿？”大松说：“你决定就好。”陈榕说：“重庆怎么样？”大松说：“好。”抵达重庆的那个晚上，陈榕给大松织的毛衣终于完工了。大松把毛衣套在身上，有些地方紧，有些地方松，整个人看上去一点儿也不协调。陈榕不好意思了：“大松你把毛衣脱下来吧。我的手艺太臭了，没织好。”大松说：“哪里哪里，好看得很哪！”

大松穿着陈榕亲手织的衣服，流着汗，一副憨厚的样子。陈榕的眼睛都眯成了月牙，弯弯的，好像比姗姗还要美，还要动人。

和陈榕在一起的日子里，大松似乎变了个人：不再说“不”，不再闹别扭，不再沉默，也学会了讨女生欢心。

脱胎换骨的大松恋爱进行得一帆风顺,很快谈婚论嫁,跟陈榕领了证。

一切似乎都在慢慢地趋于平静。只可惜，永远有许许多多的意外

守候着你，在生活中突如其来地搅起涟漪。

5

姗姗回来了。

带着满身伤痕地回来了。

在大城市发展的姗姗过得似乎并没有想象中那样优渥，她先是被新的同事排挤，后是跟一个有钱人结婚。但有钱人很快地出轨，找小三,还搞家庭暴力。于是姗姗想起了小城里坐在她对面永远微笑的大松。大松的沉默变成了安静，大松的清寒变成了质朴，大松的无理取闹变成了小孩子脾气。

人啊，总是在遭遇逆境时才能体会到从前的好。姗姗自然不例外。

她出现在大松跟前的那个瞬间，大松感到自己的心脏又跳快了一拍。

大松想，完蛋了，要出事了。一见钟情的感觉卷土重来，几乎要冲毁他顽固的意志堤坝。

终究，他还是犯了大多数男人都会犯的错误。面对初恋，过往所有的不快都被回忆自动过滤，现在的姗姗，依旧大方爽快，依旧光艳照人，依旧惊鸿一瞥便已足够令他灵魂出窍。大松偷偷地跟姗姗一块儿吃饭，一块儿看电影，回家的时间越来越少。

陈榕不是傻子，从共同好友那里旁敲侧击，轻而易举地找到了大松外遇的蛛丝马迹。

陈榕说："大松，你怎么能这样呢？"

大松不说话。

陈榕说："要不，我们离婚吧。"

大松还是不说话。

陈榕叹气："大松，其实我怀孕了。"

姗姗再去找大松的时候，发现大松黑着一张脸。她小心翼翼地问："大松，发生什么事了？你今天是不是心情不好？"

大松说："没发生什么事。"

姗姗说："你的脸色很差，别让我担心。"

大松说："姗姗，你不应该担心我。你应该担心你的老公。"

姗姗瞪着一双大眼，不可思议地看着面前的男人。

大松转过身，不愿意看到姗姗的伤心："你回去吧，你回大城市去。留在这里对你对我都没有任何意义。"

姗姗的情绪瞬间崩溃，她冲着大松尖叫："大松你是不是男人？我没逼着你跟你老婆离婚，我也没逼着你跟我和好。所有的事情都是你自己一手造成的，现在你'良心发现'，就可以来伤害我？！这算什么？！"

大松说："我没想伤害你，我更没想伤害她！我只是觉得，我们不能再这样下去了。"

姗姗声音带上了哭腔："那好，我走。这是你第二次叫我走。大松，你想清楚，你没有第三次伤害我的机会了。"

大松仰着头，闭着眼睛，喉结上下游移，脸上的肌肉绷得很紧："我想清楚了。"

姗姗抓起包，掉头离开。

走到门口，她突然停住了脚步："大松，如果当初你跟我一起走，或者哪怕是说一句'不要走'，我们都不会弄到现在这个地步。再会吧，我真的不知道这次我离开，下一次和你见面会是什么时候。"

大松努力地保持平静：“也许是一辈子呢。”

6

大松果然就没有和姗姗再见过面。只是他与陈榕之间的关系，从那以后就出现了深深的裂痕。陈榕开始不遗余力地反对大松做出的一切决定，坚韧执拗地阻止大松做这做那，成为了一个只会说“不”的姑娘。

虽然并未听过那首很火的歌《织毛衣》，但她毅然决然地放弃了这一活动。“傻 × 才给你织毛衣。”她说，“要穿毛衣自己花钱买去！”

大松自知理亏，也不辩解，更没有自己花钱买衣服。在寒冬腊月，大松默默地穿上那件陈榕为他织就的唯一一件并不合身的套头衫。衣服绷在他身上，紧紧箍住他的脖子和有点儿发福的啤酒肚。大松满不在乎，随随便便披件工装，就跟个邋遢的醉汉一样出门乘车上班。

丑虽丑，但过去卖的毛线质量确实好。大松站在公交车上，拉着吊环，看着身旁拼命地搓手以保持温度的小青年，不由自主地感叹。哪怕领口已经磨破，肘部也起了无数小球，这件毛衣依旧给了他无可替代的温暖。

就像陈榕。

只会说“不”的陈榕，偶尔也会给大松做饭吃。在大松跟同事聚餐喝醉后的晚上，她一边骂骂咧咧地戳着大松的额头，一边去厨房做一碗酸酸辣辣的解酒汤。大松的裤子旧了，她去商店给大松买新的，然后扔到大松面前：“拿去穿，十五块一条。”大松想养金鱼，她就跑到水族馆采购鱼食和加氧泵，接着把手伸到大松面前：“快给我报销费用。二百五十块。”大松似乎并没有听出陈榕话里的含义，笑嘻嘻地掏出

钱包，拿了三张粉红色的毛爷爷递给对方。对方抓过钱，说：“剩下的五十我可不退了啊。”大松嘴角一阵抽搐：“那是我的斗地主资金……”陈榕眼睛一瞪：“什么斗地主资金？好啊大松，你居然敢背着我藏私房钱！”大松哭笑不得，只好恋恋不舍地放弃了五十块的所有权。

就这样，日子一天一天地过去。小两口拌过嘴，摔过碗，严重的时候也闹过离婚。

大松脾气再好，也有爆发的时候。比如陈榕又一次出去旅游，居然背着大松，一个人偷偷地跑去了凤凰。

陈榕思维缜密，还拉上梅子做垫背，让梅子给大松打电话撒谎：“大松，今年劳动节我跟你家陈榕去青城山，你要去吗？”

大松说：“好啊，一起去吧。”

梅子说：“只不过去的都是我们玩得好的几个姐妹，基本上没有人会带着先生哦。”

大松想了想一群女人围在一起叽叽喳喳的聒噪样，额头冒出了冷汗：“我还是不去了。你们去青城山玩，要注意安全啊！”

就这样，陈榕摆脱了大松，独自一人轻松上路。坐了一天一夜的硬座火车，来到山明水秀的凤凰城。

陈榕玩得逍遥，大松宅得无聊。无聊到了极点的大松决定穿鞋出门逛逛，免得宅出霉来。没承想，刚走到护城河边，就碰到了梅子姑娘。

梅子头一低，想神不知鬼不觉地从大松身边走开，可她哪里能逃脱大松锐利的眼睛！大松扯住梅子的衣角，生气地问：“你不是和陈榕一起去了青城山吗？现在怎么一个人回来了？陈榕在哪儿？你快点告诉我！”

梅子眼见溜不掉，只好老老实实吞吞吐吐地告诉大松："陈榕她……她没有去青城山。她去了……去了凤凰……"

大松的嘴巴张成了一个O型。愣了半天，才想起来给陈榕打电话："陈榕，你在哪儿呢？"

陈榕不知道自己的谎言已经被大松拆穿，厚着脸皮继续胡扯："在青城山啊。你急啥，后天就回家。"

大松气得发抖："你别骗我了，我刚在护城河头遇见梅子。你去了凤凰是不是？为什么不告诉我？"

陈榕干笑两声："这个……这个等我回来再说吧？"

大松忍无可忍："回来？！你还好意思回来？我跟你说，你回来，我们就去离婚！你什么都说不，我什么都能忍。可是你为什么要瞒着我？我受不了了！"

陈榕张了张嘴，想辩解，另一头大松却已然摔掉了电话。

7

从凤凰回成都的陈榕不仅带回了特产姜糖和漂亮的手工艺品，还带回了一身的病。

其实，她的病在数年前就已经有了预兆：上下楼梯气喘，心悸。但她以为是工作任务太重压力太大的缘故，再加上时常和大松拌嘴，老感觉到心累是一件再正常不过的事了。

她不知道她的心房有一块膜瓣正在慢慢地坏掉，并将在几年后脱落，沿着大血管，一直漂移到脑部，在某一条血管驻扎下来。

迎接她的是脑梗塞，风心病。每一样都几乎能立刻要了她的命。

大松把陈榕对他的隐瞒和欺骗都抛在了脑后，抱着她马不停蹄去医院。

脱落的膜瓣堵住了陈榕的脑部，使她从此丧失了部分语言能力。她没有办法说话，也没有办法写字，躺在医院苍白的病床上，整个人比床单被套还要苍白。她努力地想要从喉咙发出声音，却发现已经无法控制自己的声带。不能正常说话的她只能发出“呜呜”的声音，像是一只受了委屈的小动物。她努力地拿起一支铅笔，纸上出现的却是歪歪扭扭任谁也无法分辨清楚的字迹。她只好呆呆地注视着输液管中一滴滴缓慢下流的液体，连眼角沁出了泪花也没有察觉。

大松坐在陈榕床边，把头埋在胳膊肘里。很快地，身上穿的那件T恤袖子就湿掉了，贴在皮肤上凉凉的，就像此时此刻他的心情。不知过了多久，他才直起身，眼睛红肿。他把宽厚的手掌放到陈榕的脸上，陈榕觉得这双手好暖，终于不再掉眼泪，筋疲力尽地睡着了。

所有的人都以为大松要抛弃陈榕了。在陈榕还是个健康美丽的少女时，在他们刚刚步入幸福甜蜜的婚姻殿堂时，大松就差点儿为了姗姗跟陈榕离婚。在姗姗走后，陈榕又用冷冰冰的“不”字坚决地推开大松每一次向她靠近的尝试，甚至还撒了无数个大大小小的谎言，只是为了报复大松曾经的隐瞒。这样的生活大松持续了快七年，换了任何一个男人，大概都会选择离婚走人吧？如今的陈榕缠绵病榻，几乎丧失生活自理能力，脾气变得更坏。人们都说“久病床前无孝子”，对待常年生病的父母尚且有人会失去耐心，更何况是生活在一起多年彼此相处却不甚顺畅数次闹到民政局要离婚的夫妻？

梅子来看陈榕，跟陈榕说了一会儿话。然后，偷偷地把大松拉到

一边，偷偷地问："现在你打算怎么办？"

大松说："什么怎么办？"

梅子说："她生了病，需要人照顾。孩子还小，你应该不会甩了她吧？"

大松怒："当然不会。"

梅子点点头，说："大松，我真的很佩服你。你是个真正的男人，陈榕能找到你，是她的幸运。"

姗姗也来看陈榕了。她远远地看着病床上瘦弱的女人，轻轻地叹了一口气。

几年不见，姗姗变得更加会打扮，更加美丽了。岁月和苦难在她的脸上仿佛并没有留下什么丑陋的痕迹，整个人都散发出一种成熟的风韵。

姗姗上下打量着面前这个憔悴潦倒的男人，这个自己曾经深深爱过的男人。渐渐地，眼神中似乎还带上了一丝怜悯："最近过得很不好吧？"

大松说："也没什么不好。"

姗姗说："现在她弄成这个样子，你还说自己没什么不好？"

大松笑笑："不过是晚上少睡觉，白天多上心。哪里就过得很不好了。"

姗姗有些尴尬，整理了一下思绪，她鼓足勇气问大松："她的病需要一大笔钱。你如果急用，尽管跟我开口。"

大松说："嗯。"

姗姗原本以为，大松会像多年前那个冲动敏感的男孩儿一样，一提到"钱"这个字，自尊心仿佛就受到极大的侮辱。但大松只是站在她跟前，大大方方地说，嗯。

大松说："她随后会做一个手术，更换心脏膜瓣。我想让她好好的，想选择最好的进口机械瓣。整个花费计算下来大概在十万块左右，如

果我那时候缺钱，我会问你借。”

姗姗点点头，眼神中的那点怜悯渐渐地也消退了。

姗姗想，自己果然是错怪了大松。大松是个男人，是个真正的、有担当的男人。这样的男人不再帅气，也并不富有，可一旦发生了不幸，他会是那个最值得依靠的肩膀。

跟着一个潦倒但有责任心的男人比较幸福，还是跟着一个有钱但从来不知忠诚为何物的男人比较幸福？一开始，姗姗以为是前者，可她却选择和后者结婚。婚后的生活让她内心的天平再度倾向于前者，但前者终究是拒绝了她。多年以后，她光鲜亮丽地出现在穷困潦倒的他面前，原以为会狠狠地嘲笑他，鄙视他，没承想那种想要复仇的欲望最终却变成了一种钦佩。在经历过这一切以后如果时光倒流，让她带着回忆再来选，她依然迷惑，依然难以抉择。

8

大松却不迷惑，大松一点儿也不觉得难以抉择。

因为他根本就没有给自己别的选择。

大松跟公司请了长假，照顾陈榕，端茶倒水，擦身喂饭，不厌其烦。陈榕的病逐渐好转，大半年后，终于勉强恢复了语言能力，也可以下地走动了。

陈榕丢了工作，也不能再去工作，身体条件不允许。于是，她开始了每天打麻将看电视剧的日子。

这样的日子过久了难免觉得无聊，一无聊起来就容易胡思乱想，一胡思乱想就会跟大松吵架。

大松说："陈榕啊，家里的家具都旧了。我们去换一套新的好不好？"

陈榕说："不。家具都还可以用，为什么要浪费？"

大松说："陈榕啊，你可不可以发展点别的兴趣爱好？天天打麻将你体力受得了吗？"

陈榕说："不。不打麻将我能干什么？跟老太婆一起跳广场舞？绣丑了吧唧的十字绣？打打麻将我至少能锻炼下脑力，你啥也不懂，就别瞎说。"

大松说："陈榕啊，为啥不论我提什么样的建议，你都说'不'呢？我俩这是有多大仇多大怨吗？"

陈榕说："哪里和你有仇怨了，我跟你这么相爱，我下辈子还得和你做夫妻。"

大松脑门儿上三根黑线："这辈子还没过完就开始计划下辈子？"

陈榕从鼻孔里哼了一声，轻蔑又傲娇："就是要缠着你，让你不得安宁。"

大松生气："你能不能讲道理？！我哪里惹你了？！"

当天晚上，两人就分床睡了，一连好几天没有跟对方说话。

大松没想到的是，在他俩冷战的这段时间里，陈榕又开始织毛衣了。每天晚上，陈榕都会坐在沙发上坚持钩几针。

这一次，陈榕的进度快多了。虽然她的手艺差，老是跳针断线。

只要把别的女人上班的时间全用在织毛衣上，进度想不快都难啊。

大松总算是赶在冬天的时候穿上了一件合身的毛衣。

大松说："陈榕，你的手艺比上次有进步。"

陈榕说："上次？上次是什么时候？"

大松说："是我们刚开始谈恋爱的时候。"

陈榕说："哦。"

大松说："辛苦你了，你的手真巧。就是颜色太土，哪里会有大男人穿艳红色的毛衣？"

陈榕瞪了他一眼："那你倒是别穿啊。"

大松乖巧识相地闭了嘴，不说话了。

大松穿着艳丽的红毛衣去上班，果不其然被办公室的同事们一顿嘲笑。脸皮薄的大松很快就连耳根子都充血了。大松一路走，一路愤愤不平地想："这个笨女人，连选色都不会，叫我当众出丑，太让人生气。等我回家，必须要好好地教训一下她。"

大松走到家门口，掏出钥匙插入锁孔转动。没想到门一开，一团毛茸茸的小东西就滚到了自己面前。

是一只柔软的小猫，看着大松，"喵喵"地叫。

大松说："陈榕，你为啥买了只猫？"

陈榕说："你不是想养猫吗？"

大松说："我太感动了。"

陈榕说："你别感动，我先跟你说清楚。我不当铲屎大将军，我不给猫洗澡，我也不会去帮它买猫粮。自己造的孽自己承担，这只猫是死是活全看你表现了。"

大松说："没问题！"

陈榕说："再告诉你一个好消息。看在你最近洗衣服做饭都还算勤快的分上，我还恩准你去参加同学会。"

大松震惊："陈榕你今天怎么突然这么好，不是受什么刺激了吧？"

陈榕说："我知道我一向不温柔。如果你实在受不了，就跟我离婚，去找她。我绝不怪你的！我明白，你的心里一直还有她。你去参加同学会，去见见她，顺便替我向她道谢。我做手术的钱里，有她的心意吧。"

说完这句话，陈榕就红了眼眶。

大松有些莫名其妙："你在讲什么？我咋听不懂。"

陈榕说："你别再装了大松。我翻到了你写给姗姗的情书，一大摞。"

陈榕往地上一指，一堆脆弱发黄的纸。

大松哭笑不得："好。我要是实在受不了你，我就拖着你上民政局办离婚手续去。"

陈榕嘴一瘪，像是要哭。最终还是没有哭出来，咬着嘴唇上书房生闷气了。她从门缝里瞅见大松心情愉悦地试着衣服哼着歌，有些牙痒痒。

同学会安排在第二天。没想到的是，晚宴时间都未到，大松就从同学会上告辞回家了。

陈榕装作一副满不在乎的样子，问："见到姗姗了吗？"

大松说："没见到。"

陈榕继续装大度："你应该主动一点儿，跟老同学们要个她的电话号码。"

大松说："不用了。人家是白富美，我们是矮穷矬，就是要到电话号码也没什么话好说啊。"

陈榕不吭声。

大松说："好了好了，你别赌气了。今晚我们去搓麻将！"

陈榕眼睛里顿时射出了兴奋渴望的目光："好！"

只会说“不”的姑娘终于说了个“好”，我跟大松捂着嘴偷偷地笑。

陈榕不知道的是，大松在同学会上见到了姗姗。姗姗还是那么优雅，那么美丽，那么风姿绰约。但大松只是简单地和她打了个招呼，喝了几杯啤酒。身处高雅的商务酒楼，耳畔都是相互攀比的窃窃私语，他突然发现陈榕的无理取闹是多么有意思多么可爱。他非常非常地思念她，思念那个冷酷、小心眼儿、脾气差、身体不好的女人，思念她两鬓斑白的头发。思念她的“不”和她买来的猫，还有她为他生下的那个同样小心眼儿、脾气差的女儿。

哪，我就是他们的女儿。陈榕就是我妈妈，大松就是我爸爸。

9

年轻的时候，我们往往会遇到这样一种爱情。一见到对方，就手足无措，就心跳加速，就灵魂出窍。你爱她爱得要死，恨不得马上就死，现在就死。可是你们谁也没有死成，反而和另一个人结了婚，要度过平庸的、吵闹的、无聊的、漫长的一生。你和另一个人相互陪伴，相互搀扶，走过一片又一片泥淖，穿越一座又一座荒漠。你以为这样的情感只是亲情，只是依赖，但从来不可能是爱。

也许，连身在其中的你们自己都未曾发觉，其实你们很相爱。你们的爱是与海枯石烂山崩地裂不一样类别的爱。你们的爱静水流深，甚至比海枯石烂比山崩地裂来得更加深刻。

与一个人度过一生，岂非比陪一个人去死要困难得多？连一起活下去都不害怕，还有什么好怕的呢。

或许陪伴才是最伟大的爱情吧。

花痴少女求爱记

1

有一个很热门的说法：一件事情，如果你坚持二十二天以上，就变成了习惯。

三伙对此坚信不疑，并身体力行。

迄今为止，她连续做了超过二十二天的事情有很多：每天坚持去楼下免费健身器材处跟老头儿老太太一起“太空漫步”，做拉伸，聊胜于无地锻炼身体；参加工作后连续加班一个月，喝了将近四十袋咖啡，从此咖啡因上瘾；下班回家至少看一集《康熙来了》，或者其他综艺节目比如《整人大赏》，她相信保持心情愉悦是能够长命百岁的重要因素之一。

但是，当三伙超过了二十二天，甚至超过了二十二个月没和农大小哥联系时，她悲痛地发现，自己并没有形成习惯，反而愈发怀念。

农大小哥是三伙参加学校舞会认识的金融才俊。年轻，帅气，还富有。他的富有不是暴发户富二代的那种富有，而是从学历到谈吐再

到工作前途全方位无死角的富有。三伙和他在一起后，整个世界都像是被照亮了，从头到脚一片光明。

最让三伙动容的是，农大小哥家里并无任何背景，凭借自己的能力，单枪匹马就在北京闯出一番天地。

三伙说："农大小哥真有趣啊，跟他聊天特开心。挺不容易的，读完博士出来竟然还没有变成书呆子。"

我说："是啊是啊。"

三伙说："农大小哥真上进啊，还准备继续进修呢。"

我说："是啊是啊。"

三伙说："农大小哥真励志啊，没背景没关系不满三十岁就已经当上国企高管，每天忙个不停。"

我说："是啊是啊。"

三伙没有继续夸奖自家的小哥，哀怨地叹了口气："忙到没时间跟我约会了。"

我说："哦？"

三伙说："你能不能想象，我跟小哥同在北京，却只能一个月见一次面？"

我说："哦。"

2

三伙受不了这样的男朋友，感觉自己有了他和没有他是一样的。

每次，三伙问小哥："什么时候能见面？"小哥的回答里满满地都是不耐烦："等我这段时间忙完吧。"

三伙是个比较大条的姑娘，虽说心头有些许不愉快，但日子一样要过。她跟老年人抢健身器材，去逛超市，买很多不同口味的咖啡，抱着电脑看各种热闹的节目，和室友嘻嘻哈哈笑成一团，偶尔跟小哥来一场难得的约会，把这场恋爱当作异地恋来处理，好像就也没什么不好。

可这样的状态，在两人都在同一个城市生活的情况下始终是不对的，当三伙高烧躺床上两天两夜的时候，尤甚。

室友忙着准备考试，不能长时间守着三伙。她拿温度计给三伙测了体温，去校医院开了点药，叮嘱三伙记得吃，又买来粥放在她桌子上："三伙，你记得喝粥！快考试了，我先去教室上自习。"

三伙有气无力地说："好。"

室友穿上鞋，轻手轻脚带上门出去了。

然后三伙支起身从枕头下掏出手机给恋人打电话，不出意外地被挂掉。

三伙只好眼泪汪汪地发微信：你能来一趟吗？我发烧了，可能要去医院挂水。

过了老半天，小哥的回复姗姗来迟：我今天很忙啊。

三伙委屈：你忙完来看看我都不行？

又过了老半天，小哥回：周末吧，这周末我来看你。

三伙终于爆炸了。

3

其实小哥并不是三伙爱上的第一个男人。

作为与她同窗十二年的好同学、好兄弟，三伙那点感情史我知道

得比她爸妈还要清楚。因为我对她太熟悉了，熟悉到我们暗恋的人都能重合至少四位。

三伙的初恋发生在小学。对方叫阿文，是个浓眉大眼敦厚英猛的小男生。

阿文有点儿坏，有点儿痞。经常在班上围追堵截各种女生，然后在对方脸上掐一把亲一口。老师们都对他无可奈何，他成了女生们心中最恐怖的恶魔。

可是当所有人遇到阿文就绕道走的时候，三伙却对他着了迷。她一边趴在桌子上写数学作业，一边感慨：路小佳我真羡慕你，你居然可以和他同桌！

我咬牙切齿：你羡慕我你就跟我换位子吧！他简直坏透了，每天都跟我打架。

三伙一脸花痴相：好啊好啊，我跟你换！我就想不明白了，连班上最丑的阿雪都被阿文摸过，我也长得不丑，你说为什么阿文不摸我？

我看着她，好像看着个怪物：三伙你这是啥心态？好变态。

三伙不以为然：哪里变态了。阿文长得那么帅，他要是摸我，吃亏的不是我。

我说：那是谁？

她说：是阿文自己啊！

我有点迷茫：哈？

三伙恨铁不成钢：他以为他占了我便宜，其实是我占了他便宜。道理这么简单你还想不明白？

我说：那么我占了阿文不少便宜。

三伙叹气：所以我羡慕你！可是你是根木头，不解风情。

我脸红红地说：哎呀。其实我不是木头。我也喜欢他。

三伙一双小眼睛在那个瞬间瞪得好大。

就这样，三伙在挑选暗恋对象这件事上一如既往贯彻着她的独特品位：只要长得帅，人品再差也不是问题。

比如高中时每逢体育课总会走过我们班窗前的那个少年。

4

少年叫什么名字？我不知道，三伙也不知道。

我知道的是，我和三伙都疯狂地迷恋上了他，就像我们念小学的时候迷恋阿文一样。

因为少年在文科实验班就读，“文科实验班”便成了他的代号。他长得干净帅气，很明亮，不娘炮。走起路来虎虎生风，千篇一律的校服穿在他身上也变成了战袍。

每当文科实验班从我们班门前路过，我都会大呼小叫提醒三伙观赏。然后我们手托腮，一副思春少女样：嗨呀，文科实验班就是帅！就是好看！就是迷人！

我跟三伙抬着垃圾筐去倒垃圾，路过篮球场，刚好撞上文科实验班停好自行车从车库出来。我俩正准备开展新一轮品评与赞赏，就看到我们风一样的少年迎着风吐了口痰。

那口痰“啪”的一声粘在地上，换谁看了估计都会觉得恶心。可三伙却没有这么俗气。

三伙两眼冒着桃心：路小佳，你有没有感觉到，文科实验班就连

吐痰都好英姿飒爽啊！

我吞了一口唾沫：嗯，这个嘛……

没等我把话说完，三伙继续犯花痴：你看，他的痰在阳光下闪着银色的光芒，好像一个一块钱的亮晶晶的硬币！

原本我想跟她吐槽一下内心偶像的幻灭，结果被她这么一搅只好把想说的话咽回喉咙里：那你去捡啊。

三伙朝着我翻了个白眼：哼，你别恶心人。我是不会被你恶心到的。

那以后，我算是被文科实验班倒足了胃口。但三伙坚持着她的一颗少女心，继续抓紧一切机会与文科实验班偶遇，甚至干过去对方班级门口蹲守这一类丧心病狂的事情。

时光一点点流逝，比我们高一级的文科实验班快参加高考了。三伙很少再见到他那张帅到无可挑剔的脸，成天郁郁寡欢。

最后一次看到对方，是在某次体育课后。我在教室前方，直着身子观察对面办公楼班主任的动态，文科实验班的身姿却映入眼帘。

我激动地叫：三伙！三伙！你的梦中情人来啦！

三伙比我更激动，她原本在教室后方饮水机处接水喝，听我一喊立马冲过来想要再看一看心爱的少年，不幸踩到一摊水，脚下一滑，脸朝下地摔倒在地，还发出了惊天动地的声响。

她满脸羞愧地爬起来，往窗户外望，文科实验班刚好目睹了这一幕，看着这个笨拙的姑娘，粲然一笑。三伙立马达到了暗恋的高潮。

三伙说：你看，他终于对我笑了。

伴着这一跤，三伙获得了梦寐以求的少年的笑，也摔出了故事的结局。

故事的结局是，文科实验班指着地上挣扎的满身泥水的三伙，对身边的哥们儿说：哈哈哈哈，这娘儿们，真傻 ×！

三伙就此心碎。

5

鉴于她几次失败的恋爱经历，当三伙打电话来愤怒控诉农大小哥对她的种种恶行时，我觉得再正常不过了。

我说：谁叫你每次挑男人都只知道看脸？现在晓得哭了？

三伙弱弱地说：晓得了。

我说：那你现在怎么办？

三伙说：不知道。

我说：不知道就继续想，想明白了再来找我。

等三伙来找我，花了四天时间。

这四天里，三伙什么事儿也没干，光是躺着，抓着手机等小哥的消息。手机一直没响，小哥也一直没来。三伙等啊等啊，心也灰了。

到周六那天，三伙总算是接到了小哥的电话：三伙呀，我终于忙完了。我现在来你学校找你，我们一起吃个饭吧。

三伙声音闷闷的：哦。

小哥说：你怎么了？

三伙瞬间黑脸，不吱声。

小哥如梦初醒：对了，你还在发烧吗？感冒好点了吗？我带你去挂水！

三伙说：我 ×，要等着你来陪我挂水我估计老早就翘辫子了。你

给我滚，有多远算多远，我们分手。

小哥居然也没辩解什么，默默地就滚了。

然后三伙哭闹着找我诉苦：路小佳，这都是啥人啊！再工作狂也不能扔了女朋友呀！

我说：嗯，所以他滚得好啊。

三伙叹气：对，我也觉得他滚得好。这下我可以恢复单身，继续寻觅新对象了。

我能听出，三伙的话里仍然有那么些哀怨，和……留恋。

一年后，我听说三伙有了新对象。

是大学同学，一直对她无微不至，是个标准的暖男型大叔。两人相处一年，后来在 color running 里擦出火花，很快就确定了恋爱关系。

我说：你终于有个靠谱儿的对象了。

三伙不以为然：哦。

我说：怎么感觉你这次谈恋爱，一点儿喜气都没有。

三伙说：哦？

我说：哦。

6

我没想到的是，在北京过得好好的三伙，突然发神经，跟我说要来上海工作。

我在一个冬夜接到三伙，提着两个大箱子，还背着只大包，可怜兮兮地站在小区门口。

一看到我，她就开始吐槽：哎哟我去，上海真是太可怕了。今天

坐地铁，东西太多，被无数大妈翻白眼嘬牙花，走到四川北路上，又被一骑着电瓶车的中年秃头男撞到，那秃头男不但不道歉还翻我白眼，我想说到四五十岁年纪还满是戾气的人一定是 loser！没有例外！Loser！上海真是太可怕了……

我笑：上海这么可怕，你赶紧地滚回北京去。

三伙说：得了吧，北京空气太差。上海虽然空气也差，但好歹天上能看着星星。

那天晚上，我俩躺在小床上絮絮叨叨说了好多话。我说：你就这么过来了，大叔怎么办？

她说：大叔就在北京啊。

我说：他不跟你来上海？

她说：大叔是国防生，要多念一年。

我说：等他毕业就能重聚了，没事的。

她说：毕业了也不能重聚。

我说：为什么？

她说：因为他家在南京，他要回南京。

我好像嗅到了一丝不对劲的味道，继续追问：其实南京也不错的。你为啥不去南京？

她翻个身，不耐烦地说：路小佳你能不能睡了，话怎么这么多。

我说：你是不是不太喜欢他？

三伙不吭声了。

在我的世界观里，一个人要是真心喜欢另一个人，是一定会跟着对方的坐标平移的，比如我和我那傻乎乎的对象。

可是三伙自己，好像又特别不愿意承认自己对大叔并不感冒。

三伙说：年轻的时候，喜欢过那么多帅哥，可是帅哥有用吗？帅哥能当饭吃吗？还不如一个朴实稳重的大叔，会关心人学历高前途好。

我的头点得跟小鸡啄米似的：对对对，三伙你说得对，你终于悟了。

三伙说：以前是我太肤浅了，所以我要改变自己。你看我现在对感情抱着一种顺其自然的心态，不也挺好？

我继续拼命点头。

三伙说：嗯，元旦节的时候大叔会来上海看我。那会儿你在上海吗？

我说：我不在。就算我在，也要创造机会让我不在。你们好好温存，不要太顾虑我的床单。

三伙说：果然是我的好朋友！你赶紧买票准备走吧。

我飞速买了票，跟对象走人。

7

回魔都上班后，我贼兮兮地问三伙：搞了没？

三伙说：搞个毛。

我很是疑惑：为啥不搞？

三伙没好气地说：要你管。

我只好默不作声。

不知道过了过久，三伙开口了：喂，路小佳。我觉得，我还是有点儿挂念农大小哥。

我震惊：这都过去多久了！你能不能行？

三伙说：其实我已经很久没再和小哥联系。我算算，起码有

二十二个月了。

我说：按照你的习惯养成理论，这不科学。

三伙说：不科学的不只是这个。

我说：不科学的还有啥？

三伙说：我和大叔相处时间也不短了，可是我们也并没有养成良好的恋爱习惯啊。

我说：不科学的一定是习惯养成理论。叫你少看点心灵鸡汤，你偏不听。看吧，这下把自己给绕进去了。

三伙说：或许，不科学的是爱情呢？

三伙还说：最近我一直在思考一个问题。和好看的男生在一起，我好像怎么着都是开心的。和不好看的男生在一起，我从心底深处就有种排斥感。比如阿文，明知道他就是个小痞子，我却做梦都想他来调戏我一次。比如我们以前都喜欢过的文科实验班，哪怕他吐口痰都是风华绝代。就算他骂我傻 ×，我也会乐呵呵地抬起头，一边捂着心碎的胸口一边强颜欢笑说，对啊，我确实很傻 × 哈哈哈。比如农大小哥，我们一个月也见不到几次，我不但不生气，反而为他找各种借口，说都是因为他忙，他要奋斗，他有上进心。直到我生病那次，和他分手，心里其实无比盼望着他能挽回我。

我说：所以大叔呢？

三伙叹了一口老气：所以大叔虽然什么都好，我就是没法儿爱上他。我从北京跑来上海，有很大一部分原因是觉得跟他待一块儿无聊又难受，可是所有人都说我们很般配，说大叔有前途，性格好，对人细心又憨厚。现在我每天和他通一次电话，听他在那头啰里吧嗦地讲话，

心里总是烦到不行。我和他拥抱还好，至少不用看到他的脸。一看到他的脸，就连接吻都下不去嘴。我想了很久，发现终极原因还是长相。我可能就是花痴重症晚期，没得救了。路小佳你说，我是不是特没品？

我语重心长地跟她扮知心姐姐：三伙，你这不是没品，你这叫有追求。

8

有种价值观，叫作等价交换，风靡世间上千年。男生，只需要赚钱养家；女生，只需要貌美如花。

可是三伙偏偏是个异类。她的价值观和大多数人的是颠倒过来的：我要花美男！我就要花美男！我一定要花美男！

她不需要从男人身上获得任何金钱价值，因为她自己可以创造。她也不需要强迫自己温柔如水貌美如花，因为漂亮的女人太多，有趣的女人太少。

能够通过奋斗得来的东西，为什么一定要靠男人赐予？用婚姻来交换对方的殷实家底，这叫买卖，不叫爱情。

我爱死了三伙这样的女人，她的标准万分简单：男朋友帅就好了，一切拿脸说话。“帅”看似简单，实则是婚恋中最难达到的目标。拿脸说话，就是一见钟情的同义词，就是唯爱主义的最佳注解，就是在当下女人中间难能可贵的勇气。她需要历经千辛万苦，排除所有渣男，拒绝旁人眼中般配的对象，耐得住寂寞，能等待那个梦中情人的到来。

对我的歪理邪说，三伙将信将疑。她跟大叔分了手，夜夜寂寞地哀号：路小佳你不要往我脸上抹粉，你看某某和某某还有某某嫁得多好，

虽然老公又丑又胖，但穿的婚纱可是正品 Vera Wang。我觉得我很丢人，我很肤浅，我很蠢……

我敲了一下她的头，继续刷朋友圈八卦：哎，三伙！一个劲爆的消息！陶喆出轨了！

三伙愣了一会儿，似乎在思考陶喆到底是谁。然后三伙突然就不哀怨了，肆无忌惮笑了起来，笑得眼泪直掉，像一只咯咯叫的小母鸡：哈哈哈，陶喆那么丑都出轨了，哈哈哈，看来找对象还是要找个好看的啊！

我说：三伙，你终于悟了。

后来的后来，三伙出来跟我们聚会，拖着一个帅哥的手。

帅哥是军医男，很爱她，愿意和她一起在上海拼搏成家。可是，军医男又红又专，是三伙最不喜欢的类型啊。

我悄悄地问三伙：你们吵架厉害吗？

三伙娴熟地一撇嘴角：哪有。我跟你说，你甭不信：二十二天习惯养成理论果然是科学的。我和他交往了一个月，他就已经被我彻底改造了三观。就是这么棒。路小佳，我算是想通了，男人的思维、性格、爱好、脾气对于时间而言是可塑的，唯独臭皮囊不可逆。所以，作为一个只爱帅哥的女人，我并不是蠢，并不是没品，而是透过现象看到了本质，还玩得一手好养成游戏！

喏，这就是关于寻求真爱的花痴少女的故事。

有时候，相较于虚幻的内心世界，皮囊可能具有更加深刻的意义。

空山

那说话人五十来岁年纪，一件青布长袍早洗得褪成蓝灰色。只听他两片梨花木板碰了几下，左手中竹棒在一面小羯鼓上敲起嘚嘚连声。唱道："小桃无主自开花，烟草茫茫带晚鸦。几处败垣围故井，向来一一是人家。"

——金庸《射雕英雄传》

南

1

彼时，洪七正手握鸡翅，看着一只鸟飞过，远远远远地飞过。洪七与我相对坐着，一座大山的阴影覆盖着我们——时间在这里仿佛有着高深长阔的形状。山是华山。那枯树的形状仿佛是风随意塑造出来的，充满了不可驯服的野气。风也是带野气的——在山谷间，如同野狗一般跑来跑去——眼睛固然看不见，但能感觉得到。

打坐之后，口就淡了，肚子里老是念阿弥陀佛，幸好这褡裢里还剩一只鸡翅。洪七说完这话，大概是发觉自己的言行在我这样的出家人面前多有冒犯之处，便吐了吐舌头，把鸡翅放回腰间挂着的褡裢里，扳直了身板，学着禅和子模样，继续盘坐。我们坐的是一块船头状的悬崖，三边没遮挡，风从山口灌进来，吹动着洪七的胡子。脚底下有雾气冉冉上升，整座山像是要飘浮起来。

移时，我睁开了眼睛，洪七也睁开了眼睛。我说，我看你的目光，就知道你的静坐功夫又进了一层。

智兴，我坐在你身边，感觉就像坐在水池边，能教我安静下来。

智兴是我的俗家名字，洪七总是习惯于像从前那样称呼我。我不语，望着空中的一朵浮云出神。从华山之巅掠过的浮云，有数十席宽。

智兴，整整一天你不是低头念阿弥陀佛，就是抬头看云。念阿弥陀佛是你本分，这云又有甚好看的？

我念阿弥陀佛，阿弥陀佛也念我；我看云，云也看我。

世事变幻真好似这浮云，几年前，我见到你，还是穿一身龙袍的，现如今却换成了僧袍。

世上最重的是龙袍，最轻的是僧袍，何不让自己换得一身轻？

你只是换了一身衣裳，可大理国却不知道换成个什么模样呢。

啊啊我当初出家，竟没想那么多……罪过罪过……这事说起来，真是一段让人难以启齿的罪孽啊……

2

母亲生我之前，梦见窗外有人持剑而立，那人对着一颗脑袋挥剑时，她突然惊叫一声，我就从她身上滚落了。她不知道这把剑预示着什么，心里一直惴惴不安。父亲虽为一国之君，却像一只柔弱的绵羊。朝中很多事，都是高氏族人说了算。父亲知道，以一己之力对抗庞大的高氏族人，还不如默默忍受。他除了唪念经文、把玩南红，在朝多年实在没有什么像样的作为。不过，自我诞生之后，他就决意将我从一只小绵羊驯养成一只可以威服四方的猛虎。因此，在我刚刚学会识字之时，他就迫不及待地为我四处寻访剑客，教我剑术。待我长大成人，羽翼渐丰，父亲也就萌生退意，而高氏族人趁这时机主动示好，要将高家名媛许配给我，结为世代姻亲。父亲一直忌惮高氏族人的势力，权衡其间利弊，也就答应了这门婚事。他给我铺设了一条坦途之后，索性禅位做了和尚。就这样，我作为大理国第十八位皇帝，正式登基。我一改父亲当年的作风，开始整治朝纲，修建城墙和寺庙，平衡各方势力。我时而像暴君那样凶残，时而又像佛陀那样慈悲。这种喜怒无常的性格让我的敌人和朋友都望而生畏，不敢造次。在短短几年内，我就把自己的位置给坐稳了。可以说，作为一名国君，人家该有的，我都拥有；人家没有的，我也拥有。我有一柄可以照亮黑夜的宝剑，有一个专门为我磨剑的侍从；我还有一群我谈不上喜欢或不喜欢的女人和一支效忠于我的军队。我看起来好像什么都不缺乏，但我就是感觉自己缺点什么。有一天清晨，我提剑出门时，突然明白自己缺的就是一个强劲的对手。彼时血气方刚，好斗，但凡遇见什么高手，总想跟他比画一下，非要见出高低不可。俗话说，刀剑不长眼。死在我手下的，也不乏其人。

一件奇怪的事就是在我砍掉一个刺客的脑袋后发生的。那时我正要收剑入鞘，背后突然冒出一个沙哑的声音。回望，除了一溜树影，没见人，心中不免疑惑。声音忽前忽后，飘没无着。我越过几堵高墙，追到外面的护城河边。月亮正从东山升起，一只鸟扑棱一下飞出树丛。四野沉寂，月光在地上一漾一漾的。嘎的一声，沙哑的声音又烟一般从我背后飘过来。我问，你是谁？为什么老不出现？那声音答道，我就是死在你剑下的那个衡山道士。我猛一回头，才发现地上多了一条影子。影子说，那回我跟你比剑，我原本可以战胜你，但我念你是一国之君，故意让了一手。不承想，你被血气所迷，愈斗愈勇，所出剑法是我平生见所未见的，再加上你是顺风使剑，速度更快，我一着不慎，被你刺中。我流了很多血，你原本可以救我一命，但你却骑马离去了。那时，我就死在这里，你还记得？我自然记得，我说，你现在变成厉鬼，想要向我索命？影子突然立起说，我虽然只是个影子，无法杀死你，但我不会让你这辈子安生。我朝影子连劈数剑，影子也不躲避。只见几片落叶，在剑底回旋着。影子在月光下缓缓升起来，跟怪鸟似的，发出嘎嘎的笑声。我杀不死你，你也休想再杀死我，彼此好自为之吧。影子语罢，如同烟雾般淡去，没入夜空。

我曾请来一名法师做法祈禳，念了七天七夜的打秽鬼经。影子似在非在，我也就见怪不怪了。影子自然无法拿刀剑砍我，只是在我杀机陡生之际，冷不丁地冒出来惊吓我。反过来说，我也不能拿刀剑杀死影子。我们就是这样一种关系。

我年轻时除了好斗，还落下一个毛病，那就是好色。我的宫殿很大，而我的女人散布在不同的角落，我得骑马去找她们。我的箭射在哪座房屋的木牌上，我就会在哪里过夜。有时我也会乔装打扮成商人的模样溜到宫外去打点野食，我喜欢偷偷跑到勾栏听歌、青楼买醉，看着那些晃动的柔软的身影，听着软绵绵的曲子，我就忘掉一身烦恼，直至在云团一样的酒香中渐渐沉醉。翌日醒来，常常不知道自己身在何处。

我说过，我是一个不安分的人，四处游荡是我生活的一部分。有一回，我驯服了一匹烈马之后便更换行装，独自一人外出狩猎。天色将晚，我骑着马，在一只鹰下面飞奔，呼啸而过的风声让我暂且忘掉自己背负的烦恼。鹰长唳一声，猛地俯冲下来，扑向一只野兔时，我的一枚箭也脱手飞出，射穿了它的胸膛。鹰落地，羽毛散开。兔骇，突然定住，回头睃我一眼，又开始没头没脑地朝前奔逃。在一片旷野里，我继续骑马追击着野兔。我虽带弓箭，却引而不发，因为我要像猫玩老鼠那样慢慢玩弄这只野兔。迎面一片树林，一下子遮暗了光线。一群白鸟被马惊吓，蓬蓬然散开，如同飞花。野兔跑进了一座李园，我的马也随之一跃而入。环顾四周，李花虽已凋谢，但满园荡漾着木叶的清香。我正要继续向前寻找那只兔子时，忽然有人从斜刺里冲过来，挡住了我的去路。那人骨骼粗壮，像一匹头大额宽的蒙古马，短衣打扮，看样子是个仆人。我没把他放在眼里，只管跃马向前。那人便拉住马头的缰绳，恼怒地告诉我，这是军巡使老丈人的府上，不得擅入。我听了，便想举起鞭子，劈脸抽过去，然后告诉他，这里所有的领地都是我们段氏的。但我很快就冷静下来。一阵风吹过来，我的目光微微一颤，越过他的肩膀，看见树林间走出一名女子，手里抱着的，正是那只惊慌失措的野兔。她穿着黄罗销金裙，两襟敞开，丝带飘拂。又一阵风从我手指间吹了过去，掠起她额前的一绺黑发。她噘着嘴，挑着眉头，有点带挑衅的意思。这世上的妙人儿都是甜蜜的毒药，见到她第一面，我就想毁在她手里了。

在黄衫女子的眼中，我大概就是那种架鹰走马的公子哥。她没搭理我，抱着那只蜷成一团的兔子转身穿过李树林，向一座花木掩映的瓦屋走去。我下得马来，也跟着走进李花丛中。可我走着走着又转了出来。连闯三遍，不得其门而入之后，我就明白，自己进入的不是一片李树林，而是精心布置的迷魂阵。那一刻，我不知道是树在移动，还是自己被人施了奇门法咒，脑子里有魇魔作祟。本想拔剑砍掉那些树木，但念及此举一则唐突美人，一则煞风景，也就知趣地退了出来。转眼间，黄衫女子又从树林间露出脸来，向我喊话：陌生的客人，你没有主人的邀请，怎能进得了我的家门？我知道她不是个简单的女人，就向她请教芳名，她却称自己只是一个小女子，姓甚名谁不值一提。既然这样，我说，我赐你一箭，请你收下，也许有一天我会再次来到这里。这样说着，我就拉满弓，把一枚箭射中了她身边的一棵李树。黄衫女子连看都没看一眼，说，我夫君若在，准会还你一箭。我问道，请问夫君高姓大名？黄衫女子笑而不答。

这时，屋内传来一声老人的叫唤：瑛姑，你在外头跟谁搭话？黄衫女子回头应了一声。

你叫瑛姑？我对瑛姑说，能否把你怀里的兔子交还给我。

瑛姑说，兔子既不是你的，也不是我的，它从哪里来，就让它回哪里去吧。我说，我要定这只兔子了。瑛姑说，我们不妨打个赌，官人若是输了，就放过这只兔子。我说，你怎么知道我会输？瑛姑说，官人守信便好，我且斗胆向官人请教一个简单的问题：今有雉兔同笼，上有三十五头，下有九十四足。问雉、兔各几何？我自然知道这是一道算术题，但我也知道眼前这女子没有我之前所想象的那样简单，我若是往深里想，就怕自己像走进林子那样绕进去。再说，我看中的已经不是她手中的兔子了。多情如我，见美姝在前，即便有一阵微风吹过，似乎也能牵动一缕欲念。但我仍然装出一副满不在乎的神色，把那个问题撇到一边，牵着马往外走去。没走几步，林子那头突然又传来瑛姑的声音：既然官人赠我一箭，我也回官人一箭吧。

我在树下驻足片刻，一枚箭嗖地一下，穿林而至，射中我脚前一步之地。我从地上拔出箭来，细视箭杆，上面镌刻着一个我所熟知的神箭手的名字。我隔着林子扔去一句：我已经知道你的夫君是何许人了。随即就传来一声回应：知道就好，免得下回再来我家门前炫耀自己的箭术。

我把箭收入囊中，骑马离开了。

得遇瑛姑，我才算明白，宫里面的女人都不过是庸脂俗粉。瑛姑是一位幻戏乐人的女儿，她熟读《周易》，精通九章算法，会布阵，也懂音律，是我生平所见过的一等聪明的女子。她有个外号，叫神算子。那一阵子，凡与瑛姑有关的消息，我都要向人打听。

3

那年初冬，草木黄落，我带领部属去京畿山野间狩猎。扈从三百余人，连扛药箱的太医和抬恭桶拎夜壶的太监们都没遗漏。当然，我还特意叫上了羊苴咩城的一位军巡使。那人善射，据说是一位“能教鬼怕神愁的神箭手”。我们就在猎场的空地里搭起帐篷，挂起虎皮狼蜕。我喜欢那样一种冬狩的排场：白云覆地，马嘶鹰飞，旌旗飘展，弧矢鸣荡。想想都令人过瘾。

我屏退左右，让军巡使侍坐一侧，把温好的酒递了过去，他跪下来，诚惶诚恐地接过杯子。在我看来，酒便是酒，在他看来，这是御赐之物，自然非同一般。我饮下一盅，说，喝了酒，肺腑开张，正好可以杀几头虎狼助兴。军巡使说，这一带很少有虎狼出没，卑臣多年前同好友在这里巡逻时，曾见过不少麋鹿。说话间，我看见一只麋鹿正在山麓的溪流边饮水。我对军巡使说，我跟你打一个赌如何？你我之间，看谁抢先射中那只鹿。军巡使问，难得皇上有此雅兴，却不知赌的是什么？我说，若你赢了，我宫中的嫔妃任你挑选一个；反过来说，若我赢了，你家中的美妾也任我挑选一个。军巡使说，皇上既出此言，一定是胜算在握了。

我与军巡使折箭为誓，他那张脸满是络腮胡，看上去似乎没有一点表情。我们取了弓箭，各自上马，分头追杀那只麋鹿。

最后当然是我赢了。

我迫不及待地跑到那座李园，跟瑛姑见了一面。瑛姑得知事情的始末后，依旧隔着一片树林跟我说话。她说，让我做你的妃子，只有一个条件。我说，你无论提出什么条件我都会尽可能满足你的。瑛姑说，砍掉军巡使的一条手臂。我问，他是我的爱将，又是你的夫君，你为何要砍他手臂？瑛姑说，因为他把我当作跟人交换的物品，便是对我不敬。既然他不敬在先，也就休怪我不讲情义。

三天后，我派人给瑛姑送去了一份彩礼，顺便带来了军巡使的一条手臂。

羊苴咩城的人都说，瑛姑是一个悖德的妇人。而我娶了悖德的妇人，也不会有什么好结果。他们是这样说的。

迎亲队伍进入羊苴咩城之后，我便穿上一身吉服，带上仪仗队来到皇宫大门外迎候。一名文官跪在我跟前说，皇上是九五至尊，不可屈尊。我立刻把他轰开了。瑛姑下了凤舆，我让她从正门进来。又有一位文官跪在我跟前说，先皇已定规矩，迎娶皇后的时候才可以走正门，皇上万万不可让妃子……我二话没说，就把他踢到侧门那边去了。那晚，我牵着瑛姑的手，大摇大摆地从正门走进大殿。

我为什么会喜欢瑛姑？因为她脸上有一颗痣。皇后身上几乎找不到一颗痣，但我偏偏不喜欢一个没有瑕疵的女人。

那一晚，我喝了很多酒。我和瑛姑躺在床上的时候，有一阵巨大的声音突然从我头顶滚过，然后就听到远山传来空洞的回响。是打雷的声音？我问瑛姑。不是，瑛姑说，这声音好像是从地底传来的。瑛姑说，床好像在动。不，是地在动。我抱住瑛姑说，是我的身体在动。那时候，酒劲已经上来，我感觉自己脑袋里有什么东西也在动。

4

（智兴，你说每个人的心里都有一个暴君和一个佛陀？暴君手里拿着一把刀，佛陀手里拿着一朵莲花。是这样吗，智兴？）

5

翌日，外面传来急报：威楚府地震，地忽然裂开，吞没了不少人。坏消息传到我宫中的同时，我的坏名声也传到了宫外。于是，民怨沸腾，骂声一片。朝廷上下，但凡遇见灾异，都要找个像煞有介事的说法。事情闹大了，话也就多了。朝中大臣历数了我十条罪状。即便连地震这样的事，据说也是因为我忤逆天意惹得天怒人怨，以至上天以灾异示儆。高氏族人借势向我倒戈，发动了一场规模不可谓不大的政变。那些骑马的人、拿刀的人、放狠话的人，全都杀过来了。失掉一只手臂的军巡使与叛军里应外合，浩浩荡荡地从正门进来，说是要"入宫谢恩"。也就是在一夜之间，高氏族人借着"勤王"的名义掌控了朝政。我跟父亲一样，再次沦为傀儡。

想来这也是宿命：一旦大理段氏摆脱高氏族人的掌控，边地必出骚乱；一旦高氏族人入主朝廷，边患即刻消除。我现在终于明白，父亲当年是如何过着委曲求全的生活。那一年，金兵犯境，军国大事大都由高氏族人说了算，我坐在龙椅上不过是摆个样子——既然如此，我也就懒得上朝听政了，索性把日朝改为朔望朝，后来连初一、十五都不上朝了。那些当初称我是"暴君"的人又开始嚷嚷着骂我是"昏君"。过了些日，高氏族人大概是拿金人没法子了，便把烂摊子甩给我，指使大臣们一次又一次地提醒我，我长久以来疏于临民莅政，以至于几座边城屡屡失陷。我掐指算了一下，我已经有好几个月没跟大臣们见面了。于是，我又披上袍子，懒洋洋地登上那张被人们称为龙椅的椅子。我不算勤政，但有时也会把堆叠如山的奏章带回寝宫。瑛姑见我在灯下支着下巴长叹，便问我为什么忧虑。我把那些奏章带来的烦愁说给她听。瑛姑翻阅了一遍，给我出了一些点子。她的才智远远在我之上，花了一个通宵的时间，就帮我把各种奏折批阅完毕。第二天，我把朱批交给朝中大臣时，他们几乎不敢相信自己的眼睛。

瑛姑发现我的剑术不进反退之后，就暗暗替我担忧。她开始管制我的后宫，收起我的酒杯。在瑛姑看来，凭我的悟性，若是用志不分，勤加修炼，不出几年，就能与那位终南山剑客一争高低了。在她的督促下，我刚日打坐，柔日练剑，自觉有了精进。每回我练不下去，想找点乐子时，瑛姑就会像一位严厉的师傅那样提醒我。至于朝中的事，我已交付几个朝臣把持。如果他们还有什么事不能裁决，就经由瑛姑转告于我。事实上，那些事让瑛姑打理起来会比我更得体。碍于妇人不能主事的老规矩，我也只能让瑛姑在暗中帮我出主意。

鸡叫三遍了，你也该去练剑了。

月亮刚从东山出来呢，你为什么就早早收剑了？

我每天总能听到瑛姑口气温柔却又不失严厉的敦促。

瑛姑才智过人，无书不读。像算六十甲子书、占贝卜书她都能通读,还有一些从江湖异士那里收罗过来的稀奇古怪的剑谱,她也能读一些。她边读边讲解给我听,然后就让我照着本子把每一路剑法都练上一遍。我练得愈多,忘得愈快。当我忘记所有的招数时,我的剑术就有了明显的长进。汗水流淌下来,血气翻涌上去,不能不说是一件痛快淋漓的事。每回收剑,看到满地落叶,我就很满意。

半年过后,瑛姑请来了一位国中剑术名家。他看了我的剑术,感叹说,我的剑里面带秋声,让人想起无边落木萧萧下。这句话很美,我就让史官记下了。还有一位琉球高手,称我为"三百年来剑术造诣最高的剑之圣者",我也让史官把这句话一并记下了。

在我不理朝政的年头里,高氏族人反倒不知道应该怎么办了。他们掌控的权力愈大,内部的纷争就愈多。他们闹得不可开交时,又希望我出来平衡一下。于是,我又可以做一些让自己说了算的事。比如恢复旧制,比如兴建寺庙和城墙。有朝臣送来青铜大鼎,内铸铭文,对我的文治武功大加赞赏;又诣阙上表,向我提议废除身为高氏族人的皇后,另立瑛姑为后。

我把这事说与瑛姑听。瑛姑说,她昨夜做了一个梦,梦见一位羽人进室,把凤袍披在她身上。我告诉她,我已经把万千宠爱都加在她一人身上,还要凤袍作甚?瑛姑说,她喜欢凤袍上绣的那些熠熠生辉的金翅,她觉得自己穿上这样的衣裳走出去会是一件很体面的事。

很快地，我就收到了皇后的宫怨诗，说的是自己在凄清的夜晚如何翻出箱底那件大婚时穿过的凤袍暗自落泪，如何抚摩着熟睡中的孩儿替他的命途担忧。我把这诗扔给瑛姑看，瑛姑读了，叹息一声，说，这世间的男人都爱青丝，嫌憎白发，等我老了，或许也会被人冷落。这些话说得我心里凉一阵、热一阵的。外面的竹影映在窗上，风吹竹叶的声音传到我耳中，我没什么话可说，只好望着窗外出神。女人心思细密，在房栊四围种了竹子，以求幽情，现在听来，全像是凄凉的低语了。

6

（那一年秋天，我经过瑛姑的李园，见了她一面。她的头发全白了，像李花一样白。我问她，怎么会变成这样子？她说了一些不知所云的话。她好像是真的疯了。我唯一听懂的一句话是，她痛恨这世上所有的男人。智兴，她像疯婆子那样诅咒着世上所有的男人。）

7

从她身上，我能闻到李花的味道。我们站在塔楼上，她的眼睛里倒映着暮春三月的晚空。她说，昨夜我梦见一只黑鸟飞入我帐中，遗落一枚透明的白卵。我问，这是什么意思？瑛姑说，我查了一部解梦的书，说是吉兆，古代的皇后就因为做了一个玄鸟堕卵的梦之后诞下一子，后来成为皇帝。所以，我觉得，这个梦就是天启，我也要替你生一个孩子，让他继承皇位。我听了，不由得吸了一口凉气。瑛姑不仅想做皇帝的女人，还想做皇帝的母亲。我向她解释说，我已将皇后所生的长子立为王储，现在如果废长立幼，必致宫乱。再说，你又如何能保证自己所生的是儿子？瑛姑回答令我大为吃惊。她说，你别忘了，我的绰号是神算子，我凭借五行八卦算出哪个时辰交合可以怀上男孩的。

我开始害怕跟她见面了。

为生孩子的事，她跟我没少发脾气。很显然，她身上有着强烈的占有欲，如果可能，她想占有我的一切。后来我就以练先天功，务须禁欲为由躲进密室，避而不见。

我闭关修炼的时候，把兵符与印信交给朝中几位信得过的大臣。每个月，他们还要捧着我的金靴去城外转一圈，代替巡视。我回到朝中的时候，很奇怪，手下的人竟没有一个做出背叛我的事。唯一背叛我的人是瑛姑。

出关那天，她就跪在我面前，泪流满面地告诉我，她有了。那一刻，我仿佛听到了内心里传来一柄剑崩断的声音。我没有逼问，她就把那个男人的名字告诉了我。那人是我的朋友，确切地说，是我朋友的一个师弟，长着圆胖脸，性喜诙谑，有点像古书上记载的那种俳优、狎徒之流。按照她的说法：他只是用手指碰了一下她的身体，她就爱上了他，然后就做了他的女人。我问她，这件事还有谁知道？瑛姑说，朝中上下都已经知道了。

我知道，所有的人都在暗地里谈论我的隐私，而且都在迫切地等待我以一种残酷的方式了结这件足以让我一辈子都抬不起头的事。望着墙壁上挂着的宝剑，我的怒气仿佛带着一股呼啸的声音蹿出了我的身体。我可以驾驭一匹烈马，却怎么也无法控制自己的情绪。然而，当我举剑刺向瑛姑的时候，那个久违的影子突然出现了。

我问影子，莫非又是我做错了什么？影子没有回答，只是发出一阵嘎嘎的笑声。我用剑尖指着影子喝道，不许笑。影子反倒笑得更厉害了。门口的珠帘也在不停地晃动着。

影子消失之后，我才转过身来，看见瑛姑依旧跪在那里。

我的剑始终没有落下。

一缕曙光照在我手上。我像收起一柄剑那样，收起了我的愤怒。

我是一个罪大恶极的人：我好斗，滥杀无辜，结果被影子附身，摆脱不得；我好色，淫人妻子，结果自己的爱妃反被人淫。用佛门的话说，这都是因果报应。

从此以后，我开始憎恶刀剑，憎恶女人。宫里面的人和大臣常常找不到我。更多的时候，我是去外面访僧问道。听说有位西域圣僧，在城外一座山里结庵居住，我便带着十余名侍从、一车礼物进山拜访。山很大，上有白云缭绕，下有烟岚弥漫，茅庵藏得很深，我们费了一番好找。在一口水潭边，我看到了一座依树而建的茅庵，柴扉紧闭着，寂中透静。侍从说，这和尚真是不识抬举，皇上来了，也不开门。我下马上前，敲了三声门，里面就传来一个小沙弥的声音：谁呀？我曼声应道，大理国皇帝段智兴特来拜会圣僧。小沙弥答道，师父三天前闭关，再过一个月出关。我说，师父闭关，你可以开门呀。小沙弥说，师父说了，茅屋太小，容不下你这样的贵客。侍从威吓道，如果你不开门，我就放火把你们的茅屋给烧了，看你还敢不敢开门。屋子里面突然就没了声息。罢了罢了，我说，既然圣僧不想见人，你就是把整座山烧了也不管用。我让侍从奉上礼物，就下山了。

后来，我派人请圣僧出来做国师，他婉言谢绝；赐他一座寺庙，他也谢绝。听西域过来的人说，圣僧原是西域某国的王子，身为天潢贵胄，享尽了人世间的一切荣华富贵之后，突然又看破一切，出家做了和尚，从此草衣卉服，穴居野处，不跟世人往来，却与鱼鸟相亲。又听人说，他在山中修行时，身上落满了树叶，爬满了蚂蚁，也不去拂拭。那年冬天，我想起这位圣僧，又带着几个侍从去拜访他，他还是避而不见。没法子，我就把那座山送给了他。

下得山来，我让侍从先行，独自一人沿着一条长河默默行走。听着潺潺水声，感觉自己也在缓缓流动。山在恍惚间退远，近似于无。河流没有尽头，时间也没有尽头。天地之间，只有我和马的影子在缓慢地移动着。我脱掉了自己身上的袍子，卸掉了马身上的鞍辔。一下子感觉自己轻松了许多，马在我前面踢着土块，微尘飘落河面。这时我忽然明白：去见圣僧，是不应该穿着皇袍、带上那么多侍从和礼物的。

到山中寻访圣僧的念头一直没有打消。下过一场雪之后，太阳劈开一条爽净的山路，我穿着一身粗布衣裳来到山中。我站在一座低矮的茅屋前。听得里面有人问：谁呀？

答：是我。

又问：你又是谁？

又答：我是我。

门开了，圣僧走了出来，双手合十对我说，站在我面前的，不是一位国君，而是一个善男子。来来，我们可以坐下来聊聊了。

我盘腿坐了下来，把腰间的剑横放在膝头。

果然是剑不离身。

习惯佩剑，好像它已经成为我身体的一部分了。

那么，你能否告诉我，你的剑在心外还是心内？

剑在心内。

那么，你的心又安放在哪里？

啊啊，一直以来我都过得浑浑噩噩，不知道把心安放在哪里。

那就暂且把心安放在我的茅屋里吧。

我在茅屋里坐了一个下午。圣僧给我讲了一个故事：他的高祖晚年耽悦佛法，长年不问朝政。有一天，他突然心血来潮招来八方工匠，在宫里建造了一座百尺高的塔楼。他在塔楼顶端，闭关修炼。据说他可以偷听神仙说话。多年来，他没再下得楼来，光是听神仙说话，却没有听到底下臣民说话的声音，结果是可想而知的，他的亲信不得力，以至大权旁落。某夜，星坠木鸣，朝中有人认为这是天降异象，于是联络京畿一支军队，闯入皇宫，杀掉了护卫，在塔楼底下点燃了大火。高祖皇帝的三个儿子听到兵变的消息，便各带三支军队前来勤王。我们的高祖皇帝看到楼下张开的大网，却不敢往下跳，因为他在那一刻连自己的儿子都开始怀疑了。他宁可死于敌人点燃的大火，也不愿意死于亲人之手。就这样，眼看塔楼就要坍塌下来，我的高祖依旧抱着柱子，用绝望的目光俯视着我的曾祖父。

圣僧接着又说，我这位高祖皇帝，活到一定岁数，忽然想到人的寿命无论有多长，终有一死，于是就看淡了手中的权柄与眼前的富贵，看上去他好像是悟道了，其实不然；他后来为了求得长生，宁叫皇权旁落，视生灵于不顾，这实在是不智之举。我知道，圣僧讲这个故事，说这番话，便是要告诫我：既然做了皇帝，就应该做皇帝应该做的事。

那一晚，我就在茅屋里住了下来。睡的是草荐，盖的是破被。

第二天，圣僧突然问我，昨天是否睡得不太好？

岂止不太好，简直就是一夜没合眼。

为什么？

被几只跳蚤骚扰，不得安宁。

你捉到那几只跳蚤了？

一只都不曾捉到。

一个皇帝竟拿几只跳蚤没法子。

是的，我可以战胜很多人，却无法打败几只跳蚤。

几只跳蚤都可以制造出这么大的麻烦来，何况是人？

唉，当皇帝有太多常人难以想象的烦恼。这一切，家父最能体味。他曾把我带到一片松林里，教我如何打坐。松风吹拂一颗心，有禅意啊。可我走出松林时，心底里还是觉着苦啊。

烦恼不除，正念不生。种种烦恼，譬如缸底积垢，越积越厚。

如何除去烦恼？

太阳出来了，我们晒暖去吧。

圣僧脸上露出了淡静的笑容。有风缓缓而至，他像一片树叶那样飘到了阳光那一边。

8

皇后听说我有出家的念头，便派人送来一撮用绳子系好的头发，还特地在捎带的信中说，这是我当年与她共枕后遗落的头发，她每天晨起都会将它捡起来，放入匣子里，时日久了，就集成一束。我揪着这一撮头发，心绪纷乱。隔日，我将太子招来，让他坐在一边，看我如何批阅奏折，如何跟身边的大臣商讨国事。

我们大理国衰弱的时候，有人说我们偏安一隅；强盛的时候，又有人说我们独霸一方。我把城墙修得愈坚固，就愈是招来敌国的侵犯；我把法典修得愈完备，就愈是有人敢以身试法。治理一个国家，我知道，不是靠手中的一柄剑。你有一把利剑，但用来切菜还不如一把菜刀。这是圣僧对我说的话。尽管我凭借一己之力无法改变这个国家的命运，但我还是试图改变点什么，以此证明我比父亲那样的傀儡皇帝要强。直到有一天，圣僧突然告诉我，我在十月会遭遇一场“天变”。所谓“天变”就是：日月交晦，星辰昼见。

圣僧所说的“天变”之日果真来了。太阳刚刚还高挂空中，转眼间天色就暗了下来，狂风乍起，在顷刻间席卷羊苴咩城。这一阵风，不是从西方或北方来，也不是从东方或南方来，而是从四面八方来。我坐在宫中，但听得门窗吱咯作响，桌椅吱咯作响，梁柱吱咯作响，我的牙齿也在吱咯作响。

侍卫来报：高氏族人已在门外陈兵三万。

他们是来逼宫的吧？

他们要皇上登上城楼跟城下将士和百姓对话。

他们为什么偏偏要挑这个时辰？我挥了挥袖子说，不见。

无须探看，我也知道外面已是黑云压城之势。宫里面的人东奔西窜，早已乱作一团，更多的人偷偷卷起了珠宝，打算趁乱逃生。几个嫔妃来到我跟前，用可怜巴巴的目光看着我。我知道她们想要说些什么。

紧接着，一位老臣跑过来传话，归总起来，无非是说我在位多年，内忧外患不绝，天灾人祸不断，应尽早禅位给太子。

我对老臣说，这个我自然明白，太子有高氏族人的血统，他们往后操控起来自然更省心。

老臣说，他们还放话：如果在天光再现之前，皇上还不退位，他们只能采取兵谏。

我自然知道“兵谏”这个词意味着什么。从前，我好斗成性，手中即便没有刀剑，脑子里也是刀光剑影。而现在，我早已倦于争斗了，也深知一场恶战之后，不知道会有多少人最终变成累累白骨。古书记载：周穆王南征，一军尽化，君子为猿为鹤，小人为虫为沙。怎敢想象，那样的惨状就将在羊苴咩城内重演？

想到这一节，我就让老臣跑过去传话：只要他们退兵，我就退位。

我的话刚刚传出去，天光就亮了。城外响起了一阵雷动般的欢呼。

随后又有一名太监来报：皇上，他们已经把您的坐骑准备好了。

够了够了，我冲着那个老太监咆哮道，他们为我准备的东西已经够多了。王位是他们为我准备的，皇后是他们为我准备的，刀剑是他们为我准备的，现在，让我滚出皇宫的坐骑也是他们为我准备的。可我要告诉他们，唯独这坐骑，我不需要他们为我准备。

我脱下了皇袍，解下腰间的宝剑，丢下了所有可以丢下的东西，孤身一人，举着火把，穿过一条秘密通道，逃出了皇宫。此时，一道天光忽然映照在我脸上。远远地，我回头望了一眼，一座城在疏淡的树枝间浮动着，依稀听得草丛下一缕风的呜咽。

我跑到山中，跪倒在圣僧面前，问他如何摆脱眼前这场“天变”。圣僧吹熄了一盏灯，又将它点燃，说，熄灯的人就是点灯的人。我知道，他的意思是让我“先死而后生”。杀死我的人，和拯救我的人，不是圣僧，也不是别人，正是我自己。我把一个俗名叫“段智兴”的人杀死了，然后一个法号叫“一灯”的和尚就重生了。

之后也曾心生邪念，也曾发出恶声，但圣僧会让我跟随他默念一段经文。以前种种，散作骷髅、蛇蝎、闪电、刀剑，交会眼前，我依照圣僧所授心法，收视返听，什么腥风啊血雨啊，全都不见了，那一刻，我心里只有绵绵细雨，只有雨后的彩虹。出家之后虽说不能把一身的烦恼垢洗得一干二净，但心里到底是清净了许多。至于那个影子，是的，他再也没有出现过。我一度以为它跟那个名叫“段智兴”的人一起死去了。事实上，它一直在那里。我不会惊动它，它也不会惊动我。我们相安无事。

9

这么多年来，我修炼的是如何消除身上的杀气。现在我手里即便拿着刀剑，也不会有杀气了；如果我身上还有杀气，树叶放在我手里也可以伤人。

华山论剑之后第十年，我们约定再上华山，此行的目的当然不是论剑。洪七在信中说，他有点想念老朋友了，想在此会会，仅此而已。其实见了面，也没什么好说的。瞧洪七的神色，心里像是装着什么事，可话到嘴边又咽了回去。我不便多问，照例是手捻佛珠，口念心经。洪七觉着无趣，拍拍屁股离开了。两只凝固在枯枝上的黑鸟也嘭地一下张开翅膀，向天空飞去，画了一个大圈，又陡然飞下，落入滚滚云涛。洪七在山里面转了一圈，带回了一只骨瘦如柴的山鸡。不觉间天色暗了下来。洪七从石屋中取来柴火，在我对面点燃了一堆火。远山在风中微微晃动。

洪七来到我跟前，盘腿坐下。

刚才你离开之际，我听到有人发出狼嚎般的声音，心里仿佛藏着大悲恸。

我也听到了，如果我猜得没错，那人是从白驼山来的。

想想也是，只有他的啸声能如此深厚绵长。

我可以感觉到他的内劲。

你过来的时候，我也能感受到有一股强劲的气息拂面而来，这是一股至纯至精的阳刚之气。洪七，你是如何练成一身绝学的？

就是为了混口饭吃，没有什么可说的。

但洪七终于还是说了。

洪七有兄妹八人，他排行老七，洪七这名字就是这样来的。至于他真名叫什么，连他自己也记不得了。洪七的兄妹中，有三个因七日疯或别的什么病夭折，还有两个跟随宋军，战死沙场。

他们平生事略都很简单，没什么可说的。唯独洪七的父亲，似乎可以一说。他是个老饕，好吃懒做。平日里，酒杯常满，光阴虚度，也没有一丁点愧疚感。洪七的母亲对他颇多抱怨。洪七的父亲除了吃，竟不晓得自己还能做什么。洪七的家人迁居异地、妹妹远适之后，宅院从此夷为平地，断了人声。后来盖起的一家酒楼，就跟洪家无关了。洪七在外面浪荡，一直没有回过老家。有时即便惦念那个地方，也是因为那里还有未还的酒债。洪七当过步兵都头，因为酒后痛骂官府，被人告发，当即贬为一般的差人。当地人都说他是“申时一官，酉时一卒”。不过，他也乐得自在，仍然喝他的酒，发他的牢骚，此间跟街头小贩打过架，砍过几个金人的脑袋，偷吃过邻居家的鸡。在大伙眼里，他就是这么一个浑浑噩噩的人，后来有一天，有幸得遇高人指点，练就了一身绝学。他参加过几场能让人谈论七天七夜的武林大会。于是，原来被人瞧不上眼的江湖小混混，也便被人奉为豪侠。

我本不想习武的，洪七说，我的梦想是跟我爹一样做一个老饕，吃遍天下。但有位算命先生说，我这辈子口福不浅，却是乞丐的命。

我说，我还在位的时候曾碰到过一个从汉地过来的乞丐，我问他，现在最想要的是什么？他说，我想要吃一顿红烧肉。于是我就送他一碗红烧肉。他问我是做什么的，我说我是大理国皇帝。他有点不敢相信。他想了半天，跟我说，当皇帝定然是天天有红烧肉吃吧。我说，天天吃红烧肉又怎样？烦恼照样没见少。

他很惊奇,皇帝怎么也有烦恼?我说,这世上如果没有烦恼,我更愿意去做乞丐。乞丐说,乞丐也有烦恼,比如,吃到了红烧肉之后,他还想要一个女人。我说,我赐你一个女人之后,你还会要更多的东西。人有了妄念,也就有了烦恼。洪七,你说是不是?

洪七呸的一声吐掉鸡骨的渣滓说,皇帝与乞丐有甚区分?也屙屎,也吃饭,困来也睡觉。

你说得对。皇帝与乞丐没有区分。我们什么都不是,我们不过是浮云的一部分,是这座山的一部分,是这一阵风的一部分。在我之前,早有一个我存在于天地之间,在我之后,那个我还在那儿。坐在你眼前的,不过是一副臭皮囊。

洪七啃着鸡翅,看几只鸟绕树而飞。

看样子,今夜就要下雪了。

我已经准备好了一壶酒,可惜你不能跟我对饮。

洪七,为什么你的嘴总是一张一合?你是不是还想吃鸡肉?

不,我是想跟你谈谈我的女人。

你的女人?

我听到"女人"这个词,突然想笑,但又忍住了。

算了,不说了。

那你谈谈你在酒肉林中的故事吧。

酒肉与佛隔着肚肠,不相碍的,不相碍的。不过,我一直弄不明白,为什么我吃得越多,越是感到饥饿?

人啊，就是这样，你的双手越满，内心越是虚空。

如果有一天我突然死去，定然不是饿死，而是撑死。

没想到你看得如此通透。

可是现在，我感觉自己心底里空荡荡的，就像房屋建好了，却没有人居住。

那么，我们就坐在风里享受空荡荡的快乐吧。

寂静好像是从岩石中渗透出来的。我刚刚说完一句话，寂静就包围过来。我除了往碗里再添些水，已不赘言。

西

1

铅灰色的天空重重地压下来，雪白的山间，藏着一粒黑色的影子。风一吹，那粒黑影就滚动起来。瞬息之间，影子变大。来人正是洪七，一件黑氅披在他身上，被风吹得鼓荡起来，活像一只刚从天空飞下的大雕。他身后，只有浅浅的脚印。

你是怎么找到我的？我问。

我听到了你的萧声，洪七说，只有你的萧声才能震落天上的那只鸟。

洪七，这些年你的侠名越传越远，连白驼山那一带的人都知道了。

我也听说，这些年来白驼山一带出了不少山贼，手熟刀快，杀人如切菜。

我把他们统统杀掉了。在白驼山一带，我没有对手，也没有朋友。

没有对手的人很可怕，没有朋友的人更可怕。

我的恶名怕是也从西边传到了你们北边吧。你为什么不上白驼山来找我？

因为我不知道自己应该把你当作对手还是朋友。

人人都说我身上带毒，不愿意跟我接近，我只能躲在那山里面了。没错，当我心生仇恨的时候，牙缝间就会分泌出一股毒液。这股毒液让我的牙痒痒的，很难受。

洪七听了我的话，蓦地亮出白刃般的牙齿。他的笑如刀光一闪而过。我从洪七的眼睛里看到了自己。我是一个脸上有刀疤、眼睛里有杀气的人。

洪七从已见油光的袖子里伸出手来，脱掉靴子，在手掌上拍了拍，抖落一蓬灰土，然后就用手指抠着脚趾间的皮垢。眼睛微闭着，仿佛那是一件令人称快的事。

无聊，口淡，便问洪七，这回带来的是什么酒？洪七把腰间的大葫芦拿起来，摇了摇。酒在壶里晃荡的声音听起来仿佛海浪轻拍船舷。洪七说，这是用修罗采花法酿的仙家酒，你不曾喝过吧。我问，这酒好喝么？洪七说，喝过一回，你就记住了它的滋味了。

我们相对坐着。斗酒只鸡，吃将起来。

洪七好吃。洪七吃到兴头上就说，人生最大的乐事莫过于尝别人未曾尝过的异味，喝别人未曾喝过的美酒。

我说，有人好吃，有人好色，说穿了都是一回事。

洪七拍掌大笑三声，说，老毒物，我想听你谈谈女人。

“老毒物”是我的外号。一般人不许叫，叫了，轻则吃一记耳光，重则掉脑袋。不过，洪七例外。

十多年前，我第一次跟洪七在昆仑山下相遇，就有一见如故的感觉。他说我在月光下的脸色极其难看。我告诉他，我是一个厌世者，我曾经想过用各种方式了结自己，可我没能办到。我之所以能死皮赖脸地活在这个世上，是因为这世上曾经有一个我最爱的人和最想杀掉的人。我还告诉他，我爱的是一个我不能爱的女人，恨的是一个一直想杀却无论如何也下不了手的人。洪七说，我明白了，你担心的是如果有一天你杀了那个男人，娶了那个女人，自己反倒没有活下去的意思了，是这样吧？是的，就因为这一句话，我把洪七当成了我的知己。我跟他痛饮了一场，还一口气杀了几十匹狼。

我后来喜欢喝酒，也跟那个女人不无关系。醉眼蒙眬的时候，我看到每一个女人身上都有她的投影。因此，我必须杀掉更多的人，才能忘掉那个男人；我必须寻找更多的女人，才能忘掉那个女人。

你的女人？洪七问，还在白驼山？

在那边，很远很远的地方。

我站起来，拔出腰间的剑，指着鸟飞过的地方。我的手指颤抖了一下，又收回了剑。

剑已入鞘，但空气里仍存寒气。

2

智兴青年浪荡，中年出家。而我跟他相反。少年时节我随同师父读佛经，差点出家做了和尚，到了青年时节，我经历了一些事，反倒浪荡起来了。改变我人生的，从前是一部佛经，后来是一个女人。那个女人就是我的嫂子。哥哥风流成性，在他匆匆打发过的一大堆女人中，嫂子算是他最为倾心的一个。嫂子金发碧眼，能弹会唱，听哥哥说，她是波斯皇族的远裔，祖上从高昌迁来，向来不与外族通婚，但哥哥偏要他们打破这一相沿几百年的规矩。哥哥成亲那日，我喝了许多酒。那一刻，我忽然发觉，嫂子是这世上我所见过的最美的女人。酒后看女人，跟酒前看女人是不一样的，这就像月下看竹影和日光底下看竹影一样。哥哥抱着嫂子进洞房时，嫂子回头瞥了我一眼，用脚尖把门轻轻地掩上。那时候我就是不明白，为什么门轴的吱咯声会让我浑身发痒？

自从有一天，嫂子给我一碟炒熟的蚂蚁，我就倍加怀念蚂蚁的味道了。我舍不得把蚂蚁一口吃完，每次只动用一小撮，放在嘴里，细嚼慢咽，渐渐地，就品尝出火腿的味道来了。这味道勾起了我的欲念。我吓了一跳，赶紧拿起从前读过的经书。读了一段，又开始走神了。那点心思，如何能收拾得住？

我抛掉经书，开始吃肉。可我仍像受了梦魇一般，心中不安。坐不住，出去走了几天，回到家中，人虽坐着，却依旧感觉自己在不安中游荡。

白驼山的人都说，哥哥娶嫂子花去了不少钱财。光是第一次见面奉上的贽礼就有大宛良马、土产珍珠、彩玉、帘幕、裘帽、黄熟香、一种叫作无名异的药。而嫂子的嫁奁除了随身衣物，只有一筐子蛇。嫂子来自白驼山以西三百里地的一座蛇谷，那里的人事天不事佛，独独奉蛇为神（对他们来说，养蛇就是敬神）。嫂子进门那一天，便是把蛇绕在脖子或腰间当作装饰品。白驼山的人见了，都觉得不可思议。嫂子问我，怕不怕蛇？我说，不怕。嫂子就把蛇系到我脖子间。嫂子是这样对我说的：你没有害蛇之心，蛇也不会害你。

平日里无事，她也是把手指般细短的盲蛇放在手掌间玩耍。玩累了，就把蛇挂在床栏上，不许任何人触摸（事实上也没有谁敢碰）。哥哥不喜欢这种冷冰冰、软绵绵的东西，每逢入睡前，他总要把蛇驱赶到门外，可第二天醒来之际，他却发现蛇已缠绕在床柱上，等候着主人的抚弄。哥哥曾经这样对我说，你的嫂子是一个有毒的女人，我不知道哪一天会死在她怀里。

跟哥哥不同，我喜欢玩蛇，月夜里银光闪烁的蛇，蜕了皮、不穿衣裳的蛇，缠绕着树、发出咝咝声的蛇，在不安和期待中曳尾独行的蛇。我从嫂子那里学得咒语，只要对它们发出一声召唤，它们就会游过来。我的手指上有蛇的气味,它们可以在黑暗中找到我。我抚摸着那些曾被嫂子的手抚摸过的蛇,心中时常涌起一阵隐秘的激情和难言的羞耻感。因为嫂子,我认识了蛇;也因为蛇,我认识了嫂子。某些时刻,看到众蛇起舞,我便知道嫂子心情不错;众蛇颓然不动,我便知道嫂子起了愁思。

春夏之交,雌蛇的尾部散发出一股腥甜的气味,雄蛇纷纷爬过来,柔软而无声。我与哥嫂二人坐在瓜架下喝酒的时候,有两条蛇相互缠绕,跟麻绳似的紧紧地拧在一起,两个蛇头,此起彼伏,仿佛都不愿轻易就范。哥哥说,这两条长虫打得恁火热,居然也不避人。正在一旁的嫂子说,这两条蛇都是雄的,它们正为一条雌蛇压颈呢。哥哥问,什么叫压颈?我突然发出一声讪笑,说,你跟嫂子相处这么久,居然不知道这事儿?哥哥说,你是读书人,懂的自然比我这个粗人多。我心中暗暗有些得意,指着脖子最终挺立上面的那条蛇说,两雄蛇相争过后,脖子挺立的这条蛇等一会儿就可以游到雌蛇身边去了。哥哥突然把目光转向了我,说,男女之事你没经历过,两条长虫交配的事你倒是一清二楚。我听了哥哥的话,像个姑娘家那样低下了头。嫂子看着我,也发出了咯咯的笑声。那年我十七岁,虽然学过一些拳脚功夫,但骨子里还是一个读书人,生性腼腆,发现有人的目光落在我身上,我就会退缩到一边去,不敢对视。

哥哥把我的手拉过去,说,你嫂子的手是凉滑的,像蛇一样。这样说着,他把我的手放在嫂子的手臂上。我却像是被火焰烫了一下，倏地收回。嫂子再次发出了咯咯的笑声。

之后就梦见了蛇。我与哥嫂二人在瓜架下喝酒时，嫂子的筷子突然弯曲了，像在水中所见的那样。筷子在蜿蜒中变长，缠绕着我的手臂。然后，我就看到嫂子甩动的头发变成了蛇，吐出的舌头变成了蛇，伸出的手臂变成了蛇。然后，我的四肢不能动弹了。呼吸也变得越发急促。那一刻，我的舌头和四肢都变成了蛇的一部分，融入蛇的身体。哥哥站在我面前，手里拿着一把刀。哥哥身后，是蛇一般淅淅然落下的雨……

热啊热啊。嫂子的嘀咕在我耳边响着。

入夏以来，天上不降一滴雨，地上扬起的尽是黄尘。白驼山的岩缝里渗出的那一点水，每天也就浅浅一碗。我们三人轮流舔那块斑驳的岩石，把棱角都舔得圆润了。嫂子总是跟哥哥抱怨说，没水吃，一说话嘴里就像是含着火焰；没水洗澡，皮肤都渴了，皱纹都长出来了。哥哥骑上马，说是要去远方找水源。可他这一去就是半个多月，没一点音信带回来。我们都疑心他在路上渴死了。嫂子对我说，待岩缝里的水都干枯了，我们就离开白驼山。我说，再等等吧。

哥哥临走时留给我一把短刀，他说，如果有谁敢动你嫂子，你就用这把刀子干掉他。我把短刀一直带在身边，它没有派什么用处。我无聊的时候就把刀拔出来又插回去，插回去又拔出来。突然想起，这只握刀的手至今还没有摸过女人的手呢。这么一想，连手指都有了莫名的冲动。天空中没一丝风。树叶不动。人也不动。一动就出汗。而我想出点汗。我的身体没动，心却在动。心动得很厉害的时候，我的嘴突然想嚼嫂子送给我的炒蚂蚁。阳光移出嫂子那个房间的窗下时，我就跟着移了过去。我听见嫂子的房间里传来布谷鸟般的嘀咕:热啊，热啊。我坐在窗外，出汗如浆。我担心自己这样坐下去会被汗水淹没。

哥哥这么长时间都没有回来，怕是真的出事了。我隔着墙把话递了过去。

她依旧嘀咕着:热啊，热啊。

太阳收起余光的时候，我放大胆子走进了嫂子的屋子，对她说，我带你去一个凉快的地方。

嫂子说，索性带我去遥远的地方吧，我不想再见到你哥哥了。

你去哪里?

马跑到哪里就去哪里。总之，不要再见到你哥哥了。

夜晚来临的时候，我把嫂子抱上了一匹白马。照着我的月光也照着她，她像是坐在水底，浑身闪烁着银光。紧接着，我也翻身骑上了马，轻轻地搂住她的腰。马一跑动，一阵热风就迎面扑来。嫂子说，这样的情景，我好像在哪里经历过呢。我问，是在梦里吧? 不，她说，小时候读过一本波斯文的传奇，里面有个骑士，凭着单枪匹马把公主从魔鬼的城堡里带出。我现在闭上眼睛，就能想起那本书里描绘的场景。

我的马跑进了风里，越跑越快。然后，我就感觉马消失了，我们在风里面飘着。嫂子说，我们这样跑着，说不准像那本书里写的那样，能跑到天边的仙宫里去。她这样说着，忽然翻过身来，与我交颈相偎，嘴里的热气喷到我脸上，有一种说不出的刺痒。紧接着，嫂子像一条蛇那样缠绕着我，好像恨不得把我勒死。我能感觉到她那纤细的骨骼里埋藏着惊人的力量。

从马上下来之后，嫂子就成了我的女人。想到她那裸露在风里面的、流着汗珠的身体都属于我的，我还要什么白驼山，还要什么好名声？很快地，有关白驼山的流言就传了开来。这些流言当然是跟男人和女人有关的，被风一吹，也就传回我的耳边。我听到的那一切比起眼前这一个妙人儿，不过是一阵风罢了。我不在乎了，什么都不在乎了。这一辈子为一个女人而堕落总归是值得的。

3

（那年秋天，老毒物，亏你还记得，我们坐在昆仑山脚下，黑压压一群狼围了上来。你我各执刀剑，一口气杀死了三十多匹狼。后来你把那一口带着毛血的宝刀赠给我，我也把手中的短剑赠给你。那一晚，你竟在睡梦里发出了狼嚎的声音。）

4

白驼山的太阳随时都会让一个正常人变成一个疯子。我在白驼山中研读佛经，修炼剑术，原本只是为了防非止恶，但后来我无法抵挡各种诱惑，最终还是破了戒体。哥哥曾说，你只需学会我三分坏，就可以在江湖上混了。这是哥哥对我说过的最真诚的一句话了。

哥哥这一走，也不是断无消息。

哥哥的消息总是零零星星地传到我耳边。他这一路外出找水，遇到了一些匪夷所思的事。他出门两百余里时，先是在半路上犯了先前从未犯过的头风病，那一带，一眼望出去只有红沙，太阳照得他快要昏死过去了，日头西斜的时候，幸好有一支马队经过，把他给救了。马队里有人认得我哥哥，当年他们从白驼山下经过时，给我哥哥狠狠地敲了一笔银钱，心里头原本就有些愤恨，这下子他们大可以见死不救，但马队里的头目说，把我哥哥就这样扔下不管，还不如送到前头的双旗镇。哥哥全身乏力，就任由他们把自己的手脚绑了个严实，搁上马背。白驼山与双旗镇各设关隘，但凡商队从这一带经行，要么抄近路走双旗镇，要么绕远道走白驼山庄，我们要做的就是给商队提供向导和饮用水，然后收取一笔大小不一的银钱。白驼山地僻路远，因此，商队往往喜欢选择在双旗镇歇脚。早年间，哥哥在白驼山混不下去，就跑到双旗镇上做些鬼市买卖，他以滥饮闻名，也以滥杀闻名。因此，在这个镇上，他没有一个朋友，只有一大堆仇人。哥哥从双旗镇回来之后，就拉起一伙人建起了白驼山庄，开辟了一条可保商队五百里畅通无阻的路线。车过压路，马过压草，收点保护费也合情合理。这下子，一些原本投止双旗镇的商队也不嫌脚程远纷纷改道走白驼山。有利益争夺的地方，就有江湖。双旗镇的人对我哥哥恨之入骨，曾派人上门挑衅，但都有来无回。没承想，天公不作美，入夏以来，白驼山一带久旱无雨，水源干涸，所有的商队又不得不走水源丰沛的双旗镇。那支马队也是临时改道，他们去往双旗镇虽说是投宿，却像投诚。设若他们交出我哥哥，不仅可以得到一笔赏钱，往后出关入关兴许还可以获得免费派送的向导和饮用水。在送往双旗镇的路上，我哥哥居然跟他们做起了一笔买卖：此去双旗镇是两百余里，此去白驼山也是两百余里。若是把他送往双旗镇，也无非拿到少得可怜的赏钱；若是放他回去，他可以赠送对方一笔可观的银钱。权衡利弊，马队的头目就下了决定，亲自带上两名精壮汉子来到白驼山，向我和嫂子讨赎金。马队头目带来了我哥哥的一封亲笔信和帽子，说明来意之后，又试图晓以利害。我看着那个马队的头目，露出了微笑。他问我笑什么，我说，我笑这世道呵。这世道越来越看不明白了，商人可以变成强盗，强盗也可以变成商人。马队的头目冷笑一声说，在这乱世里，还有什么世道人心可讲？能够活命就不错了。我给他们端来两张椅子，让他们在大厅里稍待片刻。我进里屋洗了个手出来，他们就已经口吐白沫，横躺在墙角了。我没有惊动一粒灰尘就把他们放倒了。这是我第一次亲自动手杀人。嫂子问我，为什么非要杀了他们？我说，哥哥如果带来的是一只鞋子，就说明他处境危险；但他带来的是帽子，就说明他虽处险境，但他好歹可以设法脱身。是日，我孤身一人骑马去寻找哥哥，沿途看到几具尸体横七竖八地躺在地上，每具尸体的脖子间都有一道很长的伤口。我瞥上一眼，就明白，哥哥让马队的人到白驼山取赎金，就是为了求得让自己缓过劲来的时间。他一口气杀了那么多人，大概又可以找到一家酒店痛痛快快地喝上一坛酒了。我见过哥哥杀人的场景，手起刀落，仿佛干的是一件可以带来快意的事。每回杀完人，他就开始喝酒。这回他去了哪里，我不得而知。我沿着遗落路边的驼粪，一个人在荒漠里走着，天是青的，地是黄的，心间荒凉的。穿过一座又一座废墩和土堆子，前面就是双旗镇，被破败的土墙围绕着。黑暗中能见到悠远的灯火和低矮的星星，也能听得细弱的哭声，但这些跟我统统无关。哥哥的生死也跟我无关了。我脑子里只有嫂子。她是唯一跟我有关的人。一想到她正独自一人待在黑暗中，我就拨转马头，急着赶回去。嫂子问我是否见到了哥哥，我就把自己一路上的所见所闻告诉她。事实上，有一个细节我有意无意地遗漏掉，那就是：我看到了哥哥遗下的鞋子。之后，从双旗镇传来消息，说哥哥杀掉了那个镇上最厉害的人物，还带走了他的女人。哥哥是一个耐不住寂寞的人，一个喜欢冒险的人，他总想去追求那些得不到的东西。因此，我疑心他此行原本就不是为了找水，而是寻找另一种更重要的东西：女人。当然，女人也是水。是另一种用来解渴的水。再过一阵子，又有人传来消息，说我哥哥已被官府收押。我知道，凭牢里那几条生了锈的铁锁是捆不住我哥哥的，他想走就走。他愿意蹲在牢里，大概是为了躲避仇人的追杀。或者，他那脑子里还有别的什么盘算。一个多月后，嫂子突然告诉我，她怀孕了。这一下，我不知道该如何是好了。嫂子说，一直待在这里不好，会有人传我们的闲话。我说，谁乱嚼舌头我就把他们的舌头给割了。嫂子说，算了吧，舌头是割不尽的。

我问嫂子，如果哥哥知道了我们之间的事，他会怎么做？

嫂子说，他不会杀我，因为他知道，谁杀了我们蛇谷的人，鬼魂就会变成毒蛇纠缠他一辈子。

我掏出哥哥赠我的一把短刀，在灯下久久地凝视着。嫂子说，你看刀的目光比刀更可怕。但我的目光从那把刀移到嫂子身上时，她的目光也变得跟我一样可怕了。

嫂子说，带我走吧，离开白驼山。

为了躲避哥哥，我带着嫂子离开了白驼山。我们沿着昆仑山走了半个多月，找到了一座跟白驼山相仿的山，就此住了下来。这一年秋天，我们诞下一子。孩子满月时，一个皮肤黝黑的僧祇人找到了我们，说是受我哥哥所托，要带我们回去。我问他，你是如何找到我们的？僧祇人说，这一路上，我见到有几个小混混使用白驼山的功夫，自然就猜到你们躲在这儿了。他这么一说，我才想起，之前我为了补贴家用，确曾教过他们一些拳脚功夫。我原本想教他们自创的功夫，但他们嫌这种像蛤蟆一样跳来蹦去的拳法难看，我就只好教些寻常套路了。僧祇人看起来是个老江湖，哥哥托他办事，算是找对人了。不过，他也算坦诚，把我哥的意思都一五一十挑明了说。他还帮我们分析，说我哥哥手头不缺女人，只要我带嫂子回白驼山，低头认个错，兄弟之间往后还可以和和美美地过日子。嫂子给那僧祇人烧了一碗面条，以礼相待，他却不敢伸箸。嫂子和我坐下来，就把那碗面条呼啦一下吃掉了。那人在门外，一边吃着自带的馕饼，一边晒着太阳，吃着吃着，头一歪，就倒下了。没过多久，一条蛇就游了回来，沿着嫂子的大腿，一直游到嫂子的袖子里。嫂子的袖子里藏有两条毒蛇，一条能置人于死地，一条可以致人昏迷。僧祇人只是暂时昏迷，应该没有大碍。我趁机收拾好银钱常物，携妇将雏，离开了这个已经暴露行踪的地方。这一路上，我们好不容易才甩掉哥哥布设的眼线。我们穿州过府，辗转水陆，从西域一直走到北方一座县城，然后又坐漕船来到临安府。毕竟是都城，繁华的景象跟诗文里所描述的大致不差。除了对南方的湿热天气抱有不满之外，我们对这里的风土并无恶感。因此，我们就决定在城里一个偏僻的角落赁屋住下来。嫂子虽说不是富贵人家出身，但她不想被南方的蛮子们低看，平日里买东西居然也是大手大脚的。短短数月，只出不进，我们身上所带的盘缠和珠宝很快就挥霍殆尽。

八月中秋，家家户户都围坐起来吃团圆饭，唯独我与嫂子对着一张空桌子，长吁短叹。嫂子说，这穷日子过起来也真够漫长的，白天也漫长，夜晚也漫长。我笑问，你说说看，这日子究竟有多漫长？嫂子说，就像从北方到南方那样漫长，你还嫌不够么？我听了便自嘲说，穷人家嫌时间过得慢，别叫隔壁的富人家听到了，否则他们是要羡慕的。嫂子轻叹一声说，早知这样，当初还不如听从你哥哥的话回白驼山。我说，你要是回白驼山，怕是少不了我哥的一番虐待。嫂子说，你哥那脾气我摸得透了，他是不能拿我怎样的。见我闷声不响，嫂子就说，我们这样子吃老本到底不是个法子，好歹得找点事干。我说，我早年也算读过几部圣贤书，不如去做馆师。嫂子说，你不会说官话，天晓得哪位东家会延请你做馆师？我拍着胸脯提高嗓门说，我还有一身武艺呢。嫂子说，你也是空有一身力气，让你撂地卖艺你不屑于去做，让你开家武馆你又怕暴露身份。我说，难不成让我去打家劫舍？嫂子冷笑一声，你敢么？我说，不是不敢，而是不为。嫂子又叹了一口气，还是早点睡吧，明天的事儿明天再说。嫂子转身睡去。我很无聊，便从枕底掏出一本卷了角的、掉了线的剑谱，就着油灯翻看。嫂子说，省点灯油吧，夜里给孩子把尿还用得上呢。我也叹了口气，把灯吹灭了。这一夜无话。

鼻下这一横，最是要紧。我仗着自己有一身武艺，接了一桩替富人家押送绫罗绸缎的活儿。半路上，我察觉到同行者的言行有异，便多留了个心眼；细察之下，方知此行是哥哥设下的一个圈套。我急匆匆赶回家中时，发现嫂子和孩子都不见了。桌上留着一封嫂子的亲笔信，说是哥哥找过她，要带她和孩子一并回白驼山。还说哥哥已经原谅了我们，往后不会亏待母子俩。

从语调来看，这封信显然是在哥哥的劝哄之下写成的，字里行间，能读出他的几声冷笑。从我离开白驼山那一天开始，哥哥就已经给我撒了一张网，无论在哪里，他都能收放自如。我带着嫂子东躲西藏，到头来却发现自己不过是一条网中之鱼。也许，哥哥正是以这种方式告诉我：他可以把所有的人玩弄于股掌之间。

我在江湖上行走的时候，磕磕碰碰经历了一些事：中过毒、吃过官司、被人坑蒙过、被一群号称名门正派的人围攻过。我没有像洪七那样幸运，在危难关头，蒙受高人的指点，还得到一本发了霉的手抄本。有江湖的地方就有刀剑，那些看得见的刀剑和看不见的刀剑，有时在前，有时在后，有时在头顶，有时在脚下，有时在太阳底下，有时在黑暗中。我每向前走一步，就是离死亡更近一点。所以，我告诉自己，下手必须狠一点。我在江湖上混了些年，好歹也有了名气。因为我，那些人记住了“白驼山”这个名字。有些找我约战的人，曾奔赴白驼山，让哥哥不堪其扰。哥哥不得不托人给我带来一份口信，警告我不要在外面给他添麻烦。可我偏偏是一个喜欢惹点麻烦的人。

有一天，我发现自己变得越来越像哥哥：杯子里一定要有酒，床上一定要有女人。

5

你们兄弟俩后来有没有再见过面？洪七问。我没有回答，只是望着阴沉沉的天空。过了半晌，我问洪七，你谈过恋爱么？

洪七说,自然谈过。

我冷笑一声。

你笑什么?

我没笑。

你笑了,而且我知道你为何发笑。洪七我虽说是条硬汉,但硬汉也是有柔情的。

洪七,你身上的侠气重了些,可你要知道,侠气这东西是不能带到床上去的。

我对女人的态度恐怕跟你大不相同。

别跟我讲你是懂女人的。上回你见了那些个蛇精一般的女人还不是拔腿就跑了?

你找过那么多女人未必就比我更懂女人。

我找了那么多女人就是为摆脱一个女人。

洪七举起手掌,露出一根残指说,因为对不起我心爱的女人,我剁掉了自己的一根手指。

可你还是不懂女人。

可我懂得女人的心思。

你懂?

我懂。

我们能不能谈点别的什么?

你哥哥后来怎么说没消息就没消息了?

我知道这个话题是无法回避的。但我的目光仍然在半空中茫然地搜索着什么。铁条般的枯枝被风吹着,发出呜呜的声响。

我将他杀了,我说,后来又将他埋在白驼山下的一口枯井里。

你就这样干掉了自己的亲哥哥?

是的。

我还记得那天傍晚突然下起了大雨。雨水打在我脸上,继而又打在泥土上,冒起了一个个泡眼。有很多雨点落在很多树叶上,我的心思很乱。哥哥张开双手,对我说,弟弟,你总算是回来了,可你嫂子已经等不到这一天了。雨是黏糊糊的。我流下了眼泪,哥哥也流下了眼泪。我们拥抱着,在泥地里打着滚,然后我就把刀子缓慢有力地插进他的胸口……

东

1

雪天喝慢酒。雪是慢慢落的,酒也是慢慢喝的。不知不觉,天黑了下来。山上就这么一座石砌的小客栈,大雪封山之前店主下山过冬去了。留下柴米,客人可以自己取用。人人是客人,人人也都是主人。循旧例,客人在临走前会留下几块碎银或一些值钱的物什。

我们早有约定:每隔十年作为朋友在此聚一次;每隔二十年作为对手在此聚一次。好像我们活在世上,就需要这么几个作为对手的老朋友和作为朋友的老对手。老毒物和法师就善恶的问题聊了一整天，似乎都觉着有些乏味，便打算早早进房歇息了。老毒物进屋看了看，出来对法师说，一间房，两张床，小得不能再小了，怕你这种富贵出身的人会嫌憎。

能容膝否?

能。

那就好了。

床也极小。

能伸脚否?

能。

那就好了。

二人进去后不再言语，各自睡下。

我和洪七仍在灯下对饮。两条影子映在墙上。洪七脸上布满了寒气，没有笑容，仿佛它已经被冰雪冻结了。我左手执杯。杯中的酒尚是温热的。

能跟我坐同一张桌子对饮的，这世上恐怕不多，你是其中一个。

能跟我论剑的，这世上也不多，你是其中一个。

你是我的对手，也是我的朋友。

有了这杯酒，我没白活了。

这话有点意思，我记下了。

我是个酒徒，举杯之前，总觉着，喝酒是世界上最有意思的一件事。但每回喝完酒后，就觉着喝酒是世界上最没意思的一件事。

我从桃花岛赶到华山，走了几千里路，心里头觉着没意思透了，但此刻跟你举杯对饮，忽然又觉着有意思了。很多你觉着有意思的事玩到最后会发现它没意思；很多你觉着没意思的事玩到最后却突然发现它还是有点意思。所以，人就是这样，不玩到最后，不知道这一辈子究竟有没有意思。

你在岛上住着，徒弟们被逐出去了，女人又没了，有意思？

我喜欢享受这种孤独。

那样一个岛，跟悬在天上的月亮一样，想想都让人觉着冷清，你居然还说自己“喜欢享受这种孤独”，真叫人不可思议。

门外的雪山发出一阵怪异的低吼。带来洪七脸上寒气的仿佛不是漫天的大雪，而是背后挂在墙壁上的剑。

我能感觉自己脸上的寒气正一点点变重。

2

我出身书香门第，家父是一位名气不薄的郎中，他得知我无意于参加春闱考取功名之后，便希望我能传习岐黄之术，将来也好养家糊口。但我平素喜欢跟一些奇人异士混在一起，写写诗，弹弹琴，此外就是遍访名师，学习剑术，偶尔也跟人比画两下，出点汗。在江湖上，打得精彩的，就叫比武；打得不精彩，就叫打架。我跟人打斗时，连捕快们都会过来围观。家父见我生性桀骜不驯，也就放任不管了。家父去世前，嘱我把他的诗稿交给一位住在邻县山中的冯先生，请冯先生写序。他姓冯，素以诗书画著称，性情有些孤傲，因此就住到山村里来。听父亲说，他不会舞剑，却喜欢在墙上挂一柄剑，偶尔也会拔剑出鞘，在灯下端详一阵子。我到他府上的时候，家奴告诉我，他中午喝了点酒，至今酣睡未醒。我就坐在客厅里，一边喝茶，一边浏览四壁的书画。不过片刻工夫，就有一个姑娘走过来，跟我打了一声招呼。得知我也会写诗，她就跟我谈起诗来。见她才学不凡，我就把诗稿递给她看。她坐一隅，粗略翻了一下，然后对我说，诗才倒是有几分，不过，有些诗句分明是从古人那儿偷过来的。我说，家父每一句诗都是自己苦吟所得，怎么会偷别人的东西？她说，有几首诗她在古人的诗集里面读过，不信的话可以从头到尾背出来给我听。说完之后，她就一口气背了四五首，居然跟家父的诗一字不差。我听了，既惊且怒，却又不知道怎么解释。我拿起诗稿正要离开时，屏风后面走出一人，正是冯先生。他笑呵呵地告诉我，方才的谈话他都听到了，继而向我介绍身边的姑娘，她叫冯蘅，是冯先生的小女儿。冯先生还特地说明，她有着惊人的记忆力，读书过目不忘，而且倒背如流。待我得知她在捉弄我时，我的怒气才渐渐消掉，而她大概有些不好意思，出来道歉时脸上还带着大朵腮红。我们就这样认识了。之后我写了诗，就悄悄递她过目。她跟我说，她会看诗，但从来不写。因为她一提笔，脑子里就涌现出无数现成的诗句。这也从另一面证明她是心高气傲的:既然前人比自己写得好,她就没有必要写什么东西了。这一点,她倒是跟我颇为相似。如果我要弹琴,绝不容许别人比我弹得好;如果我要学剑,绝不容许别人的剑术在我之上。但蘅是个例外,她的琴棋诗书画都在我之上,我对她只有膜拜的份。

后来我就放不下她了。从冯先生跟我对话时流露出来的奇异的热情,我可以觉察到他已经在暗中打量我了。当我请求他将蘅许配给我时,他拈着胡须沉吟半晌说,我等你这句话已经等了很久了。然后,他就把墙上的宝剑摘下来,赠给我,说这是他祖上的佩剑。

我该怎样比喻我的蘅?说她是清晨的露珠未免显得轻薄了;说她是春夜的月亮又显得玄远了。是的,我将她握在手中那一刻就找到了一个贴切的比喻:她就是我手中的玉箫,可以吹奏出温润而洁净的声音。新婚第二天,蘅就早早坐到案前。我喜欢看她目光柔和、双颊温暖的样子。问她作甚。画画。又问她要画甚。她笑而不答。蘅年幼时曾梦见有人赠她一支笔,醒来后她就开始画画。她只画梦里见过的东西,无中生有的东西,因此,她的画跟每个画师都不一样。那天,蘅画的是一幅桃花岛的长卷。她在桃花丛中添了一男一女,我自然知道她画的是谁。蘅在画中落款之后,就对我说,她很想去海外寻找这样一座桃花岛:那里有一大片桃林,有一群飞鸟和一些温驯的走兽。我说,那里还应该有一群男女老少做我们的邻居吧。蘅皱了皱眉头说,我们不需要邻居。

我这样子，算是入赘冯家了。冯先生是个方正的、近于古板的读书人。有一回，我和蘅从城里归来，穿上金人的时髦衣裳，戴上金人的首饰项链，冯先生见了，大为光火。他说，金人毁了他们的家园，他是不愿沦为异国臣民才从北方迁居南方的。事实上，冯先生也并非我想象中的那种方外高人，他是恋栈的，他也总是惦念着那座已经辟作战场的北方的故园，他一直在等待着有朝一日像宝剑出鞘那样被皇帝召回。这个机会他终于等到了。于是在知命之年，他毅然带上家人走马上任。我和蘅既没有与他同行，也没有留下来，而是开始外出漫游。我们不知道自己应该去往哪里，我们只是朝着一个方向不停地走。走到海边，人们告诉我们，这里已是陆地的尽头了。已经没有路可走了。但对我们来说，消失的是道路，而不是方向。我们找准了方向，道路很快就会出现。这条路就是海路。我们驾着一艘大帆船出海。白昼的时候，船在海上，有好风相从，平直如矢。我们一边饮酒，一边观赏海景，感觉就是御风而行的神仙了。不料到了晚间，海上起了恶风浪，我们只能躺在船上。第二天晨光微露时分，我们居然发现有一座岛跟蘅所描画的一般无二。就是这里了，蘅指着岛上盛开的桃花说，这就是我们可以终老的地方了。

我凭借书本上的营造法式，造了两间竹屋，一座木屋。我用藤皮茧纸制成纸帐，蘅在帐上画了梅兰竹菊，还题上了诗。为了我，她那双手娇嫩、纤细的手开始操持起锅碗瓢盆了。冬天我们住木屋，夏天我们住竹屋。我们还在庭院间种了一大片桃花，屋舍里外洁净无尘。平常出入,除了我与蘅,还有鸡犬。岛上的时日是悠长的,好像我们不会老去。我们可以花整整一天时间推敲几行诗句,借此打发雨天或炎日困居带来的种种无聊。更多的时候,蘅弹琴我吹箫,偶或有鸟相和。

设若这世上果真有一对神仙眷侣,彼此相爱,爱得极深,过着与世隔绝的生活,毋须担心外人夺其所爱,天天有麦饼可吃,有玉簟可睡,日子久了也难免要心生厌烦。我与蘅,毕竟是吃五谷长大的,都有七情六欲,在孤岛上生活,何尝没有厌烦的时候?人这东西,别说相看两不厌,有时对自己也会莫名其妙地讨厌起来。让我不能忍受的,不是孤独,而是整天价腻在一起的生活。我背着她独自一人去密林中打坐的时辰,她居然可以凭借嗅觉找到我,然后搂着我的脖子不停地问:你是不是厌烦我了?你是不是不爱我了?在这座岛上,除了蘅,我还能爱谁?但我须得每天不厌其烦地回答她一次。

我们都不想要孩子。这是蘅的意思,也是我的意思。其实也不是我们不想要孩子,而是要了之后,会给我们带来可想而知的麻烦。孩子一旦长大成人,无论男女,好歹得给她物色一个伴侣。设若夫妇不谐,一辈子在岛上受闷气,固然不是一件好事。可是,万一孩子不要伴侣,喜欢独来独往,也不见得是好事,我不能想象,当我们死后,我们的孩子独自一人,与野兽为伴,孤独终老。因此,蘅总是担心自己会怀孕,担心我制作的鱼鳔不够牢靠。

3

（孽障啊孽障，你看那白驼山兄弟，先是叔嫂通奸，继而是哥哥虐嫂，最后是手足相残，真不晓得为的是哪般。再看那大理段氏，祖上几代，先是做皇帝，风风光光，到后来，个个看破红尘做了和尚，为的又是哪般？再说你，桃花岛岛主，与冯氏才貌相当，称得上是神仙眷侣，谁知有一天，生出了恁多变故，说书先生若是把你们的故事编成传奇，怕是三天三夜都讲不完。）

4

每年春天，我就会浮海登陆，在一些城市或乡野游走。我杀过几个人，也救过几个人。我这一辈子最懊悔的一件事就是收了一个女弟子。我从几个刀客手中救下她时，她还只有十来岁。她姓梅，是孤儿，长得黄瘦，看了叫人心疼。我对蘅说，我们把她带到桃花岛，做家中的婢女吧。蘅端详了半晌，淡淡地抛下一句话：是一个美人胚子。

在蘅的调教下，梅学会了读书、写字、做女红、种植花草。梅性格活泼，对陌生事物总是抱有异乎寻常的好奇心。一天饭后，她忽然跑过来问我，先生，猫会做梦？我答，会。又问，狗也会做梦？又答，会，万物有灵都会做梦。她的眼珠子转动了一下，似乎明白了点什么事理。

但梅也是独独怕我的。有一回，我舞罢一套剑法，她突然来到我面前，绞着双手，怯怯地问，先生是否可以教我剑术？我没吭声，瞪了她一眼。她吓得退后一步，眼眶里似有泪水隐隐蠕动。这时，蘅也走过来，笑着解释说，让你教她剑术是我的意思。我仍然没作声。

看得出来，蘅对梅是满怀怜爱的。她曾经嘱托我，下次出海，一定要带回一个少年，以后做梅的丈夫。我把这话记下了。

次年春天，我再次出海。这一回，我一口气收了两个徒弟。一个是秀才，屡试不第，回家后，才得知家里发生匪祸，一家老小无一幸免，妻子被辱，坐着一条破船划到河中央自沉而死，秀才自知复仇无望，一时间万念俱灰，便打算偷我的剑自刎。我把他打翻在地，对他说，我的剑不能沾上读书人的血，不如我送你一根绳子，你自己找一棵树吧。这人跟我聊了一晚，后来就想通了。另一个，是我在海上遇见的一名被海盗绑架的少年，这事我本可以袖手不管的，但忽然想到梅，便出手把他救下了。这少年，有秀骨，也有清相，跟梅在一起，可以说是天生一对。我把二人带回桃花岛，教他们剑术。梅见了，就嗔道，先生偏心，光收男弟子，瞧不上我这女流之辈。我问她，这话是谁教的？梅一怔，不敢说话了。站在她背后的蘅，默默微笑着。

一年以后，梅就能把我所授的一套剑法舞得十分流畅自如。再过一年，她就可以跟两位师兄对练了。竹林内、山洞中、海滩上、峰顶、亭下、溪畔时常可见他们的身影飘来飘去。我喜欢站在一株树的顶端，看他们舞剑。骨清年少，什么都是好的。眼前落英缤纷，剑花迷离，我能感受到天地间循环流转的气息。

后来，我又收了三名徒弟，分别为他们取了一个带“风”的名字。蘅也曾问我，为什么每个人的名字里都带“风”字？

无他，我说，那天我给他们取名时，岛上正起大风。

忽忽过了多年，梅已长开了——脸上的一片嫣红、肌肤上的一层柔光都让我想到蘅当年的模样。有时天气晴好，她会无所顾忌地躺在一张鲜绿的芭蕉叶上，沐浴着古铜色的肌肤，而阳光恰到好处地落在她那张稚气未脱的脸上。直到有一天，蘅看到梅像一只梅花鹿那样步履轻盈地从树下经过，就跟我断定：梅已经爱上了一个人。

梅究竟爱上了谁？出于好奇，我也在暗中察看她的一举一动。

一个有月的夜晚，我看见梅与二师兄来到沙滩上。二人对视片刻，二师兄突然拔剑，刺向她的喉咙；那一瞬间，她的身体却像一片桃花那样飘开了，继而拔出腰间的剑，向对方进攻。他们时进时退，跳上蹿下，如同起伏的波浪。两剑频频相交，碰出一簇簇火花来。一开始，他们的一招一式皆不离章法，及至后来，体力渐衰，手法和步法便越发杂乱，喘息声也越发粗重。我从未见过如此酣畅淋漓的缠斗。大概是虎口震麻的缘故，他们索性扔掉手中的剑，相对而立，渐渐地，二人变成一人，如同凝固一般，唯闻风吹衣袂的噼啪声。忽地，一个巨浪打过来，吞没了他们的身体。当他们浮出水面时，浑身闪烁着鱼鳞般的银光。

临睡前，我把这事告诉蘅。她说，你这当师傅的，为老不尊，怎么可以偷窥自家的弟子？我说，有时感觉这座岛屿好比一池水，太过沉寂了，偶尔来点风吹鱼跃，仿佛也能散发一点生气。蘅说，自从梅情窦初开之后，岛上的桃花就开得比往年更欢了，真好似汲取了天地间的阳气呢。我听了，微微一笑。蘅说，你的脸整天像鼓皮那样紧绷着，近来却见笑脸了。我摸了摸自己的脸，仿佛微笑跟湖面的涟漪一样，是可以触摸的。

蘅是一枝素莲，温婉娴静；梅是一株桃花，天真恣肆。我在心里这样比较着。

正是桃花开放的时节，梅的身体里仿佛也有一株桃花争相绽放。她开始叫了。她的叫声里面有一种胎里带的、未被损害的元气。是她的叫声让那一年春天的桃花看上去更娇艳袭人了，也是她的叫声在我枯寂的心中突然注入一股活水。听着听着，我便有了逸兴，拔出剑来，舞了一阵，心思还是有些散漫。

梅与二师兄把身体藏在树林里，但他们的快乐却像藏不住似的，随着叫声飘到天空。于是，徒弟们开始向我抱怨：梅的叫声太放肆了，简直像个娼妓。

我说，这是因为你们每个人的心里有个娼妓。

师父也听到了？

听到了，我说，岛上所有的人都听到了。

如果他们再这样下去，师父可以把他们逐出桃花岛。

如果有一天我把他们逐出桃花岛，也会把你们一并逐出去。

可是，师父，你不觉得他们太不知羞耻？

你们偷窥别人，难道不觉得羞耻？

原来师父都看到了。

是的，我说，我听到了不该听到的，也看到了不该看到的。不过，你们应当感谢梅才对。

我们还要感谢梅？

你们的剑法原本是中规中矩的，可这一阵以来，你们的剑法中却添了一种姿肆之气，这是我先前不曾见过的。

他们听了，有的嘿嘿冷笑，有的在暗中嘀咕起来。

与徒弟们闲聊一番之后，我回到房间。蘅说，我听到了梅的叫声，突然想生个孩子了。蘅跟我在一起，向来是谨守古风的，可是那一回，她说这番话时双颊却飞起了两片艳红。我们吹熄了灯，静静地躺在纸帐里，听着潮水在黑暗中拍打的声音，体味着属于夜晚的隐秘欢乐。蘅再次跟我说，我们生个孩子吧。

5

蘅的肚子变得一天比一天大了。

蘅的变化我当然是最先觉察的。先是穿着变了。自从来到岛上居住，蘅一改往日，只穿一些偏于清素的衣裳，颜色以蓝色或玄色为主。这阵子，她竟翻出了箱底那些桃红柳绿的旧衣裳，每天更换。

然后变的是脾气。奇怪的是，蘅突然变得多疑了。有一天夜晚，我与蘅坐在院子里仰观天象，忽而听得远处密林间传来梅的叫声。我指着天上的星星笑道，一定是九紫桃花星落在八卦桃花位的东南方了。蘅突然抓住了我的手问，你说那晚看到梅裸露着上半身从海滩那边跑回来，远远地就能闻到她身上散发的盐味，那一刻，你脑子里究竟想了些什么？我说，这盐味飘过去也就飘过去了，谁还会想得恁多？蘅又不依不饶地问，你有没有察觉，梅看你的目光是不是越发不一样了？我素知蘅心地纯净，但一个女人的心被嫉妒这条毒蛇噬咬之后，就会引发种种离奇的猜想。我跟梅之间的师徒关系，一直以来都没有发生变化。梅自幼丧父，不能排除她对我确乎有一种微妙的依恋，而我对梅自然也不同一般，但我总能很得体地把握师徒之间的分寸，不至逾分。蘅是何等聪明的女子，她从梅的一个眼神就能看出什么苗头来，虽然不欲点破，却早已心存防范。这一晚，我们观望的是天象，蘅却从紫微斗数谈起，以主星、桃花星、煞忌星比拟我与梅以及她的二师兄之间的关系，还说什么三星会合，必致乱伦，越说越离谱，我就闷声不响地走开了。

我与蘅偶生扞格，但很快就会和好如初。她总是害怕我会疏远她，害怕别的女人（当然是梅）会分走我对她的爱。当初，她让梅拜我为师，何曾有过这样无端的忧虑？这里面大概就有点像她自己说的“种了芭蕉，又怨芭蕉”的意思了。

当徒弟们告诉我，梅同她的二师兄坐着我的船，悄悄离开了桃花岛，我只是很淡然地说一声“我知道了”就回到自己的屋子。我知道,他们是迟早要离开我,去寻找属于他们的桃花岛。我在吃饭时跟蘅说起这事时,蘅的反应也是平淡的。她说,他们在这里跟大家格格不入,找个自在的地方倒也不错。蘅这么一说,我反倒有些怅惘了。毕竟,我们相处了那么多年,已是情同家人,说走就走,于情于理都说不过去。可是,这世上很多事都是没有情理可讲的。吃过饭后,我独自一人躺在床上,漫无边际地想些往事。竟感觉,梅不过是我梦里见到的一个女子,而桃花岛也不过是我梦见的一个地方。我不知道自己何以会如此怅然若失。月光照进屋子,我披衣起来,转到书房里,翻了翻书,仍旧两手空空地回来。我走到蘅面前,告诉她:那部经书的上册不见了。

蘅自然明白我所说的经书指的是什么。她怔怔地看着我,突然冒出了一句话:你的脸色真可怕。

我不用照镜子也晓得自己的脸色有多可怕。不过,在蘅面前我还是忍不住说了几句不必挑明而她也能会意的话。她想对我说什么,却只是嚅动一下嘴唇。也许她在慌乱间还没想好如何应对,因此就对我说,你出去转一圈吧。

为什么让我出去转一圈?

你还是出去转一圈吧。

我长叹一声,出门去了。屋外有清风吹拂,有月光涌地而出,可身上的怒气丝毫未减。远处是一片黑沉沉的树林,树林后面是万顷波涛,在黑暗中涌动着。穿过桃林,便是竹林,再转过去，愈见深幽，芭蕉林中，六角亭下，四徒弟的身影隐约可见。他们在岛上有大把的时光无可排遣，除了习武，也读点古书。饭后无聊，这几位自称山人、堂主什么的便会在此吟诗作对。月光下，宽衣大袖，随风飘动，很有点雅致。我平素不喜欢偷听别人的闲话，此刻恰好听到有一两句话与自己有关，便隐在树间侧耳倾听。

听说师父那部经书是师母帮他夺得的。至于如何夺得，就不晓得了。

你还听说些什么？

听说有个终南山道士得到了那部经书，不出一年就莫名其妙地病故了。可见，持有那部经书的人，若是不得神灵护佑，也是白搭。

说得这么神奇，喂，那部经书里面究竟写了些什么？

师父当初不是说了么？里面什么都有，什么都没有。对于有悟性的人，他们可以从中悟得剑法，悟得内功修炼之法，甚至可以悟得养生之术、排兵布阵之法，不过，对于一个天机尚浅的人来说，读了这样的经书很容易走火入魔、丧心病狂。

没错，师父说过，那部经书的义理太深奥了，他不敢多翻，但它放在那里，能让人心生敬畏。

二师兄和师姐盗了半部经书，怕是迟早要走火入魔的。

早知如此，今早我们应该拦住他俩。

二师兄那一副嘴脸我们早就厌憎了，他要是走火入魔，那是活该。

可怜的师姐也跟他遭了殃。

呃，可怜的师妹。

由它去吧。

桃花岛原本就孤悬海外，我们何不做个方外之人？

呵呵，大师兄说得极是。

呵呵。

呵呵。

他们这样说着，忽然压低了声音，似乎察觉到附近有什么异样的动静。有人竖起了一根手指发出嘘的一声，有人干咳了一声。芭蕉园里，只剩下一片幽微的虫鸣。我悄然退了出来。

我不知道蘅为什么要让我出去转一圈。我像一只笼子里的困兽一般，转了一圈之后又转了一圈。再次经过芭蕉园，看见四个徒弟白衣飘飘，走了过来。我停住了脚步，感觉身体顿然变得沉重起来，脚下的沙土有点暄。我对着天空做了一下深呼吸，仿佛要把全部的黑暗都吸入肺腑。然而，从胸口奔涌出来的，却是一个阴郁的念头。

我回来的时候告诉蘅，我已经挑断了四个徒弟的脚筋，把他们一并逐出了桃花岛。

你疯了，蘅说，我可以断定，你的后半生将会在悔恨中度过的。

我又回到多年前的孤寂。同蘅，似乎也没有什么话可说的了。蘅见我有意疏远她，就怯怯地来到我身边。这些天，她似乎也没睡好，眼眶上有了一层淡淡的阴影。她说她昨夜梦见了我，是一张死人般的、凝着寒气的脸。她说她梦醒后，双手至今冰冷。然后，她就把手放在我的掌心，可我的手也是冰冷的。灯下相顾，眼前的蘅与心底里藏着的那个蘅交相叠映，不觉间心生恍惚。我捧着她的脸说，我有时候觉着你很远，有时候又觉着你很近，你说，这究竟是为什么？蘅将脸垂下，倚在我肩头，深深地叹了口气。

我不知道这事竟会闹得这么大。

这一切都是天意吧。

到了这个份上，我也不得不跟你坦白，怂恿梅偷经书的人是我，设法赶走她和二师兄的人也是我。如果你知道我这么做是为了什么，也许就不会埋怨我了。

我还有什么可埋怨的？这本经书原本就是因你而得，也是因你而失。

现在我们失去的是那本经书和那些人，找回的却是从前的安宁。

经历了一些变故，我们还能回到从前？

不妨想想，从前是怎样的吧。

起初，岛上只有我们二人，没有纷争，没有世俗的欲望，多好。

后来呢？家中闹鼠患，我们又养了一只猫。

养猫还不够，又添了一条狗。然后又添了几只鸡，鸡生蛋，蛋又生鸡，这么着就有了吃不完的鸡和蛋。

养家畜还嫌不够闹热，又想添些人气。

梅来了，更多的人来了，就这样，岛上开始变得不像先前那样平静了。

我抚摸着蘅那个高高隆起的肚皮问，你是否害怕梅有一天会取代你的位置？

蘅说，梅是一个好姑娘，可她长大之后，我竟然无法容忍她跟我一起生活在这个岛上。我是看着她长大的，她有什么想法，我只需要看她眼睛就能猜个八九不离十。一个人的舌头会撒谎，眼睛却不会。她知道我一直提防她，因此有意找了二师兄做自己的男人，来打消我对她的猜忌；可是，她心有不甘，每晚发出不知羞耻的声音来刺激我们。我除了设法驱逐她出岛，没有更好的办法改变这种处境。我不知道自己做得对不对，反正我就想让她早日离开。

蘅这么一说，我才明白，梅与二师兄相好，原来还有这么一层意思。一个女人所做的一切可以隐瞒一个男人，却又怎能隐瞒另一个女人（尤其是像蘅这样的女人）？

蘅深深地吸了一口气说，我欣慰的是，她最终选择的不是桃花岛，而是那本经书。天知道，那本经书是否会毁掉他们的一生？

嫉妒之心，也会毁掉一个人。

我说这话的时候，语气有点沉重。平日里，我跟蘅说话的口吻重一点，心里就会莫名其妙地生出歉疚之情，因此，说完这话之后我就把一只手搭在她的肩上，做了一个安抚的动作。

那晚你让我转一圈，究竟是什么意思？我换了一个话题问。

蘅在黑暗中叹了口气，沉默有顷，说，我原本是想，等你出去转了一圈，心中的怒气消去大半之后，我就可以告诉你，经书上的文字我早已入脑，随时可以帮你默写出来。

我听了，只是发出一声苦笑。蘅问，你笑什么？

我没有告诉她苦笑的原因。

次日清晨，蘅坐到案前，一边抚摸着隆起的肚皮，一边用蝇头小楷默写经书。那部经书里有不少异体字，她能记得笔画顺序，却不详其义，因此写起来不是很顺畅。蘅虽说聪明绝顶，却不明白一件事：那部经书对我来说，是独一无二、不可复制的。我当初之所以没有录副或熟背，就是因为我所迷恋的不光是书中所写的内外兼修之法，还有作者手迹中暗藏的心迹，与之相对，就会感受到有一股神秘的力量源源不断向我涌来。这一点，我委实不敢与蘅明言。我之所以由她去做，就是让她可以借此消除内心的愧疚，以免伤害身体。

蘅坐在那里默写经书的时候，我就在窗外的竹林里。穿过竹叶的清风并没有减轻我的忧虑——我有一种不祥的预感，却不知道它从哪里来，接下来就要发生什么事。时不时地，我会进屋子看看蘅。由于胎动，她在默写过程中时常受到干扰，难免会忘掉一些词句，需得苦思冥想。那时我竟然没有意识到，默写经书，耗损了蘅身上的大量元气。

那天傍晚，我出门转一圈回来，看见蘅依旧坐在桌子前默写经文。写着写着，她的手突然抖动起来，嘴里还发出谵语般的声音。

你在说什么？

我好像听到有人在屋外叫喊。

这个岛上除了你和我，再没有别的人了。

没错，我听到梅在屋外叫喊。她手里拿着那本经书，嘴里喊着你的名字。

你写累了，耳朵里怕是出现了幻听。

我走过去，赶紧抽掉她手中的笔，让她平躺下来，给她搭了搭脉。寸脉浮弱，知是劳累过度动了胎气。自此，我就不再让她伏案默写，甚至不允许她手触刀斧、秽物，以及别的不洁之物。我也保持手洁心清，等待新生儿的降临。可蘅还是背着我，偷偷默写那本经书。吃饭的时候，她手中的筷子仍然在碗里划着，好像在极力搜索一个忘掉的词句。

有一天，她突然对我说，她的脑子被经文里的一句话卡住了。这比鱼刺卡在喉咙里更让她难受。然后她就开始在我书房翻书，试图把那句话里的几个字从书中翻找出来。到了酉时，她的肚子就疼起来了，看样子是要坐蓐分娩了。孩子偏偏不听话，竟在娘肚子里横着，出不来。此时即便有稳婆在场，恐怕也奈何不得。蘅疑心胎儿横生跟前些日子吃了螃蟹有关。情急之下，我也相信早年间一些乡人的说法，赶紧把米缸的盖子打开，把糊窗的茧纸撕掉，把酒埕的泥封启开，把家中所有捆着的物什都解开。我还烧了一张催生符，念了一段催生咒。至子时，蘅忽然惊坐起来，嚷着，你快去开门，你快去开门。我问，开门作甚？她说，梅回来了，她在屋外喊你的名字。我打开了门，月光似水一般涌了进来。然后，我就听到蘅有气无力地哼了一句:孩子快要出来了。我屈膝跪在地上，像是从她身上掰下一块肉似的，把孩子取了出来。我把她放在一块冻绿布上，她看上去仿佛一朵素净的芙蓉花。我跟蘅说，你给孩子起个名字吧。蘅没应声。我走了过去，蹲下来，抚摸着蘅那张毫无血色的脸。挂在眼角的泪水竟已冰凉。

6

（别人问我为何切掉了这根手指。我就告诉他们，是因为自己贪吃误事。而事实上，它跟一个女人有关。她已经死了。她是因我而死的。我无以为报，就把一根手指切下来，跟她埋在一起。那晚没有下雨，但我梦里出现那晚的场景时，眼前竟是一片纷纷扬扬的大雨。）

7

从前，我有一个鲜为人知的怪癖：我把很多事分为左手所行之事与右手所行之事。对我来说，这世上的事不分好坏、轻重，只分左手与右手。我习惯于用左手喝酒、使剑，这倒不是因为我是个左撇子。事实上，我的右手比左手更顺，更有力。但我就是不用右手。很多事，我用左手能够摆平，就绝不动用右手。譬如比剑这种事，我认为我用一只左手就可以胜任。说一句狂妄的话，能让我使出双手的人，这世上大概找不出几个来。我的右手是属于蘅的。蘅死后，我的右手就形同废物了。

人是废物，剑是废铁。

直到有一天，桃花岛迎来了一位不速之客，我不得不动用右手才能击败他。他像是一个不倒翁，被我一次次击败，却又一次次站到我面前。说实话，他是我这些年来难得一遇的对手。他跟我对视时，眼睛里居然没有一点憎恨。因此，他虽然败在我手下，但我对他依旧保持应有的敬重。我很认真地告诉他，你至少得在岛上待上十年才能跟我打个平手。他听了，几乎是带着沮丧的口吻说，十年?！我怎么可能在这座岛上忍受整整十年的孤独?！我说，如果你连孤独都无法击败，又如何能击败你的对手?

他终于留了下来，等待着有一天可以击败我。我们谈不上仇人，但我们相搏时就像是一场生死决战；我们也谈不上朋友，但每每发现对手出新招奇招，我的眼前就会一亮，精神也为之一振。我没有杀掉他，是因为我感到自己很孤独，需要一个像他那样有分量的对手。若是没有这个对手，我也许会在这个孤岛上郁郁而终。有了他的存在，我的双手大概不至于就此废掉。

我的对手也很孤独。他把自己分裂成了两个人，用这一只手给那一只手喂招，由此发明了一种叫作“双手自搏”的玩法。他是一个真正的老顽童。左手跟右手玩，就像是自己跟自己说话。每隔一段时间，他就会找上门来，向我挑战。渐渐地，我就有一种奇怪的感觉：他是另一个我，而我仅仅是在跟自己搏斗。

8

你在岛上还有一人可玩，我独自一人在山里住着，整日里就听鸟说话。

洪七说这话时也不顾酒渍濡袖，吞下了一大口酒。

你为什么要跑到山里去？我问。

因为一个女人，洪七说。

你几时恋爱了？怎么没听江湖上的人说起？

呃，我们还是谈点别的什么吧。

谈谈外面的风吧。

我这样说着，又吞下一口酒。西北大山里的风跟东南海岛的风到底是不同的。这风在山谷间搅动，像是从几万里外奔来的狼群，到了这儿，就不再走了，只是在峡谷间转来转去。好像我们一出门，它们就会猛扑过来。

洪七说，多年前，我跟老毒物在昆仑山脚下初遇时，听到狼群吼叫的声音,也跟这风声一般。

你听听,我说,这老毒物的鼾声也同狼嚎一般,智兴跟他同睡一屋,也真够受的。

也许他们已经在梦里厮杀起来了。

我们相视一笑,然后就变得沉默起来了。屋外传来树枝折断的声音。用一张松木桌子顶住的木门被风吹得哐啷作响。

大约过了卯时,屋子里的饭香就弥漫开来了。洪七说,早饭已经煮好了。满满的一锅米饭啊,我今早可以吃上十碗。

洪七,你还能吃这么多饭?!

你不陪我吃饭?

我酒后通常不吃饭。

可你好歹也得陪我吃点饭啊。

我只听说与人对饮的,不曾听说与人对饭的。

我心里不痛快的时候就想吃很多饭。我把肚子塞得满满的,就没甚闲愁可放了。

天还没亮,洪七就开始迫不及待地吃早饭了。他吃饭的样子有些庄重。吃着吃着,他就打起了忧郁的饱嗝。

北

每年麦子收割过后,总会有一些盗贼兴起来。洪七我便背着剑,骑着马,到处游走,遇贼杀贼,有酒吃酒。这些年就是这样过来的。人人都说我是条硬汉，人人都以为我身上只有侠气，没有柔情，甚至不相信我也有过一段刻骨铭心的恋情。可我很想告诉他们，一个没有真正爱过的男人，怎么会是一个真正的男子汉？

我确曾与一个女人谈过恋爱，她只是一个农家女子，不识字，不会武功，长相平平，可她有一颗纯净善良的心，对我来说，这就足够了。每回在乡野间行走时，我总会特别留意那些跟她长相有点相似的女子。有时即便看到一个略微相似的背影，我也会紧追不舍，多看几眼；及至那人的身影在一扇门内消失之后，我就会长时间地注视着自己那根残余的手指。我是这么想的：只要我还活着，她就永远在那里。她为我死，也因我而活。所以，我想活得更久一些，这样她也会在我的记忆中活得更久一些。

可我始终不知道自己应该怎样跟他们谈论我的女人。

三个人，都是我写信招来的：一个从西南边陲的寺庙来，一个从西域的山坳来，一个从东海的孤岛来。我跟他们的交情也许都不算太深，只是由于江湖上的人时常把我们的名字放在一起谈论，我才会在某些时刻觉得我是可以跟他们谈谈的。此番没有论剑，只是谈些家常，谈各自的女人。他们那些跟女人有关的逸事早已在江湖上流传开来，我分不清哪些是真实的，哪些是虚构的。说法很多，可他们早已不在乎了。即便是他们亲口跟我讲述的故事里面，又何尝没有修饰的成分？在我听来，那些女人简直就是一种奇怪的动物，明明是被一个大富大贵的男人宠爱着，却偏偏喜欢上一个穷而且愚的男人；明明嫁的是哥哥，喜欢的却是弟弟；明明是有个男人真心实意地喜欢她，却偏偏怀疑他存有二心。于是就有了法师所说的爱恨贪憎痴，有了颠倒、离乱的众生相。

与之相比，我的女人只能算是一个普通的农妇，我还能跟他们谈论些什么？

黎明时分的一颗白星挂在天边，东方既白，它也快要淡灭了。

四条影子坐在华山之巅。没有人知道我们在干些什么。

我实在弄不明白，自己为何非要选择那么高的山峰跟他们见个面。不过，在这么高的山上看一场雪景，也是一件不错的事。照在山顶上的阳光同样也可以照到平原上。但阳光里分明是带着寒气的。一只鸟投下了一声长唳，也投下了一片寂静。

待山上的积雪融化之后，我就决定下山了。

从北峰下来，我折了一截枯木，装扮成挑夫模样。路上遇见几条壮汉，正在议论华山之巅的一场决斗。见我挑着物什从山上下来，就拦住我问，听说华山之巅有四名高手在打斗，可曾见过？我说，我刚从华山之巅下来，不曾见过有谁在打斗。他们听了，似乎很扫兴。其中一个说，那四个人，也许是浪得虚名，连华山都不敢上了。另一个说，兴许他们已换了个地方。我自顾低头走路时，听到后面有人说，咦，刚才那个挑夫倒是有点像洪七呢。另一个说，我听说洪七身高八尺，气度不凡，怎么会是这样一副邋遢相？

那人说得没错，洪七是洪七，我是我。下山之后，我就跟那个名叫洪七的人分了手。他来到乞丐们中间，振臂一挥，发出了一声号令。很快地，底下就有了动静。有人说，大宋亡了，皇帝沦为乞丐，而洪七却做了乞丐中的皇帝。

2017 年 5 月 10 日稿讫

好快刀

明末，济属多盗。邑各置兵，捕得辄杀之。章丘盗尤多。有一兵佩刀甚利，杀辄导款。一日，捕盗十余名，押赴市曹。内一盗识兵，逡巡告曰："闻君刀快，斩首无二割。求杀我。"兵曰："诺。其谨依我，无离也。"盗从之刑处，出刀挥之，豁然头落。数步之外，犹圆转而大赞曰："好快刀！"

——蒲松龄《聊斋志异》

是的，我没听错，这一声"好快刀"就是从我嘴里发出的。围观者也纷纷赞道：好快刀！他们朝我围拢过来，仿佛要看看这一坨血淋淋的东西何以会张口说话。然而我很快就闭嘴了。我可以想象，我的嘴巴像傍晚时分的花朵那样，慢慢闭合。影随形，响随声，人影乱成一片，声响也叠作一团。一阵足以让围观者为之热血贲张、官兵为之忙乱不安的骚动持续了片刻，人群就朝四面八方无序散开了，留下满地的果皮和痰迹。离我不到三尺远的地方还有我脖子间飞溅的、数点梅花状的血迹。几只恶鸟在天空画着圆周，久久不愿离开。我晓得它们不是来为我送行的。

一阵夹杂血腥味的风从我鼻尖吹过。我的鼻子酸了一下。

有人把篮子里的馒头递给刽子手说，行行好，内人得了肺痨，蘸一蘸这刀口的血吧……

有人嚷着，看呀，这小淫贼的眼睛还能眨动呢……

有人从人群中探过头来叹口气说，真不晓得，脑袋从脖子间落下来，会是怎样一种感觉呢……

有人把我的身体抬走，接着又有人铲了一抔黄土，把血迹盖住。然后就听得一声：大吉利市——与此同时，有一只枯瘦、黝黑的手伸过来，抓住了我的头发。未及多看一眼，我的脑袋已落入一个漆黑的布袋，但我依然能听到杂乱的脚步声和叫卖声。

提走我脑袋的，是一个老和尚。

在我脑袋尚未落地之前，我看到了那一圈又一圈争相围观的人。秋分，午时三刻，阳气最盛，那一刻身首异处，据说连鬼都做不得。在无聊的人们看来，这大概是一年中难得一见的景观了。围观者当中，有提着鸟笼、闲逛至此的公子哥，有挎着菜篮子的妇人，有卖炊饼的小贩。也曾听人说，秋决之际，会有一些嗜好古怪的先生，坐着马车从远道赶来，在城里住上一晚，翌日特意在法场近旁的酒楼上拣一个雅座，端着一杯酒，十分悠然地欣赏刽子手杀头的场景，也不晓得是真是假。我是的确看见对面的酒楼上——阿爹曾请我在那里吃过一顿豆脯栗子肉——有位身穿蓝色绸衫的老爷正手搭凉棚朝我这边张望，他看了一阵子，就跟身边的妇人交头接耳，指指点点，不知说了几句什么；边上有个戴瓜皮帽的小男孩，也正伸长脖子朝我这边投来好奇的目光。

阿爹的脸在我眼前晃了一下，随即就在众多的面孔中消失了。阿爹有一张看起来多少有些滑稽的马脸，马脸上有两只不太对称的眼睛——他的左眼死了，右眼还活着，他喜欢用那只活着的眼睛看东西。看来看去，好像他无论看什么都能看出门道来。那年深秋，阿爹对我说，我带你去西门菜市场看杀头，去不去？我说不去。阿爹突然发出一声短促的冷笑。我胆子小，连杀鸡都不敢多看一眼，何况杀头？阿爹说，你不看杀头也行，我让你看看那个女犯是怎样骑木驴游街的。没等我发问，阿爹就接着说，有户举人家的姨太太跟管家通奸，一来二往，就被老爷逮个正着，他们一不做二不休，索性把老爷杀了，然后故意制造出窃贼入室行凶的假象。不过，他们之间的奸情最终还是被人告发了，定罪之后，管家照例要游街砍头的，而女犯呢？照例是要剥光衣裳，用绳索捆绑着，放在木驴上，让驴背的木头橛子戳进她的下体，后面有人推木驴，前面有人用绳子一拉，木橛子就在妇人体内胡乱搅动，那时候，妇人就会发出嗷嗷的叫声，她叫得越响，围观的人就越欢。据阿爹描述，每逢有淫妇骑木驴，城里便像是过节一般热闹。这样的场景，阿爹当然是不会错过的。

那时我走到街口，忽然对阿爹说，我闻到了血腥味。阿爹说，前面就是法场了。我捂着鼻子，踌躇不前。阿爹问那边回来的人，前面可曾砍头了？那人掩面说，已经砍掉了好几个脑袋，实在看不下去了。阿爹怔了怔，弯下腰，在我鼻子上刮了一下说，你这鼻子真是尖。阿爹又说，嗅觉灵敏的人胆子通常很小，比如老鼠，嗅觉比别的动物要灵敏，所以它们的胆子就出奇地小。

监斩官投下杀头的令箭时，人群中顿然响起一阵轰鸣。那一刻，我是多么渴望能看见阿爹那瘦长的身影和冷漠的眼神啊。我的目光在人群中扫了一圈，就缓缓抬高，掠过微微上翘的屋檐，朝更高的地方移去。那里，在一片足以遮暗一条街的长云下，一只鸟划过天空，落进我的视野，而我脑子里竟莫名其妙地跳出一只鲜血淋漓的公鸡来，与眼前那只鸟叠印在一起——以致我疑心，在我头顶盘旋的鸟就是被阿爹所杀的那只公鸡的化身，而它从高空俯视我的目光定然是阴冷的，夹杂着一丝怨怼的。我甚至觉得，还有另一个我，就站在不远处，近乎迫切地等待着我脖子间的鲜血像鸡血一样飞溅出来，落在地上。

仍然记得那个跟公鸡有关的奇怪的梦。那年我只有八九岁，我娘死后（邻居们说娘是被我克死的）第六天，我独自一人睡觉。黑暗中有人来到我床前，头戴红色帽子，双手作揖，说，我今日有难，你能否救我？我问，你是谁？为什么要我救你？那人说，我本是秀州府一位丝绸商，死后堕入六道轮回，做了一只公鸡，昨天我在院子里散步时，被主人抓去，送你父亲。现如今我就关在笼子里，等着明天挨刀子。我知道你有一片善心，因此斗胆请你帮个忙，把我放了，回归田园。我说，现在我很困，明朝起个大早，准把你放了。那人向我深深地鞠了一躬，就退到黑暗中去。第二天，我醒来后就抹着惺忪睡眼，去鸡笼边看看那只公鸡。鸡笼是空的。我赶紧跑出院子，看到公鸡正躺在地上，脑袋无力地耷拉着，喉咙被切开，鲜血直往外喷涌，满地都是它挣扎过后掉落的鸡毛。我怒气冲冲地对阿爹说，你竟杀掉了这只公鸡?！是的，阿爹说，今天是做头七的日子，鸡血洒在家门口，可以驱鬼。我说，你可知道这只公鸡是谁?阿爹说，一只公鸡还会有高姓大名不成?我就把自己梦里的事如此这般地说给阿爹听。阿爹听了我的话，讪笑着说，你有佛性，不如让你出家去做和尚，往后好歹也可以混碗饭吃。阿爹说这话的口气就好像要把家中一件多余的物什送给别人。

我知道，阿爹一直不太喜欢我。在他眼里，我简直就是个怪物。我出生之后，除了脖子和脑袋，通身长满了坚硬的鱼鳞皮。流汗的时候，我还能闻到一股鱼腥味。阿爹说，这一身鱼鳞皮是胎里带的，前辈子做的业带到了今生。阿爹还说，我从娘肚子里出来时，娘还在睡梦中，竟然一点儿都没察觉。按照他的说法，我像一条草鱼那样从娘的两腿之间游了出来。阿爹厌憎我这一身鱼鳞皮，就说我前世定然是个打鱼人。不过，有一点可以肯定，我是天生与水相亲的。有一回，我站在岸边，看鱼在水里游，似乎很快活，就跃入水中。我没学过泅水，却能浮着。我想我的前世不是打鱼人，而是一条鱼。小时候，我并没有觉得自己的身体有什么异样，手与足是相安的，头与身也是相安的；然而，打我懂事起，我就从别人的目光里看到了自己，也由此开始嫌憎自己的身体。又有一回，阿爹不晓得从哪儿打听到一种可除我身上鱼鳞皮的法子。他让我从水涧里抓来一条草鱼，放在砧板上。他用刀拍了拍鱼身，鱼就不能动弹了；接着，他往鱼身上抹了点醋之后，就抄起刀来，从鱼尾慢慢地刮过去，鱼鳞纷纷剥落。阿爹的口里喃喃有词，好像在念什么咒语。我不敢多看，闭上了眼睛。但听着刮鱼鳞的声音，身上还是十分难受。从小到大，我喜欢树的身体、草叶的身体、蝴蝶的身体、马的身体，唯独不喜欢自己的身体。长大之后我就越发不能忍受身上的鱼鳞了，鱼鳞只能长在鱼身上，就像人皮只能长在人身上。人长鱼鳞，无异于鱼生人皮。因此，他们都说我是一个人头鱼身的不祥之物。

阿爹死后（邻居们于是乎又说阿爹也是被我克死的），我一下子没了着落，过起了有一顿没一顿的生活。饥饿时常像一条野狗那样追着我——对，饥饿就是这么一条狗，有一双冷冷的眼睛，还有一口白历历的牙齿，我没法撵开它。记得阿爹临终前曾对我说，你若是无路可走，就去衔草寺找木头陀，他或许可以给你指明一条谋生的路子。阿爹早年做过山贼，木头陀是个和尚，我不晓得他们何以会成朋友。我在城里实在混不下去了，就来到衔草寺，找到了木头陀。木头陀问我，你家里还有什么人？我说没有。屋子？没有。媳妇？没有。我饿得头昏脑涨，就不耐烦地说，我现在什么都没有了。木头陀说，你摸摸看，你的眉毛是否还在？我摸了摸眉棱骨的地方，说，还在。木头陀说，既然眉毛还在眼睛上，你怎么能说自己什么都没有了？我张开嘴呵出一口气说，我的嘴也在，这里面除了舌头，什么都没有了。木头陀说，倘使你出家只是为了混口饭吃，终归是个饭桶和尚。以后你若是有肉可吃，有酒可喝，早晚还是要还俗的。

木头陀给我打来了一碗冒尖的米饭，饭后又给我牵来一匹骡子，说，你爹没了，以后就跟它做伴吧。

这匹骡子是公驴与母马交配所生的，长得像马，所以叫马骡。它有一副强壮的身子骨，还有一副好脾气。在木头陀的安排下，我暂且在寺庙后面的柴房里住了下来，柴房旁边就是马厩。没事的时候，我喜欢跑过去跟马骡说话。它用清亮的眼睛看着我，便让我想起佛前的长明灯来。骡子既不是马，又不是驴。我呢？既不是人，也不是鱼。他们说得没错，我是怪物，当然是要跟怪物生活在一起了。话说回来，有了骡子，我手头就有活可干了。寺庙里的沙弥在山下采集了一些货物之后，就吩咐我牵着骡子去驮运。

有时，我经过半山腰的梦庵，里面会有一位师姑咿呀一声打开柴扉，一身缁衣，一张素净的脸，探出门外，合掌行礼、念声佛号之后，便递给我一张纸条——那手骨真是纤细，可以看得见淡青色的筋脉——细声细气地交代我下山后顺便帮她带些这样或那样的物什。她便是静莲师太，木头陀的妹妹。听说她自出生以来就不沾荤腥，小时候见人就合掌微笑，见佛就拜，不到十岁就出家做了师姑，每天念经书一部、法号两万声，抄经文五百字。木头陀说，静莲师太虽然年纪比他小得多，但道根已深，从她身上可以看到“大丈夫相”。有这种大丈夫相，离成佛也就不远了。但在我眼里，静莲师太就是个女人，是一个跟我娘一样温和、柔弱的女人。我娘已经死去十多年了。

衔草寺和梦庵都是小庙小庵，香火不旺，门头清寂。木头陀除了每天抄写经文，闲时还斫琴，一床床挂在墙上，那些爱风雅的居士如果喜欢，可以给寺庙捐点香金，请走几纸经文、一床琴。这些钱勉强可以养活庙里的十来个和尚。

木头陀斫琴，用得上各种木头。一般来说，一张琴要用两种木材合成。面板可用桐木，底板可用梓木。木头陀说，一面是阴，一面是阳。这琴才能合成一体。用佛家的话来说，这叫“一合相”。不过，木头陀对木材倒不是很讲究。没有桐木、梓木也不打紧，有时还可以用别的木头代替。平常没事，我就牵着骡子在山上或乡间转悠，专收陈木。木头陀看中了，我就拉去解板。给衔草寺干这些粗活，也可以赏饭的。木头陀持过午不食戒，每天只吃一碗粥。但我每回过来，他总是以饭招待。他说，干体力活的人，有饭落肚才管饱；不干体力活的人，吃点粥，也能管饱。

我从此把木头陀当作我的亲人。

我也想有个一辈子都属于自己的女人。斫琴所用的木头都要由一阴一阳合成,何况是人?两个人的生活虽然难免有缺憾,但没有女人的男人毕竟是不完整的。在黑暗中独处时,我脑子里时常飘过一个女人的身影,柔柔的,白白的。但每回洗澡时看到自己一身铠甲般的鱼鳞皮,我就泄气了。因此,我总是像醒来后竭力忘掉夜晚的噩梦那样,从脑子里抹掉那个女人的身影。

有一回,我和木头陀一道去山中寻找陈木,出了一身汗之后,浑身散发着一股刺鼻的鱼腥味。我看见半山腰处有一口水潭,就赶紧脱了衣裳,一头扎进去,舒舒服服地泡了个澡。木头陀看着我一身的鱼鳞皮说,你的脑袋已经进化为人,身体却还是鱼。我问,法师可有什么法子将我的鱼鳞皮除去?木头陀说,这一副臭皮囊,是父母所赐,它该是怎样就是怎样,你理它作甚?我说,我眼睛看着,心里难受。木头陀说,人有一双美目,到头来还不是要烂掉?人有一身强壮的肌肉,到头来还不是被蛆虫吃掉?木头陀接着就给我讲了一个故事:他的师父坐化时,一直保持吉祥卧的姿势,弟子们都觉得他已修成了金刚不坏之身,然而没过几天,他的身体竟散发出一股尸臭,之后全身的皮肉尽皆腐烂,流出黄水。不过,与众不同的是,那些蛆虫居然还能列队从他的七窍里面爬出来,一点儿都不慌乱。木头陀从身与头的两无是处,说到"凡所有相,皆是虚妄",我就听不明白他说什么了。为了打消我的妄念,他跟我说了许多,可我还是不能让自己变得轻松起来。

无聊的时候,我也会坐下来翻翻经文,或是听木头陀说法。

可是怎么办？我的心地越是干净，越是无法容忍浑身上下的鱼鳞皮，以及它散发出来的鱼腥味。人有了身体，忧患就开始了。这是木头陀说的。也许不是木头陀说的，是某个说不上是谁的老人家说的。

剑子手雷大头来了，好威风呵。他们说。小淫贼，剜了他的心，刿了他的肺，喂狗吃了吧。他们说。哐哐哐。哐哐哐。有人鸣锣开道，县太爷也过来看热闹了。车马兵甲好威猛，转眼间灰飞烟灭。更莫说这一头黑溜溜秀发，那一身硬邦邦肌肉，到头来都是枯骨死灰。衔草寺里木头陀说色身，也说山河大地梦幻泡影。笃笃笃。笃笃笃。梦庵里的静莲师太，我把她放在心里供着了。回避。肃静。回避。肃静。县太爷来了。县太爷好威风呵。午时三刻转眼间到了。我总算是等到这一刻了。身体里有什么东西在吱吱作响？那是灵魂？那看不见摸不着的小东西是否急着要跑出来？还有那耳边呜呜作响的，又是什么？呃，是风声吧。冬日的风，一刀一刀的，直割人的耳。有人把我这一头乱发扎成一束稻草，露出后面一段细长脖子。风一吹，脖子上这颗原本沉重的脑袋忽又变得轻盈了。小淫贼，剜了他的心，刿了他的肺，喂狗吃了吧。他们说。剑子手雷大头来了，好威风呵。他们说。

初识雷大头是在去年秋决过后。那天午后，我背着呜咽作响的北风，在寺庙后院劈着木头，听得两个小沙弥正聊着闲话。

一个说,都已经是深秋了,这庙里怎么又闹蚊蝇了?另一个说,难道你还不明白?这蚊蝇是法师的朋友带来的。

哪位?

就是在法场上拿刀的那位呀。

他来了,为什么就带来蚊蝇?

这你就不懂了。

他们说着说着就转到别处去了。

是夜,灯还未熄,就有一只蚊子迫不及待地叮我左臂,我当即用右手拍死蚊子。左臂留下了一道蚊子状的血迹,蚊子的尸身却粘在我右手的掌心了。事后没过多久,奇怪的事发生了:那只被蚊子叮过的左臂没有发痒,拍死蚊子的右手掌心却奇痒难搔。本来想以这事请教木头陀的,但觉得小事一桩不足以搅扰人家,作罢。熄灯之后,我细细琢磨,不得其解,只能说是因为我右手杀生之后,突然起了悔意,以致左臂的痒突然转移到了右手掌心。但清晨起来转念又想:人生了杀生的念头,全身都是杀气;所造之业,岂分左手和右手?出门,太阳照在身上,觉得自己为杀死一只蚊子而苦恼实在荒唐。

下午,我把几根陈木送到木头陀的房间时,迎面就看见一副木架上正挂着一把刀,刀上血迹未干,也许还会有蚊蝇停在那里忘情地啜饮吧。

之前就曾听木头陀说过,他有个好朋友,叫雷大头,是章丘城里的刽子手。每年秋决之后,他就带着犹沾血迹的刀来到寺庙，同木头陀一道，念三天三夜的经，超度亡魂。

禅房里坐着三个人：木头陀和静莲师太相对坐着，我只能看到他们的侧影，正对我坐着的那一位黑脸团团，胡子拉碴，自然就是雷大头了。多年前，阿爹带我去西门外看杀头，我迟迟不敢近前，但阿爹不管三七二十一，一把抓住我就扛在肩上，大踏步走进人群里。阿爹指着一个袒露半身的壮汉说，喏，他就是刽子手雷大头了。此人手执一刀，气定神闲。手一挥，脑袋落地。然后就是一片喝彩声。他十分满意地收起刀，眼睛微闭，嘴里好像念了几句什么，大概是希望死者莫要变成厉鬼，找他麻烦。他的脑壳很大，所以城里的人都管他叫雷大头。至于他真名叫什么，似乎也没有听人喊过。

见我进来，木头陀就向雷大头介绍说，你家里那张琴所用的陈木，就是他从济南府一座废弃的老宅里驮过来的。

雷大头双手合十，向我道了声谢。我问，你也弹琴？雷大头说，我是粗人一个，哪会弹琴。只是把琴挂在家中的墙壁上，每天看看也好。我那琴是法师弹过的，每晚夜深人静的时候，我对着那床琴，耳边就好似真的有琴声传来。琴的正音能辟邪气呢。

木头陀说，今日静莲师太正好也在，不如请她为你抚一曲。

静莲师太说，我的琴是法师教出来的，怎么敢在这里卖弄？

雷大头说，只怕我在这里，浊气太重，污了琴声。

法师说，你虽然是拿屠刀的，却有正心。

静莲也点了点头说，那我不妨在这里弹一曲。

师太这一弹，小小的禅房就有了天地，有了望不到尽头的青草，滚滚而来的白云。霎时间，有了男人，也有了女人；有了对话，也有了独语。这曲子我似曾听过，却忘了名字。先前听法师说，这曲子说的是一个女子在佛前倾诉自己一生的痛苦与爱，末后一段，就是女子安静下来，听佛如是说。然而，法师说，在凡人听来，这曲子仿佛是男女之间的絮语，有缠绵不尽之意。

师太弹完一曲，雷大头竟齐刷刷流下了两行眼泪。过了许久，他才开口说，方才听琴，忽然想起多年前遇到的一个窑姐儿。她会弹唱，也会作诗，天可怜见呵，只因有一回接客时那位老爷突然栽倒在她身上，七窍流血而死，她就被差人拘了去。她有理说不清，居然被县太爷稀里糊涂地判了个死刑。行刑时，我着实于心不忍，手一抖，没从骨缝下刀，那颗脑袋竟连皮带骨粘在脖子上，嘴唇一张一翕，一迭声地唤着“好痛呀好痛呀”。至今想起那一幕，手心都会出汗，心里直喊痛。

师太双手合十说，人人都说你是一个杀人不眨眼的刽子手，却不晓得你有一副菩萨心肠。

雷大头说，这么多年来，我一直谨记师父的教诲：一念成佛，一念成魔；手上即便有刀，心里也要有佛。我原本是收尸人的儿子，家里兄弟姐妹太多，父母养不起，就把我过继给刽子手做义子。十岁的时候，义父就开始教我如何杀地上会跑的兽、水里会游的鱼、空中会飞的鸟。他总是盯着我说，你的眼睛里有杀气，你的手上有杀气，这样子不行，等你身上没有一点杀气之后，方可做刽子手。可我还是太急于求成了。义父死后，我即刻补了他的缺。义父传授的刀法说穿了很简单，只有四招：出刀、举刀、挥刀、收刀。可是，你要是想把这四招全都练好，至少要花十几年的工夫。即便如此，这二十年间，我还是会出点差错、留点遗憾什么的。直到两年前有一天，我遇到了一个奇人，不仅赐我这把宝刀，还把奇妙的刀法倾心传授给我。

遇到奇人，必有奇事，师太说，不妨说来听听。

我没想到，法师和师太对刽子手的砍头活儿也很好奇，听雷大头一一道来，他们时而发出一声“噫”，时而又发出一声“唉”，更多的时候是双手合十，念声佛号。下面便是刽子手雷大头给我们讲述的一次奇遇：

两年前，章丘县危山一带闹匪乱，死了不少人。雷大头奉官府之命去收尸。那一路上，到处可闻一片嗡嗡声。身边的人说，这些苍蝇都是冤魂的化身，它们在哭诉，在喊冤哪。雷大头正要把一具无头尸往袋子里装时，忽听得一个沙哑的声音：兄台，有劳了。雷大头十分警觉地缩回了手。环顾四周，没见人影。怔愣间，又听得一个声音：兄台，我就在你眼皮底下。雷大头低下头，看见那个头颅正咧着嘴，跟他打招呼，声音跟一缕烟似的飘上来。他擦了擦眼睛，再细瞧，那张嘴微微地张开，又缓缓地合拢。随行的人见了都赶紧丢开手中绳子，撒腿跑了。雷大头依旧留在那里，跟那颗脑袋聊了起来。不过一会儿，走来一个形如枯木的老道，手里拿着一个布袋，对雷大头说，身体你拿去，头就交我吧。雷大头不解地问，你要脑袋做什么用？老道说，死者是我弟子，我过来的时候，他身上已扎出了好几个血窟窿，他在奄奄一息之际恳求我给他补一刀，早做解脱。我见他这痛苦模样，就毫不客气地砍下他的脑袋。这时，脑袋又开口说话了：我原本以为，我可以死了，谁承想，我的脑袋与身体分离之后，竟没有丝毫疼痛，而且还有知觉，也不知道师父施了什么法术。老道拈须一笑说，你我师徒有缘，心灵感应，这一刀若是落在别人身上还未必有这奇效。说着，他就提起头颅，放进布袋。雷大头突然回过神来，扑通一下跪在老道面前，请求他授以刀法。老道发出了爽朗的笑声，说，我知道你叫雷大头，而且素知你身为刽子手，却有一片善心。今番我失去一个弟子，又平白得了一个弟子，算是造化的补偿吧。就这样，老道把雷大头带到一座山上，授以刀法和秘咒。学成之后，师父又赠他一把宝刀，让他在一匹狼身上下手。雷大头斩落狼头后，那狼头在地上滴溜溜转了一圈，居然还能叫两声。雷大头十分满意地收刀入鞘，正要跟师父说话时，师父已飘然下山，迅速变成一个黑点，没入树丛。之后他就再也没见过师父一面了。

我就此记住了雷大头的故事。当然，还有那把刀。

雷大头的刀在木头陀的禅房里挂了一个月后，血迹全无，仿佛刚刚磨出来的。他来衔草寺取了宝刀之后，经过后院，见我正在劈木头，就蹲下来，夺过我手中的斧头，跟我讲解劈木头的几种方法。我说，你能否让我开个眼界，用手中的宝刀劈一下木头？雷大头也没二话，就拔出刀来，随手一挥，砍掉了我身边的一根木头。我还没看清，他已收刀入鞘。

我问雷大头，能否让我摸一下你的宝刀？雷大头说，你敢摸么？我说，又不是老虎屁股，有什么不敢的？我伸手摸了一下刀柄，立马缩回。那一瞬间，一种让我手上的血液骤然变冷的东西一点点扩散到全身。

想跟我学这门手艺活？雷大头问。

我摇了摇头。天色尚早，我给他斟了粗茶，请他坐下来聊会儿天。他把刀放在一边，兀自喝着茶，喉结一上一下地滚动。从瓜架上投射下来的阳光，静默地伏在他那双粗壮的手上。

那晚，我梦里出现了雷大头的刀和那只握刀的手。

第二回见雷大头，我们就喝起酒来了。坐在那间动一下手脚就有可能碰落灰尘的屋子里，我喝得浑身发热，并没有觉出外人所说的那种阴寒之气。对面的土墙上，跟那把刀并排挂着的，是一床木头陀所斫的琴。他说这样可以调和阴阳之气，我实在不明就里。

我们都是独身，性格孤僻，说起话来还真个投缘。我告诉他，很早以前，我就听阿爹说起过他的一桩逸事：一天傍晚，他喝了点酒，独自一人穿过一座山，经过一条狭窄的山路时，迎面撞上一只老虎。他走上前去，摸了摸老虎的前额，老虎竟低下了头，从他身边过去了。

雷大头点点头说，有这回事，但情节有点夸张。那日，他在山中一家酒店喝醉了酒，独自一人扶篱摸壁回去，天色还没完全暗下来，蒙眬间看见一头庞然大物立在面前。他看得不甚分明，便打算上前打个招呼，走近了，才发现眼前站着的是一只老虎。老虎看他一眼，就转头离开了。回到家中，他睡了一觉，方清醒过来，回想起那只吊睛白额大虫，身上直冒冷汗。他弄不明白，老虎见了他何以没有猛扑过来。他曾将这事告诉木头陀，木头陀解释说，他刚刚从法场回来，身上的煞气重，老虎也怕。

我身上的煞气太重了，雷大头说，所以要借助佛法，消除一身煞气。

说话间，有几只老鼠不晓得从哪儿钻出来，左右嗅嗅。雷大头把碟子里面的罗汉豆丢几颗在地上，老鼠叼了，又回到黑黢黢的洞穴里去了。雷大头砍过不少人头，却没有杀过一只老鼠、臭虫什么的。这是木头陀说的。

我问，时常听法师说色身，你可知道什么叫色身？雷大头说，色身嘛，就是肉体之身。我又问，色身都是虚妄的吧？雷大头点了点头。我又问，你跟女人睡过么？雷大头说，早年间睡过一次。我说，一个人不曾进入过女人的身体，如同未生一般。所以，像我这样的人，已是生不如死。雷大头吞了一口酒，长叹一声说，跟我睡过的是一个女犯，到了秋决的时候，她的脑袋还是我亲手砍掉的。

上回你说，有位老道传你身首分离的刀法，可曾在人身上试过？

不曾。

可否拿我试刀?

什么?莫非你要我削去你这一身鱼鳞皮么?我的刀法再好也帮不了你这个忙。

不,我是说,你可以直接给我脖子间来一刀痛快的。

我这么做无异于杀人,你以为我醉了么?告诉你,我没醉。

我也没醉。实话跟你说吧,在这世上,我就是不愿意做一个人首鱼身的怪物。

你没醉,可是你疯了你知道不?

求求你,就拿我的脑袋试一下吧。

师父说,行此身首分离续命术,除了念咒,非得两人心灵感应不可。

那么,就让我做你的徒弟吧。

我醉了,不知道你在讲些什么。你也醉了,是不是?有事明天再说吧。

我跟刽子手雷大头歪歪斜斜地躺在一张破床上,一直睡到日光照亮东窗。我是被嘴里的一口苦味呛醒的。酒醒了,脑子醒了,舌头也醒了。雷大头还是死活不肯收我这个人头鱼身的怪物做徒弟,但他自此把我当作兄弟来看待。

跟刽子手雷大头熟识之后,我的脑袋便决意要跟身体作别了。一颗头颅,暂寄项上,浑浑噩噩,不觉间又过了一年。我虽说没有跟自己的身体反目成仇,但我对它的厌憎已是日甚一日。

每晚睡下的时候，只觉心里有一团黏稠的、化不去的黑暗，跟蛇一样盘着。那一晚，我喝了点酒，竟做了一个春梦。我梦见了什么？当然是女人。确切地说，是师姑（师姑当然也是女人）。师姑盘腿坐在床上，整个身体被绯红色的圆光笼罩着，仿佛正在入定。我大着胆子，伸手探了探她的鼻子，尚有微细的鼻息。我的手指碰到了她的嘴唇，她没吭声。我的手不听使唤了，沿着脖子，一径滑入了领子，触摸到了锁骨和肩胛窝。这双手仿佛在那一瞬间变成了两尾鱼，在她衣服里面游动起来。

我醒来后，回想梦中那个女人的面容，猛然坐起。那个师姑不正是梦庵的静莲师太么？一个月前，她沐浴更衣后，跏趺而坐，弟子过来问话，她没反应，推她，也无动静。起初庵里面的众尼都以为她已入于禅定，后来过了一天，才晓得她已经坐亡。跟别的僧尼不同的是，她圆寂之后身相如生，脸上仍见肉色。据说这事惊动了京城，朝廷特地派来了宫廷画师，说是要给师姑写容；地方官员、缙绅、男女两众也都闻风过来，持香礼拜，称她为肉身菩萨。

我从那个绯红色的梦里脱身出来的时候，手指上还留着一丝温热，好像我真的触摸过什么。尽管是做了一个荒唐的梦，但我还是感到羞愧难当。我下了床，走到门外，撒了一泡尿。听见枯叶瑟瑟作响，禁不住打了个冷战。那一刻，回到柴房里，我突然想找点什么。找了好久，才想起，我要找的，原来是酒。喝了点酒，我就有了一种想干点什么的冲动。一个人下定决心之际，仿佛能听到内心传来咔嚓一声。咔嚓，那么果断的一个决定。

兄弟，喝了这碗酒吧。雷大头把满满一碗酒递了上来。那酒看上去分明是一碗汤药，黑乎乎的，像冷天里凝固的猪血。如果此刻能配上豆脯栗子肉就好了。过了午时，对面的醒春居又会有人喊着豆脯栗子肉了。他们就要吃掉我喜欢的豆脯栗子肉了。

那天是我留在衔草寺的最后一天。我偷偷吃掉了一碗豆脯栗子肉，也许还吃了点别的什么。总之，我把所有的食物都留给身体了。直到傍晚，我就牵着骡子下山去。途中碰到一些熟人，他们打量了一眼驴背上的靓蓝布袋，就问，送货么？我说，法师刚做了两床琴，今晚就给买主送去。我下得山后，钟声飘了过来，又随风飘远了。庙在夕阳那边，红得像一片枫叶。

下山之后我就知道自己不会回到衔草寺了。我骑着骡子出了章丘城，前面连荒村野店都没有，只有一座茅草搭就的路寮，但我还是不敢在那里借宿。我知道，明天天一亮，章丘城里就会传出肉身菩萨被盗的消息。再过些时辰，就会传出官兵追捕我的消息了。我也没有打算穿州越府跑得更远，只是想去城外走走。在这个清冷的夜晚，蹄声由轻快而变得滞重。骡子跑着跑着，突然停下来，分开后腿撒了一泡尿，月光下，尿色淡白，且带泡沫，表明它已极其疲乏了。举目四望，分不清远处是野水还是月光。我翻身下来，身上的勇气仿佛被黑暗一点点吸走，脚下不稳，打了个趔趄，险些瘫软在地。我把骡背上的布袋卸下，放在一边。骡子歪歪斜斜地躺在一边，发出吭哧吭哧的声响。夜风吹来，我冷得直打哆嗦。月光下，我仅凭嗅觉就找到了几块干牛粪，因为外层被夜露打湿，不易点燃，我不得不弄来一堆枯叶，费了点劲才把它引燃。等牛粪烘干之后，我就把它投进火堆里。我的手脚开始慢慢暖和起来了。

师太，请了。我打开布袋，对里面那个一辈子都没沾过荤腥的女人说，恕我失礼了。师太手柔足小，身体看起来只是比琴体大一点，手指间依稀可闻桐木的清香。我摩挲了一下她的四肢关节，让她盘起腿来，端坐树下。师太当初死状吉祥，即便经过这一路颠簸，她的脸庞在火光的映照之下也依旧是一副庄重淡静的表情。我跪在师太跟前，告诉她，我想完成一个夙愿，这事只有她可以帮得上忙。因为冷，我的舌头显得不够利索。风从我们中间吹过，我想风会把我的话带给她的。天地是她的，也是我的，有男有女的天地是完整的。我念了一句佛号，直觉得口舌生津，眼中涌出了喜悦的泪水。当我抬头之际，似乎看到师太的脸上露出了似笑非笑的表情。

我没想到自己的行踪这么快就被人发现了。远处有人直着嗓子咋呼，好像是看到了林中的篝火。静着的天空忽然有了异样的响动，起初以为是闷雷。细听，才发觉这声音是从地底传来的。随后，一阵急骤的马蹄声掩涌而至，我有一种即将被流水淹没的感觉。我紧紧地抱住师太，好像随时会有一股流水把她从我身边卷走。马蹄声近了，一群人下了马，形成了一个包围圈。他们踩着积叶，在黑暗中跑动，风声满地。我大着胆子睁开眼时，一匹马的阴影已迅速覆盖了我的脑袋。带头的那个官差举起火把，在我脸上照了照，随即翻身下马，用刀指着我的脑门。一阵风忽地朝我吹来——经过刀刃吹来的风让我禁不住打了一个冷战。我终于听到心底里有什么东西坠地的声音了。

拿刀的雷大头，还是跟往常一样板着脸。我跪着，他站着，圆壮的肚皮在我眼前凸显着。彼此间只是对视一眼，点一点头，没有多余的话。除了对自己在那一瞬间表现出来的平静微微感到有些吃惊之外，我心里居然还滋生出一种要跟身体就此诀别的急迫感——船要离岸，一个人要远离自己厌憎的地方，大概就是这样一种感觉吧。刽子手雷大头近乎无声地拔出刀来，双手举着，向天地敬拜，嘴里还念念有词。念毕，刀对着太阳晃了晃，一道光嗖地一下反射到我的眼睛。然后，他就站到我身后一侧。我能感觉到他的刀正对着我脖子间的某道骨缝，斜斜地举起来。那一刻，我还是没忘记瞥一眼自己的身体。这应该是最后一瞥了。

是呀，他们说得没错，我是强盗的儿子，天生就是做贼的料。不过，我偷的不是别的什么东西，而是人。也不是人，是死掉的人，应该叫尸体。也不是尸体，应该叫肉身菩萨。这一回，县太爷动了怒，满脸溅朱。公堂里，我满耳都是他呵斥的声音。什么,竟有这等事?伤天理呵,你竟盗了肉身菩萨。你的手伸进福田衣底了么?你这恋尸的狂生,伤天理呵,非但辱尸,而且渎神,犯的是人神共愤的大罪呵。来人,先拖出去当众打他五十大板,再斩狗头。噼噼啪啪。噼噼啪啪。他们在打我的肉身,而我却在一边叫好。打完了,我被几个差人从门外拖到了公堂,待画完了押,县太爷就拿起朱笔,在纸上重重地点了一下。然后掷笔离开。

眼看这一年秋决的时辰又快到了。

我坐在牢里,一直等待着雷大头手中的刀。但我等来的却是木头陀。说实话,我有点羞于见他。深夜吃过辞阳饭后,我就看见木头陀手里抱着琴,来到我跟前,盘腿坐下。木头陀说,人身难得,佛法难闻,你何苦如此?我问,你都知道了?木头陀说,都知道了。我说,知道我的人只有两个,一个是你,一个是雷大头。木头陀说,还有一人,是师太。我双手合十,说,这回我让师太蒙羞,真是愧疚啊。木头陀说,既然你已经抱着必死的念头,我也不再劝阻。我有一曲,是神灵所授,只在半夜弹,而且只弹给将死之人听。你若不嫌憎,我就为你弹一曲,送你上路吧。

木头陀的手指在弦上挥动之际,我的心尖颤抖了一下。听着这曲子,我感觉自己跟一只白鸥似的,在海上飘飘荡荡,找不到岸,也不辨方向。忽然,一轮红日跃出海面,一道金光下隐隐约约浮现出一线岛屿。我的脑袋晃荡了一下,岛屿、红日随着波浪浮荡起来。一切都似隐似现。外面风声一忽儿紧,一忽儿慢,灯光也是忽明忽暗的。木头陀弹毕，双手凝然不动，琴曲却在我耳畔缭绕不绝，暗夜里有了暖意，不能说，于是默然喝上一口水，把要说的话含在唇齿间了。

木头陀也没说什么，就抱琴走了。灯灭后，琴声又响了起来。我拍了拍自己的身体，告诉它：你在世上的日子已经到头了。

日子已经到头了，日子已经到头了，阿爹在临终前也是这么说的。日头落下，日头出来，阿爹说，两个日头之间无非是夹着几个梦罢了。梦这东西，到头来还是随了身体，一并消散。都是空的，都是空的。

风是斜斜地刮过来。咔嚓一声，我的脑袋飞了起来。

然后，我就听到自己发出一声赞叹：好快刀！

写于2017年仲春

小话棍的春天

老酒汗，敢不敢喝?！马荣把杯子推到我鼻子底下问。

我十三岁的时候喝过一种高度“老酒汗”。老酒汗之烈，不下于东北高粱做的烧刀子，对南方人来说，烈酒等同于一把剜胃刿肝的刀子。但有些人到死都喜欢这种酒。被酒放倒，好比是牡丹花下死。

那天请我们喝老酒汗的人，是我的同学马荣。马荣是这样对我们说的：醉过之后，你就是男人了。马荣仅仅比我大一岁，就以男人自居了。在同龄人中间，他应该算是早熟的。他没有查过字典，也没翻过什么书，居然知道“鸡奸”是什么意思，而我们那时所理解的鸡奸就是公鸡与母鸡之间所发生的性行为。

敢不敢喝，老酒汗?！马荣卷起了袖子问我们。说话间，突然朝我吐出一道白气，如马喷鼻。我被浊重的酒气一熏，仿佛挨了一记耳光。心中有些不快，但不便说出来。

酒馆里还有几桌闲客，吃过了午饭，便坐在那里闲话。声音洇开来，有了一种大概可以称之为散淡的氛围。店主好客，通常会免费送一壶好茶，给他们消消酒气，然后就袖着手，坐在一边，听他们聊天。店主偶尔也插几句，却跟那些唱门头词的人一样，净拣吉语。什么都说好，求的是和气生财。杂谈声中偶或爆出一阵鞭炮般的笑声来，而店主的笑声必是最响亮的。这些酒客如果没什么紧要事，照例可以聊到傍晚，不知不觉地，度过半天的好时光。

这一天是马荣的生日，马荣的叔叔（其实是他的亲爹）特意给他在这家酒馆订了一桌酒席，请的都是马荣的同学，当然也包括我。老酒汗也是马荣的叔叔送的。马荣的叔叔是这么对马荣说的：老酒汗，敢不敢喝？！

老酒汗，敢不敢喝？！马荣再次把杯子推到我鼻子底下问。

之后就见西门勇进来。他背对着我们，在窗口的位置坐下。也就是说，他坐在南面，而我们则坐在东北角，中间相隔四张桌子和一扇雕花镂空屏风。

毫无疑问，西门勇是马荣最崇拜的人物。这条街的南北货市场原本是无序的，西门勇来了，很多事也便由他说了算。凡是在他势力范围之内的外地摊贩，都要向他交保护费；没有交的，也行，日后与人纠纷，他概不出面回护。但交了保护费，就等于请来了一尊保护神，剩下的事就看财神的保佑了。

马荣“嘘”了一声说，我看到西门勇背后藏着一件家伙。他的声音很低，除了我们一桌人，谁也不会听见。我们转头瞥了一眼西门勇的背影问，什么家伙？马荣说，你们猜猜看吧。长头说，好像是一把刀。李颉说，不对，刀藏在衣服里，不小心还会伤到自己，可能是双节棍。铁腰说，双节棍没有那么细，应该是一把铁尺。马荣同意铁腰的看法，认为西门勇背后那根家伙就是铁尺。那个年代，很多流氓常常操持铁尺，它没有被归类为刀具。但我坚持认为，西门勇身后插着的是一把带鞘的短刀。

马荣把脑袋凑过来说，谁如果敢掀开西门勇背后的衣裳，摸一下那件家伙，我马荣就在街头爬三圈。他的两根手指弯曲着，在桌上做爬行状。

我见过西门勇的刀。马荣说，有一回，西门勇来到我爹的打铁铺，让他把一柄有些年头的刀重新锻打一遍，血槽刻得更深一些。从马荣口中，我们略知一些与西门勇有关的逸事。他带在身边的只有刀和女人。晚上，女人睡在里侧，带鞘的刀放在枕下。刀只有一把，女人也只有一个。他喜欢的女人从来不许别人染指。有一回，有个小瘪子在电影院里摸了一把他的女人，此人走出电影院之后，五根手指就不再属于他了。

马荣把我们的脑袋往下按了按，悄声问道，你们当中有谁敢去摸一下？李颉问，摸什么？当然是他背后那件家伙。他敲了一下李颉的脑门说，难道是他女人的屁股？怎么？你们敢不？没人应声。而我装作没听到。马荣却偏偏把目光盯住我说，有两件事证明你胆子是否足够大。一是去摸一下西门勇身后那件家伙；二是拿石头去砸林小雨家的玻璃。提到“林小雨”这个名字，我左臂的肱骨就会隐隐作痛。但我的舌头只是在杯子里吸溜着，没吭声。胆小鬼！马荣腾地一下站起来，提起那壶酒朝西门勇那边走去。他绕到西门勇跟前，哈着腰低声说了几句什么，接着做出一副要敬酒的模样。西门勇挥了挥手，示意他走开。马荣进也不是，退也不是，只好拣边上一张桌子坐了下来。那一刻，他就坐在离西门勇最近的位置，那神气仿佛是坐在王座边上。

大概是因为酒能壮胆，我喝了一小口老酒汗之后，内心突然涌起了一股不可阻挡的勇气，也跟马荣那样腾地一下站起来，端着酒杯，走到马荣身边，十分镇定地坐了下来。酒的热气正好抵达腹部的位置。

西门勇有一张线条粗硬的侧脸，泛着淡青色的下巴微微上翘，而嘴角向下撇开，仿佛有两股相反的力量正在相互牵扯着。不过片刻，楼梯口响起一阵迟缓而滞重的脚步声，他蓦地转过脸来。进来的，正是周老师。许久不见，周老师消瘦了许多，整张脸也仿佛薄了一层，隐约透着黑气。他身上的灰色哔叽中山装显得有些宽大，好像是临时从别人那里借来的。周老师跟西门勇点了一下头，就在他面前坐下。

周老师是我们学校的数学老师。也是西门勇当年的数学老师。他的书教得如何，只需要看底下同学们的表情就能明白。周老师每每见大伙打不起精神，就会讲一个故事。他喜欢把故事里的人物跟我们熟识的那些人串起来讲，以致让人觉着那些人物就在身边，随时都会骑马打校门口那条街上走过。他是用方言讲的，讲到兴味盎然时，脸上便有了春末的斜阳的颜色。而我们沉浸在故事带来的氛围里，也像是被阳光簇拥着。周老师讲的，大都是《三国演义》里面的故事，偶尔也夹杂一些奇奇怪怪的事，据他说，大半是在下放林场那些年亲历的。说是有一回，他夜宿林场木屋，忽然听到刀剑相交的声音，惊起。打开窗户，院子里面月光是白的，草木是黑的，四下里没有一丝人影，也没有任何打斗过的痕迹，但断杀的声音依旧不绝于耳。周老师即便捂住耳朵，也无济于事。因此，他疑心这是幻听。第二天，他早早起来，问林场的老汉，昨夜可曾听到什么动静。老汉说，他听到了刀剑碰撞的声音，但他念了几句不晓得从哪儿学来的咒语，这声音就渐渐消失了。周老师问，这怪异的声音是从哪里来的？老汉指了指地下说，这里原本是古战场遗址。那些埋在地下的将士大约不甘寂寞，又在地底断杀起来了。老汉这样说着就把周老师带到一口古井边说，声音就是从井底传来的。周老师讲完这个故事，缓步走到窗口，指着外面那个落满枯叶的古井说，那口井就跟这口井一样。我们听了，都深深地抽了一口冷气。尽管我们都知道周老师所讲的鬼故事是编造的，但还是有些害怕。他为了达到预期的教学效果，就在每堂课上留一点时间用来讲故事。有一个学期，每堂课临近结束时他就跟说书人一般，给我们讲关云长。铃声一响，他就立马打住，把悬念留给我们。很长一段时间，我们忘掉了他教给我们的方程式解答方法，却独独记住了那些离奇的故事。周老师本人也颇有些传奇色彩。一年前,他用石头砸过一个人。那人命硬,脑袋砸出了一个大窟窿,居然没死。因为这事,周老师坐了牢。据说有两个律师因为石头是钝器还是锐器相持不下,所以周老师的案子迟迟没有审判结果。至于他在牢里有没有给狱友讲那些离奇的故事,我们不得而知。

马荣隔着一张桌子,朝周老师打了个招呼。周老师的嘴使劲嚼动了几下,看起来好像十分勉强地挤出一个微笑。但他终究还是没笑,只是点了点头,就迅速别转脸,跟西门勇静静地对视着。有那么一阵子,他们什么都不说,又好像什么都说了。

西门勇递上一根烟,问,吃不吃?周老师说,我不吃烟。西门勇说,嗯,我早就听说,你是喜欢吃酒的。我今天特地给你准备了一壶好酒,加热了就送来。

我现在没心思喝酒。

一醉解千愁,这是你当年挂在嘴边的一句话。喝吧喝吧,该办的事,我是一定替你办掉的。

西门勇吐着烟圈,形状宛如上吊绳的绳圈,仿佛可以置人于死地。

我要找的人呢?周老师有些焦急地问。

西门勇咕噜一句,阿德这小子,说好这个点上来的。于是把头探到窗口,朝楼下喊了一声,黄毛,你上来。不多时,那个叫黄毛的瘦子便走了进来。西门勇说,你把阿德叫过来,就说周老师要跟他会个面。

黄毛走后，一壶酒已摆在周老师面前。周老师摇摇头说，我现在真的没心思喝酒。西门勇说，我们喝完了这壶酒，阿德差不多也就到了。说着，就给周老师的杯子里筛酒。

现在我们大致明白西门勇和周老师见面要做什么了。这事显然惊动了楼下刚忙完了活儿的店主，他上来，以茶代酒——他卖酒，自己却滴酒不沾——向二人各敬一杯，接着跟周老师寒暄了几句，然后很识趣地退到一边，说一声，慢用，慢用。就下去了。店主看上去是一个没什么脾气的人，脸上总是堆着笑意。他这酒馆的酒菜价钱尽管不便宜，但结账时他还是笑盈盈地给熟客们抹去零头。酒馆的生意一年做到头，来的也多是熟客，不增不减。不过，也有些人并非冲酒来的，而是要借用这块地方“办点正事”。所谓“办点正事”，就是坐下来解决一些纠纷，俗称“讲案”。西门勇就是来讲案的。

午后的悠长时光拉长了酒馆里面的阴影。眼下我似乎暂时忘掉林小雨跟我们之间的过节，倒是很想看看周老师与那个名叫阿德的家伙之间究竟会发生什么。而西门勇，他究竟要站在哪一边？他那张脸有一种故作轻松的严肃，看起来的确有点不可捉摸。事实上，在我们这些小孩子眼中，西门勇一点都不可怕。他看见街上的小孩，通常会摸一下他们的脑袋，而且非要把他们的头发弄乱不可。有一回，他曾用那只拿刀的手摸过我的后脑勺。我不知道他为什么会摸我，还冲我扮个鬼脸。凭良心说，西门勇从来没有欺侮过小孩。

西门勇说，这一壶酒也差不多喝完了，阿德也该过来了。话刚说完，黄毛进来说，阿德说他不来。西门勇说，他不来也得来。黄毛说，阿德让我转告，都是一些小问题，没必要惊动大哥。

但西门勇挂下了脸，明摆着就是要跟“小问题”过不去。他说，阿德如果不来，你就让他自己剁下一根手指来见我。

周老师说，我今天是从牢房里偷偷跑出来的。如果我见到了阿德，他给我一个让我满意的说法，我就立马回去自首；如果他不来，愿意剁下一根手指来见我，我也就认了。从此之后，这笔账我不会再去追究。

我们意识到，一件动刀子的事就要发生了。刀可以让复杂的事突然变得简单。但也有可能会让简单的事变得越来越复杂。

黄毛转身走后，西门勇又叫了一壶酒，说，你再把这壶酒喝完了，阿德如果不来，也会带来他的一根手指。

没有人带来阿德，或阿德的手指。一阵风吹过来，撩动我们的头发，就像有人摸了摸我们的脑袋，走了过去。

知道我为什么要敬你三分？西门勇举杯对周老师说，因为你是条汉子，跟那些胆小怕事的教书先生不一样。你应该还记得十多年前那个夏天的事吧？那天傍晚，你只身一人，光着膀子，进了我们郑家祠堂，从那些拿刀的人里面带走了你的学生。

不错，那个学生就是阿德。他爹打了郑家的长辈公，引发极大的公愤。他爹是跑了，可郑氏族人却冲到学校，把阿德给绑走了。我气不过,报了警。警察过去要人,也没消息。阿德他爹是我的拜把兄弟,我岂有坐视不管的道理?放学后,我就孤身一人来到郑氏祠堂。族人说,要赎人,就带阿德他爹的一只手来。可我伸出了自己的手告诉他们,如果谁有种,就剁掉我的手。

那时我就躲在人群里,看着眼前发生的一切,觉着自己有一天也可以像你一样威风。现在我倒想问问,你身上什么家伙都没带,不怕?

正因为我身上什么都没带,所以不怕。

可你就凭一股气势,让全场的人压低了半个头。因此我还想知道,你身上的一股气势是从哪儿来的?

气势这东西,本来就是无中生有的。

无中生有?我是粗人,不明白你的意思。

打个比方吧,周老师把杯子举起来说,我们喝酒,要的不是这个杯子本身,而是它空无的内里。这个内里,就叫“无”。你看到了它的“有”,偏偏没用,能用的恰恰是它的“无”。也就是说,杯子空了,才能倒这个酒;双手空着,才能生出那气势。说到这里,周老师又像是回到了课堂,正对着一个资质愚钝的学生讲解一道难题。

西门勇似懂非懂地点了点头,说,你有了刀,身上不一定有那气势;不带刀,反倒有了气势。你说的是这意思吧?

差不多是这意思了,周老师突然做了一个摔杯的动作,像是自言自语地说,如果我把杯子砸了,“有”就消失了,“无”也跟着消失了，一切也就完了。你在摇头，你不会明白我的。

渐渐地，他的脸涨红了，好像愤怒就隐藏在他的皮肤里，好像愤怒是红色的。喝完了最后一滴酒，他往后一靠，打了个酒嗝说，阿德还是没来。

西门勇笃定地说，他会来的。

阿德，全名叫王阿德。这条街上的人只要提起阿德，就知道是谁。阿德一直喜欢周老师的女儿，小周对他却没一点意思。周老师坐牢那阵子，就把女儿托付给阿德照看。有一天，阿德和几个朋友带着小周去爬山。其中一个朋友说口渴了，让阿德带着空酒瓶去溪那边盛水。阿德回来时，发现小周不见了。直到天黑，小周才捂着疼痛莫名的下体回到家中，把自己关进房间，再也没出来过。后来，阿德就觉察到她有点不太对劲了，但凡看见男人（包括阿德）进入房间，她就会掏出枕头底下的剪刀，在空中胡乱挥舞。周老师得知此事，在监狱里面断断续续写了上百封起诉书，要严惩那几个强奸犯，但每回寄出的起诉书，都没有回音。周老师有些按捺不住胸中的怒火，就让那些出狱的人给外面捎带一句话：法律不能解决的事，只能用刀来解决。这一回，他偷偷跑出来，没有立马动刀子，而是找到西门勇，请他出来主持公道，让阿德出来，好歹给个说法。

你放心，西门勇拍着胸脯说，我让阿德过来一下，他敢不过来?! 我们知道，如今的西门勇已不同往常，不用做出狠相，都能教人膝软；不用出面吱一声，只要托人传个话，也能把事办了。

那一刻，我们都等着瞧阿德的好戏。

没多久，黄毛进来说，阿德跑了，只留下一句话：他要去一个谁也找不到的地方。

西门勇说，无论他跑到地球上的哪个角落，我都会花点时间把他找出来。

周老师喝完了这壶酒，说，我没时间了，警察很快就会找到我。等我出来的时候，恐怕已经拿不动一把刀子了。

周老师把手伸进怀里，哆嗦着掏出一把明晃晃的刀。

在我的想象中，西门勇也会把背后那一把更锋利的刀抽出来，插在桌子上，说一句发狠的话。然后，就会有一场异常精彩的打斗。最完美的结局当然是，西门勇带着一把血迹未干的刀离开这里。

然而，我所想象的场景并没有出现。西门勇把左手伸到后腰的位置，好像要掏家伙了，但他的手指只是微微动了一下，没有掀开衣服。

周老师把刀尖指向自己的胸口说，临死前，我求你一件事，用我这把带血的刀剁下阿德的手指。

把刀给我，西门勇伸出一只手来说，我会给你一个交代。

周老师把刀递了过去。西门勇接过刀，咔嚓一下，剁下了自己的一根小手指。

手指在桌子上蹦跳了几下，不动了。窗外有鸟飞过，西门勇忽然张开双臂，仿佛那一刻他听到了鸟翅扇动的声音。还要补上一刀？他问道。

周老师面色铁青，嗫嚅着，你这是何苦?!

就这样了结了？

就这样了。不过，我如果能活到出狱那一天，会请你吃一杯酒。

西门勇把那根血淋淋的断指捡起来，放进口袋，一句话也没有说，只是低垂着脑袋，快步下楼，出门，向阳光汹涌的地方走去。背后那件凸出的家伙，居然一刻都没有掏出来。我指了指说，那是一根夹住的尾巴。

一个胆小鬼，李颉说，就这样夹着尾巴走了。

不，马荣说，他是一条好汉。

那天下午，我们第一次干掉了一瓶老酒汗，头有些重。我们把周老师和那个依旧满脸堆笑的店主扔到身后，勾肩搭背走到了大街上。一道阳光迎面照过来，差点把我击倒。这一路过去，我不再像往常那样清点大街上的电线杆。胃里好像有什么东西在搅动，酒是一种温和的火，可以让人慢慢燃烧起来。风吹在我发烫的脸上，眼前一些人跟池塘里的倒影一样微微有些晃动。

前面就是林小雨家，你敢不敢过去？马荣指着前方说。我们三三两两，任由早春二月的风吹乱头发。冬天的荒寒迹象尚存街角，而春天依旧瑟瑟缩缩地躲在树后。这条街上，唯一绽放的花朵是花圈店里那些面朝死亡、毫无生气的纸花。

我站在林小雨家门口，铁门依然紧闭。马荣把石头交给我。

我没有接。铁腰把石头交给我。我也没有接。李颉把石头交给我，我还是没有接。

我握紧拳头，积蓄力量，随时准备拿起一块最锋利的石头，朝那个黑洞洞的窗口投掷。风吹过来，我的手一点点松开……感觉拳头里凝固的愤怒被风吹散了……

话说半年后，西门勇在浙南边境一个暗旧的修车铺找到了满身油污的阿德，他跟阿德谈话时，看见一辆末班车缓缓驶来，就使劲抓住阿德的手。阿德越是不依，西门勇越是紧抓不放，结果扯破了阿德的一只袖子。一分钟后，他登上了车，顺便带走了阿德的一只手。西门勇还没回到县城，就在途中被警察逮住了。那一年，国家推行严刑峻法，因此就把西门勇判处了死刑。跟随西门勇(包括黄毛)的小兄弟全都坐了牢。至于阿德，断了一只手之后就再也没有消息了。西门勇死后三年，街头还有一些年轻人仍然在谈论他。

有一天，马荣说，我跟你们打一块钱的赌，西门勇之后，这条街上还会出现一个厉害的角色。

有一天，马荣像老大哥那样把刀子递到我手里。我仍然不知道自己要干点什么。

写于2015年冬

懦夫

我杀掉了一个人，但那个人在我出生之前就已经死掉了。

孔智勇喜欢说这种让人一时间摸不着头脑，但事后玩味又不无道理的话。当然，他宣称自己“杀死一个人”不过是廿六年前“一个精子杀死另一个精子”的婉转说法。

孔智勇是民间拳师的儿子。父亲当初给儿子取名智勇，显然是含有智勇双全的意思。从小到大，父亲通过修文习武的方式，文明其头脑，野蛮其体魄。孔智勇果然不负所望，读书考试顺风顺水，大学毕业后又误打误撞找到了一份还算满意的工作。这些年，孔智勇坚持做一件事：每天下班回家在沙袋上踢一百脚，在书房里读书静坐两小时。在他看来，头和脚都是同等重要的。脚无力，思想发飘。脑不动，寸步难行。读万卷书便是用脑袋走路，那叫神游万里；而行万里路就是用脚读书，可以接地气。除此之外，他做什么事都是一副无所用心、无所用力的样子。在同事眼中，孔智勇这人确乎有点怪，怪在哪里也说不清楚。他平日里看上去懒洋洋的，但什么棘手活儿交到他手里总能办成。

他的父亲总是这样评价他:做事马虎的人也能进入一种马虎境界。孔智勇长得像父亲一样强壮,性格却截然不同。他的父亲身怀绝技(尤擅内家点穴功夫),但从来不会在外人面前炫技,平日里以沉默寡言居多;而孔智勇虽然没有好勇斗狠,但在言语上,常常会炫耀自己的能耐。因为他说得头头是道,人家也就信以为真了。

认识老孔的人都知道,他是一个看上去像庄稼汉一样憨厚的人,习武数十年,该出手时不出手,不该出手时就背着手走路。习武是求个动势,也是求静,老孔说,习武的人应该学会把一只手放在另一只手的“不动之处”。这话听起来有些费解,但他本人一直奉行这样的人生哲学。早年,北方有位通臂拳高手风闻老孔身手了得,便穿州越府,登门拜访,欲以一试身手为快。老孔兀自坐在院子里剥豆角,没有看对方一眼。那人无论怎样动用激将法,老孔都是一副平静如水的模样。那人急了,就朝他脑门上啐了一口。事后,那人解释说,自己之所以吐口水乃是因为老孔那颗脑袋长得实在像个尿壶。类似这样的羞辱,老孔都能忍受。还有一次,有位著名的弹腿高手突然造访,不比武,只是要跟老孔坐而论道。二人对坐时,弹腿高手操一口硬邦邦的河南口音,显得中气很足。无论老孔有没有在听,他都要说,而且非要图个嘴上痛快。老孔呢?能不说话就尽量闭嘴不说,其唇线宛若扁担,两头微微向下弯曲(因为他笑起来也像哭,所以也很少露出笑容)。那人起身辞别时,却惊讶地发现,老孔身下其实并无矮凳。他明白,老孔那种坐法,就是行内人所说的“歇步”。歇步功夫如此了得,弹腿高手的脸上立马露出了一丝愧色。

事实上,老孔一直在等待一个真正的对手,如果这个人没有出现,他决不轻易出手。这是儿子孔智勇的看法。

孔智勇当然见识过父亲的身手。

孔智勇说,他父亲会一手堪称绝学的点穴功夫。因为说得太玄乎,单位里的同事一律表示怀疑,他们的理由是:你看到了别人没有看到的东西,就得证明自己是如何看到的;你所说的一切如果不能取信于人,那么,在别人(至少是一部分人)看来,它就是纯属子虚乌有的。你说了也等于白说。所以说,你是否亲眼看见是一回事,让人相信你亲眼看见又是另一回事。

事实胜于雄辩,他们说,你只需要举一个具体一点的例子就够了。无例可举。因为老孔的确没有在人身上成功试过自己的点穴功夫。但孔智勇说,他父亲曾在肉联厂的一头野猪身上施展过点穴功夫。猪跟人一样,也有穴位。老孔击中了猪身上的柱身穴后,猪只是颠荡几步就瘫软在那里了。至于在人身上,也不是没试过,但那一回是以失败告终。同事们一听说老孔失手,就相信孔智勇所言非虚,很想听听下文。于是,孔智勇就接着说开了。那一回,一名体格壮硕的外地民工主动上门,要试试老孔的点穴功夫。不承想,老孔在那人身上点了好几次都没击倒对方。老孔很纳闷,疑心自己的点穴功夫还没练到家。那人也识破了老孔的心思，抱拳说，他之所以没有被点中穴位，并非自己有什么奇招，而是他的身体构造天生与人不同。怎么个不同？那人说，他是一个“镜面人”。所谓“镜面人”，从外表来看，与常人无异，但事实上，他们的内脏全都是反着长的。比如，正常人的心脏偏左，他则偏右；正常人的肝脏居右上腹，他则居左上腹。因为经络分布不同，穴位也跟正常人不一样。老孔没有点中他的穴也在情理之中。

孔智勇不能证明父亲的点穴功夫在人身上是否奏效，因此就接着补充讲述了一个“镜面人”与父亲较量的故事，大家听了，居然很有兴味。“镜面人”当初没能被老孔点中穴位，没有丝毫自得，反倒坦然以告，让老孔心里稍稍宽慰了几分。不过，那人的脾气既戆且悍，经过一番试探，他对老孔到底还是不服气。大概是自恃力大的缘故，他随后又提出要与老孔交手。其时，孔智勇作为旁观者，就站在一边，暗暗为父亲担忧。毕竟，父亲已年过五旬，无复昔日的虎气。出乎意料的是，“镜面人”在老孔面前丝毫没有占上风，尽管他已经使出了全身的力气，但拳头打到老孔身上，那股力就像风似的飘走了。紧接着，老孔只消用几个简单的动作就破坏了对方的中轴。自始至终，老孔都没有大打出手。看得出来，他为了不让对手太难堪，故意留了一手。那人看出老孔的实力有所保留，就很知趣地收了手，跳出圈外。这事在孔智勇的日记中也曾有过记录。他在日记中还认真总结了“镜面人”败给父亲的原因。在孔智勇看来，原因不外有二:第一点是,虽说对方练了南拳,但身上的肌肉是死的,力也是死的。他的力气比父亲大,却反过来被自己的力困住了,没有化开。第二点是,他出拳之前已经使出一层力,拳送出时又使出了一层力,及至来到父亲身上的一瞬间,力就无法集聚到一点上爆发出来……孔智勇把自己的心得毫无保留地说给同事们听时,几位同事都连连赞叹说,你能从生理学与力学的角度分析别人的拳法,不愧是拳师的儿子。

故事当然还没完。“镜面人”与老孔较量过后没几天,就提来老家的土特产,说要拜老孔为师。但老孔说,他这辈子从不收徒弟。与他交个朋友,偶尔切磋一下倒是可以的。应了那句“不打不相识”的老话,“镜面人”从此成了孔家的常客,而且极重江湖礼数。

“镜面人”叫石疙瘩,河北唐山人,自称是拳匪后代。他干过不少跟体力活有关的工作,现在则是一家纸盒厂的仓库保管员。他有一身蛮劲,一副犟脾气,表面看上去甚至可以说有些粗野,但他从来不会无缘无故地跟人使狠(拔刀相助的事倒是干过几回)。与老婆离异后,他开始学会用剃刀刮胡子,口袋里常备牛角梳,下班时会适当地梳一下凌乱的头发,以免给人一种邋里邋遢的感觉。他有一个儿子,一直带在身边。儿子不听话,他通常是当着儿子的面抽自己的嘴巴。

在孔智勇的印象中,石疙瘩有一双粗壮有力的手,如果双拳紧握，看起来就像两头豹子的脑袋凸显于丛林。像他这样的大手在这座南方城市里也不是没有，但像他这样的手劲，大概找不出一个来。孔智勇跟他握过手时，总是担心对方突然一使劲，自己的手骨立时发出核桃压碎的咔嚓声。

——就是这么一双手。

但老孔说，石疙瘩的手劲尽管很大，却不会用巧劲。一晚，孔智勇回家时，看见石疙瘩正坐在地上，揉着手臂。而老孔坐在那里，仿佛有一股元气隐而不见，周流不殆。孔智勇问父亲，你们刚才较量过？父亲坐在一团灰暗中，目露精光，但不说话。石疙瘩垂下脑袋说，刚才跟孔师傅搭马，我又输了。

孔智勇回到书房，又给父亲记上了一笔。

之后，孔智勇来到单位，又跟同事们添枝加叶地描述了一番。

也就是在石疙瘩与老孔“搭马”后一个礼拜，石疙瘩再次登门造访。这回他见了老孔的面就扑通一下跪倒在地。老孔有点不知所措，嘴里嗫嚅着你这是什么意思你这是什么意思。孔智勇在一旁也伸手扶着石疙瘩的手臂说，疙瘩大哥，有话站起来说。石疙瘩用乞求的目光望着老孔说，你若是不答应，我就不起来。老孔说，好吧好吧，你倒是说说看。石疙瘩说，孔师傅，我之前如有什么地方对不住你，望你海涵。老孔说，你说这话就太见外了。石疙瘩说，我一个礼拜前跟孔师傅搭马之后，发现右手出了点问题。石疙瘩摸了摸左手说，不对，不对，我一个礼拜前跟孔师傅搭马之后，发现左手出了点问题。他是个急性子，有时说话太快，出了口误，又会绕回来把整句话重说一遍。就仿佛小学生写作文，写错了一个字就把整个句子涂掉重写。事情是这样的，石疙瘩接着说，那天早晨，我坐公交车去上班时，发现自己的左手竟然握不住车上的吊环，你们可以想象，我连抛到空中的石锁都能接得住，怎么可能握不住一个吊环？老孔听到这话，跟孔智勇交换了一个眼神，目光都不约而同地落在石疙瘩的左手上。石疙瘩又接着说，我自幼在农村长大，知道一点治筋骨伤痛的土方。下班后我就从菜园里挖了点韭菜，把韭菜根捣烂，用一块纱布包扎在手上。过了几天，肌肉依旧酸痛无力。听到这里，孔智勇意味深长地看了父亲一眼。他也怀疑石疙瘩的手是父亲所伤，只是不知道他上一回使的是什么厉害招数。石疙瘩挑明了说，孔师傅，我今天来你这里，就是求你给我解穴。老孔说，我上一回压根没有给你点穴，又如何解穴？兴许是你早前干活时不慎弄伤了手，平日里没有轻易发作，碰巧在我们搭马之后突发。老孔略懂得一些跌打损伤的知识，就让石疙瘩伸出手来细瞧。老孔捏了捏骨头和肌肉，说，无碍。石疙瘩说，既然无碍，我这左手为什么就没有力气？老孔说，你身上气血的通路没有阻滞，因此可以断然排除点穴的可能性。你如果不放心，明天我陪你去医院拍个片子。石疙瘩听了这话，就把手收回来说，不不，这点小事，何必惊动孔师傅您呢。

当晚，老孔就留住石疙瘩吃个便饭，一是给他压惊，二是观察那只手是否真的有异。石疙瘩是性情中人，酒灌下去，心事就上来了，好比开水冲进杯子，茶叶就浮荡起来了。石疙瘩与妻子原来是青梅竹马，他们一起出来打工后，妻子觉得石疙瘩只会干些粗工次活实在没本事，两人的关系越发不谐。石疙瘩察觉到妻子跟一个理发师有染后，就主动提出离婚。孩子判给妻子，被他们从身边带走了。大概是因为儿子长得像父亲的缘故，前妻情绪不佳的时候就会莫名其妙地把气撒在儿子身上，轻则斥骂，重则暴打。有一回，前妻与理发师发生口角，儿子出来劝架，却被前妻连骂带打轰了回去。年仅九岁的儿子当晚就负气出门，身上不带一分钱，居然混迹人群坐上火车，穿越三省十几座城市找到了父亲。石疙瘩没料到儿子会遭遇这样的虐待，对前妻更是恨之入骨。不多久，前妻找过来，要讨回儿子，石疙瘩在她面前挥起一掌，劈断了一张石桌，前妻吓得拔腿就跑。这期间，前妻和理发师偶尔会打电话给石疙瘩，说一些威胁的话。说起家史，老孔也有一肚子的辛酸，大有“一部廿四史不知从何说起”的感慨。老孔早年与妻子离异之后，尚在襁褓中的孔智勇就交由老孔抚养。自此之后，他息交绝游，唯恐自己有个闪失，孩子就无人看顾了。孔智勇长大后才知道，父母离异的原因有几分可笑。据说，母亲当初生了他之后，父亲所在的工厂正好倒闭，只好重操行教生涯。所谓“行教”，就是开拳坛。不承想，父亲白天拳打脚踢，晚上睡觉时在被子里一径地“放脚弹”。二人原本睡作两头，这一收一放之间，竟将母亲的鼻子踢得鲜血直流；还有一次，一个“脚弹”放出去，踢肿了母亲的半边脸。一个单薄、温雅的女人无法容忍一个毛发粗重的拳师如此粗鲁无度的举止，索性就跟他分床睡了。二人的感情从此疏淡，直至母亲主动提出了离婚的要求。这事是老孔后来跟孔智勇说的，孔智勇却从父亲闪烁其词的讲述中，隐约感觉到父母离异其实另有隐情。不过，他不想对此深究。孔智勇跟母亲见过几回面，母亲虽然待他不薄，但表情漠然，好像是那种可见可不见的远房亲戚。

孔智勇看得出，父亲此时喝了点酒，有点伤感。只是，他从来不喜欢跟人倾吐肚子里的苦水。石疙瘩说到伤心处，就举起杯来跟老孔碰了一下。不知怎的，杯子忽然从他手中脱落，掉在盘子里，汤汁四溅。石疙瘩不停地说“抱歉抱歉”时，老孔的脸上却浮现出讶异的神色。他问石疙瘩，你刚才举杯的是否是右手？石疙瘩说，是的。老孔说，你伤的是左手，现在怎么连右手也出问题了？老孔伸出筷子说，你现在用右手使劲握住。石疙瘩握住时，老孔轻轻一抽，筷子就被从他手中抽了出来。老孔让孔智勇也试着举箸跟石疙瘩做一个同样的动作，结果发现石疙瘩的右手确乎跟左手一样，出问题了。石疙瘩握紧双拳说，我只能合拢五指，怎么也无法握紧。然后摊开，深深地叹了口气说，拳头里一点热乎气也没有了。老孔说，你的问题恐怕不是出在筋骨上，而是神经上。明天我带你去医院做一个检查。孔智勇静静地看着那双搁在桌子上的大手，无端地觉着，那双手上丧失的力量如同咆哮着远去的豹子,但它迟早会回来的。

过了些日子,孔智勇帮石疙瘩预约了一位熟悉的医生。石疙瘩由老孔陪同在约定的时间赶到了医院,经过检查才发现,石疙瘩得了肌肉萎缩侧索硬化症。这是一种运动神经元病,俗称“渐冻症”,没有特效药,将来还会恶化。石疙瘩不用多想,也能意识到这种病会给自己带来多大的麻烦,他对老孔说,这世界上有两件稀奇事都让我给摊上了:一件事是,地球上一百万人中会有一个人可能是“镜面人”;另一件事就是,地球上一百万人中会有一个人可能是“渐冻人”。这两种病加在一起的人,恐怕全世界都找不出第二个来,你说我是不是一个怪人?

你说他是不是一个可怜的怪人?

回到家中,老孔在饭桌上跟孔智勇说起石疙瘩的病情时,面色依旧怃然。

孔智勇,你就继续给我们说些江湖上的奇闻逸事吧。同事们互相递烟,需要一个轻松的话题缓解工作压力时,通常会这么说。这些同事在外头过的是颠三倒四的生活,回到单位便如水归器,各呈方圆之态。在他们看来,工余饭后躲到吸烟室(借阳台搭就的玻璃房)一边吞云吐雾,一边听孔智勇侃侃而谈是一件快乐的事。大家都知道孔智勇是民间拳师的儿子,好谈武,因此话题大抵也与此有关。

如果面对一名持刀的歹徒,你会害怕吗?

你得分清楚，你面对的是持刀的歹徒，还是歹徒手中的刀。

二者有什么区别？

当然，我们一看见刀，就会自然而然地引发恐惧感。事实上，真正可怕的是握刀的手，而非手中的刀。因为是手控制着这把刀。如果手松开了，刀就脱离手的意志，变成一件寻常铁器。但它与一只强壮的手结合在一起时，它的力量就出现了。因此，消除对刀的恐惧，首先得琢磨着如何对付那只握刀的手。

高见，愿闻其详。

你有在睡梦中从床上滚落的经历吗？

小时候有过，长大了就没有了。

为什么没有？这是因为床足够大？

不是的。我好像从来没有想过这个问题，但我觉得其中必有可以解释的缘由。你以为？

这是因为床不高。如果有一天，你的床升到五尺高，你就有可能滚落。

这种说法有依据？

因为你睡那么高的床，心里先存了恐惧。如果你在睡梦中滚下来就是因为恐惧。

我还没试过睡这么高的床，不知道是否会发生像你说的那种情况。

其实我想说的是，面对一把刀，情况也是如此，你是先存有对刀的恐惧，然后才会退缩，运气坏的话还可能挨一刀。

两名同事听了孔智勇的一番话，微微点头，似乎有所领悟。

说话间，一辆货车从阳台下面的大马路上经过，整座办公楼颤动起来。孔智勇做了一个夺刀的手势，说，我父亲根据自身的实战经验，认为出手之前必须考虑到四要素：精准度、速度、力量，还有第四要素，呃呃——他挠了挠头接着说，只可意会，不可言传。这很重要。你们记住，在对手与你相持不下的时候，第四要素就可以发挥作用了。

快速翻转的舌头像滑翔中的雪橇突然停在那儿了。一个鼻音很重的上司的肥胖身影杵在狭窄过道的咖啡机旁。继续说吧，胖上司微笑着说，我对你刚才的话题很感兴趣。

谈什么？站在吸烟室里的孔智勇明知故问。

就谈谈你父亲的那一手绝活吧。

我们刚才谈论的话题你都听到了？

是的，胖上司做了一个飞翔的姿势说，小时候我就想学飞檐走壁的功夫，但我现在太胖了，弹跳一下都气喘吁吁。我想问下，你父亲会轻功术？

我父亲的师傅会轻功术，但老人家怕弟子中有人心术不正，学会了蹿高纵远的本领就去干偷鸡摸狗的勾当，所以，据我所知，老人家没有传我父亲轻功术。

能否告诉我，你父亲的师傅是谁？

我父亲从来没有向任何人透露师傅的姓名。只是听说，老人家的眉心有一道灵光。

孔智勇这样说着，吐出一口烟，把烟吐成一根细长的绳子状，绳子徐徐上升，仿佛可以带着他离开平地，向天空飘去。那一瞬间，身边的人和环绕他的事物，仿佛都笼罩在若有似无的灵光里了。

单位里有个同事，叫阿稿，也是练家子，一直想找孔智勇较量。显然，在前者看来，拳头比起舌头似乎是一种更直接有力的表达方式。有事没事，同事们也怂恿他们找个机会切磋一下。但孔智勇总是找各种借口避开他。相比之下，大家都觉得孔智勇光说不练，有点靠不住。但孔智勇说，此人好斗，无非是证明他的雄性荷尔蒙分泌出现异常。

有一回，单位举办酒会。孔智勇走进洗手间时，跟一身酒气的阿稿撞了个正着。酒这种东西进入他嘴里之后，仿佛可以化为一股气体，让他的脑袋膨胀成一个随时都有可能爆裂的红色气球。阿稿就这样近距离面对孔智勇，仗着几分酒气喝问，早就听人说，你小子在我背后净说我坏话。而且还说，我这个人好斗，是因为什么雄性荷尔蒙分泌出现异常，是不是这样？一位同事见阿稿的语气有着较浓的火药味，就走上前去打圆场说，今天大家正在酒兴上，有事明天再说。其他人也附和着说，是啊是啊。大家在场更好，可以做个见证。阿稿说着便解开衬衫的扣子。单位同事素知阿稿这人有点匪气，喝了点酒之后就喜欢敞开一排扣子,露出杂草般浓密的胸毛。瞧这番气势,一场较量在所难免。慢着,孔智勇指了指裆部,掉头走进小便池,不急不缓地撒了一泡尿。此间,他琢磨着如何脱身。但阿稿一直堵在门口,没有放过他的意思。孔智勇只好硬着头皮,迎上前去。阿稿突然当着众人的面掀起孔智勇的T恤衫说,你们瞧瞧,他这一身肌肉看上去壮实,其实是死的,没有力量的,而我的肌肉,你们瞧瞧,每一块都是活的,有力量的。孔智勇握紧了拳头,仍然不说话。阿稿说,早就听说你那个狗屁"四要素"理论很厉害,不如在我身上试一试。如果你今天想出这个门,好,就得先过我这一关。我们都是文明人,就来个文明的比法。阿稿试着比画了一下,又接着说,我让你先出招,朝我腹部击打一拳,为了公平起见,我再还你一拳。如果你乐意再打我一拳,我也会奉陪到底,最后就看谁能从这里站着走出去。阿稿这样说着随即划出一个圈,塌下腰,摆了个气沉丹田的架势。

孔智勇不能不出手了。这一刻,他需要实实在在的一记拳头克制对手的敌意。但他握紧拳头时,发现自己的手心直冒冷汗。这下子贸然出了一拳,打在阿稿的腹部,对方居然只是轻轻地哼了一声。轮到阿稿还他一拳时,孔智勇下意识地咬住了牙关。

砰!孔智勇仿佛听到这声音是从自己身体里面发出来的。

事后,一位同事问孔智勇,痛不痛?孔智勇故作轻松地回答,不痛。有人抢白,不痛为什么又大喊一声?孔智勇说,那一刻有两股力量在他体内相遇:一股是来自外部的力量,一股是来自自身的力量。两股力量碰到一起时,他似乎听到体内发出一种粗重的声音。他不得不张开嘴,让它通过。而同事们当时所听到的,正是两种力量相遇所发出的怪异的声音。

有些事就是在无可名状的时刻无端地发生了。

那天上午九点光景,孔智勇从会议室出来去洗手间小便时,顺便掏出手机瞥上一眼,屏幕显示有一连串未接电话。翻滚屏幕,来电对象其实只有两个人:一个是父亲,一个是石疙瘩。孔智勇先给父亲回复了一个电话。在电话中,父亲告诉他,石疙瘩家里又出事了。

今天上午,老孔正准备去买菜时,忽然看见石疙瘩气喘吁吁地跑过来,告诉他,昨天晚上儿子一直没回家,他四处寻找,没一点音信。就在他怀疑儿子是否被前妻和理发师带走时,理发师打来电话威胁说,要想见儿子,就带十万现金来。十万元现金,一时间到哪里去筹?起初石疙瘩横下一条心,不给,儿子是被前妻带走,又不是被歹徒绑架,给什么钱?!不料,今天一大早前妻急吼吼打来电话,说那个理发师原本是陪她来看看儿子的,哪里知道他这阵子没钱买粉,就心生一计,把她捆绑起来、嘴里塞了棉花关在宾馆的柜子里,然后借她的名义向石疙瘩勒索。石疙瘩说,他出来打工时间不长,不可能拿出那么大一笔钱。前妻说,那个理发师毒瘾犯了,什么狠事都干得出来的。半年前,他向父母借钱买粉，父亲不给，指着他的鼻子骂了几句，他随手抄起菜刀就削掉了父亲的一根食指。石疙瘩听了这话，心里面又添了一层惶恐。没过多久，理发师又打来电话，嚷着马上要钱，石疙瘩自然不敢有丝毫怠慢。这些年，石疙瘩省吃俭用只积攒了两万多块钱，今天一大早向几位同事借了一万多块。饶是这样，也只有三万多块，断断不能满足理发师的要求。情急之下，他想到老孔。老孔说，他手头的卡上也只有一万多块钱，如果不够，可以帮他向儿子再要一点。老孔当即给儿子拨打了一个电话，儿子却没有接，料想儿子正在开会按了静音。石疙瘩拨打了几次，也无人接，于是对老孔说，他知道孔智勇的单位在哪儿，不如过去找。如果找到了，请老孔务必在电话中证实情况。此事大略，老孔在电话中都说了，并且嘱咐孔智勇，关键时刻，能帮的，就帮一手。

就在孔智勇打完电话撒了一泡尿的工夫，石疙瘩已走进孔智勇的单位，迎面见到了阿稿，就慌里慌张地问起孔智勇的办公室。阿稿撒了个谎说，孔智勇出差了。石疙瘩有点不敢相信，经过财务室门口时，瞥见桌上有一沓钱，双脚就不由自主地迈了进去，双手迅速伸向了那一沓钱。我不是抢劫，他说，我要借一笔钱，事后就还。财务室的女出纳起初以为有人跟她开玩笑，抬眼一看，见是一张陌生的面孔，身子就僵住了。她想尖叫时，石疙瘩已拔出一柄原本用来防身的水果刀，迅速顶住她的喉咙。出纳的呼吸一下子就变得短促了。石疙瘩说，你放心，我只是向你借钱急用。我不会写字，你，给我立下一张字据。出纳的手瘫软得连笔都握不稳了。她颤抖着在纸上写了几个歪歪扭扭的字。石疙瘩也没细看，就挥刀在自己的手臂上抹了一下，暗红色的血跟蚯蚓似的从皮肤底下爬了出来。石疙瘩用食指蘸了一下，摁在那张纸上，代替签名。起初，同事们把阿稿推了进去。阿稿看到水果刀，腿先软了。也不知什么缘故，阿稿很快就打了个踉跄，退了回来。阿稿对扶住他的同事说，此人腿上功夫了得。然后死活不敢进去了。这些细节，当然是事后才听同事们说起的。

孔智勇从楼上会议室下来时还不明就里，看见几个男同事站在财务室门口，每人手里都拿着一件有点分量的东西，就知道里面发生什么不妙的事了。

阿稿说，孔智勇，这人说自己认识你，你进去看看。

孔智勇问，里面发生了什么事?

阿稿说，有人抢劫。

那位胖上司说，我们的一位女同事还在里面，那人报得出你的名字，八成是跟你有点面熟的。孔智勇，你是拳师的儿子，碰上这档子事，应该当仁不让。

孔智勇正犹豫不决时，阿稿从背后推了一把。孔智勇打了个趔趄撞进了门，目光一下子就直了。抢劫犯果然是石疙瘩。这时，他需要一个手势掩饰自己的恐惧，就顺势用手扶了扶险些滑落的镜框。双脚钉在地上，不动。身后传来粗重的呼吸声和杂乱的嘀咕声。一个人看到一群人恐惧的时候，他要么加入这群人当中，惶惶然若丧家之犬，要么是从巨大的恐惧中刷掉自己微小的恐惧，装出一副超然物外的样子。孔智勇做了一下深呼吸，突然挺直了腰，回过头来，对那些探头探脑的同事说，这事我来摆平。于是，关上了门。

门后传来一声喝彩：好家伙。

那个女出纳早已吓得不省人事，瘫软在石疙瘩的怀里。那眼睛跟嗑掉的瓜子似的，黑里翻白。石疙瘩手中的刀看上去一点也不锋利，甚至可以说有点锈钝。但它与一只骨节突出、疤痕了然的手结合在一起时，似乎有点吓人。孔智勇手心朝上，表示自己没有携带任何东西。石疙瘩跟孔智勇对视了一眼，把右手的刀传到了左手。孔智勇的心里面咯噔了一下。屋内的光线一下子变得暗淡了。动与不动，都是个问题。面对此景，孔智勇意识到自己应该像父亲所做的那样：把一只手放在另一只手的不动之处。那时候，不出手，就等于是出手了。

孔智勇决定不出手。他找了一把椅子，坐下来。

孔智勇，你来得太晚了。我知道自己已经干了一件无法挽回的事。

你把刀放下，一切都不会太晚。

我如果把刀放下了，我就得不到这笔钱了。

我刚刚接到父亲的电话，知道你儿子被人绑架，急需一笔钱。

是的，我急需这笔钱。

你不知道自己现在干的是一件傻事?!

只要能替我儿子赎身,我什么傻事都愿意去做。

说话间,手机铃声骤然响起,两人同时一震。孔智勇下意识地摸了摸上衣口袋,自己的手机没反应。抬眼一看,石疙瘩正在接听。手机那头隐约传来孩子哭喊的声音。石疙瘩像被刀剜了一下似的弹跳起来,他冲着电话那头的人咆哮时,露出几颗布满烟垢的牙齿,扭曲变形的脸部表情和这副大嗓门搭配在一起,就塑造出了一种凶神恶煞般的形象。

对方挂断电话之后,石疙瘩怔了半晌。女出纳依旧躺在他怀里,像是喝醉了酒。

石疙瘩也像喝醉了酒似的拿起手中的刀,目光茫然,看起来似乎有点不知道自己接下来该怎么办。

慢着,孔智勇突然喝道,你的手在颤抖,我知道这是什么缘故。

石疙瘩猛然间听到这一声喝,手中的刀突然像肥皂一样滑脱,他想俯身捡地上的刀时,那只手竟连五指合拢的力气都没有。石疙瘩把怀里那个女出纳搁到地上,再次伸手去抓刀,可他刚刚抓住,又掉落在地。

那一瞬间,屋外有一辆重吨货车驶过。车轮滚动时,整栋办公楼也随之震颤起来。孔智勇感觉这栋楼房突然浮了起来,开始慢慢地移动,然后带着某种不可捉摸的惯性向虚无的深渊滑去……

当一把水果刀嗖地一下从财务室的门内被扔出时，外边的同事发出了一声尖叫。然后，他们就看到孔智勇抱着吓昏过去的女出纳走出来。孔智勇的脸绷得像拳头一样紧，额际布满了汗水，但细心的人还是发现他的眉心泛起了一道灵光。经那人一说，众人似乎也都隐约见着了。

几名随后赶到的警察旋即冲进财务室，把瘫软在地的石疙瘩戴上手铐。孔智勇回头望了一眼，眼眶里仿佛有什么热乎乎的东西要奔涌出来。他想过去跟警察说几句话时，同事们已经把他当作英雄那样团团围住。有人把一本杂志卷起来当作话筒，递到他跟前问，你究竟是怎样击败持刀的歹徒？

孔智勇没有回答，脸上只是挂着一缕苦笑。

但同事们都确信，击败对手的，不是别的，正是“只可意会、不可言传的第四要素”。

2014 年 9 月写于觉簃

在一条河流般孤寂的大街上

这条老街仿佛一条温顺的河流，人们生活在两岸，相安相养。事实上，老街的前身就是一条河流，与别处的河港交汇，可通舟楫，四里八乡的人到岸上采办货物十分方便。后来河流被填埋了，变成宽阔的街道，但两边的店铺依然保存着旧时的格局。这些，在一本古老的县志里就有过描述。老街长四百余米，有南货店、餐馆、旅馆、蔬果集散市场、肉铺、药铺、冥器铺、打铁铺、木器坊、旧书店、古戏台、祠堂、耶稣堂、土地爷庙等。近三十年来，两边的店铺有增无减，但药铺仍然只有两家：中药铺与西医诊所（兼卖西药）。本街人生了病，一般不去县城大医院，街这头赚来的钱送一些给街那头的药铺，仿佛也是理所当然的事。这条街上几乎没有外人过来摆摊开店。古旧的空气里可以感受到老街的人们常年相处所形成的默契与熟稔。他们的口音与这里的河流是融为一体的，他们的衣裳与这里的绿树、白墙、黑瓦、青石板是融为一体的。他们是老街的一部分：明亮的与晦暗的、新生的与古老的、黑的与白的乃至灰的，都是如此静穆地分布着。

有一天，这条街上来了一位电器店老板，租了五间门面做家用电器生意。新店开张，从门口至店堂，一片红地毯铺过去，两旁一排溜摆放着红色花篮。老街的古旧气一下子就被声光电气冲淡了，给人一种蓝袍脱去换红袍的喜气。新招的店员一律是本镇人，年纪大都很轻。店员与客户谈生意时，老板总是面无表情地看着他们；他没有介入他们之间的交谈，但有时候，店员似乎在顷刻间接收到了老板的某种暗示，能断然地做出决定。

家用电器店开张不过一个礼拜，生意就红火得不得了。每天，店员跑进跑出，忙个不停。唯独老板不动。他总是十分安静地坐在他该坐的那个位置。我们知道，宇宙间有了第一推动力，就注定动者恒动。太阳在动，月亮在动，地球在动，万物无不在动。不动的人看着动的人，于是就有了劳心者与劳力者。于是就有了老板这种优雅而冷漠的动物。

在这条街上，所有的老板都是小老板，唯独这位电器店老板是真正的大老板。他看起来没有一点大老板的派头，平日里总是显得不温不火，但店堂里的事务经他调度，就变得井然有序。员工们都知道，老板的肚子里有一本生意经，对他的安排也都贴然就范。这些日子，从这家电器店进进出出的人络绎不绝，但老板仍然没有融入人群的意思。通常情况下，老板不太说话，他总是坐在玻璃后面，远远地观望，稳稳地把握。他几乎没有什么可以喝酒聊天的朋友，也没有仇人。下班之后，他喜欢独自一人骑着电动摩托车到镇外，领略平原的一缕清风。

老街的打烊时间很早，太阳刚落山，人们就开始收摊关门了。电器店门口一堵与门面呈直角的茶色玻璃幕墙黯淡了些许，从那里，映照出一条略带暖色的老街的景观。等天黑透了之后，老街渐渐归于沉寂，而电器店门口那堵玻璃幕墙上的银色店名开始闪闪发亮，偶尔有人闲逛至此，便进去看看。店堂内依旧灯光如昼，有轻音乐流荡至街头，融入晚风和树影。

老街上一家家饭馆的灯火都熄灭了，电器店内的灯光却还十分醒目地亮着。店员们在谈生意时，灯光跳闪了一下，骤然熄灭了。有人喊道:跳闸了。老板提着一盏仿风灯的充电灯，慢条斯理地走出办公室，转到一个角落，把总电源开关检查了一遍，没发现哪个分头开关跳闸。于是就托人请来本街的一名电工。不多时，电工扛着一张便携式铝合金梯过来。经过排查，他发现停电原因就出在外线上。当初这个店堂的线路全部由他一手张罗的，因此他知道外线接线端在哪里。电工扛着梯子，老板提着充电灯，一前一后，穿过堆货栈，走到后院的天井里。电工把梯子架在墙头，爬上去，在一根接线柱上鼓捣几下，店堂内的灯光就骤然亮了起来。电工说，一定是有人从外面爬上这堵墙，把线头给剪了。哦，老板嘀咕了一声，抬起头来，看见电工站在那张梯子的顶端，此时的月亮仿佛伸手可及。

第二天傍晚，待街上的店铺收摊关门时，电器店老板就面色庄重地向店员们宣布下班。整条街上，上闼门的声音此起彼落，电器店这边只是让卷拉门放下一半，以示打烊。店员们走后，老板仍然坐在店堂里面的电脑前，望着深蓝色的屏幕发呆。天也是深蓝色的，有一枚白骨似的月亮。

一个礼拜后，西门阿大来了。

西门阿大不住西门，而是北街——这条老街北面是一条河，河对岸就是北街。然而，单是隔着一条浅浅的河，说话口音就有点走样了。其间的细微差别只有本街人才能听得出来。西门阿大操着一口地道的北街人的土语。

之前，没有任何人告诉电器店老板，说西门阿大要来。他什么都没有准备，他们就朝他围拢了。他感觉整个店堂在那一刻变成一个闭合的空间。很显然，西门阿大是来这里收保护费的。电器店老板想装聋作哑也无济于事。西门阿大有个规矩：当他跟你说话时，他可以盯着你看，但你不能盯着他看。斗胆直视他的人往往会在几秒钟之后低下头来，嘴唇或双手开始打战。电器店老板虽然没有直视他，却让目光游移到别处去了。这也不行。这分明就是目中无人。西门阿大伸出一根呈钩状的手指，仿佛要把电器店老板的目光拽回来。你听着，西门阿大说，你如果听说过外地人来这里开店的规矩，就晓得以后怎么做了。电器店老板依旧把一个铜币夹在指间，用手指不停地摩挲着。西门阿大把他手中那枚铜币夺过来，看了看，嘀咕了一声，随即抛到店堂外面。那枚铜币落在青石板上，滴溜溜转了一圈，又滚进一个网格状窨井盖里。那里有一条跟老街保持同一个走向的沟渎，污水总是在人们看不见的地方无声地流淌着。

你跟我来一下。西门阿大把他带到后院的堆货栈，跟他单独谈了一刻钟。然后，人们就看到，西门阿大拍了拍电器店老板的肩膀，带着一帮弟兄扬长而去。在电器店门口聚拢的人群也渐渐散开了。店员们问老板，西门阿大刚才跟他说了些什么。老板不吭声。

街车卷起的淡漠的灰尘里浮荡着阳光的碎片。于老街，他是陌生的。

有人说，电器老板若是娶了本街女人，在这里安了家，扎了根，西门阿大还敢惹他麻烦么？也有好事者动这方面的脑筋。一天，一位上了年纪的妇人走进店堂，不买东西，也不推销别的物什，只是一径地坐在电器店老板面前，脸上堆出线条柔和的笑容。过了片刻，她才开口问电器店老板家住哪儿、现年多大、有无妻小等等。电器店老板一下子就明白妇人的来意了，只好微笑着，编造几个理由搪塞过去。后来又来了几位说媒的妇人，说是要把本街最俏的女孩子介绍给他。但电器店老板总是双手环胸，无事人似的走开了。本街爱赶时髦的年轻人都说，电器店老板是优雅的。优雅能当饭吃么？这里的女人可不吃这一套。而且，优雅过头了，就不免有些故作清高了。

电器店对面是一家牙科诊所。喧闹与冷落仅隔一条街，这多少让牙医有点不愉快。牙医不仅会看牙，还会看相。他的目光里似乎有一把冷冰冰的钳子。

牙医是本街人，他的脸不胖不瘦、不方不圆，脸上该有的五官他都有（牙齿自然是一颗都没少），可他看起来就是比别人多一样东西，是什么？谁也说不清。总之，在他看来，有鼻子有眼似乎也算是很神气的事。在街坊看来，牙医不算医生，正如打棺材的算不上木匠。但牙医总是那么神气。无事的时候，牙医就会跷着二郎腿坐在玻璃后面，冷冷地打量着外面的行人。如果这条街上有什么异常动静，他会最先知道。

一道天光漫过玻璃上方那个巨大的“牙”字，牙医的目光显得有些幽森。

市时停歇的时辰，有个手臂刺青的少年趿着拖鞋走到电器店老板跟前，递上一张纸条，二话不说就走了。电器店老板看完纸条上的一行字，就立马揉成一团抛到字纸篓里。他把头探出店门外，看着那个刺青少年远去的背影，继而转头问一名店员，你认识他？店员说，从刺青图案来看，他可能不是西门阿大的人。另一名店员说，我认识，他是阿七手下的人。那个刺青少年的身影在祠堂门口的一棵大树后消失了。电器店老板收回目光时，正好发现对面的牙医站在门口，有意无意地朝这边张望。彼此之间的目光碰上之后，牙医隔街递来一声问候。电器店老板的目光落在牙医身后那个巨大的“牙”字上，然后掠过屋脊线，随同空中的一片浮云飘远了。光线渐暗，知是黄昏边了，街上人影渐稀，几乎没有车辆经过时扬起的灰尘。在一阵紧似一阵的鸟鸣声中，暮色愈来愈浓。他有一种预感，好像有什么事就要发生了。这条街上，有一种杀气腾腾的安静。

电器店老板无事的时候，就坐在电脑前写一些什么东西。有人说，电器店老板是个诗人。他怎么会是诗人？店员们悄悄地说，他那样子像个县府门口广告店里的打字员。有时候，电器店老板会在电脑前坐上半天时间，的确像个勤奋的打字员。这一天傍晚，店员都走了，老板还在电脑屏幕前静静坐着。

老板的确在写诗。他写到“达达”这个词语时，仿佛听到了键盘也发出了哒哒声。突然间，他的手指变得兴奋起来，以一种轻快的节奏在打字机上不停地敲打着：达达达达达达达达达达达达达达……他关掉了电脑，又坐到她曾经坐过的那面镜子前。他看到镜中那个人无力地举起他的右手说，这是我。然后，又举起左手说，这是她。右手对左手说，现在，死亡让你们彻底分开了。然后，他就玩起了那枚仿佛带有神秘印记的铜币。

电器店老板站起来，关掉了那扇只放下半边的卷拉门。上锁之后，他点燃了一根烟，站在店门口，怅然地望着这条灯光下略显霉黄的大街。这里立着一排路灯，洒落烟尘般的光晕。有人但没有脚步声。电器店老板把手从口袋里伸出来，一直伸进风里，仿佛在摸索着什么。不远处，一只野猫突然发出了一声尖叫。他赶紧把手缩回，插进口袋。他走了。影子留下来。是电线杆的影子。一只野猫走到影子前，嗅了嗅，衔走了一部分影子。是一条尾巴的影子。而电线杆的影子仿佛朝前移动了一点点。

第二天清早，有人发现西门阿大趴在这条街上，身上有五个枪眼，鲜血流了一地。风贴地卷起几片落叶，在尸体旁边打几个旋，跟魂似的飘散了。哒——哒——哒——哒——哒——街上的人都说半夜里听到了五声枪响，但没有人敢起来探看。街上的一位老人指着尸体拖走之后那块血迹未干的地方说，他小时候听大人说，他的一位邻居的母亲就死在这个位置，只不过那时候，这里还是一条河，那个妇人受不了酒鬼丈夫的鞭打，就是从这里跳河自尽。老人说，女人溺水而死之后，都是仰面躺着的，而男人是脸面朝下的。看西门阿大的死相，也像是淹死的。

有人猜测，凶手就是那名电器店老板。如果不是他，为什么警察一来就先找他谈话？何况，这条街的人现在都已经知道，电器店老板年轻时坐过几年牢。至于他犯了什么罪，对他们来说并不重要。他们低声交谈的时候，天色忽然暗了下来。他们像暴雨来临前的鸟一样，不再发出吱吱喳喳的声音，只是带着诡异的表情回到各自的屋檐下。雨终于没下，他们有些失望。

凶杀案很快就水落石出。杀死西门阿大的凶手便是他手下几个跟班的。他们觉得跟随老大没前途，就把他干掉了。凶手为什么不是电器店老板？他们仍旧有些失望。西门阿大出殡时，电器店老板也按照乡俗，特意带着白毛巾参加他的葬礼。北街没有南街繁华，街道两边错落着带有郊区风格的新屋与破敝的老宅，显得古怪而又恣肆。有半边路面被挖开，也不晓得要埋什么东西，弄得到处都是尘土飞扬。房子一律是灰色的，人和树也是灰色的，仿佛这里未曾有过春天。电器店老板和他手下的一名店员夹杂在灰色的送葬队伍中，缓缓前行。身边那些人有说有笑，好像不是来送葬的。一向沉默寡言的电器店老板也跟店员聊了起来。店员是本街人，知道不少有关西门阿大的逸闻，他谈完之后总结说，西门阿大这一辈子只做过两件事：喝酒和收保护费。在电器店老板看来，西门阿大并不像人们所说的那样坏。他在老家见过比西门阿大更坏的人。走过半条街，电器店老板望着街道上那一株灰头土脸的垂柳说，那天，西门阿大把我拉到店堂后面，你猜他对我说些什么？没等那名店员追问，他就接着说，那时他很坦率地告诉我，他收保护费只是做个样子，否则他就压不住那帮小兄弟了。所以，那天，我卖给他一个很大的面子。

老街终归是老街，并没有因为发生谋杀案而变得喧闹或动荡，它仍然安于自身的慵懒和宁静。这条街上最清闲的人莫过于那位终年穿着蓝色工作服的电工了。他喜欢扛着一张电工梯晃来晃去，那样子仿佛刚刚从梦里走出来。他从电器店门前懒洋洋地荡过时，电器店老板叫住了他，递上一根烟说，有空再给我们拉一根线吧。电工走进一座四合院的天井，把电工梯架在一堵破败的墙上。电器店老板跟他说明这条线的用途与分布情况时，他取下耳朵上那根烟，用火柴点燃。他斜靠在电工梯的横杠上，默默地抽着烟。他吐着烟雾，就像雪地里马喷鼻。烟雾渐浓，凝成浑然一团，蒙住了他的半边面孔。你去店里拿一团三十米的线来，电工说。电器店老板拿来一团电线后，一股烟味还没飘散，那个抽烟的电工却不见了。电工梯依旧架在墙上，电器店老板抬头仰望墙头，也没见电工的影子。只有几只黑鸟，从一片云下淡然划过。

电工登上梯子之后，会不会爬到那座荒寂的阁楼里面去了？当然不会。阁楼的窗户都是紧掩着的。那么，电工会跑到哪儿去？莫非是接到什么紧急电话，翻墙走掉了？如果没有眼前这把梯子，他还真疑心自己方才只是倚着墙根做了一个短梦。他回到店堂，问来来往往的店员，有没有看到电工的身影。没有，他们说，他跟你进了后院之后，就再也没见过了。电器店老板点燃了一根烟，琢磨着那个突然消失的电工。这个下午，除了他嘀咕几句，没有人追问电工的下落。外面下起了雨。一丛湿漓漓的白烟在青石板上簇拥着。

那时候，电工正抚摸着一个女人凉滑的身体度过了一个美妙的雨天。

大清早，被夜雨洗濯过的老街透着鲜澄的气息。家用电器店的卷拉门打开后，老板照例给员工们沏了一壶清茶。收银员见到老板，突然压低声音说，你昨天不是到处找那个电工么？有消息了。他在哪儿？电器店老板带着嫌憎的口吻问。死了，收银员说，死在一个按摩女的床上。电器店老板倒吸了一口冷气，低头走进办公室。他把电工猝死的消息告诉手下一名员工时，员工隔着玻璃指着后院那个方向说，人走了，梯子还搁在这儿呢。电器店老板说，他上天堂的时候，兴许能用得上。员工冷笑一声说，这样的人下地狱还来不及呢，我得把它搬走，免得小偷爬楼房。

过了半晌，牙医无缘无故走到电器店老板面前，问了一声，还记得几天前给你捞铜币的那个电工？他死了。电器店老板只是轻轻地哦一声，问，他给我捞铜币的时候你也看见了？当然，牙医微笑着说，这条街上的人都看见了。牙医的目光有意识地落在他手上。即便没有那枚铜币，他那手指也会跟冬天的苍蝇那样，来回搓着，仿佛时间正从指间悄无声息地溜过去了。

牙医有一副古怪的笑容。牙医咧嘴大笑的时候，露出一口被烟熏黑的牙齿。这一天下午，牙医一直在琢磨着一件跟他貌似无关，但又不无关系的事。牙医一走神，就把一名患者的好牙拔掉了。这件事是以患者打掉了牙医一颗被烟熏黑的牙齿告终。看热闹的人群散开后，牙医坐下来，好像在竭力回想这一天发生过的事。

牙医透过玻璃上那个巨大的“牙”字,远远地观望着那个坐在柜台边的电器店老板。他的眼睛仿佛缩成了一枚铜币,在别人难以觉察的地方闪闪发光。

牙医说,那个电器店老板身上有点阴阳怪气的。你们瞧见他手里的铜币了么?他有事没事总是拿这个铜币夹在指间玩,这里面一定是有堂名的。牙医说的“堂名”,就是名堂的意思。

也可以说,故事是从那枚毫不起眼的铜币开始的。那天,西门阿大把电器店老板手中的一枚铜币抢过来,扔到店铺外的大街上。铜币在那一瞬间似乎附上一道魔力,开始滚动,一直滚到一条沟渎里。事后,电器店老板花了一百块钱,雇了那名正好扛着梯子路过的电工,打开盖子,往沟渎里探寻。电工像一只鸵鸟那样探头进去,在污水里捋了许久,才摸到了那枚铜币。电器店老板接过来,用手帕拭净,发现币面是朝上的,脸上忽然露出诡异的笑容。他自言自语地说,币面是正面,我赢定了。于是,他又给那名电工加了一百块钱。电工拿着两百块钱,十分纳闷。他喜滋滋地对旁观者说,如果我不是碰到财神,就是碰到疯子。

这些细节都毫发无遗地落入了牙医的眼中。

事实上,触摸过这枚铜币的西门阿大和电工后来都碰上了死神。

我总觉着,那枚铜币会给人带来晦气。牙医坚持着自己的看法。

牙医的话很快就传到了街坊耳中，说的人多了，即认为真。尤其是老人，向来讲迷信。人老了，不待动，但动嘴皮子。动得嘴角满是唾沫星子，方罢。老人家的闲话进了本街祠堂，就不能不当真了，几位族公也都犯起了嘀咕。自打祠堂屋顶的箕尾被雷劈过之后，他们便有些惶惶不安了。他们把这件事与街上接连发生的不祥事件联系在一起，就得出一个骇人的结论：那家电器店的五间门面凸显于街腰的位置，显然破坏了这条街的风水。

过了一个多月，这条街上再次发生了一桩更为离奇的凶杀案。死者是一个六岁的小女孩，凶手竟是一名九岁的男孩。先说死者，她是另外一个镇上一名外地按摩女的女儿。那天傍晚，有个老妇人带着猫出去散步时，猫仿佛嗅到了一股怪异的气味，突然跳开。然后，猫的主人就看到那里躺着一具小小的尸体。警察过来勘验现场、解剖尸体之后，发现了若干蛛丝马迹。他们一路追索过去，很快就找到了那个年仅九岁的杀人凶手。他是本镇一名酒鬼的儿子，父母离异，平常大都寄养在祖母家。警察问他杀人动机时，小男孩说，他所看到的死者都是身上盖着被子，头脸部分被白毛巾盖住的。他对死亡充满了好奇。他想看看一个人死后会是什么样子。

那天下午，小男孩在另外一个镇上寻找酒鬼父亲。他没找到，却发现一个小女孩躲在墙角哭泣。小男孩问她哭泣的原因，小女孩说，她要去找外婆，但妈妈不让。小男孩说，来吧，跟着我，我带你去找外婆。走出那个小镇，就是疏落的村庄。村与村之间，由水泥路、黄泥路、石子路以及机耕路联结而成。经过一家荒废的自来水厂时，小女孩忽然止步，指着远处说，那里有很多狗，我不去。小男孩从地上捡起一些带棱角的小石子，说，没事，有我在。小女孩问，你捡这些小石子做什么？小男孩没回答。他们走进一座村庄时，一条狗从稻草堆里跑出来，冲着他们唁唁而吠。小男孩从口袋里掏出一颗石子，猛地一下丢出去，狗就不叫了。再丢，狗遁。有时候，只听到狗叫声不见狗的身影，小男孩就把手插进口袋，捏住一颗石子，随时准备迎头痛击。这一路上，有狗，但不恶。它们见了生人，叫几声，是出于习惯，就像走夜路的人听到黑暗中传来脚步声，便要咳嗽。小男孩似乎跟狗打过交道，知道怎样治它们。那些狗见了他们，一律回避。小女孩紧紧跟随着，觉得小男孩果然有些本事，心底里的恐惧也缓缓消失了。来到这个镇上的老街，小女孩见天色黑下来，就哭着要回家。小男孩感觉有点心烦，捡起一砖头就砸在她后脑勺上。

牙医的目光总是像渔网那样从某个幽暗的角落撒到大街上，当他收回来的时候，总能打捞到他所需要的东西。

有人问牙医，小男孩杀人案件跟那个电器店老板之间有什么关联？牙医说，有关联的，一定有关联的。关联在哪里？牙医一时间也说不上。

但牙医很快就从那个被杀的小女孩与电器店老板身上找到了一丝隐秘的联系。牙医说，一名办案警察曾向他透露，他们检查尸体时，发现死者手中紧握着一枚铜币。他们从这枚铜币开始，找到了本街一位钱币收藏者，然后又找到了电器店老板，确证他就是铜币的主人。但铜币为什么会落到那个小女孩手上？电器店老板回忆说，三天前，他曾在一群孩子面前变戏法：他把一枚铜币放进左耳，拍了拍双手，然后就从右耳取出一枚一模一样的铜币。之后不久，他忙完店里的生意就发现铜币不见了。警察根据电器店老板提供的线索，又从那几个围观的街坊男孩开始排查，终于找到了酒鬼和酒鬼的儿子。小男孩十分镇定地告诉警察，铜币是他偷的，小女孩也是他杀死的。那个酒鬼父亲先是愕然，继而举起空酒瓶，敲碎了，想要当场砸死儿子，却被警察抢身拦住了。让警察暗暗吃惊的是，小男孩居然跟平日一样面色不改地站在那里，眼前发生的事仿佛跟他没有一点关系。那么，警察又追问，为什么铜币最终会落到那个小女孩的手中？小男孩说，那时候他觉得她没有死，而是睡着了，他想她醒来后需要钱坐车回家，因此就把这枚硬币放在她手里了。这不是硬币，警察更正说，这是一枚宋朝的钱币。但小男孩压根就不知道宋朝的钱币是否可以坐公交车。

这件事是真的么？有人听了牙医的讲述，半信半疑地问。

当然是真的。牙医几乎是咬牙切齿地回答。

这么说来，那枚铜币是不能碰的。那人这么说时，把眼睛睁得跟铜币一般大。

当天下午，祠堂里的长辈公们请来一名师公作了一场法事。师公望着铅灰色的天空说，电器店那边有一片阴云，是为不祥之气。长辈公循着师公所指的方向望去，似乎也看到了什么。他们的目光夹带着祠堂内部的一抹深黑。他们不说话。

一天深夜，电器店老板突然接到了一名店员打来的电话，说是电器店着火了。他的鼻子翕动了一下，仿佛闻到了一股塑胶烧焦的气味。随即放下电话，披上外衣，小跑着来到老街。那里早已站满了人，只空出一条道，让消防员跑进跑出。因为救火及时，大火只吞没了五间电器店，没有向两边蔓延（事实上，电器店两厢都砌了防火墙，火势自然也就处在可控的范围内）。电器店老板远远观火，脸上带着淡漠的表情。风吹过来，有几片灰烬落在他肩膀上，他伸出一根手指，轻轻掸掉。那一刻，身上沉重的一部分仿佛突然变成了一股青烟，向夜空飘去。有人走过来，想安慰他几句，但他好像没当回事。他只是收起那个带有神秘印记的铜币悄然离开了这条老街。

写于2014年夏

第二辑

空椅子

三个人，公务员、电子商务师、东先生，他们坐在同一间酒吧，品尝的是同一种牌子的啤酒，谈论的是同一个话题：女人。我们都知道，从亚当与夏娃谈恋爱以来，女人是一个永远绕不过去的话题。

公务员喝了两瓶啤酒之后，就表明自己已经深深地厌恶这种酒精的气味了。他最痛恨酒的时候，大约也是最爱酒的。公务员长着一副扑克脸，虽然酒气有点上来了，脸色却没有因之而活泛起来。坐在对面的电子商务师显得猥琐而又憔悴，他有一个北方情人，刚刚分手，他有点离不开她。他喝酒的时候目光里总是汪着一团接近液态的忧伤。他抚摸着一张永远摸不到的脸，而那张脸仿佛就在酒沫中泛起，沿着杯口流溢，然后消失。东先生，一位哲学老师（自称是“爱智慧的愚人”），手中夹着一根烟，面对一个空杯子，品味着虚无：他需要的不是满溢的酒，而是空杯子的安宁。因此，与其说他是来喝酒的，不如说是来抽烟、发呆、高谈阔论的。东先生说话时，喜欢轮流使用左手和右手打手势，那样子像是坐在车上打方向盘。他总是牢牢地控制着一个话题的走向。

你可以跟我们谈谈那个女人吗？东先生对电子商务师说，我们都很好奇，是怎样一个女人让你变得这样失魂落魄。

电子商务师讲到他跟那个女人初遇的情景时并没有交代具体的时间，但可以确定，那是一个凉爽的夜晚，而地点是在一个名叫布尔津的北疆县城。那里有一条穿城而过的额尔齐斯河，河堤上散落着一些夜市小摊。人们散步至此，喝一杯俄罗斯的卡瓦斯，吃几口羊肉串或烤狗鱼什么的，是常有的事，他也不例外。在凉风的吹拂中，他一边啜饮，一边摇着手机，很快就摇到了一个陌生人的微信号，对方离他只有五米远。他下意识地环顾四周，恰好看到一个穿灰色茧形上衣的陌生女人朝这边投来目光，只是浅浅一触，便挪开，像是不经意的一瞥。这样的目光他曾碰过无数次，在脑子里过一下就可以快捷删除。但这个女人的目光不一样，它是有话要说的。不多久，他就看到手机屏幕上跳出一行字：今晚看到月亮就想哭，也不知道为什么。他抬起头来，猛然看见空中浮荡着一枚月亮。月亮很圆，河流很长，冷水鱼不腥，羊肉不膻，这样的夜晚还有什么可抱怨的？他跟她在手机上聊了片刻，就坐到了一起，继续聊。女人说，她小时候是在江边长大的，每逢月圆之夜，泪水分泌就会比平时多些，想来是跟潮汐什么的有点关系。他们聊的话题不算深入，但也算开心。女人提议喝点酒，他也乐得对饮。喝的是一种酒精含量不低的果酒。知道今晚的月亮为什么这么美？她自言自语地说，因为今晚是七月半。他吞下一口酒，打了个寒战。女人的一只眼睛被酒红色头发半遮着，另一只眼睛透着一股冷光。这样的夜晚，她说，她特别渴望得到一个男人实实在在的拥抱。他的手臂虽然不够粗壮，但布尔津的酒、月亮与河流足以给他们带来一个美妙而疯狂的夜晚。跟一个陌生女人躺在床上，他有一种去远方旅行的感觉——这是他第一回体味到一夜情的滋味。第二天早晨醒来之际，女人已经不告而别，也没有留下只言片语。发微信，才发现微信号也被对方一并删除了。窗外的额尔齐斯河流向北冰洋，那个谜一样的女人却不知去向。他为此而有了几分莫名的伤感。若干年过去了，他有时候还会想起她。想起她那酒红色头发，想起她唇角的酒味、眼睛里流露出的夜晚的迷惘。有一天，他跟一名网店代理商在一座南方小县城的酒吧小坐闲聊时，无意间看到有一个女人的侧脸跟布尔津遇到的陌生女人十分相似，于是就试探着走上去，跟她搭讪。果然是她。这一回，她的梨花头虽然染成了栗色，但她脸上的倦意和眼中的迷惘跟多年前是一样的。我真想哭。她碰到他的第一句话还是多年前说过的。那一晚，他记得，恰好也是一个月圆之夜。我们都知道，从亚当与夏娃生儿育女至今，已经有一千亿人（这个数目也许并不精确）在这世上存活过了，一个男人跟一个原本不相干的女人两度在不同的城市相遇，这样的概率相当于一条额尔齐斯河的鱼跟北冰洋的鱼分别在不同的水域遇见两次。他认为这就是命中注定属于他的缘分。那阵子，为了可以跟她生活在一起，他把一笔线上与线下的业务转移到那座小县城来做，有时候也帮她一起打理一家兼卖工艺品的画廊。他们可以像别的情侣那样，每隔两三天就见一次面。在她面前，他呈现的是一个好男人的标准形象：衬衫总是一尘不染，裤线总是与地面垂直，会赚钱，脾气不错，对感情专一，喜欢正常体位，几乎没有什么不良嗜好。这一切，她都看到了。直到有一天，他跟她谈到结婚的想法时，她却显得有些惶然。那一晚她独坐一隅抹着总是掉不完的眼泪。我就是想哭，也不知道为什么。她这样解释说。过了些日子，他发现她性情大变。她开始说一些自轻自贱的话。她说自己当过坐台小姐，他说他不介意。她说自己脾气有点坏，他说他也不介意。一切都会慢慢好起来的，他这样安慰她说。他疑心她身上分别有一个天使和一个魔鬼，互不相让。更多的时候，是不讲理的魔鬼占了上风——除了在手机短信里莫名其妙地说些刻薄的话，她居然还会当着他的面在电话里跟别的男人打情骂俏。不可思议的是，有一天深夜，他醒来的时候，看见她正坐在一边剪他的内裤，那种咔嚓咔嚓的声音让他禁不住打了一个深重的寒噤。他见识过这样一类男女：爱到极致时，会把伤害自己或对方的变态行为当作一种异常快乐的感官体验。显然，她也有这种倾向。除此之外，她还有一些让人不可理喻的嗜好：比如喜欢闻森林里面的霉菌气味，喜欢喝一种掺了咖啡因的啤酒，喜欢在悲伤的时刻做一件堪称放浪的事。他虽然不能理解这个女人究竟想干什么，但他毕竟经历过几次恋爱，对人情机微也略有洞察。他知道他们之间的关系不会维系太久，只是希望这一切不要来得太快。有一阵子，他独自一人回到省城去住，她又有些不舍，深夜时分突然哭着鼻子给他打来电话，说无论如何他得过来一趟。他狠了狠心，决意不见。在这种胶着状态中，彼此冷却一下也未尝不是一件好事，他认为。一个礼拜后，女人又打来电话，说她像吸血鬼渴望吸血那样渴望见他一面。他故意延宕了一晚，第二天处理了一应杂事才开车来到她租住的公寓。推门进去的时候，他看到她正仰面横躺在床上，一头长发从床沿垂挂下来，双腿曲弓，微微向两边张开，再细看，两腿之间有一个大秃瓢。他咳嗽了一声，两人突然惊坐起来。他听到女人嘴里发出一声短促的讪笑时，握紧的拳头突然松开了，而眉头也只是微微颤动了一下。他很有礼貌地说了声“抱歉”，就掩上门，走开了。貌似路过。什么事都没发生。他怀着异乎寻常的平静心情走到外面的大街上，吃了一份牛排，理了个头发，然后又回到之前租住的工作室，看了一场欧洲杯足球赛。他喜欢的那支球队在最后的点球大赛中落败，球员们带着落寞的背影向场外走去时，他也决定离开了。那座小县城里除了她之外，他几乎没有别的什么可以谈谈心的朋友，自然也就没有人相送。早晨的天空看起来没有像往日那样明亮，他在淡薄的晨雾里漫无目的地开着车。车子拐上一条通往邻县的省道时，他从后视镜里瞥见了一支长长的送葬队伍。衣冠是白的，树叶是黄的。那一刻，天地间忽然有了一股肃杀之气。他感觉这些人是来送他的,但他不知道自己应该去哪里。

直到现在,电子商务师说,我有时候手握着方向盘,却不知道自己应该去哪里。

爱情这东西常常会让人迷失方向。不过,东先生说,照我来看,这个女人并非什么尤物,你犯不着为她这样意乱情迷。

有很多次我曾试着从她身上发现坏的一面,但结果是我反而更加迷恋她那种与生俱来的坏女人的魅力。很奇怪,跟她分手之后,也没有一个女人可以取代她在我脑子里的位置。

突然上来的爱情不过是一种性冲动,而持久的性冲动却是一种爱情。可爱情这东西,说穿了就是性冲动的别名,结局嘛,终归是圆满的破碎,顺理成章的混乱。

东先生像依旧坐在讲台上那样,一边打着手势,一边用略显费解的一通话给电子商务师的一段恋情做了概括,然后就像沉浸在自己的语调所营造的氛围中一般,深深地吸一口烟,对那位长着一副扑克脸的公务员吐出这样一句话:我之所以把他请过来,就是让你看看被人抛弃的痛苦。接着又转过头来,对电子商务师说:我请他过来,也是让你看看,想要抛弃别人同样也是一件痛苦的事。而你们最大的不同之处在于:一个知道自己痛苦的原因,另一个却不知道。

是的,我就是感到痛苦。长着一副扑克脸的公务员皱着眉头说。

可你能否告诉我你痛苦的真正原因?

公务员没有做出回答。

东先生摸着修剪齐整的胡子——无聊的时候他就喜欢这样漫不经心地摸着。他看起来有点迷恋自己的胡子。这样的胡子如果短了一公分,他的魅力恐怕就会减少一分。

你想知道我痛苦的原因?公务员猛地抬起头来说,我可以告诉你,可你不许笑。

当然。

我发现自己不会笑了。

笑是人有别于动物的特点之一,东先生打了个表示无奈的手势说,一个人不会笑,的确是一件痛苦的事。

公务员沉默有顷,又接着说,自从进了县府机关之后,他就发现自己变得越来越沉默了。之前他跟同事或熟人见面,彼此都要点点头然后微微一笑。后来,他渐渐觉得嘴角的肌肉绷得越来越紧,一收一放之间,仿佛有什么胶水粘着。于是他开始走到镜子前或陌生人中间练习微笑:随着嘴角那条弧线的延展,他意识到自己的颧骨也微微耸动了一下,努力形成一种被人们称为微笑的表情。这样做,仅仅是为了证明自己的脸部肌肉并没有跟微笑脱离关系。然而,糟糕的是,有一天,妻子看见他冲着自己微笑时,突然流露出惊恐的表情。

那一刻,我感觉自己蒙受了巨大的羞辱,公务员说。

你的性格适合做一位诗人,可你却偏偏做了公务员,东先生分析说。

你也知道,我早年也是偶尔写过几首诗的。可是我现在脑子里没有一点诗意的东西了,工作像一件不合身但又无法脱掉的外套。

公务员谈到诗,就像是偶尔跟人提起自己的初恋情人,眼睛里忽然泛出了微光。在写诗的年头,他曾梦想着有一天能跟北岛们坐在一起谈诗饮酒,但生活迫使他低下头来,老老实实地写那种迟早要变成废纸一堆的工作报告。经过多年的磨炼,他好歹也成了此中老手(比如,每隔两三页就会在报告中出现一两个专供领导订正的病句或错别字)。除了写材料,他也兼做一些行政方面的杂事。久而久之,一种公务员的形象就在他身上凝固起来了:世故,谨慎,刻板,缺乏必要的激情。在单位里要保差事,他向来不敢胡乱说话,也不苟言笑。笑这东西,一天天离他远去了。他坐在一个朝北的终年不见阳光的办公室里。没有阳光照到,脸上的阴影就多了一些。也许阴影还投到了心里,像落叶一样,一层又一层地厚积起来。

我现在连笑一下都无能为力。这是不是很糟糕?

你已经有多少年不曾笑过了?

我也记不清确切的时间了。但有一回,我却在不该笑的时候笑了。

不妨说说。

公务员指着电子商务师说，刚才他谈到自己在大街上遇见了一支送葬的队伍，让我不禁想起多年前的一场葬礼。我忘了是哪一年，反正是一个大冷天，我的一位同事死于心肌梗死。在追悼会上，我受死者家属委托，作为同辈朋友代表发言。他们之所以选中我，无非是因为我跟他住在同一个小区，而且又在同一单位工作。一句话，我们身上的确有不少相似之处。

公务员的同事当然也是公务员。我们不妨把那个已经死去的公务员称为公务员甲，把那个依然活着的公务员称为公务员乙。公务员甲喜欢喝酒，公务员乙也喜欢喝酒。公务员甲有一个笃信基督教的妻子，每次丈夫在外头喝到烂醉之后，她都能凭借神的指引找到那张埋在灯红酒绿间的猪肝脸；而公务员乙的妻子不管丈夫在外头喝得有多醉，她都置之不顾，她总是这样嚷着：让他喝死算了，让他喝死算了。公务员乙羡慕公务员甲有一个温柔解人的贤妻，而公务员甲却说，这些年来，他一直很想跟妻子离婚，不过，想到自己再找一个女人结婚实在没多大劲时，也就懒得提“离婚”这个词了。反过来，公务员甲则羡慕公务员乙可以每天坐在空调房里写点材料，不必像他那样三天两头外出执行公务，而公务员乙却说，他其实很想辞职，但想到自己再找一份工作或许同样没劲时，也就把辞职报告压到抽屉里去了。总体来说，喜欢喝酒的人多少会有一些相似之处。比如，他们外出喝酒时，往往不会带上手机或手表之类的东西。又比如，他们喜欢在下雨天喝酒，喜欢在雨声里长久地沉默着。通常情况下，他们会把自己喝到舌头失灵，肢体麻木，脑子断片。然后死而复活，又回到正常的工作状态。有一回，公务员甲喝着喝着，突然用低沉的语调说，在酒杯边倒下，是最好的死法。公务员乙认为，这话听起来像一句诗，而且还是押韵的。就此记下了。

没承想，一语成谶。

对公务员乙来说，公务员甲的死，让他突然觉出一个凡事都按规矩来的公务员的悲哀。在追悼会上，半是因为天气寒冷，半是因为内心悲痛或紧张，他居然把一段文字念得七零八碎。念着念着，公务员乙猛然想起公务员甲当年在婚礼现场被众人喝哭的情景，最要命的是，公务员乙的嘴角竟不经意地滑出了笑声。他想努力忍住不笑，可他还是笑了，而且笑得连自己都觉得有些过分。那时他真想抽自己两耳光。他还没念完，耳朵里已经响起了一阵阵表示不满的嘟囔声，他一直不敢抬头观望底下那些哀悼者。他忘了自己最后是否念完稿子，也忘了自己从台上下来时是否向死者鞠过躬。他所知道的情况是，从此以后，单位同事就用异样的目光看着他。

你们也许不相信，公务员说，那一回我虽然笑得不合时宜，但毕竟是我唯一一次笑，真的，后来我就再没有发现自己笑过了。

你看看我的脸，现在还能找到一丝微笑？电子商务师也凑过脸说。

电子商务师脸上有两道极深的法令纹，一颗黑痣就长在左边一道法令纹上，仿佛在那里打了一个死结。他说话的时候，常常会无意识地伸出舌头，似乎要舔一下那颗痣，但每回都差那么一点，舌尖即刻缩回，又像是有点不甘。这是一张带着苦相的脸，公务员从他那双眼睛里仿佛看到了自己越发黯淡的影子。

我们都是病人。公务员咕咚一下喝掉一杯酒。

说穿了，我也是一个病人，东先生说，三年前，我做了汉弥尔顿心理测试，最终被诊断为重度焦虑症患者。

你……怎么可能……电子商务师和公务员几乎是异口同声地说出这句话。

东先生面色红润，脸上时常挂着微笑，看不出一丝忧虑的神情。不过，像他这样的人向来把自己藏得很深。即便是暮色般浓重的焦虑笼罩着内心，他脸上还是保留着一抹晨光。

东先生说，这些年，他坚持长跑，为的就是缓解焦虑症所带来的身心方面的痛苦。每天，当他感觉哪里不对劲的时候，第一个反应就是跑步。他总想让自己跑得更久一些、更快一些，好像只有这样才可以把所有的痛苦都远远地甩到身后。起初，东先生只是很散漫地跑，不拘快慢，也不计里程。但自从结识了几位马拉松发烧友之后，他才发现，跑步并不是一种简单的双腿交替运动。他开始像那些跑友那样戴上运动手表，从距离练习中掌握了匀速跑步的技能。东先生中学时期是一名长跑运动员，尽管其间二十多年里没有再跑过，但他仍然可以从五公里的迷你马拉松起步，然后是十公里，几个月后，他就能试着跑起“半马”了。他之所以没有跑“全马”，是因为他认为半程马拉松足以让他获得双倍乐趣。东先生说到底只是一个“半马”爱好者。

马拉松跑一半，饭吃半饱，花看半开，也是人生的一桩乐事，你们说是不是？东先生从“半马”，谈到了人生的某种境界，脸上露出朗润的微笑。你太优雅了，公务员说，你他妈的能不能俗一点，给我把半瓶酒干掉？说着就把一瓶啤酒往东先生跟前一推。东先生也不推辞，倒了半瓶酒，一饮而尽。电子商务师也掺进来，非要跟东先生再干上一杯。东先生照例干掉剩余的半瓶啤酒。饮毕，东先生把杯子反扣在桌上说，我下周要参加“半马”比赛，饮食上必须以清淡为主，酒是真的不能多喝的。他又接着补充解释说，有一次，他喝了点葡萄酒，第二天在跑友的陪伴下跑“半马”时，身体出现了不适，先是胸闷，于是停下来，根据自己掌握的一些常识试着压压左胸，但还是感觉输送到肌肉的能量和氧气已经越来越少。这样的事，东先生说，至今幸好只遇过一回。

公务员伸了个懒腰说，我每次早上起来都想跑步，但出了门，就立马改为散步。跑步这样一件简单的事，抬起脚来就可以办得到，我却只是想想而已。

东先生说，对我来说，脑袋里的焦虑已经缓缓下移，只要我感到双腿按捺不住，就会想着迈出门去。好像只要我愿意跑，前面就是一条无穷无尽的跑道。

跑步果真能治愈你的焦虑症?

是的,东先生说,当我一次又一次满有把握地跑完“半马”之后,我发现自己已经把焦虑症慢慢甩开了。打个比方吧,就像当年我试着从一个又一个女人身上甩掉初恋女友给我带来的痛苦。

这么说,你现在是以跑步代替做爱,也要试着甩掉一些什么。

也不全然是这样子的。对我来说,跑步就是一种宗教仪式。只不过,我是用双腿代替舌头做祈祷。直到有一天,我的焦虑却在睡梦中出现了。

现实中的焦虑转移到梦里去,也许就是焦虑症的另一种表现。

也许是焦虑症的后遗症吧,我对此也没有深究。确切地说,我是常常为一个同样的梦境所苦恼。

梦见什么?

梦见自己在跑“全马”,跑呀跑的,却怎么也跑不到终点。好像我白天跑不够,夜里还得继续跑完剩下的路程。每次做完这样的梦,我都是大汗淋漓。我把这个梦告诉我的跑友之后,他根据配速计算,认为我可以试着去跑“全马”。事实上,我是一点儿都不想跑“全马”的。

有人说,跑“全马”才是真正意义上的马拉松。

中年男人可以把玩的东西已经不多了,跑“全马”对我的体能是一种极大的挑战。我明明知道，跑“全马”没有给我带来任何乐趣，可我还是硬着头皮跑。好在我的跑友是世界上最好的跑友，他愿意陪跑，我就没有什么后顾之忧了。一路上，他就像我的影子，一会儿在前，一会儿在后。

东先生的跑友曾经是一名飞行员，肌肉壮实，蓄着两撇自然下垂的八字胡（其理由据说是没有胡子，说话无味）。跑步之前，他也会跟东先生聊一些发生在天上的趣闻。东先生曾经问过这位跑友为什么会迷上长跑。因为孤独，跑友说，从小到大，他的亲人们像是受了什么诅咒似的，一个个离他而去。年纪越来越大了，人就渐渐有了一种“西出阳关无故人”的感觉。他是一个不太合群的人，可他又不想一个人老是在家中待着，于是就莫名其妙地选择了长跑。起初，他在奔跑中总是有意无意地跟所有的人保持一种若即若离的关系。这样跑了一阵子，他就结识了一些朋友。只有跟大家在一起奔跑的时候，他才会感觉自己不致太孤独。有时候，一种慢慢到来的疲倦还会引发一种幻觉：某一瞬间，死去的亲人仿佛又回到了他身边，他可以一个个追上他们。东先生听了，觉得有些不可思议。但后来回想，他的跑友的确是把长跑当作一种非同寻常的享受。有好多次，跑友明明可以跑得更快，但他还是慢下来，陪着东先生慢慢跑。

人的一生就像一次长跑，能跟你一起跑的人并不多。东先生顿了一下，又接着说，跟我的跑友略有不同的是，他总像是在追寻什么，而我总像是在摆脱什么。

那么,你有没有在奔跑中出现幻觉?公务员问。

我第一次跑出三十公里的路程时,全身虚脱。跑友发觉我有点不太对劲,就指着前方的行人问,前面有几个人?我说,三个。跑友点了点头。过了一会儿,跑友又问,前面有几个人?我已经不能出声,只是举起五根手指。跑友说,不对,明明只有四个。于是我们就停了下来。经过三个多月的距离练习,我决定冒一次险,跟我的跑友一起报名跑一次“全马”。结果,一件不幸的事发生了。

一件不幸的事?

嗯,的确是一件非常不幸的事。那天,我和我的跑友一起参加“全马”比赛。他明明可以跑得比我快,但他还是不紧不慢地跑在我前头。经过一段柏油马路时,不知为什么,他突然栽倒了。我停下来,问他状态怎样。他坐在地上,说不碍事,让我继续跑。随后就有人用担架把他抬走,那时候我竟然不知道他在半路上就断了气。而我还在惯性的驱动下,依旧向前跑着,有一阵子甚至感觉我的跑友又回到我身边,似乎还能听得到他嘴里发出粗重的喘息声。那天阳光充足,我的双腿比平时更加有力。渐渐地,我追上了一群人,加入了他们的行列,向终点跑去。现在想来,那支长长的队伍,又何尝不是一支奔跑着的送葬队伍?

东先生说完这句话后,公务员和电子商务师突然都变得沉默了,仿佛他们也是那支长长的送葬队伍中的一员。

东先生瞄了一眼手表说,时间已经不早了,我们什么时候结束?公务员说,每回我喝酒时听到有人说时间已经不早了,我就很沮丧。时间已经不早了时间已经不早了,为什么你们总是说时间已经不早了?公务员的脚下已经排起了六个空酒瓶。在灯光下,他的眼睛变得越来越细,像一只正午的猫。时间已经不早了,公务员又咕哝了一句。

你家住在哪里?趁你还没烂醉的时候可以把地址告诉我。东先生带着关切的口吻问。

不必,公务员挥挥手说,我喝酒就是为了找不到家。

看样子,你在家里很压抑。

在单位里也同样压抑。

据公务员描述,他家住城东,单位在城西,相隔不算太远。从东边步行至西边,也就半个多小时的路程,直来直去,方便得很。不过,每天去上班的时候,他走的是直线;下班的时候走的却是曲线。这是他多年来养成的习惯。他总想去哪儿绕上一圈再回到家中。只是转一个弯,这一天就好像有那么一点点不一样了。他对那个称之为“家”的地方怀有一种说不出的厌憎。周末的时候,他通常会找个热闹或不热闹的去处,独自斟酌。喝完了酒,就不知道自己应该去哪儿,仿佛眼前就是世界的尽头。那一刻,他会问自己:我在哪儿?我要去哪儿?而内心做出的回答是:去哪儿都行,就是不想回家。于是,他就像流浪狗那样在街头晃荡着。

你看上去很平静，而事实上一直处于晃荡的状态。东先生接着分析说。

公务员抬起一只手说，我坐在办公室里写材料或是坐在餐厅里吃饭的时候，目光常常会落在自己手上，就那样一直看着，渐渐地就会觉得这只手是另一个人的。有一次，我把这只手放在一个陌生女人的乳房上，突然感觉它跟我好像没有什么关系。我的手在抚摸着一个肉质的球状物，而我的灵魂好像在另一个地方飘浮着。直到事情结束后，我把手放在自己的口袋里，才确证它就是我的手。自始至终，除了抚摸女人的身体，我什么也没有做。

你知道性冷淡是什么意思？

不，我觉得非要给自己找一种病名，那就是，冷漠症。

冷漠症？

是的，冷漠症。心太冷，我就得把酒浇下去，让它燃烧起来。

没有一个女人能让你的心燃烧起来？

没有，以后也许不会再有了。从前没有一个女人这日子就没法过，现在跟自家女人天天在一起这日子同样没法过。有一次，我跟她站在一个山崖上，我对她说——呃，别说女人了，话题绕了半天，还是绕到女人身上。公务员这样说着，不耐烦地把杯子往边上一推。哐啷一下，杯子落地。一名服务生闻声过来，没问什么，就俯下身来小心翼翼地收拾着玻璃残片。

公务员向后一靠，拍拍自己的肚皮说，你们瞧瞧，我身上装了太多的酒，总有一天会像一艘破船那样慢慢沉下去的。

沉到哪里？电子商务师眼睛一转问。

沉到地底。公务员跺了跺脚，好像地底会有什么声音做出回应。

东先生把两只手搭在他们的肩膀上说，今晚我让你们坐到一起，就是让你们从一杯酒开始，彼此认识。你们如果喝嗨了，我不反对。我可以负责送你们回家，或者把你们拉到宾馆也行。

公务员与电子商务师碰了碰杯，各自咕咚一声饮下。东先生说他有点疲倦，想要一杯咖啡。公务员突然指着对面墙壁上一行被醉眼般的灯光照亮的中文花体字，发出了嘘的一声。东先生眯缝着眼念道，我是卖酒的，不跟你谈咖啡。

东先生笑了。然后就是沉默。

已过零点。窗外是一片黑暗。落地玻璃窗上爬满了凌乱的雨线。坐在酒吧里的人们依旧用酒浇灌着舌头。在水彩般厚涂或薄染的灯光里，那些面孔模糊不清，如同漂浮着的水母。

东先生穿过酒气弥漫的吧台，拐了个小弯，走进洗手间，看见公务员和几个饮酒者并排站在尿池边。他们的立足点是一块高出平地的台阶，瓷砖表面布满了尿液和痰迹。有人从台阶上摇摇欲坠般地下来后，另一个人又跟着上来，公务员却迟迟没有下来。东先生走过去，站在尿池边，两根手指十分优雅地夹着那根玩意儿，就像是夹着那种他喜欢抽的雪茄。

公务员忽然转过头问，怎么，像你这样优雅的人还要做这种俗事？

当我站在这里，拉开裤裆的拉链，你就应该知道，“优雅”这个词放在我身上是很不得体的。

这么说，我跟你是没什么区别的。

我们之间本来就没什么区别。

公务员站在尿池前面，一只手撑着墙，另一只手捂着腹部。哇的一声，他发出了一阵干呕。又是哇的一声。他的手指索性伸进嘴里使劲挖。还是不管用。东先生上前拍拍他的后背，跟他开了一个轻松的玩笑，试图减轻他的内在压力。公务员猛地转过身来，恶狠狠地回了一声，滚开。然后又继续干呕起来。东先生露出了表示理解的笑容，并且退到了门口，不慌不忙地点燃一支烟，对着公务员的后背说，男人流泪、排泄或呕吐，都需要背对别人。可是，痛苦是要面对朋友的，尤其是像我这样的朋友。相信我，我能解决你的痛苦。

我是卖酒的，不跟你谈咖啡。公务员重复了一句酒吧里的广告语，转过身来，径直走向水龙头，漱了漱口，洗了一把脸。他望着镜中的自己，眼中布满了像是沿着血管爬上来的血丝。

你可以试着哭出来，东先生说。

我哭不出来。

也许是你憋得太久了。

我既哭不出来，也笑不出来。

过了许久，公务员才转过身来，向东先生要了一支烟，跟他聊开了。有一次，他用低沉的声音描述道，我跟妻子站在一个山崖上，我对她说，我没有勇气跳下去，你来推我一把，让我们彻底结束两个人的生活。她不敢，她也没有这份勇气。你不知道我有多可怜，其实我并不是想要摆脱她，而是想摆脱眼下这种糟糕的处境。可我觉得自己很软弱，我一直无法摆脱她。

我明白了，东先生进一步分析说，你并不是要抛弃她，而是要抛弃你自己。

公务员什么也没说，只是用手指做枪状，顶住自己的胸口。

公务员仍然什么也没有说。

东先生说，有时候表达自己内心某种想法的，不是一句话，而是一个手势。一个手势就够了。这样说着，他也用手指做枪状，顶着自己的胸口，然后重重地打了一个酒嗝。

然后，他们就像受伤的士兵那样搭着肩膀一摇一晃地回到原来的位置。低语般的酒吧音乐尚未息止，浓烈的酒气尚未飘散，灯光还是那样倦怠。

三个人，公务员、东先生、电子商务师，他们围着一张小桌子，继续品尝着同一种牌子的啤酒。电子商务师依旧跟东先生谈论着那个北方情人，东先生依旧摸着修剪齐整的胡子，而公务员像是沉浸在梦里，别人的话语他都似听非听，偶尔掺和几句，也像梦呓。夜已深，酒吧里的灯光越发幽暗了，酒客也渐渐少了。窗外隐隐约约传来告别的语声和汽车引擎发动的声音。再见，再见，明天见。他们不知道此刻就是“明天”，依旧挥手喊着，明天见，明天见。是谁在跟我说话？公务员突然打了个激灵，扳直身板，茫然地望着前方。没有人跟你说话，东先生说。公务员眼珠子一转，放出一道浮光来，仿佛一栋漆黑的大楼里突然亮起了两盏灯。没有人？公务员惊讶地问，你们三人还要喝？东先生咧嘴一笑说，我们总共只有三人，怎么还平白多出一人？公务员徐徐抬起手臂说，我眼前的确坐着三个人。一、二、三。是的，就三个。

东先生和电子商务师顺着他的手指看向那张空椅子，仿佛真的看到了什么……

2016 年仲秋稿讫

不知所终

今晚，我要远离故土，亲近阿姆斯特丹的月亮。姐姐上飞机之前，给我发了这样一条诗意浓郁的短信。姐姐远赴异国定居，有点像是与过去的自己诀别，兴奋固然有之，伤感也不能免除。姐姐走了，就把城里的一套小房子留给我，同时也把一盆兰花和一只狸花猫留给我来照拂。我喜欢静的东西，不喜欢动的东西。回到家中，看着兰花，心气就会慢慢地沉静下来，但每每看到那只狸花猫在眼前晃来晃去，还时不时地叫上几声，我心里就烦了。看在姐姐的分上，我每天给它适量的吃食。除此之外，我跟它之间很少交流，甚至觉得这样的交流是可有可无的。渐渐地，我就发现这只猫有点不太对劲：一俟夜晚，也不知怎么回事，老是在叫，一叫就是没完没了。请来兽医诊断，说是怀春，得给它找只壮实的公猫来治一治。没过几天，兽医果然抱来一只公猫，站在门口，像个皮条客似的露出一脸坏笑。我问，能行吗？兽医说，把它放进去你就晓得行不行了。公猫进了房间，与母猫单独相处了片刻，就迫不及待地跳过去。但我家的母猫看见陌生的公猫非但没有投怀送抱，还躲得远远的，目光漠然，嘴里持续发出的低吼声隐含着尖锐的敌意。我把它们关进厨房，透过玻璃门观望。公猫意欲上身，母猫却不俯就，反倒伸出利爪，猛扑过去，直戳公猫的眼睛。公猫四脚朝天，发出嗷嗷的呼叫声。兽医赶紧打开门，抱起那只吓成一团的公猫，带着歉意跟我说，这次看来不行，你不妨再观察几天，也许过一阵子这猫的情绪就能平静下来。

再过几天，兽医来电，问我家这只母猫的近况。我说，它现在不仅晚上叫，白天也叫，一声比一声凄凉。兽医说，我认识一位动物沟通师，也许能帮得上忙。过不了多久，兽医就带来了一位陌生女子。在我印象中动物沟通师大约就是那种兽医与巫师的混合体，身上既带几分巫气，也少不了动物皮毛的古怪气味。但见了面之后，才发觉动物沟通师满不是我想象的那个样子，她看上去很年轻，染成金黄色的头发所洋溢的温暖情调与目光里透露的冷寂意味适成映照，让人觉出一种有别于这个职业的气质。

动物沟通师只是跟我闲话几句，就径直走到猫跟前，面朝我这个方向，盘腿坐下。她没有伸手去碰触猫的身体，而是跟它对视着，有节奏地眨动着眼睛。不过片刻，猫经历了一阵小小的慌乱之后就安静下来，尾巴不再摇晃了，目光中流露的敌意也随之消失了。我不知道她们之间有过怎样微妙的、不为人知的交流，这也是我所见过的“不可知的事情”中的一种。我向动物沟通师问起小猫哀叫的原因，她解释说，它刚才告诉我，它在想念一个人，我不知道那人是谁，但可以肯定是一个女主人。自从女主人离开后，它一直感觉不安。我说，那个女主人是我姐姐，前阵子出国留学去了。不过，我很奇怪，你是怎么跟它沟通的？你有超能力吗？动物沟通师说，猫有一种与生俱来的通灵能力，这个时候你跟它用言语沟通未必行得通，但一个眼神也许就能让它知道你的心意。我又接着问，你是靠什么读懂这只猫的心意？动物沟通师说，靠的是一种直觉力。这样说着，猫已来到我身边，轻擦着我的小腿。她提醒我说，它这是在向你乞食呢。接着，她就示意我把一个盛有稀粥的食盘挪到光线较暗的角落，招呼猫过去吃晚饭。

次日傍晚，家里的母猫又间歇性地闹过一次，依旧是声音高扬而情绪低落。不得已，我又打电话请来动物沟通师。她来了，打开窗子，让月光照射进来，猫突然间就安静下来了。我不知道猫跟这个女人和月亮之间究竟有什么隐秘的联系。她坐在这只母猫面前，好像是在做一些冥想练习。地板上的月光安静得让人不想多说话了。我的手机提醒铃声每隔一阵子就响一次，但我一直没有伸手去接。

这以后，家中的猫是安静下来了，但我的心里却开始有点闹了。我想起了那个动物沟通师。我想找她谈点心事。在她面前，我愿意装成一只病猫，接受她的审视和抚慰。起初，我们在网上打过一次照面，她仅仅是出于礼貌回复了一句，后来就杳无音信。有好几回，我在她的博客上发纸条，在微博上留言，都没见回复。

奇怪的是，有一天，她主动找到了我。我们一起看了一场电影，吃了一顿烧烤，其间还喝了两瓶啤酒。送她回家的路上，她向我借了个火，点燃之后，她把烟徐徐喷到我脸上。她说她有点喜欢我，喜欢烟雾后面那一脸的虚无和苍白。那一刻，在打火机和香烟之间，在她的目光和我的脸之间，似乎发生了什么奇妙的化学反应。她问我，你可以列出几样嘴巴的功能？我说，抽烟、说话、唱歌、吃喝、呕吐。她说，还有接吻。这样说着，她的嘴突然凑过来，含住了我的嘴唇，然后是舌头，一股浓烈的烟味混合着欲望直透肺腑。我想触摸一下她的身体，但一阵冷风吹走了我身上的欲望，我忽然感到双手不知所措，就像内心迷茫的人，不知道该把目光安放在哪里。

第二天晚上，我从单位回来，在喧哗的人群中游荡着，从未感到自己那么孤单。我犹豫了许久，给她发了一条略显肉麻的短信。很快，她就过来了。她问我去哪里。我说，上我家，去看看我家那只猫，它近来又变得有些古怪了。她用疑惑的目光看着我，直截了当地问，你要骗我上床吗？我的脸一下子就红了。一个男人想干点什么坏事的心思是很容易被女人察觉的。更何况，她还是一名直觉力极强的动物沟通师。

有了这么一个男女单独相处的机会，通常都要经历一种“不知道该干点什么”的尴尬。我们也不外如此。话题中断的间歇，她打开了我的电脑,问我是否有过网恋。我说没有,从来没有。这是真的,我跟其他一些异性网友在网上聊得也算投机,但从未想过要见上一面。不怕不见面,只怕见了面之后会有一种不如不见的感觉。她也跟我坦言,自己一直以来不太喜欢跟人(无论同性、异性)在网上聊天。她说她喜欢跟家里那两只小猫聊天。她养了两只暹罗猫:一只黑猫,一只白猫。黑猫叫知白,白猫叫守黑。知白和守黑是一对孪生姐妹。对于她的家庭成员,我的了解仅限于此。随着谈话的深入,我们便自然而然地把身体搁到了床上,暂时忘却了各自内心的苦闷,不能免俗地说了一些甜得发腻的情话。猫伸过头来,似乎要偷听我们之间的谈话。她从我身上腾出一只手来,把猫的脑袋按下去,一直按到床下。

对于一个孤独太久的人来说,他喜欢的也许不是异性的身体,而是身体带来的异乎寻常的温度。跟她之间的亲热消除了我对自身的陌生感——从她身上我发现了一个遥远的我,未知的我——也许这就是我乐于跟她在一起的原因。我们带着兴奋过后的疲倦沉沉睡去,又带着饱满的欲望醒来。看到身边凭空多出了一个人,我突然觉得:现在的我与从前的我有点不一样了。对着镜子刮胡子的时候,我似乎并未察觉自己有什么异样。尽管如此,我还是在镜子前把自己长时间地打量了一番。我想我是真的发现了身上未知的一部分。

第二次约会之后,我去了她租住的公寓,顺便问候一下那两只让她爱念不已的小猫。开了门,两只小猫乍然见到陌生人,都不约而同地往后退缩了;及至见到了女主人,就兴奋地蹿到她身上,互相争宠。从那亲热的程度来看,它们仿佛不仅仅是她生活的一部分,还是她身体的一部分。她指着黑猫告诉我,这就是知白;又指着白猫告诉我,这就是守黑。我在知白和守黑身上摸了摸,它们便倏地弓起背来,然后又趴在床上,舔了舔刚刚被我触摸过的皮毛。她微笑着告诉我,姐妹俩已经记住了你的气味。

那晚,我们除了坦陈情史,还互赠信物。她赠我一只手表,我赠她一对玉制耳环。我亲手给她戴上耳环的那一刻,发现她耳后根有一颗闪亮的黑痣,居然兴奋得像是天文学家发现了一颗尚未命名的小行星。她说,一颗痣,再平常不过了,你以后还会从我身上发现更多的秘密。我说,你的秘密以后就变成了我的秘密。不,她说,我会把秘密藏得很深,让你永远找不到。我听了这话,就不依不饶地把嘴唇凑过去,开始在她身上寻找秘密。第二天是周末,我们都没上班,就赖在床上,早餐也不吃,一直睡到中午。两只小猫朝慵午倦,也是懒洋洋地趴在那里睡,一点也不闹。

我们结婚吧。在一个阴冷的岁末的夜晚,她躺在我怀里冷不丁地向我提出了这个要求。我说,好吧,但在结婚之前我要见一见你的父母。她突然推开我,把头转向一隅,用低沉的声音说,我妈妈早就不在人世了。爸爸呢?跟另外一个女人走了,再也没有消息。我不知道该说什么。窗外静着的天空突然有了响动,几朵烟花绽开来,又无声地散落。我是一个孤儿,她说,我小时候常常哭着要去找妈妈，可外公告诉我，妈妈去了很远很远的地方。等我长大了，就可以去找妈妈。记得小时候，老师让我在课堂上朗读《小蝌蚪找妈妈》的文章，我读着读着就哭了。同学们不知道我没有妈妈，都哄堂大笑起来，他们还给我取了一个外号叫“小蝌蚪”。

小蝌蚪打七岁开始就跟外公生活在一起。外公是个老式文人，晚年乐趣不多，喜欢写点诗，喝点酒，抱守那么一点残存的薄福。有一回，外公让小蝌蚪上街去打酒（黄酒）。小蝌蚪拎着一个空瓶子沿路晃荡时，看见有个妇人长得很像她妈妈，于是就紧紧尾随着，拐进一条巷子。那个妇人进了一座四合院，折进厨房。门没关上，小蝌蚪就站在院子里呆呆地看着。没过多久，屋子里就飘出了刚刚烤熟的麦饼的香味。小蝌蚪感觉那股香味就像妈妈的手，把她一步步牵引到屋子里。她的手伸向那个盘子里的麦饼，如在梦里。突然，有一只大手伸过来，打开她的手，接着又给了她一记耳光。小蝌蚪如梦初醒般地抬起头来，看到那个酷似妈妈的妇人，一手抱着一个孩子，一手拧住她的脸，凶巴巴地问，哪里冒出来的野孩子，敢偷吃我家的东西?！小蝌蚪被那个妇人推出门之后，天色就在脚后跟黑了下来。那一晚之后，她就再也记不起妈妈的样子了。年复一年，小蝌蚪长大了，外公老了。外公每每看到身边的老友一个接一个地走掉，便有了一种极不情愿老去的伤感，于是，又多喝了几杯酒。小蝌蚪十五岁的时候，外公死于酒精中毒。

她给我讲小蝌蚪的故事时,目光是当事人的,但那口吻就像是在讲一个别人的故事。窗外的烟花比之前更繁密了,但在我眼中,这只是一些刺眼的火光。我拥她入怀,轻轻地拍打着她的脊背。她把嘴唇贴在我的嘴唇上,但我分明感觉有一声叹息落进我嘴里,化成一股冷冽的味道。

就这样,我们悄无声息地结了婚,没有告知任何一位朋友,也没有分发一颗喜糖。她的嫁妆很简单,拢共也就一个帆布包、一只手提箱,附带两只暹罗猫。知白和守黑很快就跟姐姐那只狸花猫打成一片,但她们都依例固守自己的食盘,不容侵犯。我虽然是个好静厌喧的人,但一点儿都不嫌憎那几只调皮捣蛋的小猫。我身上总是保留着她的气味,而她身上也总是一如既往地保留着猫的气味。她和我以及三只猫之间构成了一个美好的整体。婚后没几天,姐姐突然从阿姆斯特丹坐飞机回来,要抱走那只曾经跟她朝夕相处的狸花猫。在交谈中我才得知,姐姐进入阿姆斯特丹的一家医学院工作不出一个月就跟男友(也就是以前的大学同学)分手了,她现在唯一要做的事就是把这只猫带到异国他乡。阿姆斯特丹的猫,姐姐说,就像阿姆斯特丹的月亮,怎么也无法抚慰她的孤独。

之前,跟所有新婚夫妇一样,我们躺在床上的时间要比床下多。即使睡觉的时候我们也是十指相扣,像是在海边漫步,身体被清风托举着。但这样的甜蜜日子并没有持续太久。有一天,我们忽然听到了一个令人意想不到的消息：隔壁那座平房要拆建，加高楼层。不出两三个月，一堵砖墙便矗然屹立，正好把我们家卧室的窗户给遮住了，风透不进，阳光也照不进。这以后，我们在家中就仿佛从来没有见过什么白昼了，仿佛白昼是属于外面这个世界的。

我们的房间就像一间停尸房，没有一丁点生气。她说这话的时候，我们就那样直挺挺地躺着。

有窗户却不能采光，这算什么窗户？于是，她买了一块三合板，把窗户封了个严实。第二天回家时，我惊讶地发现，她亲手在三合板上画了一扇窗户，然后又在“窗”外画了一棵树。这棵树画得有几分夸张、变形，树干粗壮、果实肥硕、叶子细长（一直伸展至天花板）。她告诉我，这就是非洲大草原上的猴面包树。她打开一个开关，“树”上一盏果绿色吸顶灯的光柱便斜斜地投射下来，打开了屋子里令人沉闷的黑暗。为什么是猴面包树，而不是别的什么树呢？

她时常会忽发奇想，做一些“不可知的事情”。有一天，她突然告诉我，她把守黑送人了。她没有告诉我那人是谁，这反而让我倍觉好奇。守黑和知白都是她的至爱，她不会轻易送人。既然把守黑送去了，那么，那人在她心目中的分量自然是非同寻常。我几番向她探询守黑的去向，她都闭口不说。自此之后，她每次从外面回来，便一直低着头，沉浸在自己的心事里。

我疑心她有了外遇。当然,怀疑别人总是从怀疑自己开始——有时候我又怀疑自己患有精神分裂症。我极力说服自己不要敏感多疑,但脑子里还是不可避免地浮现出让我心生不快的场景。

你心里好像装着一个人,我把双手搭在她瘦弱的肩膀上问,你是不是喜欢上一个人了?

我心里只装着一个死人。她说着,又把头低下来,好像只有这样才能让脑袋离心更近一些。

我承认我生性多疑,但我并不是一个内心阴暗的人。那天下午,我仅仅是因为碰巧看到她的身影从一个凸显于街腰、门面并不算大的渔具店晃出来,才陡然生出一种好奇心,想探究她手中那袋东西到底派什么用场。就我所知,她从未提起自己有什么钓鱼的嗜好。至于拿东西送人,看上去好像不无可能。接下来,她的行走路线刚好与回家的路线相反,从那条陌生的路线,我的脑子里延伸出一种不安的想法。我被这个想法牵引着,继续向前走去。她穿过一片露天饮食摊,拐过一栋废弃的烂尾楼,市声就甩在身后了。我尾随其后,沿着雨伞厂和木器厂之间一条晒白的马路,来到了一片开阔的地方,在那里,可以感受到河风若有似无的吹拂。前面就是一条古老的塘河,两岸榕树成荫,杂草丛生。除了对岸一座老码头的坦道上尚有些许老人在散步、下棋、遛狗,这一带几无人迹。当她越过灌木丛,沿着一片向下倾斜的草地走向河堤时,一只小白猫突然跑了出来,我没看错，它就是我们家那只送人的守黑。守黑见了旧主人，显得异常兴奋，一下子就蹿到她的身上，拿鼻子不停地蹭着她的手臂。她亲了几口守黑，就放它下来。守黑又迅速朝河边树荫下一位头戴鸭舌帽、手持钓竿的老人跑去，欢快地晃动着尾巴。从守黑的亲昵举动可以看得出，那个老人和她是早已熟识的。老人听到身后的脚步声，就转过头来，瞥上一眼，嘴角露出一抹淡然的微笑。她把手中的尼龙袋撂在老人身边，老人点点头，示意她坐下，但她似乎不大理会，只是绕到他右手的一竿之地拣了一块石头坐下。他们之间一直不说话，只有河水在静静地流淌。从我这个角度，只能看到两人被水光照亮的侧面，就在他们同时微笑的一瞬间，我就明白他们之间的关系了。阳光一寸寸短少了，树影却一寸寸地拉长了。她捋了捋被风吹乱的发绺，站起来，也没跟老人打一声招呼，就转身走了。

等她的身影消失之后，我便向那个戴鸭舌帽的老人身边走去。夕阳的余晖投在略显发黑的河面上，照亮了水中几片模糊不清的漂浮物。我在老人身边的石头上坐下时，守黑就爬上了我的膝盖。老人转过头来说，你好像跟这只猫有着特殊的缘分。是的，我说，我不仅认识这只猫，还认识它的旧主人。老人带着一脸的愕然问，这么说来，你也是认识我的？我说，我之前从未见过你，但我知道你是谁。老人摸了摸我怀中那只小猫的脑袋说，现在我也知道你是谁了。

天空中有一块铅灰色的云团缓缓向西北方向飘移，浓重的阴影投射在对面的山脊上。我注视着钢板般闪烁幽光的河面问,河水都脏成这个样子了,你为什么还要在这里钓鱼?

老人说,你看到的是现在的河流,我看到的却是过去的河流。

这话说得未免有些深奥了,但我似乎明白了他与我一样,都是百无聊赖的人。

老人也没有拿我当外人,很快就跟我聊起了自己的垂钓之乐。他说自己每天下午四点之后就会来这里钓鱼,已经钓了二十多年的鱼了。他很讲究钓具:钓竿是苇制的,丝是野蚕丝制的,浮子是雁翎制的。但鱼呢?他说,一年到头,他很少钓到一条像样的鱼。

河风吹来,温热的石头慢慢变凉。我起身告辞时,太阳就要落山了。我向那片斜坡缓缓走去,回头看,老人的身影已在草木的暗影间一点点矮了下去,直至陷入那一条河流的深邃的寂寞。

今晚心情不错,我亲自下厨做了几道拿手好菜。蟹黄鱼白,椒红葱绿,照我喜欢的样式在餐桌上摆开来。她问我,今天是什么日子?我说,只是平常的日子,不过,今晚我的心情不错。她突然举起杯子说,祝贺你。我愣了一下。她接着说,祝贺你,计谋得逞。我说,我不知道你在说什么。她冷不丁地问道,今天下午,你是否一直在跟踪我?我轻轻地嗯了一声,问道,你是怎么知道的?她冷笑一声说,凭我的直觉力。我想说什么时,她却撂下杯子，冷冷地丢下了一句话，有时候我觉得你很陌生。说话的声音十分轻细，落进我的耳朵时，却一下子让我变得沉重起来。我以为，自己在那一刻已把一个女人的里里外外都摸透了。事实上，女人是永远捉摸不透的。我甚至觉得女人跟男人不是同一个种类，而是另一种奇怪的动物。面对着面，看着那双大而清澈的眼睛，我也着实感觉自己与她之间变得有些陌生了（也许，我要站在足够远的地方才能看清她）。

自此之后，我不再跟她提起那个钓鱼的老人，与之有关的敏感话题一旦触及，便适可而止，或是沉默，或是以淡然的微笑稍抚内心的不安。有时候，我们也能谈点往事，表示彼此不忘初心。我期待着我们之间能发生一件什么事，但这么长时间以来，我们之间什么事都没有发生。问题就在这里，什么事都没有发生。

我们生个孩子吧。我说。

你不是上帝，说要有孩子，就会有孩子。她说。

要有光。我摁下床头的开关，于是就有了光。我说完了这句话之后就觉得自己很无聊。于是又躺了下来。她也跟我背对背睡下了。隔在我们中间的究竟是什么？除了虚空，还是虚空。我们曾经以身体填补彼此之间的虚空，而现在却以虚空填补彼此的身体。

我说过我是一个厌倦白天的人，但我未必就会因此而像蝙蝠那样恋慕黑暗。当我们在冰冷的黑暗中并排躺着，我总想干点什么。而她缺乏这方面的激情，总是一如既往地背对着我。一名动物沟通师可以与动物之间做心电感应式交流，却无法（或者是有意拒绝）与他人之间做深入的沟通。有时候，通灵者不通人情，也是不无可能的事。在她和我之间是徘徊不去的婚姻生活的阴影：我们的婚姻眼看着就要走到尽头，可我们不知道如何结束。男人跟女人之间的事，总是前易后难。难的是如何结束，找到一个虽然谈不上完美但彼此也乐意接受的结局。我做不到这一点，总觉得我们之间发生的一切并不像我想象的那样。所谓爱的真相，我们都不甚了然，似乎也没兴趣去谈论或思考。

我的生活就是这个样子，而不是我所希望的那个样子。有很多事，我无法改变，也无力改变。已经发生的事，还会发生；不该发生的事，即将发生。有一天，她突然跟我说，她要带着知白出去走走。多久？我问。也许几天，她说，也许几个月。她这么说，无疑是向我暗示：她没有理由和勇气跟我提出分手，她想借助时间来淡化我们之间的关系。好吧，我说，这是我们所能接受的一种并不算坏的方式。翌日清晨，她提着行李走了，就像那只用肉垫走路的小猫一样悄无声息。从表面上看，我们之间已经安安静静地结束了。

然后是，我的工作也就此宣告结束了。我上班的时候，常常要问自己：我已经干了什么？我正在干什么？我接下来要干什么？而现在，我不必再拿这些问题来为难自己了，因为我们的公司正如大家所预料的那样,已经无可挽回地破产了。我们的老板在众人面前虚晃一枪之后便负债跑路,拖欠我们的工资自然也就讨不回来了,因此,每个人都抱着一捆领带回家去了。我没有径直回家,而是坐车去稍稍远一点、没有熟人可以打招呼的地方逛了一圈。但我到底还是要回家的,尽管这个所谓的家已少了往日的生气。屋子里依旧黑黑的,像一口棺材。人进去,砰的一声关上门,一股凉气就从脚底蹿上来。开灯。关灯。开灯。关灯。这屋子日复一日地荒凉下去了,她离开之后,这张床也就日复一日地荒凉下去了。

午夜醒来,感觉内心的某道缝隙间有风吹过,眼前黑影幢幢。坐起来,打开灯,猛然看到镜中的自己——就像夜深人静的时候,一个人走着走着,忽然,就在拐角处的路灯下跟另一个酷似自己的人迎面撞上了——要说是他从我的梦境里跑出来,或者说是我跑进他的梦境,就不免令人疑惑了。这阵子一直无梦,哪怕连噩梦都没有。之于我,失眠,居然变成了梦的替代物。一个人处于一种失眠的状态,就像是在梦里,偶尔也会浮现她的身影;奇怪的是,之后进入短暂的睡眠,却了无一梦,怎么也梦不见她。我疑心自己的梦已被人盗走了。关掉灯,周身笼罩着柔和的,但也并不纯全的黑暗。在镜子里,我看到了隐藏更深的黑暗和黑暗中栖身的陌生人。很长一段时间,我就这样跟他面对面坐着。有时候,我真想让自己在镜中隐藏起来,或者是让镜子里面的黑暗吞没我,溶解我,让我消失。

谁都不会知道这栋楼里有一个失业的男人，谁都不会去关注一个失业的男人像自闭症患者那样每天把自己关在没有窗户的屋子里，睡复醒，醒复睡。没有梦。口袋里的钱所剩不多。胡子有很多天没刮了。说起来也不怕别人笑话，我常常会在自己的房间里迷路，满脑子都是没出息的想头。一个礼拜后，我从手机新闻上看到了这么一则消息：我们领带厂那位模样长得很像忧郁诗人的老板在老情人的房间里用一根领带上吊了。老板待我不薄，我没有理由不过去跟他道别。那天上午的葬礼上，我系的是黑色的领带。当晚，我还参加了一位老同事的生日聚会，我系的是一条红色的领带。

她又出现了，在我差不多要忘掉她的时候，她又出现了。那天晚上，我收到了她的短信，告诉我她这个月去了一趟非洲，总算看了一眼让自己神往已久的猴面包树。非洲的猴面包树跟阿姆斯特丹的月亮也许都是同一种东西，不远万里跑过去看了一眼，事后大概感觉也不过如此吧。这种想法，我自然没有跟她说，否则她又会说我这人单调无趣，缺乏浪漫情怀。眼下，她已经下榻北京，决定明天午时坐动车回家。具体抵达时间没有告知，只是嘱托我不要在房门上加一道内锁。当晚我就失眠了，不是出于兴奋，而是对往后的日子怀有莫名的忧虑。

第二天晚上，我做好了两个人的饭菜，在厨房兼餐厅里静静地等待着。此时空气低垂，乌云越积越厚，仿佛要变成石头掉下来。不多时，一场暴雨倾盆而下。忽地又刮起一阵大风，雨雾飘动，如同黑压压一片兽群在喷气刨土。我坐下来，呷了一口酒，又站起来，随即又坐下，但我仍然安坐不住，又站了起来，返室取了一片安眠药，正要和水服下时，眼前突然闪过一道白光，一个巨雷随即在空中炸响。那一瞬间，我感觉雷的余音伴随着那枚白色药片已经从我喉咙间滚了下去，在我胃里产生轻微的震荡。

次日醒来，我看了看客厅，仍未见她回来过的迹象。打开手机，也未收到未接来电，但信息栏里却收到了一则手机新闻：昨晚八点半左右，北京至福州的一列动车跟杭州至福州的另一列动车发生了追尾事故。我浏览了一遍新闻，就进洗手间洗漱。刷牙的时候我突然感到哪里有点不太对劲，吐掉嘴里的泡沫，我疾步来到客厅，却想不起自己要做什么，只是不停地转圈。我想把那个不对劲的地方找出来。转着转着，我就转到了屋外，转到了手机新闻中提到的那家离我家不远的医院。一些穿白大褂的人在走廊上来回走动。还有一些人跟我一样，面带焦虑，在那里转圈。我走遍了所有的病房，都没有找到她的影子。这一路上，我不停地拨打她的手机，但音信全无。无奈，又给事故寻亲热线打了一个电话。对方核查之后，很抱歉地告诉我，你可以去殡仪馆看一下，那里还有十具尸体至今无人认领。我从医院出来准备打车时，才发现自己仍然穿着睡衣，身无分文。有位出租车司机听说我要去殡仪馆，就免费让我搭乘。殡仪馆大院里挤满了死者亲属，我尚未进门，就听到一片杂乱的哭声，让人感觉他们的泪水是同阴郁天气里的黄泥、雨水凝混在一起的。一时间我有点手足无措,很想快点从这些人当中抽身出来。在一名殡仪馆工作人员的带领下,我逐一查看了所有无人认领的尸体,都没有发现她的身影,心里一阵释然,但有人带着善意提醒我:我要找的人也许就在那些没有记录在案的无名者当中。我的心又陡地一下沉了下来,那一刻,我只想拔步离开,我的悲伤不能与身边那片海水般汹涌而至的巨大的悲伤混同起来。

晚些时候,我从电视直播节目中看到这样一个场景:就在官方宣布事故车厢残骸中断无生命体征时,几名当地的救援人员居然从车厢的行李架间找到了一名年仅两岁的小女孩。我不知道冥冥之中有怎么样一种奇妙的力量让她存活下来,直至被人发现。这个消息让我为之一震,我还没来得及坐下来用干毛巾擦掉头发间凝结的一大片汗水,就匆匆跑到动车事故发生现场。从警戒线望过去,那里已经变成了一座工地,吊车、工程指挥车、挖土机、切割机纷纷进场。一个大坑已经挖好了,先埋车头还是车厢只是个程序问题。这意味着,我已经无法进入车厢寻找残骸。站在警戒线外面,我不知道那些指挥人员在谈论些什么,只是觉得有什么东西在空气里嗡嗡作响。一辆铲车毫不留情地敲碎一个车头时,有几个老人跪了下来,请求现场指挥人员停止掩埋。事实上,这点请求一点儿也不算过分,但现场指挥人员的表情跟铲车一样冷漠、决绝,仿佛有着不可更改的铁的意志。老人们见哀求无效,就转而面对另外几节车厢残骸,跪了下来,似乎正在向上天默默祈祷着什么。围观人群中还有一名左手缠裹绷带、神情木然的幸存者，我来之前他就一直站在这里。有位记者问他，你重返事故现场有什么感想？那里，他指着一节变形的车厢说，我感觉自己仍然躺在那里。听那口吻，昨晚那场事故已经把他分成两半，一半已经死了，另一半还活着。正如边上搀扶着他的那个女人所说的，他的魂都吓散了。他来这里，就是要找回那个吓散了的魂。虽然天色已晚，但警戒线以外肃立着的死者亲属依然没有散去。有位老妈妈说，她们这次跑过来，原本是要把一名遇难孩子的书包找出来带回去的，看情形已是不可能的了。接着，我就听到了四周顿然响起一片呜呜的哭声。置身于巨大的悲伤之中，我的眼眶里居然没有一滴泪水，只是觉出长夏的苦热带来眼角的干涩。然而，当我离开事故现场数百米远，就在我突然转身之际，一股悲恸却涌上了心头。离事故现场越远，这种悲恸反倒越发强烈。那时，我是单独面对一个人的死亡，我已经把她的死亡与别人的死亡分离开来了。

我拖着一身疲倦走上一条闹哄哄的大马路，感觉自己刚刚从死人堆里爬出来——是的，还有一些人，没有死亡，而是消失，他们在生与死之间悄无声息地消失掉了。人们所了解的死亡仅仅是一个在电视新闻中滚动出现的可疑的数字，而消失意味着那些人既不在生者中间，也没有被列入死者的名单。那么，他们到底去了哪里？无人可以奉告。

坐在家里，我怎么也无法静定下来。每隔几分钟，我就给她拨打一个电话,但对方一直处于关机状态。打开电视,每个电视台的新闻节目几乎都在报道动车事故。我想从现场画面中寻找她的身影,但我知道,这是徒劳的。电视新闻里有位专家分析说,动车事故跟昨晚那次雷击不无关系。哦,这是天意。人们也许会这么想。天意如此,死者已矣,生者也只好耸耸肩膀、叹息一声,表示无奈。我也不得不这么想:动车即便没有在这里出事,也有可能在那里出事,就像包裹里的炸弹,即便不在这一刻引爆,也有可能在下一刻引爆。

关掉了灯,黑暗又一层层地向我包围过来。屋外的雨声如退潮般消失。恍惚间,我听到了一种间歇均匀的嘀嗒声。与其说是听到,不如说是感觉到。这不是檐雨滴落的声音,而是指针走动的声音。那天清晨,我听到她轻轻地把门带上,并在门把手上习惯性地摁了一下之后,我就决意将那块当初作为定情信物的手表扔到床底下——她离开之后,时间对我来说已经没有意义了。

但现在,时间仿佛又开始流动了。时间是逆流的,在我脑子里,指针也应该是逆向走动的。嘀嗒嘀嗒嘀嗒——时针和分针一刻不停地绞着我的听觉。我爬到床底下,把手表找出来,拭掉灰尘,才知道指针已经指向凌晨三点。差不多就在那个时辰,大门外有一阵近乎凄厉的猫叫的声音划过暗默的夜空。我没有多想,就掀开被子,跑了出来,打开客厅里的铁门,一看,原来是小猫知白。它蹲在我面前,尾巴直直地拖在地上,尖瘦颜面上那双宝石蓝色的眼睛在昏暗的灯光下瞪着我。它没有发出一点声音,与我对视片刻,才缓缓张开嘴巴,我知道,这是一种基于信任的表示。我抱着知白,久久不愿松手,仿佛她的灵魂已经跑到这只猫身上了。

知白从哪里来,显然也是一件“不可知的事情”。黑暗中,它依旧瞪着圆而有神的双眼。让人感觉,它的眼睛能赋予灵魂以某种形式。我不是动物沟通师,无法像她那样可以与之做心电感应式的交流。但我还是模仿她的样子,盘腿坐在小猫面前,有节奏地眨动着眼睛。我的眼睛教导我的手,可以通过触摸,确立与一只猫对话的关系;或者无须通过触摸,只要动用几个简单的手势,就能让它明白自己的心意。我放慢了呼吸,想象自己就是动物沟通师。

她曾经跟我讲述过这样一件奇妙的事:有一次,她跟一只猫在沉默间对话时,忽然看到那位已故的旧主人的灵魂蹲在它的头顶,就像一只鸟蹲在枝头。灵魂,她说,就是一团隐约可见却不可捉摸的气息。因此,我总是固执地相信,一个被身体抛弃的灵魂和一个被灵魂抛弃的身体,会通过这只猫在黑暗中相遇。

我说,知白,你听着,如果她还活着,你就叫三声。

知白没有吭声。从它的眼睛里,我捕捉不到一丝一毫有关她的讯息,只是隐约看到了守黑的影子。也许在守黑的眼睛里,也能看到知白的影子。可我就是看不到她的影子。

我再一次坐到了她曾经坐过的镜子前:一个半透明的我,仿佛就坐在时间的另一端凝视着我，也不知道他是多年以前的我，还是多年以后的我。镜中人一脸迷茫，就像是在哪里迷了路。在镜子前坐久了，人就会无端生出了种种错觉，比如，镜中人真的是我吗？还有，她在我的生活中真的存在过吗？也许她仅仅是我所读过的某部小说里的某个人物，也许呢，她压根就是我自己想象出来的。

我在黑暗中沉沉睡去。梦依旧没有眷顾我。身体翻转时，我忽然感觉左臂似乎压着一样东西，伸手一摸，毛茸茸的一团，抽搐般地动了一下，然后伸展开来，喵呜喵呜喵呜，它接连叫了三声。

我说，知白，我已经知道了，她还活着。

没过多久，我就在迷迷糊糊中听到了铃声，拿起床头手机接听，居然没有声音，一看，屏幕上也没有任何来电显示。铃声继续在响。我凝神细听，才确认声音来自那个弃置一隅的座机。很长一段时间，这个座机形同虚设，以致铃声响起时我也未能及时反应过来。我下了床，伸手接了电话，一听，竟是她的声音，感觉自己一下子又被什么东西拉回到梦中去了。她问我，你好吗？我说，我还好，你是在天堂还是地狱给我打电话？她说，我还在人间。我说，我找你找了好久，生不见人，死不见尸。她说，事发那天，我跟一对情侣换了车票，坐到了另外一节车厢，谢天谢地，这一次我跟死亡仅隔一个车厢。我问，既然你没死，为什么不出来见我？她迟疑半晌说，我想见你，可我后来又觉得没有这个必要。对我们来说,见与不见,都是一个样。既然彼此之间早前都没有勇气宣布结束,那就借这次动车事故,给我们做个彻底的了结。你就权当我已经在事故中丧生,从此以后,两不相欠,不是更好?我拿着手中的电话筒,久久无语。我们之间的关系居然是以这种方式结束了:没有爱憎,也没有悲喜。

我闷闷地抽了一根烟,又躺在床上睡着了。中间居然还做了个梦。醒来后,已是下午三点。洗漱之后,我就开始出门去闲逛了。大街上热气未消,那些在阴影和阳光中走动的人显得有些不太真实。我疑心黎明时分接到她的电话仅仅是一个梦,因此,我又用手机给她拨打了一个电话,奇怪的是,对方依旧关机。

经过菜场,我顺便买了五条鲜活的小鲫鱼,用装满水的白色塑料袋拎着。途中碰到一位邻居,问我买这么多鱼做什么。我说,放生。他指着菜场附近的一条河问,放进这条河里?这不就等于是让它们慢性中毒?我说,我如果买回去蒸了吃,不过是让它们死得更快一点。

傍晚时分,我带着知白来到塘河边。河面笼罩着一层浅淡的暮烟,水跟油似的,凝然不动。那个戴鸭舌帽的老人依旧坐在那株树下垂钓,树的影子和人的影子投在草地上,也是纹丝不动。老人身边蜷缩着那只名叫守黑的白猫,仿佛在安静地等待着主人赐给它一条鱼作为晚餐。守黑听到我们的脚步声,就十分警觉地回过头来,见到知白来了,兴奋得几欲跃起,喵呜一声,倏地跑过去,跟它在草地上滚作了一团,然后分开,像平素一样各自咬着尾巴玩耍。

没有河风。他的目光跟那根钓竿呈一条直线。我坐下来，递给他一根烟,他暂且把烟搁在耳郭上。你看,他指着那个木桶说,我原本以为这条河流已经没有鱼了,可我今天居然钓到了一条鲫鱼。

那么,你打算怎样处理？要喂小猫？

当然不是,他说,我要把它放在水库里,让它活得更长久一些。

我没有告诉他这条鱼的来头。是的,我并不觉得此举可以称为“放生”,我只是为了让这个落寞的老人稍感一丝意外的欣喜。或者是让他觉得,漫长的等待是有必要的。我们静静地坐在河边。落日的余光在河面铺得很大,有那么一瞬间,仿佛要燃烧起来;不远处,被树荫遮住的河面泛起了一层如油光的东西。再坐一会儿吧,他注视着西边的天空说,太阳还没有落山呢。于是,我又点燃了一根烟,静静地坐了一会儿。天空的平静在水面呈现,也在他的脸上呈现。看起来,我们都喜欢黄昏的落日。

写于 2013 年榴夏

谈谈这些年我们都干了些什么

我必须孤独

早晨十分钟

晚上十分钟

——无所作为

——托马斯·特朗斯特罗姆

我是来应聘的,不是专程来送水的。她把一桶纯净水放在门角,直起腰说,我妈妈说了,大热天,多喝水可以减轻压力。我说,我们这里平常都喝散装的矿泉水,没安装饮水机,因此不需要这么一大桶水。她揩掉脸上的汗珠说,没事,桶装的水倒进开水壶里烧,更受用。没等我说“请进”,她已经脱掉一双白色凉鞋,换上拖鞋进来了;还没等我说“请坐”,她已坐下。她是一个大大咧咧的女孩子:胳膊和大腿有点粗,但肤色不算黑,气质也不俗。屋内的空调吹着冷风,她坐在风口,双手做扇状使劲地挥动，好像要把所有的冷风都灌到自己身体里面。她跟我面对面坐着，身体保持一种稍稍前倾的姿势，双乳失重般地垂挂下来，显得益发饱满、圆润。我一时间不知道该说什么好。房子里并不安静，空调年久失修，发出一种让人心烦意乱的噪音（有时候我得拍几下才能让它暂时安静一会儿）；窗外的锌皮上传来间隔均匀的嘀嗒声，听上去仿佛老式闹钟走动时发出的声音。这儿的办公环境真是不错，她说，还有空调可以享受。我从办公桌上拿来本子和笔，说，既然你是来应聘的，我们就言归正传吧。她听了，立马并拢双脚，扳直身子。我问，你是大专学历吗？不是，她递上自己的一份简历说，我是硕士学历。我放下手中的笔，抬起头来，又打量了她一眼。她似乎生怕我对她的学历有所置疑，就接着补充说，我是在老家河南读大学，后来又跑到上海读哲学硕士。你也知道，这个专业不怎么吃香，在找工作方面有点困难。我最近找了一份临时工，那里居然连空调都没有，办公室里闷得要死，只能凑合着过日子。我说，你想跳槽？她说，不是，我想找份兼职工作。我说，你兼着两份工作，不会觉着累？不会，她说，我跟妈妈一样，从早干到晚，怎么也累不坏，就怕手头闲着。我们盘算好了，在上海赚一笔钱之后再回老家干点自己想干的事。我说，这也是我的一个想法。但我没有告诉她，在上海赚钱有多艰难。上海是搬不动的，现实同样是一座无法动摇的冰山。

聊了一会儿，她突然做了个饮水的动作问，你这里有水？我说，当然有。弯腰，从茶几底下取出一瓶矿泉水，递上。她毫不客气地接过来，咕咚一下就喝下一大口水，然后清了清嗓门说，大热天，我离不开水，我妈妈说，我一天喝掉的水可以淹死一只骆驼。她说着，就发出爽朗的笑声，胸前的两坨肥肉也跟着颤动。

咖啡煮开了，从厨房里飘出一股令人兴奋的苦香。你要一杯咖啡？我问。她点了点头。我把一杯咖啡端到她面前，她试了一口，有点烫，又放下了。你要赚多少钱才会打算回老家？我问。

这个问题我没想过。她略微皱着眉头回答。

人不能仅靠面包活着。我莫名其妙说出了这句话。

如果我记的没错，这是耶稣回答魔鬼的一句话。

不愧是哲学硕士，我随口说一句你就晓得这话的出处。

在这座城市里，很多人仅仅是为了面包，甚至面包屑，不得不把自己的尊严和梦想放在冰箱里冷藏起来。我妈妈说，在上海这个地方，哲学硕士算不了什么，你得收起自己那一套清高的臭架子，脚踏实地做事情。

哲学家，别光顾着说话，喝杯咖啡吧。

说话间，她咕咚一下，就把那杯咖啡喝掉了。

她吹着凉风，说了一些带哲学气息的话。生活之恶、之不胜烦愁，仿佛都可以用哲学的方式来解决，以致我觉得，她不是来应聘的，而是要找一个人跟她聊哲学。她喝掉了两杯咖啡之后，我们的谈话也就结束了。临走时,我让她把那桶纯净水扛回去。她伸手拒绝说,我今天扛着一桶纯净水来找工作,就是为了有一天不会扛着一桶泪水回老家。

这也是你妈妈说的?

是的。

你妈妈应该是哲学博士吧?

不,她仅仅是个卖水的。

我把她送出门,附赠一本插架岁久、从未翻阅过的书。

从此以后,我决定每周打一次电话给哲学硕士的妈妈,让她派人送来一桶纯净水。因为我也确曾在报纸上看过专家的一种说法:认为现代都市人工作繁忙,压力荷尔蒙的分泌也随之加速了,多喝水,喝好水,可以释放一部分压力。不管这话是否可信,喝水总不会是一件坏事吧。

坐在我面前的是一名少妇。长得并不漂亮,但气质不错。头发飘逸,风一吹就给人一种流淌的感觉。你喝咖啡吗?我问。她点了点头。给应聘者端上一杯咖啡是我一贯的待客之道。

你今年多大了?

34。

34?我皱了下眉头。我不喜欢数字4,倒不是因为它跟"死"谐音,而是无端觉得它的形状太丑陋。凡是与4有关的东西,我都不喜欢。一本书翻到第4页,我就会跳过去,每月或每周第4天我就莫名地忧郁起来。之于我,4像一只粘在镜片上、令人讨厌的苍蝇。

因此,当这个女人说自己今年34时,我就莫名其妙地丧失了跟她深谈下去的兴致。我盯着她脸上那几颗淡淡的妊娠斑,不知道我们之间是怎么结束谈话的。她肯定有些不悦。出门时,她连声“再见”也没说。

美国有个具有超常记忆力的自闭症患者曾在电视节目中说,数字在他脑子里是有形状、颜色和质地的:6没有什么特别之处,宛若一个“缩小的虚无”,而9则是庞然大物,法相庄严。坦率地说,我看到数字8,就会想起眼镜和手铐,偶尔也会想起女人的胸罩。这个数字,谈不上喜欢或不喜欢。前阵子,我读到一本新书,书名有点意思,叫《“6”字倒过来》。这个数字在我脑子里颠来倒去,又是意淫了一番。

我不喜欢礼拜四。这是真的。屋外的雾霾有点重。对面的玻璃房看上去像是一个巨大的烟灰缸。我走到一堵蓝色的墙壁前,撕掉了今天的日历,以确证明天是存在的。

礼拜五,居然没有雾霾,从落地长窗望出去,视野了然。无论阴晴,对面这栋楼总是漠然耸立着。午后的阳光照在玻璃幕墙上,泛起一片毛茸茸的白光。这夏日的坚冰,看样子是不会轻易融化的。在这燠热的天气里,又有一名大学毕业生过来面试了。茶几上,搁着一本我还没来得及读完的书。两杯咖啡隔着这本书摆放，在那一刻的清寂里弥散开来的苦香如老上海熟腻的调子，让人突然有了某种安闲的感觉。

你在大学里读的是什么专业？我问。法语，她说，也懂一点西班牙语。去过西班牙或法国？我又问。没去过，她说。除了会几门外语，你还有什么特长？我接着问。她站起来，做了一个舞蹈中的摆荡动作。她说，小时候练过现代舞，练到 13 岁就中断了。随即从自己的手机里挑选了一支舞曲，用欣赏的目光看着我说，感觉你身上有一种老克腊的派头，你会跳老上海的狐步舞？我说，只是听说，压根没有跳过。记忆中，好像读过一篇小说，叫《上海的狐步舞》。其实狐步舞很简单，她拉着我的手说，来吧，我带着你一起跳一支。她的裙子如同撑开的雨伞那样，在那一瞬间旋转起来，音乐的雨滴从粉红色裙裾的边缘飞溅开来。我没有理由拒绝她的邀请。在一支轻快的舞曲中，我们踩着音乐的节奏，从客厅的这一头转到了那一头。午后的疲乏和空虚在涡流般旋转的舞步中转瞬即逝，代之以身体的充盈和感官的激荡。跳着跳着，我们的身体就贴在一起了，感觉有两股热流在我们的搂抱中汇合。我们看起来不像是跳舞，而是要通过一种被称之为“舞蹈”的秘密仪式交换身体的某一部分。因为贴近她的脸，我可以看到她的头发上撒了一些蓬松粉。当我的手放在不该放的位置时，她出于一种自我保护的本能十分巧妙地用手臂隔挡开了；但另一面，她以一种庄重的轻佻姿态诱使我斗胆犯忌。我们跳得正忘情时，手机铃声响了。她停下来，转身从茶几上拿起手机，三言两语之后，脸上的笑意倏地荡漾开来，显然，她接到了一个让她惊喜的电话，说话间连声音都随之颤抖起来。她没有跟我说明对方是谁，但我可以猜想得到，她已经找到工作了。她拿起小挎包，戴上薄荷绿色边框太阳镜，乐颠颠地走到门口，穿上那双粉红色高跟鞋，一扭一扭地走了。没有回头。

她是艺术系毕业生，有一个好看的鼻子（从侧面来看，那个鼻子长在她脸上是恰如其分的）。鼻子两边的颧骨上有几颗淡褐色小雀斑，给她平添了几分妩媚。她的半截手臂从黑白色字母衫的袖筒里露出来，手指显得十分纤长、白皙，看起来好像更适合握一根箫管之类的乐器。但现在，她的手指间夹着的是两份资料：一份求职简介，一份就业协议书。我们之间的谈话还没正式开始之前，她就直截了当地说，不管她最终是否被聘用，都要恳求我在那份就业协议书上签字盖章，以便带回去上交校方备案。我知道，很多大学之所以这么做，无非是为了显示毕业生就业率高。而毕业生为了尽快办理离校手续，即便找不到工作，也不得不弄虚作假，把学校这一关应付过去。不过，对这种惠而不费的事，我当然会乐意帮忙的。

你身高多少？我问。一米六八。她说。三围？我又微笑着问。她似乎丝毫不觉得这个问题有什么唐突，十分坦率地报出一个让我微觉惊讶的数目。然后，我又问了一些酒量有多高、一天要抽多少支烟等诸如此类的问题。她一一作答之后，顿了一下,问我,你为什么总要问我一些与数字有关的问题?我说,我喜欢跟数字打交道,我能从一些数字里面捕捉到各种我想要了解的信息。我还说,作为一家礼仪公司的老板,我对中国古代的礼乐制度很感兴趣。在古代的日常生活中,人们对很多东西的尺寸都是很有讲究的。比如筷子的长度为什么是七寸六分,古琴的长度为什么是三尺六寸五分,一间屋子的宽度为什么是一丈六尺八,等等。你如果不懂,怎么行?她一边转动着左腕的水晶手绳,一边漫不经心地打量着四周说,看样子,你是一个文化人。一进门,看见你书橱里面摆着那么多书,我就知道你一定读过很多书。说句实话,我对文化人,既害怕,又崇拜。我问,你害怕什么?她说,害怕那种挑剔的目光。文化人嘛,大都有着古怪的想法。当然,我指的不是你,你跟那些戴上眼镜就以为自己博学多闻的家伙不一样。

喝咖啡的间歇,她的目光越过我头顶打量着我身后的两幅油画:一幅画的是手搭利箭的爱神丘比特,一幅是被乱箭射死的圣徒。她说,你把这两幅画放在一起,有点怪怪的。我说,你也可以这么理解:爱神丘比特乱放箭,结果把一个圣徒干掉了。不过,我忘掉了这圣徒叫什么名字。她转了一下杯子说,如果我猜的没错,你的情感生活有过多次挫折。我没有回答她的话,只是缓缓地站起来,从油画布的一角找到了这幅画的名字。我告诉她,那个被乱箭射死的人叫塞巴斯蒂安。一个圣徒。

那台老式空调发出粗重的鼾声。我走过去，拍了拍机身，它居然就不再出声。仿佛打鼾者被人推了一下，转个身，继续酣睡。没过多久，鼾声如故。我正打算修理空调时，一名三天前来我这里应聘的女士突然打来电话，我没接。她继而发来短信，问我有没有打算招聘她进公司。我回了两个字：开会。她的短信像一只苍蝇那样，消失了一会儿，又飞了回来，问我：会议结束了？我回了四个字：晚上再聊。苍蝇在我耳边嗡嗡叫了几声，又飞到眼皮底下：晚上我过来好吗？我回了九个字：晚上有饭局，明天回复。我带着一种无以名之的厌恶心情，把手机撂到一边（这种轻微的厌恶里面也许混合了夏日午后积聚起来的疲倦）。到了深夜，那只苍蝇仍然没有放过我，继续在我耳边盘旋。我不得不把手机调至静音。第二天清晨起来，我打开手机，才发现自己的微信像粘苍蝇的糖纸一样，里面爬满了密密麻麻的文字。这些文字归结起来，就是两个字：寂寞。寂寞啊，寂寞啊，这娘们整夜都哼唱着寂寞啊，寂寞啊。你说，寂寞这东西会杀死人吗？

我常常告诫自己：不要轻易跟女人上床。见了女人，我仍有些心猿意马。但这“心猿”是睡猿，“意马”是老马，只是懒洋洋地动了一下。我总能找些理由，推迟那些令人不安的事件在不该发生的时候发生。晚上就寝前，我收到一条短信。是那位哲学硕士发来的。她说，我已经把简历以及不该告诉别人的个人信息都告诉你了，你对我应该有一个大致的了解吧。但是，我很想知道，你到底是干什么的？

我到底是干什么的？这些年，我都干了些什么？

没错，这两年经营书铺，不仅做了亏本生意，还交了霉运（至于是什么霉运，我都耻于跟朋友提及了）。我原本可以卖掉积压的旧书，卷起铺盖回老家的，但后来一打听，老家也回不去了。老家在浙南沿海，造船业兴起之后，几个村庄被迫整体拆迁，原来那一片良田不久之后就要变成造船厂了。父亲拿到了一笔拆赔费，便租住镇上的廉租房，平日里弄点酒食，倒也自在。父亲时常在电话中冲着我吼道，你别给我回来，就是烂在外面，也别给我回来。生活的无聊与空虚，我也算是一一领教了。有什么法子呢？只好留在上海，另谋活路。我饿不死，在情理之中。不过，考虑到节省开支，我还是退了原来租住的那套面朝黄浦江、宽敞舒适的房子，另租虹口区一套价钱便宜近半的房子。高中时期读过郁达夫的一篇小说《春风沉醉的晚上》，感觉自己仿佛也是从外白渡桥北岸的邓脱路贫民窟跑出来的——我跟那个无名文士一样，有事没事，也喜欢外出闲荡。还记得里面有这么一句话：大约春光已经老透了吧。我喜欢小说中这种颓废的、略带酸味的文人腔调。不过，我算不得什么文人，顶多是个书贩子，而且，还是一个失败的书贩子。我的生活中少不了两个词：失败和女人。我的事业失败了，自然与女人无关；不过很奇怪，每每失败之后，我的生活中就莫名其妙地出现了女人。有时候，失败和女人会同时找上门来。

就在我生活无着的时候，惠姐打来电话，告诉我，她要出国做生意，有一套一百六十八平方的工作室托我看管。不过，她有一个附带条件：一是绝不允许转租给任何人；二是每周雇钟点工打扫卫生。我知道，惠姐有洁癖。

我认识惠姐已有多年，只知道她是一家礼仪公司的总经理，但不知道她到底在做些什么，也从未帮过她一个指头的忙。直到有一回，惠姐接到了一桩不大不小的生意，忙不过来，就让我过去帮衬。我们进场彩排的时候，过来几个领导模样的人。走在最前头的，是个胖子，脖子很粗，喉结像青蛙的肚子那样鼓凸出来，让人感觉他的嗓门应该是很大的。我把麦克风递上去，请领导说几句。领导说了些什么，我一点也没听进去。但他一开口，我就知道他要说些什么，我对领导的讲话一点儿也不反感。只是觉着他把嗓门调得太高，以致那声音听起来十分刺耳。领导讲话甫毕，惠姐拍了拍手，从屋子里随即走出一排穿旗袍的礼仪小姐，个个身材高挑，容貌姣好，她们的年龄大都在二十刚出头，个个能说会道，嘴唇训练得像男人的肱二头肌一样发达。她们走起路来跟别的女人就是不一样：在一般人看来，双腿仅仅是用来走路的，可她们看重的不是它的行走功能，而是姿势；正如领导们不仅仅看重语言的传达功能，还有调门。彩排结束之后，有个礼仪小姐突然捂着嘴嘤嘤哭着。惠姐问她哭什么。身边的礼仪小姐噘着嘴说，刚才有个领导摸了她屁股。惠姐冷笑一声说，摸了也就摸了。说着就掏出几张百元大钞，放在她手上。从这些细节可以看得出，惠姐虽然是个女强人，但混得也不太容易。惠姐出国之后,这些礼仪小姐就不知去向了。

欧氏礼仪公司,当然是我给自己的工作室所起的名字。在这座城市,每一座高楼都是一座山,我们占有一座山的一角,并生活其间:吃饭、睡觉、制造废话和垃圾。我一直过着隐秘的生活,跟上下楼之间几乎从不往来。我的工作室虽然只有一百六十八平方,但对我来说,它是一个独立的王国:有时显得很喧闹,有时又变得空荡荡的。事实上,这里通常只有我一人。我穿上鞋子的时候,就意味着开始上班;脱掉鞋子的时候,就意味着下班。我有一双纤尘不染的皮鞋。我常常是一边擦着皮鞋,一边发呆(从前,我除了偶尔发呆,大部分时间都是用来工作,而现在我除了偶尔工作,大部分时间都是用来发呆)。当然,我也会出去转一圈,带晚餐和女人回来。

她还在门外时,我就闻到了她身上的一股香水味。我故意延迟开门的时间,以便想象她究竟是怎么样的。一种淡淡的肉欲的想象。门开了,一个穿果绿色旗袍的女人走了进来。她的长相尽管让我有些失望,但也不至于大失所望。

坐定后,她环顾四周问,这里没有其他人?我说,怎么?你害怕跟我独处?不,不,她说,这样我说起话来可以更放松。我打开本子,在她前面坐下。我们相视几秒钟,就正式进入话题了。我大约找不出一个比“庸俗”更糟糕的词来描述这个女人,但我就是喜欢上海的庸脂俗粉。除了工作上的事,我们还聊了一些日常生活中的庸俗话题。

她说，我跟你聊天的感觉像是在相亲。

我说，你说的没错，干我们这一行，就像是相亲。

她抿着嘴笑起来，在这里，喝着咖啡，我好像又找到了一种谈恋爱的感觉。

的确，那一刻，我也模模糊糊地产生一种异样的、类似恋爱的感觉。恋爱时，人的十二个大脑区域会同时打开，分泌出一种令人心神愉悦的激素，这里面包括肾上腺素、加压素和多巴胺。这是一个性学专家说的。在我这个年龄，对专家的话，自然是觉着可信而无须深信的。

她突然问我，你参加过相亲节目？我摇摇头。她接着说，那天我参加相亲节目就是穿着这身旗袍。因此，我跟你谈话时，感觉自己又上了这档节目。她这么一说，我的目光就自然而然地落在那身果绿色旗袍上。领口下面叉开一个橄榄形口子，可以瞥见乳沟上端那一颗红痣。当她发现我的目光叮蜇着那颗红痣时，嘴角浮起一抹不易察觉的微笑。

我穿旗袍的样子好看吗？

你不穿旗袍的样子会更好看。

我觉得我们都进入了调情的状态。

我说，电视上那些相亲节目很无聊，如果让那些职场男女都像亚当夏娃那样坦诚相见，保证可以让收视率暴升。

之前，我读过英人莫尔的《乌托邦》，觉得其中描述的择偶方式很有点意思。莫尔说,乌托邦人谈婚论嫁之前须是裸身相见:女方不管是处女或孀妇,都得由一位有德的妇人带到求婚男子面前,宽衣验明正身;同样,男方也是由一位有德男子相陪,在女方面前脱得精光,任由目光挑剔。莫尔的理由是:看女人不能只看一手之宽的那一部分(即露出的头脸);看男人,当然也如此。这样,日后圆房时不致发生不愉快的事。想着莫尔的话,看着眼前的女人,我忽然想笑,但又忍住了。

我们聊起最近电视上一档非常火爆的相亲节目时,她带着鄙夷的口吻说,那个节目的确很无聊,男女之间像演员似的,只是配合主持人走了个过场,下台后就不了了之了。她说她这辈子没遇见过什么好男人,也没遇见过什么大恶人。不过,男人有点小坏,在她看来也无不可。她这样说时,放下手中那杯咖啡说,我可以参观一下你的工作室?我站起来说,当然可以。她晃荡了一圈,突然定住,对我说,其实我在这里上过几个月的班,我的老板就是惠姐。你不会不认识惠姐吧?我抬起头,目光落在她脸上,静静地看了几秒钟说,当然认识,惠姐是我的好朋友。她听了,发出一声短促的冷笑,随即将目光迎上来,并没有避开的意思。在平静的对视中,我渐渐感到她的目光变得有内容了。过了许久,她指着浴室里那个多功能浴缸说,有一天,大概也是这个点上,我过来取一份文件时,无意间发现惠姐跟一个男人就在这儿,对,在这儿做爱。房门虚掩着,我虽然看不分明,但听得清那个男人说话的声音。说到这里,她又意味深长地问,你想知道那个男人是谁？我摇了摇头。她突然把身体贴了过来说，是我老公，一个英国佬。她这样说着，就把手指伸到我腰间的皮带扣上。我推开她的手，退了一步，并且努力说服自己：现在我正处于工作状态，说几句调情的话倒也没什么，但我不至于会在顷刻间把持不住，打乱我们之间的正常关系。我知道什么叫适可而止。

这一晚，我喝了点酒，努力让自己忘掉惠姐。

我的生活中并不缺少女人。这个周末的夜晚也不例外。我刚吃完饭，正打算看一部美剧时，她敲开了我的门。她穿着一件米色半透明长裙，即便腰系束带，腰线也欠分明。我跟她是在什么时候认识的，现在已经记不清楚了。我只记得她曾经来我这里应聘过，当然，没有任何结果是可想而知的（我似乎还提醒过她，以后出去面试不要穿太暴露的高腰短裤）。这一回，她特意换上了一件得体的长裙再次造访，对我来说并没有感到有什么意外。我原本没有打算把她留下来，但她告诉我，她已经找到了一份工作，她来找我的目的仅仅是想跟我聊天。她这么说，意味着我们之间可以不带负重地交往，如果有一天彼此厌倦，可以平静地宣告结束，甚至无须宣告就可以结束。不过，在那个想象得到的结局尚未来临之前我们还是要做一番酣畅淋漓的表白。她把手放在我的手掌里面，说了一些她以为很重要的话。我隐约觉得，我们之间的情感至少可以持续到天明。

我们喝了点红酒，让久违的激情在皮肤底下慢慢地流动起来。我把手伸到她腰际的束带上，轻轻一拉，它就松开了。我打趣地说，你的腰带有点松。她噘起嘴说，男人不都喜欢腰带松的女人？我撩起她的裙子，让身体贴得更近一点。此刻，那架老式空调突然发出一声低吼，一阵凉风吹过来，感觉有如水的抚摸。在这个孤寂的雨夜，我们迫切需要通过舌头与舌头、手与手、身体与身体来交流。我们什么都没说，各自脱掉了衣服，这样做好像仅仅是为了让内心的真实想法更充分地裸露出来。

我们做爱的时候，惠姐打来了电话。惠姐在电话那头哭得很悲伤。惠姐说，她漂洋过海去了地球的另一边，但这么长时间过去了，她发现自己身上还有我的气味。而我呢？不能说我已经忘掉她了。但我一直把她留在那个黑白世界里，被古老的时间浸润，就像梦境所见的样子。

身下那个女人拿眼睛瞪着我，好像是在质问我在跟谁说话。我冲着她嘘了一声，她就不再吱声了。惠姐一直在电话里絮叨着自己这两年的离奇遭遇。我一边听着，一边做自己手头的事。她想从我身体下面溜出去，但我还是用一股蛮力钳住了她的腰。我说话的时候脑子里浮现的是惠姐的面影；而我俯临那个女人时，惠姐的面影倏然消失，呈现在眼前的是一张被汗水浸泡、泛着潮红的脸，感觉这一切就像是电影里的视觉暂留现象。

做爱之后，我让身体慢慢收缩到柔软的虚无里面。忽然觉着肉身可厌。也没对她多看一眼。她转过身，盖上了被子。惠姐的电话还没有挂断。

喂——喂——你为什么不说话?

唔,我突然间不知道该说些什么了……

那就谈谈这些年你都干了些什么……

写于2014年夏

《约伯记》第廿四章十八节

一条被太阳暴晒的柏油路变得黏糊糊的，阳光和灰尘裹挟着热气扑到脸上，跟汗水搅和在一起，垂注到脖子间，仿佛一下子就把他的脑袋与躯体浇铸成一块，不能灵活自如地转动。他注视着远处的某个点，直至一小束白光在临街店铺的玻璃门前拖曳着一闪而过。然后就是一阵巨大的重吨货车的轰鸣声从他头顶翻卷过去。在四处飘散的灰尘里，他死死地摁住车铃，脑袋里突然跳出一个狂暴的念头。这一瞬间，他晃荡了一下，从自行车上跳下来，站定，一只手伸进左边裤袋，握住了弹簧刀。一股热气在指缝间迅速凝结。

上午十点，他带上了这把弹簧刀，骑着这辆跛驴似的自行车，来到郊区外塘河边一家电器零部件加工厂。谁都知道，他来这儿就是要"处理一点事情"。传达室的看门人每回见到他都会摇摇头，轻叹一声，偶或从窗口探出头说，这阵子，老板是铁定不会回来的。而他只是冷冷地瞥了一眼，自顾自头也不回地穿过铁栅门。这家老厂多次易主，现在已归到私人名下。厂区面积并不大，造型简陋的灰色楼群，东一处，西一处，在肿胀的云团下，呈散乱的分布形状；墙面石灰剥落，钢铁组件生锈，厂房与厂房之间的那块草坪，常年不见青草生长，整个工厂散发着衰败的气息，但仍然有什么东西从无形中给它支撑，以致它没有迅速垮掉。热风吹拂，石头干硬，玻璃反光，这一切都让他变得晕乎乎的，像喝醉了酒。进了厂区，他照例要到质检科、销售科、成品库、提货处、计量室、工程开发部、财务科、行政办、总经理办公室、卫生间以及每个生产车间转一遍。经过财务科门口时，他发现十余名工人代表正堵在门口，要求补发上个月拖欠的工资。而财务科科长摊开双手做出一副无奈的样子说，老板不在，他们也不敢擅做主张。他要找的那个人就是这儿的老板。这阵子，老板一直在躲避着他，把偌大一个厂子撂给了几个表亲来管。到发工资的时候，工人们都要到财务科闹一场。其中几个车床工平日里在车床的轰隆声中习惯了大声嚷嚷，因此跟财务科科长说话时也是用那副大嗓门，以致科长认为他们是在威胁他。科长是一个长得颇为秀气的年轻人，平时习惯小声说话，一下子把嗓门提高，声音就有些变调了，好像把一条弹簧拉长之后，它就突然变形了。科长的声音被众多的声音包围，他的声音一点点矮下去，矮下去，似乎恨不得从大伙的裤裆间溜走。可声音除了咽回到肚子里，它是无论怎么也无法突破重围的。科长意识到自己的声音不够高，就把手高高扬起，朝里头那几名老会计挥了挥，似乎希望他们能过来替他解围。

他来了，那些闹事的工人便一齐转过头来，用异样的目光注视着他，好像是他拖欠了他们的工资。他昔日的工友说了几句劝慰他离开的话，这表明：他现在到这儿找老板算账是不合时宜的。他转过身，向对面的生产车间走去。在一车间，他看见一名骨架粗壮的车间女主管正在为推杆断裂的事冲几名女工大发雷霆，嗓门稍大一点，脸上便有些残粉往下掉。她出门的时候似乎还不够解气，用鞋跟踢了一下流水线旁散乱摆放的纸板箱，数落她们没有把物件堆放整齐。三个月前，他妹妹尚属这个车间的装配工，编号009。工友们都很喜欢他妹妹，那是一个风一吹面颊就微微发红的乡下姑娘。某个周末夜晚，老板带她去喝酒唱歌，后来就不见踪影了。再后来，连老板也跟着销声匿迹了。他在本城和邻县到处张贴寻人启事，但一直没有妹妹的消息。他已经想到了最坏的结局，转而去求告山里面的一位高人。高人收了钱，照例念经祈福，说一些“若得生路，托梦令知”之类的话。后来，他果然梦见了妹妹。只是，妹妹跟他相见时没有说一句话，眼睛里满是无声的悲叹。

妹妹待过的车间他是无论如何都无法长久面对的。何况，编号009的位置已经被一个陌生女子取代。他隔着窗户投以一瞥，随即转身离开。隔壁的二车间是预制板盖成的简易房，里面传来用硫酸涮洗铜件的声音，有几个员工正在放肆地谈论老板的风流韵事，他们见他过来就转移话题，谈论起昨晚的牌局。的确，他来了，整个车间的气氛就骤然变得凝重起来。他们都隐约知道他口袋里装着什么，一股看不见的杀气正悄然传递给露在外面的双手（确切地说，是九个手指）。他们甚至想象：这一刻，如果有谁上来说几句不够恭敬的话，他就有可能拔刀相向。这情形，有人说，就像是在寂静的雪山中，你只需稍稍打一个喷嚏，就有可能引发一场巨大的雪崩；或是在一个弥漫着液化气的房间里，你只需让鞋底下的一枚铁钉稍稍摩擦一下地面，就有可能引发一场大火。他们不知道他会在什么时候出手。但他们知道他迟早会出手。

他没有跟他们打招呼。天热，舌头干燥，他一点都不想开口说话。从二车间转到三车间，仅隔一个停放自行车的简易棚。这里是他从前工作过的地方，二十多架重吨车床像一群狮子那样，发出连续不断的吼叫声。他看见那些浸透了机油的手指在模具头与铜件之间一伸一缩：随着咔嗒一声，模具头像一只粗暴的铁靴踩在铜皮上，然后抠出一个个有规则的铜件。他们的手指头稍一不慎，就会被截成两段，那时当事人总是不敢相信眼皮底下发生的事实，他们像拾起铜件那样拾起了活蹦乱跳的断指。在这种噪音笼罩的场合即使发出一声惨叫，也不会被人一下子听到，好像这样的痛苦是微不足道的。三年前，他的食指就是在这儿被活生生截断的。那根食指作为他身体的一部分被提前埋进了泥土。车床的轰隆声裹挟着积蓄多年的愤怒滚滚而来，他突然朝着一架恐龙般的机器吼叫了一声。假如换一个环境，他的声音或许会被隔壁反弹回来，形成强有力的回声，可现在它却被机器的轰鸣层层覆盖了。好像他的声音渗透到背景噪音之后就被一点点分解了:把尖锐的部分磨平,把粗糙的部分磨细,最后成为噪音的一部分。旁边的人用惊愕的目光看着他张大的嘴巴。他怔怔地站在那儿,不知道自己刚才为什么会吼叫。

他不闹事,也没有人以蛮横的态度支遣他。来这儿走完一圈,也像是完成了一桩什么事似的,然后,他就回到大门口,摊开一张报纸,盘腿坐了下来。烈日下,一块写着厂名的白色石头宛如冷漠的冰块。他的右手紧紧握住口袋里的那把弹簧刀。热气拍打在脸上,似乎也会噼啪作响。炎热在皮肉上留下的麻感大概类似于仇恨在牙齿间产生的痒感。他觉着这样也很过瘾。那些从大门口经过的人,看了看他那张布满黑气的脸,摇摇头,走开了。有人建议他去树荫那边凉快去,因为他们担心正午的阳光会把他引爆。就让他这样坐着吧,看门人手搭凉棚望了一眼太阳说,这样的天气除了能教人发疯,还能干什么?到了饭点,看门人提着两个铝制饭盒去食堂那边打饭去了。工厂里的机器也都停止了运转,四周静息下来,马路对面树丛间的蝉鸣清晰可闻。他注视着地上的影子,有一种痛苦突然被凝固在那里的感觉。

因为热气弥漫,他觉着那一刻的寂静也是另一种喧闹,耳朵里先是一阵嗡嗡声,然后就从传达室里隐约传来一个苍老而嘶哑的声音。他走了进去。眼前一阵暗黑之后,也就渐渐适应了屋内的幽暗光线。传达室里面还有一个小房间,那里安放着两张床,用一块淡蓝色布幔隔开。里面那张床上躺着一个老太太,青白色的脸和银灰色的头发被一层浅淡的光晕笼罩着;双颊微微有些凹陷,目光散漫而浑浊。她听到脚步声,只是十分吃力地吐出两个字:药,水。他一声不吭,把小木桌上的一杯水移到她伸手可及的床头柜上。老太太一边转动着鱼肚白的眼睛,一边伸手在空中胡乱摸索了一阵子。他又不慌不忙地把杯子递了过去,老太太颤抖着接住,喝了一大口水,喉咙间含混地咕噜了一声,好像有一股痰气突然化掉了。她一手端着杯子,一手抓住他的手说,我还以为是我儿子回来了。唔,我刚才把两颗药掉地上了,你能否帮我找一下?他弯下腰来,扫了一眼,把地上两颗白色药片捡起来。她又颤抖着接过去,立马塞进嘴里,连喝了几口水。他好像听到自己的肚子里也发出咕咚一声。眼前陡地暗了一下。他按住左边口袋,背光站着,依旧不出声。此刻,对于一个口袋里装满仇恨的人来说,他随时都有可能抽出刀来——出于一种对直线的偏好,让刀子对准某个部位,轻而易举地前进十公分。

呃——呃——老太太打了两个逆嗝之后,像是慢慢缓过劲来,呼吸也变得平缓了。谢谢,她说,刚才如果没有你及时进来帮忙,我可能就要背过气了。他没有应声,只是朝窗外瞥上一眼。那一瞬间,他有一种奇怪的感觉:外面的阳光越是明亮,内心的阴影就越发深黑;外面越热,内心就越冷。他的手仍然放在口袋里，紧紧地握住那把弹簧刀。骨缝里吹着冷飕飕的风。他想赶紧离开。你能不能帮我拿一下桌子上的一本书？老太太抬起一只干枯的手臂，指着一张铺着灰色台布的桌子。从窗口照进来的凌乱光线照亮了那里的一本书（正好摊开，中间是一根红线）和一个搪瓷碗（碗里一个干冷的馒头上停歇着一只呆滞的苍蝇，前脚收缩起来，正挠首做思索状）。你看得见？他问。我看得见，她说，我只要把这本书捧在手里，就什么都能看得见。她这样说着，就翻开书，抚摸着书上的一个个字，嘴里念念有词。能借我看一眼？他好奇地问。当然可以，呃，你坐下来，老太太把手上那本厚重的书递过去说，如果可以的话，你就给我念一段书上的经文好吗？他低下头，双手捧着书，就着一缕微光，逐字逐句地念了起来。这是一段经文。他对这些文字似懂非懂。但他读着读着，就感觉有一双无形的大手抚摸着自己的前额。慢着，老太太说，你刚才念漏了一句经文。他立马停住，把上下文重新打量了一眼，果真发现自己把一节经文忽略掉了。老太太虽然什么也看不见，但她眼中仿佛有一道光，可以让书上的每一个字都映射到自己心底里去。喏，这里，是不是这一句？他照着老太太的意思念了一段，老太太露出欣慰的笑容说，是的，是的。唔，听声音，你年纪好像也不大。年轻人，你信这个？他摇了摇头。她沉默了片刻说，你没回答，我就知道你是不信这个的。可我是个有信靠的人。我有六个儿女，先后走了五个，现在只剩下这么一个。这一辈子，我要是没守住这部书，恐怕早就撑不住了。说到这里,她抬起头来面对着天花板,好像有什么东西正从高处俯视着她。缓了缓气,她又接着说,不管怎么说,你刚才救了我一命,我一个穷老太婆,没有什么可以报答的,就送你一个从老家烟台带来的苹果吧。她伸手从床头柜里掏出一个又红又大的苹果,放在他手里。

他掏出了口袋里的弹簧刀。刀刃是亮白的,有着清晨的光晕。他把苹果放在刀下,轻轻地转动起来。如果没有这个苹果,他还真不知道这把刀会派其他什么用场。很奇怪地,苹果与刀放在一起,刀的杀气就一点点消失了,仿佛已经融化到苹果中去了。他的目光也随之变得柔和起来。他削完了半边苹果,又切成对半。削好的一半放在床头柜上,另一半就塞进自己的裤袋。然后,他收起了弹簧刀,走出屋子。

左边的裤袋里是一把弹簧刀,右边的裤袋里是半个苹果(暖烘烘的,像块石头)。那时他就这么想,这世界好像什么事都已被上帝安置好了:你有一把刀,上帝未必就会把仇人送到你跟前;相反,有时候为了求得某种平衡,上帝不无讽刺地塞给你一个苹果,为一把刀子找到了合理的用途。这就有意思了。他对自己说,这就有意思了。阳光下晃动的树影让他变得有些迷茫。一时间,他不知道自己要去哪里。他感觉自己只是被两个轮子带动,顺应着某种惯性向前走——这样,他看上去既像是寻找什么,又像是逃避什么。

在夏日的热浪中，一个骑自行车的人和他的影子像水母那样漂浮着。三个支撑点形成一个平面维持着整个身体的平衡；双脚有规律地踩动脚镫，膝关节一曲一伸；他的动作幅度很小，好像他身上有一根轴，无论双腿怎么转动，都不会离开那根轴心。在骑行中，自行车的链条跟齿轮摩擦时发出轧轧的声音，十分刺耳。他用右脚踢了一下不锈钢制的链条板，轧轧声就中断了，但没过多久，声音又响了起来。日光下的平淡街景在他身边缓缓流动，这说明车速十分均匀。从前他骑车从城东到城西只需要十几分钟，可现在这个城市的直径已增加了两倍，也就是说，他至少需要花半个钟头才能到达另一端，可中间有些路段时常拥塞着车辆和行人，显然会使骑车的时间受到延宕。根据专家分析：新居民增加的速度比城市直径增加的速度还要快。他骑车穿越这座城市时就已经意识到这一点了。自行车发出的轧轧声已被各种喧嚣的声音所湮没，显得十分微弱。因此，他不必再用脚踢链条板了。到了城西（这里是旧城区），他在一家“俄罗斯之冬”冷饮店买了一瓶冰镇矿泉水，一边喝水，一边在临街的垂柳下倚车观望：正午的阳光穿过楼房与楼房之间的狭长凹面，不时卷起一些溷浊的悬浮颗粒；一条老街被几辆卡车拖曳着，笔直地延伸到远处隐隐浮动的灰土；街上的行人都变成了趋阴避光的动物，他们走在阴影偏多的一侧，神思模糊，仿佛就要走进梦境里去；一个扛梯子的人从眼前走过，走着走着，便竖起了梯子，抬头望着一朵白云出神……渐渐地，他就有了一种梦游的感觉。

他重新骑上了那辆略嫌迟钝的自行车，从城西绕到城南，从城南绕到城北，然后依次绕回到东环路和西环路。在这个城市的平面上，他将作为一个定点，以一定点为中心，以一定长为距离做一次圆周运动。这条线路不能显示任何一种意义，他这样做，好像只是为了让无聊的生活能够持续下去。

扑哧——

自行车的后轮突然瘪了下去。他又跳下来，吐了一口唾沫抹在气嘴头上，查看是不是内胎漏气。还好，内胎没轧破，他打算找一家自行车修理店给轮胎打打气。

一件事就在他推车的途中发生了。

那时，他远远看见一辆失控的摩托车冲自己这边撞过来，他身体中麻木的部分突然变得机警起来，随即撇开自行车，闪避到一旁。摩托车快要接近自行车时，车主及时地控制了余势，但他的身体却向右前方扑了出去。车主似乎并无大碍，从地上爬起来，拍拍身上的灰土，弯腰扶起了那辆摩托车，跨上车后，他连踩了几下油门，都没有发动马达。他觉得，那人至少应该向他道一声歉，而不是像现在这样一声不响就想溜走。他走了过去，把手搭在车主的肩膀上，他的手能感觉到那块厚实的肌肉。慢着，他说。车主没有理会，仍然在一个劲地踩动油门（在这个间歇里，车主瞄了一眼手表，显得十分焦急。事实上，他并不是想一走了之，而是正急着要去办件什么事，他似乎不希望事情因此而被耽搁）。车主连踩了十几下，马达终于启动了，正要转动握手柄时，他及时地抓住了车主的后领，猛地发出一声怒吼，然后，朝围观人群扫视一圈。他要看看他们对自己刚才怒吼一声所做出的反应。

他们把目光转向了那个车主，似乎期待他能做出什么反应。他们就这样注视着他，分明就是怂恿他下车干一场。他们的希望并没有落空，那车主终于下来了，身材比他足足高出了半截。因此，对方完全有理由俯视着他。车主说，你把刚才的话再说一遍试试看。围观的人又把目光转向他，好像也在怂恿他再说一遍。于是他又重复了一遍刚才那句粗话，后半部分明显缺乏力量，尾音甚至有些颤抖。他应该让声音更大一些，至少也得保持原来的音量。意识到这一点时，声音早已脱离自己的喉咙，在空气中扩散开来，无法再收回来了。他没有把整句话首尾连成一气，这让那个车主很快就识破了他的底气。车主用眼睛瞪着他，大约持续了三秒钟。

他做了一下深呼吸，试图让内在的力量再度提升起来，可另一句话只在喉咙间形成一股微弱的气流，这股气流被下颌顶住，转变为一声含糊不清的咕哝，他甚至不明白自己刚才要说些什么。显然，炎热的天气削弱了他的语言表达能力。那个车主用低沉而底气十足的声音问，你刚才在骂我什么？他立马辩解，我刚才只是清了清嗓门，没有骂你什么。他说话时，语调过于平静，缺少火气，让人以为他有点胆怯；再说，他的目光总是掠向一边，好像不敢直视对方。那个车主在气势上显然已经压住了他，此刻提高了嗓门说，你去问大伙，你刚才有没有骂过我。他把目光转向围观的人群，他们也在看着他，好像在说，骂都骂了，为什么不敢承认？他跟大伙解释了半天，我可以赌咒发誓，我刚才并没有骂过你。这句话出口之后，围观的人群立马就大失所望，有几个人摇了摇头，也有几个人转身离开。人们终于明白，这家伙原来只是个懦夫。

大概是刚好有一阵凉风吹了过来，他开始对车主说一些息事宁人的话。可结果更糟糕，车主根本不吃这一套。群众的力量明显已转移到车主那一边去了，而他的表现未能让大伙满意，他为此感到小小的歉意。可是，我刚才真的没有骂过你，他再一次向车主解释。但车主跟他争辩时嗓门越来越大，他好像不在乎自己的理由是否充分，而只在乎自己的嗓门是否足够高，随着说话频率的加快，脖子上的青筋不停地跳动。他抓住一位持论平和的老人，问他自己刚才是否骂过那位车主。老人挥了挥手，表明他不想被人扯进这件事，其余的人都用讥诮的目光望着他，这使他感到自己已经处于一种劣势，拿不出硬一点的姿态。他垂下头对车主说，好吧，我承认，我刚才骂过你。这句话刚说完，他就听到车主的拳头在他的脸颊上发出沉重的声音。那个滚圆的拳头触及他皮肉以下的骨头时，似乎是有弹性的，立即弹了回去。车主右边的肩膀耸了一下，显然要出第二拳，第二拳带有可想而知的威力。那一瞬间，他感到整个天空环绕着自己的脑袋旋转了一圈，他想稳住双脚，但身体已向后倒下，柏油路蒸发的热气让他头晕目眩。右边口袋里的半个苹果被挤压成饼状，流淌出浊黄的汁液。而在另一个口袋里，弹簧刀似乎变得有些不安分起来，他用手按住它，不动。

过了一会儿，他的右手支撑着柏油路面，挣扎着爬起来，但手掌上所有的力量似乎都被乌黑的柏油吸走了，他的手指甚至无法握成一个拳头。他好不容易才摇摇晃晃地站起来，想挥动几下拳头，但估计了一下力量对比之后，就自动放弃了。他感到嘴角渗出了一股略带咸腥的东西，就用手指揩了揩。围观的人群突然莫名其妙地笑起来，那个车主也跟着大伙一起讪笑。他没有勇气把那柄弹簧刀扔向街头，用沉默堵住他们的嘴巴。那时他脑子里只有一个念头：宁可让那车主补上一拳，也不愿意成为一个让人耻笑的对象。他走到那个车主跟前说，你打吧，你打吧，有种的你再打我一拳。可是对方交叉着双臂，似乎不屑于再打他一拳。车主跨上了摩托车，踩了一下油门，排气管里喷出一股蓝烟，呛得他眼睛发酸，他又抹了抹眼睛。这时，大伙笑得更厉害了。他觉着自己简直就是在扮演一个怯懦而愚蠢的小丑。一路上人们心照不宣地对着他笑，好像天底下的人都知道他是个懦夫。他害怕有人盯着自己看，可是别人偏偏要盯着看，而且还在偷偷发笑，他想走过去请求他们不要用那样的目光盯着他，可他没有。尤其让人气愤的是，一个傻乎乎的、嘴里流淌着口涎的小男孩居然也对着他笑。经过的路人似乎已经明白了这个小男孩在笑什么,因为他们也跟着冲他发笑。

在这个炎热天气里仿佛什么事都有可能发生。然而,终究是什么事也没发生。他替自己松了口气。尽管如此,他推着自行车往回走时,整个人依旧沉浸在一种巨大的不安中。他不晓得自己身上究竟出了什么可笑的毛病。他推着车来到单元房楼下的天井,发现邻居也在窃笑,出于礼貌,他用一只手遮掩着嘴。他想问邻居为什么发笑,邻居已匆匆忙忙地走开了。一条老土狗半蹲在树荫下,下午的天气十分闷热,这条狗吐出长长的舌头,呼哧呼哧地喘气(狗没有汗腺,因此只能靠大口呼吸来排解体内的热气),它听到脚步声,抬起眼皮,看了他一眼,没有摆出嘲笑的嘴脸。他感到欣慰。

走进房间,他拖着疲惫的双腿经过全身镜前时,无意中发现镜中那人也在冲着自己发笑。他现在已经看到了自己脸上乌七八糟的沥青和变干的血迹,浮肿覆盖了右边半个脸颊。他估计那个车主的拳头要比常人大一倍,因为从创面来看,他的脸像是挨了两拳。他用手指戳了戳肿块,居然像石头一样僵硬,它的存在使自己脸上的耻辱更加突出。他开始用轻蔑的目光注视自己的脸。他听到有人在哭泣,时断时续,好像有人一下子拧住水龙头开关,一下子又把它打开,这哭泣的声音刚开始还很洪亮、尖锐,接着就变得沙哑、低沉了。他摸了摸双颊,全部都是柔软而模糊的一片。他发现这哭声来自自己的喉咙。

巷子里,卖凉粉的吆喝声又响起来了。他打开了一扇窗子,从左边口袋里掏出那把弹簧刀,扔进了窗外的河流。午后的河流是安静的,像一只思睡的猫。

写于2015年仲春

我不知道她的名字

点亮床头灯，点亮房间里所有可以点亮的灯，他仍然不知道此刻是夜晚还是白天。他注视着自己刚刚醒来犹带几分慵懒的身体，恶狠狠地骂了一句：一块臭肉。而这块臭肉就躲在身体的某个角落里。在灯光的映照下，他突然对自己的身体和身体有关的一切感到无比厌憎。眼眵。鼻屎。汗垢。牙垢。内裤上的精斑。以及臭肉。

这辈子最让他羞愧的一件事就是，身无分文地回到故乡。回乡的车票还是堂哥帮他买的。这一回，他断然没有颜面去见村中父老，下车之后就在县城里歇一下脚，等着堂哥的召唤。突然置身于车来车往带来的阵阵热浪里，他说不清眼前这地方应该称之为故乡，还是异乡。说故乡，是因为父母已故，田地被征了，老宅也被他卖掉了，回到村中终归是没有一张安稳的老木床等着他了；说异乡，是因为他一直在异地读大学，反倒觉着一切陌生的渐渐变得熟悉，一切熟悉的突然变得陌生。县城变化不大，从前在太阳底下闪闪发光的东西仍在发光，从前在马路上飘扬的灰尘还在飘扬。到了晚上,他跟堂哥见了一面。堂哥在村里有个绰号,叫扁头三。这人头也不扁,可人们就是喜欢叫他扁头三。叫着叫着,他的头好像也就真的扁了。堂哥请他吃饭的地方是一家高档会所。他看着眼前这一番排场,又看着穿戴光鲜、留着莫西干头的堂哥,便可以断定堂哥这些年混得有出息了。

你这些年准是发大财了,看你的气质跟以前大不一样了。他说这话的时候,注意到堂哥的脖子间还系着一条粉红色的领带。大热天还系领带,在本城是很少见的。堂哥递给他一根烟说,我只是做了点小本生意,谈不上发大财。他拿起桌上的打火机,先给堂哥点燃了烟,然后又给自己那根捏在拇指和食指间的烟点上,深深地吸了一口,默然看着另一只手的灰指甲。堂哥说,你夹烟的姿势很像你爹,三五口就能抽到头,样子闷闷的。他瞥了一眼堂哥,立马更换了抽烟的手势。堂哥说,这年头,你一定要学会优雅。

在吞云吐雾间,堂哥接了一个电话。他跟电话里面的人(可以肯定是一个女人)说完话后,另一只手从口袋里掏出一瓶物什,往胳肢窝里嘶嘶喷了几下,身上随即弥散开一股浓重而又怪异的香水味。冷菜上了,热菜迟迟未上。他问,还要等谁?堂哥跷起兰花指,抖落烟灰说,我们还要等两个合伙人。合伙人?他问,看样子你今晚又要接一笔单子了。在他眼里,堂哥是越来越有老板派头了,腔调也足,一点儿也不像昔日的扁头三。

堂哥一边抚摸着红木手串，一边漫不经心地问，这些年在外面念书都搞过几个女人了？他依旧低头看着另一只手的灰指甲说，没有，一个都没有。堂哥突然笑了，你不老实。不过，等一会儿，你喝了点酒，就会老实交代的。他是一个有香气的男人，真是一点儿也不像昔日的扁头三了。

空调冷气调得很低，但堂哥依旧嫌热，他把那条领带往下拽了拽说，在我们那个村子里，论长相嘛，我没你三哥英俊，论手艺嘛，我学不会大哥那种做细木的绝活，论学历嘛，我没你高。你们是正派人，说话有分寸，做事讲规矩，而我呢？人家没有的坏习惯我都能沾点边，我刁我懒我贪吃我好色我下流，可是，你晓得不，那些娘儿们就是看中了我这一点。告诉你吧，那些骚娘儿们最讨厌的就是那种装腔作势的男人。堂哥说得一点儿也不假，早些年，他在女人堆里总能玩得转。堂哥平日里喜欢听篱察壁，上一刻在东边打听到的新鲜事，下一刻就在西边抖出来。所以背地里有鬼的女人大都有些怕他，她们知道怎样堵住他的嘴不让他说出去。这么多年来，堂哥的身边从来不会缺少女人，每到晚上，他就会带着自备的草纸去拜访某位女士。她们说扁头三这人性子好，从来不会挑肥拣瘦，就像村上那个高度近视的风流寡妇，从来不会去评说哪个男人俊哪个男人丑。堂哥是在女人堆里滚摸爬打过来的，却从来不谈“爱情”二字；而他懂得爱情的真谛，却从未真正碰过一个女人。在这一点，他认为自己还得向堂哥请教。

拉胡吃？堂哥拿起菜单指着“海鲜大咖”一栏问，这物什可以壮阳的。

堂哥所说的“拉胡”，就是城里人所说的跳鱼，但在本地，它又分多种。菜单上这种拉胡，他知道，确切地说叫“花篮”，是最难钓到手的那一类，因为可以补肾壮阳，价格便抬得有些高。他瞥了一眼说，吃了也白吃，我没女人。

我说你这大学四年是怎么过来的？堂哥又把那条领带往下拽了拽，带着责备的口吻问。

包厢里只有空调发出的嘶嘶响，他默默地吸着烟，暂时忘却了屋外的热浪。

大学期间，他是谈过恋爱的，因为半途而废，所以充其量只能算半次。之后就是靠自渎过来的——在黑夜里或睡梦中，他的手常常尽可能快地处理掉一件脑袋无法完成的事情。然而，欲望这种东西毕竟不是纽扣，有时候仅仅靠自己的双手是不能解决的。他感觉自己的身体里蹲伏着一头不讲道理的野兽。不设防的时候，它就会跑出来。他痛恨这只野兽，却拿它一点法子都没有。不过，他这番回老家，不是为了找女人解决性欲问题，而是为了找份体面的工作（不然的话，进入社会早点工作的念头怎么会比进入女人体内的欲望还要强烈?）。

他隐约记得，昨天跟他一起喝酒的，除了堂哥，还有两个中年妇女，一胖一瘦。她们的面容在他记忆里早已模糊，就像搅浑的水面呈现的面影。他还记得胖的那一个化了浓妆，白里透红红里透黑的一张脸(一进来她就抱怨天气热,皮肤老出油)。她看起来四十五六的光景,说话的时候嘴角就露出法令纹,笑起来的时候眼角就露出鱼尾纹。从一胖一瘦两个妇人的谈话间,他大致可以断定她们都是本城的富婆。她们对穿着是有讲究的,对天气是不满意的,对食物是挑剔的。她们谈得最多的话题居然是吃什么、怎么吃。胖女人说,这家会所的粤菜做得很地道,就是油放多了点。扁头三接过话说,女人到了这个年纪,下面干涩,多吃点油有好处。果然是口舌贱毒,胖女人用筷子的另一头轻轻地敲了一下扁头三的脑袋说,怎么可以在小孩子面前乱说这种话?转而就把手搭在他肩膀上轻声细气地问,我这年纪,都可以做你妈了,是不是?他没响,只是微微一笑。那五根肉乎乎的手指,让他突然想起小白虫来。

她们吃得不多,但吃相很优雅。她们像电影里面的贵夫人那样,用三根手指捏着高脚酒杯的细腿,用两根手指夹着女士烟。而堂哥挥杯的动作还是那样潇洒,就像一只水鸟掠过水面。酒喝多了,她们就开始跟堂哥说一些粗俗的话了。他先是喝啤酒,后来就跟红酒混着喝。脑袋里满是液体晃荡的声音,胃里和膀胱里也满是液体晃荡的声音。坐在对面的堂哥仿佛隔着一层什么。有那么一阵子,他只听到堂哥说话的声音,却看不清他的脸。突然,堂哥从烟雾里把脑袋凑了过来,对他说了几句什么。他被一股烟味呛得喉咙发痒,下意识地挥了挥手;烟雾散开,他看见堂哥嘴里正叼着两根烟,仿佛两根直戳戳的象牙。那两个中年妇女跟堂哥搂抱在一起，她们身上也喷着一阵又一阵烟，仿佛要着火了。

烟熏酒泡中，记忆出现了断片。他不记得自己是怎样从会所出来的。外面的风是热的。车厢内塞满了滚烫的欲望的气息。霓虹灯下流淌着夜晚的声色和一些凌乱的线条。梦游般的，他跟随那个胖女人来到一家灯光明亮的酒店。跌跌撞撞进门，一张床迫不及待地朝他扑来。风吹来树叶哗啦哗啦作响的声音。窗外那一排排树像是伸手可及的。他把脸贴在胖女人的双乳间，感觉那棵树就在女人体内哗啦作响。胖女人，是的，就是那个胖女人满怀爱怜地抚摸着他的身体。十根小白虫在他身上蠕动着。他越是恐惧，身体越是膨胀得厉害。

这是他第一次肉贴肉地体味到性事的疯狂与美妙。之前，他在大二期间有过一次不能称之为"第一次"的"第一次"。他"碰"过的第一个女人就是大学里一个比他低一年级的外语系女生，他们是在一个微信群里认识的。因为聊得来，他们就常常一起逛公园、压马路、吃路边摊、看电影。那是五月的某一大，他们肩膀挨着肩膀坐在公园长椅上互发微信图片。他在微信中说，她身上有一股栀子花的清香。她说，栀子花就是在五月绽放的。他又紧跟着发了一条消息：愿意跟我一起滚？滚，就是"滚床单"的省略语，同学微信圈里的高频词，她自然是明白的。不过，她看起来显得比他老练许多，起身时直截了当地问他平常喜欢哪个牌子的安全套。他说他还是童男子，没做过，随便。她抿嘴一笑,就朝公园大门走去。那天下午,他用自己的身份证第一次在学校附近的小宾馆开了一间房。她躺在床上,他像在梦里那样用手抚摸着她身上的每一寸肌肤。她不算漂亮,但皮肤白得像是可以看到纯净的灵魂。在床上,她像个老师,而他像个笨手笨脚的学生。他把手交给她,一寸寸地深入她的身体。他的一只手不小心打翻一杯水的那一瞬间,另一只手猝然触摸到了一指深的欲望。他迎着滚滚而来的欲望,抱着她在床上翻滚着,仿佛随时都有可能被欲望的波浪淹没。一个浪头接一个浪头涌过来,但船上的桅杆始终没有竖起来。他叹息了一声。她也叹息了一声。一件原本美妙的事就在两声叹息的间隔里草草结束了。把男人身体里面的某一部分放进女人体内,这不是什么高难度动作,他却怎么也办不到。他感觉自己出尽了洋相。颓然坐着。女友一边抚摸着他瘦削的脊背,一边说着安慰的话。从宾馆出来后,他去医院做过检查,医生认为他这是心理紧张所致。为什么会是心理问题?他后来细想,自己喜欢的也许不是女友的身体,而是她的一头秀发,也不是一头秀发,而是一头秀发的式样。这种发式,曾经让他想到母亲。他把自己的头埋在她发间的瞬间,确乎有一阵无名的哀感突然涌了上来。过了一个礼拜,他鼓足勇气再次去找那个女友时,却发现她身边已站着一个高大英俊的男生,她装作没看见他,跟身边的男友搂抱在一起,争舔着一个棉花糖。那一刻,他突然想起父亲说过的一句话:这世上的事总是这样,当你想打开那个箱子,手头却没有钥匙；当你找到了那枚钥匙，却丢失了那个需要开启的箱子。好吧，一切就这样结束了，他对自己说，什么都没干成，也可以称之为“爱情”了。他跟那些失恋者一样把这段情感经历埋在心底，供自己默默咀嚼着。之后两年，他没有找过她，也没有找过别的女人。

大概是酒劲上来的缘故，他眼前黑了一下，又黑了一下。他在那个妇人肥胖多汁的身体里沉浸着，不知不觉就呼呼睡去了。居然，又梦见了母亲。还是那座低矮的楼房，还是那张顺着瓦椽摆放的八仙桌。母亲说，如果有一天你在外面混不下去了，什么都没有了，你就回到我身边，我会给你留一双筷子。事实上，他读初中二年级时，母亲就走了。

母亲走了，他就没有故乡了。这一天，在地球的某个角落，他醒来，在一张陌生的床上。眼前刚打开的灯光让他有些不太适应，他像畏光动物那样，合上眼皮，心思倏地往里收束了一下。母亲的面容和往事的碎影在脑子里再次浮现出来。因为内心久久无法平静，他就没再继续往下想。脑子清醒的时刻，他总是害怕自己被突如其来的忧伤灌醉。

那个胖女人究竟去了哪里？四顾无人。那一切也许并没有真正发生，只是一个略显荒唐的春梦罢了。斜对面墙上的挂钟不知道指向几点，看上去像一个白痴的眼睛。他仍然分不清这是黑夜还是白天。他戴上眼镜，总算是看清了那个挂钟（指针正指向下午两点零六）。时间好像只是从钟表里偷偷溜掉，在外面闲逛了一会儿，然后沿着原路返回。

床头响起了短促的嘀嘀声。他拿起手机，看到堂哥发来的一条短信：实习第一天，老板娘对你这块小鲜肉很满意，特付一千块破处费，放你口袋里，笑纳吧。他一骨碌坐起来，翻了翻裤兜，摸出一个信封。里面果然有一千块钱。他突然有一种不小心吞下一只蟑螂的感觉。没有人不喜欢钱，但这笔钱在这个地方出现，还是让他难以接受。昨晚那一件可称得上舒服的事在那一刻突然变得让他很不舒服。

那个胖女人不仅留下了一股浓重而又怪异的香水味，还在床头柜上留下了一个润滑油瓶子，上面写着几行花体英文字母。他近乎鄙夷地朝裤裆里看了一眼。这块臭肉，曾经在润滑油里面浸泡过一阵子。他觉得有些恶心，就下床来到洗手间，涂上沐浴液，把它搓了又搓。出来时，指针已指向下午三点。

透过茶色的贴膜玻璃，他看到外面的景色蒙上了一层灰黄、凝滞的色彩。远处的树木、建筑物以及水泥路都泛着沉闷的光晕。一缕阳光凝固在眼球上，他的目光是呆滞的。整个下午他的目光一直都是这么呆滞的。天气闷热的时候，他的眼球就会变得异常迟钝、麻木，它们在眼眶里，被纤细的血丝捆绑着，不能动弹，像两只落入蛛网的小青虫。父亲说，人活着就是为了一口气，这口气不能松。有时候，你长长地叹一口气，再好的事也可能变糟糕；有时候，你深深地吸一口气，再坏的事也可能会慢慢变好。他转过身，注视着那个信封。接受吧，他深深地吸了一口气对自己说，就像接受一记耳光那样接受这笔肮脏的钱。

然后他就出去了。这笔不属于他的钱还在口袋里，这个不属于他的城市就在太阳底下。而不属于他的太阳照着那些不属于他的女人。这里或那里，到处都是干燥而单调的声音。他在街上晃荡着，竭力忘掉昨晚发生的事，以及这件事带来的不快。阳光晒得皮肉发烫，那里，有虫子般的汗珠正缓缓爬出来。他感觉自己就是一具行尸走肉。

他在一家牛排馆吃了一份牛排，花掉了九十多块。出门拐一个弯，就是一条分布着好几家洗头房的巷子。这时候，他突然想找个地方乘凉。透过玻璃门，可以看见屋子里散坐着一些带着倦意的女人。他知道，这些女人的工作无非是偶尔张开一下双腿（就像鸟张开翅膀）。那些在夏天打着领带的人是不屑于进这种小店的。因为热，太阳照在身上是毛茸茸的。空气里发出一种仿佛有什么东西正在融化的沙沙响，他抽了抽鼻子，打了一个响亮的喷嚏。有几个涂着猩红色口红的女人向他招着手，嘴里还嚼着泡泡糖。这年头，你一不小心就会堕落的。这是父亲早些年对他说的。父亲已经死去好多年了。

他不想再走下去，就在一家同样没有人洗头的洗头房前停下。屋里的沙发上横躺着一个女人，电风扇撩动着她的裙子和头发。要做按摩？她欠了欠身问。他低头看着她敞开的领口，点了点头。隔着一块布他也能闻到另一个男人在她身上留下的气味。她略显慵懒地站起来，把头发拢了拢说，随我来吧。他跟在她身后，穿过后面一扇窄门，走进一座小院。一个细瘦的木匠正在用锯子咔哧咔哧地锯一根木料。女人不知道跟他说了句什么。他们操持的都是外地口音。

父亲也是个木匠。他这辈子只会做那种直来直去的家什，略微转个弯，他就不会了。他的手艺活是早年在部队里学的，还没学全，就被拉去打仗了，一条腿还结结实实地挨过一颗子弹，以后每逢阴雨天就会隐隐作痛。这个有点病痛从不哼一声的硬汉，脾气十分暴烈，教育孩子的方式除了喝骂就是动粗，抄起什么物什就打，从不手软。他读小学三年级的时候，一门功课挂红灯，父亲二话不说，就将他噼里啪啦暴打一通。他退缩到窗口威胁说，你再打，我就跳楼了。父亲冷笑一声说，你有种就跳给我看。他自然是不敢跳。父亲走到他跟前，伸出双手说，如果你想跳的话，我可以把你抱上窗台。他一下子就蔫在那里了。在家里，他跟父亲几乎不说话。他之所以能考上大学，就是想离父亲远一点。越远越好。

父亲教会他的，不是怎样爱这个世界，而是恨，赤裸裸地恨，没理由地恨。他不知道父亲为什么会如此仇恨世界——他连吐一口痰都是夹带仇恨的。

他看了看那个木匠，目光里略带一丝轻蔑。

锯木头的节奏突然慢了下来。他感觉那个男人的目光像木屑一样黏在自己脖子后面。他跟女人穿过陡直木梯上了二楼。房间里散发着清漆的气味，里面只有一床一凳，别无陈设。女人径直走到窗口，关上窗户，合拢百叶窗，继而打开灯和空调。清漆的味道一下子就在昏暗的灯光里弥漫开来。

她十分利索地脱掉衣服。她很白，像四月的栀子花。他们之间没有多余的话。他进入的那一刻，突然感觉自己被什么东西狠狠地插了一下——他仿佛听到了咔嚓一声——这种被插的感觉随即带来的是体内的异物感。

你叫什么名字？

你为什么要问我的名字？

买一种没吃过的水果时总要先问一下这种水果叫什么吧。

知不知道我的名字又有什么意义呢？

我就是想知道而已。

你就叫我坏女人吧。

坏女人，好吧，我就叫你坏女人。

他把女人的大腿抬起来，放在自己的肩膀上。他觉得这样做可以看到坏女人的面孔。

小时候，他有一次去邻居家找伙伴玩时，推门进去，竟看到小伙伴的妈妈的双腿挂在一个陌生男人的肩膀上，像钳子那样紧紧夹住对方的脖子。男人喘着粗气，一副呼吸困难的样子。过了一会儿，小伙伴的妈妈坐起来，骑在男人身上，一边用双手抽打着他的胸脯，一边用硕大的臀部一下一下地撞击着男人的腹部。他第一次发现邻居的妈妈竟是如此凶狠。后来，听大人们说，她是个坏女人。他居然就相信了。

坏女人，坏女人。他从此知道坏女人是什么样子了。他像一块沉甸甸的石头那样把女人压在身体下面的时候，又听到外面传来拉锯的声音。咔哧咔哧咔哧咔哧。他可以想象那个细瘦的木匠锯木头的样子：勾着头，弓着腰，一手持锯，一手摁住切口，左脚踩着板凳上的木板，随着右手拉动木锯，右脚跟弹簧似的，一耸一耸。如果从后面看，他会像一名马背上的骑手，正在风中跌宕起伏。

木匠的女人只有两种：圣女或婊子。

婊子就是坏女人。他嘴里喊着坏女人坏女人坏女人时，身体下面的女人忽然用胯部做出了有力的回应。咔哧咔哧咔哧咔哧。他感觉自己变成了那把锯子，咬进木头里，一上一下地拉动（这年头，你一不小心就会堕落的）。粗重的鼻息喷到他脸上，带着一股烟味。随后，一股热流从脚趾头泛起，直贯脑门。他张大了嘴。女人十分平静地躺着，身上泛着薄薄的汗光。他轻轻地退了出来，昨晚带来的全部羞辱仿佛就在那一刻抵消了。

女人从纸巾盒里抽了几张草纸，递给他。他从床上下来，那块臭肉，无力地垂挂在两腿之间。他觉得自己有点脏。

窗外忽然响起了一个妇人诅咒的声音。在他听来，这好像是冲着自己来的。他欣然领受了那个妇人的无名的诅咒。嘎的一声，一辆车停下，外面好像出现了一阵小小的骚动。他出于好奇，拉开百叶窗，朝外瞥上一眼。

没什么好看的，那是个疯女人。

那个疯女人究竟在诅咒什么？

她在诅咒汽车。

她为什么诅咒汽车？

因为她仇恨汽车。

她为什么会无缘无故地仇恨汽车？

因为她的儿子就是在这里被车辗死的。每天这个时辰，她就会坚持站在烈日或暴雨中，对每一辆经过的汽车下咒。

嗯，她仇恨汽车，就是仇恨每一个开车的人。

那一刻，他胸中那一团仇恨的火焰也仿佛被点燃了。有那么一阵子，他莫名其妙地觉着，有一个让人恨得牙痒痒的仇人也是一件挺过瘾的事。想到这里，一个仇人的面影就在他脑海中浮现了。在他的想象中，这个仇人的面貌没有特征，易于混淆，他有着阴鸷的目光，他会在雨夜里磨刀，等待着一场痛快淋漓的搏杀。他不知道他是谁，只能称他为“这个人”。他必须通过对“这个人”的歪曲想象，才能达到那种无以复加的仇恨；他还必须把“这个人”想象得十分残忍、强大，才能显示出他作为强者的超乎寻常的力量——他的肌肉应该比现实中更发达，他的双手也应该更强有力。

他回过头来，看到女人已把弄皱的床单铺平。地上的橡胶套，仿佛一枚遗弃的蝉蜕。女人抽了一张纸巾，弯腰去捡，只穿着一条肉色内裤的臀部高高翘着，显得越发浑圆、饱满。那一瞬间，阳光透过百叶窗的缝隙，让条纹状的阴影投在她身上，使她看起来仿佛一只斑斓的母斑马。没法子，那头叫作欲望的野兽又要跑出来了，他想按也按不住了。他什么也没说，突然像一只公豹那样十分迅捷地扑过去，从背后搂住她的腰，把她摁倒在地上。先生你真坏，女人说，你是不是还要来一次？是的，他扼住她的手腕说，再来一次，钱我另付。女人没说什么，就起身关掉百叶窗，打开灯。他趴在她身上，几乎是带着一股子仇恨咬住了她的乳头。

你把我咬疼了，女人推开他，突然惊叫起来，但随即又发出爽朗的笑声说，我儿子饿慌了，下嘴也是这么狠的。他不理会女人的感受，一直埋着头，好像什么都不管不顾了。他听到了骨头碰响骨头的声响，听到了肉拍打肉的声响（我的小鲜肉哎，快把你的手交给我）。此刻，出现在他身上的仇恨和快感一样，叫人一点儿也没法控制。重要的是，它会让他想起来十分过瘾。

先生，你能不能快点结束？

我已经够快了，这可是每小时两百码的速度。

现在，他有点气喘吁吁了，好像要把一具沉重的肉身推到很远很远的地方。他还要把自己推到很远很远的地方。女人缩成一团，发出了急促的呻吟。他分不清这是出于痛苦还是舒服。也许连女人自己也说不清楚。他听着女人近乎无助的呻吟，心底里的仇恨仿佛一点点淡灭了。

慢慢地，他发现她的脸变得有些苍白，五官扭曲成一团，嘴角还吐出了米粒般大小的口沫。你疼？他贴着她的耳朵问。她咬着牙说，不疼。

门外忽然响起了笃笃笃的敲门声。

是谁？难道是警察？！

是我家男人。

你怎么知道是你家男人？

他从来只敲三声门。

他为什么敲门？

他见我迟迟不出来，怕我出事。

可我们还没完事呢。

门外又响起了重重的咳嗽声。他的身体突然不动了。女人朝门外回应了一声，知道啦。那人轻轻地嗯了一声就走掉了。过道里响起的脚步声，在他脑袋里发出了回响。女人见他神思涣散，便十分利索地骑到他身上。她晃动的样子像是坐在一艘颠簸的船上。他感到自己变成了一艘可以载人的船，桅杆高高耸立着。好了吗好了吗好了吗？这女人好像要急着靠岸了。

咚咚咚咚咚。外面又传来了男人下楼梯的声音。他出神地瞪着天花板上的灯泡，那一刻，它仿佛变成了一只仇视的眼睛。他们在做的时候，那只眼睛一直在空中瞪着他。他翻过身来，把女人压在身下（你怎么啦刚才还好好的这玩意儿怎么见光就死？不不你是可以的我相信你是很棒的你是嫌弃我乳房小还是嫌弃我不是处女？）。他急吼吼地向前拱着，仿佛在追赶着什么，或者像是被什么追赶着。

我怎么感觉你好像是用刀子在捅我。

是吗是吗？

是的，一把肉刀。

一种混合着欲望的仇恨不知道从哪里来，又带他去哪里。哐哐哐哐哐。楼下响起了敲击木头的声音。一种叫人心烦意乱的声音。你的男人又在搞什么鬼？他问。女人说，他在给我儿子做一只摇篮呢。

噢，你又提到你的儿子了。

是呀，我又想起他了。

你的儿子……

死了。

你的儿子？

死了。

死了？

死了。

她的有气无力的声音里夹杂着嘶嘶声，好像随时都有可能昏死过去。哐哐哐哐哐。他猛地低吼了一声，绷紧的身体就松了下来，他重重地呼出一口浊气，喷在她脸上。他从她身体里退出来之后，她好像很害羞似的捂住私处。你把手放开，他说，你为什么这样捂着它？她没有松手。他近乎蛮横地把她的手拿开，发现她的下体出了点血。她立马用纸巾拭掉，说，一点血丝，不碍事的。真的不碍事的。

他把九张钞票递到女人手中，在她紫黑色的乳头上亲了一口。女人在那一瞬间战栗了一下。不用这么多钱，她把三张钞票递还给他说，说好了，两次六百块就够了。她站起来，戴上了胸罩。他从身后搂住了她的腰，把钞票轻轻地塞进她的胸罩，再一次咬着她的耳朵说，我手头还剩下三百块钱，我还要再来一次。女人没有反抗。也无力反抗。他把她推到窗口，抬起她的一条腿，十分轻捷地推了进去。而她像一只被逼到墙角、走投无路的老鼠，任由他在摆布（这年头，你一不小心就会堕落的）。哐哐哐哐哐。他的动作幅度尽管并不大，女人还是有些暗暗吃力。他在她身上慢慢地消受着。好了吗好了吗先生好了吗？他没吭声。女人抽搐了一下，突然像树枝折断了一般，跪倒在地上，双手紧紧地捂住嘴。

门外又响起了笃笃笃的敲门声。声音有点急骤，外面的人好像随时都有可能破门而入。女人赶紧坐起来，穿上衣服，走到门外。在门外的过道里，她跟那个男人不知道嘀咕了几句什么。不过一会儿，她又进来了，再次把门反锁。这一回，她手上多了两根烟。她把一根烟叼在嘴里，另一根烟递给他说，没事，我家男人怕我出意外，问了几句话，我跟他解释过了。他说自己刚才有点鲁莽，所以让我敬你一根烟。他接过烟，放在鼻子下闻了闻，仿佛还能闻到一股木屑味。女人恭恭敬敬地给他点上烟。他用堂哥教他的夹烟姿势抽了一口，然后不缓不急地吐出一个优雅的烟圈。

他照例付了钱。女人关掉了空调。百叶窗打开了，然后是窗户。太阳已经西斜，朝即将告别的事物投去了温热的一瞥。我能在这里再躺片刻？他问。女人点了点头。他感到有一种疲倦自顶至踵湮没了自己。

一阵风把他吹弯了。风是慢慢地吹着，他也是慢慢地弯下腰来。女人离开后，他依旧躺着，等待下一阵风吹走他身上的记忆。

写于2016年仲春

徒然先生穿过北冰洋

一

不久前搬进一间半新不旧的单元房。房间很小。小而空旷。我和我的影子都住在这间小而空旷的房间里。为了排遣寂寞我养了一条带黑色斑点的小母狗。我叫它拉拉是因为世界上失去了一个名叫拉拉的女人。有关这条狗的命名我没有跟邻居们解释。拉拉有一双黑溜溜的大眼睛它也有一双黑溜溜的大眼睛因此母狗就叫拉拉。这样解释起来的确有点费劲。我不喜欢狗。但我需要一条名叫拉拉的狗。我喊了一声拉拉过来。母狗就过来了。拉拉你跪下。母狗就跪下了。拉拉滚蛋吧。母狗就滚得远远的。但母狗拉拉还是会乖乖回来的。它把前腿搭在我的膝上仰着头看我。我没有理由不伸手去抚摸它的小脑袋。我一边抚摸一边反复念叨着拉拉这个名字。拉拉拉拉拉拉。我的另一只手竟抚摸到了满脸的泪水。冰凉的。还带着两粒从眼角冲刷出来的眼眵。这些柔软的东西让我觉得哭泣是一件甚为可耻的事。

当人们发现我每天打扮得很体面时我其实已经失业了。但这没什么大不了的。经书里面是怎么说来着？我见日光之下所做的一切事都是虚空都是捕风。对我来说这没什么大不了的。对一个老是说受够了受够了的中年男人来说这没什么大不了的。我每天保持生活中某些牢不可破的基本规律。每天照例在上班时间出门。每次出门手头照例拎着一个本可不必的公文包。就这样在空气里进进出出。

上午路过菜场。拐了进去。准备给自己和拉拉买些吃食。但我站在菜场里不晓得应该买些什么。跟拉拉在一起那阵子我们总是为吃什么而闹情绪。她吃完了早餐抹了抹嘴就问我中午想吃什么我说中午再说吧她说不行你得想想然后再告诉我。我肚子已经饱了不想再为下一顿饭动脑筋了于是我就对她说随便吧。她说她不会做那种叫作随便的饭你得说出个名目来。我不知道我对她说我不知道。中午我们吃完了早上吃过的那种饭然后她又问我晚上吃什么。我的回答还是跟上午一样然后我就走开了。

地球还是像先前那样子在我脚下平稳地转动。而我还是像先前那样子在这座城里漫不经心地转着。就那么一转又转回了家门口。一个头发花白的瞎子正坐在台阶上调试他的破胡琴。咿咿呀呀。咿咿呀呀。这声音跟瞎子拄着拐杖走路还真有几分相似呢。在巷子里左绕一个弯右绕一个弯。一路磕磕碰碰，但终究还是绕出来了。咿咿呀呀。那条过道的尽头全是黑暗。猛回头。再次瞥见那张被夜气浸透了的冷白的脸。回屋子时眼睛还是难以适应幽暗的光线。使劲眯了一会儿。张开。正面对着墙角那一排溜搁放的空酒瓶。想到酒肺腑就舒张开来了。牙齿对准啤酒瓶盖的齿状边缘向上轻轻撬了一下。盖子打开。吐掉。啤酒的泡沫在那一瞬间哧的一声冒出来。张嘴。露出舌头。猛吸一口。就这样一瓶接一瓶地打开。一瓶接一瓶地喝。脑袋飘浮在泡沫上了。咿咿呀呀。咿咿呀呀。没完没了的咿咿呀呀。

已是午睡时间。哐啷一声。似有什么东西自空中落地。咿咿呀呀的声音中断了。一切都静息了。可听得隔壁那对夫妇发出神经兮兮的笑声。夫妻俩总是抢在孩子上学之后他们快要上班之前干那事。好像那是一件必须争分夺秒的事。隔着一堵砖墙身体的碰撞声传来时有些模糊。感觉他们是在泥土中拱动的爬行动物。出门时偶尔也会碰到这对夫妇。女人三十刚出头。有一张姣好的散缀着数点雀斑的瓜子脸。还有一对饱满的乳房。而这个男人有一张在夏天也不免带些寒冬气息的脸。他不到四十便已谢顶。仿佛水落石出。浑圆而有光。显露的是一种与年龄不太相称的老成。在我的感觉里我的邻居就是住在隔壁的陌生人。平日里我们除了点个头或打声招呼从来不曾交谈过。很想找一个理由跟我的邻居聊一聊的。找来找去却找到了一个不打算跟他聊的理由。我的邻居似乎也无意于跟我聊天。每回下班之后他们就把防盗门关上。我和我的邻居生活在自成一统的世界里。我的邻居看起来还挺实在的。吱嘎吱嘎的声音听起来都是有板有眼的。不晓得是他的身体越来越强壮还是那张床越来越虚弱。床的各个关节部位想必已出现问题了。吱嘎吱嘎。吱嘎吱嘎。那声音听起来就像一个饿得慌的人偷偷躲在角落里咬着菜根。跟他们做邻居也有好几个月了吧。他们都是机关公务员。多年来养成了照章办事的习惯。比如？他们总是在中午这个特定时刻做爱。就像火车总是在特定的时间沿着特定的路线行驶然后在特定的站点停靠。吭哧吭哧。女人的声音像一只汗津津的手那样触摸着我的耳朵。吱嘎吱嘎。地球转动时是否也会发出这种声响？

我的邻居显然不知道自己的举动有失谨慎。他们继续弄出一些声音来。啤酒的泡沫倏地喷涌而出。我已经喝到第五瓶了。有一回我喝得醉醺醺的。推门进屋看到一个男人肥重的身体从我床上一跃而起。我擦了擦眼睛想瞧个真切。我的女人拉拉很快就从相同的方向迎上来挡住了我的视线就像月球突然运行到地球和太阳中间太阳的光线一下子被挡住了。拉拉的头发有点乱。倒数第二个纽扣没扣上。我问拉拉刚才这个男人是谁是谁是谁拉拉就把我推到全身镜前。她用指头戳着我的额头说还不是你这个死鬼吗你看看你这副熊样。我看到的是一张酒鬼的脸。有些地方涨红有些地方发青。我朝左边脸颊抽了一巴掌。略微肿胀的脸部肌肉发出粗钝沉闷的声响。没错。拉拉说得没错。那个男人就是我。我转过身带着歉意对拉拉说屋子里的确没有别的男人我错怪你了我错怪你了。那件事发生在三个月以前。也可能是半年以前或者比那更早。

女人的自控能力似乎已经达到了极限。她的呻吟变成了无意识的低吼。我突然莫名其妙地暴怒起来。我觉得那个女人就是拉拉而那个男人就是我的老板。那笔钱不用还了。有一回他十分客气地拍拍我的肩膀。我的老板说那笔钱不用还了。这算什么呀？我说,老板老板这算什么呀？那时我还捉摸不透那话里面的意思。

吱嘎吱嘎吱嘎。

拉拉拉拉拉拉。

我开始叫唤拉拉的名字了。两只手便无由地搅动着一屋子的寂寞。拉拉那张苍白的脸在我眼前一闪而逝。拉拉。我想冲到隔壁把拉拉从 个男人的身体下面解救出来。抓起空酒瓶时我又突然想到拉拉现在早已压在几块石头下面了。我无法把她从石头中解救出来。我的眼眶有点潮湿了。大热天我喝水时皮肤间时常会溢出大滴大滴的汗珠。现在我喝了点酒眼睛里自然也会溢出大滴大滴的汗珠。我随手抹掉眼角那潮湿的一部分。女人低吼的声音继续渗入木头的纤维和墙壁的缝隙在我的房间内一圈圈荡漾开来。我身上那股小小的冲动如同回涌到沙滩的波浪让我急着想要抓住一点什么但一种莫名的忧伤和啤酒的气味突然从体内涌了上来，我的身体猛地收缩了一下即将以液态形式喷发的欲望也被什么奇怪的东西遣返回了它躲藏在身体中两个隐秘而虚弱的内核。咿咿呀呀。咿咿呀呀。胡琴的声音又响起来了。琴声漆黑一片。如夜晚的雨滴在窗台上在锌篷上在更远的竹林间敲敲打打连绵成一片。是有所思吧。是怀远人吧。这琴声。

第五瓶酒已经喝完了。里面空得一滴不剩。女人的低吼声中有一种野性在扩散（拉拉拉拉拉拉。黑暗中的那张脸恰似煤烟里的白蝴蝶）。她似乎渴望自己能快点达到兴奋的巅峰因此相应地加快了低吼的频率，而男人的嘴里已经发出呼哧呼哧的喘息声说不清是疲倦还是兴奋。有什么东西已在我骨节僵硬的手上一点点积聚。我隐隐觉着这就是愤怒了。那是身体中封闭的欲望以另一种形式突然打开了。它迫使我迅速张开五指抓住了一个空酒瓶。高高扬起的手松开时空酒瓶在空际划出一道抛物线撞击在墙上发出碎裂的声音与我的内心发出的声音形成了对应。而那个女人的低吼变成了一声惊叫。好像我的酒瓶击中了她。依稀可以听见她放低声音跟男人议论刚才发生的事。声音含混。不知道他们在低语些什么。过了一会儿就听到了拖鞋踢里踏啦的声音小便器打开的声音小便的声音使劲扳动冲水柄的声音打开水龙头冲洗的声音打开一扇松脱的柜门又使劲关上的声音整理物件的声音询问时间的声音穿鞋的声音关上铁门的声音。整件事就在砰的一声中结束了。

每天下午从一点至一点半钟整幢楼的过道上便会接二连三响起一片关门声。然后就剩下一片寂静向四周逐渐蔓延。所有的墙都消失了。突然置身旷野。风吹草长。孤魂游荡。我有点坐不住了。过分的孤独是叫人羞愧的。

二

为什么你做爱时总是闭着眼睛?

因为我从你的眼睛里看到了自己的丑相。

胡说吧。你沉浸在快感里面的样子很美呀真的很美呀。

真的吗?我老公说我高潮时瞪大的眼睛让他想到了临终的目光。

嗯这才叫欲仙欲死。我都想死在你的怀里呢。

我谈到我老公你不会生气吧?

我生什么气?

你不生气我就生气了。

为什么?

说明你不在乎我。

我不在乎你的过去我只在乎你的现在。至少你现在此刻这一秒钟是属于我的。嗯。你老公出差要多久?他不会这个时候又杀回来吧?

你放心吧。这次他是跟单位领导一起出去的。我跟他领导打过电话确认过这事的。

你做事真老到。

你别这样看着我好吗？你那样子好像要吃掉我。

如果你害怕你就继续闭上你的眼睛。

我闭上眼睛之后还是感觉你在上面用吃人般的眼睛看着我。

如果你是可以吃的我真的想把你一口吃掉。

你对我的好总是那样恶狠狠的。嗯。你可不可以温柔点？

好吧我会轻一点。

不。你再重一点。

你睁开了眼睛。你想看我的丑相？

我忍不住想睁开眼睛看你一眼。

你好像有感觉了。你的眼睛都潮湿了。

你在看着我看着你的样子有什么感觉？

真的像是临别时那一眼呢。

这么说来每一次高潮来临对我来说都是一次小小的死亡。

这话听起来好像是一句诗。

跟诗人在一起我也变成了诗人嘛。

咿呀咿呀。你说楼下那个瞎子整天都在拉些什么破曲子？

我也不晓得哩。

这曲子倒是有点耳熟呢。

是《何日君再来》吧。

也许是吧。

他怎么把这曲子拉得恁凄凉?

三

隔墙听得我的邻居在数落女人(我的邻居是个好男人。可他也有一副坏脾气)。一阵近乎凝固的沉默之后女人突然做出了回应。双方的嗓门一下子就提高了。他们从彼此的话中挑出几个关键词套用在自己的话中但已加了反驳、嘲讽的语气。这些词仿佛水中的漂浮物一下子被浪头淹没一下子又冒了出来。他们让吵架变成了词语的游戏一环扣一环。假如中间出现停顿那是因为他们正在琢磨着如何拿出最尖锐最有效的词语予以狠狠的攻击。他们攻击对方的同时也为自己的话找到了掩体竭力避免给对方留下任何把柄。因此可以判断出他们在吵架方面是训练有素的(不但富于激情还善于运用脑子)。吵架的原因其实很简单。一切都是从一把电动摩托车钥匙开始的。然后涉及的是盘碗铁锅米和蔬菜的价格,后来争吵的话题又涉及工资发廊存折私房钱孩子的学费房屋公积金工会制度国家新颁布的政策。他们在争吵中牵涉到的人物也越来越庞杂。从孩子到其他家族成员机关同事和领导以及一些经常有交往的朋友。对他们来说这些人都是证人都曾为双方提供有利的证词。因此听起来好像有一大群人在争吵。争吵到了最高潮部分就变得没有多少意义。纯粹变成了声音的较量。一种声音推挤着另一种声音。一种声音盖过了另一种声音。女人的声音有时变得像男人一样粗犷而男人的声音有时变得像女人一样尖锐。这些日子各种各样的声音从墙那边传过来。因此他们的生活图景好像就呈现在这堵墙上。听声辨形大致也能想象出他们说话时的各种动作与神态。但猜想是多么不可靠。有时分不清两个人是在厮打还是疯狂地做爱是在小便还是在拧开水龙头是在骂蟑螂还是教训自己的孩子是在拔鹅毛还是惩罚一只老鼠是在砸碎一个廉价的酒杯还是贵重的陶器是男人先抽女人一巴掌还是女人先抽男人一巴掌……这一切都是不确定的。它经过我的猜想与事情的真相已发生了偏差。也许根本就是与事实背道而驰的。

双方触及一件隐私问题时(至少我感觉这是一个严峻的问题)都不约而同地平静下来。我听到那女人大声对孩子说你今晚去姨妈家睡觉。这话是什么意思呢?夫妇俩先前为了求得片刻之欢也是这么对孩子说的。今晚你去姨妈家睡觉。今晚你去姨妈家睡觉。孩子不依。女人就重复说了几句威胁的话。拿好书包快去。女人又接着补充了一句。姨妈已经在楼下等急了。孩子极不情愿地走出门。我的邻居终于开腔了。他也像揭开锅盖一样轻而易举地揭开了女人的隐私。女人哭了起来。有一只碗突然朝我这边墙上砸来。声音清脆。我耸起的耳朵颤抖了一下。好像这碗可以穿透墙壁向我的脑袋砸来。忽然觉得这声音是不久前那个啤酒瓶甩出后发出的回响。生活中总有那么多可怕的对称。在这只碗落地之后我便揣摩着下一个碗将会在什么时辰响起。一秒钟两秒钟三秒钟过去了。随即听到盘子从橱柜里落下的哗啦声。于是觉着他们甩盘碗是代替我宣泄愤怒。就像他们在做爱时同样是代替我宣泄欲望。

一枚挂在半空中的月亮冷漠地燃烧着。看着看着我又想起拉拉了。那样一个寒冷而空虚的大年夜我突然变得像一只发情的种狗。我想马上找一个女人结婚。这念头说来就来了。我立马就去找拉拉（那时我还管她叫苏拉拉）。我躲在电线杆下伸出木僵僵的脖子仰望。她家的窗口还亮着灯。橘黄色的。暖和。像煮热的黄酒呢。我轻轻地叫了一声苏拉拉的名字。窗户打开了。一张脸在半明半暗的窗口闪耀。紧接着另一扇窗户也打开了。有人重重地咳嗽了两声。我哧溜一下钻进树丛。继而听到了狗吠。苏拉拉吓得不敢作声。只是一个劲地挥手让我快回去。我没有回去。我一直待在她只要探出头来就可以看得到的地方。苏拉拉每隔四五分钟就会探出窗口四下里张望一眼。零点过后我发短信对她说狗已经睡熟了。苏拉拉会意后蹑手蹑脚来到院子里打开铁栅门。那时我已经冻得脸色发青浑身颤抖。我说我要暖暖身子于是就搂住了苏拉拉。事情就这么简单。事情没有比这更简单了。我钻进了苏拉拉的被窝我说我要暖暖身子。结婚之后事情就变得复杂了。就像隔壁这对夫妇我们每隔一段时间就要发生一次争吵。刚开始我们甩一些梳子化妆盒杂志之类的小物件（我们的理由是那时生活拮据只能甩些廉价的东西）。后来我们的收入即使没有增加多少也要甩一些体积较大的东西。有时掀掉桌板有时用凳子砸金鱼缸有时用花瓶砸那张二十四寸结婚照镜框。半年过后新居也变得陈旧了。家里的物什跟孩子们的玩具一样总是缺胳膊少腿。那张有裂缝的写字桌是被我砸过的那把弯月形梳子是被我拗断的那盏台灯是她砸掉的那副窗帘也是她撕掉的。那张沙发像老人的双颊那样深深地凹陷下去。客人们开玩笑说我准是常常被老婆赶下床去睡沙发。我只好苦笑着点点头。

狗生的。

隔壁那个女人发出拖腔曳调的尖叫声。

狗生的狗生的狗生的。

拉拉也曾这样骂过我。

她骂我是狗生的。

拉拉骂我是狗生的那么我就是狗生的。“狗生的”这三个粗俗的字眼在我们这一带随处可见。借书不还十代狗生。乱倒垃圾全家狗生。随地小便十八代狗生。骗人就是狗生的……有时候狗生的没有具体指向。它所对应的仅仅是一种强烈不满的情绪。它甚至跟我的天哪阿弥陀佛啊这些词一样变成了一种日常的不经意流露的情绪表达方式。拉拉除了骂我是狗生的有时也骂自己豢养的猫是狗生的骂掉进菜汤里的苍蝇是狗生的骂米缸里的米虫是狗生的。当然她有时看见狗不舒服就骂狗是狗生的。而现在我是多么希望拉拉还能再骂我几句狗生的。

狗生的狗生的狗生的。

那个隔壁的女人还在重复着拉拉骂我的那句话。仿佛是代替拉拉在骂我。

过了许久他们的争吵声终于平息下来了。让我恍惚觉着他们争吵时露出的那副凶神恶煞般的嘴脸也在墙上慢慢消隐了。但墙上的裂缝是不会消失的。我的目光沿着裂缝往下滑。看到了一枚铁钉。上面挂着一串拉拉留给我的钥匙。两把是老家里外两层房门的钥匙另外三把分别是衣柜车库抽屉的钥匙。握柄上扎有蓝色涤纶绳的那把是她办公室的钥匙。至于剩下的那把扎有红色涤纶绳的钥匙我从未见她使用过(也许每个人都有这样一把钥匙它只会在没人注意的时刻打开一个隐秘的锁)。七把钥匙各不相同。钥匙的锯齿像一排参差不齐的狗牙。它们曾在某个锁孔里发出类似于狗咀嚼骨头的声音。后来有一天我在我的老板身上竟发现了一把同样扎着红色涤纶绳的钥匙。这算什么意思？我问自己这算什么意思？

在我脑子里总会冒出一些个疑问。总会有一些个小小的滚动。我站起来把这串钥匙取下扔进抽屉里。可满脑子还是有什么东西在滚动。我像狗一样爬到床上。对于一个孤独的男人，这张床显得过于空旷了。我保持着单身汉的睡姿。身体侧向床边弓起身体。这张床也是从老家那边搬过来的。它没有留下被我们砸过的痕迹。因为所有的事一到床头就自然和解了。在这张床上我们曾经小心翼翼地采用性学专家推荐的避孕方法且总是小声埋怨床不够牢固。吱嘎吱嘎。隔壁那对夫妇也是这样子的。别看他们现在闹得天翻地覆过些日子出来之后依旧是手挽着手保持着五好家庭的风范。

四

你好。

你好。

我是你的邻居。刚才摇手机时竟摇到了你的微信号。

真巧。我也在摇。

我无聊的时候就喜欢摇手机。然后就跟陌生人瞎聊上一阵子。

徒然先生是你的网名?

是的。

上面那张图是北冰洋吧。

是的。我有一个梦想就是有一天能穿过北冰洋。

我必须为你的梦想点一个手工赞(同时发送了一个大拇指)。

不介意跟我聊天吧?

很乐意呢。

不介意的话还可以陪我喝几杯（对方在微信上发送了一个啤酒图案）。

谢谢。我也正在喝酒。

真好。酒逢知己。

隔墙干一杯吧。

昨晚有没有惊扰你？

是的。昨晚听到你们吵架的声音了。

真不好意思。

夫妻之间吵吵闹闹是免不了的。

我一直不承认我们之间有什么夫妻情分。

你是在说气头上的话吧。

我说的是真的。十年前我还是光棍。得了我还是不提这破事吧。

你接着说。

有一天我去讨债。谁知那个皮革加工厂老板欠了一屁股债早已跑路了。我每回去他家碰到的都是他的女人。说实话我一点儿都不恨她。可我后来还是把她给操了。

原来你们是这样认识的。

你看你看我又提这破事啦。

我觉得你是个真诚的人。很想听你继续讲下去。

简单点说吧。一个月后我听说皮革厂老板死在外头了。这女人后来就成了我的女人。

这就算是抵债了。

你这话算是说到了我的痛处。

为什么会说这话?

因为我尝到了苦果。

所有偷吃过禁果的人最终都要尝到苦果。婚姻就是这样一枚苦果。

可我发现我的女人还在跟另外一个男人偷尝禁果。那天我找摩托车钥匙无意间在她口袋里发现了一个不知名的男人写给她的一首极为下流的情诗。

问过对方是谁?

试探性地问过。但她一直咬紧牙关没说出对方的名字。

这么说我就知道你们昨晚吵架的原因了。

这娘们已经不止一次给我戴绿帽了。

这个世界就是这样子啦。被戴绿帽被穿小鞋被掏空被敲诈被算计被围观被强奸被嫖娼被这被那。想开一点就是啦。

可我还是有点想不开。今晚我就坐在窗台上。一边喝酒一边摇手机。结果就跟你搭上了话。很难想象如果没有人跟我聊天我是不是已经躺在下面的马路上了。

你现在就坐在窗台上?不会真的想不开吧?

死是一件很容易的事。就像这一刻我只需要向前鞠一个躬就能干掉自己了。

可以谈谈别的开心的事，比如你的儿子。

谈谈我的儿子？

是的。

你觉得我的儿子像我吗？

看不出来像你。也许跟她更像一点。

从孩子身上我找不到一丁点跟自己相似的影子。

这我可没留意。

我儿子有一个高鼻子而我没有。这是明摆着的嘛。

一个鼻子又能证明什么？楼下那个小杨不仅鼻子比老杨高个子也比老杨高出一大截呢。

老杨和小杨除了鼻子不像其他地方都像是一个模子印出来的。可是你没发现吗？我的儿子一点都不像我。

有些孩子就是照自己的意愿生长的。

可他越来越像一个人。

谁？

那个皮革加工厂老板。

这怎么可能？

事实就是这样。我把他的女人讨过来之后却不晓得她其实已经怀有身孕了。

这么说那人欠了你两笔债。

我现在感觉自己已经从债主变成了债务人。今生要替别人还债。

从前有个木匠得了个儿子却发现儿子不是自己亲生的。这事弄得全世界的人都知道了。而且直到现在还是有人反复强调木匠的儿子跟木匠本人没有任何血缘关系。

他是童女所生。书上是这么说的。

是的。

可我的女人她什么也不是。

想想那个忍气吞声的木匠吧你心里也许会好受些。

可问题就在这里。那个木匠的儿子小时候是否知道自己不是木匠的儿子？还有木匠的儿子如果知道自己的亲生父亲不是那个木匠他会怎样呢？那时候他应该如何称呼木匠呢？他会喊他大叔吗？

你这些问题也许可以请教神学家。

有些问题你不提出来就可以视为不存在。可你一旦提出来它就是一个摆在面前不能回避的问题了。

对。人活着就得面临很多问题。你还坐在窗台上？

我已经回到床上去了。

好好地睡一觉吧。不要多想。

你听听。那根叔又开始拉胡琴了。

呵呵胡琴都已经拉开了。这出戏你也该认真地唱下去了。

真个是人生如戏呀。不晓得明天唱的是哪出戏。

戏还是要唱下去的。

是的。戏还是要唱下去的。

晚安。

晚安。

五

我的邻居没有从窗台上跳下去。我的邻居也没有去找神学家。我的邻居自然也没有去北冰洋。他是一个按部就班的公务员。依旧像从前那样拎着一个包去上班然后又拎着包回来。依旧像从前那样在空气里走进走出。

我的邻居离我很远也很近。有时感觉他仿佛搬到了很远的地方。跟我相隔九座山、一片湖泊和三个村庄。有时又感觉他近在眼前。我的目光可以穿过一道薄墙看着他吃饭睡觉做爱吵架如厕或是干别的什么不为人所知的事。

世界就是这样子啦。我和我的拉拉相安无事。他和他的女人也将重归于好。世界该好的时候就好。该坏掉的时候就坏掉。

我的邻居有一天把孩子唤到跟前。爸爸对你好不好？好。听不听爸爸的话？听。以后爸爸让你做什么你就做什么好不好？好。

于是有一天我就看到了父子俩推着摩托车出门的温馨画面。我的邻居戴着一副眼镜。孩子也戴着一副眼镜。我的邻居穿着海魂衫。孩子也穿着海魂衫。我的邻居穿着一条黑色七分裤。孩子也穿着一条黑色七分裤。我的邻居背着一个蓝色双肩包。孩子则背着蓝色书包。他们都穿着耐克运动鞋。还有白袜子。他们的影子投在地上。一长一短。却是一样的黑。他们俩的确很像。可他们俩到底是一点都不像呀。上摩托车之前我的邻居给孩子戴上了头盔。坐定之后我的邻居又给自己戴上了头盔。

我的邻居经过那个整日里抱着一把破胡琴的瞎子面前。

你说我们父子俩像不像?

像。瞎子如是说。

我的邻居发出了爽朗的笑声。

六

吱嘎吱嘎吱嘎。

我想地球又开始转动了吧。

写于 2015 年春

骰子掷下了

王革命

那扇折叠气门嗞的一声关上了。我看见一条湿漉漉的手臂在窗外左右晃动，仿佛一根雨刮器。但那人还是被甩在后面，过分喧哗的雨声湮没了他的呼喊。

望着前面的投币机，忽然想起自己刚进门时还没投过硬币。我挪了挪身子，打算去补上，但我很快又懒得动了。我总是很容易原谅自己的疏忽。车上坐满了乘客，其中并不排除可疑的人。我压低帽檐，向四周扫视了一圈，唯恐忽略掉一个最不该忽略的。这是我多年来养成的习惯。看，有时是为一个明确的目标而看，有时却是为看而看。

可以确定，那个跟踪我的人已经被这辆车远远甩在后头了。我松了口气(但也只是稍稍松了口气)，又开始留意起身边那些乘客。我背后的一对青年男女正在用本地话交谈，他们涉及公共领域的话题时，声调就维持在一定高度，但过了一会儿声调就降低了，也许其中夹杂着某些私人领域的话题。前面两名妇人也正谈得有滋有味。她们的语气是平和的，语速是均匀的，让人感觉不出哪句是重要的，哪句又是次要的，或者哪个时候是兴奋的，哪个时候又是低沉的。她们好像是在交换对家居生活的某些看法。隔着一条过道，跟我坐在同一排的是两个老职员模样的人，一个肥头大耳，一个尖嘴猴腮。后者长着一个锥形的脑袋，紧缩的下巴看上去尖而锐利，因此每点一下头都像是在用锥头敲击什么。他的点头频率也可以表明他与旁边那个人之间具有领属关系，对方说的每一句话似乎都带有某种权威。坐在我身边的，是一名戴眼镜的女生，手中捧着一本书，正津津有味地看着。我猜想那是一本十分轻松有趣的小说，因为她看着看着就情不自禁地流露出会心的微笑。这样，我绷紧的身体在那一刻也就放松了许多。

现在我可以带着愉悦的心情打量那个站在中间过道上的女人了。她的身段着实不错，站立的姿势也很优雅，一只手抓着一根镀镍的横杠上的吊环拉手，露出腋毛刚刚刮过、还泛着淡青色光晕的腋窝。我的目光随风飘落似的往下滑移：她穿着一件吊带衫，弹力超短裙。裙子紧绷着，使她的臀部看起来像是两瓣极富肉感的莲花花瓣；裸露在裙子外面的大腿分布着纤细的静脉，颜色深浅不一，长短也不尽相同，但每条拉到一定长度，就自行中断了。与这样一个女人同车，会让任何一个男人感到旅途愉快。女人前面的大块头下车后，上来的是一个蓄飞机头的年轻人，前额的一撮头发被雨打湿，软蔫蔫地垂挂下来，呈现出遵循地心引力的梳向。飞机头绕到那个女人身后，刚好挡住了我的视线。我闭上了眼，脑中闪现出刘丽亚的身影，好像是从刚才那个女人的身影中分离出来的。这真是一种奇妙的感觉：我从一些酷似她的女人身上常常会想到她，却不会从她身上想到那些酷似她的女人。

我睁开眼时，发现那个飞机头已经绕到女人左侧背后，因此我可以清楚地看到两人之间的距离，以及距离所造成的暧昧氛围。他满可以退到身后更宽敞的过道，却非要挨她那么近。他的身体倾向于与我同排的那个瘦子，从我这边来看，他歪斜的身体刚好与前面那个女人呈锐角（也就是说，现在那个女人的臀部再一次落入了我的视线）；但如果从瘦子那个角度来看，飞机头瘦削的臀部刚好取代了女人那个丰满的臀部，他的左手支着瘦子前面那个座位的椅背，就好像要搂住那个女人的细腰。这辆车经过一条人群拥挤的街道时经常走走停停。每次刹车，飞机头都会趁机向前面那个女人的身体靠一下，而那个女人的身体有时也会向后微微一仰，那时飞机头总是不失时机地做一个扶持的动作。有好几次，前面那个女人都回过头来瞥他一眼，飞机头咧开嘴，露出表示友善的微笑，而那个女人也只是释然一笑，好像经过几次轻微的碰撞，双方都有了默契的感觉。于是，他们之间的距离也相应地发生了微妙的变化。飞机头的手指有点不太安分了,两个手指并拢,在离她臀部只有两三公分的地方游移着。

这时,一起发生在十字街头的交通事故使车上的乘客都为之哗然,他们的目光转向窗外,估量着血迹的长度。飞机头的脑袋也转向了窗外,但他的手在底下仍然保持着动作的连续性。也许他并不满足于那种仅仅能够激发想象力的猥亵,还会进一步缩小自己的活动范围。我这样揣度时,飞机头的两指之间忽然亮出了一个明晃晃的刀片,仿佛是直接从他的手指间延伸出来的。这时我才注意到,那个女人的背后斜挎着一个包,黑色漆皮垂挂下来,遮住了其中微凸的部分。飞机头手中的刀片向她的皮包一点点推进,这就说明他并不是以触摸她的臀部为最终目的。我屏住呼吸,目光在刀片与皮包之间游移,仿佛我也参与了整个行窃活动。随着这辆车猛地颠簸一下,他的两根手指迅速插进了皮包的切口,然后又迅速抽了出来。他的手指没有握成拳,表明里面并没有他想得到的东西(或者只是一些不值钱的东西)。

车到了第三站,飞机头前面那个女人下去了,他身边那个瘦子也下去了。飞机头在瘦子坐过的那个位置坐下,身边就是那个肥头大耳的胖子。到了第四站,飞机头起身准备下车。我重重地咳嗽了一声,飞机头侧过脸,朝我微微一笑,仿佛是在跟自己的同谋打招呼。

这辆区间车并没有开出多远,与我同排的胖子突然站起来,向车上所有的乘客宣布:他遭窃了。他让司机停车,打算回头去追赶那个飞机头。司机望着他肥嘟嘟的身躯说,算了吧,人都跑远了,你还追赶得上吗?但胖子坚持要下车,司机只好把车停下。折叠气门嗞的一声又开了,胖子打了个趄趔,险些从车上滚下去。我想,假如胖子肯舍得花钱去搭一辆出租车,假如今天不穿西装(而是穿一件皱巴巴的夹克衫),假如他的口袋在左边,假如他的右边是一个空位置,假如他在上一站就跟那个瘦子一起下车,假如他不急着回家,或者仍然待在办公室里消磨一段时间,那么,他就不会遭窃了。然而,就有那么一种叫不出名儿来的东西在捉弄着每一个人,上一刻安排一个小偷和你在一起,或者下一刻安排一把刀和你在一起都是不无可能的事。这使我每时每刻都没有放弃警戒。我从车窗里探出头,看见胖子茫然地站在路侧,抱怨、叹气、期待着行人说几句表示同情的话。于是我又想,假如此刻不是他在叹气,将会是另一个人,可能是一个钱包更丰的人,也可能是一个已经改行的小偷,当然,也有可能是我。

郑亮

从车上下来,拍了拍口袋。其实我想拍拍干瘪的肚子。

一直惊讶于自己的直觉。当我的身体告诉大脑:不妙。不妙的事情随后就真的出现了。眼下的情况就是这样。我在大街上闲荡时，双腿突然产生了奔跑的冲动。全身的血液一下子都涌到了两根细瘦的肉腿上。我跑得飞快，风都快长出棱角来了。我在街头奔跑时，后面总会跟随着一伙人。这一次也不例外。我一边奔跑，一边回过头来仔细点数，发现身后总共跟随着七个人，他们也许是互不认识的，仅仅是因为我而使他们临时组成一个运动团体。在我看来，他们只不过是以我为共同的参照物，进行一次非常规的赛跑。跑在最前头的是一名年轻的警察，尽管他远远落在我后面，但奔跑的速度比起上一次，要算进步得多了。多少年来，我一直被人们归类为那种喜欢给警察添点麻烦的人。那个我称之为“父亲”的老家伙，就是一名自以为非常神气的警察，我给他添的麻烦，妈妈说，垛得像柴堆一样高。十多年前，这个穿制服的老家伙追打我时，街坊邻居竟然毫不动情，也不上来劝阻，甚至还夸他是一个好父亲，称职的警察，擒拿功夫了得。在他身上，坏脾气与非比寻常的腕力总是那么相称地体现出来。他终于把儿子像一条野狗那样治住了，有好几年都不敢犯上。可是，自从医生告诉他，他身体里有一块石头，他强壮的身体一下子就蔫掉了，没过多久，我们家后山的几块石头就永久保存了他的身体。他死了，死透了，多年来我对他的恐惧却一直在那些穿制服的家伙身上延续。现在一见到警察，我总想跑几步。我不知道是警察在追赶我，还是我父亲的鬼魂在追赶我。

有一种蓬勃的力量在我双腿之间循环流动。我跑出很长的一段路之后，回过头看，那名年轻的警察已经落在六个人身后；我又继续跑出了一段长路，发现后面只剩下四个，警察已经不见了。那时我几乎忘记了奔跑的目的，开始玩味起整个奔跑过程给我带来的愉悦。我的腿弓间似乎安装了弹簧，一伸一缩，很有规律，一点也没有松弛下来的意思。第四次回头时，我发现后面只剩下一个高个子。我停下来，站在斑马线的另一头，向那人招了招手。中间相隔着来往不断的车流。高个子也停了下来，弯着腰，双手支撑着膝盖，一边张大嘴喘着粗气，一边拿铜铃般的眼睛瞪我，仿佛是在对我说：你小子有种。

我转过身，仍然在大街上奔跑着。我把这一次奔跑当作一次寻常的晨练。

刘丽亚

我拎着两份早餐上楼时，房东老大妈刚好从楼上下来，她告诉我：她那个房间的铁栅门昨晚被人撬了锁，幸好里层还有一扇铁门，三道防盗锁，被打开了一道，小偷没耐性，只好放弃了。苜蓿街一带是杂居区，小偷多，活动频繁。最近警察在这一带加强了警力，也不见得管用。那些小偷，报纸上说，就像皮肤病患者身上的痒，到处都是，即便在这儿抓住一个，那儿很快又会冒出一个。房东老大妈朝我房间里张望了一眼，说，你一个独身女人，可要防着点，他们不但会偷东西，还会偷女人。她跟房间里面的敖姬打了个照面，才算满足了自己的窥探欲望，挎着垃圾袋咚咚地下楼去。

敖姬趴在床上，脊背上是三道不规则的抓痕，昨晚我用红汞给她的伤口消过毒，因此结痂的地方仍然留着红色印记。敖姬对自己受伤的原因一直讳莫如深，我也没有多加盘问。自从离婚后（我甚至不知道她以前的男人是谁），她就学会了抽烟、酗酒、说粗话、用让人舒坦的手法榨取男人的汁液和钱包。男人们喜欢她喝酒后疯疯癫癫的模样，喜欢听她混合着酒精的尖叫。有那么一次，她在酒吧里喝醉了酒，就直接用自己的身体付掉那笔酒资。我劝她说，你这样子会把身子弄垮掉的。敖姬却一脸漠然地说，这没什么，你吐过一次就不会对恶心的男人产生呕吐感了。但是，我对她说，一个女人是经不起那么多次呕吐的。

敖姬坐在床上吃稀粥时，手机的铃声突然响了。她打开手机盖子，里面传来含糊不清的声音。敖姬毕竟是场面上的人，一听声音就能知亲知疏。她说了几句自轻自贱的话之后，又用本地话狠狠地骂了几句。敖姬向我数落她的客人时，常常会夹带几个新鲜而又粗俗的词汇。她说男人不知有多贱，只要让他们图个快活，你说话无论怎么难听他们都不会介意。当然，粗俗也仅仅是适可而止的粗俗，它属于调情的一部分。在交谈中，敖姬故意拖长每个字的尾音，以表明她的厌倦与冷淡，而对方显然是在柔声柔气地讨好她。谈妥了价钱，敖姬就挂掉了手机。她突然问我，你知道对方是谁？我摇了摇头，自顾吃粥，懒得打听。

敖姬指了指天花板说，是楼上那个死老头。田贵生，我说出这个名字时，松花蛋粥差点要从嘴里喷出来。

敖姬背着亮光坐在梳妆台前，又开始给自己涂脂抹粉了。我问敖姬为什么要在闹市区里开设店面，她颇为自得地解释说，闹市区里大伙各忙各的，没时间去琢磨别人的营生；而冷僻的街区就不同了，那些碎嘴子女人喜欢搬一条凳子懒洋洋地坐在门口，东张张，西望望，尤其喜欢对我们那些进进出出的客人说三道四。

她用褐色唇膏涂满下唇，盖住了嘴上那些由于过敏而呈现的黑褐色条纹，接着用银灰色唇膏涂在下唇的分界线上，最后，她涂了一笔重重的唇彩。她说，男人都喜欢性感的嘴唇。

我说，你都这副模样了，还要出去？敖姬放下画笔，没好声气地问我，你是嫌我老了？她这样说时，我才注意到她的脸，这是一张对生活充满厌倦的脸，上面已经出现了皱纹。日复一日，这份职业带来的劳损是多么可怕地呈现在她的脸上。就像一个原本漂亮的花瓶经过几次震荡后并没有立即出现裂纹，但天长日久，一条条不规则的裂纹就毕露无遗了。敖姬每每见到脸上多添一条皱纹，就会产生近乎神经质的恐惧，以致看到墙壁、浴缸、洗脸池上的裂纹，都会引发同病相怜之感。那时我想，一个漂亮的女人对于衰老的恐惧要远远大于相貌平平的女人。

男人们总是这样，敖姬说，一看见你脸上出现了几条皱纹，就死也不肯往你身上添钱了。

田贵生

敖姬替我脱下袜子时,从我发黄的脚跟上发现了一圈皱裂的表皮。她跟我说,这是衰老的标志,报纸上是这么说的。我知道,我已渐入老境(衰老是无法阻止的),而我身上的力量也像黄昏的光线一样,正一点点变得微弱。在我精力最旺盛的那段年龄,我总是渴望把自己的身体打垮,可现在不同了,我必须小心翼翼地把力量贮存起来,绝不会像年轻时那样胡乱挥霍。年轻时,我对“力量”这个词是熟视无睹的。

你不在乎我的年龄?我问敖姬。

她轻描淡写地回答,年龄不是问题。

你这是违心话,我说,事实上,你也已经有了年龄上的危机感,你这样安慰我就等于安慰你自己。当你看到那些小白脸搂抱着那些比你年轻的女人,你心里一定也是酸溜溜的,是不?

敖姬听了我这番话突然发火了,脸拉得老长。我想女人真是水做的,火一烧就变成了一壶热开水,滚烫的。敖姬昂起头说,假如老娘还只有二十出头,她们就别指望得到小白脸的欢心。

这是真的,我看过敖姬年轻时的照片,那时她长得真好看。

敖姬也问了我一个问题:你为什么要跟老伴分居?我很坦白地告诉她,我的女人早已经不能受用了,更何况,她自从动了乳房切除手术，整个跟宫廷里的阉人毫无二致，看了会让人做噩梦。敖姬不怀好意地笑了起来，她指着我说，你现在难道不像个阉人？我低下头，发现自己的身体依然像面条一样柔软。一个人最大的痛苦莫过于此：对于伸手可及的东西他却无力触及。眼前这个看起来有失体面的物体，并没有从我的身体中挣脱出来，它缺乏向上的力量，它更缺乏深入的力量。我所能期待的，就是在平静、缓慢的抚摸中获得一点想象性的快乐。老年人总是一再被人告知：要把快乐从某个固定的点上转移到整个身体上。这也是我目前所能接受的一个悲哀的事实。我现在热衷于打桥牌，就是最大可能地实现力量自下而上的转移。

我向敖姬承认：对于男人来说，女人就像一座山，年轻时候可以接连翻过好几座，到了老年，就只剩下登山的欲望，却没有登山的力量了。敖姬笑了，这是一种表示理解的微笑，而我仍觉羞惭。

敖姬在我脚底抹了一层油。她指着几个足穴，充内行地告诉我这是什么穴，那是什么穴。我让她重复一遍，她马上就说混了，甚至把脚前的穴位名称说成是头顶的。她接着拿出一根长约十五公分的木杵，在我脚板上往返挤压，然后问我，有感觉？我没吭声，敖姬忽然使出了更大的手劲，我痛得嗷嗷叫起来。痛，就表明你的经脉不够畅通，敖姬又指着我的某个足穴说，这儿，对，这儿直通你的肾。你的肾坏掉了。敖姬这样说时，我的身体居然有点发硬了。我想是我的肾上腺已经受到刺激了。我把敖姬的脑袋按了下去。

敖姬吐出了舌头。她的舌头真长,几乎可以舔到自己的鼻尖。

时间到了。外面有人提醒道。我突然意识到,在这儿每一个人的快乐都必须接受钟表的管辖。让我忽然想起桥牌的规矩:每轮打两副牌,限时 15 分钟,打三副牌限时 20 分钟。

能不能再延长一点时间?

那么你就得付更多一点的钱。

郑亮

我带着一份生日礼物来到刘丽亚的住处。她给我开门时,只穿一件单薄的睡衣。她的乳罩是透明的,隐约露出饱实的乳房,就像是透过橱窗可以直接看到里面的奶油蛋糕。生日快乐,我递上礼物说。

他妈的,刘丽亚兴奋地说,我居然忘了今天是我的生日。

我不知道自己为什么会喜欢眼前这个女人,也许是她说粗话的模样迷住了我。

她向我表现出来的,不是我想象中的那种亲热,而是平常的热情。请坐。请喝茶。如此而已。然后她就斜靠在床头,抬高一只胳膊,用一枚小镊子小心翼翼地夹着腋窝里的毛根。我明白自己需要做点什么。我走到床前,搂住了刘丽亚,但她使劲推开了我，迅速转移到了床的另一头。我在若有所失的感觉中晃荡了一下。刘丽亚见我满脸尴尬，就带着歉意说，今天不行，我“二姨妈”来了。每次到关键时刻，她总会找借口拒绝我。但我是可以容忍的。通常情况下我还是可以容忍的。

现在她坐在梳妆台前，一边照着一面小镜子，一边继续用小镊子夹着鼻子上几颗细微的黑头。仿佛她从事的是一项瓷器活，极力要把每一个细微之处打磨得光滑，不容一点杂质出现。每天她都要花大量时间挑剔身上一些她认为必须挑剔的东西。除此之外，她似乎也没有什么癖好折磨自己。夹完黑头，她又开始用小剪刀把头发上分叉的部分剪去，有条不紊地堆放在一张散发着油墨香的报纸上。报纸上是一张笑得十分灿烂的明星脸，几乎占了整个版面的三分之一。不久之后，那张笑脸就被一堆柔软的发丝覆盖了。我斜靠在床头，懒洋洋地看着，随手打开床头柜上一盒巧克力豆，捡了一颗抛进嘴里。她对着镜中的我说，别吞下，这是眼影膏。但我还是把它吞进了肚子。她应该明白，这是一个被她长时间忽视的人所做出的小小的过激行为。她应该有所表示了。但是没有。

她继续对着镜子，从纸包里掏出一张粉红色纯棉纸，蘸了一点水，轻轻地拍打着双颊。我第一次发觉她的脸有点不太对称（也许是睡眠过多导致双颊浮肿的缘故）。我忽然想到了早上一对男女在吃早餐时的谈话。

刘丽亚

郑亮冷不防问我一个问题:你是否认为对称的脸比非对称的脸更具吸引力?我说是的。其实我也可以说不是。郑亮接着告诉我:通常情况下,面部对称的人失去贞操的时间要早一些,而他们身边的性伙伴也会多一些。我觉着郑亮的话无聊而又有趣。我问他,你是从哪儿听来的?郑亮说,吃早餐时就有一对男女在我旁边讨论这个问题。我说真无聊,无聊透顶。其实我也可以说真有趣。

经郑亮那么一说,我也下意识地瞥了一眼墙上的明星写真(我无聊时,就喜欢在想象中挑剔我所喜欢的那几个男明星的长相),汤姆·克鲁斯的左脸和右脸显然是不对称的,因此他拍照时常常会举起左手,在脸上投下一道阴影,以掩饰脸型的缺陷。我一度被他举枪的手势迷住,现在却觉着有些厌恶。

我又想到那个举枪的男人了。一条丧家之犬,至今去向不明,我也懒得去打探他的消息。那座城市里的人都管他叫王革命,而他悄悄告诉我他的原名其实叫王格。我说你叫王革命更合适。这个名字,充满了火药味,跟他本人一样。一个人时常带着手枪,几乎什么事都有可能发生。子弹是没长脑子的,我说它总有一天会冲他而来。他就是听不进我的劝告。干其他事有什么不好?邮递员、司机或者油漆匠,都是一份蛮不错的职业。可是他却不愿意这么平平淡淡地过日子,非要拿着枪去寻死觅活。他曾对我说,完成了这桩事,我就带你远离这座城市。我问他究竟是指哪桩事,他却笑而不答。他总是这样说,快了,快了,我们就要过上幸福的生活了。这种听起来悦耳的话他已经向我说过很多遍了,后来就让我觉着厌烦。有好几次我把他的枪藏起来,但每次他都能凭着嗅觉找到它。事情坏就坏在他手中这个家伙。有一天,人们告诉我,他在一家地下赌场用一把六四手枪击倒了一名赌徒中的老大。正如报上那个杀人犯所说:他必须用枪口表达自己的愤怒。后果是不堪设想的,在那座城里至少有十几名赌徒发誓要杀掉王革命。但也有人夸他的枪法准,他们会对那些玩枪的小毛头们说:王革命在这儿你就不敢出风头了。那个胆敢效仿他的小毛头后来竟死在别人的枪下。我说这是自讨苦吃。

当你口中的一颗蛀牙彻底烂掉,只剩下牙龈时,你仍然会认为它完好无损地存在。只有当你牙龈隐隐作痛时,你才真切地感到它已经彻底地烂掉了。你一次次想拔掉它,却始终没有勇气。

有好几回,我以为自己已经彻底忘掉他了,但没过多久,他就会在我梦中杀了回来,他让我的梦境乱了,让我的心乱了,最糟糕的是,他让我的整个生活都乱了。

我想我注定要爱上这个卑鄙无耻的男人了。

王革命

她打开房门乍见我时，没能及时控制住脸部的慌乱神色，就像不速之客进她的卧室时，她一时间无法收拾好床上的凌乱衣物。定了定神之后，她的第一个反应就是伸手去关门，我用手把门挡住，没等她开口，我就进了房间。里面站着一个小个子男人，蓄飞机头，我一眼就把他认了出来。我同时还注意到了床上的一片压痕，范围不那么大，可能是他们刚刚坐过，或是其中一个斜躺过；床单的其余部分是平整的，没有那种翻滚过后的印痕。我们三个人：我、刘丽亚、飞机头，站在三个互为对角的位置。刘丽亚还没有完全从一种慌乱的感觉中脱离出来，眼神迷乱，表情费解，她似乎正在琢磨着应该如何应对这种局面。事实上，真正处于对峙状态的，是我和飞机头。碰到一些拔刀子不能解决的事，我会冷静下来思考。我会在不失风度的情况下让对手安静地离开。飞机头的嘴角掠过诡秘的微笑，我也以微笑回敬他。我的目光落在他肘边桌子上的礼品盒，包装精致，分量似乎不轻。我猜想那是他送给她的生日礼物。我把它掂在手中，问刘丽亚，这是他送给你的？刘丽亚的脸部肌肉紧绷着，双唇也是紧紧闭拢，只让两个鼻孔小声出气，一副少气懒言的样子。我转而对飞机头说，我今早在车上发现你的手不太干净，因此你的礼物肯定也是不干净的，你拿回去吧。飞机头被我这句话激怒了，但他心里应该有数，凭他这副体格，并不适合用男子汉的方式解决问题。他把脸侧向一边，似乎不想让我和刘丽亚看到他此刻的窘迫。刘丽亚从我手中夺过礼品盒，抱在怀里说，即使不干不净，我也喜欢。这话让我一下子怔住了。我想，了解一个身边熟悉的女人有时会比了解一个远在千里之外的陌生女人更困难。我的惊愕很快就转变成了愤怒，一句粗话冲口而出。

我好像是这样对她说的，你他妈的真像一只鸡。

刘丽亚竟摆开了斗鸡的架势说，我是鸡又怎样?！我是鸡又怎样?！

这么说，我一直都是在跟一只鸡生活，而当初我还以为是在跟一只天鹅比翼双飞呢。

我好像是在这种有失风度的情况下扇了她一巴掌。飞机头随手抄起一张小方凳，要向我劈头砸来，但他举到半空时，双手突然凝滞不动了。这种吓唬人的小把戏对我来说早已过时了。我相信他不会跟我相持太久。刘丽亚没有及时出面喝止，让他反而有些为难（立即放下凳了，他也许会觉着脸上有些挂不住）。但他还是放下了。他继而转身去搬那张体积较大的沙发，他举了几次，都没能举得起来。我等得不耐烦了，拔出手枪顶住了他的脑门。我一直对自己右手的控制力缺乏信心，我害怕这一颗子弹会背离我的意图蹿出来。结果是刘丽亚上来拽住了我的手臂。她对我大声嚷道，你疯了，你真的疯了。

其实我一点也没疯。我之所以没有扣动扳机，仅仅是希望这一晚能睡得踏实一些。飞机头趁我犹豫之际，夺门而出。他逃得飞快，似乎是训练有素的。我没有追出去，只是在门口冲他的背影吼道，如果是在以前，老子非一枪毙了你不可。

郑亮

我从刘丽亚的房间退出来，浑身疲倦，有一种刚从女人身体中被迫退出的感觉。

刘丽亚

他希望我这段时间的情感生活是空白的，没有任何男人插上一手；可是，他似乎又希望从我的谈话中进一步确认，我的生活中是否还存在过一个可能的男人。他就带着这种矛盾的心理盘问我，使用的是一半带审讯，一半带闲聊的语气。他的提问有些咄咄逼人，那时我想回避都是不可能的。每一个词都像是一个心怀叵测的人在我身后穷追不舍，直到抓住了我，让我完全放弃了抵抗。他一边听我毫无保留地讲述，一边察看我的脸色、眼神，揣度我的语气变化。而我的回答显然是让他满意的，他的语气转向柔和就说明了这一点。接着，他就使用抚慰的语气跟我交谈，就像一个人把掐住喉咙逼问的动作变成了轻柔的抚摸动作。

没有经过我的同意，他擅自打开了郑亮送给我的生日礼物。里面除了一只名牌手表，还附有一张生日贺卡，上面写了几行歪歪扭扭的字。中学时代的老师曾告诉我们：这就是诗。那个年代，诗歌还勉强可以哄骗那些没脑子的女孩子上床。这是诗，我用很识货的口吻对王革命说，但我内心没有升腾起一种圣洁的感觉。他居然会写诗，他居然掌握了不少形容词，他居然还懂得使用比喻，这就有点不一般了。王革命把我手中的生日贺卡夺过去，瞥了一眼，说了一句带有挖苦性质的脏话，然后当着我的面大声朗诵。

刘丽亚，我想请你看黄昏七点钟的月光。这他妈的是一句货真价实的下流话。王革命说完之后，突然大笑起来。我也笑了。我的笑声好像并不是发自内心，而是他的喉咙。我只不过是把他的笑声延长了几秒钟，没有别的意思。我对眼前这个男人再了解不过：无疑，他是那种血性很旺的男人，跟别的硬汉子一样，发起狠来，愤怒也是一步到位。可是，他也有另外一面。我知道怎么哄他，让他开心。

王革命突然抱住我说，我也送你一份生日礼物。说着他就借助整个身体的重力顶住我。他弯腰时我听到了骨节错动的声音，好像他的身体一直紧紧地绷着，现在终于可以松弛下来了。

我终于可以松弛一下了。他是这么说的。

我对他说，你弄疼我了。他却装作没听见，仍然在炫耀他的力气。我用膝盖顶住他的腰部说，我要是跟你一辈子非要死在你的手里不可。他没有停不来，反而露出了得意的微笑。其实我要的仅仅是一双坚定的手，而他给我的却是整个笨重的身体。

一股甜蜜的仇恨在我血液里蔓延。我拧住他的耳朵说，你听见了吗？你弄疼我了。一枚硬币忽然从他耳朵里掉了出来，落在枕边。我不知道他为什么会喜欢把硬币搁在耳朵里，也许只是一个微不足道的癖好（他的耳朵有一小块烟蒂似的赘肉，恰好可以挡住一枚小小的硬币）。我把这枚硬币夹在拇指与中指的指肚间捏来捏去。他问，你发现这枚硬币有什么特异之处？我拧着他的耳朵说，你的耳朵倒是有些特别。我一定是把他的耳朵弄疼了，否则他不会龇牙咧嘴，像要吞掉我。那一刻，我感到肚皮下有什么东西突然需要尖叫了。我用手中这枚硬币堵住了他的耳朵。

郑亮

我握着一把水果刀又悄无声息地杀了回来。但我还没有到刘丽亚的房门口，就已经听见了房间里传出嬉笑打闹的声音。我一下子怔住了。刘丽亚对那个男人说，我只想过一种平平淡淡的生活，我要的就是一点点——我知道她下面要说的是“自由”，但她的声音突然被迫中断了，好像有一只手压住了下面的“自由”，或者是整个身体。让我无法容忍的，并不是那个男人的粗暴，而是刘丽亚那种不知羞耻的尖叫。对于女人，我以为是弄明白了，其实是自以为弄明白了。那一瞬间，好像有什么东西突然要给我后脑勺来那么一下子。但这算不了什么，我只要一转身，就能忘掉。

我照样可以哼着口哨，走上街头。我甚至希望那名毛手毛脚的年轻警察此时能够突然出现，跟我再玩一场追逐的游戏，否则我的快乐就会稍欠完整。大街上是日常的纷乱，这符合我的口味。有几个女人在当街兜拦生意，我没有兴致过去，但我很得体地向她们表示歉意。后来我走进了一个街头厕所，躲在某个隐蔽的角落，干完了那桩对我来说早已习以为常的事。一直以来，我都以为那桩事是近乎美妙的。但今天有点不一样，我本能地意识到，那瞬间的快乐是模糊的，也许根本称不上快乐。

我懒洋洋地从厕所出来。一个外地贩子正在厕所对面的一株大榕树下兜售几种仿真手枪。他向围观的本地人介绍说，这种仿真手枪的最远射程是 50 米，能打穿 4 毫米厚的玻璃。几个掂量过仿真手枪的本地人簇拥着他，七嘴八舌地跟他砍价。外地贩子表示，只要他们出得起价钱，他愿意免费在这把枪上镌刻主人的名字。这年头，只要手头有点儿钱，什么东西都是可以拿来把玩的，花 28 元就可以把自己的头像印在邮票上，花 100 多元就可以拥有一枚专为个人设计的 14K 刻名金首饰。那个络腮胡子只花了 58 元就买下了这把仿真六四手枪。他模仿美国西部牛仔的模样，举起手枪，瞄准厕所门口，一名刚刚整好裙摆的妇女从里面出来时，吓得尖叫一声。她的眼睛睁得圆鼓鼓的，仿佛眼前是一头凶猛的庞然大物。正是这种惊悚的眼神，使我决意购买一把仿真手枪。

我记得刘丽亚身边那个男人曾威胁我说：如果是在以前，我非一枪毙了你不可。

我不知道他从前是干什么的。

王革命

我不知道该如何描述我们这伙人的标准形象。我所说的“我们”，指的是跟我一样替老板卖命的六个人。我们的名字通常是连在一起的。六个名字，就像六发子弹，响亮、有威力。那座城市的硬汉，从来不敢跟我们较量。后来，老板唯恐我们的势力日益壮大，硬是把我们拆散，分派到三个不同区域的地下赌场，我们的任务就是维护秩序，把那些违规的人，按照行规清理出人群。我在地下赌场混了个把月，很快就具备了一条恶棍的全部特征：嗓门大、会说黑话、会动粗，有时表情冷漠，有时则目露凶光。那些在我们面前耸着肩膀、紧握双拳的人，与我对视五秒钟之后，就会胆怯地离开。我认为，我之所以能恫吓他们，还多亏额际那条清晰可见的刀疤。

我要说的是那一天傍晚，大约六点钟，我吃晚饭时不慎打翻了手中的饭碗。以后回想起来，觉得那件事似乎与随后发生的一起意外事件有着必然的联系。按照南方人的迷信说法，打碎饭碗会是一个坏兆头。

也就在我捡拾饭碗残片的那个当儿，一名客房服务生过来告诉我，他发现304客房有人正在鬼鬼祟祟地摆弄电视机。我带着两名助手冲进了那间客房。里边那个人吓得从椅子上弹跳起来，面前一台电视机的屏幕上显现的正是四个人围桌打牌的场景，他们打的是桥牌，北家是一个小胡子男人，他触摸着自己的纸牌，不露声色，他关注的似乎只是赌局本身，而不是对方的叫牌情况。我看到电视机旁边的信号放大器和解密器，就知道是怎么回事了。我很快就找到了屏幕上显示的那个包厢，那时北家正在按顺时针依次从左到右发牌，我对桌上的纸牌进行了检查，结果发现这些纸牌都是经过特殊处理的。小胡子男人竭力跟我狡辩，但不敢过于外露。为了证明这是一个不争的事实，我站到桌子上，拧开吸顶灯的灯盘，里头是一个烟感报警器，被一层又一层的硅胶粘着。那名小胡子男人见事败露，就想开溜，但被其他几名赌客一把抓住，摁倒在地。我取下报警器，打开，里头露出了一个微型摄像头。我用手铐把那名作弊的赌徒铐在一起，让他们在众人面前做个检讨。这是铁定的行规。那时围观的人越来越多，其中几个女赌客据说曾被他们骗个精光，最后不得不用身体作为赌资押上，结果自然是照输不误。她们愤愤不平地说，这两个人精耍了我们。她们上来就是兜头吐一口唾沫，然后狠狠地踢了他们裤裆一脚。为了平息众怒，我让两名赌徒各自留下一根手指。

事情就这样接踵而来。几天后，一个绰号叫西门勇的街头痞子来到我们这儿闹场。他是为那两名剁掉手指的赌徒打抱不平而来的。西门勇对我说，你剁掉他们的手指，这无可厚非，但你让几个娘儿们当众羞辱他们，就不可原谅了。为了这一点尊严，西门勇要为他的弟兄向我讨个说法。就这件事而言，我认为自己打理得明白无误，因此我也摆开了架势，毫不示弱。在这个城市混日子，学会几个架势是非常重要的。就像在那个关键时刻，你隔着一张桌子与对手面对面谈话，身体必须向前倾，让双拳抵住桌板，而双臂必须离身侧更开一些，肘部微微弓起，让前臂的青筋暴露出来，这是一种随时要掀翻桌子干一场的架势，它的威慑力量不言而喻。西门勇嘴里嚼着口香糖，用蔑视的目光看着我。就在这一触即发的时刻，我的老板出现了。假如不是他出面打圆场，我们早已大打出手了。西门勇大摇大摆地离开时，我对着他的背影说，明晚六点三十分，假如谁还敢过来闹场子，我一定会准时取他的一只眼睛。次日傍晚，身高一米八五的西门勇和一把三十公分长的马刀同时出现了。随他同来的还有几个装束怪异的小毛头。在场的工作人员和赌客全都避开了，只剩我孤身一人。几个小毛头围了过来。我对西门勇说，我没有别的要求，仅仅是希望他们能给我让出一条道来。西门勇做了一个摩拳擦掌的动作，准备给我迎头痛击。我被身后几个小毛头扳倒时，西门勇已冲上来，我迅速掏出手枪，顶住了他的裤裆。我对西门勇说，想试一试它的威力？黑洞洞的枪口，深藏着一道可以想象的威力，谁蔑视它，就等于蔑视死亡。西门勇不敢怎样，他双膝一软，就跪倒在地。我以为事情就此了结了，却没料到西门勇会在伪装怯懦使我放弃警惕之际，突然从小腿部位抽出一柄匕首，向我握枪的手臂刺去。我本来只想吓唬一下他，但子弹比杀人的念头更快地冒了出来。我听到砰的一声巨响，所有的人都一哄而散，因此，我估计自己已经打中了西门勇。我说过，我愤怒的时候，他们必须给我让出一条道来。

我离开那座城市之后才得知，西门勇的命硬，居然死不了。子弹进入他的眼眶，被眼眶骨挡了一下，继而滑落，击碎第一颈椎骨，医生必须切开喉咙五厘米才能取出其中的子弹。但手术不太成功，西门勇从此半截瘫痪。他常常坐在轮椅上无缘无故地咆哮，发誓要在有生之年看见我死在他的跟前。他碰到每一个认识我的人都会发狠地说，你去转告王革命，他非死不可。他要让我知道：我即便摆脱了他，也不可能摆脱他的威胁。可我眼下好像还是完好无损的。

郑亮

我不知道自己为什么会进来。我的手在门把上转动几下时，双腿有些迟滞。但我还是进来了。落地窗帘被风吹得微微鼓荡起来，这说明窗户是敞开的（也许是为了驱散房间久积不散的气味）。窗帘只拉开一半，一缕阳光斜射进来，光柱间飘荡着纤尘，看起来仿佛一个风尘仆仆的外乡人，要进来驻足片刻，带着一种陌生的热情，却没有搅扰屋子里的宁静。整个房间分割成半明半暗的两块空间。阳光照亮的木质物件反射出金属的光泽，但此时显得有些淡漠而幽寂。也就是说，光线已趋于微弱，房间里的黑暗很快就会到来，与另外半边暗影重合。那缕日光指引我的目光移向窗外。太阳已经偏西，对面的楼影差不多要盖住半边街道，因此行人大都喜欢在街道那边的阴影中行走，这边的行人十分稀少。刘丽亚与她的男人就坐在街道对面的小餐馆里。他们靠近临街的落地玻璃窗，相对而坐（那个男人身上还挎着一个包，好像随时都有可能拔腿跑掉）；中间的餐桌上只有两碟冷菜，主菜还没上来，他们安详地等待着。刘丽亚摆弄着手腕上的一串琥珀色的陶珠（她没有戴上我送给她的那块手表），陶珠似乎比手腕周径要大一些，因此她把它摘下来，打开结扣，再度抽紧松紧绳。坐在对面的男人做了一个提示动作之后，她就把露在外面的绳子收头处转到腕底，显然是为了美观。她反复端详着陶珠，间或向那个男人露出甜蜜的微笑。

刘丽亚喜欢吃的南瓜饼已上来了，还有两份牛排也上来了。我在心里盘算着他们吃一顿饭大约需要多少时间。我转身的一瞬间，脑子突然变得空荡荡的，不知道自己进来要干些什么。我的目光很散漫，在凌乱的衣物之间游移：床上、椅子上，胡乱堆放着T恤衫、平脚内裤、牛仔裤，里面还混合着女人的透明镂空内衣、长筒丝袜、胸罩；一只高跟无后帮拖鞋搁在床头柜上，另一只却甩到了梳妆台上。我能想象得出他们在此之前所经历的那一种狂欢。现在，刘丽亚应该已经吃完了第一块南瓜饼。然后是第二块，第三块。

我打开梳妆台的抽屉，里面除了一些小件的日常用品，没有别的。我又继续打开折叠式衣橱，我送给她的那条褶裥裙竟然连商标都没有剪掉，那个男人随身携带的衣物还没渗透到这些更深一层的地方（他是那种看上去随时要动身远行的人，不会把太多的东西保存在这儿）。我发现床底下露出了褐色的皮箱的一角，我把它拖出，打开，里面的衣物竟然充满了灰尘与樟脑丸混合的呛鼻气味，看来全都是那个男人的。皮箱盖反面的一个小布袋里是一大堆车票，有硬座客票、软座客票、软卧客票、简易车客票、市郊单程客票、普通加快票、特别加快客票，这些车票上的红色专用章标明的地址不尽相同，但日期较为相近。因此我推测那个男人在近段时期一直过着居无定所的生活。我又接着翻开底层的衣物，手指忽然触摸到一个硬邦邦的东西，凭直觉，我认为这是一把手枪。我把它掏出来，发现这是一把六四手枪，真家伙，外形跟我口袋里的那把仿真手枪一模一样。六发子弹都已上膛，箱子底下还有十几发备用子弹。这时，门外的楼梯上响起脚步声，缓慢滞重，间隔均匀，脚步声从一楼一级一级地往上升，应和着我的心跳，仿佛是踩着我的肋骨上来的。那人在平台上站立了一会儿，继而掏出一串钥匙。我迅速闪避到门角，等着那串钥匙插进锁孔。我觉着手中的冷汗正一点点地凝固起来，手掌发硬，几乎握不住那把手枪。但那人只是停顿了几秒钟，就继续以原先的均匀速度向楼上走去。

就差几分钟，落日就会沉没。有一点灰暗的东西在我的内心一点点弥漫开来。

我能感觉得到，阳光离开身体后的那种深邃的孤寂。我站在窗口，突然想朝街上的行人开一枪。那一刻，我被自己这个一闪而过的念头吓了一跳。

我没有开枪。我从刘丽亚的房间里跑了出来。穿过僻静的巷角时，我忍不住向地上一只水表的铅封开了一枪。我觉着这一枪击中了某个潜在敌人的头颅。我在想象中解决了他。

邹杰

苜蓿街治保小组副组长田贵生给我打了一个电话，说街区水管员又惹麻烦了。

我接管这个街区时，所长就曾告诉过我：这个街区的问题大得很。我来了之后才晓得问题究竟有多大。苜蓿街的几宗重案永远轮不到我插手去管，而我每日处理的，通常是一些琐碎之至的民事纠纷。所长说，冒烟是着火的先兆，苜蓿街出来的大问题，往往起因于小问题，所以你不可以对那些小事掉以轻心。单凭“那些小事”，就足够让人头疼了。而苜蓿街总会出现一些叫人头疼的家伙。

我把车停在街角。巷子里头挤满了看热闹的人，几个揎拳捋袖的小毛头显然是要为水管员撑腰。见我来了，就退到一边。我沉下脸对那几个小毛头说，我已经警告过你们三次，但现在我还要第四次警告你们——说诸如此类的话时，我很注重自己的发音窍门。我知道在什么场合用什么口吻说话。

小毛头们一下子就被我镇住了。那个水管员的火气也降了不少，他开始表现出“让大家评评理看”的态度。而抄度员原先慑于对方人多势众，不敢把架势摆得太大，见我来了，他的一肚子窝囊气就激发出来了，随着嗓门越来越大，手势的幅度也越来越大。我从他口中了解到事情的原委：原来是有人打碎了这里一只大总表的铅封，以至于他现在无法统计出确切的用水量。按照抄度员的推测，大总表是在几天前被打碎的，而水管员却知情不报，因此不排除嫌疑的成分。我眼前这个水管员，他有着把水费挪用的坏名声。他遭到质疑，并不值得我惊讶。但水管员陈述理由时认为，他是在这之前才听到大总表被砸碎的消息，他怕人家对他起疑心，当即去查看，发现九枚度数指针已被人拔掉了六枚，分别是标明大度数的十万吨、一万吨、一千吨不等的黑色指针。随后抄度员刚好也闻讯赶到，反而咬定他是在贼喊捉贼。双方陈述的理由都十分充分，他们用信任的目光看着我，好像这条街上的事都是由我说了算。

水管员拽着我的手，非要我去检查大总表，帮他澄清事实。我说，浊者自浊，清者自清。人家不会平白无故地诬蔑你。水管员指着砸碎的大总表满脸委屈地说，你瞧瞧，我再愚蠢也不会做出这种胆大妄为的事来，我可是学过法的。事实上，水管员是在看守所里被迫学过一点民法知识。他把“我可是学过法的”这句话反复说了几遍，以表明自己现在有着极强的法制观念。抄度员索性挑明了说，倒拨几十吨的事以前并非没有发生过，我特地加了三层铅封。可现在反而变本加厉，有人居然用枪打碎了这只大总表。我问抄度员，你有证据？抄度员掏出了一枚子弹，交到我手中。我脑中立即闪现出最近发生的一桩枪杀案：一名二十多岁的矮个子，用一把六四手枪杀死了他的情敌。原因很简单：那个人太高大了，总是要挡住他的视线。凶手至今下落不明，局里的刑侦警察忙乎了一阵，现在也不见下文。假如他们能放下架子向我请教，我或许还能为他们提供有关的线索。可是，他们有他们的傲慢。

我捏着手中这枚子弹，用所长的口吻对大伙说，看来这条街区的问题大得很。

田贵生

我跟老伴仅仅是为了几滴水而引发争吵。类似的争吵已不止一次。她是那种抓住一点饶头就不会轻易放手的女人，这种性格把她训练成一名偷水老手。我说她这辈子偷得的自来水简直可以填满十个游泳池，这话丝毫没有夸张的成分。近些日子我得了失眠症，彻夜不断的滴水声总是纠缠着我，我几度动手要去修理那个坏掉的水龙头，都被老伴及时阻止。她的理由是：水龙头漏水时，水表的指针纹丝不动，这水不偷白不偷，你又何必去修理它？那天傍晚，我趁她不注意，偷偷旋开龙头把手下的六角螺母，再把轴上缠绕了几圈塑料带。水龙头不再滴水了。我出去转了一圈回来，发现老伴已经抽掉了把轴上的塑料带，但她拧紧螺母时，水龙头却冒出了大量的水。我赶紧跑到楼下去关总阀门。就是在那个时候，我看见巷角有个挺眼熟的年轻人掏出一把手枪，朝地上那只大总表开了一枪，枪口还飘荡着几缕蓝烟。那人朝枪口吹了一口气，握枪的右手停留在空中，双眼露出几乎是兴奋的光芒。他似乎被自己的这一举动陶醉了。那一刻，我只是做出本能的反应：软腭上提，喉头下沉，轻轻地喊出了一声“啊”。那人回过头来，他看了一眼我，走开了。我赶紧跑到墙角，撒了一泡尿。回头去察看那个大总表时，发现它已被砸出一个大窟窿。我四下里张望一眼，偷偷拔掉了其中四枚（也许是八枚）指针。

今天上午，警察小邹找到了我，问我前些日子有没有听到一声枪响。我承认听到了砰的一声，但我告诉他不能确定那是枪声。而且，我说，我还不能确定，这事发生在前天，还是大前天。小邹继续盘问时，我岔开了话题，扯一些别的事。我没有说那些多谈无益的话题，后来，我感到舌头干燥，就说了一个让自己满嘴生津的笑话。

田贵生的女人

你知道吗？我这辈子最幸运的事就是嫁了一个毫不在乎我相貌的男人，我这辈子最不幸的事也莫过嫁给这样一个毫不在乎我相貌的男人。这事说来话长，你叫我怎么说呢？你是警察，也该管一管我家这个天杀的。他在暗地里干了些什么丢脸的事，我都一清二楚，他还以为我一直蒙在鼓里呢。他打牌赢了钱，还不是全撒到了女人身上？我没有把家丑扬出去，是因为我始终相信，老天有眼，他那根不肯安生的东西迟早会把他的身体拖垮掉。什么？你对我谈论的这些不感兴趣？实话告诉你，上午你跟我家老头子谈话时，我对你们的话题也不太感兴趣。我听了一刻半会，就转到里屋看电视去了。电视里每天都是热热闹闹的，有看头。看什么？你问得也真够详细。我看到了两个光着膀子、戴着皮手套的年轻人在台上打架。另外还有一个秃顶的中年男人在劝架，说了几句不痛不痒的话。两个年轻人被拉开之后，又扭打成一团。听到当的一声，他们又分开了。然后上来一个穿得很少的女人，举着牌子，扭着屁股，在台上走了一圈就下去了。我不敢说，那两个年轻人是为了争夺这个女人打起架来。他们打了一会儿，又分开了，气喘吁吁地坐下来，摘下假牙，漱一漱口，好像他们不是来斗拳，而是来斗嘴的。他们分开好几回，后来又缠在一起打了好几回。处于劣势的那一个拳头竟像打蔫的喇叭花那样垂挂下来，只有挨打的份。台下那么多人竟没有一个上去劝架，反而吹着口哨瞎起哄。这种人我可见得多了。昨天傍晚，我正要下楼时，看见五个壮汉正把一名蓄着飞机头的小个子男人从二楼房间拖出来，一直拖到楼下的天井里。如果我不是担心那几盆花被他们弄坏掉，我才不会下去看热闹。五个壮汉把那个小个子逼到一个死角，个个都摆出一副很有两下子的模样。我也不记得他们的模样了，但我记得他们是并排站着的，像五根竖着的手指，踢得最凶的那个，又矮又胖，就像五根手指里的大拇指。我说你们别打啦，可是没有人理会我。说真的，我不希望有人在我家楼下吵吵嚷嚷。我那些邻居都在一旁观看，没有一个人站出来劝架。这算什么世道？后来我听到有一个声音从人群中猛地蹿出来：你们都站到一边去。我被前面一群围观的人挡住了视线，没法子看清那人的面目，但我猜想那人一定是长得人高马大，要不就是在那群人中有着非同寻常的地位。出于好奇，我想挤上去瞧个真切，却总是被围观的人挤到一边去。什么？有没有枪声？没有。我只听到两记声响。第一声是清脆的，可能是那人给对方一记耳光；而第二声就显得沉闷了，可能是一脚或一拳击中对方的心窝。没过多久，前面的人群自动退到两边，让出一条通道来。我看见那个小个子男人从人堆里爬出来，满脸是血。你问我认不认得他？我当然认得，有好几次他来找那个租我二楼的女人，每回都跟我碰个正着。我那小孙女也认得他。我小孙女说，有一次他闯进了我的房间，刚好被我小孙女撞见，我小孙女吓得哭起来，他却告诉她说，他不是坏蛋，而是不小心落到这间房子的外星人，我小孙女信以为真，把他送到门口，还掰给他半块巧克力。他为啥会挨打？这个我也不晓得。我只听到那几个凶巴巴的人说，他们要找他们老板的女儿刘丽亚。

王革命

桥牌室。发牌者依次轮流发牌，每家十三张。我是第二家，发牌者的下家。我的搭档是发牌者的上家，我们相识没多久。我的牌风很好，因此他们逐渐放弃了对我这个外乡人的戒备，谈话也由严肃而变得风趣。这样，我就可以旁敲侧击地打听一些与本城假币制造案有关的事。打第二轮时，我发现，我的上家正在用手指跟自己的同伴打暗号：他的手在牌背后露出三个手指头，这一回不是分开的，而是紧紧并拢。如果是在以前，我想我会按照"王革命的方式"剁掉他的手指，但是现在，我完全可以将计就计，或者索性睁只眼闭只眼。我的计算才能使我获得了良好的牌感。我估计了一下自己的得分比率，那可是一个"魔机数"，因此我可以采用稳妥的叫牌和打法。

我旁边那张牌桌上坐的全是老人。他们把澡堂、厕所里的聊天话题都搬到了牌桌上。打完这一轮，我要去敖姬那儿放松一下了，坐北家位置的老人打出一张牌问，你们要跟？东家说，我跟。南家和西家也说要跟。然后他们一边打牌，一边拿敖姬这个名字开一些低级玩笑。

敖姬

那些发生在床上的体力活，很快就会过去，我也很快就会忘记那一切。我身上最大的优点就是健忘。缺点也是。尽管他们给我留下了各自的名字和电话号码，但对我来说，记得这些会是一件很累人的事。何况，他们的名字和面相总是易于混淆。那些随随便便进入我身体的，只有一个名字：男人。最初的，也是最后的。

刘丽亚说我是厌世的、玩世不恭的。可我还是要坚持说这样的话：男人，没有一个好东西。女人天生就是完整的，但也是容易破碎的，男人只会加速她的破碎。我说女人并不是因为破碎之后才重获完整的。

就在昨天，那个离开我长达十八年的男人突然出现在我面前，说真的，我真想狠狠地咬他一口。他希望我冷静下来，要我“考虑考虑”。我做了个免谈的手势。他甩出了一捆钱，脸上露出暴发户的狂妄神气。我毫不犹豫地把钱推开。他又接着甩出一捆钱，问我，这够吗？我把两捆钱全部推到桌子底下。对待钱，我从来没有这么傲慢过。那个姓刘的男人离开时，干笑了一声，对我说，他迟早会找到我的女儿。

我在刘丽亚这个年龄的时候，就有很多男人在疯狂地追我。那个姓刘的男人就是其中的一个，也是脸皮最厚的一个。夏日的夜晚，他时常会陪我坐在板凳上看星星，死也不肯离开。后来，他居然说自己对星星已经有了感觉。我不搭理他，我坐得端端正正的，但我知道自己的内心已经失去了平衡。他没完没了地向我献殷勤，给我说一些坏蛋的故事。我允许他替我捶小腿，是因为我吃不准他要干什么。慢慢地，我的身体似乎从自身的控制力下滑溜出来，任凭他的摆布。他在这方面有一手，而我缺乏开始的经验。我一辈子都不会忘掉那个夜晚。他的手引导着我的手，完成了简单而复杂的程序。他懂得怎样将一个正经的姑娘调教成一个荡妇。以后我看见他，总觉着他像一个阴险而狡诈的教唆犯。我就这样稀里糊涂地怀上了孩子。而他就在那个时候神不知鬼不觉地离开了我们的小镇，有人说他跑到沿海城市做走私生意，也有人说他被关进大牢。但是没有一个人给我一个确凿无疑的消息说他死了。那时我还是个小姑娘，想到那些摆动小尾巴的“蝌蚪”有朝一日会变成一个活生生的孩子，我吓得大哭一场。肚子里的孩子也是我的一块心病。我的罪过大了。我经受不起神经的刺痛，于是我选择了一个好天气，约齐了几个好朋友到我家中，我就这样开始表演我的荒唐的绝活了：我活动了一下筋骨，爬上了阳台的栏杆，吸气，展臂，纵身一跃，落向了一楼的平地。所有的人都惊呆了。但她们都错误地领会了我的决然之举，以为我想轻生。其实我的真实意图是想打掉肚子里的孩子。遗憾的是我干得并不漂亮:我没能顺利地流产,却折断了腿骨。命运再一次嘲弄了我。

我的事终于露馅了。我没法子再待在那个被闲言碎语包围的小地方了。那时,我遇到了一名专门帮人偷渡国外的蛇头。他对我说,只要我付给他两万块钱就可以给我弄到美国,他说他还可以帮我申请“计划生育政治避难”,在当地获得合法身份,他还说资本主义社会的尿布和奶粉是可以免费领取的。我动心了,给了他两万块钱,准备豁出去了。可事情并不像我想象的那样简单。出国的日子一拖再拖,每次我问那个蛇头:我啥时候可以出国?蛇头总是这样回答:你急什么来着,办这事不像站在红绿灯路口,等一两分钟就可以通行。我催得紧了,人家反而说我是土包子,不懂事。后来我才知道自己上了那个人精的当。

我最终还是老老实实地待在乡下把孩子生下来。那些本来可以分摊给我的男人的惩罚,居然全都落在了我的肩膀上。那是一段多么难熬的日子啊:孩子的屎尿、半夜的啼哭、上个月拖欠的房租、非婚生罚款单、来自邻居的窃议、杂七碎八的药费,这些好像都约好了在那段日子里一起夹攻我,我只差跪下来祈求上苍不要再拿什么东西来折磨我了。

在我眼里,我的女儿就仿佛是远道而来的客人,我对她的冷漠日甚一日。有一次我竟莫名其妙地用一枚针刺她的小胳膊,她只哭了一会儿,我却哭了三天三夜。随着时间的流逝,我的女儿终于变得让我可以忍受了。不能说我没有从她身上获得快乐，看着她一天天长大，我也感到了几分欣慰。从她成长的过程我似乎看到了各种各样的小动物：从游动的小蝌蚪，到爬行的小蛇，到直立的猴子，到蹦跳的小猫，到奔跑的小马驹。想到有一天，她还会长出翅膀，远走高飞，我的情绪就坏掉了。

我的女儿把我分成了两半：她带走了我身体中纯净的一部分，却把污秽留给了我，让她的妈妈在污秽中生活。她站在我面前就像过去的我，让我无比羞愧。多少年来，我尽量避免跟她同时在大众场合抛头露面，甚至不敢在她面前大声地宣称：我就是她的亲生母亲。很多年前，我女儿问我，她的妈妈去了哪里？我指了指天上的星星，我说她飞了，飞得很高很高，再也不会掉下来了。打那以后，她常常倚在窗口仰望星空。在她的想象中，她的妈妈应该是神圣的、完美的。而她在骨子里是鄙视我的。刘丽亚在骨子里是鄙视我的。

今天中午，无风，闷热。刘丽亚找到了我。她说要走。要跟那个来路不明的男人？我问。我不也是来路不明的？她说，我跟他能走到一起，也算是同一路人了。为了感谢我这么多年来对她的养育之恩，她在告别时，向我深深地鞠了一躬，表现得就仿佛向遗体告别一样难过。整整一天，我的情绪坏极了。我好像接连打碎好几个茶杯。姐妹们说我简直疯了。我想正是这个坏天气助长了我的坏脾气。

但是，我还得留下少许的笑意给我的客人。我的目光越过玻璃门上一个斗大的"发"字,落在那条把美容厅与电影院隔开的大街上。有人在门外探头探脑,好像在挑肥拣瘦。田贵生就是在那个时候出现的。

田贵生进来之后,附在我耳边轻声说,这个月的房租费又要交了。他乜斜着眼,目光中流露的,是那种生活空虚的老男人常常会有的贪婪。我说我已经让刘丽亚把钱直接交给你老伴了。田贵生说,那么下个月的房租费呢?我说,刘丽亚要搬走了,下个月我来住的话,自然会再交。田贵生捏了我一把说,不如现在就交吧。我把他推开说,别烦我,找你家的黄脸婆去吧。田贵生没动气,觍着脸,牙齿龇在嘴唇外边,用哀求的口气说,我很渴。他说自己很渴,并不是说自己需要蓄水池那么多的水。他知道自己需要点什么,并且知道我会给的。

我们来到阴暗的地下室。田贵生让我屈身,我却没有这么做。并不是我不屑于屈身,而是没有屈身的力气。真的,那一刻我累极了。

田贵生又把我的头按下去,我看到他身上那块多汁的、丑陋的肉,突然感到十分厌恶。

邹杰

那天下午,一桩发生在苜蓿街的丑闻,在短短的几分钟内就传开了:苜蓿街治保小组副组长田贵生的鸡巴被鸡叼走啦。我来了之后才知道，所谓“被鸡叼走”是一种形象而又饶有风趣的说法。经我调查，田贵生的鸡巴是被一个名叫敖姬的外地女人咬掉的。谁都不知道田贵生的鸡巴是怎样被咬掉的，但他们可以在真相之外发现真相。内容真实与否并不重要，街上的人仅仅满足于口舌之乐。有人提着水果去医院看望田贵生，其实只是为了打听一些如何被咬的细节。细节，他们需要的是那些让人羞于启齿的细节。田贵生有什么理由不满足他们的需求呢？

我来到敖姬的美容厅，里面的人早已逃光。附近的人围上来，他们告诉我，这个女人的精神可能出了毛病，近段时间接连出现了两起异常行为：一次是，她在按摩过程中让客人张开嘴，突然朝他嘴里吐了一口唾沫；还有一次，有个外地男人没付钱就开溜，后来她在门口一边给那人烧纸钱，一边诅咒，烧过钱后她又操起了皮肉生意。因此他们认定敖姬咬掉田贵生的鸡巴并非偶发性的事件。与我同行的晚报记者从腺体水力学的角度分析了这种现象：他认为那个女人当时体内流动着两种腺素：一种是使她亢奋起来的性腺；另一种是肾上腺素。当后者分泌过多时就压住了性腺，把原本用于下体来发泄的愤恨转移到了嘴里。

根据一名按摩女提供的线索，我找到了一个据传是敖姬女儿的女人。她的名字叫刘丽亚，田贵生的女人曾跟我提起过她。那会儿她正在收拾行李，仿佛要远行。我在纸篓中翻捡出一条凝结着血块的毛巾。我把它拎起来问，这是什么？刘丽亚的脸上突然泛起了一片红潮，她低声咕哝了一句，我的大姨妈来了。

她身边的男人见我仍然要盘根究底，就皱起眉头，没好声气地对我说，你听见了吗？她说她大姨妈来了。

郑亮

王革命在临窗的位置坐下。四周的位置都空着。下午，酒吧的生意十分清淡。收银员伏在柜台后面打瞌睡，她身后是一个大酒橱，陈列着芝华士、马丁尼、人头马、XO、摩根船长之类的洋酒，这些只是作为点缀品，与门口的迎宾小姐一样，显得彬彬有礼。王革命拿着一份酒单，向侍应生指指点点。那本酒单精致、考究，倒像一本美食杂志，还有一缕缨穗垂挂着，随风飘动。侍应生走后，他放下窗边的落地窗帘，有一个窗帘的滑轮掉了下来，但他没在意。他侧身坐着，半张脸是忧郁的。另外的半张脸也是忧郁的。过了片刻，他的手机突然响了起来。他注视着显示屏，半边脸上刚浮现的喜悦忽然消失了，另外半边脸上的喜悦也是这样消失的。他接听时，另外一只手指拢住一只耳朵，也许是为了避免室内音乐的干扰，或者是因为信号不太好。他把头俯在与桌子齐平的地方，脊椎骨弯曲成弓形。随着说话频率的加快，脖子一抽一抽的，忽然间又有一股反弹力使他的头猛地抬起来，动作有点失控，差点打翻桌子上的玻璃杯，他朝着手机使劲地拍打，然后又咔嗒一声关上。他把手机扔到桌子上，一只手支撑着下巴。他有一个棱角分明、坚毅的下巴，胡子刚刚刮过，在灯光下泛着淡青色。

这时从外面进来了一个头发半秃、略显富态的中年人，他来自另外一座城市，人们都称他“刘老板”。他环顾四周，就朝王革命的座位走去。双方互相问候了几句，但显得有几分冷漠。侍应生上来，分别为二人斟了一小杯红酒。他们正要开腔时，门外又进来了一对男女。他们审慎地看了一眼，接着就压低声音说话。

那对男女的年龄不太相称，男的大约有五十多岁，而女的最多不会超过三十岁，中年人用生硬的普通话跟这个女人谈话。他总是每隔半分钟提一个问题，因此可以判断出他们之间是刚认识的。而这个女人回答问题时总是牵涉到另一座他所熟悉的城市，因此又可以判断出她并非本地人。女人用虚弱的声音表明她孤身一人在外面是多么无助，而男人沉着有力的声音表明他会是一个非常可靠的朋友。他们刚开始使用的人称是“你”或者“我”，后来变成了“我们”，显然，他们为某一件事已达成了某种默契。男的向侍应生打了声招呼，要求提早埋单，就这样，他们在这短短五分钟里就搂抱着离开了。

大厅里只剩下王革命和那个刘老板。话题的开头部分是在压抑的低声中进行的，而现在他们说话的音量开始提高了。从中间部分的几个关键词可以推测他们之间的争论朝哪个方向推进。他们的声音时而清晰，时而含混。当他们提到“刘丽亚”这个名字之后，一直围绕着几个有限的词汇进行解释、辩论，这个话题可能是无聊的，也可能是十分严肃的，他们之间谁也没有让谈话继续深入下去。这并非由于他们的词汇贫乏或故意限制使用别的词汇，而是双方都无法绕过那几个反复解释又解释不清的词。他们需要借助酒、音乐、整个酒吧的恬淡气氛，努力从各个角度、用各种方法与这几个词周旋、较劲，使彼此最终都能满意。但越是如此，这几个词越是滑向愿望的反面。王革命停顿了片刻（在这片刻似乎显得有些不耐烦），双方都希望用拖延时间来缓和紧张的气氛。

王革命只喝了半杯酒，脑门就开始变得又红又亮。让酒精参与他们之间的谈话是十分不利的。现在他们必须放下酒杯，继续听酒吧里的轻音乐，哪怕是装作听音乐也好。

刘老板从盒子里抽出一枚牙签，牙签的一头尖尖的，仿佛一枚微型的投枪，它刺中了牙缝间的一粒肉屑，把它剔了出来。

走吧。刘老板与王革命同时起身，向酒吧后面的一间杂货仓库走去。

王革命

仓库里站着我的五位弟兄，他们的脸色跟刘老板一样，十分难看。陈阿三举起我们惯用的那种手枪。直径9毫米的枪口对准我，像一只白痴的眼睛。那一刻我也许是笑了。我把陈阿三的手枪推开说，阿三，你别犯傻啦。陈阿三的嘴角泛起了略带嘲讽的微笑，他一字一顿地说，不错，我们是被你当傻瓜看待了。我说，阿三，你跟我说话怎么也卖起关子来了。陈阿三满脸严肃，吐出几个清晰的字句，王革命，你出卖了老板，也出卖了众弟兄。我骤然感到心跳加快，我说，阿三，有些话你可不能乱嚷嚷。站在我身边的王大饼像法官那样，竖起一根手指说，我们已掌握了足够的证据。

我没想到刘老板会是刘丽亚的生父，他站在一边，一直没吭声。假如他想移动半步，就绝不会移动一步。好像他十分珍惜自己的力气。

你还是自己承认吧，王大饼说，难道还要我们把你的底牌翻出来？

刘老板向王大饼招了招手，王大饼过去。刘老板用低沉的语气说，你去告诉他，出卖自己的弟兄是要付出代价的。王大饼点点头，转身对我说，老板让我告诉你，出卖自己的弟兄是要付出代价的。同样一句话经王大饼转述一遍之后，效果就不同一般了。老板，毕竟是老板，出来混日子，架子还是要的。有一段时间，老板拿大的方式就是，故意表现得像一个面无表情的聋子。

我深深地吸了一口气，紧握双拳，又缓缓地吐出一口气，松开双拳。我就这样反复做了几遍，然后对他们说，我没有出卖你们。

刘老板又对王大饼招了招手，但他只说了两个字：搜身。王大饼和彭小海立即上来对我进行搜索。结果他们只搜出一包劣质香烟、几张皱巴巴的钞票、一个打火机、几张车票。王大饼从我的暗兜里搜出一把手枪。刘老板说，把枪给他，让他自己做个了结。我知道这是行规。刘老板和弟兄们都等待着我以硬汉的方式解决这件事。也就是说，只要我用这把枪打在自己身体的任何一个部位，就可以捍卫一条硬汉的名声了。

我放下手枪，对刘老板说，我想知道，你们所说的证据究竟是指什么？刘老板拿出一份材料，对王大饼招了招手说，你念给他听。王大饼拿着那份材料面露窘色，说，我认不得几个字，还是让彭小海来念吧。彭小海清了清嗓子，十分吃力地念道：

王格，男，出生于1974年，汉族。早年父母双亡，中学期间，品学兼优，曾担任过团支书、篮球队队长。后通过努力，考取北京警校。毕业后即分配到T城公安局刑侦科工作。下乡挂职锻炼期间，该同志爱本职、敬百姓、尊舆论、重信用，在当地口碑甚好。曾因多次侦破重案，记二等功。2006年王格化名为王革命奉命赴钵篮县调查一起假币制造案。卧底期间，该同志与组织之间一直保持游离关系，且私自涉足灯红酒绿之地，与多名作风轻佻的女子有染，后因殴打一名赌徒致残，与组织失去联系。上级领导念其工作期间有立功表现，故不予究其刑事责任，但为以儆效尤，兹决定解除其公职。

这份简历不乏谬赞，也难免误解。听那语调，似乎出自一名老文书之手，有着语法正确、用词经济的特点。彭小海的朗读才能显然欠佳，在一定程度上损坏了那几个对偶句所造成的节奏感。我是这样发表了我的意见：文字本身无可挑剔，但我想知道，你们这份材料是从哪儿弄来的？这一次，刘老板亲自做了回答，自从我女儿刘丽亚跟上了你，说实话，我很不放心，我千方百计托人查清你的底细，谁知你竟然会是卧底的警察。现在你认了吧。他说这句话，就像扔给我一把刀，告诉我：这就是你非接受不可的结局。

我觉着这件事从头到尾就像一个扑朔迷离的牌局，越到最后，出牌就越困难，它已经脱离一个人的理性操作，被一些偶然的因素所左右，眼下，就只剩下几秒钟的时间供我拿定主意了。我举起手枪，对准自己的大腿，那时我感到全身的血液都凝固了，我狠狠地捏了一把，感到双腿上的血液开始缓缓流动。我的手指钩住扳机，只要轻轻一扳，大腿上的血液就会奔涌而出。我的五位弟兄似乎觉着我那一刻的表现有点不俗，他们都流露出同情的目光。在那一瞬间我差点要被自己的悲壮之举感动了。我不知道自己是以警察的名义惩罚一名恶棍，还是以一名恶棍的名义惩罚一名警察。

郑亮

王革命即将扣动扳机的一瞬间，陈阿三突然按住了他的手腕。王革命深深地吸了一口凉气，闭上眼睛，头向后仰了仰。陈阿三说，算了。老板仍然站在一边，没吭声。

这时，有人突然一脚踹开了大门。进来的是一名年轻的警察，在苜蓿街上大伙都管他叫小邹。他一上来，就举着手枪，对里面的人厉声喝道，举起手来，都不许动。这动作像模像样，以前似乎对着镜子练习过许多遍。要是他选择上一刻进来，效果会更佳。但也不能说他现在来得不是时候。假如他能上来厮杀一场，那样的壮举，明天是可以见报的。

快，蹲下，举起手来。小邹抬起手整了整帽子，说出了一句颇有分量的话。也许是小邹这身制服引起了那些人的反感，他们注视他时，目光里充满了挑衅的意味。某种程度上，这身制服也使他们再度引起了对王革命的反感，好像他就是穿着这样一身制服混在他们中间。刚刚收住气的陈阿三瞪着王革命说，没想到你这么快就把同伙招来了！但王革命竭力否认自己与警察小邹熟识，他解释说，我已不再是一名警察了。那个被大伙称为“刘老板”的中年人附在彭小海的耳边低语了几句。小邹用枪指着他说，你，给我闭嘴。现在决定发言权的是我的手枪，而不是你们。小邹对自己每一句话、每一个动作的威慑力量都显得十分自信。他高昂着下巴却没有注意到，有几个人已经把手伸向后腰，试图拔枪。现在，每一把枪似乎都有话要说。

在一触即发的时刻，王革命突然拔枪大喝一声，都不许动。他扣动扳机，朝天花板鸣枪示威。结果子弹只是轻轻地碰了一下天花板,接着就像一只苍蝇似的掉落。陈阿三俯身捡起这枚子弹骂了一句,妈拉个巴子,塑料的。他冷笑了一声,对王革命说,你小子原来是在耍我们。王革命一脸愕然,不知该怎么解释。警察小邹显然意识到,王革命已经对他没有多大的威胁了。他把手枪指向另外几个人,电影中那些堪称典范的动作都被他派上用场了。但一把手枪可以控制那些人的手,却无法控制那些人的手枪。

他们还没有开火,我就已经闻到了一股火药味。那时我躲在窗户后面的槐树丛中,对仓库中发生的情景一目了然。我不知道王革命为什么会突然向警察小邹扑去。他们扭打成一团,难分难解。刘老板转身用命令的口吻对手下的人说,别胡来,走人。他们刚一迈出门,仓库里突然响起了砰的一声。然后是一片奇异的平静。一条槐蚕落在我的手中,惊恐万状地蠕动着。

刘丽亚

10点:我听到了王革命被警察一枪打死的消息,我一点儿也不感到吃惊。我有什么可以值得抱怨的?说到底,每个人都是死在自己的手里。

14点:T城公安局局长带着一拨人来到事发现场。奇怪的是,他们全都脱帽向一个被人们视为恶棍的人致敬。

15点30分:T城公安局的宋秘书与几名警察来到我的住

所。他们轮流跟我握手,选用最妥帖的词安慰我,好像我对生活不会再抱有希望了。宋秘书从公文包里拿出一份讣告,递给我看,这是他用蝇头小楷写成的,墨气未消,其中有一段是这样介绍王革命的:

> 王格同志出生于1974年。早年父母双亡,中学期间,品学兼优,曾担任过团支书、篮球队队长。后通过努力,考取北京警校。毕业后即分配到T城公安局刑侦科工作。下乡挂职锻炼期间,该同志爱本职、敬百姓、尊舆论、重信用,在当地口碑甚好。曾因多次侦破重案,记二等功。2006年王格化名为王革命奉命赴钵篮县调查一起假币制造案。卧底期间,该同志意志力坚强,不辱使命——

那时我感到头晕,没有把讣告读完。宋科长问我,如何?我没有回答。站在一旁的几名警察竖起几根拇指说,宋科长的讣告写得真好,这一手毛笔字也写得足见功力。

郑亮

那些日子,刘丽亚几乎是作为英雄的遗孀接受了记者的采访。她跟记者交谈时视线经常会凝在远处的某一个点上,好像努力回忆一桩相隔遥远的事。记者想更深入地盘问下去,却发现她总是那么怅然若失,有时会不经意地回答一句:也许是这样的吧。而这样的回答等于是没回答。记者首先怀疑的是自己的话题是否过于沉重,或者是提问过于尖锐。为了吸引她的注意力,那名记者故意开了一个蹩脚的玩笑,继而没等对方笑起来,自己已抢先发出了怪异的笑声。我猜想刘丽亚是听到了笑声(而不是那个玩笑)之后才收回游移不定的目光。但她的目光有些慌乱,似乎一时间不知该怎样接过对方的话题,只好沉默着,等待下一句他究竟要说些什么。也许她已经意识到自己的失礼之处,因此略带歉意地朝记者微笑一下。记者释然一笑后,又继续向她提问。说着说着,她的语言就显得松垮、杂乱了,每句话之间的跳跃性非常大,让人捉摸不透。在一大堆不太连贯的谈话中,她又做了几个模棱两可的手势。搞不明白她是借助手势来补充自己的话,还是企图用语言说明这个手势的意义。出于尊重,她的目光没有离开记者那张长满疙瘩的脸。但倦意已经使她的脑袋低垂下来,她不得不用一只手撑住下巴。然后是双手。

田贵生

傍晚时分,我举着望远镜坐在阳台上看风景。直到我听到了一声咳嗽,才收回了目光。我以为是老伴,因此没有回头。这些日子她总是在我背后发出一阵阴冷的窃笑,与其说我是听到,不如说是感觉到:我仿佛看到了那张因窃笑而洞开的嘴。按照惯例我是不会回头的。但我背后随后又传来了一声重重的咳嗽,不,是两声,第一声表示提醒,第二声略微轻些,只是在惯性的作用下产生的,假如它也包含着某种意思,那就是表明对第一声的强调。我猛地回头,发现背后站着的是警察小邹。看看,我放下手中的望远镜向他解释说,看看而已。

小邹一副没精打采的样子,也许是没穿上那身制服的缘故。我们都知道:小邹已被革掉了职务,现在已不再是警察了。但他跟我打招呼时仍然习惯于做一个整整帽檐的动作。你知道租在你二楼的女孩子去哪儿了?他问道。我摇了摇头。他递上一根烟,自己也点燃了一根,默默地吸着,他的目光落在我胯下的部位。那儿,有断伤。我十分自觉地把双腿并拢,活像个矜持的小妇人。我看着手中那根烟慢慢萎缩,变成短短的一截。我们谈话有一搭没一搭的。他竭力想从我口中获得一点与王革命有关的那些人的线索。他的语气一如从前,好像他并没有被革掉职务,仅仅是从自己的制服中脱身而出。小邹用发誓的口吻说,他一定要把王革命的那把真枪找回来,完成他的临终嘱托。将那把真枪献在王革命的坟头,是他所能表达的敬意。

邹杰

一大早,苜蓿街治保小组副组长田贵生就敲开了我家的门。

他的双手捧着一把沾满血迹的手枪。这就是王革命的手枪，他十分严肃地对我说，我找到之后，顺便借它杀了一个女人。他眼中布满了血丝，仿佛那个血腥的场面仍然滞留在他的视网膜上。他伸出双手说，现在请你把我带到所里去吧。

田贵生杀人之后，一直显得像喝醉酒一样头重脚轻，以致回来后敲错了家门。邻居打开门后，见他摇晃不定的样子，就扶着他说，田贵生，你是不是喝醉了，田贵生愣在那儿，把几个词的次序排了许久才说出了一句完整的话。他是这么说的：我没有杀人。然后他就在沉重的飘忽中回到了自家的床上。那一夜他居然没有失眠。清晨起来洗脸时，田贵生恍惚听到背后传来一个女人的声音：死鬼，把毛巾给我递过来。田贵生回过头，却不见人影。那时田贵生立即放下手中的毛巾，决定去派出所投案自首。根据田贵生的陈述，他原本并没有杀人的动机。

是这把枪命令我杀掉了她。他用近乎无奈的口气对我说。

那天傍晚，田贵生在公厕门口看见郑亮从里面出来，双手插在裤兜里，吹着口哨，一副心怀鬼胎的模样。田贵生对他起了疑心，就跟在他后头，一路上紧紧地盯着。（田贵生说，如果没有看见郑亮，那桩事也就不会发生了；后来他之所以要跟踪郑亮，是因为那一天他刚好也无事可干）他随同郑亮折进了一条胡同。郑亮年轻，走得快，把他远远地抛在后面，然后，郑亮的身影就在一个与胡同呈直角的拐弯处消失了。田贵生尾随进去，里头是一片杂乱无序的平房。他不知道郑亮进了哪一扇门，但他根据脚步声找到了一扇红漆的铁门。田贵生透过院子的铁门往里窥探，看见郑亮跟随着一个女人的背影闪进了里屋。没过多久，郑亮就出来了，怀里不知藏掖着什么，可能是急着出去要办什么事。田贵生闪避到一边的旮旯里，直到郑亮的脚步声逐渐远去之后，才探出头。他推开虚掩的铁门，蹑手蹑脚地走进那座院子。房间里只有一个女人，正背对着他换裙子。两副薄纱窗帘被风吹得一开一合，仿佛变成了她身上一件撩人的衣裳。那个女人穿上裙子之后，就折进了另一个房间，在他的视线中消失了。这时，隔壁忽然响起了踩车床的声音，让人感觉连整个灵魂都受到了猛烈的震荡。田贵生捂住耳朵正准备离开时，忽然听到嘈杂的声音中传出狼嚎般的尖叫。尖锐的声音划破了夏日黄昏沉闷的空气。田贵生最初以为那个女人患有歇斯底里症。但他听着听着，就想到敖姬了。田贵生的几个牌友几乎都喜欢听她的叫声，他们还用叫牌术语给她不同的叫声命了名。（我怎么会转过身来了？田贵生说，如果我的耳朵再背一点，脑子再糊涂一点，也就不会转过身来了）

田贵生只是为了检验自己的判断是否准确而上去敲门的。外面噪音太大，她无法听见。田贵生又重重地敲了几下门。里面那个女人开门时没头没脑地说了一句，你把枪忘在我这儿了。开门的人果然是敖姬。

敖姬的面色由惊愕转为恐惧，她迅速退到床头，从床头柜的盒子里掏出一把手枪，指着田贵生说，你要是敢上来一步，老娘非一枪崩了你不可。田贵生露出一副苦瓜脸说，我都已经是一条腿跨进棺材的人了，难道还怕什么死？敖姬威胁说，你不妨试试。田贵生是见识过这把枪的威力的，他面带微笑说，别误会，我不是来找你麻烦的。你放下枪，咱们都是心地善良的人，这年头谁也吓唬不了谁，你说是不是？田贵生说着突然跪下来声泪俱下说，我这人贱，被你咬了一口，还对你念念不忘，我这人简直比狗还贱。

敖姬被他老泪纵横的样子弄得不知所措。田贵生趁她神思恍惚，猛地扑了过去，一把夺走她手中的枪。他把敖姬掀倒在地，左手掐着她的喉咙，右手用枪顶住她的胸口。敖姬挣扎了几下，但她的防卫本能所起的作用十分微弱。最后，她索性就一动不动了。“事情总该有个了断”的想法从田贵生的脑子里冒了出来。

田贵生把敖姬绑在椅子上，就像对付一个正在发作的精神病患者。敖姬无法动弹，处于被动的平静。她对着他的裤裆盯了一阵子，嘴里发出了冷笑。田贵生发现，自己从厕所里出来之后，裤裆的拉链一直没有拉上（这是上了年纪的男人通常会犯的毛病）。田贵生拉好拉链之后，敖姬的目光仍然没有离开他的裤裆。田贵生这时才真正意识到自己身上缺了点什么。力量的匮乏，使他更迫不及待地渴望另一种力量的出现。不许笑！田贵生用命令的口气喝道。敖姬仍然咧着嘴冷笑，白森森的牙齿中间夹杂着几颗丑陋的蛀牙。田贵生忽然像想起了什么，转身走向厨房，找出了一把锈迹斑斑的尖嘴钳。相对于枪，他认为自己更适合握这种笨拙一点的玩意儿。

踩车床的声音刺耳又单调，仿佛是从脑袋上空砸下来的。一声尖叫再次从敖姬嘴里放出来，田贵生捂住了她的嘴，把她当场击昏。（田贵生说，妇人的毒，全在那几颗蛀牙上。他是出于对它们的厌恶才会想到要“干掉她的牙齿”）

不久之后，敖姬的双颊和双唇就凹陷进去了，好像在那一瞬间老去了二十年。她的头低垂着，似乎没剩一口活气了。田贵生向她泼了一瓢冷水之后，她才缓缓苏醒过来，血肉模糊的嘴里发出极其低微的、痛苦的呻吟。踩车床的声音持续不断地传来，犹如节奏强烈的摇滚乐，他有点喜欢上了。他收起了工具，用拌了盐的胡萝卜汁洗掉身上的血迹，好像什么事都没发生过。他对敖姬说，我已免费替你拔光了蛀牙。但很遗憾，旁边那几颗好牙齿也不能幸免于难。敖姬的嘴角抽动了一下，田贵生知道，这是神经自发性的抽搐，而不再是带着嘲弄意味的冷笑。她的脸色一片青紫，仿佛痛苦所呈现的就是这种颜色。田贵生把一根手指伸进她嘴里说，现在你再咬咬看。敖姬的眼睛里忽然迸出一道白光，一口积蓄已久的血痰，噗地一下喷在田贵生的脸上。

田贵生说自己不知为什么竟会朝她嘴里开了三枪。田贵生后来认真地琢磨了一阵子，才算想通了。

第一枪，是为了雪洗胯下的耻辱。

第二枪，是全然借助手指的惯性力量，有着解恨之后的快意。

第三枪，田贵生说，是向这把枪的主人王革命致敬。

写于 2002 年 6 月—8 月